TOP THRILLER

Charlotte Link

# ACQUA SCURA

Romanzo

Traduzione di Alessandra Petrelli

CORBACCIO

Titolo originale: *Dunkles Wasser*
Traduzione dall'originale tedesco di *Alessandra Petrelli*

IL LIBRAIO.IT
il sito di chi ama leggere



Published by arrangement with Berla & Griffini Rights Agency

Casa Editrice Corbaccio è un marchio di Garzanti S.r.l.
Gruppo editoriale Mauri Spagnol



www.corbaccio.it

ISBN 979-12-5992-183-3

# Prologo
# Martedì, 29 gennaio 2008

Aprì il portone di casa, entrò nell'androne, se lo richiuse alle spalle. Sentiva la stanchezza e lo sfinimento in ogni fibra del corpo. L'ascensore era di nuovo fuori servizio, come al solito, e fu costretta a salire a piedi fino al nono piano. Si era trascinata esausta un gradino alla volta.

Non ne posso più, aveva pensato, non ne posso davvero più.

Quanto accaduto quel giorno era stata la goccia che aveva fatto traboccare il vaso. In realtà era da un pezzo che le cose non funzionavano più: era sempre sfinita, sempre troppo stanca per riuscire a raccogliere i pensieri. Nella sua testa martellava incessante un'unica parola: *resistere, resistere, resistere...*

Stringere i denti e andare avanti. Era sempre stato il suo motto.

Adesso non riusciva più a metterlo in pratica.

Il figlio Patrick uscì dalla sua camera. Smilzo e pallido. «Ciao, mamma. Hai fatto tardi.»

Non gli rispose. Si domandò se lo avrebbe scoperto. Il modo in cui aveva umiliato se stessa e la famiglia. Glielo avrebbe raccontato il fratello maggiore? E lui l'avrebbe capita? L'avrebbe perdonata?

Se la sarebbe cavata senza di lei?

Lo guardò e intuì che i suoi occhi tradivano la sua sofferenza.

«È tutto a posto, mamma?» chiese incerto Patrick.

Non rispose nemmeno stavolta. Entrò in salotto. Jay era davanti alla televisione, come sempre. Ci passava tutta la giornata, da quando aveva avuto l'incidente e non riusciva più a muoversi. Il volume era al massimo, dato che, oltre a tutto il resto, Jay era diventato anche un po' sordo. Un gioco a quiz... Si domandò se al giorno d'oggi trasmettessero programmi diversi da quei quiz onnipresenti fino alla nausea. C'erano i programmi di cucina, certo. E le storie di chi era emigrato altrove. La gente cucinava, rispondeva a stupide domande oppure emigrava all'estero.

Jay non mosse nemmeno la testa quando lei entrò. Tutte le sere la stessa storia. Jay aveva smesso di vivere nel mondo reale. Poteva anche capirlo, la sua *vita reale* dopo l'incidente si era ridotta ai cinquantacinque metri quadri di quell'alloggio popolare, senza alcuna speranza di miglioramento. Dato che l'ascensore era spesso fuori servizio, non era possibile uscire a fare una passeggiata con la sedia a rotelle. Rimaneva solo il mondo dentro la tv, i giochi a premi, i duelli in cucina, i sogni infranti di chi si era lasciato alle spalle tutto quanto perché a casa non ce l'aveva più fatta.

Era deprimente, ma che cos'altro gli restava?

Attraversò la stanza, aprì la portafinestra sul balcone. L'appartamento era uno delle centinaia di favi tutti identici che occupavano i palazzoni desolati. Erano stati tirati su negli anni Settanta del secolo precedente, per ospitare le persone che non potevano permettersi di vivere da nessun'altra parte. Gli spiazzi asfaltati tra i palazzi erano pieni di pozzanghere, un portone su due era sventrato, ogni superficie libera coperta di graffiti. Non c'era niente di bello, di accogliente, di piacevole lì. Proprio niente. Ma la città di Bristol si apriva davanti a lei come un mare di luce nell'oscurità di quella sera di gennaio. Il rumore del traffico, delle tante persone, della vita che brulicava laggiù non riusciva a salire fino a lei.

C'era solo la luce. Brillava serena e immobile.

Come un abbraccio che attendeva chiunque volesse buttarcisi.

Salì sulla ringhiera del balcone e si lasciò cadere nella pace eterna.

# Sabato, 23 agosto 2008

## *1*

Aline fu svegliata da un rumore diverso da tutti gli altri suoni di quella notte. Diverso dallo scroscio delle onde dell'alta marea, dal sospiro con cui l'acqua si ritirava sulla sabbia. Dai richiami isolati dei gabbiani. Dal vento teso che nel tardo pomeriggio si era alzato così impetuoso e freddo da farle sperare che Edmond si lasciasse convincere a smontare la tenda nella baia e a cercare una pensioncina accogliente. Ma ovviamente per lui il vento – lei lo aveva definito una tormenta e lui aveva sorriso un po' condiscendente – era un'altra sfida da affrontare a qualunque costo. Per lui il campeggio al mare sulle coste scozzesi era una vera avventura. Si sentiva un vichingo, oppure uno dei primi coloni o un esploratore. Lei trovava la cosa molto meno esaltante e avventurosa. Era solo una grande scocciatura. In molte parti d'Europa l'estate era al suo apice ad agosto, ma non sulla costa occidentale della Scozia. Negli ultimi giorni aveva piovuto ininterrottamente e anche la sabbia in quel punto, dove non arrivava il mare, era bagnata e pesante. E fredda. Il freddo penetrava attraverso il sottile telo protettivo, e neanche il materassino gonfiabile serviva granché. Per fortuna i sacchi a pelo erano caldissimi. Ma anche loro erano diventati umidicci. Come tutto quello che avevano messo dentro la tenda.

Era stata così felice di essere riuscita a addormentarsi lo stesso, ma si mise comunque seduta ad ascoltare nella notte. Che cos'era stato quel rumore? Sentiva il mare e il vento. Probabilmente si era trattato di un sogno. Stava per sdraiarsi di nuovo, sprofondando il più possibile dentro il sacco a pelo, quando le arrivò ancora all'orecchio il rumore che doveva averla svegliata.

Un grido.

Non era il verso di un gabbiano o di qualche altro uccello, né di un animale. Era il grido di un essere umano. Una donna. Riecheggiò nella notte. Non era un grido di sorpresa o di spavento, neppure il grido di un violento litigio.

Era terrore mortale. Aline ne era sicura.

«Edmond!» Allungò la mano verso il sacco a pelo accanto al suo. Faceva così buio che non vedeva quasi niente, ma la tenda era tanto minuscola che le bastò protendere il braccio per scrollare il marito. «Edmond, svegliati. Per favore!»

Edmond emise una specie di grugnito. Quando dormiva, lo faceva profondamente. Il mondo poteva anche crollare. Era quasi impossibile svegliarlo.

Lei lo scosse per una spalla. «Per favore! Svegliati!»

Solo quando si aiutò con le unghie, lui si sollevò di scatto.

«Che succede?» domandò confuso, per poi aggiungere subito dopo: «Perché mi svegli nel cuore della notte?»

Lei poteva solo immaginare la sua faccia, ma sapeva esattamente che aspetto doveva avere. I capelli biondi e ricci che sparavano in tutte le direzioni. Gli occhi socchiusi ancora assonnati. Sapeva quanto calore riusciva a emanare. Quando dormiva Edmond era come una stufa.

«Ho sentito un grido» disse lei.

«Un grido?»

«Sì. Mi sembra che provenisse dall'altra insenatura. Un grido di donna.»

Lo sentì sbadigliare. «Un grido di donna?» Lo disse con un tono che stava a significare: *per il resto però stai bene?*

«Ne sono sicurissima. L'ho sentito due volte. Erano grida di terrore.»

«Ah. Sei in grado di riconoscerle?»

«Sì.»

«Per amor del cielo, Aline. Qui è pieno di gabbiani che gridano. Torna a dormire.»

«Edmond, ti...»

In quel momento riecheggiò un altro grido.

Si accorse che il marito si era irrigidito. Questo la inquietò ancora di più. Avrebbe preferito che lui dichiarasse con assoluta convinzione che lei in effetti si era sbagliata.

«Edmond» bisbigliò.

Lui rimase in silenzio. Lei sapeva che stava cercando una spiegazione logica. Non era buon segno che tacesse così a lungo.

«Viene dalla baia accanto alla nostra» disse lui alla fine.

«Dove c'è quella famiglia» sussurrò Aline.

Li avevano visti arrivare da lontano il giorno prima, in tarda mattinata. Padre, madre, due figlie. Avevano parcheggiato più in alto ed erano scesi fino alla spiaggia carichi di tende e sacchi a pelo. La figlia maggiore, un'adolescente, aveva un'aria imbronciata. Probabilmente andare in vacanza con i genitori per lei era una sofferenza, e il campeggio era persino peggio. Aline aveva pensato a Yanis, il loro figlio quattordicenne che si era categoricamente rifiutato di accompagnarli e che probabilmente stava approfittando delle due settimane senza genitori per starsene seduto ininterrottamente davanti al pc.

«Uno cerca la solitudine ed ecco che qui pullula di gente.» Edmond aveva commentato con queste parole stizzite l'arrivo della famiglia, ma Aline era scoppiata a ridere. Non c'era nessuno a perdita d'occhio. Solo loro e quella famiglia appena arrivata. Il posto era tutt'altro che *pullulante* di gente. Tuttavia quella sera, dopo essere stati a West Kilbride a fare la spesa, Edmond aveva lasciato la macchina non nel parcheggio ma in una stradina di campagna un po' più lontana. In modo che la famiglia sconosciuta non si rendesse conto di avere dei vicini. Per fortuna che c'era almeno una lingua di terra a separare le due insenature.

Il grido risuonò di nuovo. Forte e stridulo. Superò il rumore del vento e delle onde. Quella donna stava urlando a squarciagola.

«Sarà meglio andare a dare un'occhiata» disse Edmond. Il lieve accento francese che aveva quando parlava inglese era più marcato. Edmond era franco-canadese, e la sua provenienza diventava evidente quando era stressato oppure stanco. In quel momento Aline si rese conto che il marito era impaurito.

«Forse non riusciamo a raggiungerli» bisbigliò Aline. Con l'alta marea la lingua di terra scompariva rendendo impossibile utilizzarla per arrivare nell'insenatura vicina. Bisognava usare il ripido sentiero e salire in cima alla scogliera, percorrerlo per un bel tratto, quindi scendere da un altro sentiero. Con l'oscurità non era certo un'impresa facile, considerando poi che le rocce erano scivolose a causa della pioggia.

«Vado a controllare fino alla lingua di terra» dichiarò Edmond deciso, accendendo la torcia. Aline si accorse di quanto fosse pallido il suo colorito.

«Vuoi che venga con te?»

«Meglio se aspetti qui. È probabile che non riesca a vedere niente. Dipende a che punto è la marea.»

«Sii prudente.»

Edmond dormiva con la tuta e i calzini. Tirò fuori dallo zaino una pesante felpa e se la infilò dalla testa. Quindi afferrò le scarpe da tennis e strisciò fuori dalla tenda, richiudendo la zip.

Aline diede un'occhiata all'orologio. Erano le due e diciotto minuti. Cercò il cellulare, lo trovò tra le coperte che aveva ammonticchiato sul sacco a pelo. Controllò se ci fosse segnale. Il giorno prima non c'era stata neanche una tacca... Neppure in quel momento! D'altronde, per quale motivo la situazione sarebbe dovuta cambiare? Maledizione, in quella notte tempestosa erano bloccati lì in una tenda piantata in un'insenatura sperduta, a poca distanza c'era una donna che gridava come se fosse in pericolo di vita, e non potevano chiamare aiuto. Né avvertire la polizia né nessun altro.

Forse Edmond aveva sbagliato a cercare di scoprire che cosa stesse accadendo all'altra famiglia. Forse avrebbero dovuto risalire la scogliera il più in fretta possibile, mettersi in macchina, raggiungere una zona più abitata e chiamare la polizia. Si sentiva sempre di più come un animale in trappola. Se nell'altra baia stava succedendo qualcosa di brutto, erano in pericolo anche loro. Il sentiero per risalire dal mare era impervio e faticoso anche di giorno, era meglio percorrerlo senza guardare troppo verso il basso. Nel cuore della notte Aline non osava immaginare come fosse. Ma le sembrava persino peggio restare in quella tenda ad aspettare che... Già, che cosa? Non aveva la minima idea di che cosa stesse succedendo. Forse alla fine si scopriva che non era niente di grave.

Per qualche motivo, però, non ci credeva.

Tornò ad ascoltare i rumori della notte. C'erano il vento, le onde. Nient'altro. Nessun grido. Si era immaginata tutto? Ma anche Edmond lo aveva sentito. Lo aveva preso sul serio. Altrimenti non sarebbe andato via.

Dov'era finito? Aline aveva la sensazione che fossero trascorse delle ore da quando era uscito dalla tenda. Guardò di nuovo l'orologio. Sette minuti. Erano passati solo sette minuti.

La notte sembrava di nuovo tranquilla. Aline però era decisa ad andarsene da lì appena fosse arrivato il mattino. Non avrebbe trascorso un'altra notte in quella baia, che fosse o no accaduto qualcosa, anche a costo di far arrabbiare Edmond. Voleva andarsene da lì, trovare un posto dove non fossero completamente soli e impotenti.

Era passato quasi un quarto d'ora e Aline cominciava a essere seriamente preoccupata per il marito, tanto da valutare l'idea di andare a cercarlo, quando la zip della tenda fu aperta e il viso di Edmond comparve rischiarato dalla luce della torcia. Era bianco come un lenzuolo, e nonostante il vento aveva la fronte imperlata di sudore.

Strisciò in ginocchio sul sacco a pelo e si passò la mano sul viso.

«Dobbiamo andare via» bisbigliò.

Lei lo fissò interdetta. «Adesso? Subito?»

Lui annuì. «Lasciamo qui tutto. Prendiamo solo le chiavi della macchina e i documenti. Mettiti le scarpe.»

«E la tenda? I sacchi a pelo? Le nostre cose?»

«Vuoi forse portare tutto su per il sentiero di notte?»

Anche senza prendere nulla a parte i vestiti che indossavano, il tragitto per salire sarebbe stata un'impresa molto pericolosa.

«Che cosa è successo?» Involontariamente abbassò anche lei la voce a un sussurro.

«Sono stato di là. Ho visto...» S'interruppe.

«Sei stato di là? Nell'altra insenatura?»

«La marea sta salendo, ma c'è ancora una striscia di sabbia libera. Sono riuscito a passare. Questo però significa...» Non aggiunse altro.

Aline si accorse che si era messa a tremare di paura. «Che cosa significa?»

«Che anche loro possono venire qui» disse Edmond.

«*Loro* chi?» chiese Aline.

Le chiavi della macchina erano sparite. Le cercarono tra le coperte, i vestiti, i teli da bagno. Dovevano pur essere da qualche parte. Le avevano lasciate in macchina senza chiuderla? Frugarono e rovistarono dappertutto, illuminarono ogni fessura, con l'impressione di aver solo aumentato il caos.

«Non è possibile» continuava a ripetere Edmond, «non è possibile!»

Con frasi smozzicate le raccontò ciò che aveva visto nell'altra insenatura.

«Le cose non si mettono bene... per niente. Ho visto delle luci. E c'erano delle persone, diverse persone. Poi ho sentito un altro grido. Non sembrava una festa o cose simili. Era spaventoso. Ho sentito il pianto di un bambino. Un uomo che implorava...» Non aggiunse altro.

«Cosa?» chiese Aline.

«Implorava... per la propria vita» riuscì a dire Edmond.

Aline si fermò nella loro frenetica ricerca. «Ti riferisci al padre? Quello della famiglia?»

Un uomo alto, robusto. Da solo aveva portato gran parte dei bagagli giù per la scogliera. Non le aveva dato l'impressione di essere uno che si spaventava facilmente.

Quell'uomo aveva implorato per la propria vita?

Anche Edmond smise di cercare. Si sporse in avanti, afferrò le mani di Aline. Le sue dita erano gelate. «Non so che cosa stia succedendo di là» disse in tono urgente, «ma credo che si tratti di un'aggressione. Dei tizi hanno aggredito la famiglia. Non so per quale motivo. Se si tratti di una vendetta privata, se cerchino dei soldi, oppure...»

Lei indovinò quello che voleva dire il marito: «O se è gente che si diverte così...»

*Gente*... Santo cielo, chi faceva una cosa del genere?

«Dobbiamo andarcene da qui» disse Edmond, «il più in fretta possibile. Lascia perdere le chiavi della macchina.»

«Ma il paese più vicino...»

«Non importa. Anche a costo di camminare per ore. *Dobbiamo* andarcene da qui. *Subito!*»

Anche Aline indossava la tuta. Si infilò la carta d'identità nella tasca dei calzoni, si mise le scarpe da ginnastica e prese il cellulare, stringendolo così forte come se fosse l'ultima cosa che le restava a questo mondo. E in fin dei conti era così.

Fine… Non voleva pensare a quella parola…

«Sei pronta?» bisbigliò Edmond.

«Sì.»

«Tieni la voce bassa. Dubito che possano sentirci fino all'altra insenatura, ma è meglio non correre rischi» aggiunse in tono concitato. «Non devono accorgersi della nostra presenza qui.»

«Sì» sussurrò Aline. Si leccò le labbra riarse. Calma. Dovevano assolutamente mantenere la calma. Per fortuna la loro macchina non era al parcheggio di sopra. Forse era la loro salvezza. Non c'era nessuna prova della loro presenza lì.

Edmond le strinse la mano. Poi uscì dalla tenda strisciando all'indietro e si alzò in piedi. Aline lo seguì.

Gettarono una breve occhiata verso la lingua di terra.

E subito dopo restarono paralizzati.

Una figura stava venendo verso di loro nell'oscurità.

Era seguita da altre.

Era troppo tardi.

Erano stati scoperti.

## *2*

Pioveva. Aveva piovuto per due settimane di fila, poi c'era stata una pausa il pomeriggio e la notte precedente e dopo aveva ricominciato. Il cielo era grigio, come il mare. La marea aveva superato il punto più alto, ma l'acqua torbida con una schiuma gialla continuava a ricoprire la spiaggia. Solo una striscia di sabbia larga una ventina di metri era ancora all'asciutto.

La scena di un crimine efferato.

L'ispettore investigativo Finley Donaldson della North Ayrshire Police incassò la testa tra le spalle con un brivido. Il leggero cappotto che portava sopra il completo non lo riscaldava, e avrebbe voluto avere un cappuccio o un cappello per ripararsi la testa. Quanto meno un ombrello. Ma un simile desiderio appariva ridicolo alla luce di quello che era accaduto lì. Il fatto che si bagnasse o si prendesse un raffreddore era assolutamente irrilevante.

La sua collega, il sergente investigativo Aria McBride, gli si avvicinò. Era stata abbastanza furba da mettersi un paio di jeans e una pesante felpa con il cappuccio. E stivali di gomma. Si sprofondava irrimediabilmente nella sabbia pesante e bagnata.

«Tre morti» annunciò. «Un uomo, una donna, una bambina. Probabilmente si tratta di una famiglia. Non abbiamo ancora trovato i documenti, perciò non siamo stati in grado di identificarli.»

Fin Donaldson annuì. Una donna che aveva portato fuori il cane in cima alla scogliera di mattina presto aveva notato le tende, delle quali una era caduta, e in mezzo qualcosa che le era sembrato un corpo senza vita. Aveva chiamato la polizia. I due agenti arrivati per primi avevano creduto di avere a che fare con un campeggio libero e qualche danno dovuto al temporale della notte prima. Magari qualcuno era rimasto ferito a causa di oggetti vaganti sollevati dal vento. Ben presto però si erano resi conto che quello era un caso per la squadra omicidi. Sembrava che fosse avvenuto un massacro, per mano di un pazzo. Al suo arrivo Fin Donaldson aveva trovato uno degli agenti seduto su uno scoglio piatto, cereo in viso, il cappello in mano. Continuava a lisciarsi i capelli bagnati.

«Non avevo mai visto niente del genere» ripeteva. «Mai.»

Aria McBride aveva preso appunti. «Il medico legale fa risalire la morte delle tre vittime alla notte scorsa, in un orario compreso tra mezzanotte e le quattro del mattino. Potrà essere più preciso dopo l'autopsia.»

«Causa della morte?» chiese Fin, benché non sapesse se voleva conoscerla.

«La donna è stata violentata, poi le è stata schiacciata la laringe con un sasso. La bambina è morta soffocata con il viso premuto nella sabbia.»

Fin fece un profondo sospiro.

«L'uomo è stato annegato. Aveva braccia e gambe legate. Il corpo mostra segni di torture. Tra l'altro è stato...»

Il sergente fu interrotto. Uno dei loro agenti era spuntato in cima alla scogliera e gesticolava con entrambe le braccia.

«Signore! C'è una cosa che deve vedere. Deve venire nell'altra insenatura. Subito!»

«Si può passare solo dall'alto» disse Aria che come suo solito era riuscita a familiarizzare con incredibile velocità con le caratteristiche del luogo. «La marea si sta ritirando, ma passare dalla lingua di terra è ancora troppo pericoloso.»

Il sentiero saliva ripido e scivoloso. A parte quelle due insenature, non c'erano altre scogliere in quel tratto di costa, ma ovviamente le circostanze lo avevano portato esattamente lì. Aveva rischiato di inciampare più di una volta. Indossava le scarpe sbagliate per un'impresa del genere. Sentiva i passi di Aria McBride alle proprie spalle. La donna non sembrava avere il minimo problema.

Una volta raggiunta la sommità della scogliera, il vento lo investì con più violenza, soffiandogli in faccia la pioggia. Fin si domandò che gusto ci fosse a campeggiare con un tempo del genere.

Arrancarono lungo la roccia combattendo con il vento e con la pioggia, fino a trovarsi al di sopra della seconda insenatura. Fin socchiuse gli occhi e vide che c'erano già diversi agenti sulla spiaggia lì sotto.

«Accidenti, non un'altra famiglia» disse.

Si trattava di marito e moglie. Avevano con sé i documenti e l'identificazione fu veloce. I paramedici avevano rilevato un lieve battito nell'uomo e si erano dati da fare per stabilizzarlo. La donna invece era morta. Era seduta con la schiena appoggiata contro uno scoglio, la testa reclinata da una parte.

«Le è stata tagliata la gola» riferì un giovane agente che dava l'impressione di faticare a tenere nello stomaco la colazione. «A quanto pare un unico colpo deciso.»

Porse a Fin un passaporto. «Ce l'aveva in tasca. È tutto bagnato per via della pioggia.»

Fin lo esaminò. «È canadese.» Lo aprì. «Aline Doucet. Nata il 29 luglio 1968 a Vancouver.»

«Anche l'uomo è canadese» disse l'agente mostrando un secondo passaporto. «Edmond Doucet. Di Québec.»

Fin prese il documento. Guardò l'uomo cadaverico che era stato caricato su una barella con una maschera per l'ossigeno. Sarebbe stata un'impresa ardua trasportarlo su per il ripido sentiero.

«Ce la farà?»

Uno dei paramedici alzò lo sguardo. «Non è messo bene. Diverse coltellate al petto e all'addome.»

Chi aveva interesse a uccidere dei turisti canadesi che campeggiavano sulla costa occidentale della Scozia? Perché uccidere una coppia con una figlia piccola? Non aveva senso. Fin però sapeva che non sempre i delitti avevano un senso, per quanto perverso. A volte le persone erano spinte dal desiderio di violenza e basta. Si crogiolavano nel senso di potere che provavano di fronte alle vittime inermi. Se erano in gruppo, inoltre, si istigavano a vicenda in maniera scellerata. Nel caso attuale si trattava dell'opera di più individui, di questo era sicuro. Nessuno da solo sarebbe riuscito a uccidere quattro persone e ferirne gravemente un'altra.

«La marea sale da ieri sera» disse Aria. «Se è successo nelle prime ore del mattino, gli assassini devono aver fatto appena in tempo a passare da un'insenatura all'altra.»

«Evidentemente sapevano che c'erano due famiglie che campeggiavano qui» disse Fin. «Questa tenda infatti non si vede dall'altra parte.»

«E di sopra è parcheggiata una sola macchina» aggiunse Aria. «Forse le due famiglie si conoscevano ed erano arrivate con un'auto sola? Ma in questo caso perché scegliere due insenature diverse?»

Fin aveva già intuito che le indagini sarebbero state difficili. Con il corollario di massiccia presenza mediatica e pressione sugli inquirenti perché fornissero presto dei risultati.

Se non altro per il momento non c'era traccia di giornalisti.

Sentì suonare il telefono. Era uno dei suoi uomini che era rimasto nell'altra insenatura con la scientifica per raccogliere tutte le prove.

«Signore, deve venire. Il più in fretta possibile.» Il tono era agitato. Roco. Doveva alzare la voce per superare lo scroscio delle onde.

L'idea di dover risalire per il sentiero insidioso e poi scendere un'altra volta gli provocò un capogiro.

«Che cosa è successo?»

«C'è una sopravvissuta. La prego, venga. Una ragazzina illesa. Forse potrebbe essere la nostra unica testimone.»

# Prima parte

# Venerdì, 3 marzo 2023

## *1*

Iris Shaw riuscì a prendere al volo l'ultimo autobus che arrivava a Haviland Park, dove aveva lasciato la bici per compiere il resto del tragitto fino a casa. Erano quasi le undici di sera. Sarebbe potuta restare a dormire dalla sua amica Tanya, con la quale aveva trascorso la serata. Ma non aveva con sé un cambio, né uno spazzolino, e sapeva che non avrebbe chiuso occhio sul divano dell'amica, troppo corto e troppo duro. Alla fine si era data una mossa ed era uscita nel freddo della notte. L'autista stava già partendo, ma si era fermato di nuovo quando l'aveva vista.

«La prossima volta arrivi prima» brontolò mentre lei saliva.

«Sì, grazie.» Si lasciò cadere su un sedile cercando di riprendere fiato. In realtà era sportiva e allenata, ma quella sera lei e Tanya avevano mangiato una pizza e si erano scolate una bottiglia di prosecco. Iris si sentiva vagamente alticcia, però dopo quella corsa notturna stava ritrovando la lucidità.

A parte lei c'erano solo tre passeggeri sull'autobus. Una donna giovane, in apparenza profondamente addormentata con il mento appoggiato al petto. Un uomo anziano che smanettava sullo smartphone con espressione assorta. E un uomo più giovane, seduto qualche fila davanti a Iris che continuava a girarsi verso di lei e la fissava.

All'inizio Iris si voltò a guardare da una parte, poi ci ripensò e ricambiò l'occhiata. Finché lui distolse gli occhi.

Capitava spesso che Iris fosse oggetto di sguardi maschili, ma non ne capiva il motivo. Non si trovava particolarmente carina. Aveva capelli biondi e corti, un fisico piacevole ma non spettacolare e si mordeva le unghie fino a scorticarle. Cos'era allora che attirava tutti quegli sguardi?

Il tizio davanti a lei si girò un'altra volta a fissarla, quasi volesse divorarla con gli occhi.

«Sì?» chiese Iris.

«Come?» ribatté lui. Lei si accorse che nel suo sguardo non c'era ammirazione. Più che altro era... ostilità.

«Continua a fissarmi» disse.

Lui si limitò ad alzare le spalle.

Iris concluse che era un tipo seccante ma innocuo. Fece un profondo respiro e appoggiò la testa al finestrino. Era stanca. Aveva lavorato fino alle quattro, poi aveva mangiato e bevuto con Tanya. Avevano pianificato il viaggio per le vacanze estive. Volevano andare nel Sud della Francia. Con un Westfalia che apparteneva al fratello di Tanya.

L'uomo anziano e la donna addormentata, che aveva alzato la testa con tempismo perfetto, scesero alla penultima fermata, lasciando a bordo solo Iris e l'uomo più giovane.

Iris sospirò piano.

Haviland Park era il capolinea. L'autobus percorse la piccola rotonda e si fermò.

«Fine della corsa, siete pregati di scendere» disse l'autista.

Iris prese lo zaino e scese seguita dal giovanotto. Si diresse verso l'inferriata a cui aveva legato la bicicletta. Di mattina ce n'erano sempre molte. Quella sera era rimasta solo la sua. Abbandonata lì al buio.

Aveva già tolto il lucchetto quando lo notò: la gomma posteriore era del tutto a terra. Non si trattava di una semplice foratura. Il copertone era stato lacerato. Con un coltello.

Si sentì mancare e per un attimo dovette appoggiarsi all'inferriata. Le era successa la stessa identica cosa all'inizio di febbraio, quasi quattro settimane prima. Un copertone tagliato. Di sera, tornando a casa dal lavoro. Si era incavolata, aveva imprecato, ma non lo aveva interpretato come un attacco nei suoi confronti. Aveva pensato allo scherzo di qualche teppista imbecille che si divertiva a vandalizzare le biciclette. Ne aveva scelta una a caso e sfortunatamente era stata la sua. Ma una seconda volta? Di nuovo la sua bicicletta? Non poteva più trattarsi di una coincidenza. Qualcuno l'aveva presa di mira. Del resto c'era stata anche la lettera.

Si staccò dalla ringhiera. Com'era successo la prima volta, non era possibile riparare il copertone, ne avrebbe dovuto comprare uno nuovo. Per il momento quindi doveva lasciare la bici lì. La richiuse con il lucchetto, benché fosse abbastanza improbabile che gliela rubassero in quello stato. Si mise in spalla lo zaino. Abitava dalle parti di Lansdown, in mezzo al nulla. Con la bicicletta impiegava un quarto d'ora fino a casa. A piedi il tragitto era molto più lungo.

«Chi è stato a conciarla così?» chiese una voce alle sue spalle. L'uomo dell'autobus, ovviamente. Iris non aveva più badato a lui, convinta che se ne fosse andato. Perché era rimasto nei paraggi?

«Non ne ho idea» rispose Iris. «È la seconda volta in quattro settimane!»

«Cosa? Le è già successo?»

«Sì, all'inizio di febbraio.»

«Accidenti! Ha dei nemici?»

«Non che io sappia.»

La lettera. Qualcuno doveva proprio avercela con lei. Ma la cosa non riguardava minimamente lo sconosciuto.

«E adesso come fa a tornare a casa?» s'informò lui.

«A piedi.»

«Ecco... se vuole...» L'uomo indicò alle proprie spalle nel buio. «Ho la macchina laggiù.»

«Lei dove abita?»

«Napier Road.»

«Io sto fuori città. Dovrebbe allungare troppo la strada. No, la ringrazio. Vado a piedi.»

«Per me non è un problema.»

Iris ci pensò su. Quella che l'aspettava era una bella scarpinata. Di notte, con temperature ancora invernali. E poi era stanca morta.

Solo per un istante le balenò in mente la precauzione che bisognava evitare di salire in macchina con degli sconosciuti.

C'era qualcosa in lui che le risultava molesto. Parlava con un leggero accento londinese. Ma questo di per sé non lo rendeva sospetto.

«E va bene» rispose nonostante tutto. «Per me sarebbe molto più facile.»

Lui le porse la mano. «Craig Ellis.»

Lei gliela strinse. Era fredda e asciutta. «Iris Shaw.»

Raggiunsero la macchina di Craig. Un alberello profumatore appeso allo specchietto retrovisore sprigionava un odore dolciastro nauseabondo. Iris non sapeva che quegli affari esistessero ancora. Sul sedile posteriore c'era una tigre di peluche.

«Henry» disse Craig notando l'occhiata di Iris.

Lei si costrinse a sorridere. «Carino.»

Si sedette con lo zaino in grembo, che strinse forte con entrambe le braccia. Avrebbe voluto essere già a casa. Avrebbe voluto essere nel suo letto.

Craig si rivelò un guidatore estremamente prudente. Procedeva a passo d'uomo e in altri momenti della giornata di sicuro si sarebbe attirato i colpi di clacson degli altri automobilisti. A quell'ora però non c'era traffico nella periferia della città. Incrociarono giusto una macchina, e poi nessun altro.

«Da che parte devo andare?» chiese Craig.

«Prenda Lansdown Lane. C'è anche una strada sterrata. Quella che utilizzo sempre in bicicletta.»

«Non mi piace andare sullo sterrato in macchina» ribatté Craig, «non fa bene agli ammortizzatori.»

Probabilmente pensava che la strada sterrata fosse una scorciatoia, mentre lui voleva restare più tempo in sua compagnia. In effetti Iris voleva arrivare a casa il prima possibile, ma la prospettiva di rimanere bloccata con quello sconosciuto in mezzo a un campo con un semiasse rotto la terrorizzava. Meglio procedere sulla provinciale.

Il fatto che sia una persona poco piacevole non fa di lui automaticamente un delinquente, si ammonì.

Craig le disse che lavorava all'accettazione di un'autofficina lì a Bath. «Un lavoro merdoso. Una paga da schifo. Non posso permettermi neanche un appartamento per me. Oramai gli affitti a Bath sono inavvicinabili.»

Aveva ragione, però Iris non disse nulla. Non voleva intavolare una conversazione troppo approfondita.

«Abito sempre con i miei genitori» proseguì l'uomo. Girò la testa verso di lei. «E lei? Che lavoro fa?»

«Lavoro in uno studio medico.»

«È una dottoressa?»

«Un'assistente.»

«Ah. Capisco. Si guadagna niente male, vero?»

«Non mi lamento.»

«E come mai è ancora single?»

Come fa a sapere che sono single? si chiese Iris con un moto di rabbia. In realtà lo era. Da poco più di un anno. Da quando una mattina a colazione Thomas aveva alzato gli occhi dalla ciotola di cereali e le aveva detto: «Non posso più andare avanti così, Iris».

Dal suo sguardo lei aveva capito che diceva sul serio.

Si accorse che Craig la guardava di sottecchi aspettando ancora una risposta.

«Craig, è davvero molto gentile da parte sua accompagnarmi a casa» gli disse. «Ma in realtà non ho nessuna voglia di raccontarle la mia vita.»

Lui le rivolse un'occhiata gelida. «È davvero single» disse. «Altrimenti non sarebbe qui in macchina con me. Avrebbe chiamato suo marito o il suo compagno quando si è accorta che la sua bici era bucata e si sarebbe fatta venire a prendere.»

Decisamente non era uno stupido.

Io invece sì, pensò. Avrei dovuto chiamare un taxi.

Ma siccome metteva da parte fino all'ultimo penny per il viaggio in Francia che aveva programmato, non si concedeva nessuno sgarro. Però avrebbe dovuto capire quando era il caso di fare un'eccezione.

«Ecco, io abito lì» disse.

«Dove?»

Ovviamente al buio era impossibile vedere la casa.

«Mi faccia scendere qui. Posso proseguire tranquillamente a piedi.»

«Eh no. Non la lascio da sola di notte» obiettò Craig.

Iris avrebbe avuto voglia di dirgli che lo trovava molto antipatico, ma una voce interiore glielo impedì. Lui era al volante. Lei era in una posizione di inferiorità.

Quanto sono stupida, si disse nuovamente.

Lui frenò quando passarono davanti a una stradina che si inoltrava nei campi verso sinistra. «Qui?» domandò.

In teoria era la strada giusta, che conduceva diritta a casa di Iris. In teoria. In pratica c'era un ostacolo.

Un torrente piuttosto largo. Con un ponte.

«No» rispose Iris. «È più avanti, a sinistra nel bosco.»

Erano stati lei e Thomas a scovare quel percorso alternativo, ai tempi in cui la loro relazione era ancora giovane. Thomas si era gettato con ardore nel gioco *Arriva dovunque senza dover attraversare un ponte!* Era stato come un puzzle che ogni giorno andava completato in maniera diversa. Amici, conoscenti, colleghi di lavoro, tutti reagivano con meraviglia e curiosità a quella storia.

«Hai paura dei ponti? Sul serio?»

Tale condizione aveva anche un nome scientifico: *gefirofobia.*

Certe persone non riuscivano a capacitarsi che fosse una cosa vera.

«Non riesci ad attraversare un ponte? Non è possibile!»

Thomas aveva sempre difeso Iris in quei frangenti. Si arrabbiava addirittura quando qualcuno dubitava della patologia della sua ragazza.

«Certo che esiste. E non è nemmeno così rara. Può manifestarsi con diversi gradi di intensità. Nel caso di Iris è molto marcata.»

*Molto marcata* nel suo caso significava: attacchi di panico, tremori, conati di vomito, crisi di pianto tutte le volte che doveva attraversare un ponte. Se era a piedi la sua fobia le causava addirittura paralisi alle gambe. Non riusciva più a spostare un piede davanti all'altro, nel vero senso della parola, e cominciava a sudare così copiosamente in tutto il corpo da sentirsi mancare. Gli altri ascoltavano questi racconti a bocca aperta e a volte Iris aveva l'impressione di essere come un animale esotico allo zoo.

Craig entrò nel bosco. La strada era ridotta a un viottolo asfaltato solo in parte.

«È buffo che abiti qui» commentò. «Sembra incredibile che ci sia una casa quaggiù.»

«Se non altro nessuno viene a disturbarmi» ribatté piccata Iris.

Il suo cellulare le segnalò l'arrivo di un messaggio WhatsApp. Tanya.

*Tutto bene? Sei arrivata a casa?*

Iris rispose: *Non ancora. Ho trovato la gomma della bicicletta di nuovo tagliata!*

*Non ci credo!*

*Invece sì. Pazzesco, vero?*

*Polizia??? Non sottovalutare la cosa. E la lettera!*

*Lo so.*

*C'è dietro qualcuno. Thomas???*

*Ma va', quello è sparito nel nulla.*

Dopo la separazione, Thomas non si era più fatto sentire. Tanya aveva detto scherzando che doveva essere scappato all'altro capo del mondo per sfuggire alla gefirofobia di Iris. Aveva abbandonato la vita di coppia con implacabile determinazione. Questo aveva creato a Iris anche problemi molto concreti: la casetta da sogno tra le colline di Bath che avevano affittato insieme e poi ristrutturato e arredato amorevolmente in interminabili fine settimana era rimasta a lei, certo, ma ora le toccava pagare per intero l'affitto che prima avevano diviso in due. Riusciva a far quadrare i conti solo con la massima parsimonia. Ecco perché quella sera si trovava in auto con uno sconosciuto anziché a bordo di un taxi.

Uscirono dal bosco e davanti a loro si aprirono campi e prati. I contorni di una casetta emersero dall'oscurità.

«È quella?» chiese Craig.

«Sì.»

*Sono a casa*, scrisse a Tanya.

*Hai preso un taxi?*

*Più o meno.*

Craig si fermò. Nonostante l'oscurità, era in possesso di un ottimo senso dell'orientamento. «Avremmo fatto più in fretta se avessimo girato a sinistra al primo bivio sulla provinciale» constatò.

Lei non rispose, aprì la portiera e fece per scendere. Craig la bloccò per un braccio. «Perché tanta fretta?»

«È stata una lunga giornata. Grazie di avermi accompagnata a casa.» Gli strinse la mano e scese.

Anche Craig fece lo stesso e girò intorno alla macchina.

«Iris» la chiamò.

«Mi lasci passare» disse lei sforzandosi di non mostrare alcun segno di paura, benché il cuore le battesse più forte. La casetta era isolata dal resto del paese, separata da un fitto bosco. Qualunque cosa le fosse accaduta lì, nessuno lo avrebbe saputo.

«Potresti offrirmi almeno un caffè» disse Craig.

«Lei è completamente pazzo» esclamò Iris. Sapeva che la sua voce tradiva la paura. Si accorse che anche Craig lo aveva notato. Aveva di nuovo quell'espressione fredda.

«Dovremo fare quattro chiacchiere» le disse.

## *2*

Era a letto, una borsa dell'acqua calda sui piedi, un pullover di lana sopra la maglietta sformata che usava sempre come pigiama. Si era sentita avvampare, di rabbia e di paura. E poi, quando quelle emozioni si erano sopite, aveva cominciato a tremare di freddo.

Aveva bevuto del latte caldo con il miele, ma non era servito a migliorare le cose: continuava a tremare e a provare quel gelo interiore.

In effetti era riuscita a entrare in casa senza Craig.

«Lasciami in pace!» gli aveva gridato sollevando lo zaino con aria minacciosa. «Lasciami stare, altrimenti ti taglio le palle!»

A questo punto Craig aveva desistito e l'aveva guardata con aria interdetta.

Senza perderlo di vista, Iris aveva rovistato nello zaino in cerca delle chiavi di casa. Ma perché non le aveva tirate fuori prima, quando era in macchina? Finalmente le trovò. Aprì la porta.

«Credi di poterti liberare di me in questo modo?» le aveva ribattuto Craig.

«Spero proprio di sì!» Aveva richiuso di slancio la porta e ci si era appoggiata contro. Aveva le gambe molli. C'era mancato poco.

Aveva tirato anche il chiavistello, poi era andata in cucina e chiuso le tende prima di accendere la luce. Temeva che lui girasse intorno alla casa e cercasse di spiarla dalla finestra. Aveva lasciato cadere lo zaino su una sedia, aveva preso il latte dal frigorifero, acceso il fornello. La fiammella azzurra l'aveva tranquillizzata almeno in parte.

Mentre saliva le scale, aveva sentito da fuori un motore che veniva acceso. Grazie a Dio, Craig ci aveva rinunciato.

Una volta a letto si era calmata, anche se non riusciva a smettere di tremare. Valutò come agire. Per fortuna il giorno seguente era un sabato e non doveva andare a lavorare. Avrebbe raggiunto con tutta calma la fermata di Haviland Park a piedi e avrebbe portato la bicicletta alla ciclofficina più vicina. Il proprietario lo conosceva già, dato che le aveva sostituito il copertone anche la volta precedente. Tanya le aveva suggerito di informare la polizia. Ma cosa avrebbe potuto fare?

Meglio rifletterci domani, si disse, adesso sono troppo stanca per pensare razionalmente.

Craig era un'altra faccenda. Un grandissimo idiota, dal quale aveva stupidamente accettato di farsi dare un passaggio in macchina. Ma di sicuro non aveva niente a che fare con il copertone e la lettera. Oppure sì? La teneva d'occhio già da un po'? L'incontro di quel giorno sull'autobus non era stato una coincidenza? Lui la seguiva? In quel caso, però, si sarebbe dovuta accorgere di lui già in precedenza. Sull'autobus, in città. Viceversa, di rado prestava attenzione a chi aveva intorno.

Se non era stato Craig, allora qualcun altro doveva averla presa di mira. Doveva nutrire del risentimento verso di lei. Ci voleva una bella forza per ridurre il copertone di una bici come aveva fatto lo sconosciuto con il suo, e c'era il rischio di essere visti. Haviland Park non era una fermata particolarmente frequentata, ma gli autobus ci si fermavano a intervalli regolari, e c'era sempre un viavai di persone che scendevano o aspettavano la partenza. Sicuramente era possibile trovare un momento di completa solitudine, ma bisognava aspettare a lungo e con pazienza, poi agire in fretta per non essere sorpresi.

Forse c'erano anche delle telecamere di sorveglianza? Il colpevole di sicuro se n'era accertato in anticipo.

A dispetto delle previsioni, convinta di non riuscire a prendere sonno quella notte, Iris a un certo punto si appisolò in mezzo a tutti quei lambiccamenti. Piombò sfinita in un sonno profondo.

Un rumore piuttosto forte la svegliò di soprassalto. Con la testa ancora annebbiata, impiegò qualche istante per capire che cosa l'avesse destata. E poi comprese che era stato il tintinnio di un vetro. Aveva in mente il suono del sogno, in cui aveva immaginato di sbattere contro una parete di vetro che era andata in frantumi.

In realtà era sdraiata nel suo letto e da qualche parte si era rotto un vetro. A casa sua. Probabilmente di sotto.

Si mise a sedere tra i cuscini e rimase in ascolto nell'oscurità. L'unico rumore era il battito del suo cuore e lo scroscio del suo sangue.

Forse si era trattato solo di un sogno?

Il rumore però le riecheggiava ancora nelle orecchie. Per qualche motivo era sicura che non si fosse trattato di un sogno.

Si alzò senza fare rumore e uscì dalla camera in punta di piedi. C'era un piccolo corridoio da cui una scala a chiocciola di legno scendeva di sotto. Iris rimase sul primo gradino a guardare in basso. Era buio pesto. Non si sentiva nessun rumore.

Se qualcuno avesse rotto il vetro di una finestra o la porta a vetri che dal salotto conduceva in giardino, sarebbe potuto entrare in casa senza fatica. Probabilmente era già all'interno. Ma i vetri non avrebbero dovuto scricchiolare sotto i suoi piedi? Oppure lo sconosciuto era riuscito ad aggirarli?

Forse di sotto c'era qualcuno, in perfetto silenzio, che tratteneva il fiato proprio come lei.

Le tornò in mente il consiglio che aveva sentito dare dalla polizia in televisione nel caso si sospettasse della presenza di un intruso in casa.

L'ultima cosa da fare era cercare di affrontarlo. Anche il tentativo di spaventarlo poteva finir male. L'opzione migliore era uscire di casa senza farsi notare. Nel caso non fosse possibile, bisognava rifugiarsi in un luogo sicuro, per esempio una stanza chiusa a chiave, e chiamare la polizia.

Per Iris uscire di casa era impossibile, perché sarebbe dovuta passare proprio davanti all'intruso.

Tornò silenziosamente in camera sua e chiuse la porta. Non c'era la chiave, solo un gancio da infilare in un occhiello nel muro. Non sarebbe bastato a fermare un possibile malvivente, ma era meglio di niente. Si guardò intorno alla ricerca del telefono, poi le venne in mente di averlo lasciato nello zaino che era rimasto in cucina su una sedia.

Imprecò tra sé. O rimaneva lì ad aspettare che quel tizio – Craig Ellis? – salisse da lei, oppure doveva riuscire a scendere in cucina a prendere il cellulare.

Valutò brevemente l'ipotesi di uscire dalla finestra, ma la distanza da terra era eccessiva e non c'era nemmeno una grondaia o un rampicante a cui aggrapparsi. Sotto inoltre c'era la terrazza e si sarebbe rotta una gamba se avesse saltato.

Uscì di nuovo dalla camera, senza rendersi conto di muoversi trattenendo il fiato. Dal resto della casa non giungevano rumori. Era alquanto strano: perché, se di sotto c'era qualcuno, sarebbe dovuto rimanere in attesa in perfetto silenzio?

Scese le scale in punta di piedi. Uno scalino scricchiolò e lei si fermò sgomenta, attese, ma non ci furono reazioni di alcun tipo. Riprese a scendere. Per fortuna conosceva la casa a menadito e l'assenza di luce non era un problema. Da un secondo all'altro, tuttavia, si aspettava di essere abbagliata dalla luce di una torcia e di ritrovarsi davanti Craig Ellis che la guardava con quei suoi occhi gelidi.

Tutto rimase buio, però.

Arrivata in cucina, afferrò lo zaino e tornò di sopra, più in fretta e con meno cautela dell'andata. Entrata in camera, chiuse la porta con l'inutile gancetto. Trovò subito il cellulare in una delle tasche esterne. Sul display lesse l'ora: mancavano pochi minuti alle due. Compose nervosa il numero di emergenza. Quando una voce maschile le rispose, si presentò con nome e indirizzo. Poi scoppiò a piangere e aggiunse: «Per favore venite subito. C'è un intruso in casa mia!»

Nonostante Iris abitasse fuori città, nel giro di dieci minuti due agenti, un uomo e una donna, furono da lei. Iris li fece entrare. Entrambi si infilarono i guanti in lattice. L'uomo cominciò a guardarsi intorno mentre la collega portò Iris in cucina e le chiese di sedersi.

«Si calmi» le disse. «Ora ci siamo noi. Io sono l'agente Julia Reid. Lei è Iris Shaw?»

«Sì» sussurrò Iris, cercando di fermare il tremito alle mani. Invano.

«Può raccontarmi che cosa è successo?»

Iris le spiegò di essere stata svegliata all'improvviso da un forte rumore. Era stato simile a un vetro infranto. Come se qualcuno avesse sfondato una finestra o una porta.

«Mi sono subito spaventata, dato che...»

«Dato che?» chiese l'agente Reid. I suoi occhi verdi avevano un'espressione amichevole. Trasmetteva fiducia.

«Ieri sera mi sono fatta accompagnare a casa da qualcuno. Anzi, in realtà era già notte. Erano all'incirca le undici. Dalla fermata di Haviland Park fino a qui.»

«Si è fatta accompagnare?»

«Sì. Da un uomo. Non lo conoscevo.»
«Lei non ha la macchina?»
«Uso la bicicletta. Ma aveva un copertone tagliato.»
«Oh» fece Reid. Prese appunti su un quadernino a spirale che teneva davanti a sé. Fogli a quadri. A suo modo antiquato in maniera rassicurante.
«Esatto. Era inutilizzabile. L'uomo era stato sull'autobus con me e si è offerto di accompagnarmi a casa. L'ho trovato molto antipatico. Continuava a fissarmi già mentre eravamo sull'autobus.»
«Nonostante questo ha accettato un passaggio da lui?»
Iris si strinse nelle spalle con aria avvilita. Lei stessa oramai era ben consapevole di aver commesso un errore.
«A piedi la strada è molto lunga. Ed ero tanto stanca. E un taxi... be', costa parecchio.»
«Come si è comportato l'uomo mentre era in macchina con lui?»
«In modo antipatico. Ostile.» Ci pensò su un attimo. «Non dava l'impressione di volerci provare. Sembrava piuttosto che ce l'avesse con me. E quando sono scesa voleva a tutti i costi entrare in casa con me. Per parlare.»
«In quel momento si è sentita minacciata?»
«Sì.»
«Però è riuscita a sbarazzarsi di lui?»
«Ho alzato la voce e si è spaventato. Io allora ne ho approfittato per entrare in casa. Poi ho sentito che andava via.»
«Si è segnata il numero di targa?»
«No. Però so il suo nome. Craig Ellis. Abita in Napier Road a Bath.»
L'agente Reid annotò tutto velocemente. «Molto bene. Lo rintracceremo. Secondo lei potrebbe essere tornato in seguito?»
«Sì. Tuttavia...» Iris era titubante.
Reid la guardò con aria interrogativa. «Sì?»
«Ecco, c'è anche il tizio che mi ha tagliato il copertone. Ieri. E all'incirca quattro settimane fa.»
«Le era successo già di recente?»
«Sì. E ho anche ricevuto una lettera.» Si alzò, aprì uno scomparto del mobile dove teneva i libri di cucina. La lettera l'aveva infilata lì in mezzo.

«Ecco.» La porse alla poliziotta. «L'ho trovata nella cassetta delle lettere. Senza francobollo, deve avercela messa direttamente il mittente. Ovviamente anonima.»

Reid aprì il foglio.

«*Sono molto vicino. Rimpiangerai di non essere morta*» lesse a voce alta. Poi guardò Iris. «Quando le è arrivata?»

«All'inizio di gennaio. Credo... che fosse il cinque.»

«Conosce il significato del messaggio?»

«No. Non ne ho idea.»

«Quest'anno ha ricevuto una lettera minatoria anonima e per due volte le sono stati tagliati i copertoni della bicicletta» riassunse l'agente Reid. «E ora questa effrazione. Ha qualche sospetto su chi...»

«No» la interruppe Iris.

«Questo...» Reid consultò gli appunti, «questo Craig Ellis, ieri sera era la prima volta che lo incontrava?»

«A quanto mi ricordo sì.»

«Forse lo aveva già visto sull'autobus?»

«Di solito prendo l'autobus molto prima la sera, quando è sempre pienissimo. È possibile che in qualche occasione ci fosse a bordo anche lui...»

L'agente Reid tirò fuori una bustina di plastica e ci infilò la lettera.

«L'analizzeremo per vedere se ci sono impronte digitali. E interrogheremo questo Mr. Ellis. Forse ritiene di essere un corteggiatore respinto o non considerato. Certi uomini possono diventare molto molesti quando una donna non reagisce ai loro segnali.»

Il suo collega entrò in cucina.

«Agente Abdi Khan» si presentò. «La casa è sicura. Non c'è nessuno. Qualcuno ha rotto il vetro della porta della veranda in salotto con un sasso. Avrebbe potuto infilare dentro la mano, girare la chiave ed entrare. Però non l'ha fatto. La porta è chiusa a chiave.»

«Forse l'ha richiusa uscendo» mormorò Iris.

«È alquanto improbabile» obiettò l'agente Khan. «Non è entrato nessuno. L'autore del gesto voleva solo spaventarla o rompere qualcosa.»

«Come la bicicletta» disse Reid. Aggiornò brevemente il collega sui precedenti.

Khan inarcò le sopracciglia. «Evidentemente è antipatica a qualcuno, Mrs....»

«Iris Shaw» disse l'agente Reid.

Khan aggrottò la fronte. «Iris Shaw? Aveva un altro nome in precedenza?»

«Sì» rispose Iris.

Lui la guardò. «Era forse Millard? *Quella* Iris Millard?»

Lei fece segno di sì con la testa.

# Venerdì, 30 giugno

C'era stato un piccolo discorso, una fetta di torta per tutti e un bicchiere di plastica con un po' di spumante per gli agenti che avevano concluso il turno. Poi quelli fuori servizio erano andati a casa e gli altri erano tornati alla loro scrivania. Anche Kate si era messa in marcia. L'ispettore capo Pamela Graybourne, la sua superiore, l'aveva aiutata a portare fino alla macchina la scatola di cartone con gli avanzi della torta e il cestino con le bottiglie di spumante.

«Sono molto orgogliosa di lei» disse, dopo che Kate aveva sistemato tutto nel bagagliaio ed era rimasta in piedi un po' impacciata accanto alla macchina. «È da tanto che lo aspettavamo… *ispettore!*»

Kate si sentì avvampare le guance. Sì, era orgogliosa. E felice. Ispettore investigativo Kate Linville. Da quel giorno poteva fregiarsi di quel titolo. Finalmente aveva ricevuto la promozione, dopo anni di completo immobilismo, in cui era rimasta inchiodata al rango di sergente investigativo. Anni nel corso dei quali aveva infranto più di una volta i regolamenti durante le indagini, al punto da ritenere di poter mettere per parecchio tempo nel cassetto ogni velleità di carriera. Alla fine era stata Pamela Graybourne, la sua superiore, a impegnarsi per lei e a proporla per l'esame. Nonostante il carattere diametralmente opposto delle due donne, a livello professionale si stimavano molto. Pamela apprezzava l'affidabilità di Kate, la sua creatività e, fino a un certo punto, persino la sua testardaggine. Negli anni, tuttavia, non erano diventate amiche, e non solo perché Pamela era contraria a un rapporto d'amicizia tra il capo e la squadra. Ma anche perché era difficile entrare in amicizia con Kate. Pamela non aveva mai conosciuto un'altra persona che avesse eretto intorno a sé un simile muro di diffidenza e prudenza.

«Grazie» disse Kate. «Di tutto.»

«Stasera festeggerà ancora?» s'informò Pamela.

«Mm, vedremo» rispose evasiva Kate. Probabilmente sarebbe rimasta a casa a guardare la tivù con la sua gatta o in terrazza a gustare un bicchiere di vino... ma del resto tutto dipendeva dal significato che si dava alla parola *festeggiare.* Lei stessa non aveva grandi pretese al riguardo.

«Niente *vedremo*» ribatté Pamela. «È una giornata speciale. E tra l'altro anche una splendida serata estiva. Al posto suo, io radunerei un po' di amici e inviterei tutti in un pub giù al porto e poi mi godrei la vita e il successo.»

«Mi è già venuto in mente qualcosa» disse Kate. Decisamente terrazza, gatta e vino, ma non le andava di discuterne con Pamela. La sua vita privata non riguardava nessuno. Esaminò la sua superiore di nascosto. Da qualche tempo Pamela, nominata ispettore capo due anni prima, appariva molto pallida e aveva profonde occhiaie scure. Era anche dimagrita parecchio. Kate sapeva che aveva preso una giornata di ferie per fare un check-up il venerdì successivo.

«Sarà sicuramente uno strascico del COVID» aveva detto a Kate. «Questa stanchezza mi fa dannare. Siamo tutti un po' giù di corda dopo gli ultimi anni, vero? Però è meglio escludere altre possibilità.»

Gli anni precedenti, con la pandemia di coronavirus e le restrizioni connesse, avevano messo a dura prova tutta la compagine del CID di Scarborough, ma era un destino condiviso da tutte le persone e quasi tutti gli ambiti professionali. Molti avevano dovuto lavorare da remoto, ristoranti, caffè e hotel erano stati chiusi, i genitori già stressati erano stati costretti a insegnare ai figli in casa, i matrimoni erano collassati per la forzata convivenza, chi era finito in bancarotta, chi era rimasto solo, chi era morto nelle case di riposo isolate. Il mondo e la vita erano stati scardinati. Nessuno ne era rimasto immune. Forse non era mai capitata una crisi globale così grave prima di allora.

Pamela Graybourne si era ammalata di COVID in forma violenta quasi all'inizio della pandemia e molto prima che venissero sviluppati i vaccini. In seguito era stata contagiata di nuovo, quando il virus aveva colpito anche Kate e quasi tutto il dipartimento. Mentre Kate si era ripresa senza problemi, Pamela continuava ad accusare sintomi anche a un anno di distanza. Con ogni probabilità soffriva di Long Covid, ma si trascinava al lavoro con ferrea disciplina.

«Dovrebbe prendersi una vacanza» disse Kate. «Andare da qualche parte al Sud. Tre settimane di sole e riposo.»

«Forse» replicò Pamela e dopo una pausa aggiunse: «Lo so che è assurdo, ma sono troppo stanca per andare in vacanza. Pazzesco, vero?»

«Per niente» osservò Kate. «Anche un viaggio di piacere è uno strapazzo.»

Si salutarono, poi Kate si diresse verso casa nella serata limpida e calda. C'era molta gente in giro. Benché in gran parte dell'Inghilterra le vacanze non fossero ancora iniziate, le famiglie senza bambini in età scolare avevano già cominciato ad affollare le località balneari lungo la costa.

Forse dovrei andare al mare, si disse Kate, sedermi in spiaggia con un calice di spumante.

Per qualche motivo però, neanche quello le sembrava così divertente.

Da soli non era mai divertente festeggiare.

Accostò sul ciglio della strada, fermò la macchina e si mise a pensare.

«Al posto suo, io radunerei un po' di amici...»

Probabilmente nessuno riusciva a immaginare una vita senza amici. Oggigiorno tutti affermavano di averne tantissimi. Kate conosceva bene i resoconti dei colleghi in ufficio il lunedì mattina: *sono stato a mangiare con gli amici (oppure a fare una grigliata, al mare, in montagna, a visitare una mostra, eccetera, eccetera, eccetera...)*

Con gli amici. Detto così dava l'impressione che tutti avessero a disposizione un'enorme vasca piena di amici, dalla quale pescare qualche esemplare per ogni occasione. Nessun altro trascorreva *mai* un intero fine settimana da solo davanti alla tivù? Oppure in giardino? O a colazione? Non gli capitava mai di preparare un pasto soltanto per sé, o di bere troppo vino per scacciare almeno in parte la depressione?

Sapevano *sempre* con chi festeggiare in occasione di una promozione?

Riaccese il motore decisa e ripartì. C'era qualcuno. E sarebbe andata a trovarlo.

In realtà non era stata sua intenzione brindare al proprio successo professionale con Caleb Hale, benché le fosse venuto in mente già qualche giorno prima. Ma c'erano stati due motivi che l'avevano trattenuta. In primo luogo il concetto di *brindare* nella sua accezione corrente era da escludere, dal momento che come ex alcolizzato Caleb avrebbe potuto farlo solo con l'acqua, oppure con una coca, che era la sua bibita preferita. Kate non ci trovava niente di male, ma la cosa suscitava sempre battute ciniche da parte di Caleb e lei voleva risparmiarsele. In secondo luogo, sapeva che a Caleb non piaceva parlare del lavoro di lei, che un tempo era stato anche il suo. Un tempo era stato un investigatore di alto rango, precisamente l'ispettore capo del CID di Scarborough, ovvero uno dei funzionari di grado più elevato. A seguito di una missione fallita a causa del suo evidente stato di ebbrezza aveva ricevuto una sospensione; successivamente, dopo il tentativo di liberare una donna rapita, finito in maniera catastrofica, si era dimesso spontaneamente. Si sentiva del tutto inadeguato al suo incarico, che un tempo era stato la sua massima passione. Aveva trovato lavoro come barista, si era trasferito in un appartamento più economico, poi aveva perso il posto perché si ubriacava troppo spesso. Il COVID lo aveva aiutato a disintossicarsi. Per la precisione si era sottoposto a due trattamenti, separati da una ricaduta. Si era messo a fare il tassista, ma non era un lavoro che lo divertiva. Kate sapeva che rimpiangeva gli anni passati in polizia, ma che continuava a non sentirsi all'altezza di quella professione. Nel corso dei loro rari incontri – Kate era sempre tesa e i turni di Caleb spesso non coincidevano con i suoi – lei cercava di evitare il più possibile di parlare del suo lavoro. Non voleva rattristarlo. Lui era a conoscenza della sua promozione, ma lei aveva deciso di non parlargliene più.

Quella sera invece lo avrebbe fatto. Perché lei stessa ne aveva un bisogno che superava i consueti scrupoli nei suoi confronti.

Vide il suo taxi parcheggiato davanti al palazzo di Queen's Parade dove occupava un minuscolo appartamento al secondo piano. L'edificio era fatiscente e piuttosto squallido, ma l'affitto era abbordabile. Inoltre, verso est si godeva di un panorama spettacolare sull'oceano che ripagava dei rubinetti che perdevano, del riscaldamento costantemente rotto e dell'umidità sulle pareti. Almeno un pochino.

Kate lasciò in macchina le bottiglie di spumante, ma prese la scatola con la torta. Non era esattamente l'ora migliore per caffè e dolce, ma con un po' di immaginazione si poteva pensare a un *High Tea* tardivo. Magari potevano andare semplicemente a fare una passeggiata sulla spiaggia. Era una serata splendida, tiepida e soleggiata. Lassù al Nord in quella stagione non faceva buio prima delle undici di sera.

Siccome il campanello accanto alla porta non funzionava, Kate bussò come al solito e subito dopo sentì dei passi. Caleb le aprì con indosso un paio di jeans sbiaditi che aveva tagliato all'altezza delle ginocchia e una maglietta blu. Era a piedi scalzi.

E puzzava indubbiamente di alcol.

«Buonasera, *ispettore investigativo*» la salutò in tono esageratamente solenne accennando a un inchino. «Entra. Quale onore che, alla luce del tuo grado superiore tu ti abbassi ancora a frequentare un poliziotto fallito su tutta la linea come me!»

Quell'accoglienza la lasciò del tutto senza parole. Rimase lì immobile, reggendo tra le braccia la scatola con il dolce e fissando Caleb come se avesse di fronte un fantasma.

«Che c'è?» le chiese lui.

Lei entrò nell'appartamento. A distanza di tre anni e mezzo da quando aveva lasciato la sua villa sulla scogliera e si era trasferito lì, nel piccolo ingresso c'erano ancora due scatoloni da trasloco. La ragione principale era che non aveva trovato spazio per tutte le cose che si era portato dietro. Ma utilizzava gli scatoloni come tavolino di servizio: sopra c'erano un berretto da baseball con la visiera coperta di sabbia, un paio di occhiali da sole e le chiavi dell'auto.

Kate si chiuse la porta alle spalle.

«Hai bevuto» disse.

«Sì.»

«Caleb...»

Lui la precedette in salotto. All'inizio era stato occupato quasi completamente dal massiccio tavolo da pranzo della sua casa precedente, dal quale si era separato durante una fase piena di buoni propositi e con l'aiuto di Kate. Adesso c'erano un tavolo più piccolo con due sedie e un divano dal quale, allungando un po' la testa, era possibile vedere il mare oltre il parapetto di pietra del balcone. La portafinestra era aperta e l'aria tiepida della sera entrava nella stanza, mescolata all'odore salmastro dell'acqua.

«Posso offrirti qualcosa?» chiese Caleb. Andò nel cucinotto che occupava una nicchia nella parete della stanza. «Per festeggiare l'occasione. Un po' di spumante?»

«Caleb...»

Lui si girò. Lei scorse il lampo di collera nei suoi occhi. «Quante volte ancora hai intenzione di balbettare il mio nome? Tre? Cinque? Per il resto della serata?»

«Da quando hai ricominciato a bere?»

Lui si strinse nelle spalle. «Non ci ho fatto caso.»

«Quindi è già da un po'?»

«Una o due settimane.»

«Perché?»

«Perché cosa?»

«Perché hai ricominciato?»

Lui alzò di nuovo le spalle. «Perché la sera si beve un goccetto? Perché la giornata è stata faticosa. Perché hai avuto solo clienti insopportabili. Perché vuoi premiarti in qualche modo per aver resistito. Ti siedi in un caffè al porto e...»

«Ordini un bicchiere di vino?»

«Una birra. All'inizio una birra. Come del resto per centinaia di altre persone intorno a me.»

«Ma nel tuo caso è un po' diverso. Oramai ti sei già sottoposto a tre cure disintossicanti. Sai che non devi bere nemmeno un goccio. In realtà non dovresti nemmeno mangiare un cioccolatino al liquore. Maledizione, Caleb!»

«È tutto sotto controllo. Ti do forse l'impressione di essere un ubriacone senza speranza?»

Nei momenti peggiori Caleb iniziava a bere fin dal mattino a colazione. Dentro l'ultimo cassetto della scrivania in ufficio aveva sempre tenuto una bottiglia. Lo sapevano tutti, se non altro perché entrando nel suo ufficio si sentiva l'odore. Ma non era mai trapelato niente nel suo comportamento. Non era mai diventato offensivo, non aveva manifestato difficoltà di pensiero o di espressione. Era stato un investigatore impeccabile, per questo intorno a lui tutti erano stati più che disposti a chiudere uno o entrambi gli occhi per molto tempo. Tutti avevano finto che non fosse niente di grave.

Finché non era più stato possibile.

Kate sbatté la scatola della torta sul tavolo. «Non so proprio che cosa dire, Caleb!»

«E allora non dire niente.»

«Eri così a buon punto. Avevi resistito così a lungo. È... Oddio, Caleb, non sai quanto sono delusa!»

«Sembri mia madre quando tornavo a casa da scuola con un brutto voto.»

«Questo è molto peggio di un brutto voto.»

Lui tacque. Rimasero a guardarsi l'uno di fronte all'altra. Alla fine Caleb le chiese: «Allora? Vogliamo festeggiare la tua promozione?»

«No» rispose Kate.

Bevvero insieme un caffè. Portarono sul balcone le due sedie del tavolo da pranzo e si accomodarono con le tazze. La casa proiettava la sua ombra sul balcone, ma davanti a loro vedevano i riflessi rossi del sole sull'acqua. Chiacchierarono fingendo che insieme a loro non ci fosse un ingombrante pachiderma rosa: il fatto che Caleb avesse ricominciato a bere.

Lui s'informò sul suo lavoro.

«Abbiamo una ragazza scomparsa» lo aggiornò Kate. «Quattordici anni. Eva Hanson. Non è tornata a casa da scuola.»

«Quando?»

«L'altro ieri. Nel pomeriggio avrebbe dovuto partecipare a una festa sportiva, per questo i genitori non si sono accorti di niente fino a sera. In realtà non ha partecipato nemmeno a quella manifestazione. La polizia è stata allertata intorno alle 19.»

«Possibili indizi di reato?»

«È stata rinvenuta la sua uniforme scolastica. Giù alla Crown Spa. In una nicchia dell'edificio.»

«Niente di buono.»

«Infatti. Mancano tuttavia altre cose: lo zaino di scuola, le scarpe. Gli accessori. Sembra essersi liberata solo della divisa. Nel migliore dei casi.»

«Nel peggiore è stato qualcun altro a togliergliela» osservò Caleb. «È strano che i suoi indumenti siano stati gettati in un angolo. Se abbiamo a che fare con un crimine, l'autore non si è nemmeno preoccupato di nascondere la cosa, il che se non altro spesso rappresenta un vantaggio.»

«Non ha avuto tempo?»

«È possibile. Abbiamo esaminato le riprese delle telecamere di sorveglianza. L'angolo dove sono stati rinvenuti gli abiti non è coperto. Ma non abbiamo notato niente di sospetto neanche altrove. C'era molta gente. Ma Eva non è stata riconosciuta da nessuna parte.»

«Si tratta dell'uniforme scolastica» ragionò Caleb. «Lei odiava la scuola?»

Kate scrollò il capo. «L'ispettore capo Graybourne ha parlato a lungo con i genitori. Secondo loro non avevano problemi con la figlia, e non c'erano neppure difficoltà scolastiche. Prendeva bei voti ed era apprezzata da insegnanti e compagni.»

«Il che potrebbe non essere del tutto vero» obiettò Caleb. «I bei voti magari sì, ma i genitori degli adolescenti spesso hanno un'idea molto distorta di quello che succede nella vita dei figli. Dove abitano gli Hanson?»

«A Holbeck Hill. Una delle ultime case.»

Caleb fischiò tra i denti. «Proprio sul campo da golf e con una vista spettacolare sul mare.» Nei suoi giorni migliori lui stesso aveva abitato a poca distanza da lì. «Devono essere persone abbienti. Potrebbe trattarsi di un rapimento?»

«Quando ho sentito l'indirizzo è stato anche il mio primo pensiero» disse Kate. «Ma l'ho abbandonato subito. Non ci sono state telefonate né richieste di alcun genere.»

«Questo purtroppo non esclude un rapimento» mormorò Caleb. I sequestri di persona potevano prendere direzioni diverse, e solo pochi lasciavano speranze per la vittima. Il caso migliore era avere a che fare con un professionista, in possesso di un piano preciso, abbastanza dettagliato da far fronte alle possibili difficoltà che potevano presentarsi in qualunque momento. I peggiori erano i rapitori nervosi, quelli che fin dall'inizio facevano il passo più lungo della gamba e che perdevano il controllo al primo imprevisto. In quel caso la vittima correva un grave pericolo.

Se nessuno si era fatto vivo con gli Hanson, poteva anche significare che non si trattava di un rapimento.

Oppure che qualcosa era andato storto.

«Domani io o Graybourne parleremo con l'amica del cuore di Eva. Forse riusciremo a metterci in contatto anche con qualche professore, benché sia sabato. Il tempo stringe: a metà della prossima settimana inizieranno le vacanze. E allora molti partiranno.»

«Avete trovato il suo cellulare? Oppure il portatile?»

«Purtroppo no. Li ha con sé. In camera sua non c'era niente. Il cellulare risulta essersi collegato per l'ultima volta al Wi-Fi della Spa.»

Rimasero entrambi in silenzio. Si capiva che Caleb avrebbe voluto parlare ancora del caso, soprattutto perché così non avrebbe dovuto affrontare altri argomenti. Cosa che per Kate era piuttosto bizzarra, alla luce della sua ricaduta.

Lei aveva finito di bere il caffè. Si alzò. «Devo lavorare» disse, senza specificare come mai dovesse *lavorare* di venerdì sera, dopo aver finito il turno. Le sarebbe piaciuto fare una passeggiata sulla spiaggia, preferibilmente da sola, però.

Anche Caleb si alzò. «Ti accompagno alla porta.» Non le offrì di trascorrere insieme il resto della serata.

Probabilmente perché vuole continuare a bere in santa pace, pensò Kate piena di amarezza, e io gli darei solo fastidio.

Rientrando in salotto, Kate notò il mucchio di vestiti appoggiati sul divano. Quando era arrivata non ci aveva fatto caso, ma in quel momento si accorse che erano magliette e calzoncini corti, insieme a un paio di infradito, delle scarpe da tennis e due berretti con la visiera. C'era anche una borsa da viaggio.

«Sei in partenza?» domandò.

Lui annuì. «Mi prendo una settimana di vacanza da domani. Andrò sul continente. Da qualche parte a sud. In Francia o giù di lì.»

«Da solo?»

«Sì. Da solo.»

«Per favore...» S'interruppe. Avrebbe voluto pregarlo di ripensarci. Un viaggio da solo... sapeva che non gli avrebbe fatto bene. Lo avrebbe indotto a rimuginare, a dubitare, a sprofondare nella malinconia. A rifugiarsi nell'alcol. Era la depressione che lo spingeva a bere. Se lo immaginava, seduto sotto un cielo stellato di fronte al Mediterraneo, a riflettere sulla propria vita, e sapeva che non avrebbe più smesso.

Ma chi era lei per immischiarsi? Lui era un adulto. E lei non era sua moglie. Nemmeno la sua compagna. Era un'amica. E anche questo solo come parte di un sistema complesso, delicato e fragile. In quel momento aveva la sensazione di dover proteggere Caleb, mentre l'istinto le diceva che doveva lasciarlo partire per il suo viaggio, che per lui era importante e necessario. Se avesse potuto, si sarebbe offerta di accompagnarlo, ma fresca di nomina e con un'indagine in corso non era in grado di prendersi una vacanza, tantomeno così improvvisa.

E alla fine lui non l'avrebbe voluta con sé. Dopotutto non l'aveva informata in anticipo delle sue intenzioni.

«Ti auguro buon viaggio» disse, rendendosi conto di avere un tono formale che non corrispondeva affatto a ciò che sentiva. «Fatti vivo ogni tanto.»

«Certo» le promise lui. «Lo farò sicuramente.»

Lei fece un passo avanti e lui l'abbracciò, tenendola stretta senza parlare per qualche minuto. Lei annusò il suo odore familiare, la sua pelle, un'ultima traccia del dopobarba che usava, il dentifricio.

E l'alcol.

Quando uscì dall'appartamento Kate aveva le lacrime agli occhi.

Si era immaginata di passare in maniera del tutto diversa la sera del giorno della sua promozione a ispettore investigativo. Senza avere progetti concreti.

Ma aveva creduto che sarebbe stata una serata allegra.

# Venerdì, 7 luglio

## *1*

Era la prima volta da quando si conoscevano e avevano fatto amicizia che Tanya Lambert provava il desiderio di stare lontana dalla sua amica Iris. Meglio addirittura per qualche giorno. Era scioccata dalle proprie emozioni, perché considerava Iris una buona amica e la trovava simpatica. Ma non erano mai andate in vacanza insieme. Stare a stretto contatto per tutto il tempo, costantemente, persino di notte, era molto faticoso. Ed erano partite giusto il lunedì precedente. Mancavano ancora due settimane intere.

Speriamo che dopo questa vacanza continueremo a essere amiche, pensò.

Tanya era al volante del Westfalia che si era fatta prestare dal fratello per il viaggio, accompagnato da mille raccomandazioni di riportarglielo sano e salvo e minacce riguardo a quello che le sarebbe capitato in caso contrario. Era esausta. Fuori il caldo era torrido, l'asfalto sull'autostrada davanti a loro sembrava luccicare. Il vecchio pulmino non aveva l'aria condizionata. Viaggiavano con i finestrini abbassati e il vento tiepido rendeva appena sopportabile la temperatura. L'importante era non restare bloccate in un ingorgo. Con quel caldo, in quella scatola di latta, sarebbe stato un incubo.

Lione era stato un grosso problema. Se si voleva raggiungere la Provenza venendo da nord, era impossibile evitare di attraversare la Garonna almeno una volta, il Rodano tortuoso per un totale di quattro volte e due cavalcavia ferroviari. Il tutto per mezzo di ponti.

Si erano fermate e ne avevano parlato e Iris aveva dichiarato che per lei era fuori discussione.

«Mi prendono gli attacchi di panico. Non importa che sia tu oppure io a guidare. Comincio a sudare, mi ronzano le orecchie. Non riesco più a deglutire. Mi metto a tremare e il cuore mi batte a mille. Non posso. Non posso proprio.»

Quando avevano organizzato il viaggio, servendosi di Google Street View, era stato chiaro che avrebbero dovuto attraversare il Rodano prima o poi, e che non esisteva una deviazione, per quanto lunga, per evitarlo.

«Magari posso farcela con un sonnifero» aveva detto Iris all'epoca.

Da quando erano partite da Bath avevano sempre trovato delle alternative, erano arrivate a Calais con l'Eurotunnel e da lì avevano proseguito sulle autostrade francesi. A volte. Più spesso sulle provinciali. Per evitare i cavalcavia. Le strade provinciali infatti non passavano quasi mai su ponti. In compenso avevano impiegato quasi una settimana a coprire una distanza che procedendo in maniera più lineare avrebbe richiesto al massimo tre giorni.

All'inizio Tanya aveva pensato che sarebbe stato divertente. Evitare di passare sui ponti. Come succedeva a Bath e dintorni, quando andavano a trovare qualcuno insieme oppure facevano una gita nel fine settimana. Non aveva pensato a quanto sarebbe stato logorante su distanze più lunghe. Quanta pazienza avrebbe richiesto. Quante volte si sarebbero trovate a procedere a passo d'uomo dietro un mezzo agricolo. Quanti paesaggi noiosi avrebbero incontrato. Quanto tempo della loro vacanza avrebbero sprecato. Bisognava infatti anche pensare al viaggio di ritorno.

A Lione l'unico rimedio era stato un forte sonnifero con il quale Iris non si era resa conto di quando avevano attraversato i ponti.

Dopo aver lasciato l'autostrada nei pressi di Cavaillon e aver superato la Durance, Tanya, che aveva rischiato di addormentarsi al volante per due volte, si era fermata in un parcheggio per schiacciare un pisolino. Erano quasi le cinque del pomeriggio quando si era svegliata. Anche Iris aveva aperto gli occhi, ma sembrava ancora troppo stordita e Tanya si era rimessa al volante. Si sentiva ancora stanca, ma Iris era in condizioni decisamente peggiori delle sue.

Se non altro per quella notte avevano prenotato un albergo. Una pensione economica, poco più di un ostello della gioventù, ma avrebbero avuto una camera ciascuna, un letto, un bagno e una doccia. Fino a quel giorno si erano accontentate dei materassi sistemati sul retro del pulmino. Quando avevano organizzato il viaggio, era stata la parte che avevano trovato più avventurosa ed emozionante, ma nel frattempo Tanya aveva l'impressione di non sopportare più la convivenza forzata in uno spazio minuscolo. Il momento peggiore era stato una sera, durante un violento temporale; non avevano potuto consumare la baguette annaffiata da vino scadente su un tavolo di un'area di servizio. Si erano sedute sui materassi, riempiendo di briciole i loro letti, mentre la pioggia tamburellava sul tettuccio. Oltretutto faceva anche freddo. Non avevano detto una parola.

Era proprio arrivato il momento di separarsi per un po'.

«Reggi ancora?» chiese Iris. Non sembrava più così assonnata.

«Insomma» rispose Tanya, rendendosi conto del tono brusco che aveva usato. Si sforzò di sorridere. «Scusa, sono un po' stanca.»

Iris aveva un'aria colpevole. «Mi spiace. È colpa mia. Mi ero immaginata qualcosa di più semplice.»

«È probabile» ammise Tanya. «Del resto però ero a conoscenza del problema già prima.»

L'amica non rispose. Sembrava abbattuta. Tanya si pentì subito delle proprie parole. Iris non aveva mai finto con lei. Al contrario, le aveva chiesto più volte se fosse sicura che la situazione non sarebbe stata troppo pesante per lei.

Nell'entroterra verso il Luberon il caldo sembrava farsi sempre più insopportabile. Il paesaggio era mosso da dolci colline, appariva inaridito e dava l'impressione di soffrire sotto la cappa di afa, anche se non era del tutto secco. L'erba nei prati era di un verde polveroso. La luce aveva un alone rossastro, il colore tipico del tardo pomeriggio in Provenza. Superarono un campo di lavanda e un altro di girasoli. Il frinire delle cicale nascoste tra gli alberi era assordante.

«Che bello» osservò Iris. Appariva più vigile, si raddrizzò sul sedile, guardò fuori. «Non me l'ero immaginato così.»

«Io sì» disse Tanya. Era stata lei a voler fare quella deviazione fino al Luberon. Tuttavia non ne sembrava più troppo entusiasta. Era solo tanto stanca. Voleva arrivare in hotel. Farsi una doccia. Mangiare un boccone. Bere un bicchiere di vino. E poi dormire, dormire, dormire… in un vero letto.

Lasciarono la provinciale e imboccarono una strada molto più stretta fiancheggiata da muretti a secco. Sembrava perdersi nel nulla, come se non portasse da nessuna parte, verso nessuna casa, men che meno un hotel. Ma secondo Google erano sul tragitto corretto.

«È un posto davvero isolato» disse Tanya.

«Era quello che desideravi» osservò Iris.

«Sì. Lo desideravo.»

«Da come lo dici sembra quasi che…»

Tanya cominciava ad avvertire un leggero mal di testa. Era un senso di oppressione dietro le tempie. Colpa della stanchezza, della guida monotona sull'autostrada.

Voglio solo arrivare, pensò. Dovunque sia.

«Non sembra proprio niente» sbottò. «Sono solo sfinita.»

Iris non replicò. Controllò il cellulare. «Dovremmo quasi esserci» annunciò. «La batteria è quasi scarica. Avrei dovuto ricaricarla mentre dormivo. Vabbè, fino all'hotel ci arriva.»

Dato che non era venuto loro incontro nessuno, Tanya stava valutando se fosse il caso di accelerare, nonostante la strada stretta che avrebbe impedito il passaggio di due auto contemporaneamente, quando Iris lanciò un grido.

«Fermati! Fermati subito!»

Tanya inchiodò e riconobbe subito il motivo dell'agitazione all'amica: di fronte a loro si apriva una gola tra le rocce, un'appendice dei monti, e la strada l'attraversava con uno stretto ponte dalle spallette di ferro battuto.

«Oh, cazzo» esclamò Tanya. Non aveva mai pronunciato quella parola con tanto trasporto.

Iris era impallidita. Tanya sapeva che non stava esagerando la sua fobia, che reagiva davvero con attacchi di panico ai ponti, ma nel caso avesse avuto ancora qualche dubbio, in quel momento lo avrebbe archiviato definitivamente: tutt'a un tratto Iris aveva un colorito grigio e il suo terrore era tangibile. Non poteva essere una finta: il pallore improvviso, il sudore sulla fronte, l'espressione tormentata negli occhi. Fissava il ponte come se fosse il suo peggior nemico.

Non può andare dall'altra parte, pensò Tanya.

L'emicrania diventò più intensa.

Spense il motore, aprì la portiera e scese dal pulmino. Fuori faceva caldo come all'interno. Di sicuro dovevano esserci più di trenta gradi. L'asfalto luccicava alla luce del sole che si era già spostato verso ovest ma non aveva ancora nessuna intenzione di tramontare.

«La domanda è se sia possibile arrivare dall'altra parte senza attraversare il ponte» dichiarò.

Anche Iris era scesa. Fissava il cellulare come se si aspettasse di ottenere aiuto da lì. «Il navigatore non indica questa gola» mormorò.

Tanya annuì. «Ovviamente. Non è fatto per chi ha paura dei ponti. Non sa che noi adesso abbiamo un problema.»

«Non riesco a trovarlo nemmeno su Street View» obiettò Iris cercando di allargare al massimo la mappa sullo schermo.

«Ora non ha importanza» disse Tanya. «La gola e il ponte sono tutti e due molto reali.»

Si avvicinarono entrambe al ciglio del dirupo. Era scosceso e molto profondo. Rocce e sassi e da qualche parte il fondo, asciutto, senza acqua.

«Non so se riesco a scendere fino a laggiù» disse Iris in tono avvilito.

«È impossibile che tu ci riesca» dichiarò Tanya. La gola era troppo ripida, troppo profonda, le rocce avevano un aspetto friabile e si sarebbero sbriciolate se qualcuno ci avesse appoggiato il piede. Osservò il ponticello, così grazioso a paragone delle rocce frastagliate. Chissà se avrebbe retto il peso di un Westfalia? Nemmeno lei trovava particolarmente esaltante l'idea di attraversarlo. Per quel che riguardava Iris poi, non c'era storia.

La gola sembrava perdersi in lontananza. Da qualche parte forse si spianava e spariva del tutto, diventando parte della pianura, ma non era possibile costeggiarla: non c'erano strade, né sentieri. C'erano pietre e arbusti, cespugli bassi e ogni tanto qualche albero.

«Potrei camminare lungo la gola sperando di trovare un punto in cui attraversarla» disse Iris, ma Tanya scrollò il capo. «Guardati intorno. Non riusciresti ad andare da nessuna parte. Potrebbero volerci ore. E poi con questo caldo… credo che sia anche pericoloso.»

«Allora dobbiamo tornare indietro e cercare una via alternativa per arrivare all'hotel.»

«Sei proprio sicura di non farcela...»

Iris scosse la testa. Osservò il ponte e il suo pallore aumentò. «No. Impossibile.»

«D'accordo. Capisco.»

In realtà Tanya non capiva. Non capiva tutto quel panico. Soprattutto: la rendeva sempre più aggressiva. Si ammonì di mantenere la calma.

Non essere ingiusta, si esortò.

«Potrei prendere un altro sonnifero» propose Iris.

Tanya era contraria. «Ci vorrà almeno un'ora prima che faccia effetto. E dovremmo aspettare sedute qui al caldo. Dio, Iris, non ce la faccio più. Ho bisogno di una doccia, di mangiare qualcosa e di un letto!»

«L'unica soluzione è tornare indietro e trovare un'altra strada. Magari in direzione di Avignone. Potremmo arrivare all'hotel dalla parte opposta.»

Tanya si sentì mancare all'idea di dover cercare e percorrere complicate deviazioni.

Si passò una mano sulla fronte. Faceva così caldo.

«No, faremo così» dichiarò. «Io passerò su questo maledetto ponte e raggiungerò l'hotel. Non deve mancare più molto. Tu mi aspetti qui. Spiegherò all'albergatore il problema e chiederò un'alternativa. Di sicuro conoscono la zona e potranno aiutarci. Meglio che metterci a vagare a caso di nostra iniziativa, senza avere idea di dove potremmo finire.»

Iris non sembrava entusiasta, ma Tanya ebbe l'impressione che si rendesse conto che era la soluzione più logica.

«Dovresti arrivare più o meno in un quarto d'ora» disse.

«Esatto. Mi farò spiegare come procedere e tornerò a prenderti. Penso che al massimo resterai ad aspettare qui per un tre quarti d'ora.»

Iris continuava ad avere l'aria infelice, ma non le veniva in mente un piano migliore. Salì sul retro del pulmino per prendere una bottiglia d'acqua. Tanya la guardò accucciarsi tra i materassi, le lenzuola e le coperte, le confezioni di cibo mezzo consumate, i libri e i cosmetici. Era incredibile con quanta velocità si creasse il disordine in uno spazio angusto. Il desiderio di ordine di Tanya aveva ormai raggiunto livelli insostenibili. Come la nostalgia per il suo piccolo appartamento dove ogni cosa aveva il suo posto.

Non essere tanto meschina, si rimproverò.

Iris scese dal Westfalia con una bottiglia d'acqua minerale piena che sicuramente doveva essere tiepida.

«Bene» disse. «Così almeno non rischio di morire di sete. Tornerai più in fretta possibile, vero?»

«Ma certo» le promise Tanya. Sorrise, perché sapeva che Iris soffriva sul serio e lei non era stata troppo amichevole nei suoi confronti. Con il sorriso cercò di ripristinare l'affiatamento che faceva parte di loro e del loro rapporto.

Forse i viaggi condivisi erano il test più estremo a cui poteva essere sottoposta un'amicizia. Alla fine però loro l'avrebbero superato.

«A presto» aggiunse. «Cercati un posto all'ombra per aspettarmi. Tornerò il prima possibile, e speriamo con una buona alternativa!»

Salì al volante e riaccese il motore. Il pulmino si mise in moto e attraversò lentamente il ponte. Tanya salutò l'amica con la mano dal finestrino aperto.

Sarebbe stata l'ultima volta che Iris vedeva la sua amica.

## *2*

Il sole si era abbassato sull'orizzonte, il cielo estivo risplendeva di una luce azzurra ed era solcato da striature rosse. La temperatura non si era rinfrescata molto. Se non altro si era alzato un leggero vento che dava un po' di refrigerio. La giornata torrida avrebbe lasciato il posto a una notte calda che a sua volta si sarebbe trasformata in una nuova giornata rovente.

Iris aspettava il ritorno di Tanya da quasi due ore.

Aveva imprecato per un quarto d'ora buono quando, poco dopo che Tanya e il pulmino erano spariti dalla sua vista, si era accorta di aver lasciato il cellulare a bordo quando aveva cercato la bottiglia d'acqua. Lo aveva appoggiato su uno dei materassi, invece di infilarselo in tasca come al solito, e poi era scesa con l'acqua ma senza il cellulare comunque quasi scarico. E adesso si ritrovava seduta tutta sola in mezzo al nulla, non poteva contattare nessuno, e neppure Tanya per chiederle dove fosse. Non poteva fare niente, nemmeno cercare sulla app un sentiero escursionistico che portasse nei paraggi dell'hotel senza dover attraversare la gola, benché avesse il cupo presentimento che non fosse possibile. Quella maledetta forra tagliava la zona come una ferita lunga e profonda. Probabilmente avrebbe dovuto camminare per ore prima di trovare un punto più in piano. E con quel caldo. Con una riserva d'acqua sempre più scarsa. E inoltre, se si fosse allontanata dal ponte e Tanya fosse tornata, non si sarebbero più incontrate. Magnifico.

«Che grandissima rottura di scatole!» gridò.

Si era affacciata in diversi punti sul ciglio della gola, per valutare se non ci fosse una possibilità di scendere e risalire sull'altro versante. Il che comunque non avrebbe necessariamente migliorato di molto le cose. Secondo il navigatore il tragitto dal ponte all'hotel era di quindici minuti in macchina, il che voleva dire almeno cinque volte di più a piedi. Sarebbe stato fattibile, dal momento che il sole non era più così forte. Ma dovunque Iris guardasse, la discesa sul fondo della gola le sembrava un'impresa troppo pericolosa. Se fosse scivolata e fosse rimasta bloccata con una gamba rotta, sarebbe stato un bel casino, soprattutto se Tanya non fosse arrivata presto. In quel caso non l'avrebbe vista nemmeno un eventuale automobilista di passaggio, ammesso che qualcuno usasse quella strada. Da quando era lì non aveva visto niente e nessuno.

Che fine aveva fatto Tanya? Oramai doveva essere arrivata all'albergo da un bel po'. Aveva smaniato tanto per fare una doccia che forse aveva deciso di rinfrescarsi al volo. Iris lo riteneva estremamente maleducato, ma Tanya sarebbe stata capace di fare una cosa del genere. Comunque, anche in quel caso oramai avrebbe dovuto aver finito. E nel caso l'albergatore non avesse potuto darle indicazioni utili, Tanya non si sarebbe messa tranquillamente a letto per tornare a prendere l'amica il mattino dopo. Questo non lo avrebbe fatto. Nessuno avrebbe fatto una cosa del genere. Giusto?

Iris conosceva Tanya da tre anni, da quando si era presentata come paziente nello studio medico dove Iris lavorava. Si erano messe a parlare, e tra di loro era subito nato un bell'affiatamento. Tanya le aveva parlato della piccola boutique che gestiva nel centro di Bath e dei problemi che aveva a far quadrare i conti a causa della pandemia. Riusciva a tirare avanti alla meno peggio grazie ai sussidi statali. Successivamente Iris era andata a trovarla in negozio per comperarsi qualcosa di nuovo. Tanya le aveva venduto un vestito molto elegante, facendole anche uno sconto. Una cosa aveva tirato l'altra ed erano diventate amiche.

E adesso questo.

Oppure le era successo qualcosa?

Se solo avesse avuto con sé il cellulare. Maledisse la propria stupidità, si sentiva mutilata, impotente, prossima alla disperazione. Era incline agli attacchi di panico, non solo quelli immancabilmente legati ai ponti, ma anche ad altre occasioni. Nelle circostanze in cui si trovava, dovette sforzarsi di mantenere la calma. Si rese conto che la paura si stava impossessando di lei dall'accelerazione del battito cardiaco e da una strana leggerezza nella testa e nel corpo. Era una specie di capogiro, come se le venisse a mancare il terreno sotto i piedi. A volte riusciva a fermare l'attacco con una speciale tecnica respiratoria che le aveva insegnato il suo terapeuta. Si mise seduta per terra, appoggiò la schiena al tronco di un albero, raccolse le gambe al petto, chiuse gli occhi. Strinse convulsamente la bottiglia d'acqua. Inspirò a fondo contando lentamente fino a sei e concentrandosi sulla dilatazione del diaframma. Soffiò fuori l'aria contando fino a otto. Molto lentamente. Inspira... espira... Il battito del suo cuore si calmò.

Il diaframma si alzava e si abbassava... si alzava e si abbassava... si alzava...

Udì il rumore di una macchina che si avvicinava.

Dal lato giusto, dall'altra parte del ponte. Finalmente Tanya era tornata.

Non si trattava di un Westfalia, e non era Tanya. Un'Audi blu. Il volante sul lato destro e una familiare targa del Regno Unito. L'alternativa migliore dopo Tanya: un inglese.

Balzò in piedi e si mise a gesticolare come una pazza in mezzo alla strada. In quel modo l'automobilista sarebbe stato costretto a fermarsi, era impossibile schivarla.

La macchina frenò. Al volante c'era un uomo. Non più giovanissimo. Abbronzato, non il tipico inglese. Probabilmente aveva alle spalle una vacanza nel Sud della Francia.

Si sporse dal finestrino. «Madame?»

Lei si avvicinò. «Grazie al cielo, finalmente è passato qualcuno» disse in inglese.

Lui trasalì, poi sorrise. «Oh... una conterranea!»

«Sì. E mi trovo in una situazione incresciosa.» Era consapevole di avere un aspetto alquanto trasandato. Calzoncini sfrangiati, una maglietta bianca con la testa di un panda macchiata. Ai piedi scarpe da ginnastica con cui aveva camminato nel fango a causa della pioggia dei giorni precedenti. Il tessuto bianco era incrostato da chiazze marroni. Capelli spettinati. Era sudata, e sospettava che si sentisse anche dal suo odore. Ma non le importava. In quel momento non le importava di niente.

L'uomo spense il motore e scese dall'auto. Anche lui era piuttosto sudato ed era vestito in maniera casual, con jeans e maglietta. Nemmeno i suoi indumenti erano granché puliti.

«Caleb Hale» si presentò. «Da Scarborough.»

«Iris Shaw. Bath.»

«È arrivata fin qui nel nulla senza macchina?»

«È una storia assurda.» Iris si rendeva conto di *quanto* suonasse assurda la sua storia. Fece un breve riassunto, infilando il termine *gefirofobia* in una frase subordinata pronunciata en passant, come se si trattasse di una piccola indisposizione che poteva colpire chiunque.

Ovviamente lo sconosciuto – Caleb Hale di Scarborough – si fissò proprio su quel punto. «Gefirofobia?»

«Sì, significa...»

«Lo so che cosa significa. Mi domando solo come abbia fatto ad arrivare fino a qui da Bath.»

«Non è stato semplice. Siamo in viaggio da un sacco di giorni.»

«Capisco. E adesso la sua amica, che era andata solo a cercare un percorso alternativo per lei, non è ancora tornata?»

«Sono passate due ore. Non capisco. L'hotel dista un quarto d'ora di macchina da qui. Non so perché ci metta tutto questo tempo.»

«E lei non può contattarla?»

«Ho lasciato il cellulare in macchina.» Iris era convinta che Caleb Hale la considerasse una perfetta idiota. «Una tragedia. Non ho niente. Assolutamente niente. Nemmeno la borsa, niente soldi, niente documenti. Ho solo questa bottiglia d'acqua quasi vuota e...» Prese gli occhiali da sole che si era infilata nei capelli. «... e gli occhiali da sole. Nient'altro.»

«Non è molto» concordò Caleb. Si sporse dentro la macchina e recuperò lo smartphone. «Se conosce a memoria il numero della sua amica, possiamo provare a chiamarla.»

Ovviamente Iris non lo sapeva. Si frugò nella memoria. Lei e Tanya si sentivano quasi tutti i giorni, ma Iris aveva salvato il numero e non lo componeva più.

«Non ricordo» ammise.

Caleb non parve scombussolato dalla cosa. «È normale. Io fatico a ricordare persino il mio, e a volte mi sbaglio.»

«Be' il mio numero lo ricordo» disse Iris. «Possiamo fare un tentativo.»

Lo dettò a Caleb Hale. Partì subito la segreteria telefonica.

«La batteria deve essersi scaricata del tutto» disse Iris. «Era già quasi agli sgoccioli.»

«Come si chiama l'hotel dove eravate dirette lei e la sua amica?»

«Le Rocher.» La roccia.

Caleb cercò il sito Web e chiamò il numero corrispondente. «Il nome della sua amica?»

«Tanya Lambert.»

Quando gli risposero, Caleb Hale chiese notizie di Tanya in francese. Iris riconobbe che lo parlava piuttosto bene, sicuramente meglio di lei. Lo vide annuire e sentì ripetere più volte «*Oui, je comprends!*» poi lui chiuse la telefonata.

«Tanya Lambert si è registrata all'hotel Le Rocher poco più di un'ora e mezza fa. La signora alla reception non ha saputo dirmi che cosa è successo poi, perché ha appena iniziato il suo turno. In ogni caso non c'è nessun pulmino Westfalia nel parcheggio. Ha controllato.»

Iris aggrottò la fronte. «Ma allora si può sapere che fine ha fatto?»

«Forse sta venendo qui?»

«E impiega tutto questo tempo? Lo sa che la sto aspettando. Che ho solo una bottiglia d'acqua. Voleva tornare subito. Secondo lei può aver sbagliato strada?»

«Certo, è possibile. È una zona disabitata e attraversata da un dedalo di stradine. Forse non sono tutte segnate.»

«Lei veniva da quella parte. Però non è stato all'hotel, giusto?»

Caleb Hale scrollò il capo. «Ero presso un'azienda vinicola. Ho comprato un po' di bottiglie. Mi hanno detto che passando da qui sarei arrivato più in fretta all'autostrada. Sto tornando in Inghilterra.»

Per qualche secondo Iris fu assalita dal desiderio di chiedergli semplicemente di portarla con sé, mandando all'aria tutti i programmi, ma come avrebbe potuto? Non c'era niente di normale nella sua situazione. Non poteva chiudere gli occhi come una bambina piccola e sperare che in qualche modo tutto tornasse a posto.

«Non vorrei trattenerla...» disse titubante. Quell'uomo era molto gentile, ma sicuramente non aveva la minima voglia di farsi coinvolgere nei suoi problemi.

Lui liquidò la cosa con un cenno della mano. «Non ho fretta. E di certo non ho intenzione di lasciarla qui da sola.»

«Che cosa dovrei fare secondo lei?»

«Aspettare ancora un po'?»

Iris scosse il capo. «Aspetto da un'eternità. Secondo me è successo qualcosa.»

«In questo caso» disse Caleb Hale, «le consiglierei di andare dove la sua amica è stata vista per l'ultima volta. All'hotel. È lì che si sono perse le sue tracce.»

«Ma...»

Lui sapeva che cosa voleva dire Iris. «Posso accompagnarla io. Dobbiamo trovare una strada senza ponti, ma penso che sia fattibile.»

«Davvero lo farebbe?»

Lui si strinse nelle spalle. «Che arrivi a casa un giorno prima o un giorno dopo, non fa proprio nessuna differenza.»

Lei esitò. In effetti aveva avuto un enorme colpo di fortuna. E soprattutto non aveva nessun'altra scelta se non accettare l'offerta di quell'uomo. Da quando lei e Tanya si erano separate, non era passato nessuno, a parte Caleb Hale di Scarborough. Sembrava una strada abbandonata. Lei era senza cellulare, non poteva raggiungere nessuno e aveva quasi finito la scorta d'acqua. Tuttavia aveva qualche remora. Ripensò all'ultima volta che era salita in macchina con un perfetto sconosciuto. Ricordava la paura che aveva provato da sola, al buio, quando quello strano tipo, Craig Ellis, era diventato sempre più aggressivo. Le venne un altro pensiero improvviso:

Tanya era scomparsa. E se l'uomo che aveva davanti fosse stato in qualche modo coinvolto nella sua sparizione?

Caleb Hale sembrò leggerle nel pensiero.

«So che non vuole correre rischi» disse. «È del tutto comprensibile. Ma restare qui non è un'alternativa valida. Può fidarsi di me. Non sono un malvivente.» Sorrise. «Ho passato metà della vita a dare la caccia a malviventi e tipi loschi per metterli dietro le sbarre. Ero nel CID di Scarborough.»

Il Criminal Investigation Department. Caleb Hale aveva lavorato alla omicidi.

«Oh» disse Iris.

«Ispettore capo investigativo. Ho smesso quattro anni fa.»

«Perché?» chiese Iris e subito dopo aggiunse raccapricciata: «Mi scusi. La cosa non mi riguarda».

«Non si preoccupi» replicò Hale. «Allora... vuole salire?»

Forse Hale era un ex poliziotto, oppure no, ma Iris non poteva fare altro che credere alle sue parole.

Annuì. «Sì.»

Mentre saliva in macchina, Hale disse: «Non ce la facevo più. Non sopportavo più il mio lavoro. Il male con cui avevo a che fare. La sofferenza. L'impotenza. Tutto quanto».

Lei lo guardò seria. «La capisco benissimo.»

## *3*

Raggiunsero l'hotel dopo un'odissea in cui Caleb Hale era riuscito a evitare tutti i ponti. Iris aveva ammirato la sua pazienza. Si era aspettata più volte che da un momento all'altro si fermasse e annunciasse: «Senta, ne ho abbastanza. Sto impazzendo. Mi spiace, ma dovrà cavarsela da sola».

Lui invece non aveva detto niente e lei gliene era grata. Del resto quasi tutti erano pazienti all'inizio. Ci voleva un po' prima che si stancassero del nuovo gioco.

L'hotel era in posizione estremamente isolata, alle pendici del Petit Luberon, su un piccolo altopiano che si affacciava con una vista spettacolare sull'ampia vallata. Per il resto la struttura appariva fatiscente. Con ogni probabilità la luce del tramonto mascherava le pecche più grosse, ma Iris si accorse comunque che i muri erano macchiati di umidità, l'intonaco aveva profonde crepe e nessuno si occupava del giardino ormai incolto. Be', certo, costava poco. Questo era stato il fattore decisivo.

Lungo il tragitto Hale le aveva domandato come mai lei e Tanya avessero deciso di pernottare proprio lì, e lei aveva sospirato.

«È stata Tanya a deciderlo. Aveva visto delle foto del Luberon su una guida turistica e se ne era innamorata. Io non avevo una gran voglia di venire qui. Ma non volevo guastarle il divertimento.»

«Qualcuno sapeva che avevate intenzione di fermarvi in questo hotel?»

Il suo terapeuta ne era informato, ma per il momento preferiva non parlarne. «Non saprei. Forse il fratello di Tanya. Ci ha prestato il pulmino e ha chiesto di descrivergli il nostro itinerario. Aveva paura che glielo danneggiassimo percorrendo strade sterrate.»

«Conosceva il nome e l'indirizzo dell'hotel?»

Lei lo guardò interdetta. «In che senso? Cosa intende?»

«Quando succede qualcosa a una persona, oppure scompare – benché per il momento non abbiamo idea se sia il caso della sua amica – l'ultimo luogo in cui è stata vista assume molta importanza. Insieme all'interrogativo di chi fosse a conoscenza di tale luogo.»

«Secondo lei il fratello di Tanya sarebbe in qualche modo coinvolto nella sua momentanea sparizione?»

«Probabilmente no. Sto pensando a una motivazione banale per l'accaduto. Qualcosa di innocuo. Per esempio il pulmino potrebbe aver avuto un guasto e la sua amica ha dovuto cercare un'officina. Sfortuna vuole che lei abbia lasciato il cellulare in macchina. Altrimenti a quest'ora sapremmo che cosa è successo.»

Nello spiazzo di ghiaia dell'hotel erano parcheggiate due macchine, ma nessuna delle due era un Westfalia. Siccome si godeva di una visuale aperta, fu subito chiaro che del pulmino non c'era traccia nei paraggi. Se Tanya era stata davvero lì, nel frattempo se ne era andata.

Alla reception trovarono una giovane donna che si ricordava della telefonata di Caleb.

«Sì, abbiamo parlato prima. Si trattava di un'ospite.» Pigiò sui tasti del computer. «Tanya Lambert. Aveva prenotato per sé e per Iris Shaw.»

«Sono io» confermò Iris.

La donna la guardò con quella che sembrava compassione. «Mi spiace. La sua amica non è ancora rientrata.» Indicò gli scomparti del casellario sulla parete alle sue spalle. Erano pieni di chiavi con grosse targhette con sopra i numeri. Nonostante l'aspetto trasandato, l'hotel aveva decisamente un fascino antiquato. «Camera 15. Come vede, la chiave è ancora qui. Non è ancora venuta a prenderla.»

«Lei non era di turno quando Mrs. Lambert è arrivata?» si assicurò Caleb.

«No. C'era la direttrice. Madame Valette.»

«Potremmo parlarle?»

Iris si sorprese a pensare che Caleb Hale le aveva detto la verità a proposito del suo lavoro. Aveva un modo di fare particolare. Non era più un funzionario di polizia, non si era nemmeno presentato come tale alla reception, ma il suo tono di voce, i suoi modi rivelavano che era abituato a indagare, a fare domande, a incutere rispetto. Forse aveva gettato tutto alle ortiche, ma padroneggiava ancora il mestiere.

Fu chiamata la direttrice. Madame Valette aveva l'aria tutt'altro che contenta quando entrò nella hall. Non era più giovane, appariva stressata e di una magrezza malata. Iris pensò che doveva aver vissuto anni parecchio difficili. Il settore alberghiero e della ristorazione era stato colpito in misura massiccia dagli effetti della pandemia. Quella struttura così isolata sicuramente aveva faticato a rimanere a galla e anche adesso i turisti tardavano a tornare. Madame Valette non dava l'impressione di trarre la minima gioia dal lavoro che svolgeva. Ma in qualche modo doveva tirare avanti.

Confermò che Tanya si era registrata con lei. Dopo un'occhiata al computer, indicò persino l'ora esatta.

«Le 17:25. L'ho inserita a quell'ora.»

«Le ha detto come mai era arrivata da sola? E che aveva prenotato con un'amica?»

Madame Valette annuì. «Sì, ha raccontato una storia bizzarra. La sua amica era al di là di una forra perché aveva paura di attraversare il ponte.»

Gettò un'occhiata diffidente a Iris che, dopo aver seguito a grandi linee la conversazione in francese, assunse un'espressione scostante. «Soffro di gefirofobia.»

«Di cosa?»

«La fobia per i ponti» spiegò Caleb Hale. «Mrs. Shaw non è in grado di attraversare i ponti. È un disturbo più diffuso di quanto si immagini.»

«Io non lo avevo mai sentito prima» ribatté madame Valette. «E non potrei nemmeno permettermi una fobia del genere. Ho troppo da fare per...»

«Insomma, vorrei proprio sapere...» esclamò stizzita Iris, ma Caleb la fermò con un gesto conciliante della mano.

«Non è il caso di parlarne adesso. Mrs. Lambert le ha spiegato il problema, giusto?»

«Sì. Mi ha chiesto se conoscessi una strada per arrivare qui senza dover utilizzare un ponte. Non sono stata in grado di aiutarla. Sinceramente finora non mi è mai capitato di dover fare attenzione a una cosa del genere. Le ho detto di aspettare il ritorno di mio marito. Lavora ad Avignone. Conosce molto bene la zona e forse avrebbe potuto esserle utile.»

«Suo marito non gestisce questo hotel insieme a lei?»

Madame Valette sospirò. Per un attimo sembrò ancora più esausta. «Prima sì. Prima della pandemia. Poi ha cercato un altro lavoro. I sussidi statali non bastavano neanche lontanamente e ancora non ci siamo ripresi del tutto. Per fortuna ha trovato un posto come portiere in una piccola clinica privata.»

«Nel frattempo è tornato?»

«No. Ma dovrebbe arrivare a momenti.»

«Che cosa ha fatto Mrs. Lambert dopo che le ha detto che doveva aspettare?»

«Sembrava incerta. Alla fine è salita in camera con una borsa e si è fatta una doccia. Lo so perché quando è tornata di sotto aveva i capelli bagnati e si era cambiata. Si è messa seduta laggiù» – indicò una poltrona dall'aria antiquata di fronte al bancone della reception. «Ha detto che avrebbe aspettato lì. Si è messa a guardare lo smartphone.»

«Ed è rimasta seduta lì finché lei è stata sostituita dalla sua collaboratrice?»

Madame Valette scrollò il capo. «No è uscita poco prima.»

«Le ha detto qualcosa?»

«No, mi aveva chiesto soltanto un paio di volte se mio marito sarebbe tornato presto, ma io le ho risposto che non lo sapevo.»

«Poi l'ha vista uscire?»

«Ho immaginato che volesse sgranchirsi le gambe.»

«Però non ha dato un'occhiata fuori?»

«Ero impegnata con la contabilità» disse madame Valette. «Stavo esaminando delle bollette che non sarò in grado di pagare. Non ho badato a nient'altro.»

«Non l'ha più vista tornare dentro?»

«Finché sono rimasta qui no.»

«Non sa neppure se sia partita? È probabile che avesse parcheggiato il pulmino qui fuori?»

«È probabile. Ma da qui non si riesce a vedere.»

«Ha sentito il rombo di un motore?»

Lei assunse un'aria concentrata prima di rispondere. «Se ho sentito il rombo di un motore? Non subito dopo che era uscita. Forse in seguito... ma non ci giurerei. Comunque non ci ho fatto caso. Avrebbe potuto benissimo essere uno degli altri ospiti. Che tornava da un'escursione. Che usciva per andare a cena. Tutto molto normale.»

«Lei ricorda verso che ora è uscita Mrs. Lambert?»

«Come ho detto, mancava poco alla fine del mio turno. All'incirca verso le 18:50.»

Caleb si rivolse alla ragazza che era subentrata alla reception. «Lei invece non ha visto Mrs. Lambert?»

La ragazza scosse la testa. «No.»

«Allora significa che non è più rientrata» disse Iris. «Non voleva aspettare più a lungo. Ha deciso di ripartire.»

«E cercando un tragitto senza ponti, si è persa» ipotizzò Caleb. «Deve essere ancora in giro nei dintorni.»

«Ma...»

Lui le rivolse un sorriso per tranquillizzarla. «Tornerà all'hotel. Ha con sé il suo cellulare. Ritroverà la strada.»

Iris annuì. Le parole di Caleb Hale erano senz'altro convincenti.

Tanya aveva aspettato più di un'ora monsieur Valette e alla fine aveva perso la pazienza, dal momento che non poteva mettersi in contatto con l'amica. Era partita e aveva cercato una strada senza ponti, ma o non l'aveva trovata, oppure si era persa. Stava cercando disperatamente il punto in cui si erano separate sul ciglio della gola e che non poteva inserire nel navigatore. Prima o poi sarebbe tornata all'hotel.

Caleb Hale si rivolse a madame Valette. «È rimasta una camera libera?»

Lei fece una smorfia. «Ce ne sono tantissime. È questo il nostro problema.»

«Allora ne prenoto una per stanotte. Tanto a quest'ora non potrei andare molto lontano.» Guardò Iris. «Sono quasi le otto e mezzo. Le va di andare a mangiare qualcosa insieme?»

Trovarono un ristorante italiano alla periferia di Cavaillon, che scoprirono essere gestito da un inglese il quale aveva sperato di accrescere la clientela adottando un nome italiano. Mangiarono spaghetti insipidi, senza la minima traccia di sale o di condimento, ma Iris era così affamata che non ci fece caso. Avrebbe divorato qualunque cosa pur di riempire lo stomaco. Ordinò anche un bicchiere di vino rosso e si sentì subito a disagio vedendo che Caleb Hale beveva solo acqua.

«Niente vino?» gli chiese. «Nel Sud della Francia?»

Lui declinò con un cenno della mano. «Meglio di no. Devo guidare dopo.»

«Però non è astemio? Ha la macchina piena di casse di vino.»

«No, non sono astemio» rispose.

Per un attimo parve voler aggiungere qualcosa, ma poi ci ripensò.

Dopo cena presero anche un caffè, altrettanto insapore. Iris fu colta da un pensiero improvviso.

«Spero solo che non abbia proseguito il viaggio senza di me.»

«Proseguito dove?»

«In Costa Azzurra. Volevamo fermarci da qualche parte lì. Vicino a Saint-Tropez, magari. Be', tanto vicino quanto potevamo permetterci.»

«E perché dovrebbe essere partita senza di lei?»

«Ecco...» Come poteva spiegarlo? «Negli ultimi giorni le cose non andavano troppo bene tra di noi. Eravamo molto nervose.

Tanya in particolar modo. A causa...»

Lui sapeva già cosa voleva dire Iris. «Della sua fobia.»

«Esatto. Sa, all'inizio la gente la trova interessante. Una fobia dei ponti. Non è così rara, tuttavia per la maggior parte delle persone che conosco ero la prima. Se ne parla, ci si stupisce. E poi si provano cose insieme. Si vuole andare da qualche parte, a una festa, un ristorante, a fare un'escursione in campagna di domenica. Si esplorano i tragitti senza ponti. Si studiano cartine e mappe ridendo, si scoprono possibili itinerari...» Si rendeva conto di avere un tono di voce molto amareggiato.

Anche Caleb Hale lo aveva notato. «Mi pare che *lei* non lo trovi più così divertente.»

«No. Perché so come va a finire. Dopo un po' di tempo. Tutto il divertimento sparisce. Diventa sempre più scocciante. E logorante. Il fascino della novità non c'è più. E a un certo punto è solo snervante. Io allora non sono più la donna con la fissa divertente. Divento quella completamente fuori di testa, che boicotta ogni cosa. E la gente non vuole stare con persone così.»

«È per questo che va in terapia?» tentò lui.

Perché tacerlo ancora?

«Sì. Da molti anni. Finora senza risultati apprezzabili.»

«Si è scoperta la causa della sua fobia? Qual è stato il fattore scatenante?»

Non voleva parlarne. Tantomeno alla fine di una giornata così sfiancante, in quell'orrendo ristorante. Tanya era sparita, il pulmino era sparito, il suo cellulare era sparito. Non c'era niente che filasse per il verso giusto.

«No» rispose. «Per adesso non è del tutto chiaro.»

Lui la guardò serio. «Da quanto soffre di questo disturbo?»

«In un certo senso... non so... da sempre.» La sua risposta fu vaga ed evasiva.

Caleb comprese. «Non ne vuole parlare?»

Lei scosse la testa. «Mi spiace. Non posso.»

Rimase sollevata quando lui non insistette oltre. «In ogni caso non credo che Tanya abbia proseguito senza di lei» disse. «Anche se era un po' nervosa. Siete amiche. Conosce il suo problema. Sapeva a che cosa sarebbe andata incontro.»

«Lo sapeva anche Thomas» mormorò Iris.

«Thomas?»

«Thomas Seymour. Il mio ex. Siamo stati insieme per quasi cinque anni. Convivevamo. Una mattina mi ha detto di non poterne più. Non sopportava più di vivere con me. Ed è sparito.»

«Sparito?»

«Letteralmente. Del tutto. Ha preso giusto qualcosa e ha magnanimamente lasciato quasi tutto nel nostro appartamento, anche cose che in realtà erano sue. Ma aveva troppa fretta di troncare e non voleva più discutere.»

«È successo così, di punto in bianco?»

«No. È andata come con Tanya. Era sempre più nervoso. Non trovava più niente di buffo nella faccenda. Me ne sono accorta. Ma cosa potevo fare? Non pensavo che se ne sarebbe andato così. Che avrebbe... chiuso la nostra storia senza il minimo riguardo.»

«Non ha più contatti con lui?»

«È andato via da Bath. Secondo Tanya si è trasferito all'altro capo del Paese per non correre il rischio di incontrarmi casualmente per strada.»

Caleb allungò il braccio sul tavolo e le sfiorò la mano. «Mi spiace molto. La cosa sembra farla soffrire.»

«E lei? Ha una famiglia?»

«Sono divorziato. Già da molti anni.»

«Mi spiace.»

Lui fece un gesto con la mano. «Ormai è acqua passata. Sa, può sembrare banale, ma il tempo un po' aiuta.»

«Può darsi.»

Caleb rivolse un cenno al cameriere. «Direi che possiamo andare, va bene? Deve essere stanca. Forse Tanya Lambert è tornata già in albergo e dorme tranquilla in camera sua.»

Ma al loro ritorno Tanya non c'era.

Non tornò neppure il mattino dopo.

Era sparita senza lasciare tracce.

West Kilbride, venerdì 22 agosto 2008

A West Kilbride non mi farei manco seppellire. Mi è venuto da pensarci diverse volte questo venerdì mattina. Piove. Piove da giorni. Non fa particolarmente freddo, ma oramai è tutto fradicio e nell'aria c'è una tale umidità che in giro non si vede anima viva. La via principale è quasi completamente deserta. Di tanto in tanto spunta qualche passante: una signora con il cane. Un bambino che corre veloce chissà dove. Due uomini che entrano in una casa discutendo animatamente. Poi di nuovo silenzio e vuoto.

Come mai la Scozia e in particolare la costa occidentale è un simile pisciatoio?

Le case addossate le une alle altre sono piene di macchie di umidità sull'intonaco e alcune finestre hanno i vetri così appannati che chi è all'interno non può nemmeno guardare fuori. Questo posto gronda umidità ed è paralizzato nello squallore.

Chi mai verrebbe da queste parti in vacanza?

«Ganzo» dice Vincent, che tutti chiamiamo soltanto Vincy. «Ganzo questo buco di paese.»

Io lancio la cicca di sigaretta sul marciapiede e la schiaccio col piede. Poi me ne accendo un'altra.

Di fronte al punto in cui ci siamo riparati a fumare nel vano di un portone, c'è un pub. Il King's Arms. Davanti è parcheggiata la BMW argento che è arrivata più di un'ora fa. Il guidatore è entrato nel pub con la famiglia. Di sicuro è il posto in cui si mangia meglio di tutto il paese, ma personalmente non ci entrerei mai. Ha un'aria così desolata, come tutto quanto in questo posto.

«Ma quanto rimangono lì dentro?» chiede scontroso Vincy. È il più alto di noi tre e quello con il QI più basso. Bisogna ripetergli le cose almeno tre volte, semplificando, e poi si può solo sperare che gli entri in testa almeno qualcosa. Mi sta simpatico, è un tipo leale, che non può farci niente se è un po' lento di cervello. Del resto è anche un po' imprevedibile. Dovrò tenerlo d'occhio costantemente.

«Vedrai che tra poco escono» ribatte Adam. Ha un'aria rilassata. Tranquilla. Pericolosamente tranquilla. So che Adam è uno psicopatico. Non ha un briciolo di empatia, non riesce a immedesimarsi mai negli altri. È un pezzo di ghiaccio. Fin da bambino si comportava in maniera stramba, è scappato da tre scuole e a un certo punto ha mollato l'idea di prendere un diploma. Siamo legati da una specie di amicizia, nei limiti di quanto lui sia capace di provare un simile sentimento. Per qualche verso è attaccato a me, in quel suo modo insensibile. È difficile da spiegare. Credo di essere qualcuno che non lo mette mai in dubbio, non lo attacca, non lo rimprovera. Lo prendo per quello che è. Insieme a me si sente bene. Accettato. È questo il nocciolo del nostro rapporto: che ci accettiamo a vicenda. E forse non è poi nemmeno poco.

«Anch'io ho fame» borbotta Vincy.

«Più tardi andiamo da McDonald's» gli prometto. A Vincy piace McDonald's. Un Big Menu riesce a far felice anche lui.

Però dovrà pazientare ancora un po'. È importante non farci notare. Se possibile, nessuno dovrà ricordare in seguito tre ragazzi che bazzicavano a West Kilbride il pomeriggio del 22 agosto 2008. Ragazzi che nessuno conosce. Finora il tempo è stato dalla nostra parte, con il sole ci sarebbero in giro molte più persone. Ovviamente possono vederci dalle finestre della casa dirimpetto. Ma siamo nel vano del portone e confido che i nostri visi siano in ombra. A volte lancio un'occhiata furtiva alle finestre del piano superiore: sono appannate e non vedo sagome dietro. Forse non c'è nessuno in casa, oppure non hanno motivo di guardare fuori in una giornata così brutta.

«Liam!» esclama tutt'a un tratto Adam. «Arrivano!»

Fisso la porta del pub. Si è aperta. Per prima esce la bambina più piccola. Judy. Ha sette anni. Lunghi capelli biondo scuro, orecchie a sventola che però le danno un aspetto tenero. Sembra fatta solo di queste orecchie e di gambe lunghissime.

«Buona» dice Vincy.

È seguita da sua madre. Isabella Millard. Una donna molto avvenente, ma dall'aria imbronciata e la cosa non mi sorprende. Li ho visti quando hanno caricato l'attrezzatura da campeggio a Bristol. La sosta al pub è stata probabilmente l'ultima occasione per oggi di stare al caldo e all'asciutto. Trascorreranno la notte in tenda. Da qualche parte sulla costa, in riva al mare. Scommetto che a lui piace stare vicino all'acqua. Come se non fosse già abbastanza bagnato anche così...

Lui. Arlo Millard. Esce subito dopo la moglie. La supera in altezza di quasi una testa, per quanto nemmeno lei sia bassa. Spalle larghe, corporatura atletica. Qualche ciocca grigia nella folta capigliatura scura. Negli ultimi mesi ho scoperto molte cose su di lui. Un tipo sportivo, corre, va in palestra e al centro abbronzatura regolarmente. Un uomo attraente, e che sa di esserlo.

«È lui, vero?» chiede Adam.

Annuisco.

«Un tipo muscoloso. E atletico.»

«Sì. Ma abbiamo dalla nostra il fattore sorpresa» osservo.

Vincy mi guarda. Non capisce del tutto le mie parole.

L'ultima a uscire dal pub è la figlia maggiore. Il suo umore sembra persino peggiore di quello di sua madre. I lunghi capelli le ricadono in faccia, nascondendola per metà. Cammina a testa bassa, ma si vede lo stesso che ha la bocca piegata all'ingiù.

Persino Vincy se ne accorge. «Non hanno voglia di andare in vacanza» osserva.

«Forse la piccola» ribatte Adam. «E probabilmente il vecchio. Ovvero metà della famiglia.»

In effetti Judy ha un'aria contenta. È in quell'età in cui la pioggia non crea problemi. Né lo squallore della zona. È esaltata all'idea di dormire in tenda e si gode lo stare in famiglia.

«Tutti devono voler fare una vacanza» dico.

Millard apre la macchina.

Quasi nello stesso istante smette di piovere.

«Ehi, sole» interviene Vincy. In realtà non si può parlare di sole. Ma se non altro non ci inzupperemo tutti tornando alla macchina.

«Ora sbrighiamoci» dico. «Dobbiamo stare nei tempi.»

Sono precisamente le 14:05.

Mancano ancora dodici ore all'aggressione.

# Sabato, 8 luglio

## *1*

Quando Caleb scese a fare colazione il mattino seguente, Iris era già seduta a uno dei tavoli della sala da pranzo. Lui comprese subito che non aveva chiuso occhio: aveva un'aria stanca, era turbata e inquieta. Aveva una tazza di caffè davanti a sé, ma non aveva preso niente dal buffet. Che in effetti, come constatò Caleb, non era poi così attraente. Croissant dall'aria rinsecchita, probabilmente usciti dal congelatore, e frutta circondata da mosche. L'unico vero vantaggio di quella struttura era il prezzo basso. Caleb si chiese come mai due donne sui trent'anni avessero avuto bisogno di cercare una sistemazione tanto economica. Poteva andar bene per studenti e universitari, ma Iris e Tanya avevano ormai superato quella fase. In genere a quel punto almeno la situazione finanziaria migliorava un po'.

Si avvicinò al tavolo. «Buongiorno.»

Lei alzò la testa. «Buongiorno.»

Non ci fu bisogno di chiederglielo. «Non è ancora tornata» dichiarò lui.

«No. Ho già chiesto a madame Valette. Stanotte non è arrivato nessuno. Sono anche uscita. Non c'è traccia del pulmino nei dintorni. Ho pensato che si fosse fermata a dormire a bordo perché non voleva suonare nel cuore della notte. Ma in tal caso si sarebbe fermata nel parcheggio. Oppure qui da qualche parte.»

«Ha ragione» confermò Caleb. Arrivò la ragazza che il giorno prima era stata alla reception. Caleb ordinò un caffè. Non aveva voglia di mangiare nemmeno lui. Il suo unico desiderio era andarsene da lì. Ma così facendo Iris Shaw sarebbe rimasta da sola.

Si mise seduto e disse: «A questo punto probabilmente non possiamo più lasciar correre la cosa».

Lei lo guardò. Non si era truccata quel mattino. I suoi occhi erano di un verde scuro e intenso.

È stupenda, pensò Caleb, poi si richiamò all'ordine: non era proprio il caso di pensare una cosa del genere in quel momento. Per quanto gli risultasse difficile immaginare che un uomo non pensasse la stessa cosa vedendo Iris Shaw.

Quel Thomas, il suo ex, doveva essere stato un vero idiota. Con o senza fobia.

«Cosa vogliamo fare?» chiese Iris.

«Farò qualche indagine» rispose Caleb. «Non sono più in servizio, ma so ancora come fare.»

Rivolse un sorriso tranquillizzante a Iris. «Adesso però beviamo il nostro caffè. Poi vedremo. Sono sicuro che scopriremo che cosa è successo.»

Dopo colazione Caleb chiese a madame Valette di mostrare loro la camera di Tanya. La donna aveva qualche remora. «È consentito?»

Il marito, che era in procinto di uscire dall'hotel per andare ad Avignone e cominciare il suo turno di sabato, osservò impaziente: «A questo punto non fa differenza. L'importante è chiarire questa incresciosa faccenda».

Aveva la stessa aria preoccupata e tormentata di sua moglie. L'hotel annaspava per sopravvivere e non poteva permettersi un evento criminoso e una cattiva pubblicità. Probabilmente immaginava già i titoli dei giornali: giovane donna scompare nella zona di Cavaillon...

Caleb e Iris furono condotti in camera di Tanya. Si capiva che la ragazza era stata lì. Sul pavimento del bagno c'era un asciugamano usato, nella doccia una boccetta aperta di bagnoschiuma Woods of Windsor. Sul letto una borsa da viaggio che conteneva soltanto un elastico per capelli e i vestiti sudati che Tanya aveva indossato il giorno prima. Chiaramente si era portata dietro solo un cambio d'abiti e nient'altro.

Caleb si rivolse a madame Valette, che li osservava dalla porta. «Ci sono altri ospiti attualmente nel suo albergo?»

«Non molti» rispose stanca la donna. «Due anziane signore belghe, che incredibilmente, nonostante il caldo sono sempre in giro a fare escursioni. Un professore di Parigi che sta scrivendo un libro. E una famiglia di profughi ucraini. Il comune paga per loro.»

«Vorrei parlare con tutti quanti» disse Caleb. Sapeva benissimo che madame Valette aveva tutto il diritto di rifiutare. Non era un poliziotto. Ma sapeva anche che per il momento non aveva senso rivolgersi alle autorità francesi. Tanya Lambert era scomparsa da meno di ventiquattr'ore. Si era allontanata chiaramente con la sua macchina. Era adulta, poteva andare dove le pareva. Nessuno avrebbe aperto un'indagine a quel punto.

«La prego, faccia pure» disse madame Valette.

Li trovò tutti nella sala da pranzo, che mezz'ora prima era stata deserta. Le due anziane signore erano sedute accanto alla finestra e chiacchieravano vivacemente. Un uomo magro era in piedi davanti al buffet e sembrava indeciso su quale frutta prendere. La famiglia ucraina, composta da un uomo anziano, una donna più giovane e tre bambini, era seduta intorno a un tavolo rettangolare. I bambini parlavano sottovoce. La giovane fissava il vuoto.

«Suo marito è al fronte» spiegò sottovoce madame Valette. «Quello con lei è suo padre. Casa loro è stata bombardata. Hanno perso tutto.»

«Parlano francese? Oppure inglese?»

«Un po' di inglese.»

Il problema era che non avevano una foto di Tanya. Negli ultimi giorni Iris aveva scattato molte fotografie, ma erano tutte nel suo cellulare. Cercò di descrivere l'amica. «Ha la mia età. È un po' più bassa di me. Bionda. Molto magra.»

Gli ucraini parvero comprendere di che cosa si trattava ma scossero la testa. Anche i bambini. No, non avevano visto nessuna donna.

«Dove eravate ieri?» chiese Caleb. «Nel tardo pomeriggio?»

La giovane donna era quella che capiva meglio di tutti. «In camera. Sopra.»

«Tutti? Anche i bambini?»

Lei annuì. Poi tirò fuori dalla borsa una foto e la mostrò a Caleb. Una casa plurifamiliare.

«Distrutta. Tutta distrutta.»

«Mi rincresce molto» disse Caleb.

Lei non fu in grado di aiutarli in altro modo. Neppure il professore un po' smemorato, che era sempre davanti al buffet. «Sto scrivendo un libro sulla rivoluzione francese» spiegò. Caleb pensò involontariamente alle migliaia di libri che erano già stati scritti sullo stesso tema e si chiese chi potesse attendere un'ulteriore opera del genere, ma per fortuna non era un suo problema.

«Ieri non ha visto una giovane qui in albergo? Bionda. Aspettava nella hall, poi è uscita. Probabilmente è salita su un pulmino Westfalia. Con targa inglese.»

Il professore lo guardò perplesso. «Una giovane donna? Ho lavorato. Sono in una fase impegnativa. Non ho tempo di guardare la gente.»

Però di tempo per stare qui ore a decidere se preferisci un ananas o un melone a colazione ce l'hai, pensò irritato Caleb. Si sentì toccare al braccio e si voltò. Era una delle due donne belghe. «Mi scusi. Ho sentito quello che vuole sapere. Credo che noi abbiamo visto la donna che sta cercando.»

Era il primo indizio da prendere seriamente.

«Parlava con un uomo» disse la più anziana delle due. «Davanti all'hotel.»

«Un uomo?» chiese elettrizzata Iris. «Monsieur Valette o qualcun altro?»

«No, non era monsieur Valette. Lui lo conosciamo. Era molto più giovane. Intorno alla trentina. Non era tra gli ospiti dell'hotel. Era arrivato in macchina.»

«In macchina» ripeté Caleb. «Per caso ricordate che tipo di auto fosse?»

Le due donne non sembravano troppo sicure. Alla fine si accordarono su una Fiat, ma Caleb si accorse che non era il caso di farci troppo affidamento. Di sicuro si trattava di un modello piuttosto vecchio.

«E l'uomo...» disse una delle due alzando in maniera eloquente le sopracciglia.

«Sì?»

«Non ci ha fatto una buona impressione. Era trasandato. Sciatto.»

«Capisco. Avete avuto la sensazione che lui e Mrs. Lambert si conoscessero?»

Le due amiche erano incerte. «Stavamo tornando da una passeggiata e li abbiamo visti a una certa distanza dall'albergo. Lui era accanto alla portiera della macchina.»

«Destra o sinistra?» chiese impaziente Iris.

Dopo un attimo di riflessione una delle due rispose: «Destra. Secondo lei...?»

«Se era la portiera del guidatore, poteva trattarsi di un'auto inglese» ipotizzò Iris.

«Il che potrebbe aumentare le probabilità che si conoscessero» aggiunse Caleb. «Però non avete riconosciuto una targa inglese?»

«Non ci abbiamo fatto caso. Ci dispiace.»

Era del tutto normale. Perché avrebbero dovuto notare quel particolare?

«Erano immersi in un'animata conversazione» aggiunse una delle due. «Questo era evidente.»

«E poi...»

«Poi siamo entrate. Purtroppo. Non abbiamo visto come si è evoluta la situazione.»

Caleb si mise a pensare. L'unica cosa certa era che poco tempo dopo sia il Westfalia, sia Tanya Lambert erano scomparsi. Secondo la testimonianza di madame Valette Tanya era uscita e non era più rientrata. Se n'era andata. Con la sua auto. Aveva caricato a bordo lo sconosciuto?

«In quel caso però la sua macchina dovrebbe essere qui da qualche parte» ipotizzò Iris.

«Forse non l'ha lasciata al parcheggio, perché è riservato ai clienti dell'hotel.»

«Ma allora dove l'ha messa?»

«E soprattutto, che cosa era venuto a fare qui?» mormorò Caleb. «Chi potrebbe passare da qui per caso? Se non è diretto all'hotel? La strada finisce qui.»

«Si era perso?»

«Casualmente? Un inglese? Tanya lo vede ed esce a parlarci?»

«Non possiamo saperlo» obiettò Iris.

Lui scosse la testa. «È vero. Non lo sappiamo. Ma lei è qui alla reception ad aspettare monsieur Valette. Di colpo si alza ed esce. Poco dopo viene vista parlare con uno sconosciuto. Potrebbe essere qualcuno a cui ha telefonato? Dal quale sperava di ottenere aiuto nella ricerca di un tragitto alternativo?»

«Ma Tanya non conosce nessuno qui» disse Iris. «Non conosce nessuno in tutta la Francia. Abbiamo parlato tantissimo di questo viaggio. Me lo avrebbe detto, altrimenti.»

«Be', è stata lei a insistere per venire qui a tutti i costi, giusto?» osservò Caleb. «In questa zona. Almeno a quanto ho capito io non era un *suo* desiderio.»

«Sì, è vero. Ma...»

«Forse era stata colpita dal paesaggio. Ma può esserci stato anche un altro motivo.»

«Allora perché non mi avrebbe detto niente?»

«Non saprei» rispose Caleb. Ringraziò le due belghe e chiese loro di farsi vive nel caso gli fossero venuti in mente altri particolari.

Tornò a rivolgersi a madame Valette e le chiese se fosse stata fatta un'altra prenotazione per il giorno precedente, un uomo, forse un inglese.

Madame Valette rispose di no. «Nessuna prenotazione. Né ieri né per le settimane successive. Né per un inglese, né per nessuno.» Il suo tono di voce era amareggiato e pieno di rassegnazione.

«I suoi collaboratori...?»

«C'è solo Michelle. Le avete già parlato. È l'unica rimasta. Pulisce le camere e mi aiuta per la colazione e alla reception.»

E Michelle aveva detto quello che sapeva.

Tanya Lambert sembrava essersi dissolta nell'aria. Il fatto che poco prima di scomparire fosse stata vista parlare con un uomo poteva rappresentare un indizio. Ma naturalmente la faccenda poteva anche essere priva di qualunque rilevanza.

Caleb si domandò che cosa ci facesse in realtà lì. La questione non lo riguardava. Aveva adempiuto al proprio dovere di assistenza accompagnando fino all'hotel la donna che aveva trovato da sola nel nulla. Iris Shaw adesso era al sicuro e lui poteva andarsene. Ovviamente Iris si trovava in una situazione quanto mai precaria. Bloccata senza soldi e senza documenti in quella landa desolata. La sua amica era scomparsa. E con lei anche l'auto.

In pratica non poteva abbandonarla lì.

«Dobbiamo risalire in qualche modo al numero di telefono di Tanya» disse a Iris. «Mi ha accennato a un fratello? Che è il proprietario del pulmino?»

«Sì. Anche lui vive a Bath.»

«Dove lavora?»

«Fa l'elettricista. Lavora per una società di progettazione d'interni.»

«Dovrebbe essere possibile rintracciarla in rete. Proviamo a chiamarlo. Potrà darci il numero di sua sorella. Non so se la cosa ci porterà da qualche parte, ma è una possibilità. E poi...» Si bloccò.

«Sì?» chiese Iris.

«Magari sa qualcosa del misterioso sconosciuto con cui Tanya è stata vista parlare qui ieri sera» concluse Caleb.

## *2*

Kate era in macchina e stava tornando da Londra a Scarborough. L'insoddisfazione che provava verso se stessa aveva raggiunto livelli eccessivi persino per lei. Aveva la tendenza a mettersi costantemente in dubbio, ed era la più feroce detrattrice di se stessa, ma questa volta aveva trovato definizioni così distruttive che alla fine di lei non era rimasto più niente.

«Sei codarda» mormorò, «una patetica codarda. Non hai fegato. Fuggi sempre da tutto. Non hai un briciolo di spina dorsale. Zero assoluto. Come pensi di tirar fuori qualcosa dalla tua vita, me lo sapresti dire?»

Diede un pugno al volante. «Me lo sapresti dire?» ripeté a voce altissima guardando per un istante la propria immagine nel retrovisore. Faceva caldo, aveva la faccia arrossata, i capelli incollati alla fronte. Il rossetto leggermente sbavato. Sì, si era truccata per davvero. Quanto meno ci aveva provato. Non che avesse il minimo talento in quel campo. Esperienza poi, meno di zero. Era ovvio che sembrasse una maschera. Il trucco dovrebbe mettere in risalto i pregi di un viso, ma in maniera discreta.

«Quali pregi?» si chiese maligna. «Chi è insignificante lo resta e basta.»

Tra l'altro era vestita troppo pesante. Si era messa l'unico abito che aveva per *le occasioni speciali*... a parte i calzoni neri, la T-shirt bianca e la giacca nera che usava al lavoro. Era un vestito azzurro, piuttosto corto e piuttosto aderente. Pennellato. Lo aveva comprato tanti anni prima, in un impeto di temerarietà, mentre stava con un uomo che aveva creduto essere l'amore della sua vita e con il quale aveva pensato di restare fino al termine dei suoi giorni. Invece poi era venuto fuori che lui non provava assolutamente niente per lei e che aveva approfittato dei suoi sentimenti.

L'uomo non c'era più. Il vestito era rimasto. E, in quel momento, ci stava sudando dentro tanto più che in quella splendida serata estiva, l'aria condizionata nella sua vecchia macchina, ereditata dal padre, era rotta. Aveva abbassato leggermente i finestrini per far circolare almeno un po' di fresco.

Se non altro aveva avuto la decenza di avvertire Colin. Colin, che si era sposato proprio quel mattino. Dal cui matrimonio stava scappando il più lontano possibile. Lo aveva conosciuto su Parship diversi anni prima, quando abitava anche lei a Londra, in realtà lo aveva trovato insopportabile e lo aveva subito scartato. Lui le era rimasto attaccato, seccante e tenace, e si era rivelato essere la proverbiale pepita d'oro nascosta sotto strati di fango. Solo come lei, goffo, si sforzava di nascondere i propri difetti con un atteggiamento da spaccone. Erano diventati amici. Avevano affrontato insieme qualche weekend lungo, qualche Pasqua e qualche Natale. E poi lui aveva conosciuto Xenia, durante un'indagine condotta da Kate, un caso drammatico con una conclusione tragica che tra l'altro aveva spinto l'ispettore capo Caleb Hale a dare le dimissioni. Colin e Xenia però si erano trovati, confermando così forse una delle massime da calendario più abusate, che a volte si poteva ricavare qualcosa di buono anche dalle situazioni peggiori.

Colin e Xenia si erano sposati quel mattino. Kate era arrivata a Londra il giorno prima e aveva cenato piacevolmente in compagnia della madre di Colin e di un'amica di Xenia. Per qualche motivo si era immaginata che anche la festa di nozze prevista per quella sera avrebbe avuto lo stesso carattere intimo e raccolto. Solo a mezzogiorno aveva saputo che era stato allestito un gazebo, ci sarebbero stati musica dal vivo e balli.

«Santo cielo, ma quante persone ci saranno?» aveva chiesto alla madre di Colin.

«Un centinaio, credo» era stata la risposta.

«Cento?» Era inconcepibile. Colin aveva un'indole abbastanza autistica come lei, non conosceva praticamente nessuno. Era venuto fuori che aveva invitato tutti i dipendenti dell'azienda per cui lavorava. Quella gente non poteva essere amica sua, ma nessuno si lasciava sfuggire una serata in compagnia con musica, alcol e risate, quanto meno nessuno che non avesse il carattere di Kate. Anche Xenia, che lavorava come insegnante di lingue, aveva invitato molti tra colleghi e studenti.

«Una festa costosa» osservò la madre di Colin. «La famiglia di Xenia in Russia è lontana e molto povera. Il conto ce lo dividiamo io e Colin. Ma sa una cosa» aveva aggiunto abbassando la voce, «sono tanto contenta che finalmente si sia sistemato. È sempre stato un dramma con lui. Avevo quasi perso le speranze. Quindi al diavolo le spese, sono tanto contenta!»

Già, tutti si sposano, pensò Kate, persino Colin!

Aveva cercato di scacciare il più in fretta possibile l'odiosa emozione dell'invidia, ma per qualche motivo aveva continuato ad agitarsi dentro di lei. Per lei Colin aveva avuto anche la funzione di un complice, erano loro due contro il resto del mondo. Contro tutti coloro che, sicuri di sé e spensierati, sapevano godersi la vita, sapevano farsi apprezzare, sapevano come essere abbastanza superficiali per fare amicizia con questo e quello, a dispetto delle differenze... Kate sapeva di essere ingiusta nel proprio giudizio. Criticava gli altri per mettere se stessa sotto una luce migliore. Cosa che comunque le riusciva di rado e mai in maniera duratura.

E adesso persino Colin aveva trovato l'anima gemella. Lui e Xenia stavano insieme da parecchio, da prima del COVID, e in realtà Kate ci aveva fatto l'abitudine. Ma il matrimonio era un altro paio di maniche. Colin ce l'aveva fatta.

E invece nella sua vita non c'era nessuno. Neanche all'orizzonte.

E se scappi da ogni festa, da ogni occasione mondana, continuerà a non esserci mai nessuno, si disse in preda alla collera, mentre arrostiva in macchina. I matrimoni sono la classica occasione per conoscere qualcuno. Un simpatico collega di Colin, casualmente single. O uno studente di Xenia fresco di divorzio.

Tuttavia ci sarebbero state ottime probabilità che tornasse a casa da sola come era andata alla festa. Per colpa delle sue paure. Le feste per lei erano un vero incubo. Si aggrappava a un bicchiere e cercava di fare conversazione, pensando in continuazione alle regole della buona interazione sociale: sorridi. Sii allegra. Non affrontare argomenti pesanti.

Sii te stessa, consigliavano gli esperti di relazioni, ai quali Kate aveva lasciato i propri soldi più di una volta.

Già, proprio. Era appunto quello il problema.

Il lato più faticoso di una festa era fingere per ore di divertirsi un sacco, mentre in realtà si pensava alacremente a un modo per andarsene in maniera discreta. I muscoli della faccia erano indolenziti a furia di sorridere, le dita intorpidite per aver stretto con troppa forza il bicchiere.

Perché la gente si sottoponeva volontariamente a una simile tortura?

Perché gli altri sono diversi da me, pensò.

A Colin aveva detto di doversi occupare di un caso urgente. Le spiaceva davvero tanto, era mortificata, ma aveva ricevuto una chiamata dalla sua capa in persona. Si sentiva falsa, bugiarda e sleale, e si augurava che Colin fosse così distratto dalle tante persone presenti da scordarsi in fretta della sua assenza. Dato che la invidiava moltissimo per il suo lavoro, lui era stato comprensivo e l'aveva guardata con l'aria di chi avrebbe voluto andare con lei piuttosto che partecipare al proprio matrimonio.

«Certo, certo, capisco» aveva detto esaltato. «Mi spiace, ma la lotta al crimine ha la precedenza. Mi puoi accennare di cosa si tratta?»

«Purtroppo no. Sai com'è...»

«Lo so, lo so. Hai l'obbligo alla riservatezza.» Un lampo si era acceso nei suoi occhi.

Sono una stronza bugiarda, pensò a molti chilometri di distanza da Londra e dal ricevimento di nozze. Felice di non esserci. Mortificata di non esserci.

Contemporaneamente.

In quel momento sentì squillare il telefono.

Rispose in vivavoce. «Pronto?»

Era Caleb. «Hai un momento?» le chiese senza preamboli.

Lei annuì, benché lui non potesse vederla. «Sono in macchina. A un'ora e mezza da Scarborough. Ho tutto il tempo che vuoi.»

«Dov'eri andata?»

«A Londra. Colin e Xenia si sono sposati stamattina.»

«Che bello.» Il matrimonio di Caleb, oramai naufragato da diverso tempo, era stato un tale disastro che gli aveva lasciato una nota di cinismo nella voce tutte le volte che parlava delle nozze altrui. «E non stanno festeggiando con un ricevimento da sogno?»

Lei non rispose. Lui la conosceva così bene che seppe interpretare correttamente il suo silenzio.

«Capisco.» Per fortuna non era il genere di persona che in una circostanza di quel tipo dava lezioni di vita del tipo: «Immagino che anche tu desideri trovare un compagno, giusto? Come pensi di fare se eviti tutte le occasioni che avresti di conoscere nuove persone?»

Non pronunciò neppure la frase preferita di Kate, che lei aveva sentito come minimo cinquecento volte, anche se chiunque la diceva sembrasse convinto di averne l'esclusiva: «Vedrai che l'uomo della tua vita un giorno busserà alla tua porta».

«Sono finito in una storia assurda» disse Caleb. «E magari tu puoi darmi una mano.»

«Dove sei?»

«Sempre in Francia. Dalle parti di Avignone.»

«Non devi tornare al lavoro tra pochi giorni?»

«Sì in effetti. Lunedì. Stammi a sentire, Kate...» Caleb si lanciò in un racconto un po' confuso da cui Kate alla fine individuò due informazioni rilevanti: Caleb aveva dato un passaggio a una trentunenne inglese trovata in mezzo a una strada deserta, senza soldi, senza documenti, senza cellulare. E: l'amica di lei, con la quale era diretta in Costa Azzurra per una vacanza, era scomparsa senza lasciare tracce insieme all'auto su cui viaggiavano.

«Iris soffre di gefirofobia» proseguì Caleb, «ovvero...»

«Lo so che cosa significa. È per questo che l'amica l'aveva lasciata sul ciglio di quella gola?»

«Ovviamente l'intenzione era quella di tornare a prenderla. Il tutto è successo ventiquattr'ore fa.»

«Non è passato molto tempo ancora.»

«Ne è passato troppo per lasciare un'amica in mezzo al nulla senza nient'altro che una bottiglia d'acqua. Però in effetti è troppo poco, e non avrebbe senso recarsi alla polizia per ora.»

«Com'erano i rapporti tra le due donne?»

Lui ebbe un attimo di esitazione. «Non ottimi. Tanya Lambert era piuttosto nervosa. La fobia di Iris non rendeva semplice il viaggio. Usavano il pulmino Westfalia come alloggio. Quindi in condizioni di estrema promiscuità. Ho l'impressione che fossero entrambe stressate.»

«Allora è plausibile che Tanya abbia proseguito il viaggio da sola.»

«Può darsi. Ma avevano in previsione di trascorrere una notte in albergo. Camere separate, possibilità di fare una doccia... l'hotel è piuttosto scalcagnato, ma comunque meglio che campeggiare sul pulmino. Perché Tanya se ne sarebbe dovuta andare proprio a questo punto?»

«Perché le si è offerta la possibilità di farlo. E forse non si sarebbe ripetuta.»

«E poi c'è la storia di quell'uomo. Con cui Tanya parlava davanti all'hotel. È stata vista da due testimoni. Potrebbe trattarsi di un inglese.»

«E allora? Magari gli aveva chiesto informazioni per un tragitto senza ponti.»

«Non è chiaro che cosa ci facesse lui lì. L'albergo – diciamo piuttosto un ostello per la gioventù e pure misero – si trova in mezzo al nulla. C'è solo una strada semiasfaltata che finisce lì. Non è che ci si passi davanti per caso. Ci si arriva solo di proposito. E non era atteso nessun altro ospite.»

«Magari l'uomo aveva sbagliato strada» osservò Kate. «Forse ha chiesto a Tanya Lambert dove fosse finito.»

«È vero» concordò Caleb. «In ogni caso ho telefonato al fratello di Tanya Lambert a Bath. Per fortuna gli uffici della società per cui lavora sono aperti anche il sabato mattina. È così che abbiamo ottenuto il suo numero di cellulare. Lui a sua volta mi ha dato il numero della sorella. Ma il telefono di Tanya risulta spento. Risponde sempre la segreteria. Come per il telefono di Iris, rimasto sul pulmino. Ma in quel caso aveva la batteria scarica.»

«Che cosa ha detto il fratello?» domandò Kate.

Caleb sospirò. «Il pulmino usato dalle ragazze appartiene a lui. E il suo stato lo preoccupa più della scomparsa di sua sorella. Ovviamente all'inizio non voleva darmi il suo numero, cosa del tutto comprensibile. Ha cambiato idea solo dopo aver parlato con Iris, che conosce.»

«Si è fatto un'idea di quello che potrebbe essere successo?»

«No. Neanche lontanamente. Continuava a lamentarsi a causa del pulmino e di quanto fosse pentito di averlo prestato alla sorella. Ha detto che Tanya e Iris sono molto amiche, ma che lui non riesce a capire come si faccia a sopportare Iris.»

«A causa della sua fobia? Oppure c'è qualcos'altro?»

«Il problema principale è la sua fobia. Rende la vita impossibile a chiunque la frequenti. Il suo ragazzo l'ha mollata per questo. Me lo ha raccontato lei stessa. Sa di essere un peso per gli altri.»

«Che impressione ti sei fatto di lei?»

«È molto turbata. Sconvolta. E terribilmente preoccupata.»

«Mm» fece Kate. «E io come posso aiutarti?»

«Ho controllato i loro nomi su Google» rispose Caleb. «Iris Shaw e Tanya Lambert. Non ho trovato niente di particolare. Il nome *Iris Shaw* è molto frequente in Inghilterra. Di quella giusta ho trovato solo un risultato su LinkedIn, dove cita la sua attività come assistente di studi medici e nient'altro. Tanya Lambert ha una boutique a Bath e quindi ha un suo sito e un account su Instagram. Sul sito c'è una sua foto, così almeno abbiamo la sua immagine. Su Instagram mostra le nuove collezioni e cita sempre sconti, occasioni e svendite. Di sé e della sua vita privata invece non dice niente.»

«Le due sono in viaggio su un pulmino Westfalia prestato» riassunse Kate. «Sul quale abitano, dormono, mangiano. A stretto contatto. Deve essere qualcosa di spaventoso. Perché non hanno noleggiato un camper? E quando decidono di pernottare in albergo, scelgono la stamberga più isolata. Voglio dire, se fossero studentesse... ma sono due donne sui trent'anni. Con un lavoro. Avranno pur qualche soldo, giusto?»

«Anche a me è parso singolare» confermò Caleb. «L'ho chiesto a Iris. Mi ha detto che sono entrambe piuttosto a corto di mezzi. La boutique di Tanya Lambert è rimasta chiusa per mesi durante la pandemia. E Iris...»

«Sì?»

«Il compagno l'ha lasciata di punto in bianco poco più di un anno fa. Avevano affittato insieme una casa dove Iris abita ancora. Pagare l'affitto da sola è faticoso. Si arrabatta come può. Una vacanza costosa era fuori discussione per lei.»

«Capisco» disse Kate. Non le piaceva il modo in cui Caleb pronunciava il nome *Iris*. Suonava così... familiare.

Non renderti ridicola, si ammonì.

Ripeté la sua domanda: «Come posso aiutarti io?» Si accorse di aver avuto un tono lievemente aggressivo.

«Pensavo che potessi metterti in contatto con la polizia di Bath» disse Caleb. «A te daranno sicuramente più informazioni che a me.»

«E perché la polizia dovrebbe avere informazioni su queste due donne?»

«Voglio solo fare un controllo. Soprattutto riguardo a Tanya Lambert.»

«Aha.»

«Magari aveva un appuntamento con qualcuno. Non c'è una spiegazione plausibile per la presenza di quello sconosciuto davanti all'hotel. E perché poco dopo se ne siano andati entrambi con il pulmino.»

«Forse era un amico. Un conoscente. Non ne poteva più delle fisse della sua amica e se l'è squagliata. Casualmente sapeva che un suo amico bazzicava in Provenza e lo ha chiamato.»

«Ma perché non se n'è andata via da sola?»

«Non ne ho idea. Caleb...»

«Solo una telefonata. Ai colleghi di Bath. Fallo per me, Kate. Io sono bloccato qui e non faccio progressi.»

«C'è una soluzione molto semplice: ti metti in viaggio e torni in Inghilterra. Subito. Dovresti farlo comunque, se lunedì vuoi arrivare puntuale al lavoro.»

«Non posso lasciare Iris qui da sola. In questo momento non ha letteralmente niente. Né soldi, né documenti.»

«Allora prestale un po' di soldi e portala al consolato inglese più vicino. È già un aiuto più che generoso. Non sei responsabile di lei.»

«Mi sono fatto coinvolgere e quindi in un certo senso lo sono.»

«In che senso ti sei fatto *coinvolgere*?» chiese Kate. Adesso era stata apertamente aggressiva.

Caleb non reagì. «Lo farai? Telefonerai?»

«Sì» rispose Kate.

«Grazie.»

«Di niente.» Chiusero la telefonata.

Perché sei stata così odiosa? si domandò Kate. Poco più avanti vide un'area di sosta e si fermò impulsivamente. Per prima cosa si sfilò il collant. Stava per svenire dal caldo. Le sue gambe nude non erano un bello spettacolo, prima o poi avrebbe dovuto prendere un po' di sole, ma se non altro si sentiva un po' più libera. Quindi prese il cellulare e aprì la pagina di Iris Shaw su LinkedIn. Guardò la foto di profilo. Era una donna di una bellezza indescrivibile. Una bellezza particolare. Non era soltanto giovane, sexy, attraente. Aveva lineamenti delicati, zigomi molto alti. Capelli corti. La cosa particolare era l'espressione dei grandi occhi e della bocca, serissima. Era come se dentro di lei fosse sepolto un dolore che affiorava impercettibile sul suo viso. Non sembrava triste o amareggiata. Era solo un'idea. Le dava un'aura di fragilità, ma anche di superbia. Il dolore la isolava da coloro la cui vita a confronto appariva banale. Era una donna bella ed estremamente interessante e Kate non riusciva a immaginare che qualche uomo potesse restare indifferente al suo fascino.

«Maledizione!» imprecò a voce alta, gettando il cellulare nello spazio davanti al sedile del passeggero. Colin si era sposato. Caleb era bloccato in Provenza con una donna bellissima e vulnerabile che si sentiva obbligato a proteggere. Soltanto lei, Kate, scappava come suo solito dalle sfide della vita ed era sul punto di rifugiarsi nell'ennesima serata di noia e solitudine al sicuro nell'isolamento appartato della sua casa a Scarborough.

Sentirsi al sicuro, pensò, ecco cos'è. La paura degli altri. La paura di essere respinti. Hai arrestato dei serial killer. Hai messo in galera degli assassini. Ti sei trovata in situazioni così pericolose che nessuno avrebbe scommesso un centesimo sulla tua vita. E ce l'hai fatta. Non sei mai scappata via. Ma la vita, la vita normale, le persone normali, ti mettono una paura tale che fuggi di continuo. Non solo oggi e non solo da questa festa.

Lo fai sempre.

Il cellulare squillò di nuovo. Era scivolato sotto il sedile e Kate dovette fare qualche acrobazia per recuperarlo.

Di sicuro era Caleb. Doveva essergli venuta in mente un'altra cosa estremamente importante su *Iris*.

«Pronto» disse sgarbata.

Invece non era Caleb. Era l'ispettore capo Pamela Graybourne. La sua superiore. Era importante, le disse. Potevano vedersi quella sera stessa?

## *3*

Kate aveva proposto a Pamela di incontrarsi a casa sua, dove sarebbe arrivata al più tardi alle sette. In realtà ce la fece per le sei e mezzo e questo le garantì un certo agio. La sua gatta Messy la salutò con trasporto. Dopo averle dato i croccantini e l'acqua, Kate le aprì la porta del giardino. Nonostante l'infelicità, si sentì rasserenata dalla pace e dal silenzio di casa sua. Era la casa in cui era cresciuta, che aveva ereditato dal padre ormai quasi dieci anni prima. Le rose che fiorivano sulla veranda oltre la porta della cucina le aveva piantate lui e il grande melo in mezzo al giardino era stato un alberello quando Kate era bambina. Tutto qui era accogliente e familiare.

Fece un profondo respiro.

Non le rimaneva più molto tempo. Si era fermata a un take-away indiano e aveva comprato due porzioni di curry che mise in cucina. Le avrebbe potute riscaldare nel microonde, nel caso la sua capa avesse voluto mangiare qualcosa. In frigorifero c'erano ancora un paio di bottiglie di spumante dalla festa per la promozione. Kate vi aggiunse due bottiglie d'acqua non aperte che aveva riportato dal viaggio. Poi salì di sopra e si liberò del vestito troppo pesante per quella stagione. Avrebbe fatto volentieri una doccia, ma non c'era tempo e non voleva correre il rischio di dover aprire a Pamela in accappatoio. Si infilò un paio di calzoni leggeri e una maglietta e calzò un paio di sandali. Non era un abbigliamento molto formale, ma non era in servizio, anche se aveva un appuntamento con la sua superiore. Si accorse di essere tesa e insicura. Se non altro il pensiero di quella visita scacciò i suoi arrovellamenti a proposito della propria vita e di Caleb e Iris. Il DCI Graybourne teneva rigorosamente separate professione e vita privata. Kate non ricordava che fossero mai andate a bere qualcosa insieme, e in questo caso non dipendeva dalla sua timidezza. Pamela Graybourne era una donna dai ferrei principi. Andare a casa di Kate un sabato sera, fuori dall'orario di servizio, era quantomai insolito.

Doveva trattarsi di una faccenda molto speciale.

Pamela Graybourne suonò puntuale alle sette. Portava un abito di lino color sabbia senza maniche e sandali come Kate. Sarebbe stato altrimenti impossibile sopportare la calura anche a quell'ora. Come capitava spesso, Kate rimase affascinata dalla bellezza di Pamela, benché non fosse truccata e tenesse i corti capelli pettinati all'indietro. I grandi occhi, il naso leggermente all'insù, la bocca ben disegnata erano sufficienti. Sprigionava un'aura che catturava chiunque le fosse vicino persino quell'estate, nonostante l'espressione sempre stanca e il vistoso dimagrimento, che essendo lei già molto slanciata, la faceva sembrare esageratamente sciupata. Quella sera stava un po' meglio. Aveva il viso abbronzato e una leggera scottatura sul naso che le conferiva una freschezza che nelle ultime settimane le era mancata.

Quasi avesse letto nel pensiero di Kate disse: «Oggi sono andata in spiaggia per qualche ora. Un divertimento discutibile, dato che c'è tantissima gente. Una vera calca! Ma se non altro ho fatto il pieno di sole e di aria di mare».

«Le ha fatto bene» disse Kate.

Pamela la osservò a sua volta: «Invece lei, ispettore, ha l'aria un po' stressata, a essere sinceri. Com'è andato il matrimonio a Londra?»

Era informata perché Kate aveva chiesto le ferie per il giorno prima, venerdì. Per fortuna non aveva idea di quando fosse avvenuta la cerimonia. Sicuramente credeva che i festeggiamenti si fossero svolti la sera prima. Per questo non era sorpresa che Kate fosse già tornata a casa.

Kate si sforzò di sorridere. «Benissimo, ma è andato un po' per le lunghe e poi, insomma, il ritorno da Londra a qui con questo caldo... e senza aria condizionata in macchina.»

«E come se non bastasse adesso mi ci metto pure io» disse Pamela. «Mi rincresce davvero tantissimo di essere piombata così nel suo sabato sera. Purtroppo si tratta di una faccenda davvero urgente.»

«Nessun problema. Vogliamo uscire in terrazza?»

«Meglio restare in casa. Nessuno deve ascoltare la nostra conversazione.»

Si accomodarono in salotto. Kate portò due bicchieri e una bottiglia d'acqua. Pamela arrivò subito al punto.

«Si tratta del caso della scomparsa della studentessa Eva Hanson. Ieri mattina ho parlato con la sua migliore amica, Kerry Davies. Per la seconda volta. Mi aveva telefonato sua madre, pregandomi di passare da loro» spiegò Pamela. «Al mio arrivo ho trovato Kerry in lacrime. Mi ha riferito che Eva le aveva fatto promettere di non rivelare nulla, ma siccome non riusciva più a dormire, voleva liberarsi di quel peso.»

«E cioè?»

«A quanto pare Mrs. Hanson, la madre di Eva, ha in programma di trascorrere diverse settimane in Australia l'autunno prossimo. La sua famiglia è originaria di lì e lei non la vede da parecchio tempo e quest'anno sua madre festeggia un compleanno a cifra tonda. Siccome il viaggio è lungo, voleva rimanerci almeno otto settimane.»

«È comprensibile.»

«Certo. Eva però era molto spaventata all'idea. L'ha confidato a Kerry, facendole giurare di non dire niente a nessuno.»

«Di che cosa aveva paura?»

«Di rimanere da sola con suo padre» disse Pamela.

«Oh...»

«Non sono ancora riuscita a capire bene la cosa. Ho cercato di scoprire *perché* Eva fosse così spaventata. Kerry sostiene di non saperlo con precisione. Mr. Hanson è molto severo. Riguardo ai voti, le buone maniere e cose del genere. Per questo Eva è molto più legata a sua madre. L'idea di passare tanto tempo senza di lei la tormentava.»

«Pensa che sia scappata perché sua madre starà via per due mesi?»

«È plausibile, non trova?»

«Ha detto che partirà in autunno. Quando esattamente?» chiese Kate.

«Secondo Kerry a metà ottobre. Per essere di ritorno subito prima di Natale.»

«Ma allora perché Eva sarebbe scappata proprio adesso? A luglio?»

«Una richiesta di aiuto?»

«Ci sono novità sugli indumenti ritrovati alla Spa?»

«La faccenda rimane sempre misteriosa» rispose Pamela. «Voglio dire, se Eva fosse scappata, sarebbe plausibile che si fosse tolta l'uniforme di scuola per indossare abiti normali. In modo da non dare nell'occhio. Ma perché lasciare le sue cose praticamente in bella vista?»

«Per avere la certezza che venissero trovate? Per rendere ancora più forte il suo grido di aiuto?»

«Può darsi.» Pamela non sembrava troppo convinta.

«Ha avuto modo di parlare con i genitori?» chiese Kate. «Riguardo alla paura di Eva per il viaggio di sua madre?»

Pamela scosse la testa. «Ieri avevo l'appuntamento dal medico. Non ho più fatto in tempo. Ovviamente le ricerche sono sempre in corso. Il sergente Helen Bennett è quasi sempre con loro.» Helen Bennett era la psicologa della polizia e in casi del genere si occupava spesso della protezione delle vittime.

«Stamattina sono passata a casa Hanson e il sergente Bennett mi ha informata che i signori erano usciti a fare una passeggiata. La signora era sconvolta e il marito voleva distrarla in qualche modo.»

«Per lei deve essere senza dubbio un vero inferno.»

«Ho interrogato una vicina di casa. Non ha fatto che parlar bene della famiglia» proseguì Pamela. «Una vera famiglia da pubblicità. La madre graziosa, il padre di bell'aspetto, con una professione di successo, un avvocato molto affermato. Un matrimonio felice. La splendida figlia, sempre gentile e bravissima a scuola. Non sembra esserci neanche il più piccolo difetto.»

«Troppo bello per essere vero?»

«Per esperienza posso dire che in queste famiglie perfette in realtà c'è sempre un risvolto tutt'altro che perfetto. Più l'immagine esteriore è radiosa, più il fango si nasconde all'interno. Non è detto che sia sempre così, ma mi è capitato spesso. La facciata viene tenuta in piedi a tutti i costi, in modo che nessuno si accorga che dietro c'è qualcosa di marcio. Di fronte a troppa perfezione divento sempre diffidente.»

«Il padre» disse Kate. «Lunedì dobbiamo passarlo sotto la lente. Scrupolosamente.»

Ovviamente i genitori erano stati interrogati subito, per sapere che cosa avessero fatto il giorno della scomparsa di Eva. Il padre era stato a casa, un paio di volte a settimana lavorava da remoto.

La moglie si era incontrata con dei conoscenti per organizzare un mercatino di beneficenza.

In altre parole, il padre di Eva non aveva un alibi, almeno per un intervallo di diverse ore. Quando la moglie era tornata verso sera lo aveva trovato seduto alla scrivania.

«Dovrà farlo *lei*» disse Pamela. «Purtroppo senza il mio aiuto. È per questo che sono venuta stasera, per aggiornarla sulle ultime novità. A partire da lunedì assumerà la direzione del caso. E nel nostro dipartimento in generale.»

Kate la guardò sbigottita. «La direzione del dipartimento? Che cosa le succede, ispettore?»

Pamela fece un sorriso sofferto. «Da lunedì non ci sarò più» disse. «La diagnosi è infausta, purtroppo. Ho un tumore al seno.»

La parola *tumore* fu la bomba che, dopo essere stata sganciata, cambiò radicalmente l'atmosfera. Dopo essere rimaste sedute per un po', Kate riscaldò il curry e Pamela mangiò qualcosa, per la prima volta quel giorno. Accompagnarono il pasto con un bicchiere di spumante ciascuna. Kate si esortò in silenzio a non accennare per nessun motivo al fatto che sua madre era morta per un tumore al seno. Solo storie a lieto fine. Glielo diceva sempre sua madre. «La gente deve raccontarmi delle malattie che sono guarite. Altrimenti, per la miseria, meglio che tenga la bocca chiusa.»

Pamela non aveva ancora saputo a quale stadio fosse. «Lunedì devo ricoverarmi. Vogliono sottopormi a una lunga serie di esami. E devo iniziare il prima possibile la chemio. Per questo…»

«Ma certo. Si fidi pure di me, ispettore, io…»

«Pamela. Mi chiami Pamela.»

Kate deglutì. «Kate.»

Le sarebbe sempre piaciuto avere un rapporto umanamente più diretto con i suoi superiori. Lo desiderava da quasi quattro anni. Ma non così. Non con questi presupposti, non perché Pamela Graybourne non era sicura di quanto le restasse da vivere.

«So di potermi fidare di lei, Kate» disse. «Non ho mai conosciuto nessuno di cui mi sia fidata tanto. Questo rende tutto più semplice per me.»

«Ne sono contenta, ispett… Pamela. E onorata.»

«A gennaio avevo fatto i controlli di routine. Non c'era niente.»

«Ma... allora non può essere a uno stadio troppo avanzato, giusto?»

Pamela si strinse nelle spalle. «Il fatto che ci sia qualcosa, che sia piuttosto grande, che io mi senta così spossata, purtroppo non è buon segno. In ogni caso deve essere una forma piuttosto aggressiva.»

«Merda.»

«Già.» Pamela bevve un ultimo sorso di spumante e si alzò. «Bene. Non dovrei bere di più. E dovrei togliere il disturbo. Ha alle spalle un lungo viaggio e probabilmente ieri ha partecipato a un esaltante ricevimento di nozze.»

Se sapesse... pensò Kate.

«Grazie di avermi dedicato il suo tempo, Kate. Ora è informata. Spero che riesca a fare progressi nel caso Hanson. Spero che trovi la ragazza. Presto.»

«Farò tutto quanto è in mio potere» rispose Kate. Si alzò a sua volta e accompagnò l'ispettore capo alla porta.

«Se ha bisogno, può telefonarmi sul cellulare» le disse Pamela. «A qualunque ora. Non sono ancora scomparsa.»

Per un attimo diedero l'impressione di volersi abbracciare, ma entrambe si bloccarono nello slancio. Avrebbe sovraccaricato la serata.

A Kate venne in mente una cosa. Sapeva che Pamela aveva ottimi contatti con la polizia di tutto il Paese, soprattutto nelle alte sfere.

«Per caso conosce qualcuno alla Avon and Somerset Police?» chiese, con un tono di voce forzatamente disinvolto.

Pamela la fissò severa. «Riguarda il nostro caso? Una pista di cui non sono a conoscenza?»

«No. Si tratta soltanto di un favore. Per un amico.»

«C'è l'ispettore capo investigativo Madeline Atkins. Abbiamo fatto l'Accademia insieme. È a Bristol. Le mando il contatto via cellulare, d'accordo?»

«Molto gentile da parte sua. Grazie.»

«Le faccia il mio nome.»

«Certamente. Grazie.»

Pamela uscì dalla porta. L'aria era tiepida e permeata dei profumi dei fiori. Era anche pesante, come se si preannunciasse un temporale. Una serata estiva assolutamente perfetta.

Tuttavia Kate si sentiva abbattuta come non le capitava da tempo. Non solo a causa della malattia di Pamela. Anche se era il motivo principale.

«Faccia entrare la gioia nella sua vita» le disse Pamela, «tutte le volte che può. E non frequenti mai, *mai* troppo a lungo le persone sbagliate.»

«Ci penserò» disse Kate.

Guardò Pamela salire in macchina e allontanarsi. Una donna in procinto di affrontare la lotta più dura della sua vita. Una donna con cui improvvisamente immaginava di poter fare amicizia.

Se non altro questo pensiero portò un raggio di luce nella sua serata.

# Domenica, 9 luglio

Se voleva tornare al lavoro il giorno dopo – e in realtà non era questione di *volere*, quanto di *dovere* – era decisamente il momento di ripartire. Il viaggio fino a Scarborough era lungo. Il lavoro era importante, molto importante. Caleb sapeva come ci si sentiva a essere disoccupati. Sapeva quanto era difficile trovare qualcosa. Ai colloqui non doveva dichiarare di essere un ex alcolizzato, cosa che, a essere precisi, non era vero, dato che aveva ricominciato a bere, benché da venerdì non avesse toccato nemmeno una goccia. Ma il fatto che si fosse dimesso volontariamente dalla polizia era visto sempre con sospetto. Lo aveva sperimentato spesso. C'era chi credeva che avesse dei problemi di nervi o psicologici e quindi lo considerava mentalmente instabile o un po' suonato. Oppure c'era chi insinuava che non fosse stata una decisione volontaria, che doveva aver commesso qualche irregolarità. Uno sbirro violento? Che abusava del proprio potere per maltrattare gli altri? Leggeva il sospetto negli occhi dell'interlocutore. E allora capiva che subito dopo sarebbe stato scartato con un pretesto qualunque.

Aveva tutti i motivi per non inimicarsi il suo attuale capo, il titolare di un'agenzia di taxi, rimandando il suo rientro dalle ferie.

Come minimo avrebbe dovuto telefonargli e dirgli qualcosa.

Un guasto alla macchina, magari.

Ma cosa lo spingeva a farsi coinvolgere tanto profondamente in quella storia?

Quel mattino aveva fatto una passeggiata sul sentiero intorno all'albergo. Era partito di buon'ora, prima che facesse troppo caldo.

Al suo ritorno però, il sole era già salito oltre le colline e lui aveva il viso madido di sudore. Si tamponò la fronte con un fazzoletto.

Perché rimaneva lì?

Non avrebbe potuto lasciare Iris da sola per strada, sarebbe stato poco meno di una omissione di soccorso. Ma oramai Iris non era più in pericolo. Aveva un tetto sulla testa, aveva da mangiare. Il giorno prima l'aveva accompagnata a Cavaillon a comprare della biancheria di ricambio, un paio di magliette, dei calzoni. Un vestito estivo. Un tubetto di dentifricio, del bagnoschiuma. E un cellulare prepagato. Aveva pagato tutto lui. Lei gli aveva assicurato che lo avrebbe rimborsato, ma per il momento non riusciva a sbloccare i propri soldi. Il denaro non era il problema, però. Il problema era che lei volesse rimanere lì. Iris non aveva nessuna voglia di tornare in Inghilterra nell'immediato futuro.

E lui non voleva lasciarla da sola in quell'orribile albergo.

Aveva intuito che cosa pensava Kate: che stava per farsi sedurre da una giovane donna attraente.

Ovvio che trovasse Iris bella. Era un dato oggettivo. Nessuno avrebbe potuto negarlo.

Ma non era questo, almeno non solo. Aveva sentito qualcosa risvegliarsi dentro di lui, qualcosa rimasto sepolto per anni sotto l'alcol, la depressione, i brutti ricordi, la paura di fallire. Era un'energia che lo aveva riportato alla giovinezza, quanto meno una scintilla di quell'energia. Era la forza che voleva conoscere. Che voleva risolvere i misteri. La forza che percepiva i pericoli. Che non lasciava perdere le cose, che voleva aiutare la giustizia a trionfare.

L'inquirente in lui si era risvegliato. Ancora un po' impacciato, non del tutto vigile. Ma aveva alzato la testa e aveva aperto gli occhi.

Che cosa era accaduto a Tanya Lambert?

Chi era lo sconosciuto con il quale era stata vista parlare?

Si fermò davanti allo squallido ingresso dell'albergo. Ai lati della porta l'intonaco si staccava dal muro e i gradini consumati erano coperti di muschio. Si chiese se Iris nel frattempo si fosse alzata. La sera prima gli aveva dato l'impressione di essere quasi depressa. Erano andati di nuovo a cena a Cavaillon, ma in un altro locale, però Iris non aveva quasi toccato cibo, spostandolo da un lato all'altro del piatto.

Che cosa è successo nella sua vita? pensò Caleb, che cosa l'ha trasformata in una creatura fobica? È in terapia da anni e la situazione non migliora. Ma perché dovrebbe confidarsi con me? Per lei sono solo un estraneo.

La risposta la conosceva anche da solo: nella sua situazione era meglio così. Lui non era più in servizio, ma fino a quattro anni prima era stato un abile investigatore. Conosceva le strategie di approccio per risolvere i casi più intricati e aveva mantenuto molti contatti.

Tuttavia esisteva la possibilità che lei non se ne rendesse conto fino in fondo.

Era così immerso nei propri pensieri da non notare la donna che spuntò dall'angolo dell'edificio e gli si avvicinò. Sussultò quando gli rivolse la parola. «Monsieur...»

Era la profuga ucraina. Aveva sempre quell'aria stressata.

«Monsieur» ripeté.

«Sì?»

Masticava qualche parola di inglese e aveva imparato dei modi di dire francesi.

«Miei bambini» disse. Cercò freneticamente le parole. «Auto» disse infine.

«Auto?» ripeté Caleb.

Lei annuì. «*Voiture*. Vecchia. Là dietro!» Indicò vagamente un punto oltre l'albergo.

«Una vecchia macchina...» Finalmente lui comprese. «Oh. Intende la macchina che apparteneva all'uomo con cui parlava Mrs. Lambert? I suoi figli l'hanno trovata?»

Lei si strinse nelle spalle. «Forse.»

«Mi può indicare dove?»

Lei rispose con un cenno affermativo della testa.

Caleb la seguì al di là dell'albergo su una stradina sterrata. Dietro l'edificio c'era un giardino, riconoscibile solo dalla recinzione. Per il resto il suo aspetto era identico al paesaggio tutt'intorno: incolto e secco. Cespugli bassi, cardi, qualche stelo d'erba verde. Pietrisco. La cosa più bella erano gli alti pini slanciati. E la vista sulle montagne. In quel punto era davvero spettacolare. Rocce frastagliate che si innalzavano verso il cielo di un azzurro brillante.

L'ucraina, che lo precedeva, si voltò. «Miei bambini, qui giocano.» Con un gesto della mano indicò l'ambiente circostante. «Bel posto per bambini.»

Caleb annuì. «Sì, sembra anche a me.»

E lì poteva passare anche una macchina, pensò tra sé. La strada era dissestata, ma abbastanza larga per un'auto.

La donna si fermò e indicò davanti a sé con il dito. «Laggiù!»

Lui guardò da quella parte. C'era un pianoro che terminava a strapiombo su una piccola valle. Era ricoperto di rovi. Al di là Caleb vide la macchina.

Una cosa gli fu chiara all'istante: nessuno avrebbe parcheggiato lì per poi fare un'escursione a piedi. Non così, in un posto seminascosto tra i rovi, pericolosamente sul ciglio del dirupo. I cespugli non erano abbastanza alti da fare ombra. Chi lasciava lì una macchina lo faceva per nasconderla. Comunque per assicurarsi un po' di tempo di vantaggio prima che venisse scoperta.

Si avvicinò alla vettura. Targa inglese. Avrebbe chiesto alle due signore belghe di identificarla, ma era sicuro di trovarsi davanti alla macchina giusta: il venerdì precedente Tanya aveva parlato con chi la guidava. Subito prima di scomparire.

Kate lo richiamò intorno a mezzogiorno. Caleb le aveva chiesto telefonicamente di controllare la targa e aspettava la sua risposta. Lei si mostrò piuttosto fredda. Lui era consapevole che la situazione tra di loro era problematica: per colpa dell'ultima sera a Scarborough, quando aveva reagito in maniera risentita e aggressiva alla sua promozione. E Kate lo aveva messo di fronte al fatto che aveva ricominciato a bere. E adesso lui ci aveva aggiunto la storia con Iris.

Tuttavia lo avrebbe aiutato. Sapeva di poter sempre contare su di lei.

«Nonostante sia domenica ho scoperto qualcosa» gli riferì. «L'auto risulta rubata. È stata prelevata a Calais, mercoledì della settimana scorsa, nel parcheggio di un'area di servizio a poca distanza dal terminal dell'Eurotunnel. La proprietaria era appena arrivata dall'Inghilterra e ha sporto denuncia.»

«Calais...» ripeté Caleb.

«La proprietaria si era fermata a mangiare un boccone all'area di servizio» proseguì Kate. «Quando è uscita, la sua auto non c'era più. È probabile che anche il ladro fosse arrivato in treno da Dover e, dopo essere entrato in Francia, si sia appropriato di una macchina con targa inglese.»

La situazione si andava facendo sempre più sfavorevole. Chiaramente avevano a che fare con un professionista. Nel frattempo Caleb era riuscito a portare le due belghe fino al pianoro. Sebbene due giorni prima non avessero fatto troppa attenzione alla macchina, confermarono con una certa sicurezza che era quella l'auto di fronte alla quale avevano visto la donna poi scomparsa parlare con il guidatore.

«Si tratta senza dubbio di un furto d'auto» disse ora Caleb. «Quindi deve occuparsene la polizia.»

«Ho informato il collega a Dover del ritrovamento dell'auto» ribatté Kate. «Compiranno tutti i passi necessari. È probabile che oggi stesso la polizia di Cavaillon si metta in contatto con voi.»

«Resta da chiedersi...»

Lei indovinò che cosa voleva dire. «Dubito che inizieranno le ricerche di questa Tanya. Lei è partita con la sua vettura, più precisamente con quella del fratello che però gliel'aveva prestata. Il fatto che abbia abbandonato l'amica non è stato un bel gesto da parte sua, ma non ha infranto nessuna legge. Non vedo nessun motivo che giustificherebbe l'intervento delle autorità.»

«È stata vista parlare con un uomo che era in giro in Francia con un'auto rubata.»

«Se ho ben capito l'unica testimonianza è quella di due donne anziane che non sono del tutto certe di nessun particolare: Tanya, l'uomo, la macchina. E d'altronde il fatto che abbia parlato con lui non rappresenta una circostanza che possa allarmare nessuno. A parte te.»

Caleb si accorse che quest'ultima osservazione lo aveva stizzito, ma si trattenne. In questo momento aveva troppo bisogno di Kate per rischiare che gli riattaccasse in faccia.

«Dai, Kate, ti conosco. So quanto ti intrigano certe storie. Sai benissimo anche tu che c'è qualcosa che non va. Tanya viene vista parlare con un tizio un po' losco, la cui auto poco dopo si rivela rubata. Lei stessa sparisce senza lasciare tracce. Insieme al suo pulmino. La macchina rubata viene ritrovata a poca distanza dall'albergo, nascosta dietro dei cespugli. Abbiamo tutti i motivi di preoccuparci per la sorte di Tanya Lambert.»

Kate non rispose subito. «E va bene» disse alla fine, «ti do ragione, quanto meno sulla sensazione che c'è qualcosa di strano. Non sei l'unico che si sarebbe allarmato. A me sarebbe successo lo stesso.»

A Caleb non sfuggì il condizionale. «Ma...»

«Due cose» replicò Kate. «La faccenda non mi riguarda, quindi posso far finta di niente. E secondo: dovresti fare lo stesso anche tu. Non si tratta di un tuo caso. A parte il fatto che non sei più nemmeno un investigatore. Ma anche da un punto di vista personale, tu non c'entri niente. Non conosci i soggetti coinvolti. A parte questa Iris. Da due giorni.»

Caleb sapeva che lei aveva ragione.

Dopo una breve pausa Kate riprese: «Devi tornare a casa, Caleb. Domattina devi riprendere il lavoro, l'hai detto tu!»

«Oramai non ce la farei più ad arrivare in tempo.»

«E allora chiama il tuo capo. Inventati qualcosa... raccontagli che ti sei ammalato o che hai un guasto alla macchina. Basta che non gli dici la verità. E poi mettiti in viaggio.»

Se c'è una cosa che mi piace in modo particolare di Iris, pensò amareggiato, è che non mi tratta come un bambino piccolo.

Rischiò di dirlo a voce alta. Si trattenne, senza fare commenti, e domandò: «Immagino che tu non sia ancora riuscita a fare indagini su Iris e Tanya, giusto?»

«No. Ma ho trovato una persona a cui rivolgermi. Lo farò domattina.»

«Grazie.»

«Figurati.»

Da quando i loro rapporti erano diventati così freddi? si domandò Caleb dopo aver chiuso la telefonata.

Sapeva che Kate era stata innamorata di lui, ma senza farsi illusioni. E poi, quasi quattro anni prima, avevano trascorso una notte insieme. Lui era in una condizione emotiva disperata, Kate gli era sembrata l'unico appiglio in mezzo alla tempesta che imperversava dentro di lui. Che cosa provava per lei? L'amava? Per colpa della depressione non era stato in grado di farsi un'idea precisa, non aveva saputo nemmeno riconoscere dove corresse la linea tra amore e disperazione. Tuttavia non c'era stato bisogno di approfondire la cosa, dato che Kate era letteralmente scappata via da lui dopo quella notte. Per paura di lasciarsi coinvolgere. Per paura di essere ferita. Si era appallottolata come un istrice sollevando gli aculei. Da allora erano ritornati allo stadio dell'amicizia e si trattavano con grande circospezione. Ma quell'unica notte era rimasta tra di loro, aveva minato la loro sicurezza.

Adesso anche la loro amicizia era in pericolo?

Perché lui aveva ricominciato a bere. E perché si interessava a un'altra donna.

Ovviamente ne aveva tutto il diritto. In fondo Kate non lo aveva voluto. E comunque tra lui e Iris non c'era niente.

Nel pomeriggio arrivarono due agenti della Police Municipale per esaminare l'auto. Presero appunti e dissero che avrebbero segnalato il ritrovamento alle autorità inglesi. Avevano un'aria piuttosto annoiata, ma era naturale: i furti d'auto erano all'ordine del giorno, per loro si trattava solo di una fastidiosa routine.

Pur sapendo di avere scarse possibilità di successo, Caleb riferì anche di Tanya e della sua conversazione con chi guidava l'auto rubata. Segnalò anche la sua scomparsa. I poliziotti lo ascoltarono educati senza manifestare la benché minima traccia di allarme.

«Le due signore volevano andare in Costa Azzurra?» domandò uno dei due. «Be', di sicuro una di loro adesso si trova lì.»

«E lascia la sua migliore amica da sola nel nulla?»

«Cosa crede, ne succedono di tutti i colori tra *migliori amiche*» commentò l'altro agente. «È come tra coniugi. All'esterno sembra tutto perfetto, ma dietro la facciata è la guerra. Ci sono capitati casi in cui i mariti hanno lasciato le mogli e le mogli i mariti dal benzinaio o nell'area di servizio per prendere il largo da soli.»

«In questo caso è abbastanza improbabile» disse Caleb.

«E secondo lei che cosa dovremmo fare?» chiese il poliziotto. «C'è una donna adulta che viaggia per la Francia con un mezzo legittimamente di sua proprietà. Non si configura nessun tipo di reato. Il fatto che *plausibilmente* abbia parlato con un ladro di auto due giorni fa non basta per creare un precedente che richieda il nostro intervento.»

«La donna e la sua macchina sono sparite. La donna è stata vista parlare con un criminale. La cui macchina rubata è stata rinvenuta qui in mezzo al nulla. Come ha fatto ad andarsene da qui?»

I poliziotti non sembravano particolarmente colpiti. «Le possibilità sono numerose. Le consiglierei di verificare all'hotel della Costa Azzurra dove volevano fermarsi le due signore. Forse è arrivata da un pezzo.»

Iris, che era rimasta qualche passo dietro a Caleb, intervenne nella discussione. «Non c'è nessun hotel. Volevamo dormire sul pulmino. Non abbiamo nemmeno prenotato un campeggio. Sinceramente speravamo di trovare un posto sulla spiaggia dove fare campeggio libero. Per risparmiare.»

«È vietato su tutta la Costa Azzurra.»

Iris si strinse nelle spalle. «Volevamo provarci. Altrimenti avremmo cercato un campeggio economico.»

«Be'» disse uno dei poliziotti. «Allora è più difficile. Può denunciare la scomparsa della sua amica, ma siccome nessuno sa dove fosse diretta, è difficile stabilire che *non* si trovi lì. La faccenda diventa diversa se, dopo il viaggio, non si ripresentasse sul posto di lavoro. Ma a quel punto il caso sarebbe di competenza dei colleghi inglesi.»

«E li porterebbe qui» disse Caleb.

«Staremo a vedere.» Uno degli agenti si rivolse a Iris. «Vuole sporgere denuncia di scomparsa?»

«Sì» rispose lei. Era molto pallida. Nervosa.

La scomparsa dell'amica l'ha sconvolta, pensò Caleb.

Le toccò il braccio. «Ritroveremo Tanya, ne sono sicuro.»

Lei lo guardò con occhi inquieti.

West Kilbride, venerdì 22 agosto 2008

È semplice seguire la macchina della famiglia Millard, perché non c'è nessuno in giro sulla litoranea. La perdiamo di vista due volte, perché mi tengo a distanza, altrimenti potrebbero accorgersi che li stiamo pedinando.

In entrambi i casi però la ritroviamo. Salendo in cima a una collina vediamo la macchina sulla provinciale sotto di noi. Superiamo una curva e la scopriamo all'orizzonte.

«Devi stargli più vicino» dice Vincy dal sedile posteriore.

«Non troppo, altrimenti se ne accorgono» ribatte Adam. Sono contento che sia a bordo con noi. Adam è un tipo tosto.

Nel frattempo ha smesso di piovere. Di tanto in tanto dalle nuvole spunta un pezzetto di cielo azzurro, che poi scompare in un attimo. Si è alzato anche un po' di vento, ma non riesce a disperdere le nuvole che arrivano dal Firth of Clyde. Sono pronto a scommettere che ricomincerà presto a piovere, al più tardi domani. Per questo campeggiare sulla spiaggia sarà un divertimento quantomai bagnato e discutibile. Ma so che Arlo Millard non lo fa solo per svago. Oramai è risaputo in tutta Bristol che la sua impresa edile, un tempo così florida, è prossima alla bancarotta. Che Millard è indebitato fino al collo e ha ipotecato fino all'ultima tegola della sua villa. Per ora è ancora in grado di mantenere in piedi la facciata di ricchezza e successo. A gente come lui riesce incredibilmente facile, ben oltre la data di scadenza. Ma questa vacanza in tenda sulla costa occidentale scozzese – che ha venduto alla famiglia probabilmente come qualcosa di «diverso» – in realtà è pura e semplice disperazione. Una volta in un'intervista ha raccontato che da ragazzo era un appassionato campeggiatore, perciò l'attrezzatura doveva averla già pronta. Non può più permettersi viaggi costosi. Mai più un locale esclusivo a Miami, la barca a vela sull'Adriatico o un resort a Mauritius: non ci sta più niente. Solo un campeggio in Scozia. La bella mogliettina scontrosa regge il gioco, sapendo anche lei come stanno le cose. Probabilmente l'unica a non rendersi conto di niente è Judy, la piccolina.

Quasi mi avesse letto nel pensiero, Adam domanda: «Ma perché lo fanno? Voglio dire, dormire in tenda con questo tempo di merda? In questo posto di merda?»

Il posto in realtà è molto bello. Ma Adam detesta i luoghi isolati, dovunque si trovino. A lui piacerebbe vivere a Londra. Ma non ha i soldi sufficienti nemmeno per affittare una stanza. Questo lo spinge a odiare chiunque abbia più soldi di lui. Quelli come Adam credono sempre che sia profondamente ingiusto quando qualcuno fa fortuna nella vita. Anche se a volte ci sono ragioni più che comprensibili. Adam ha smesso di andare a scuola solo per pigrizia, perché non è stupido. Ha mollato due apprendistati, perché riteneva inaccettabile doversi alzare presto. Non fa altro che bighellonare qua e là e si stupisce che altri ottengano più di lui. Sono sicuro che Arlo Millard ha frequentato la scuola e l'università con grande impegno, ha imparato e lavorato e non si è risparmiato per costruire la sua azienda. I soldi non gli sono certo piovuti dal cielo.

«Sono al verde» rispondo a Adam. «Lui e l'azienda.»

«Sul serio?» Adam ride. Vedere i ricchi rovinati finanziariamente gli dà sempre una botta di buonumore.

«Sul serio» confermo.

O i Millard non sanno esattamente dove andare, oppure hanno sbagliato strada, perché alla fine fanno inversione e tornano indietro di un bel pezzo. Ovviamente giro anch'io, sperando che non se ne accorgano. Per prudenza aumento ulteriormente la distanza tra di noi. Arrivati in cima a una collina, vediamo la macchina ferma in un parcheggio sopra la scogliera. A una certa distanza c'è una seconda macchina. Probabilmente escursionisti.

A quanto ricordo dallo studio delle carte della zona, ci troviamo un po' a nord di Portencross.

Accosto sul ciglio della strada e mi fermo. Un raggio di sole spunta tra le nuvole e fa risplendere l'erba bagnata. Una raffica di vento la schiaccia verso terra. Noto tutti i particolari con grande chiarezza. Quando sono teso mi capita di essere stranamente attento. Colgo ogni dettaglio intorno a me. Il verso di un uccello. Il ronzio di un aeroplano in lontananza. L'erba che brilla e si piega nel vento.

«Perché ci siamo fermati?» chiede Vincy.

«Perché da qui possiamo tener d'occhio la famiglia senza che loro ci vedano» spiego paziente.

I Millard scendono dalla macchina. Siamo troppo lontani e, pur distinguendo singolarmente i membri della famiglia, non riusciamo a vederne le facce. Le espressioni. Vorrei avere con me un binocolo. Che stupido a non averci pensato.

Ma comunque so che sono di pessimo umore. Solo la piccola Judy saltella come uno stambecco nel parcheggio deserto, cercando di evitare le pozzanghere. Impresa non semplice. Lo spiazzo non è asfaltato, è di terra battuta e molto sconnesso. Pieno di pozzanghere. Scommetto che Mrs. Millard vorrebbe solo tornare all'asciutto e alla comodità della sua accogliente casa di Bristol.

Mr. Millard distribuisce il bagaglio. Tende ripiegate, coperte, sacchi a pelo, due borse più piccole. Una famiglia di quattro persone ha bisogno di un sacco di roba per soggiornare su una

spiaggia scozzese poco accogliente. È un momento di confusione perché nessuno sa cosa debba portare. Mrs. Millard si fa scivolare di mano qualcosa, che cade in una pozzanghera schizzando in giro acqua. Mr. Millard gesticola con entrambe le braccia. Alla fine lasciano qualcosa accanto alla macchina e si incamminano sul sentiero che scende sulla spiaggia. È un punto in cui la scogliera è insolitamente ripida, l'unico di questa zona. A quanto mi sembra di vedere, c'è una lingua di sabbia che, almeno con la bassa marea, divide in due l'insenatura.

«Possiamo scendere a rubare le cose che hanno lasciato lì» propone Vincy.

«Scemo» dice Adam. «Quelli devono tornare a prenderle. Vuoi che si accorgono di qualcosa? E poi che te ne fai di quella roba?»

«La vendo. Di sicuro ci ricavo qualcosa.»

«Abbiamo altri piani» dichiaro mettendo fine al discorso. I Millard hanno iniziato la discesa e scompaiono dalla vista uno dopo l'altro.

«E adesso?» domanda Adam.

«Ora aspettiamo. Che tornino a prendere le ultime cose. Quando siamo sicuri che si fermeranno proprio qui, andremo a mangiare qualcosa da qualche parte. E torneremo stasera.»

In realtà non ho appetito. Sono troppo nervoso. Ma Adam e soprattutto Vincy si sono già lamentati un paio di volte e sono la mia squadra. Una squadra va tenuta di buonumore. Mangiare e bere è importante. Mi basterà fare in modo che Adam non tocchi alcol. Quando ha bevuto diventa imprevedibile.

«Torneremo stasera» ripete Vincy. Ridacchia. Pieno di trepidante aspettativa. Non vede l'ora.

Sono le 14:25.

Ancora undici ore e mezzo all'aggressione.

# Lunedì, 10 luglio

## *1*

Kate era sotto la doccia quel lunedì mattina e si domandava da dove partire, se andare a parlare con la famiglia, la cui figlia era scomparsa, oppure compiere qualche indagine per Caleb riguardo a Iris Shaw, quando sentì suonare il telefono. Senza risciacquarsi, uscì dalla doccia imprecando tra sé. Il cellulare era su un ripiano sotto la finestra.

Il display la informò che la chiamata proveniva dal sergente Helen Bennett. La psicologa della polizia e la collaboratrice più stretta di Kate. Spettava a lei informare i familiari della vittima di un reato, e nessuno la invidiava per questo.

Attualmente si occupava della famiglia Hanson.

Dovrei segnalarla per una promozione, pensò Kate. Se la meritava da tempo.

Non era buon segno che Helen la chiamasse a quell'ora. Erano da poco passate le sette. Doveva essere accaduto qualcosa.

«Sergente?» rispose senza presentarsi.

«Buongiorno, ispettore. Ho brutte notizie. Gli Hanson hanno ricevuto una richiesta di riscatto.»

Con una mano Kate reggeva il telefono, con l'altra cercava l'asciugamano.

«A quanto ammonta la richiesta?»

«Cinquecentomila sterline.»

Kate fischiò tra i denti. «Non sono bazzecole. È arrivata oggi?»

«Sì, Hanson l'ha trovata nella cassetta delle lettere. Ma non è stata spedita, l'hanno recapitata a mano.»

«Quando aveva controllato la posta per l'ultima volta?»

«Ieri sera intorno alle undici. L'ipotesi che si trattasse di un rapimento non era stata scartata. Per questo Tyler Hanson controllava regolarmente la cassetta.»

«Capisco. Quindi la lettera deve essere stata portata nel corso della notte.»

«Esatto.»

Avremmo dovuto mettere qualcuno di guardia davanti alla casa, pensò Kate. Il problema era che non avevano personale sufficiente. Inoltre Pamela, che aveva coordinato il caso, era stata convinta che Eva Hanson fosse scappata.

«Arrivo subito» disse Kate.

Holbeck Hill era una delle zone più ricercate della città, forse addirittura la più esclusiva. Sorgeva sulla sommità della scogliera, con una vista spettacolare sul mare, accanto al campo da golf. Non esisteva un posto migliore dove vivere.

La casa degli Hanson era una delle ultime lungo la via. Davanti erano parcheggiate due auto di servizio. Due agenti della scientifica esaminavano la cassetta delle lettere e il cancello del giardino. Un uomo guardava la scena incuriosito dal giardino confinante. Un giovane agente di polizia si avvicinò a Kate quando lei scese dalla macchina.

«Buongiorno, ispettore. Stiamo ispezionando il luogo del ritrovamento della lettera. I signori Hanson sono in casa. Con loro c'è il sergente Bennett.»

«Grazie, agente. Entro subito.» Nonostante fosse ancora mattino presto, faceva già abbastanza caldo, anche se il vento rinfrescava l'aria. Sarebbe stata una giornata gradevole.

Gli Hanson erano in salotto. Olivia, in piedi davanti alla finestra, guardava il mare agitato. Aveva la figura asciutta e slanciata di una donna che controlla scrupolosamente il proprio peso, fa troppo esercizio fisico e ogni tanto digiuna. I capelli erano ravvivati da colpi di sole e indossava un abbigliamento costoso ed elegante. Quando si voltò, Kate vide il viso di una donna disperata, sfinita e pallidissima. Da una settimana e mezzo Olivia Hanson era sprofondata nell'inferno. Ogni singolo minuto di tormento aveva lasciato una traccia nei suoi lineamenti. Probabilmente fino ad allora aveva avuto un aspetto giovanile, pensò Kate. Adesso era invecchiata di colpo e appariva schiacciata dal peso che portava.

Accanto a lei c'era il marito, che non guardava fuori verso il mare, ma fissava con espressione truce il sergente Helen Bennett, che stava appoggiata a una credenza. Tyler Hanson sprigionava un'ostilità quasi palpabile.

Alla vista di Kate fece due passi energici verso di lei. «Ispettore. Finalmente è arrivata. Cosa pensa di fare?»

«Buongiorno» lo salutò Kate. «Vorrei vedere la lettera.»

Helen gliela porse. Anche il sergente, come Kate, portava dei guanti. La missiva era già stata inserita in una busta di plastica.

Era stampata a computer.

«*Per mezzo milione di sterline britanniche vostra figlia resterà viva. Voglio i soldi in contanti. Lasciateli nel luogo dove avete trovato i vestiti di Eva. Domani notte. C'è un cestino per la carta. Infilate le banconote in sacchetti di plastica. Non informate la polizia. Altrimenti Eva morirà.*»

«A che ora l'ha trovata stamattina?»

«Intorno alle sei e mezzo, sette meno venti» rispose Tyler Hanson. «Come ho già detto alla sua collega, ieri sera ho aperto la cassetta delle lettere l'ultima volta intorno alle undici. La controllavo regolarmente, perché immaginavo accadesse una cosa del genere.» La incenerì con lo sguardo. «Lei invece no. Altrimenti avrebbe messo uno dei suoi agenti di guardia fuori dalla casa e ora avremmo preso quel tizio!»

«Se ci fosse stato uno dei nostri agenti qui davanti, probabilmente il rapitore non si sarebbe avvicinato alla cassetta delle lettere» spiegò Kate. In cuor suo, però, doveva dare ragione a Hanson: Pamela avrebbe dovuto autorizzare la sorveglianza.

«Dopo aver controllato la cassetta è andato a dormire?» chiese Kate.

«Sì.»

«Anche sua moglie?»

«Lei dormiva già.»

«Ultimamente non riesco più a dormire» mormorò Olivia con un filo di voce. «Ieri ho preso un sonnifero. Me lo ha consigliato il dottore. Mi sono addormentata intorno alle nove e mi sono svegliata verso le cinque.»

«Durante la notte non avete notato niente di strano? Un rumore sconosciuto? Il tonfo nella cassetta delle lettere? Un cane che abbaiava? Qualcosa?»

«Mia moglie dormiva come un sasso» disse Tyler. «E anch'io. Non ho sentito niente.»

«Faremo analizzare la lettera dalla scientifica. Dobbiamo raccogliere le impronte che si trovano in casa sua e nel suo ufficio.»

Tyler avvampò. «A cosa vi servono...?»

«È la procedura standard in questi casi. Semplice routine. Dobbiamo rispettarla.»

«Va bene, ora sono sospettato di volermi alleggerire io stesso di mezzo milione di sterline?»

«Nessuno la sospetta di niente» replicò paziente Kate. «Come le ho spiegato, si tratta di una semplice procedura.»

«Si accomodi!» Hanson fece un gesto ampio e rabbioso con la mano. «Perquisite pure casa mia! Perquisite anche me! Arrestatemi!»

«Tyler» mormorò la moglie.

«È una vergogna» disse Tyler paonazzo. «Uno schifo!»

Aveva il fiato corto. Era una di quelle persone che reagiva allo stress di una situazione insostenibile con l'aggressività. Sua moglie era sprofondata nella depressione. La causa era la stessa.

«Il rapitore si è fatto vivo molto tardi» dichiarò Kate. «Vostra figlia è scomparsa da più di una settimana.»

«E allora? È colpa mia?»

«È insolito.»

«Non so proprio cosa dirle. Non so come ragiona la gente che rapisce le ragazzine e chiede un riscatto.»

«In compenso le lascia molto poco tempo. Sarebbe in grado di trovare cinquecentomila sterline entro stasera?»

«Non dispongo di una simile cifra in contanti. Ma ce la posso fare. Devo parlare con la mia banca.»

«Metteremo sotto controllo il suo telefono» disse Kate, «nel caso il rapitore dovesse chiamare. Il sergente Bennett le spiegherà in che modo parlare con lui.»

«Ha scritto espressamente che non vuole la polizia. Se ci tiene d'occhio, si è accorto che qui è tutto un brulicare di agenti!»

«Ormai sa da tempo che la polizia è stata avvisata» disse Kate. «Eva è scomparsa da più di una settimana, la polizia la cerca anche sui media. Impossibile che al rapitore sia sfuggito. È solo un modo per spaventarvi ulteriormente.»

Si mise a pensare. Quel ritardo nella richiesta la infastidiva. Perché un rapitore avrebbe aspettato così a lungo? In genere avevano fretta. Non era facile tenere nascosta una vittima, ogni giorno c'era il rischio che fuggisse o in qualche modo attirasse l'attenzione su di sé. Chi indugiava quasi due settimane prima di rendere note le proprie richieste?

Ovviamente potevano esserci dei buoni motivi. Per esempio che Eva fosse una vittima casuale, che il colpevole non l'avesse rapita per chiedere un riscatto, ma perché aveva un movente di natura sessuale. In un secondo tempo aveva scoperto che lei era la figlia di un uomo facoltoso e forse aveva pensato di ottenere anche un po' di soldi da tutta la faccenda.

Tyler Hanson si passò le cinque dita tra i capelli. «Ora devo sentire il mio consulente finanziario.»

«Uno dei miei agenti l'accompagnerà alla banca» disse Kate. «È necessario mettere sotto controllo il telefono al più presto. È possibile che il rapitore si faccia vivo con ulteriori istruzioni.»

«Chi ci garantisce che Eva tornerà a casa se paghiamo il riscatto?» chiese Tyler.

«È proprio per questo che spero che si faccia vivo» rispose Kate. «Finora non ha offerto la minima certezza. Ma è su questa che dobbiamo insistere.»

«E se invece non si facesse vivo?»

«I nostri agenti saranno sul luogo della consegna.»

«Ma se lo catturerete, non sapremo mai dove tiene nascosta Eva» bisbigliò Olivia.

«Faremo la cosa giusta» la tranquillizzò Kate. Si accorse che Tyler aveva aperto la bocca e lo anticipò. «Mr. Hanson, la mia collega, l'ispettore capo Graybourne, ha parlato con la migliore amica di Eva, Kerry Davies. La ragazza l'ha informata che in autunno sua moglie si recherà per due mesi in Australia e che Eva era molto in ansia per il periodo che dovrà passare da sola con lei.»

Il viso di Tyler tornò ad assumere un colorito rosso alquanto innaturale. «Ah. E lei crede alle fesserie di una quattordicenne?»

«È pur sempre la migliore amica di Eva. Trascorrevano molto tempo insieme.»

«Sono adolescenti. Non sanno quello che dicono. Kerry è una piccola presuntuosa. Essere interrogata dalla polizia l'ha esaltata e ovviamente si è dovuta inventare una storia sensazionale.»

Kate si rivolse a Olivia Hanson. «È vero che in autunno ha organizzato un viaggio in Australia?»

Olivia confermò con un cenno della testa. «Mia madre che vive lì compirà settant'anni il 22 ottobre. Vista la distanza, ho deciso di ritornare poco prima di Natale.»

«Lo sapeva che Eva aveva paura?»

Lo sguardo di Olivia si velò di tristezza. «Mi aveva pregato di non partire. Ma che avesse paura…»

«Le aveva spiegato per quale motivo?»

Olivia lanciò un'occhiata incerta al marito. «Non voleva rimanere da sola con suo padre.»

«Non ci credo, non è possibile!» esclamò Tyler. Sembrava sul punto di esplodere di rabbia.

«Perché non voleva stare con lui?»

«Diceva… che è sempre così severo…»

«Lei la capiva? Voglio dire, era d'accordo con lei su questo punto?»

«Sinceramente no» rispose Olivia. «Per me il problema è sempre stato che Tyler si interessa pochissimo a sua figlia. Non ha mai tempo per stare con lei.»

«Ah» osservò Tyler, «forse perché casualmente guadagno i soldi per mantenere questa famiglia, e non in ristrettezze, e perché tu…»

«Il mio non voleva essere un rimprovero» si affrettò a dichiarare Olivia. «Certo, sei incredibilmente preso. Proprio per questo non riuscivo a capire Eva. I vostri rapporti sono così sporadici… quando saresti stato troppo severo con lei?»

«Appunto» commentò Tyler. «Come dicevo, chiacchiere da adolescenti. Tutte sciocchezze.»

«Ma potrebbe esserci qualcosa che turbava Eva?»

«Ho pensato che avesse paura di restare per tanto tempo da sola quando partirò» disse Olivia. «Tyler esce di casa al mattino presto e rientra molto tardi. Ho pensato che fosse per questo.»

Eva aveva quattordici anni. Da quanto ne sapeva Kate, i ragazzi di quell'età in genere non erano proprio ansiosi di stare insieme ai genitori. La maggior parte sarebbe stata ben contenta di avere praticamente la casa a disposizione.

«Non sapevo cosa fare» disse Olivia. «Non volevo deludere mia madre. Avrei voluto portare Eva con me, ma avrebbe dovuto saltare otto settimane di scuola. Mio marito era categoricamente contrario.»

«Eva va molto bene a scuola» osservò Kate.

«Sì, ma otto settimane sono un bel po' di tempo» osservò Olivia.

Tyler fissò Kate con le labbra serrate. Lei sostenne il suo sguardo. Nei suoi occhi lesse tanto odio. E qualcos'altro. Difficile da decifrare. Nervosismo? Timore?

Entrambe emozioni plausibili nella sua situazione. Tuttavia Kate provò un'improvvisa diffidenza.

Lo avrebbe tenuto d'occhio. Tyler Hanson.

«Posso andare?» chiese l'uomo. «Vado in banca. Devo parlare con un po' di persone. Non ho mezzo milione di sterline nel cassetto del comodino.»

«L'accompagno io» si offrì il sergente Helen Bennett.

Lui borbottò qualcosa. Kate era pronta a scommettere che appartenesse a quella categoria di uomini che non sopportavano di riconoscere alle donne un ruolo autorevole. Il suo disprezzo era palpabile.

Uscì dal salotto, seguito da Helen.

L'atmosfera si rilassò all'istante. Olivia si mise seduta su uno dei divani, si prese la testa fra le mani e cominciò a piangere piano. Kate si accomodò accanto a lei e le cinse le spalle ossute con un braccio. Olivia doveva avere modo di sfogarsi e qualcuno doveva ascoltarla, senza fare domande, senza immischiarsi nelle dinamiche interne alla famiglia. Quella donna era stremata. Kate la lasciò piangere accarezzandole delicatamente il braccio.

Per il momento non poteva fare altro. Ma appena possibile avrebbe telefonato al contatto di Pamela a Bristol. Per Iris Shaw. Caleb aspettava sue notizie.

Come se avesse tempo di risolvere anche i suoi problemi nelle attuali circostanze.

## 2

Lui era sempre in Francia e non era cambiato niente. Sapeva di dover fare qualcosa. Preferibilmente: tornare a casa il prima possibile. Aveva chiamato il capo motivando il proprio ritardo con un guasto alla macchina.

«Si è fermata venerdì» aveva raccontato. «Adesso è in un'autofficina di Avignone, ma naturalmente nel fine settimana non hanno potuto fare niente. Aspetto che mi chiamino oggi. Spero che riescano a sistemare il guasto velocemente.»

Mentire non era nella sua natura, ma aveva dovuto dare ragione a Kate: sarebbe stato impossibile raccontare la verità. E tacere gli sarebbe costato il posto.

Quindi non aveva avuto altra scelta.

Sperava che Kate potesse scoprire qualcosa. Un particolare che desse una svolta alla situazione. Dato che non era pensabile rimanere tutto il giorno seduti in quell'albergo desolato, lui e Iris erano andati ad Avignone. Dopo aver passeggiato per il centro cittadino, erano finiti in un caffè. Benché fosse ancora mattina, faceva già un caldo torrido. Si erano seduti sotto gli ombrelloni a righe a bere una crema di caffè. Non avevano fatto colazione e Caleb aveva chiesto se Iris volesse dei croissant, ma lei aveva risposto di no. Aveva un'aria tesa e stressata, i suoi occhi non perdevano di vista i passanti per la via. Caleb si rendeva conto che era tormentata dall'incertezza.

«Iris...» disse.

Lei lo guardò. «Sì?»

«Iris, dobbiamo pensare a tornare in Inghilterra. Io ho un lavoro. Lei anche. La nostra vita è lassù. Non possiamo restare qui per settimane.»

«Io non posso andarmene. Ma lei ovviamente può partire quando vuole.»

«La capisco, ma Tanya è in grado di muoversi in autonomia, tornerà a Bath. Anche senza di noi. In caso contrario, a tempo debito la polizia inglese darà corso alla nostra denuncia di scomparsa. Gli agenti avranno da noi tutti i particolari. Se necessario potrà ritornare di nuovo qui. Adesso però vorrei...» Fu interrotto dallo squillo del cellulare.

«Mi scusi» disse.

Era Kate. «Sei solo?» gli chiese senza preamboli.

«No, ma...» Lui si alzò. Con un'occhiata indicò a Iris che si sarebbe allontanato di qualche passo. Lei annuì.

Si fermò nel vano di un portone. Al sole era impossibile stare. «Sì, dimmi, Kate. Che succede?»

«Ho telefonato all'ispettore capo Madeline Atkins a Bristol. Avon and Somerset Police. E all'ispettore Finley Donaldson. North Ayrshire Police. Ho parlato a lungo con entrambi.»

«La polizia scozzese?» Non era buon segno che Kate fosse stata indirizzata da un dipartimento all'altro. Doveva trattarsi di una faccenda tutt'altro che innocua. Era contento che Kate avesse trovato qualcosa. Ma avrebbe preferito non qualcosa di così... grosso.

«Il nome *Millard* ti dice qualcosa? Collegato alla località di West Kilbride?»

Caleb non dovette neanche pensarci su. «Gli *Omicidi di Kilbride*? 2008. L'agghiacciante massacro di due famiglie che campeggiavano in una baia?»

«Iris Shaw» disse Kate, «che un tempo si chiamava Iris Millard, è la sedicenne che all'epoca fu l'unica sopravvissuta. A parte un uomo che però morì pochi giorni dopo.»

Caleb pensava di aver sentito male. «Cosa?»

«Dopo il delitto era andata a vivere con lo zio materno. Lui non l'ha adottata, ma lei ha assunto il suo cognome. Che ovviamente era anche quello di sua madre da ragazza. Shaw. Dovunque andasse veniva collegata a quella storia. Veniva scrutata. Interpellata. Intervistata. Solo cambiando cognome e scuola è riuscita a trovare un po' di tranquillità. Nessuno sapeva che *lei è quella Iris*.»

«Non posso crederci» disse Caleb lanciando un'occhiata verso Iris che stava digitando un numero sul suo nuovo telefono, probabilmente l'ennesimo tentativo. «Non mi ha detto nemmeno una parola in merito. Ovviamente... non è detto che la cosa sia importante riguardo alla scomparsa di Tanya Lambert.»

Naturale che è importante, gli disse una vocina interiore, non si tratta di una coincidenza. Iris Millard. L'unica sopravvissuta.

E l'unica testimone.

L'unico elemento che poteva rendere pericolosi i colpevoli anche dopo tanto tempo.

E la sua migliore amica era scomparsa senza lasciare tracce durante un viaggio.

E se si fosse trattato di uno scambio di persona? Se qualcuno avesse preso Tanya Lambert per Iris? Perché Iris per qualche motivo si era avvicinata troppo ai tizi di allora?

Interrogativi su interrogativi. E qualunque risposta si volesse dare, nessuna lasciava trasparire un esito positivo per Tanya.

«Purtroppo non è tutto» proseguì Kate. «Mi riferisco a quella storia di tanti anni fa. Ci sono risvolti recentissimi.»

«D'accordo» disse Caleb preparandosi interiormente a ciò che avrebbe sentito.

Ascoltò in silenzio il resoconto di Kate fino alla fine.

«Quando pensava di dirmelo?» chiese Caleb.

Aveva pagato il caffè ed era tornato verso la macchina, seguito da Iris.

«Cos'è successo?» gli aveva chiesto lei. «Chi era? Chi le ha telefonato?»

Lui si era voltato. «Ho parlato con il mio contatto in Inghilterra. L'ispettore investigativo Linville. Lei è *Iris Millard.*» Il suo tono di voce era aspro. Non le aveva mai parlato in quel modo. Iris sussultò.

«Oh… » disse.

Caleb aprì di slancio la portiera. Una vampa infuocata uscì dall'abitacolo. «Salga.»

Una volta lasciata la città, imboccò una stradina di campagna e si fermò all'ombra di un ulivo. Intorno a loro non c'era anima viva. Una leggera caligine ammantava la campagna nel caldo torrido. Tutto era bruno, giallo, secco. Lui abbassò i finestrini per resistere dentro la macchina.

Lì sarebbero stati indisturbati. Non voleva parlare con lei in albergo.

«Sa una cosa» esordì, «avrei capito se mi avesse taciuto la… storia di allora. È stato raccapricciante, terribile e tragico. Lei non vuole né riesce a pensarci o a parlarne. Ed è passato anche molto tempo. Quindici anni. Non vede alcun legame con quello che sta succedendo ora.»

Lei tacque. Caleb la vide mordersi il labbro.

«Ma c'è dell'altro. Una serie di fatti spiacevoli. Accaduti quest'anno. La polizia di Bath le aveva persino offerto una scorta. Per loro la faccenda è alquanto seria.»

Iris continuò a tacere.

«Per due volte hanno tagliato i copertoni alla sua bicicletta. Ha ricevuto una lettera minatoria che dichiarava più o meno che...»

Lei si passò la lingua sulle labbra asciutte. «*Sono molto vicino. Rimpiangerai di non essere morta*» concluse con voce monotona.

Caleb annuì. «Esatto.»

«Ma...»

«Poi c'è stata la storia dell'uomo che le ha dato un passaggio fino a casa dalla fermata dell'autobus una sera. La seconda volta che le era stato tagliato il copertone della bici. Craig Ellis. Lei stessa ha dichiarato che il suo comportamento era piuttosto singolare. Lo ha considerato una minaccia ed è riuscita solo a fatica a impedirgli di seguirla dentro casa.»

Lei annuì.

Caleb si passò una mano sulla fronte. Quel maledetto caldo. Oltre alla collera.

«Quella stessa notte qualcuno si è introdotto in casa sua. Rompendo il vetro della finestra del salotto. Lei ha chiamato la polizia.»

«Ma nessuno era entrato in casa.»

«Ah be', allora è tutto normale? I copertoni tagliati, la lettera minatoria, un vetro rotto. E secondo lei non si tratta di qualcuno che manifesta intenzioni alquanto aggressive nei suoi confronti?»

Lei annuì di nuovo.

«Una volta che la polizia di Bath ha scoperto la sua vera identità» proseguì Caleb, «la faccenda è stata considerata sotto una luce del tutto diversa. Sono state fatte ricerche su questo Craig Ellis, ma è venuto fuori che nome e indirizzo erano falsi. L'unico Craig Ellis residente a Bath è un dodicenne che, come i suoi genitori, si è rivelato del tutto estraneo ai fatti. Sono state controllate tutte le autofficine per cercare quella dove l'uomo aveva dichiarato di lavorare, ma anche questa si è rivelata una falsa pista. Poi sono state esaminate le riprese delle telecamere di sorveglianza alla stazione degli autobus dove lui le ha rivolto la parola. La sua macchina era parcheggiata in modo che non fosse possibile leggere il numero di targa. Si vede lei che sale a bordo. L'uomo tiene la testa bassa, non scopre mai il viso. Chiaramente ha fatto in modo di non essere ripreso dalle telecamere. E nel caso fosse lui l'autore dei danni alla sua bici, ha avuto fortuna. Lei aveva lasciato la bici legata a un'inferriata fuori dall'inquadratura delle telecamere. Comunque, anche in caso contrario, sarebbe stato attento a tenere nascosto il viso.»

«Queste cose le so già» disse Iris.

Lui la guardò e capì quanta rabbia si agitava nel suo sguardo. «Già. È stato fatto persino un identikit di questo presunto Craig Ellis sulla base della sua descrizione. La mia collega se lo è fatto spedire e me lo ha inviato. Ce l'ho qui sul cellulare.»

«Ok» mormorò Iris.

«La polizia di Bath ha offerto protezione ma lei ha accettato solo che un'autopattuglia passi ogni ora davanti alla sua casa isolata in campagna. E poi parte per questo viaggio. La sua amica scompare da un momento all'altro senza lasciare tracce. Lei mi trascina in questa storia, rimane con me in quel maledetto albergo, a rimuginare e *non dice nemmeno una parola su tutti questi fatti.* Perché? Non riesco a capire. *Perché?*»

«Non c'è nessun legame tra le due cose.»

«Ne è sicura?»

«Quello che è successo non ha niente a che fare con... la storia di allora.»

«La polizia la pensa diversamente: ritiene plausibile un collegamento. Iris, lei è l'unica sopravvissuta. È l'unica che rappresenta un pericolo per i colpevoli. Ancora adesso.»

La donna scosse la testa. «Già all'epoca ho detto di non essere riuscita a vedere nessuno. Non ho potuto fornire nessuna descrizione. Era buio, pioveva. E io sono fuggita subito. Mi sono nascosta sotto quella passerella con le onde che si infrangevano contro di me e mi sommergevano. Mi mancava l'aria. Continuavo a bere acqua di mare. Non vedevo letteralmente niente.» La sua voce cominciò a tremare. «Sentivo le grida della mia famiglia. Le loro invocazioni di aiuto. È stato terribile. Ma non potevo fare niente. Ero paralizzata dalla paura. Sono rimasta nascosta finché è finito tutto. Ero terrorizzata. Ho assistito alla morte dei miei genitori e anche della mia sorellina, la persona più dolce...» Le mancò la voce. Impiegò qualche secondo a riprendersi.

«Non le ho raccontato niente di quello che è successo a Bath perché altrimenti avrei dovuto spiegarle che la polizia ritiene ci sia un collegamento con West Kilbride» proseguì. «Avrei dovuto parlarle anche di quello. E non posso. *Non ci riesco.*» Piegò la testa in avanti e si nascose il viso tra le mani.

Caleb fece un respiro profondo. Si vergognava di essere stato tanto brusco, tanto aggressivo e collerico. La donna che aveva davanti era traumatizzata dall'esperienza vissuta da ragazza, ed era più che naturale. Gli eventi di quella notte dell'agosto 2008 l'avrebbero perseguitata per tutta la vita, a prescindere da quanti terapeuti avrebbe consultato, da quanto si sarebbe sforzata di portare il massimo della normalità e dell'equilibrio nella sua vita. Aveva vissuto qualcosa di devastante. Aveva avuto paura di parlarne.

La sua reazione era comprensibile. Caleb le toccò delicatamente il braccio.

«Le chiedo scusa. Non avrei dovuto parlarle in questo modo. La prego di scusarmi.»

Lei alzò la testa. «Non ha senso» disse. «Quel tipo, Craig Ellis, o come si chiamava, che mi ha accompagnato in macchina e che forse ha bucato i copertoni e ha rotto il vetro della finestra... se fosse stato uno di loro, non si sarebbe fatto vedere da me, giusto? Finora non ero stata in grado di descrivere nessuno. *Adesso*, se fosse uno di *loro*, potrei farlo. Sarebbe stato stupido da parte sua.»

Il suo ragionamento non era del tutto campato per aria.

«E poi» aggiunse, «che senso ha tutta la storia? Sono passati quindici anni. Il caso non è mai stato risolto. Anche perché non ho potuto fornire nessun indizio utile, a parte che chi ci aveva aggredito erano tre o quattro uomini. Avrebbero potuto essere anche cinque. Non ero sicura nemmeno di questo. Che motivo ci sarebbe di attaccarmi proprio adesso? Al contrario, smuoverebbero acque ormai ferme da molto tempo.»

«Questo è vero» riconobbe Caleb, «ma può darsi che questa gente si senta minacciata. Potrebbe esserci qualcosa che li ha indotti a pensare che lei stia per smascherarli. Forse non se ne rende nemmeno conto. Ma c'è qualcosa che li ha messi in allarme.»

«Nella mia vita non c'è assolutamente niente. Non è cambiato niente, a parte il fatto che il mio compagno mi ha lasciato. Da più di un anno. Io vado al lavoro. Ogni tanto esco a bere una birra con Tanya. Tutto molto banale.»

«La lettera...»

«Conosce anche lei il contenuto. Non ha senso. Dovrei rimpiangere di non essere morta. Perché?»

Lui non era in grado di rispondere a questa domanda. Si rendeva conto, però, che c'erano molti elementi che non quadravano.

«Iris, in questo momento il punto decisivo è che qualcuno l'ha presa di mira. Craig Ellis. Per qualche motivo. Potrebbe anche essere una storia del tutto indipendente. Senza alcun legame con il passato.»

«Ma quale sarebbe il motivo? Non conosco quell'uomo.»

«Potrebbe essere uno stalker. Uno che si è fissato su di lei. Sono cose che succedono spesso. Purtroppo tipi del genere non sempre sono innocui. In tal senso la scomparsa di Tanya potrebbe essere collegata.»

«A Craig Ellis? Come avrebbe potuto essere a conoscenza del nostro viaggio? E sapere anche dell'albergo?»

Era un'ottima domanda. «Non saprei» rispose Caleb. «Dovremmo scoprire chi fosse informato a Bath e magari gli ha riferito la cosa.»

«Il mio capo sapeva del viaggio» disse Iris. «E i miei colleghi all'ambulatorio. Ma nessuno sa dell'albergo. Solo il mio terapeuta. Che ha l'obbligo di riservatezza. Non dà a nessuno informazioni su di me.»

«Forse la fuga di notizie è legata a Tanya. Magari a sua insaputa.» Non aveva senso rimuginarci oltre. «Dobbiamo tornare in albergo. La polizia verrà di nuovo da noi. Gli agenti di Bristol si sono messi in contatto con loro. Il caso ha acquisito un peso diverso adesso.»

Iris fece un profondo sospiro. Caleb non faticava a immaginarsi quante ore, per settimane e mesi, aveva dovuto passare con la polizia da sedicenne, subito dopo aver perso la famiglia. Gli interminabili interrogatori. Probabilmente avevano cercato di frugare in ogni modo nella sua memoria, per trovare un appiglio, per quanto piccolo o insignificante. Caleb ricordava che all'epoca era stata istituita una task force speciale. Era stato fatto tutto il possibile per risalire ai colpevoli. Ma ogni traccia, ogni pista erano finite nel nulla.

«Sarà necessario ottenere un identikit dalle descrizioni delle due signore belghe» disse. «Sono le uniche ad aver visto l'uomo con cui parlava Tanya. E dovranno dirci se possa trattarsi di Craig Ellis.»

«Sì» disse Iris.

Caleb accese il motore.

A ben vedere uno stalker sarebbe stata la soluzione più semplice. Qualunque cosa sarebbe stata meglio di un collegamento con gli orrori di quella notte a West Kilbride.

## *3*

Nel tardo pomeriggio era stato realizzato un identikit, che le turiste belghe dichiararono essere *all'incirca* abbastanza somigliante allo sconosciuto che avevano visto.

«In realtà non lo abbiamo guardato con troppa attenzione» spiegò una di loro in tono mortificato al poliziotto che aveva creato il ritratto a computer. «Non sapevamo che la nostra testimonianza sarebbe diventata così importante. Però, sì, direi che il ritratto è molto vicino alla realtà.»

In precedenza Caleb aveva mostrato loro la ricostruzione del viso di Craig Ellis, ma le due donne avevano confermato all'unisono che non era il soggetto visto da loro.

Iris osservò attentamente l'identikit. «Non sono sicura… ma credo… non saprei. Potrebbe essere Craig Ellis. Vista l'età. Ma aveva un'aria più allucinata. Sembrava proprio malato.»

E lei sale in macchina con un tipo del genere, pensò Caleb. Era deluso. Sarebbe stato tutto perfetto. D'altronde non poteva escludere ancora niente. Procedevano su un terreno insidioso, dato che le due belghe non erano state totalmente certe delle loro dichiarazioni. La veridicità dell'identikit da loro fornito era perciò dubbiosa. Lui comunque lo fotografò lo stesso. Per sicurezza.

In effetti non somigliava in maniera particolare alla foto di Craig Ellis inviata dall'Inghilterra.

Intanto erano arrivati degli agenti dell'anticrimine che si erano fatti raccontare daccapo tutta la faccenda. Accesero un registratore e presero molti appunti, facendo domande insistenti. A un certo punto Iris era sembrata del tutto spossata. E segnata dallo stress psicologico. Non era stata costretta a ripetere un'altra volta quanto successo quella notte a West Kilbride, era tutto scrupolosamente documentato, ma le domande degli inquirenti francesi avevano girato intorno a quegli avvenimenti e lei ne era rimasta turbata e sconvolta. La sua vita si basava sulla rimozione continua di quell'agghiacciante tragedia, e comunque non bastava a restituirle una relativa serenità, vista la sua fobia per i ponti. In ogni caso aveva un lavoro stabile, abitava in una casa, pagava l'affitto, aveva contatti sociali. Dalla sua esperienza di poliziotto, Caleb avrebbe potuto elencare diversi casi in cui tutte queste cose erano diventate impossibili dopo un trauma analogo: sapeva di persone sprofondate nell'incapacità di lavorare, finite nei reparti psichiatrici, o isolate completamente dalla società. Non era necessario assassinare una persona fisicamente. La si poteva uccidere anche in altri modi.

Iris era una donna forte. Nonostante tutto.

Caleb aveva cercato di mettersi in contatto con Kate per tutta la serata, ma gli aveva sempre risposto la segreteria telefonica. A un certo punto ci aveva rinunciato. O lei non aveva voglia di parlargli, oppure dormiva, o era in servizio.

Erano le undici passate ed era buio, ma la cappa di afa sempre opprimente non permetteva a Caleb di pensare a dormire. E amplificava la sua inquietudine. Era stata una giornata emotivamente intensa. Era come se all'improvviso si fosse staccata una valanga. Migliaia di pensieri si rincorrevano nella sua testa. Ecco perché avrebbe voluto parlare con Kate. Insieme a lei era in grado di mettere ordine nella sua mente. Lei riusciva sempre a trasformare la confusione in calma. Il suo modo di affrontare i problemi allentava il caos, alimentando la speranza che alla fine tutto si sarebbe chiarito.

Decise di fare due passi fuori. Dentro l'albergo regnava il silenzio. Evidentemente dormivano tutti nonostante il caldo.

Vide subito Iris. Era sul ciglio del vialetto di ghiaia che portava all'albergo, accanto a un abete che scintillava al chiaro di luna come una meravigliosa candela affusolata. Il cielo blu scuro era trapuntato di stelle. Le cicale avevano smesso di cantare, avrebbero ricominciato solo quando il sole sarebbe spuntato sopra le colline il mattino dopo. Era una meravigliosa notte mediterranea, come quella precedente e come quella successiva. Una serie di giornate di sole e notti stellate, per settimane. In un'epoca di cambiamenti climatici, nessuno aveva il coraggio di rallegrarsi per un bel tempo stabile.

Quella notte però, Caleb lo fece. La bellezza di quell'ora gli fece dimenticare le ansie e le preoccupazioni in cui si era ritrovato inaspettatamente.

«Non riesce a dormire neanche lei?» domandò.

Iris si voltò. «No. Come lei, del resto.»

«Stanno succedendo tante cose.»

Lei tornò a guardare verso la pianura, rischiarata dalla luna e allo stesso tempo piena di ombre misteriose. «Non riesco a non pensare a Tanya.»

Lui fu sul punto di replicare che l'ostinato silenzio da lei mantenuto per giorni non aveva aiutato l'amica, ma ci ripensò e ricacciò indietro quell'osservazione. Iris lo sapeva. Perché tormentarla ulteriormente senza motivo?

«La polizia scoprirà che cosa è successo. Il caso adesso viene considerato con la massima serietà.

«È tutto così assurdo. Solo perché non sono riuscita a passare su questo ponte. Solo a causa di questa forra... adesso è cambiato tutto.»

E Tanya potrebbe essere morta, pensò Caleb, lo sconosciuto potrebbe averla uccisa e abbandonata chissà dove. Per appropriarsi del pulmino.

Anche in questo caso non manifestò i propri pensieri. Invece disse: «Non si crucci in questo modo. Le cose si chiariranno».

Iris annuì avvilita.

«Tanya è a conoscenza della sua storia?» le chiese. «Mi riferisco a Kilbride, ovviamente.»

Iris scrollò il capo. «No, non gliene ho mai parlato.»

«Era al corrente degli ultimi avvenimenti? La lettera minatoria, i copertoni tagliati, il vetro rotto? Sapeva di Craig Ellis?»

«Sì, queste cose le sapeva.»

«Ha fatto qualche congettura al riguardo?»

«No, non riesce proprio a capire chi potrebbe avercela con me.»

«A lei è sembrata sincera? Voglio dire, nella sua perplessità?»

«Sì. Senza alcun dubbio.»

«Ha mai raccontato a qualcuno di Kilbride? Ovviamente il fratello di sua madre e la sua famiglia ne erano a conoscenza. E all'inizio immagino anche altre persone intorno a lei. La mia collega, l'ispettore Linville, in Inghilterra, mi ha riferito che la riconoscevano e la disturbavano continuamente. Che cosa è successo dopo che ha cambiato cognome? Dopo aver cambiato scuola? E in seguito, nella sua vita da adulta? Quando nessuno la riconosceva più? A chi lo ha raccontato?»

Lei sospirò. «A Thomas. Lui lo sapeva.»

«Però lui non l'ha detto a nessun altro?»

«No. Perché, è importante?»

«Non lo so, non sono ancora in grado di dirglielo. Sto cercando di trovare un collegamento, ma per adesso le tessere del puzzle non combaciano.»

«Forse non c'è nessun collegamento?»

«West Kilbride, Craig Ellis e la scomparsa di Tanya Lambert. Secondo lei non sono collegati?»

La donna si strinse nelle spalle. «Se non riusciamo a trovare un collegamento, forse è perché non esiste.»

«Può darsi.» Lui non ci credeva. Ma attualmente era tutto molto confuso.

«Da bambina continuavo a fare un sogno ricorrente. È andato avanti per anni» disse di punto in bianco Iris. «Sono rannicchiata su un ponte. Davanti e dietro di me è crollato completamente. È rimasto in piedi qualche pilastro, ci sono un paio di assi. Ma è chiaro che non si può attraversare. Si spezzerebbe. Inoltre le due sponde sono troppo distanti. Non c'è niente, solo vuoto.»

«Una situazione spaventosa.»

«Io sono molto piccola. Sono seduta sull'ultimo pezzetto di ponte ancora in piedi. Sotto di me scorre un fiume. Impetuoso. Ci sono rocce. È sera, l'acqua è scura. E profonda. So che morirei se precipitassi.»

«Come finiva il sogno?»

«Non c'era mai una fine. A un certo punto mi svegliavo.»

«All'epoca soffriva già di gefirofobia?»

«È stata scatenata da quel sogno.»

Lui rimase qualche istante assorto a pensare a quanto aveva sentito. «Significa che la fobia è precedente a Kilbride.»

«Sì. Ne soffro da quando avevo quattro o cinque anni.»

«Ha provato a sottoporsi a ipnosi?»

«No. Mi fa troppo paura l'idea di trovarmi di nuovo seduta su quel ponte. Ho la sensazione... che non sopravvivrei.»

«Certo, la capisco.» Caleb si schiarì la voce. «Mi spiace di essere stato così brusco oggi a mezzogiorno. Non volevo attaccarla. Non volevo farla soffrire. Non lo farei mai.»

Lei si voltò a guardarlo.

Lui sentì il proprio cuore accelerare.

«Non so...» mormorò lei.

«Cosa?» Lui aveva la voce arrochita. Se la schiarì di nuovo. «Che cosa non sa?»

«Non so che cosa stia succedendo» rispose Iris, poi fece un passo verso di lui e lo baciò sulla bocca.

Le sue labbra avevano lo stesso sapore di quella notte. Resina. Lavanda. Rosmarino. Erba secca. Polvere. Terra.

Ma forse in parte vi si mescolavano anche le sue percezioni, Caleb non avrebbe saputo dirlo. La sua reazione a Iris fu impetuosa, come non avrebbe ritenuto possibile. L'attirò a sé, con la sensazione che non fosse mai abbastanza, nemmeno se si fosse fuso con lei. Ricambiò il bacio e nello stesso istante pensò disperato che non sarebbe potuto durare in eterno. La percezione del suo corpo contro il proprio gli fece capire che aveva aspettato fin dal primo istante questo momento, che lo aveva inseguito, lo aveva anelato.

Lei si staccò.

«Oddio» mormorò Caleb. «Ti prego... non andartene.»

Negli occhi di Iris vide serietà e calore. E comprese che anche lei lo desiderava con la sua stessa intensità.

Gli prese la mano. «Resti con me? Non voglio stare da sola.»

«Nemmeno io.» Non era solo un modo di dire. Non avrebbe sopportato di restare solo più a lungo. Da anni ormai non lo sopportava più, ma fino a quel momento non aveva voluto ammettere quanto si sentisse solo e vuoto. Aveva preferito annegare nell'alcol tale consapevolezza, per diventare insensibile. Ora però lo aveva travolto, e l'unica salvezza su tutta la terra era la donna che gli stava davanti.

Tenendosi per mano tornarono verso l'albergo e poi andarono in camera di Caleb.

West Kilbride, venerdì 22 agosto 2008

Siamo andati fino a Glasgow, a mangiare un boccone. Non voglio che qualcuno in seguito si ricordi di noi. Tre giovani forestieri non passano mai inosservati. Per quanto mi riguarda nessuno mi noterebbe, perché sono stato abbastanza furbo da avere un aspetto anonimo: mi sono tagliato i capelli, ho fatto la barba, porto jeans e una felpa grigia. Scarpe da tennis. Anche se non mi piace dirlo, sembro davvero uno qualunque.

Lo stesso non si può dire di Adam e Vincy. Vincy ha sempre una faccia così spaventosamente deficiente che a volte colgo le occhiate disgustate della gente. E Adam ha un'aura che segnala la massima aggressività. Il suo portamento, la sua camminata, il suo sguardo, tutto trasuda violenza. Si capisce che aspetta solo l'occasione adatta per esplodere. Adam è il genere di persona che non riesce a sopportare un periodo di pace troppo lungo.

Per questo abbiamo viaggiato per quasi un'ora. Glasgow è grande, nessuno ci noterà. Le strade sono affollate questo venerdì sera, nonostante le vacanze. La gente si aggira nei negozi, fa la spesa per il fine settimana. Troviamo un parcheggio e ci immergiamo nel viavai di Buchanan Street, la zona pedonale in centro. Troviamo un tavolo in un Burger King. Adam e Vincy si avventano sul cibo come se non mangiassero da giorni, io mi trattengo. Uno stomaco troppo pieno rende pigri e sonnolenti, e non voglio che mi succeda. Non fa bene nemmeno ai miei due amici, ma non dico niente. Se non si riempiono la pancia, il loro umore scende sottozero, il che sarebbe ancora meno indicato per ciò che abbiamo in mente. Ma è importante che per un po' mantengano entrambi il buonumore.

Mi guardo intorno nel locale strapieno. Qualcuno si è accorto di noi? Qualcuno potrebbe descriverci? Mi tranquillizzo, qui tutti badano solo a loro stessi. Ragazzi che occupano cinque tavoli contemporaneamente come un'orda chiassosa e famelica, famiglie con bambini piccoli che piagnucolano, alla ricerca di una pausa dallo shopping. Qua e là una persona sola che intinge le patatine nel ketchup mentre legge il giornale. Non c'è nessuno, ma proprio nessuno che ci degni neppure di un'occhiata. Sono convinto che nessuno si ricorderà di noi.

«E se sono andati via quando torniamo?» chiede Vincy in una pausa tra un morso e l'altro, probabilmente perché comincia a sentirsi male.

«Perché dovrebbero andare via?» obietta Adam. «Hanno portato tutta quella roba giù sulla spiaggia. Di certo non lo hanno fatto per riportarla su subito dopo!»

Vincy ci pensa su. Ha un'espressione molto concentrata.

«È vero» dichiara alla fine.

Adam fa un sospiro teatrale. «È tutto sotto controllo, Vincy. Smettila di surriscaldarti la testa a furia di pensare!»

Vincy non sembra prendersela, probabilmente perché non ha capito al volo la battuta di Adam.

Controllo l'ora. Sono già le cinque e dieci, abbiamo passato parecchio tempo qui. Per fortuna in questo caso non sarà problematico, ma mi ripeto per la centesima volta: niente soste prolungate d'ora in poi. Da nessuna parte.

«Andiamo via» annuncio.

Quando usciamo, rabbrividiamo dopo il caldo che c'era dentro il locale. Il calore di molti corpi e della cucina aperta. L'aria fresca però è anche piacevole. Le nuvole sono basse in cielo, ma sembra che abbia deciso di smettere sul serio di piovere, almeno per un po'. L'asfalto è ancora lucido, tutto è bagnato. Si alza un leggero vento che tiene a bada la pioggia ma è anche fastidiosamente freddo. Penso ai Millard sulla spiaggia.

Che avventura del cazzo.

Impieghiamo parecchio tempo a uscire da Glasgow, il traffico è bloccato dappertutto, gli automobilisti suonano il clacson spazientiti. Mi accorgo che anch'io divento più nervoso. C'è ancora luce, ma la giornata volge lentamente al termine. Dobbiamo aspettare le tenebre, e ovviamente che tutti i Millard dormano.

È quasi il momento, mi tranquillizzo.

Facciamo una sosta perché Adam e Vincy devono pisciare. Si piazzano sul ciglio della strada. Le altre macchine ci sfrecciano accanto. Mi rendo conto che sto ancora pensando a chi e quando potrebbe ricordarsi di noi.

C'erano due tizi strani sul ciglio della strada...

Cretinate. Nessuno ci farà caso.

Arrivati alla baia, l'auto dei Millard è sempre al suo posto. L'altra è sparita. Supero il parcheggio e imbocco una stradina di campagna a una certa distanza. Mi fermo lì.

«Ma siamo belli lontani» protesta subito Vincy.

«Più tardi torniamo indietro» lo tranquillizzo. «Ma per il momento, chissà chi potrebbe arrivare. Non vorrei che poi qualcuno...»

«... si ricordasse della nostra macchina» mi anticipa Adam. Evidentemente non ne può più di sentirmi ripetere che nessuno deve accorgersi di noi.

Per fortuna la sonnolenza che segue un pasto abbondante si fa presto sentire. Per primo sento Vincy russare dal sedile posteriore. Poco dopo Adam appoggia la testa al finestrino e si addormenta a sua volta. Sono sollevato. Le stupide chiacchiere di Vincy e l'impazienza di Adam avrebbero solo aumentato il mio nervosismo.

Sono le 18:17.

Mancano quasi otto ore all'aggressione.

# Martedì, 11 luglio

## *1*

Il tentativo di consegnare il riscatto al o ai rapitori di Eva Hanson era fallito.

Kate aveva interrotto la sorveglianza nella zona intorno alla Crown Spa intorno alle quattro del mattino. Era quasi giorno, ben presto sarebbero arrivati gli addetti alla pulizia della spiaggia per iniziare il lavoro. I soldi lasciati nel cestino dei rifiuti non potevano rimanere lì più a lungo. Kate aveva intuito fin dall'inizio che il rapitore non si sarebbe presentato, e nelle prime ore del giorno lo diede per definitivamente confermato. Tornò a casa, si sdraiò per un'ora sul divano in salotto, senza tuttavia riuscire a chiudere occhio nonostante la stanchezza. Troppi pensieri si agitavano nella sua testa. Alla fine si alzò, fece una doccia, bevve un caffè forte. La gatta Messy, che aveva reagito risentita all'assenza notturna della sua compagna di casa, mangiò soddisfatta i dadini di prosciutto che aveva ricevuto come risarcimento. Kate si accucciò accanto a lei sul pavimento della cucina accarezzando la sua morbida pelliccia.

«Purtroppo devo uscire di nuovo. Spero di tornare un po' prima stasera.» Il tono di voce sembrava quello che avrebbe usato con un marito o un compagno. Con qualcuno che si era appena lamentato sbuffando che non era mai in casa, che il lavoro la esauriva, che non le lasciava più tempo per la relazione e le attività condivise. A volte Kate cercava di convincersi che fosse un sollievo non doversi sentire rivolgere certe accuse. Effettivamente il lavoro le portava via tantissimo tempo, di rado tornava a casa a orari normali, e soprattutto, i turni di servizio erano imprevedibili. Fino a due giorni prima non sapeva che avrebbe trascorso la notte precedente in macchina davanti alla spiaggia. E non era neanche lontanamente immaginabile quali sviluppi avrebbe preso quella misteriosa vicenda. Ma qualunque cosa fosse successa, non avrebbe dovuto rendere conto a nessuno, a parte la gatta. Per il resto non c'era nessuno a cui interessasse a che ora usciva o rincasava. Non c'era nessuno che brontolasse, si lamentasse, sbuffasse.

Un vero privilegio.

Purtroppo non riusciva mai a convincersene fino in fondo. Al massimo se ne persuadeva con la testa, ma non dove risiedevano le emozioni e i sentimenti. Perché, a conti fatti, non c'era nulla di bello nel sapere che a nessuno importava se improvvisamente restava fuori casa per tutta la notte. Se doveva rinunciare ai fine settimana o non era più in grado di contare le ore di straordinari accumulate.

Kate godeva di una totale libertà. Il rovescio della medaglia era una solitudine struggente, opprimente. Magari c'era chi la vedeva in maniera del tutto diversa. Ma lei non riusciva a ingannare se stessa fino in fondo. E forse sarebbe stato impossibile per chiunque.

Avrebbe preferito litigare ogni settimana con un compagno, che soffriva perché lei era sempre assente, piuttosto che tornare nel silenzio e nel vuoto della sua casa, dove non c'era nessuno che l'aspettasse.

A parte Messy.

«Tu non sei nessuno» mormorò alla gatta. «Ma conversare con te è un po' a senso unico.»

Messy miagolò e strusciò la testa contro la gamba di Kate. I manuali di autoaiuto che Kate leggeva in gran quantità sottolineavano ripetutamente che era positivo essere riconoscenti per quello che si aveva, invece di lasciarsi sopraffare dalla frustrazione verso tutto quello che mancava nella vita. Sapeva che era un ottimo consiglio, anche se non le riusciva sempre facile metterlo in pratica.

«Sono contenta che tu sia qui» disse a Messy. La gatta la guardò con i suoi occhioni.

Kate sorrise, per la prima volta quella mattina. Non era solo un modo di dire. L'esistenza di Messy la riempiva davvero di felicità.

In macchina telefonò a Helen Bennett, che era sempre a casa degli Hanson. Le rispose con un tono sfinito.

«Non è facile» le riferì. Parlava sottovoce, per non farsi sentire da nessuno a parte Kate. «Tyler Hanson è aggressivo e irascibile, e continua a chiedere che cosa pensa di fare la polizia. Mrs. Hanson è sprofondata nella disperazione. Sta molto male. Più tardi il medico di famiglia tornerà a visitarla. Ha bisogno di un forte sedativo.»

«Cerchi di impedire a Tyler Hanson di agire di sua iniziativa. Quell'uomo è una mina vagante. Io sto andando da Kerry Davies, l'amica di Eva Hanson.»

«D'accordo. Farò del mio meglio.»

Dieci minuti più tardi Kate si fermò davanti alla casa dove abitava Kerry Davies. Il suo era un quartiere totalmente diverso rispetto a quello di Eva: in città, molto lontano dal mare e dalla spiaggia. Un condominio anonimo con i balconi attaccati gli uni agli altri. Il rumore del traffico era incessante, non c'era un filo d'erba da nessuna parte. Forse però era lei quella più fortunata.

Benché i genitori fossero divorziati e lei vivesse con sua madre.

Kate trovò parcheggio, scese dalla macchina e si incamminò verso il palazzo. Sul citofono c'erano due file di pulsanti con i relativi nomi. Trovò quello giusto. Il portone si aprì con un lieve ronzio.

Non c'era ascensore, ma per fortuna Kate era abbastanza in forma per affrontare in scioltezza le otto rampe di scale. In alto trovò ad aspettarla una donna dall'aria simpatica con leggins e T-shirt. «Desidera?»

Kate esibì il tesserino. «Sergente investigativo...» Si corresse subito: «Ispettore investigativo Kate Linville. North Yorkshire Police».

Prima o poi dovrò abituarmi al mio nuovo grado, pensò.

«Si accomodi. Sono Sandra Davies.»

La donna precedette Kate nel minuscolo salotto del piccolo appartamento. La portafinestra che dava sul balcone era spalancata per far entrare l'aria ancora fresca del primo mattino. E il frastuono del traffico.

«Vuole sedersi? Desidera un caffè?»

Kate si accomodò sul divano. «Niente caffè, grazie. Devo scusarmi per l'ora. Ma il caso di Eva Hanson ci tiene con il fiato sospeso. Mi piacerebbe parlare con Kerry.»

Sandra Davies assunse un'espressione mortificata. «Partecipa a un centro estivo ed è già uscita per andare al mare. In realtà non voleva andarci, alla luce di questa storia tremenda, ma io ho insistito. Ha bisogno di distrarsi. È profondamente sconvolta. Posso aiutarla io?»

La richiesta di riscatto avanzata dal sequestratore non era stata ancora resa nota e Kate preferì non divulgarla per il momento.

«Purtroppo continua a non esserci traccia di Eva» si limitò a dire. «Per questo volevo fare qualche altra domanda a Kerry. So che ha rivelato alla mia collega, l'ispettore capo Graybourne, che Eva era molto turbata a causa del viaggio di due mesi che sua madre aveva in programma per il prossimo autunno. Mrs. Hanson voleva andare a trovare i parenti in Australia. Eva doveva restare qui con suo padre. Era di questo che aveva paura?»

«Sì» confermò abbattuta Sandra Davies, «ma purtroppo ha confidato le sue paure solo a Kerry. Però mi ha chiesto con insistenza se per quelle settimane non potesse venire a stare qui con noi.»

«Sarebbe possibile?»

«Per quanto mi riguarda non avrei nessun problema. Tuttavia le ho detto che temevo che suo padre non glielo avrebbe permesso.»

«Che cosa poteva avere in contrario Mr. Hanson?»

«Non saprei. Ho solo pensato che non avrebbe acconsentito. È una persona poco piacevole, a mio avviso. In pratica non si occupa affatto della sua famiglia, ma non vuole che Eva e sua madre si godano un po' la vita. C'erano molte cose che Eva non poteva fare.»

«Per esempio?»

«Andare al cinema di sera. Passare un intero fine settimana con Kerry. Invitare Kerry a casa sua nel weekend. Cose di questo genere. Un'estate Kerry e io abbiamo fatto un viaggio di una settimana nel Sud dell'Inghilterra e ci sarebbe piaciuto che Eva venisse con noi. Ma non è stato possibile.»

Kate annuì. «Capisco. Quali motivazioni le aveva dato?»

Sandra fece un sorriso sarcastico. «Tyler Hanson non giustifica le proprie decisioni. Le rende note. Punto e basta.»

«Ma lei non ha qualche sospetto su cosa potrebbe esserci dietro?»

Sandra esitò. «All'inizio pensavo che non volesse che i suoi familiari fossero felici. Lui lavora davvero tantissimo, e non sopporta che loro nel frattempo si divertano. Ma con il passare del tempo ho cominciato a pensare...»

«Sì?» la esortò Kate quando Sandra fece una pausa.

«Non so, ho la sensazione che non voglia che Eva passi troppo tempo con Kerry. La loro amicizia è una spina nel fianco per lui.»

«Su quali elementi basa questa convinzione?»

«Come ho detto era più che altro una sensazione» rispose Sandra. Rimase assorta per qualche istante. «A volte veniva a prendere Eva qui. Le poche volte che lei aveva il permesso di fermarsi per il pomeriggio. Di solito arrivava molto prima dell'orario convenuto. Il modo in cui guardava la mia Kerry, praticamente senza rivolgerle nemmeno la parola... un concentrato di ostilità. E... diffidenza.»

«Diffidenza?»

«Sì, avevo questa sensazione» confermò Sandra.

«Per quale motivo avrebbe dovuto essere diffidente nei confronti di Kerry?»

Sandra distolse lo sguardo. «Non saprei.»

«Però ha un'ipotesi?»

«Non voglio sbandierare cose ai quattro venti» si schermì Sandra.

Kate si sporse in avanti. «Tutto ciò che sa, crede o sente... sarebbe opportuno che me lo dicesse. Abbiamo una quattordicenne scomparsa ormai da quasi due settimane. Non è il momento di avere delle remore.»

«Aveva paura» disse Sandra. «Paura che Kerry scoprisse troppe cose.»

«Che cosa avrebbe potuto scoprire?» domandò Kate.

Sandra la guardò. «C'è qualcosa di profondamente sbagliato in quella famiglia. Anche se da fuori sembra tutto perfetto. Ma proprio questo è bizzarro, no? Che tutto sembri in ordine.»

Erano le stesse parole usate da Pamela. Che l'apparente perfezione servisse a nascondere grosse crepe.

«Secondo lei che cosa c'è che non va in questa famiglia?» la incalzò Kate.

Sandra fece un profondo respiro. «Ho l'impressione che Eva venga maltrattata. Una volta ho visto un servizio sui bambini maltrattati in televisione. Eva manifesta tutti i sintomi. Il terrore che sprigiona. È sempre stressata. Sempre oppressa. Cerca di stare alla larga da suo padre e di trascorrere molto tempo con noi, ma quand'è qui è taciturna e introversa. Non parla quasi mai di sé. In due occasioni ha vomitato poco prima dell'arrivo di Mr. Hanson. Ha le occhiaie, come se non dormisse.»

Kate trattenne il respiro. «Mi sta dicendo quello che penso?» si accertò. «Ritiene che Eva Hanson subisca abusi sessuali? Da parte di suo padre?»

«Sì» confermò Sandra Davies.

## 2

Mentre tornava verso l'ufficio, Kate rifletteva su questa informazione e su come utilizzarla. Sicuramente con la massima discrezione. Sandra Davies non aveva alcuna prova per suffragare le sue affermazioni. Parlava di sensazioni, di intuito. Molto di ciò che aveva riferito su Eva confermava l'ipotesi, ma Kate sapeva per esperienza che le cose avrebbero potuto anche essere completamente diverse.

Per il momento decise di telefonare a Caleb. Che lo volesse o no, lui l'aveva coinvolta in quella storia in Francia. Voleva sapere se ci fossero novità.

Caleb rispose quasi subito. «Kate! Ma buongiorno!»

Aveva un tono allegro. Sembrava che tutto andasse per il meglio.

Tutto *cosa*? si domandò Kate subito dopo. Avrebbe voluto fare a lui quella domanda, ma ovviamente evitò.

«Buongiorno, Caleb. Volevo solo sapere che cosa hai scoperto dopo le mie indagini.»

«La polizia francese si è messa in azione» rispose Caleb. Poi le riassunse gli avvenimenti della mattinata.

«Tanya continua a essere scomparsa. È probabile che sia stata rapita. Forse il tizio mirava al suo pulmino. Oppure lei lo conosceva, e si erano dati appuntamento.»

«Negli archivi non ho trovato niente su Tanya Lambert» disse Kate. «E neppure su suo fratello. Il suo nome compare soltanto in concomitanza con il vetro rotto a causa di Iris Shaw, la lettera minatoria e il taglio dei copertoni della bici, fatti sui quali era stata interrogata. La sera in cui Iris è salita in macchina con Craig Ellis, in precedenza era stata a casa di Tanya. Lei però non ha potuto dare informazioni utili agli agenti. Aveva consigliato all'amica di rivolgersi alla polizia fin dal principio, subito dopo l'arrivo della lettera anonima. Iris però continuava a rimandare.»

«Sapeva che in quel caso sarebbe riaffiorato tutto quanto. Tutta la storia di Kilbride.»

«Ma potrebbe esserci anche un collegamento.»

«Lei lo riteneva e continua a ritenerlo improbabile» disse Caleb. «Ma in generale non ha un comportamento sempre razionale. Continua a essere una donna profondamente traumatizzata, Kate. Nascosta sotto una passerella in spiaggia, ha sentito la sua famiglia gridare aiuto e poi essere trucidata. È tormentata dai sensi di colpa perché era come paralizzata, concentrata solo sulla propria sopravvivenza, e non ha soccorso gli altri.»

«Non sarebbe servito a niente» disse Kate. «Una ragazzina di sedici anni contro tre o quattro uomini completamente fuori controllo. Sarebbe stata uccisa anche lei e non avrebbe salvato nessuno.»

«Ovvio. Razionalmente questo lo sa anche lei. Tuttavia non riesce a perdonarsi di essere sopravvissuta mentre la sua famiglia è stata massacrata.»

Kate sospirò. «Lo so. Purtroppo è tipico in certi casi. I sensi di colpa dei sopravvissuti.»

«Non vuole più parlare dell'accaduto. Tranne che con il suo terapeuta. In un luogo protetto con una persona esperta, funziona. Al di fuori evita qualunque ricordo. Non lo racconta mai. Ha informato solo il suo compagno, ma a parte lui nessun altro nella sua cerchia di amicizie. Neanche Tanya Lambert sapeva niente. Certamente non da Iris.»

«Cosa significa: *quanto meno non da Iris*?» chiese Kate.

«Volevo dire che, nel caso in cui Tanya sia coinvolta fin dal principio, ovviamente era a conoscenza dei fatti di Kilbride» spiegò Caleb.

«Che cosa ti fa supporre un suo coinvolgimento?»

«È plausibile. Tutto qui.»

«Secondo la testimonianza resa da Iris Millard all'epoca dei fatti, gli aggressori erano solo uomini. Comunque lei riconobbe solo voci maschili.»

«Però non riusciva a vedere niente. Era notte fonda, inoltre le onde continuavano a investirla. Avrebbe potuto esserci benissimo anche una donna. Benché lei non l'abbia sentita.»

«È vero» riconobbe Kate. «Tuttavia... per quale motivo Tanya Lambert avrebbe dovuto riavvicinarsi a Iris? Perché diventare sua amica? Voglio dire, i colpevoli di allora non sono mai stati rintracciati. Il caso è rimasto irrisolto. Ho parlato anche con l'ispettore Donaldson, all'epoca responsabile delle indagini della North Ayrshire Police. Hanno fatto tutto il possibile, ma non c'erano piste da seguire. Secondo lui si trattava di tre o quattro uomini, piuttosto giovani. Sono state svolte indagini in tutta la zona, ma non sono stati raccolti indizi utili per arrivare a qualche prova. O gli autori del gesto sono stati molto prudenti, oppure semplicemente molto fortunati.»

«La polizia dell'Ayrshire ritiene che si trattasse di un'azione pianificata? Oppure i Millard sono state vittime casuali?»

«Non è stato possibile stabilire nemmeno questo. Se si fosse trattato di un'azione pianificata, servirebbe un movente. Secondo l'ispettore Donaldson, Arlo Millard era prossimo alla bancarotta. Sia con la società edile, sia personalmente. Negli anni precedenti alla sua morte aveva tentato di risollevare le sorti dell'azienda usando il suo patrimonio privato, ma senza successo. La villa di famiglia era stata ipotecata fino all'ultima tegola. Quando Iris all'improvviso si è ritrovata orfana, non ha ricevuto alcuna eredità.»

«Ovviamente la bancarotta coinvolgeva anche gli impiegati e collaboratori della società» osservò Caleb.

«Sì. Ma basterebbe come movente per uccidere il boss? Con tutta la famiglia?»

«Poco probabile» disse Caleb. «Millard era un capo apprezzato?»

«Di sicuro non ci sono indizi per pensare il contrario. Ma naturalmente, un uomo nella sua posizione ha dei nemici. C'erano stati anche dei licenziamenti. Soprattutto a causa della situazione sempre più difficile in cui versava l'azienda. Per alcuni ha significato la perdita di ogni stabilità finanziaria.»

«Immagino che i colleghi abbiano fatto indagini in tal senso» osservò Caleb. «C'erano tensioni all'interno della famiglia?»

«I vicini di casa e gli amici l'hanno descritta come una famiglia affiatata. Arlo Millard aveva costruito una casa molto bella a Bristol.

Ogni anno facevano vacanze da sogno. Scuole private. Equitazione, tennis, tutto quello che le ragazze desideravano. Capi firmati. Alle feste di compleanno partecipavano tantissimi amici e il catering era affidato a una delle migliori società cittadine. Era un uomo generoso.»

«Magari lo era anche per dare un'immagine rassicurante di sé» osservò Caleb.

«Certo» concordò Kate.

«Esiste una testimonianza di Iris su suo padre?»

«La ragazza ha dichiarato che aveva sempre pochissimo tempo. Ma che faceva tutto per la famiglia.»

«Lei nutriva qualche sospetto?»

«No. Però sapeva che aveva licenziato del personale. Ma non conosceva nessuno di loro direttamente.»

«E poi» disse Caleb dopo una breve pausa, «c'è anche l'altra famiglia. La coppia che campeggiava nell'insenatura accanto.»

«Che non aveva alcun rapporto con la famiglia Millard» specificò Kate. Nel frattempo era arrivata nel parcheggio della centrale e aveva fermato l'auto. «I Doucet vivevano in Inghilterra da diverso tempo. Erano canadesi. Edmond Doucet era amministratore delegato di una società canadese a Londra, e anche la moglie era nel consiglio d'amministrazione. Un figlio. Ovviamente sono state condotte indagini approfondite anche intorno a questa famiglia. Non è emerso niente di particolare, nessun nemico, nulla. Nessun contatto o conoscenza in comune con i Millard di Bristol. Alla fine gli investigatori hanno concentrato le indagini solo sui Millard. Prima di essere ucciso, Arlo è stato torturato. La moglie stuprata. Entrambi sono stati oggetto di efferata violenza. I Doucet, al contrario, sono stati uccisi subito. Gli inquirenti sono giunti alla conclusione che, nel caso si fosse trattato di un gesto premeditato, l'obiettivo dovevano essere i Millard, mentre i Doucet sono stati vittime casuali, messi a tacere per evitare possibili testimoni.»

«Sì, gli indizi conducono in questa direzione.»

«C'è un dettaglio singolare. L'auto dei Millard era nel parcheggio sopra la scogliera. Quindi indicava chiaramente la presenza di qualcuno nei paraggi. La macchina dei Doucet invece era posteggiata a una certa distanza. Chiunque fosse sceso nell'insenatura, non poteva sapere che c'erano altre persone nella baia accanto.»

«A meno che non avesse tenuto d'occhio la zona in precedenza» osservò Caleb. «Come mai i Doucet avevano parcheggiato così lontano?»

«Non è stata trovata alcuna spiegazione» rispose Kate. Si accorse di essere esausta. La notte in bianco si faceva sentire. Il caso della ragazza scomparsa stava forse prendendo una nuova piega. In realtà non aveva né l'energia né il tempo di occuparsi anche di un'indagine che non era di sua competenza e che Caleb aveva raccattato da qualche parte in Francia.

La cosa non mi riguarda, pensò.

Però aggiunse: «Edmond Doucet era ancora vivo quando venne soccorso. All'ospedale riprese anche conoscenza, ma interrogarlo fu impossibile. Donaldson non si spiega come mai gli autori dell'aggressione abbiano potuto scoprire la coppia canadese. Al momento del delitto la marea era già salita, le due insenature erano quasi completamente separate. Nel giro di poco tempo non sarebbe stato possibile passare dall'una all'altra restando sulla spiaggia. È poco probabile che gli assassini si siano spostati casualmente dall'altra parte».

«Forse i Doucet avevano sentito qualcosa. Ed erano andati a controllare nell'insenatura vicina. Avevano visto gli assassini e così firmato la loro condanna a morte.»

«Sì, sarebbe una spiegazione» concordò Kate. «Che fossero stati visti e inseguiti fino alla loro tenda.» Si massaggiò il collo dolorante.

«Sono arrivata in ufficio» annunciò. «Devo lasciarti.»

«Va bene. Grazie delle informazioni, Kate. A proposito...» Una pausa esitante. «Oggi torniamo in Inghilterra. Non ha alcun senso rimanere qui per adesso.»

*Torniamo.*

«Porti con te anche Iris Shaw e la accompagni fino a Bath?»

Un altro momento di esitazione.

«Lei non vuole tornare a Bath» disse poi Caleb. «In realtà non vorrebbe andarsene dalla Francia. Ma alla fine ha accettato di partire perché non vede nessuna possibilità neppure qui. L'inattività cui è condannata la sta logorando. Secondo me però non deve assolutamente tornare a Bath. Dopo la lettera anonima, l'effrazione, i copertoni tagliati. E ora la scomparsa di Tanya. Abita in una casa del tutto isolata. Sarebbe troppo pericoloso.»

«Ma a Bath ha il suo lavoro.» Kate si rese conto di avere una voce stridula. Perché sapeva, *sapeva benissimo* che cosa stava per arrivare.

«Ha ancora dei giorni di ferie.»

«Aha. E dove andrà, allora?»

«Per il momento la porto da me a Scarborough. Lì sarà più al sicuro.»

Certo, come no, pensò Kate, insieme a te, il suo invincibile protettore!

Il dolore le stava salendo dal collo alla testa. Se non si fosse sbrigata a prendere un analgesico, la giornata sarebbe finita persino peggio di come era cominciata.

«In effetti non potrà succederle niente» commentò. E poi aggiunse in tono gelido: «Ora devo lavorare. Buon viaggio, Caleb». E chiuse la comunicazione.

Aveva una gran voglia di piangere.

Invece si soffiò il naso e fece retromarcia dal parcheggio. Cos'era venuta a fare lì? Doveva andare dagli Hanson. Helen Bennett non sarebbe riuscita a trattenere ancora a lungo l'irascibile Tyler Hanson.

## *3*

La giornata era iniziata ventosa ma soleggiata. Nel corso della mattinata però, un banco di nuvole si avvicinò dal mare.

Pia Dearing decise comunque di andare in spiaggia. Benché fosse originaria di un paesino dell'Inghilterra centrale, trascorreva tutte le estati a Cayton Bay nel North Yorkshire. Affittava uno dei bungalow dell'Holiday Resort e trascorreva in acqua tutta la giornata, da mattina a sera. Di solito sulla tavola da surf, ma anche nuotando e facendo immersioni. Cayton Bay Beach era considerata l'Eldorado per i surfisti.

Sulla spiaggia c'era meno gente del solito. Il vento sollevava la sabbia che entrava negli occhi e li faceva bruciare, e le famiglie con bambini piccoli avevano ceduto ai capricci e se n'erano andate. Tanto meglio. Pia non avrebbe avuto niente in contrario a trovarsi in completa solitudine, ma in quella stagione era impossibile in qualunque punto della costa.

Scelse l'angolo più meridionale della baia, dove le condizioni del vento erano più favorevoli. Le onde erano già molto alte.

Appoggiò a terra la tavola da surf e tirò fuori dalla borsa la tuta in neoprene. In un angolo c'era un gruppo di scogli che permetteva di cambiarsi con una parvenza di privacy. Pia si accorse che qualcuno aveva lasciato lì i suoi vestiti. Probabilmente qualcuno che ora si trovava in acqua.

Si arrampicò sugli scogli, ancora bagnati dalla marea mattutina. Quando il mare saliva, inghiottiva completamente la spiaggia e le onde si infrangevano sulla scogliera. Le rocce erano ricoperte da lunghi ciuffi di alghe portate dalla corrente. Pia rischiò di inciampare. Riuscì a mantenere l'equilibrio, con un balzo atterrò dall'altra parte, all'interno della piccola nicchia formata dagli scogli. In mezzo c'era ancora una pozza d'acqua. Accanto... il mucchio di vestiti.

Pia lo osservò meglio.

Non poteva essere, giusto?

Il mucchio di vestiti aveva lunghi capelli biondi che si mescolavano alle alghe. Una manina bianca spuntava fuori, appoggiata sulla sabbia. Gambe... gambe nude...

Il mucchio di vestiti non era affatto tale.

Era una persona.

Pia aveva i nervi saldi, ma per un istante fu assalita da un capogiro. Si sentì mancare le forze. Si sedette su uno degli scogli e si scostò i capelli dalla fronte. Le tremavano anche le dita.

Non capitava tutti i giorni di rinvenire un cadavere sulla spiaggia.

All'improvviso il suo stomaco si ribellò e lei vomitò proprio nella pozzanghera di acqua salata, poi si passò una mano sul viso madido di sudore. Si augurava che a nessun altro venisse in mente di andare a cambiarsi proprio lì. Un corpo, accanto una pozza di vomito. E una donna che tremava. Non era certo uno spettacolo invitante.

Il cadavere era quello di una ragazzina, Pia se ne accorse in quel momento. Si sentiva un pochino meglio, dopo essersi liberata lo stomaco. Riuscì a esaminare il corpo.

Una teenager, con ogni probabilità. Aveva le gambe nude ma il busto era coperto da una maglietta strappata in più punti. Mutandine verde chiaro. Al polso un braccialetto di perline. Doveva essere davvero molto giovane.

Pia si sentì salire le lacrime agli occhi. Che cosa era successo, era annegata? Oppure... era mezzo nuda. Era stata vittima di uno stupratore? Qualche pezzo di merda l'aveva scaricata in acqua dopo essersela spassata con lei?

Provò l'impulso di accarezzare i capelli della ragazza, spinta da un impeto di dolore e compassione, ma si trattenne all'ultimo istante. Aveva letto molti libri gialli e aveva visto molte serie poliziesche. Quando si era di fronte alla scena di un crimine, era meglio non toccare niente. Il mare probabilmente aveva cancellato tutte le tracce, ma la scienza forense aveva fatto grandi passi avanti. Pia aveva visto dei documentari in cui gli esperti riuscivano a scovare le cose più incredibili.

Prese la borsa da mare e tirò fuori il cellulare. Constatò di non avere campo. Si arrampicò di nuovo sugli scogli.

Raggiunta la scaletta che partiva dalla spiaggia, salì i primi due gradini e il cellulare si agganciò di nuovo. Il segnale era debole, tremolante come lei. Digitò il numero di emergenza.

«Per favore» disse quando una voce le rispose, «per favore, mandate qualcuno a Cayton Bay Beach. C'è una ragazza morta. L'ho appena scoperta.»

La notizia del rinvenimento a Cayton Bay Beach del cadavere di una ragazza che avrebbe potuto essere la scomparsa Eva Hanson raggiunse Kate mentre era dai genitori della vittima. Fu un sergente del suo commissariato a chiamarla. Dopo le sue prime parole, Kate uscì dal salotto dove aveva trascorso le ultime ore con una Olivia Hanson in lacrime e un Tyler Hanson assetato di vendetta. L'uomo attribuiva alla polizia la colpa della mancata consegna del riscatto, come peraltro di tutto l'andamento delle indagini.

«Non avete sorvegliato casa nostra, altrimenti il tizio della lettera sarebbe stato preso subito! E poi fate nascondere un'intera legione di poliziotti sulla spiaggia! Quello non è mica stupido. Se n'è accorto e non si è fatto vedere.» Aveva fulminato Kate con un'occhiata carica d'odio. «Lei cos'è? Ispettore investigativo? Mi piacerebbe davvero sapere come ha fatto ad arrivare così in alto. È un'assoluta incompetente. Non mi era mai capitato di avere a che fare con una come lei!»

Poco prima della telefonata, Tyler Hanson l'aveva minacciata di denunciarla ai superiori. «Le dico solo questo, se dovesse essere successo qualcosa a mia figlia, per lei è finita. La distruggerò, glielo prometto. Farò in modo che perda il lavoro. Le farò...»

Il telefono di Kate aveva squillato in quel momento. Fino ad allora non aveva reagito agli attacchi di Hanson. Lo aveva lasciato sbraitare e sfogarsi. Lui avrebbe voluto un diverbio con lei, gli sarebbe piaciuto che lei si difendesse. Kate preferì non fargli questo favore, lasciando che le parole rimbalzassero contro il muro di silenzio e l'espressione imperturbabile sul suo viso. Ma dentro era furente. Si rendeva conto che i genitori nelle condizioni degli Hanson potevano perdere il controllo, capiva persino che potessero diventare aggressivi nei confronti della polizia, dal momento che questa non aveva ancora arrestato il colpevole. Ma Hanson era un'altra cosa, era un insopportabile attaccabrighe. E dopo quello che aveva saputo dalla madre di Kerry... Kate si sforzò di non perdere l'obiettività a causa del sospetto venuto alla luce, ma la frase di Sandra Davies continuava a girarle per la testa: *Ho l'impressione che Eva venga maltrattata... In due occasioni ha vomitato poco prima dell'arrivo di Mr. Hanson...*

Solo l'ingiusta accusa di una madre che chiaramente non nutriva alcuna simpatia per il padre dell'amica di sua figlia?

Oppure una limpida intuizione, alla quale dare credito?

In piedi in corridoio, chiese a bassa voce dei particolari sul ritrovamento a Cayton Bay.

«Età della ragazza?»

«Tra i quattordici e i quindici anni. Potrebbe corrispondere. Lunghi capelli biondi. Semisvestita.»

«Hanno già stabilito la causa della morte?»

«Il corpo è stato portato all'obitorio. Qui a Scarborough. Il medico legale dice che è stata strangolata. Ci sono segni chiarissimi sul collo.»

«Da quanto tempo è morta?»

«Non è stato ancora possibile stabilirlo con precisione. Di sicuro è stata portata a Cayton Bay dalla marea solo la notte scorsa. Altrimenti sarebbe stata rinvenuta prima.»

«Chi l'ha trovata?»

«Una giovane donna che voleva fare surf. La spiaggia era quasi deserta a causa del forte vento. La donna è andata a cambiarsi dietro alcuni scogli. E lì ha trovato il cadavere.»

«Capisco.» Kate rimase a pensare per un attimo. «Verrò all'obitorio. La voglio vedere.»

«I genitori...»

«Non ancora. Prima dobbiamo avere la massima certezza.» Kate chiuse la conversazione. Si appoggiò per un istante al muro e respirò profondamente. Quelli erano i momenti in cui odiava la sua professione. Una giovanissima vita, spezzata da una morte violenta. Genitori da informare. Si guardò intorno. In quella casa tutto parlava di ricchezza, quasi ostentata. Ma i soldi non avevano protetto gli Hanson dal destino peggiore che potesse capitare a dei genitori.

Kate tornò in salotto, sperando che la sua faccia non la tradisse. Marito e moglie la fissarono con espressione trepidante.

«Chi era? Chi l'ha chiamata?» volle sapere Tyler Hanson.

«Era un collega. Devo tornare in ufficio.»

«Riguarda nostra figlia?» chiese Olivia Hanson.

«Probabilmente non ha niente a che fare con lei» rispose evasiva Kate.

Tyler Hanson passò subito all'attacco. «Probabilmente? Che significa *probabilmente?* Cosa è successo?»

«Per il momento proprio niente. C'è un indizio che potrebbe risultare del tutto irrilevante. Per questo non ha senso parlarne adesso.»

«Io invece voglio parlarne, eccome. Dopotutto non spetta a lei decidere se l'indizio sia o no irrilevante. È una questione nostra! In fondo siamo i genitori.»

«Sarete informati di tutto a tempo debito.»

Olivia Hanson si avvicinò a Kate. Aveva il viso incavato.

«La prego» mormorò, «la prego, trovi mia figlia. Per favore.»

Kate le strinse la mano. «Facciamo tutto il possibile» la rassicurò, poi si voltò di scatto. Probabilmente l'avevano già identificata.

«E invece non state facendo tutto» non mancò di protestare Tyler. «Fin dall'inizio lei...»

E via con la solita tiritera della casa non sorvegliata, della mancata consegna del riscatto, del fatto che da quattordici giorni gli inquirenti brancolassero nel buio. Kate non lo stette nemmeno a sentire. La cosa più importante era chiarire se il cadavere appartenesse a Eva Hanson, per poi mettere fine alla tormentosa incertezza dei genitori. E poi scoprire chi fosse il responsabile della morte di Eva.

Durante il tragitto verso l'obitorio, telefonò a un collaboratore, il quale la informò che dall'esame del computer e della stampante sia a casa, sia nell'ufficio di Hanson era escluso che la lettera fosse stata scritta o stampata lì. Sul foglio non erano state trovate né impronte digitali né fibre di alcun genere.

«A tale proposito, il tizio si è comportato da vero professionista» concluse l'agente. «Dalla lettera non siamo riusciti a dedurre nulla che ci riconduca a qualcuno.»

«D'accordo, peccato. Grazie.» Kate si mise a pensare. Aveva creduto davvero che la lettera fosse stata scritta da Tyler Hanson?

Il suo sospetto nasceva dalla paura di Eva verso suo padre, dalla dichiarazione della madre di Kerry e dall'anomala dinamica di quella scomparsa. L'uniforme scolastica lasciata in un angolo di un edificio pubblico, un indizio incontrovertibile nella direzione di una ragazza che era scappata e si era liberata dell'abbigliamento che l'avrebbe resa riconoscibile dovunque, in particolare dalle forze dell'ordine: in certe ore del giorno, e soprattutto della notte, una ragazza vestita per andare a scuola avrebbe dato nell'occhio, specialmente a un'autopattuglia in servizio. Con dei vestiti qualunque, era più difficile determinare l'età di una persona. Gli indumenti buttati via, che avrebbero potuto benissimo essere gettati in un cassonetto, facevano pensare fin dal primo momento a un'ipotesi ben determinata: quella di una ragazzina scappata di casa.

E poi la svolta, a più di una settimana di distanza. La lettera. Tutt'a un tratto, altrettanto palese, l'indizio di un rapimento. Dilettantesco, idiota, la consegna del riscatto congegnata in un modo che non avrebbe mai potuto funzionare per il rapitore. Kate lo aveva pensato subito: chi fa una cosa del genere, o è davvero stupido, oppure è così nervoso che non riesce a riflettere con lucidità.

Oppure non c'è stato alcun rapimento. Nessuno verrà a prendere i soldi.

Serve solo per dare ancora una volta una determinata impressione.

West Kilbride, venerdì 22 agosto 2008

Aspettiamo che la sera scenda lentamente. Voglio che sia notte fonda e che tutti dormano. Non ci muoveremo prima. Voglio strappare i Millard dal sonno più profondo. Devono essere confusi, mezzo addormentati. Vulnerabili. Ho letto da qualche parte che la polizia segreta degli Stati totalitari come la Germania nazista o l'Unione Sovietica dell'era staliniana arrestava la gente preferibilmente intorno alle quattro di mattina. I poliziotti prendevano a pugni la porta e tiravano giù dal letto caldo la vittima, dato che a quell'ora il sonno è particolarmente profondo e la capacità di opporre resistenza di conseguenza minore. Quando si vuole sottoporre il sospettato, destinato alla camera di tortura, a un supplizio anticipato, è importante scegliere con cura il momento dell'arresto. Alle quattro di mattina la persona è impaurita e indifesa. È scossa dai brividi. Si lascia intimidire più facilmente, perché le manca lo strato protettivo. Si trasforma quasi subito in un mucchio d'ossa tremante. E questo accresce la soddisfazione dell'avversario.

Non voglio aspettare fino alle quattro di mattina. Le due dovrebbero andare bene. A patto di riuscire a trattenere Adam e Vincy fino a quell'ora.

Per adesso dormono. Cerco di non disturbarli, evito di accendere la radio o di scendere dalla macchina per fare quattro passi. Ho paura di svegliarli aprendo la portiera. E allora ricomincerebbero a tormentarmi. Più a lungo posso rimandare la cosa, meglio è.

La mia mente vaga altrove. Lontano da questa stradina sterrata, da questa giornata nuvolosa, da questo luogo isolato da qualche parte sulla costa scozzese.

Ripenso a Patrick, mio fratello. Debole e fragile fin dal giorno della sua nascita. È venuto al mondo con sei settimane d'anticipo, nei suoi primi due anni di vita si ammalava in continuazione. La mamma era sempre dal medico con lui, più che in qualsiasi altro posto.

All'epoca non poteva ancora lavorare. Non doveva badare solo a Patrick, c'ero anch'io. Ero ancora piccolo. Non mi ammalavo mai, però avevo tante idee balzane in testa ed era necessario tenermi sempre d'occhio. L'unico a portare a casa i soldi era papà. Da bambino non mi era chiaro, ma col senno di poi mi rendo conto che già all'epoca i soldi non erano abbastanza. Abitavamo in centro a Bristol, al primo piano di una villetta sghemba e minuscola. In origine la casa era stata occupata da una sola famiglia, ma un'ambiziosa impresa edile aveva comprato tutto il blocco di abitazioni e in ognuna aveva ricavato due appartamenti, benché già prima lo spazio non fosse stato molto. Così però si potevano infilare più persone e ricavare affitti più alti. Ogni appartamento aveva una cucina abitabile, un bagno e due camerette. In una dormivano mamma e papà, nell'altra io e Patrick. Almeno più avanti. Nei primi anni lui dormiva nel letto con i miei genitori, perché la mamma aveva paura che di notte potesse accadere qualcosa senza che lei se ne accorgesse.

Da piccolo pensavo che la mamma fosse triste a causa di Patrick, delle preoccupazioni che le dava, ma a posteriori so che c'era molto di più. La mamma era per sua natura incline alla depressione e le difficoltà della nostra vita, le ristrettezze economiche, la mancanza di prospettive avevano rafforzato questa tendenza. A volte, quando entravo in cucina la mattina, la trovavo seduta a tavola che fissava il vuoto e non parlava.

«Lasciala stare» diceva allora mio padre, «in questo momento non puoi aiutarla.»

Chissà se sarebbe stata meglio se fossimo stati ricchi, mi domandavo.

Perché certe persone hanno tanti soldi e altre pochi? Da bambino per un po' ho creduto che chi lavorava molto aveva molti soldi. Chi lavorava meno ne aveva pochi. Era giusto così.

Ma papà sgobbava da mattina a sera sul cantiere, tornava a casa stanco morto, faceva anche lavoretti occasionali nel fine settimana, per raggranellare qualche soldo in più. C'era qualcosa di sbagliato. Non era vero che lavorando tanto si ottenevano tanti soldi. Dipendeva dal tipo di lavoro. E a volte c'era chi guadagnava molti soldi senza fare niente. Per esempio quelli della società immobiliare che aveva comprato e ristrutturato casa nostra. Ora si limitavano a incassare gli affitti standosene belli comodi.

Mi sarebbe piaciuto parlarne con papà, ma lui diceva soltanto: «Quelli sono stati furbi».

Furbi. Bisognava essere furbi per diventare ricchi? Era più importante che lavorare con impegno?

Papà diceva che era un tema assai complesso. Io non sapevo cosa intendesse. Avevo solo l'impressione che il mondo fosse maledettamente ingiusto.

Avevo stabilito fin da piccolo i miei progetti per il futuro. Avevo un albo illustrato che parlava di un uomo che si era trasferito in Sicilia a piantare aranci. Vendeva poi le arance e con i soldi che guadagnava comprava più terra e più alberi. Alla fine era diventato ricco. La cosa che mi piaceva di più erano le illustrazioni delle grandi arance tonde e lucide. E del cielo sempre azzurro, del sole che splendeva sulla Sicilia.

«Da grande anch'io mi trasferirò lì» dicevo a chiunque volesse ascoltare, «e avrò una piantagione di aranci.»

La gente di solito ci rideva su, ma io facevo sul serio.

Per ora non ci sono riuscito. Sono qui in Scozia, in una serata d'agosto fredda e ventosa che non ha niente, ma proprio niente di un'atmosfera siciliana, ad aspettare... aspettare cosa? Be', di riportare un po' di giustizia nel mondo.

Adam si sveglia accanto a me, si mette seduto. Sbatte le palpebre, non capisce subito dove si trova. La sera sta scendendo sul paesaggio grigio e sconsolato, ma riesco ancora a distinguere bene il suo viso. È più disteso del solito, fresco di sonno. Sembra quasi vulnerabile. A vederlo così pare impossibile che sia un tipo tanto tosto.

«Che ore sono?» chiede.

Guardo l'orologio per quella che mi sembra la centesima volta.

«Mancano venti minuti alle otto» rispondo.

Ancora sei ore e venti minuti prima dell'aggressione.

# Mercoledì, 12 luglio

## *1*

Quando Kate arrivò in ufficio quel mattino, trovò un messaggio di Helen Bennett scarabocchiato in fretta e furia su un post-it giallo e appiccicato al centro dello schermo del computer.

*Deve andare dal capo!!!*

I tre punti esclamativi non lasciavano presagire niente di buono. E neppure l'orario. Il fatto che fosse convocata dal capo ancora meno.

Kate lo sapeva già, del resto: la cosa riguardava Eva Hanson.

Che aveva perso la vita.

Il tempo trascorso in mare e l'acqua salata non avevano ancora intaccato in misura eccessiva il corpo e il viso di Eva Hanson, e Kate aveva capito subito che era lei il giorno prima, quando il medico legale aveva scostato il lenzuolo che la copriva. Aveva addirittura un aspetto incredibilmente integro, sembrava quasi che dormisse serena. L'armonia era rovinata solo dai lividi bluastri sul collo. Non c'era bisogno di essere un esperto per indovinare la causa della morte.

Secondo le prime indagini del patologo, Eva era morta da due settimane, ovvero con ogni probabilità era stata assassinata il giorno stesso della sua sparizione.

«Però non ha passato tutto questo tempo in acqua» aveva spiegato il medico. «Il cadavere deve essere stato conservato in un luogo protetto.»

«Cosa intende per luogo protetto?» aveva chiesto Kate.

«Non è stata esposta alle intemperie. Sole, vento, acqua. Doveva trovarsi in una baracca o in una casa.»

«Successivamente è stata buttata in acqua?»

«Esatto. Ma non molto tempo prima del ritrovamento a Cayton Bay Beach. Al massimo dodici ore prima della sua scoperta.»

«Avrebbe potuto essere conservata anche in una grotta?» aveva domandato Kate. Lungo la costa rocciosa c'erano molte grotte o ampie fessure difficilmente accessibili ma non irraggiungibili.

Il patologo aveva annuito. «Sì. Anche in quel caso sarebbe stata protetta. È plausibile, per esempio, che l'alta marea l'abbia trascinata fuori ieri. Le onde si erano alzate a causa del vento improvviso e potrebbero averla spinta in mare. Con il clima precedente senza vento non sarebbe successo. In quel caso la grotta o l'insenatura non sarebbe stata raggiunta dal mare.»

«Segni di violenza sessuale?»

«Per ora nessuno.»

Il giorno precedente era stato spaventoso. Kate aveva informato personalmente gli Hanson della morte della figlia. Olivia Hanson aveva avuto un crollo emotivo e c'era stato bisogno dell'intervento del medico di famiglia. Tyler Hanson aveva chiesto di vedere la figlia. Con espressione impietrita aveva confermato che la ragazza morta era Eva. Poi era uscito dalla stanza, si era fermato un attimo davanti a Kate e aveva dichiarato: «Ci saranno delle conseguenze».

Kate presumeva che la convocazione dal capo si riferisse proprio a questo.

L'ufficio del sovrintendente capo William Steele era all'ultimo piano, un ambiente molto ampio, commisurato al suo rango, ma non vistoso. L'arredamento al contrario era sobrio ed essenziale.

Era già in ufficio nonostante l'ora, il che era insolito: in genere arrivava un po' più tardi. Anche questo probabilmente non era un buon segno.

Quando Kate entrò lo trovò seduto alla scrivania. Cercò di valutare il suo stato d'animo dalla sua espressione, ma il viso del superiore era impassibile. Né amichevole né ostile, né irritato né disponibile. Perfettamente neutro. Kate si sorprese a pensare che forse anche questa capacità di mantenere un'espressione imperturbabile avesse contribuito alla sua rapida carriera. Accanto a molte altre doti. Era un bravo poliziotto e non era un superiore antipatico. Kate sapeva che aveva protetto Caleb Hale per molti anni quando l'ispettore era sprofondato nel suo grave problema di dipendenza. Ma a un certo punto non ce l'aveva più fatta. In molti altri casi sarebbe successo decisamente prima.

«Buongiorno ispettore.» Il sovrintendente si alzò per un attimo e indicò a Kate una delle poltrone di fronte alla scrivania. «Si accomodi, prego.»

Non le aveva stretto la mano. Anche se oramai non lo faceva quasi più nessuno. Uno strascico della pandemia.

Kate si sedette. Come capitava spesso era ben consapevole del proprio aspetto scialbo. Le succedeva in particolare di fronte a persone di bell'aspetto, e il sovrintendente Steele era un uomo decisamente attraente. Portava un vestito scuro su misura e una cravatta, come di consueto, anche se erano previste temperature piuttosto alte. Il vento che aveva portato un po' di sollievo il giorno prima si era fermato del tutto.

Steele, tuttavia, non sembrava conoscere una condizione fisica tanto sgradevole come il *sudare*. Kate lo aveva sempre visto solo fresco e compassato. C'erano collaboratori che affermavano che poteva farsi prendere dalla collera e dare in escandescenze, ma evidentemente ciò non cambiava di una virgola il suo impeccabile aspetto esteriore.

Da parte sua sapeva di avere scritto chiaro in faccia lo stress degli ultimi giorni. Guardandosi allo specchio aveva constatato di avere il viso tirato e di sembrare ancora più vecchia. I capelli le ricadevano unti sulle spalle, e rimpiangeva di non aver trovato la forza di lavarseli prima di uscire. Indossava calzoni neri e maglietta bianca. Pesanti scarpe nere. Aveva i piedi bollenti. Sudava in tutto il corpo.

Anche Steele si accomodò al suo posto e la osservò pensieroso. Alla fine le chiese: «Che cosa è andato storto?»

Lei comprese all'istante a cosa si riferisse. «Non credo che qualcosa sia *andato storto*. Il caso è una tragedia, ma nessuno ha commesso errori.»

«Ah no? Il padre della ragazza uccisa non la vede così.»

«Quali accuse ha sollevato verso la polizia?» domandò Kate, benché lo sapesse già. La accusava di un totale fallimento, dall'inizio alla fine.

«Farebbe meglio a chiedermi di che cosa non l'accusa» ribatté immediatamente Steele. «A suo viso sono stati commessi solo errori, che sono costati la vita alla figlia.»

Kate obiettò subito. «No. L'autopsia parla chiaro. Eva Hanson è stata uccisa il giorno stesso della sua scomparsa. Probabilmente prima ancora che i genitori avvisassero la polizia. Non avremmo potuto salvarla. Per quanto sia agghiacciante, non sarebbe stato possibile per come si sono svolti i fatti.»

«Tyler Hanson sostiene che queste due settimane, durante le quali non ci sono stati risultati e i genitori hanno aspettato con crescente disperazione gli sviluppi nelle indagini, avrebbero condotto sua moglie al limite di un esaurimento nervoso e nociuto gravemente alla sua salute. Lo sapeva che è stata ricoverata stamattina presto?»

Kate sussultò. «No. Cosa è successo?»

«Un crollo completo. Collasso cardiocircolatorio. E via dicendo. Quella donna sembra del tutto provata.»

«Non mi sorprende.»

«Infatti.» Steele annuì. «Come mai la casa degli Hanson non era stata messa sotto sorveglianza? Hanson ha dichiarato che in quel caso sarebbe stato possibile catturare chi ha consegnato la lettera ricattatoria.»

«La cosa non avrebbe salvato Eva.»

«No. Ma il colpevole sarebbe stato catturato. Sarebbe stato possibile sapere cosa è successo. Perché è successo. E via dicendo. Ispettore, sa bene anche lei quanto sia importante per i familiari.»

«Ne sono consapevole» replicò Kate. «Ma non abbiamo nessuna certezza che questa assurda lettera ricattatoria sia stata veramente scritta da chi ha rapito Eva. Potrebbe benissimo trattarsi del gesto di un mitomane. Dopotutto il caso era sui giornali.»

«A maggior ragione sarebbe plausibile che il colpevole abbia pensato di poter guadagnare anche dei soldi dalla faccenda, benché la sua vittima fosse già morta. Certi individui sono del tutto privi di scrupoli, questo lo sappiamo.» Aveva l'aria stressata. Si capiva che quel colloquio gli costava grande fatica.

«Ispettore» proseguì, «so che fino alla settimana scorsa la responsabilità del caso era dell'ispettore capo Graybourne. Sfortunatamente...»

«... rimarrà assente dal servizio per molto tempo.»

«E chiaramente non è il caso di coinvolgerla in questo momento. Ha bisogno di tutte le sue energie. So che la decisione di non aver messo sotto sorveglianza la casa degli Hanson, partendo dal presupposto che fosse una misura eccessiva per una teenager scappata di casa, non è da attribuire a lei. Tuttavia, per Tyler Hanson è lei l'unica persona attaccabile adesso. Quell'uomo è paralizzato dal dolore. Sembra essere una di quelle persone che hanno bisogno di trovare subito un colpevole su cui sfogare la propria sofferenza. E lui l'ha trovato in lei, giusto o no che sia.»

«Posso affrontare la cosa» disse Kate, preparandosi interiormente. Steele non l'aveva convocata per spiegarle la collera di Tyler Hanson da un punto di vista psicologico, né per rendergliela più sopportabile. Presumeva che i suoi collaboratori di rango superiore fossero in grado di gestire una situazione del genere. Evidentemente l'aveva chiamata per comunicarle qualcos'altro.

«Per il momento» annunciò Steele, «sarà meglio che lasci perdere il caso.»

Lei lo guardò incredula. «Lasciar perdere il caso? Signore, dobbiamo trovare il colpevole e non c'è tempo da perdere. Dobbiamo...»

«Assegnerò le indagini a un altro dipartimento. È ovvio che le ricerche del colpevole vadano eseguite con la massima sollecitudine.»

«Ma... signore... non è giusto!» Appena pronunciate queste parole, Kate se ne pentì. Le decisioni del sovrintendente capo in genere non si mettevano in discussione. E soprattutto nessuno lo aveva mai accusato di agire in maniera sbagliata.

Lui la colse di sorpresa annuendo. «Lo so. Ma è meglio così. Hanson chiede un'indagine disciplinare nei suoi confronti, esige che lei venga sospesa dal servizio. Io l'ho bloccato. Sarebbe assurdo data l'assenza di qualsiasi presupposto.»

«Ma...»

«Hanson è socio di uno degli studi legali più influenti e potenti di York. Ha contatti anche nelle massime sfere della polizia. Non è un avversario da sottovalutare.»

Kate si sentì salire le lacrime agli occhi. Le ricacciò indietro con tutte le sue forze. *Per questo si piega alle sue richieste?* avrebbe voluto chiedergli. Ma questa volta si trattenne.

Steele sembrò intuire questa domanda. «Ispettore, non è giusto, e anch'io ritengo che non si debba sottostare a gente come Hanson, proprio in virtù della sua posizione di predominio. Ma a me sta a cuore il caso e la cattura del colpevole. E lei sa benissimo che per far luce sull'ambiente familiare della vittima, i suoi amici, la sua quotidianità, è fondamentale la collaborazione dei genitori. Quando i genitori lavorano in sintonia con la polizia, tutto è più facile e le probabilità di successo aumentano. Ma tra lei e Tyler Hanson non è più possibile. Ieri è venuto da me. Non c'è via d'uscita. Invece di sostenerla, lui le farà la guerra. E questo non gioverà a nessuno. Dobbiamo essere ragionevoli.» Si alzò, per segnalare che il colloquio era concluso. «Lei è sollevata dalle indagini, ispettore. Vorrei chiederle espressamente di non interpretarlo come una mancanza di fiducia da parte mia nei suoi confronti. Mi metto semplicemente al servizio delle indagini. Si prenda una settimana di vacanza. Tra l'altro ha accumulato tantissime ore di straordinario.»

Anche Kate si alzò. Aveva la faccia indolenzita per lo sforzo di non piangere.

Quello stronzo ce l'aveva fatta. L'aveva annientata.

Non era facile parlare e contemporaneamente trattenere le lacrime, ma alla fine ci riuscì, benché con voce tesa e irriconoscibile. «Ha mai pensato per quale motivo Tyler Hanson cerchi a tutti i costi di sbarazzarsi di me? Pur non essendo un idiota e sapendo che da parte mia non ho commesso nessun errore?»

Steele scosse la testa sconcertato. «Cosa vorrebbe insinuare, ispettore?»

Lei si voltò verso la porta. «Perché gli sono andata troppo vicino. Ecco che cosa voglio insinuare. È consapevole che non mi fido per niente di lui. Ha paura di me.»

«Non mi è sembrato una persona che ha paura di lei.»

«Però è così» concluse Kate prima di uscire dall'ufficio.

## *2*

Arrivarono a Scarborough nel tardo pomeriggio. Avevano viaggiato per due giorni di fila, ma grazie ai sonniferi Iris aveva dormito quasi sempre. In questo modo Caleb aveva potuto evitare lunghissime deviazioni. Tuttavia era stato un viaggio logorante. Il traffico sulle autostrade era intenso, le temperature elevate.

Caleb però si sentiva magnificamente. Neanche un briciolo di stanchezza, non era spossato. Al contrario, energico e pieno di voglia di fare. La depressione degli ultimi mesi e anni era scomparsa come per magia. Anche l'impulso a ottenebrarsi per sopportare la vita. Il portabagagli della macchina straripava di casse di ottimo vino francese e non aveva aperto nemmeno una bottiglia. Non sentiva neppure il bisogno di farlo.

Ovviamente sapeva che cosa c'era alla base del suo stato d'animo. Il pazzesco cocktail di ormoni che si creava nel momento in cui ci si innamorava. La sensazione che il mondo si fosse scardinato, di poter volare, di essere invincibili, liberi dalla paura e dai dubbi. Caleb conosceva questa sensazione, ma non gli era capitato di provarla spesso nella vita. Nonostante le tante relazioni, così numerose da non riuscire più a contarle. Ma di rado si era innamorato per davvero, di solito cedeva all'attrattività, al fascino di una donna, e spesso bastava una notte per farlo sentire saziato e spingerlo a domandarsi con ansia come uscire dalla storia in maniera decorosa e signorile.

Questa volta il sentimento lo aveva travolto.

Durante il viaggio si era spesso girato a guardare Iris, che dormiva sul sedile accanto a lui, la testa appoggiata al finestrino. Nel sonno appariva rilassata, ancora più bella. Tutte le volte Caleb doveva fare uno sforzo per non perdersi nella contemplazione del suo viso, per non essere catturato dalla vista degli zigomi alti, le labbra morbide, la curva delle folte ciglia nere. E sapeva che il suo corpo era bello quanto il suo viso e che il suo abbraccio era caldo e vivo. Era stupefatto dalla sua perfezione. La sua perfezione *esteriore*. Dentro era una donna che la vita aveva segnato in maniera spietata, che non si sarebbe mai più ripresa dai traumi del passato.

Era stato difficile trascinarla via da quell'orribile albergo in mezzo al nulla. Lei aveva cercato tutte le scuse possibili per rimanere. Caleb aveva dovuto usare tutto il suo fascino per dissuaderla.

«Per il momento non possiamo fare niente per Tanya qui. Abbiamo messo in moto la macchina delle indagini. La polizia francese la sta cercando. Tutti i commissariati hanno la sua foto e quella dello sconosciuto. I francesi hanno compreso l'urgenza del caso e faranno tutto il possibile.»

Alla fine Iris aveva telefonato al suo terapeuta, Dawson Franklin. Caleb l'aveva vista piangere disperatamente durante la conversazione. Al termine della chiamata, pur essendo sempre lacerata, gli era sembrata un po' più leggera.

«Dice che devo tornare assolutamente a Scarborough insieme a te» gli riferì. «Anche secondo lui qui non posso più fare nulla e restare ad aspettare in un luogo desolato sarebbe dannoso. Secondo lui non dovrei stare da sola in questo momento.» Aveva ancora gli occhi arrossati dal pianto. «È rimasto entusiasta quando gli ho parlato di te. Di noi. Si era preoccupato molto quando Thomas mi ha lasciata, perché sapeva che avrebbe reso più difficile la terapia.»

Caleb si domandò se il dottor Franklin avrebbe continuato a essere entusiasta sapendo che l'uomo entrato nella vita di Iris era un ex poliziotto alcolizzato che faceva il tassista. Probabilmente lei non gli aveva raccontato questo lato della storia.

«Quando saremo a Scarborough gli piacerebbe sentirmi per telefono tutti i giorni» proseguì Iris. «Secondo te è possibile?»

«Ma certo. È importante. Hai già avvisato che prolungherai le ferie?»

Lei scosse la testa. «Ho ancora una settimana e mezza. Poi richiamerò. Per il momento non voglio affrontare discussioni al riguardo.»

Iris si svegliò poco prima di Scarborough. Dormiva da quando erano sbarcati a Dover. Caleb era preoccupato per il massiccio uso di sonniferi, ma se non altro il viaggio era stato più rapido. Quando arrivarono in città, il sole era già basso sull'orizzonte e lanciava i suoi raggi di fuoco fino al mare, creando sull'acqua una scia luminosa che sembrava punteggiata da centinaia di migliaia di diamanti. Iris si raddrizzò sul sedile. «È veramente meraviglioso qui» disse.

«Una regione sottovalutata» osservò Caleb. «Sì, è meravigliosa.»

Erano anni che non lo diceva più della città in cui abitava. E non lo aveva più neanche pensato. Questa volta la sensazione gli sgorgò dal profondo del cuore.

Arrivarono a casa sua facendo molte deviazioni per evitare tutti i ponti. Caleb era felice del cielo azzurro, del tramonto, del mare scintillante. La bellezza della sera mascherava lo squallore delle case nella via dove abitava. Un tempo era stata una strada signorile, con una vista spettacolare sul mare, ma in seguito era stata abbandonata e gli edifici in stato di degrado avevano ricevuto poche o zero cure. Nel corso dei decenni il vento salmastro aveva lasciato pesantemente il segno sulle facciate. Molti dei giardini anteriori erano invasi dalle erbacce, cardi e ortiche spuntavano dovunque senza che nessuno si sentisse tenuto a estirparli. Con il brutto tempo o quando pioveva la strada non trasmetteva altro che desolazione. Ma quella perfetta serata, con il suo tepore, la sua luce, la lieve brezza, trasformava magicamente anche le case fatiscenti e i giardini incolti.

«È stupendo» disse Iris, «assolutamente stupendo.» Le brillavano gli occhi. «Dal tuo appartamento si vede il mare?»

«Sì» rispose Caleb. Poi fece una pausa. «Spero davvero che ti sentirai a tuo agio qui, Iris. Lo desidero tanto. Quindi ti prego di dirmi se c'è qualcosa che non va bene. Se hai paura o ti senti fuori posto. Ti prego di non nascondermi niente. Io voglio esserci per te.»

Lei annuì. «Qui è davvero bellissimo.» Il suo sguardo si incupì all'improvviso, rivolgendosi all'interno.

Caleb le sfiorò delicatamente il braccio.

«Andrà tutto bene.»

Lei fece un profondo respiro. «Pensi che possa telefonare subito al dottor Franklin?»

Vide Kate venirgli incontro mentre scendeva gli ultimi gradini della spiaggia della baia settentrionale. Camminava lentamente, lo sguardo rivolto verso il mare. La marea stava salendo, la spiaggia si era già ridotta a una stretta lingua di sabbia. Kate era così assorta da non essersi resa conto di chi ci fosse a una certa distanza da lei. Per un attimo Caleb valutò l'idea di tornare indietro e non farsi vedere. Kate era effettivamente l'ultima persona che aveva voglia di incontrare in quel momento, ma poi si disse che sarebbe stato stupido. Non aveva senso farlo solo perché aveva portato con sé Iris, si era follemente innamorato di lei e probabilmente Kate lo aveva capito da tempo. La cosa la faceva soffrire e lui per questo si sentiva in colpa. Ma, per la miseria, non era il caso di pensarci. Lui e Kate non erano una coppia, quindi non doveva sentirsi come un marito fedifrago. Avevano passato insieme una notte e lui aveva creduto che potesse nascere qualcos'altro. Kate però era sparita e nelle settimane seguenti aveva reagito in maniera evasiva e scorbutica alle sue caute domande.

Come era sua abitudine. Naturalmente lui sapeva che la sua era paura. Paura di lasciarsi andare. Di investire nei sentimenti e di restare amaramente delusa. Forse aveva ragione. Ora Caleb se ne rendeva conto. Qualunque cosa provasse o avesse mai provato per Kate non era neanche lontanamente paragonabile alla tempesta di emozioni che scatenava in lui Iris.

Kate era il suo porto sicuro nella tempesta. Iris lo portava fino alle nuvole e oltre.

Ma Kate nutriva dell'affetto per lui, lo sapeva. Ed era un affetto profondo e fedele che durava già da molti anni.

Per questo si sentiva così tormentato e avrebbe preferito filarsela.

Mentre era lì che dibatteva, Kate girò la testa e lo vide subito. Si bloccò. Quell'incontro l'imbarazzava almeno quanto lui, ma ormai non potevano più sottrarsi alla situazione.

Lui le andò incontro. Guardando i suoi occhi si rese conto che aveva pianto. Sperava che la causa non fosse lui. Sembrava triste e molto turbata.

«Kate!» la chiamò.

«Ciao, Caleb.»

Si fermarono l'uno davanti all'altra. Caleb sapeva che il loro aspetto era in netto contrasto: lui era abbronzato dopo il soggiorno sulla costa della Francia meridionale e sprizzava amore da tutti i pori, come aveva constatato guardandosi allo specchio. Sembrava ringiovanito di molti anni rispetto all'uomo che lei aveva visto partire dodici giorni prima.

Kate al contrario era pallida e aveva gli occhi arrossati, l'aria stanca e triste. Caleb si domandò se avrebbe potuto aiutarla, proprio lui.

Fu lei a parlare per prima. «Sei in giro da solo?»

«Sì. Iris è al telefono con il suo terapeuta. Ho pensato… mi è sembrato più delicato uscire di casa. E poi mi fa bene muovermi un po'. Ho passato tutto il giorno in macchina.»

«Capisco.»

«Già… e tu?»

«Io cosa?»

«Stai facendo una passeggiata? Non voglio dire che sia troppo presto, ma in genere a quest'ora sei ancora in ufficio. Del tutto irresponsabilmente.»

«Sono stata sollevata dal caso attuale e mi sono presa una settimana di ferie su delicate insistenze del sovrintendente capo. Ho tutto il tempo che voglio.»

«Oh, merda.» *Sollevata dal caso attuale* significava che c'erano stati guai grossi. «Cosa è successo?»

«Ovviamente non lo hai ancora saputo. Ne parla tutta la città. Eva Hanson, la ragazza scomparsa, è morta. Il suo cadavere è stato rinvenuto ieri da una surfista a Cayton Bay Beach. È stata strangolata. Il giorno stesso della scomparsa.»

«Oddio.»

«Sì. Terribile. Sua madre ha avuto un crollo emotivo.»

«In ogni caso...» Caleb colse subito il punto decisivo. «Se è stata assassinata il giorno della scomparsa, voi non potevate, *tu* non potevi fare assolutamente nulla. Non sarebbe stato possibile salvarla.»

«Infatti.»

«Ma...»

«Non c'è niente di logico. Il padre è fuori di sé. E ha bisogno di un capro espiatorio. Pamela Graybourne è esclusa. È in ospedale. Un cancro al seno.»

«Per la miseria!»

«È stata recapitata una richiesta di riscatto alla famiglia. Cinquecentomila sterline. Dopo che Eva era già morta da tempo. La lettera è stata consegnata a mano. Il padre di Eva si aggrappa a questo particolare. Secondo lui, siccome la casa non era sotto sorveglianza, non siamo stati in grado di arrestare il colpevole.»

«Una lettera del genere potrebbe essere stata scritta anche da un mitomane, soprattutto se, come in questo caso, la vittima era già morta.»

«All'appuntamento per la consegna dei soldi non è arrivato nessuno. Hanson mi rinfaccia anche questo. Troppa polizia, il rapitore se n'è accorto e non si è fatto vedere. Altrimenti lo avremmo preso.»

«Oppure anche no, e per di più lui avrebbe pagato mezzo milione di sterline per sua figlia morta. Quell'uomo è pazzo.»

«Ma agisce in maniera molto sofisticata.»

«In che senso?»

Lei esitò.

«Ti sei fatta un'idea abbastanza concreta della situazione, non è vero?» chiese Caleb.

«Sì. Ma non ha più alcuna importanza. Sono fuori. Sono in ferie.»

«Se non altro non è una cosa negativa. Intendo essere in ferie. Non hai mai fatto nemmeno un giorno di vacanza volontariamente.» Caleb sapeva anche per quale motivo: Kate si sentiva perennemente sola. Il lavoro era la sua ancora, il suo giubbotto di salvataggio che le consentiva di restare a galla. Non sapeva come gestire i fine settimana, le festività o le ferie.

«Camminiamo un po' insieme» le propose. Lei non sembrava incline ad approfondire il caso Hanson.

Si diressero dalla parte da cui era arrivata Kate. Il castello di Scarborough si ergeva sopra di loro, sulla lingua di terra che separava le due insenature, illuminato dal tramonto. Caleb non aveva mai prestato particolare attenzione alla vecchia fortezza. Quel giorno la trovò così bella che non riusciva a smettere di ammirarla. Buon Dio, che effetto gli faceva l'amore! Un uomo che girava per il mondo trasfigurato, con gli occhiali rosa, incantato da castelli, spiagge e tramonti.

«Nel tuo caso ci sono novità?» chiese Kate dopo qualche istante di silenzio.

*Il tuo caso*... suonava come musica alle orecchie di un ex ispettore capo della polizia, che aveva gettato alle ortiche il lavoro perché non lo sopportava più, che all'improvviso si domandava dove fossero finite la sua inerzia e la sua depressione.

«No, niente di nuovo» disse. «Ma la polizia francese sta cercando Tanya Lambert e il misterioso straniero.»

Lei lo guardò di sottecchi. «Quale idea ti sei fatto di ciò che può essere successo quella sera?»

«Sono abbastanza sicuro di come siano andate le cose» rispose Caleb. «Ma finora non sono riuscito a convincere nessuno. Credo di averti già accennato al fatto che secondo me Tanya Lambert e l'uomo della macchina rubata si conoscevano e avevano architettato che lui incontrasse *entrambe* le donne davanti all'albergo. Tanya aveva bisogno di un posto appartato. Aveva insistito per recarsi lì, aveva prenotato lei l'albergo. Nel suo piano però non era compresa la forra con il ponte e il fatto di dover lasciare momentaneamente Iris a piedi. Sono convinto che lei e l'uomo siano tornati indietro. Ma Iris non c'era più, perché nel frattempo ero passato io. Incrociando gli orari direi che ci siamo mancati per un soffio.»

«D'accordo» obiettò Kate, «ma perché allora non tornare all'albergo e controllare se intanto Iris fosse arrivata? Era immaginabile che qualcuno potesse averle dato un passaggio.»

Caleb ci pensò su. «Questo non lo so. È il punto debole della mia ricostruzione. Ma potrebbe esserci un motivo, magari una ragione banale.»

«E il piano quale sarebbe stato?» chiese Kate. «Quali erano le intenzioni dei due?»

«Secondo me erano entrambi coinvolti nei fatti di tanti anni prima in Scozia. Gli omicidi di Kilbride. Credo anche che il tipo in Francia corrisponda esattamente a colui che da mesi minaccia e pedina Iris. La sua reazione di fronte all'identikit è stata molto incerta.»

«È tutto molto ipotetico.»

Caleb si fermò. «Kate, fino a oggi nessuno ha ancora scoperto il movente degli omicidi di Kilbride. A quanto ricordo, all'epoca si era giunti in qualche modo alla conclusione che si fosse trattato di un evento colposo, un gruppo di ragazzi ubriachi che avevano scoperto per caso le tende e avevano commesso un massacro.»

«Il che continua a essere plausibile» commentò Kate.

«Sì. Però le cose potrebbero essere andate anche diversamente. Potrebbe esserci un movente di cui non abbiamo la più pallida idea. Forse qualcuno voleva eliminare intenzionalmente la famiglia Millard.»

«E la famiglia Doucet.»

«Con ogni probabilità loro sono state vittime collaterali, in quanto considerati possibili testimoni.»

«Mm» fece Kate.

«In questo caso, se l'obiettivo era eliminare i Millard, non è stato raggiunto, perché una di loro è rimasta in vita. E questo non era nei piani.»

«Ma perché proprio adesso? A quindici anni di distanza?»

«Non ne ho idea» rispose Caleb. «Deve essere successo qualcosa nel frattempo. Forse uno dei colpevoli era finito in galera per qualcos'altro. E ora è uscito. E vuole portare a termine il lavoro.»

«Ospitando Iris a casa tua anche tu ti esponi al rischio» disse Kate.

Lui si strinse nelle spalle. «E anche se fosse!»

«Se posso darti un consiglio, cerca di scoprire qualcosa da Iris. È l'unica che potrebbe conoscere il movente, ammesso che ci sia, perché deve avere a che fare con la sua famiglia. Magari non ne è consapevole, ma deve esserci qualcosa. Forse lei non è in grado di riconoscerlo. Ma noi siamo addestrati nelle tecniche di interrogatorio. Con le domande giuste, potresti scoprire qualcosa.»

«Parlare con te è sempre molto utile» replicò Caleb. «Riesci sempre a mettere in ordine le cose. Grazie.» Caleb le sorrise.

Kate non lo ricambiò.

# Giovedì, 13 luglio

## *1*

Quella mattina di sole il dottor Dawson Franklin aveva il primo appuntamento della giornata alle otto. In passato era solito aprire l'ambulatorio intorno alle nove, ma il numero di pazienti era in costante aumento, la lista d'attesa sempre più lunga. Per questo Franklin cominciava prima e finiva più tardi. Ciò nonostante il suo impegno restava una goccia su una pietra rovente. La pandemia aveva dato il suo contributo, aumentando i casi di disturbi fobici. L'irruzione improvvisa di un'inaspettata minaccia nella vita di molte persone e l'interminabile stato di emergenza avevano minato il senso di sicurezza, danneggiandole al punto che non riuscivano più a ritrovare l'equilibrio e la serenità. Inoltre, lo scoppio del conflitto ucraino di poco successivo aveva portato la guerra in mezzo all'Europa e molti temevano che l'aggressione del presidente Putin a uno Stato vicino fosse destinata ad allargarsi a macchia d'olio.

Dawson Franklin non aveva mai usato tanto di frequente come in quel periodo la diagnosi *disturbo d'ansia generalizzata.* Aveva in cura molti pazienti giovanissimi, perché anche in quella fascia di età le paure erano aumentate in misura allarmante.

La sua prima paziente quel mattino era Lauren Donnelly, irlandese ventitreenne che viveva in Inghilterra da qualche anno e soffriva di una grave forma depressiva. Si recava nel suo studio due volte a settimana. Spesso si sedeva di fronte a lui e restava in silenzio con lo sguardo chino sul pavimento.

Lo studio di Dawson era in un'anonima palazzina nel centro di Bath. Aveva affittato tre ampie stanze soleggiate al secondo piano.

L'edificio ospitava anche la piccola filiale di una banca, uno studio dentistico, un'estetista e un centro della pastorale giovanile. L'atrio al pianterreno era sempre accessibile, in quanto c'erano due sportelli bancomat. L'accesso alle scale e all'ascensore invece era chiuso. La porta veniva aperta automaticamente solo alle nove, quando apriva la banca. Fino a quell'ora ciascuno utilizzava la sua chiave e richiudeva la porta dietro di sé. Chi lo faceva in sostanza era sempre Dawson Franklin. Nessuno iniziava a lavorare così presto. Per un'ora lui e il paziente di turno erano le uniche persone presenti nell'edificio.

Faceva già caldo e Dawson sudava quando, dopo aver attraversato la zona pedonale, raggiunse il palazzo dove aveva lo studio. Sarebbe stata un'altra giornata afosa. E per lui sarebbe durata fino alle nove di sera. Interrotta solo da mezz'ora di pausa a pranzo, che per Dawson significava uno yogurt e un paio di carote. Non era un asceta. Ma non poteva permettersi di essere stanco il pomeriggio. Altrimenti il resto della giornata sarebbe diventato insopportabile.

Entrando notò subito la figura raggomitolata accanto ai bancomat. Era una donna dall'aspetto molto gracile. Probabilmente una senzatetto. Capitava spesso che qualcuno utilizzasse l'atrio come riparo per la notte, e tutti gli inquilini del palazzo chiudevano un occhio. Di solito però succedeva d'inverno.

Al contrario, Lauren Donnelly non c'era ancora. In genere la trovava sempre appoggiata alla porta quando arrivava. Era così fissata con quelle sedute di terapia, che di solito si presentava con larghissimo anticipo. Buon segno. Riusciva ad alzarsi e a rispettare un appuntamento, arrivando prima dell'orario anziché in ritardo. Molti soggetti depressi non erano più in grado di farlo.

Si rovistò in tasca e prese una banconota da cinque sterline per poi avvicinarsi alla senzatetto. A volte lo faceva. Un po' di soldi. Per un caffè e un panino. Nella speranza che non fossero spesi per una grappa.

Quando si chinò verso la figura rannicchiata, ne osservò meglio i piedi, soprattutto i sandali che calzavano. Erano blu, consumati e graffiati. Sembravano sul punto di rompersi da un momento all'altro, come se le fascette reggessero a stento. Il venerdì precedente aveva fissato a lungo gli stessi sandali, chiedendosi se fosse il caso di parlarne. Per dire che magari dei sandali nuovi non sarebbero stati una cattiva idea. Non solo perché quelli potevano essere pericolosi, ma anche perché faceva bene all'autostima non andare in giro con un paio di calzature così scalcagnate. Poi però non aveva detto niente. Aveva deciso di pensarci ancora un po', per valutare se fosse il caso o no. Con Lauren Donnelly bisognava procedere con grande cautela.

Quelli erano i sandali di Lauren Donnelly.

Quella rannicchiata tra i bancomat era Lauren Donnelly.

Si inginocchiò sconvolto accanto a lei. «Lauren! Lauren, cos'è successo? Che cosa ci fa qui per terra?»

Non dava l'impressione di essersi sentita male, perché altrimenti non sarebbe stata rannicchiata in quel modo. Dawson si augurò che non avesse...

Cominciò a sudare ancora più copiosamente. Quella giovane era stata così vulnerabile, ma a suo parere negli ultimi tempi aveva acquisito una maggiore stabilità. Forse si era sbagliato. Era possibile, ovviamente. E sarebbe stata una sua responsabilità se...

La scrollò per una spalla. «Lauren! Per amor del cielo, si svegli!»

Sentì qualcosa di umido sulle dita. Alzò la mano e la osservò. Era coperta di sangue.

Mentre si stava sforzando di capire l'accaduto – Lauren Donnelly, riversa nell'atrio della filiale della banca, con del sangue sulla spalla e immobile – sentì dei passi alle proprie spalle e un attimo dopo qualcosa di freddo gli fu premuto contro la tempia destra.

«Si alzi lentamente» ordinò una voce.

Una rapina in banca, pensò Dawson. Prima o poi doveva succedere. Vogliono che li faccia entrare.

Anche se quella porta dava accesso solo al vano delle scale. L'ingresso alla filiale era a parte e Dawson non aveva modo di aprirlo.

Mentre si alzava, si accorse che gli tremavano le ginocchia. Lauren era stata vittima di un'aggressione. Era ferita, c'era da sperare che fosse ancora viva. Non era stata in grado di aprire la porta come probabilmente le era stato intimato di fare.

Sono finito in una bruttissima situazione, pensò Dawson, devo mantenere la calma.

Intanto si era alzato. Con la coda dell'occhio cercò di capire che cosa gli venisse premuto contro la tempia.

Una pistola. Ne era abbastanza sicuro. Il tizio poteva eliminarlo con un colpo in testa. Il suo tremore aumentò. Tuttavia anche la pistola tremava leggermente. Chiunque la impugnasse non sembrava troppo sicuro di sé e della situazione. Questo però non lo rendeva meno pericoloso.

«Cosa... cosa devo fare?» chiese Dawson con voce roca e stentata.

Forse Lauren era morta, forse quel tipo non avrebbe indugiato a lungo. «Cosa vuole?»

«Ho la macchina parcheggiata qui dietro. Tu esci davanti a me, camminando lentamente. Ti tengo la pistola puntata alla schiena, quindi vedi di non fare sciocchezze.»

Il palazzo sorgeva nella zona pedonale, ma c'era lo stretto passaggio tra le case che portava a un piccolo canale sul retro, lungo il quale erano parcheggiate delle auto. Chi non era del posto non poteva saperlo. Il tizio era dunque di Bath? Di certo aveva esplorato con grande scrupolo l'area.

Ma perché voleva portarlo alla sua macchina? Non gli interessava entrare nella filiale della banca?

«Non possiamo lasciare qui Mrs. Donnelly» obiettò. La sua voce tradiva il suo sgomento. Se la schiarì con un colpo di tosse. «È ferita.»

«È svenuta. Non avrei voluto. Ma non avrebbe dovuto essere qui. Qualcuno l'aiuterà di sicuro. Ora muoviti.»

Lauren Donnelly era ferita, forse gravemente. Una donna che aveva avuto la sfortuna di trovarsi nel posto sbagliato al momento sbagliato.

La prima ad arrivare sarebbe stata probabilmente l'estetista che aveva il negozio nell'edificio. Dawson comprese che dovevano andarsene. Non voleva che quella giovane simpatica, con la quale ogni tanto andava a bere un caffè, finisse in trappola.

«Va bene» disse, «va bene. Farò tutto ciò che dice. Ma cosa vuole da me? Non riesco a capire.»

Sentì il respiro dell'altro sulla nuca. Era molto caldo e aveva un vago sentore di alcol. Purtroppo non così marcato da indicare uno stato di ebbrezza che forse avrebbe fatto di lui un avversario più facile da sopraffare. Più che altro dava l'impressione di aver bevuto un goccetto per farsi coraggio prima di quell'impresa.

Cosa diceva questo su di lui?

Non era un tipo che agiva a sangue freddo. Lo rivelava anche il fatto che la mano con cui stringeva la pistola continuasse a tremare. Evidentemente non si sentiva all'altezza della situazione, non era un malvivente di professione. Viceversa, questo non cambiava molto le cose, visto che era armato.

E Dawson non era il tipo da aggredirlo di sorpresa per togliergli di mano l'arma e poi sbatterlo a terra con un'abile mossa di judo. Le armi di Dawson erano l'intelletto e la comunicazione. Nella sua situazione non gli sarebbero servite granché.

«Che cosa vuole?» ripeté comunque. Sentì la canna della pistola scendergli lungo la schiena e fermarsi all'altezza delle reni. Ovviamente lo sconosciuto non voleva farsi vedere per strada che lo teneva sotto tiro.

«Tu sai dov'è Iris Shaw» disse la voce. «E ora mi porterai da lei.»

## *2*

Caleb era a bordo del suo taxi parcheggiato davanti alla stazione di Scarborough. Aveva appena scaricato un cliente e aspettava l'arrivo del treno successivo che avrebbe portato altre persone in cerca di un passaggio. Era il terzo della fila. Per esperienza sapeva che avrebbe trascorso lì diverso tempo.

Aveva abbassato i finestrini. Era una giornata afosa, ma a Caleb non dava fastidio. Non gli importava nemmeno dover stare lì ad aspettare, benché attendere gli fosse sempre risultato insopportabile e sfiancante. In ogni caso stava valutando quale fosse una possibile svolta da dare alla sua vita professionale. Tornare in servizio probabilmente non era possibile, ma decise che avrebbe esaminato la cosa in maniera più approfondita. Cercando delle alternative. Era stato un bravo investigatore. Poi aveva cominciato ad avere dei problemi, cosa niente affatto sorprendente di fronte a tutto ciò che si trovava ad affrontare quotidianamente lavorando alla omicidi. Non era facile accettare tutto quello che le persone potevano fare al prossimo, soprattutto quando il male prendeva il sopravvento e il bene, che comunque era presente, risultava sempre più marginale. Indagando sugli omicidi, la morte si trasformava in una opprimente normalità, entrava a far parte della vita quotidiana, per quanto ci si sforzasse di restare sempre distaccati, di tenere presente che la maggior parte delle persone non erano né assassini né malviventi. Magari a livello razionale ci si riusciva anche, ma emotivamente era impossibile conservare l'adeguata distanza. Quanto meno era ciò che era accaduto a Caleb. A poco a poco il mondo gli era apparso un posto sempre più buio, minaccioso, perverso, anche se faceva di tutto per reagire a questa percezione. Aveva iniziato a bere, trovando così brevi pause di sollievo, quando le cose si sfocavano. Quando i contorni perdevano chiarezza. Quando gli spigoli affilati del male si smussavano leggermente.

Così facendo aveva solo peggiorato le cose. L'alcol infatti riusciva ad aiutarlo momentaneamente. Una volta passato l'effetto, tutto tornava a schiacciarlo con il doppio del peso. Finché a un certo punto non era più stato possibile scindere le due cose: beveva perché il mondo lo faceva soffrire? Oppure soffriva perché beveva? Si trattava di un circolo vizioso, che si era fatto sempre più stretto e dal quale gli era diventato impossibile uscire.

Il cellulare, fissato al suo supporto, squillò. Forse un cliente abituale che voleva prenotare una corsa.

«Pronto?»

All'altro capo della linea una voce che non conosceva. «Caleb Hale?»

«Sì. Chi parla?»

«Sono… sono il dottor Dawson Franklin. Vorrei parlare con Iris Shaw.»

Dawson Franklin. Lo psicoterapeuta. Come aveva fatto a procurarsi il suo numero?

«Oh, dottor Franklin. Sì, so chi è. Iris non è con me. Perché…» Stava per chiedergli come mai non avesse telefonato direttamente a lei, ma l'altro lo precedette. «Sto venendo a Scarborough.» In sottofondo si sentivano dei forti fruscii. Franklin era a bordo di un'auto in movimento. «Ho bisogno di vedere Iris.»

«Che cosa è successo?» Iris aveva chiamato Franklin la sera prima e non aveva minimamente accennato alla possibilità di un incontro. «Qualche problema?»

«Io… hm… non posso parlarne con lei.»

Come mai quell'uomo balbettava così? Sembrava insicuro e confuso.

«D'accordo» disse Caleb. «Dove si trova adesso?»

«Sono sulla M5. Poco prima di Birmingham.»

«E non può risolvere telefonicamente la questione con Iris? Vi sentite così spesso.»

«Sì, ma in questo caso... riguarda quanto accaduto allora. A Kilbride.»

Caleb si allarmò. «È emerso qualche nuovo elemento?» domandò mentre pensava: elementi di cui è a conoscenza il terapeuta e non la polizia?

«Ecco... come ho detto... Non mi è consentito parlarne con lei» ribadì il dottor Franklin.

«Capisco, ma...» Niente *ma*, sostanzialmente. Quell'uomo era il terapeuta di Iris. Era ovvio che non potesse parlare con nessuno di ciò che la sua paziente gli rivelava in forma confidenziale. Ma allora perché non chiamava direttamente Iris?

«Vuole che Iris la richiami?» chiese Caleb. «Posso avvisarla.»

«Sì... Sì... le dica di richiamarmi.» Con queste parole Franklin terminò la conversazione.

Caleb rimase a fissare il cellulare, perplesso. Lui e Iris avevano parlato di Franklin proprio quel mattino, seduti a letto insieme a bere un cappuccino. Iris gli aveva raccontato dei suoi modi pacati e disinvolti, e di come riuscisse sempre a trasmetterle un senso di sicurezza nei suoi momenti di panico.

«Quando parla con me, tutto diventa meno spaventoso. Non importa quanto fosse terribile prima. Riesce a togliere tutta l'ansia e il senso di minaccia. Mi fa sentire proprio bene.»

Caleb accese il motore e uscì dalla fila di taxi in attesa. Avrebbe potuto telefonare a Iris, ma a un tratto gli parve meglio tornare a casa da lei. La faccenda gli sembrava bizzarra. Franklin non gli era parso né tranquillo né controllato e neppure disinvolto. Al contrario, sembrava stressato, sconvolto e... sì, la definizione più adatta era: disperato. Questa era stata la sua sensazione. Di avere a che fare con una persona non solo agitata, non solo profondamente turbata da qualcosa. Ma totalmente dominata dalla disperazione e dal panico. E il fatto che in quello stato attraversasse mezzo Paese per andare a trovare una paziente con la quale la sera prima aveva parlato al telefono con la massima tranquillità accresceva il sospetto che ci fosse qualcosa che non andava.

Qualcosa aveva scombussolato profondamente il peraltro flemmatico dottor Franklin.

Aveva accennato a Kilbride.

Merda, pensò Caleb mentre percorreva le strade di città superando i limiti di velocità, deve essere successo qualcosa. Altrimenti non verrebbe qui. Altrimenti non avrebbe chiamato *me*.

Evidentemente però, non aveva avvisato la polizia.

La cosa non aveva senso. Non aveva alcun senso.

Iris era a casa quando Caleb arrivò. Era seduta sul balcone con un bicchiere d'acqua in mano. Portava dei calzoncini e una maglietta bianca di Caleb che le stava troppo grande. Teneva i piedi appoggiati al parapetto di ferro.

«Sei già tornato?» domandò stupita quando lo vide. Lui si chinò a baciarle teneramente la guancia.

«Mi ha telefonato il tuo terapeuta. Devi richiamarlo. Sta venendo qui.»

Iris lo guardò interdetta. «Il dottor Franklin? Sta venendo a Scarborough? Perché?»

«Vuole parlare a tutti i costi con te. Di persona. Non ha voluto dirmi di che cosa si trattava. Devi richiamarlo.»

«Perché non mi ha chiamato direttamente?»

«Me lo chiedo anch'io. E come faceva ad avere il mio numero?»

Iris assunse un'espressione un po' colpevole. «Gliel'ho dato io. Mi ha chiesto se potevo. Nel caso… in cui non mi raggiungesse e si preoccupasse.»

«Non c'è problema.»

«È in macchina?»

«Sì. È dalle parti di Birmingham. Quindi potrebbe essere qui all'incirca tra quattro ore.»

Iris aveva un'aria confusa, il che confermò a Caleb l'idea che il giorno prima non ci fossero stati accenni a sviluppi potenzialmente minacciosi.

«Ieri non mi ha detto niente» confermò Iris in quel momento. «Voglio dire, non mi ha preannunciato una visita o cose simili.»

Caleb azzardò con circospezione: «Ha parlato di Kilbride».

L'espressione di Iris si fece sgomenta. Sgranò gli occhi. «Kilbride?»

«Purtroppo non è stato più preciso.»

«Che cosa può essere capitato nel giro di una notte a proposito di Kilbride per spingerlo a venire qui?»

«Che cosa può essere successo senza che la polizia ne sappia nulla?» chiese Caleb.

Iris scrollò lentamente il capo. Aveva le labbra quasi bianche.

Caleb le rivolse un sorriso incoraggiante. «Forse non è niente.» Subito dopo si rese conto dell'assurdità della sua affermazione. Era impossibile che non fosse niente se riguardava gli avvenimenti di Kilbride.

«In tal caso, non avrebbe affrontato questo lungo viaggio» osservò Iris.

«Ma se fosse qualcosa di grave, avrebbe avvisato la polizia» obiettò Caleb.

Iris annuì. Aveva un'aria così tormentata che avrebbe voluto stringerla tra le braccia. Ma aveva la sensazione che in quel momento lei non lo desiderasse.

«Chiamalo» le disse. «Resto con te, se vuoi.»

Iris si alzò ed entrò nel salotto fresco e in ombra. «Meglio farlo da qui» disse, digitando il numero di Franklin.

## *3*

Dawson Franklin non si era mai sentito tanto spaventato in vita sua e inoltre aveva l'impressione di essere un patetico vigliacco. Viaggiavano da due ore lungo la M5, a bordo di un'auto che non gli apparteneva, accanto a un uomo che gli teneva puntata addosso una pistola. Aveva fatto tutto ciò che l'uomo aveva preteso da lui: era salito nella sua macchina parcheggiata nel centro di Bath, aveva acceso il motore con mano tremante.

«Dove?» aveva chiesto con una voce che aveva stentato a riconoscere come propria. Era totalmente in balia della paura, no, era più che paura, era panico. Era in preda al panico. Gli trasudava da tutti i pori, gli stringeva lo stomaco, gli seccava la bocca e gli rendeva stridula la voce.

Com'era possibile provare un terrore del genere?

Era una scena da film. Un uomo minacciato con un'arma. Era impossibile immaginare l'effetto che aveva quella situazione su una persona, finché non si sperimentava sulla propria pelle.

Seduto in macchina, ancora fermi a Bath, aveva visto per la prima volta il viso del suo aggressore. Era molto giovane. Sulla trentina, valutò. Alto e magro. Sembrava uno squilibrato. Dawson se ne intendeva di squilibrati. Questo aveva un'espressione allucinata negli occhi. Erano amareggiati, pieni di odio. Tormentati. Ma c'era anche un lampo di protervia. Si considerava una vittima del mondo e della vita e riteneva di avere il diritto di vendicarsi. Di pareggiare i conti.

Persone del genere erano pericolose.

Erano il tipo di squilibrati che provocavano bagni di sangue nelle scuole.

Dawson inspirò l'aroma dolciastro e penetrante di un profumatore appeso al retrovisore. Dallo specchietto vide una tigre di peluche sul sedile posteriore.

Dawson sapeva con chi aveva a che fare. Durante numerose sedute di terapia Iris gli aveva parlato della sera con Craig Ellis. Del profumatore in macchina e della tigre di peluche. Della strana espressione di Ellis e del suo modo di fare. Di tutte le cose che avrebbero dovuto spingerla a non salire in macchina con quell'uomo. Ma era la solita vecchia storia su cui Dawson aveva riflettuto già tantissime volte: perché la gente, in particolare le donne, salivano sempre in macchina con degli sconosciuti? Si affidavano non solo alle discutibili abilità di guida di un estraneo, ma anche a possibili inclinazioni criminali. Bastava guardare *Crimewatch*, la trasmissione che indagava su casi simili e coinvolgeva gli spettatori nella ricerca dei colpevoli, per rendersi conto di quanto le cose potessero andare storte. Purtroppo si trattava sempre di una concatenazione di eventi sfortunati: in genere era sera tardi. L'ultimo autobus, l'ultimo treno erano già partiti. Non si voleva chiamare qualcuno a casa e svegliarlo nel cuore della notte. Prendere un taxi era troppo costoso. Non si aveva idea di come tornare a casa. E poi arrivava qualcuno che offriva il proprio aiuto. Magari si aveva una strana sensazione, ma allo stesso tempo si credeva di non avere scelta.

Così era stato per Iris, che a Dawson non aveva dato l'impressione di essere una persona avventata.

Tuttavia continuava a non spiegarsi come avesse fatto a salire in macchina con quello *psicopatico.*

Alla domanda sul dove doveva dirigersi, l'altro aveva risposto sbuffando. «Te l'ho già detto. Da Iris.»

«Io non so dove abita.»

L'altro gli aveva conficcato la canna della pistola nelle costole. «Certo che lo sai. Tengo d'occhio Iris già da parecchio tempo. È scomparsa da undici giorni. In genere viene da te tre volte a settimana. Sei il suo unico appiglio nella vita. Non se ne andrebbe via così senza dirti niente!»

«È in Francia. In vacanza.»

«Chiamala. Chiedile dove si trova esattamente.» La pressione dell'arma aumentò. «Metto il cellulare in vivavoce. Così potrò ascoltare ogni parola. Che Dio ci assista se non è in Francia.»

Dawson fu assalito da un'ondata di nausea e sudore. Era sicuro che Iris avrebbe rivelato involontariamente di non essere più in Francia, senza che lui avesse modo di avvertirla. «Scarborough» bisbigliò. «È a Scarborough. Ma non conosco l'indirizzo.»

L'altro sorrise, un sorriso folle. «Così va meglio. Perché mi hai mentito con la Francia? Ti dico una cosa: se adesso attraversiamo mezza Inghilterra per arrivare fino a quella merdosa Scarborough e scopro che mi hai raccontato di nuovo una cazzata, ti faccio fuori. Insieme a chiunque ci sia intorno. Se vuoi salvare la vita a te e ad altri, fa' tutto ciò che ti dico e non tentare di fottermi. Capito?»

«Sì» rispose Dawson.

Fu esattamente quello che fece mentre attraversava Bath e imboccava l'autostrada in direzione di Birmingham. Era un vigliacco, a condurre questo pazzo direttamente da Iris. Ma in questo modo avrebbe forse salvato la vita ad altre persone.

Oltre alla propria. Era attaccato alla vita. Non voleva finire morto sul ciglio della strada. Quell'uomo non gli sembrava affatto un killer a sangue freddo, piuttosto uno che ripeteva frasi sentite o lette. Dawson dubitava che avrebbe ucciso dei perfetti sconosciuti se le cose non fossero andate come voleva lui. Ma avrebbe potuto perdere il controllo e compiere qualche gesto folle.

Meglio collaborare.

Usciti da Bath, Dawson arrischiò a fare una domanda: «Lei è Craig Ellis?»

Evidentemente l'uomo si immaginava che Iris avesse parlato di lui con il suo terapeuta e non fece finta di sorprendersi sentendo quel nome.

Annuì. «Sì. A volte mi faccio chiamare così.»

Quindi non era il suo vero nome. Non era tanto stupido.

Dawson si arrovellò cercando un modo per intavolare una conversazione. Un suo ex collega di studi si era specializzato nei sequestri di persona e una volta gli aveva spiegato che la cosa più importante è far parlare il rapitore.

«Chiunque fa una cosa del genere, ha una storia che lo ha condotto a quel gesto in quel momento» gli aveva detto il collega. «E quasi sempre muoiono dalla voglia di raccontarla. Finché parlano di solito non sparano. Può essere utile per guadagnare tempo. E a volte si ammorbidiscono persino. Mi è capitato di vedere tipi spietati scoppiare a piangere. E arrendersi.»

Dawson non osava sperare di far scoppiare in lacrime Craig Ellis, o qualunque fosse il suo nome, ma forse sarebbe riuscito a provocare qualche crepa nella sua corazza di rabbia e dolore.

«Perché perseguita Iris Shaw?» domandò.

Craig rimase a lungo in silenzio, tanto che Dawson pensò che non avesse sentito la domanda, ma dopo un po' rispose: «Ha a che fare con Kilbride».

Era stata anche l'ipotesi di Dawson fin da quando Iris gli aveva raccontato gli eventi: la lettera, i copertoni della bici, il vetro rotto. Craig Ellis. Iris però aveva sempre respinto la cosa: perché *uno di quelli* avrebbe dovuto farsi vivo? Finora se l'erano cavata alla grande. Erano passati quindici anni. Perché dovrebbero correre un rischio simile?

La motivazione non appariva immediata. Ma secondo Dawson il ragionamento di Iris si basava troppo sulla razionalità, sul buonsenso. Chi aveva commesso atti terribili come quelli di Kilbride, invece, aveva tutt'altro modo di pensare rispetto a quanto si poteva immaginare. La logica dei loro ragionamenti seguiva regole tutte sue. Tante volte Dawson aveva pensato: lei è sopravvissuta. E se i colpevoli non sopportassero di aver lasciato in sospeso qualcosa? Se non accettassero l'idea che qualcuno fosse scampato?

A voce alta disse: «Ma è passato tanto tempo da Kilbride. Nessuno ha scoperto il motivo per cui è accaduto».

Craig lo fissò. «Sì, e allora?»

«Be', voglio dire... perché smuovere le acque di qualcosa che anche la polizia ormai ha archiviato?»

«*Io* non l'ho archiviato» ribatté Craig. «Certe cose non cadono in prescrizione.»

«Pensavo solo che...» provò a dire Dawson, ma Craig lo interruppe.

«Smettila di fare domande. Devo riflettere. Scarborough, hai detto? Che ci è andata a fare nello Yorkshire?»

Dawson decise di non accennare al fatto che Iris aveva conosciuto un uomo. Con ogni probabilità avrebbe solo aumentato l'aggressività di Craig Ellis.

«Credo che sia andata ad abitare da alcuni amici che vivono lì» borbottò evasivo.

Craig aveva tirato fuori il cellulare e stava digitando e scorrendo lo schermo. «Ci serve un punto dove incontrarci» disse. «Conosci la città?»

«No. Non ci sono mai stato.»

Craig aveva appoggiato la pistola sulle ginocchia mentre esaminava la pianta di Scarborough e dintorni su Google Maps. Dawson valutò angosciato se potesse rappresentare per lui un'occasione, ma non vedeva cosa avrebbe potuto fare. Era al volante della macchina e si trovavano sull'autostrada. Una zuffa avrebbe avuto gravi conseguenze. Allungare il braccio di scatto e impossessarsi della pistola? E se fosse partito un colpo?

Non sono il tipo per fare certe cose, pensò.

«Burniston» disse Craig. «Sopra la scogliera c'è una stazione ornitologica. È un posto molto isolato. Andremo lì.»

Mise via il cellulare, riprese in mano la pistola.

Occasione sfumata.

Nel frattempo erano a circa mezz'ora di strada da Birmingham. Avevano percorso un terzo del tragitto. Dawson si chiese che cosa stesse succedendo a Bath. Oramai qualcuno doveva aver trovato la svenuta e ferita Lauren Donnelly nell'atrio della banca. Chissà se nel frattempo aveva ripreso conoscenza e aveva risposto a qualche domanda. Chissà se qualcuno si era accorto che lui, Dawson, non era nel suo studio. Di sicuro il paziente che aveva all'appuntamento dopo Lauren, ma non era scontato che stabilisse un collegamento con la donna aggredita di sotto. Chissà se era riuscito ad arrivare fino all'ambulatorio. Probabilmente la polizia aveva chiuso ogni accesso e lo aveva mandato via subito. Nelle ultime due ore Dawson aveva sentito due volte il suono che gli segnalava l'arrivo di messaggi WhatsApp sul telefono. Di sicuro pazienti perplessi.

Rimanevano le telecamere di sorveglianza. Non aveva controllato se fossero ancora intatte. Craig Ellis avrebbe potuto benissimo metterle fuori uso. Altrimenti la polizia avrebbe visto Dawson Franklin costretto a uscire dall'edificio sotto la minaccia di una pistola. Quali conclusioni sarebbero state tratte? Il problema era la filiale della banca. Com'era capitato a lui, la polizia inizialmente avrebbe collegato l'aggressione alla banca e agli sportelli bancomat. Avrebbe supposto che Lauren Donnelly fosse stata aggredita da un tossico mentre prelevava dei contanti. Nessuno sapeva che invece si trovava lì per una seduta di terapia. Sarebbe passato del tempo prima che la polizia scoprisse la verità. Almeno nel caso non ci fossero state riprese di sorveglianza.

Fece un profondo sospiro.

«Adesso chiami Iris» disse Craig, «e le dici che vuoi vederla alla stazione ornitologica sul promontorio di Burniston. Le dici che la chiamerai mezz'ora prima di arrivare in modo che si metta in viaggio.»

«Lo troverà molto strano» obiettò Dawson. «Perché non vado a casa sua? Oppure in un bar?»

Craig ci pensò su. «Dovete essere assolutamente indisturbati. Nessuno deve sentire quello che hai da dirle. In questa stagione i bar al mare sono sempre pieni di gente.»

«Casa sua?»

«Se vive con degli amici, potrebbero tornare da un momento all'altro.»

«Ma cosa avrei da dirle di tanto misterioso che nessuno può sentire?»

«Kilbride» disse Craig. «Hai fatto una scoperta sensazionale su quello che è accaduto a Kilbride.»

Non si rende proprio conto di quanto suona poco plausibile?, si domandò Dawson. Lui era un semplice psicoterapeuta di Bath. Iris era una delle sue pazienti, l'unica con una storia tanto drammatica. Per il resto non aveva a che fare con altri casi criminali. Cosa poteva aver scoperto che era sfuggito alla polizia?

«Ecco, temo...» cominciò, ma Craig lo interruppe.

«Vi siete sentiti ieri per telefono?»

«Sì.»

«Bene. Allora chiamala adesso. Le dici che ieri ti ha detto qualcosa che durante la notte ti ha fatto venire un'idea. Di colpo hai capito qualcosa di importante riguardo agli avvenimenti di allora.»

«Non so se mi crederà.»

«Dipende da quanto riuscirai a essere convincente. Non rovinare tutto e non fare stupidaggini.» Craig prese il cellulare di Dawson che era nel vano portaoggetti tra i sedili. «PIN?»

Dawson glielo diede, esitante. Craig sbloccò il cellulare. «Il numero ce l'hai nella rubrica?»

Franklin non aveva salvato il numero di Iris con il suo vero nome. Non lo faceva con nessuno dei suoi pazienti. Allora gli venne un'idea. Aveva il numero del nuovo amico di Iris. Caleb Hale. Avrebbe chiamato lui. Forse si sarebbe reso conto che c'era qualcosa di sospetto. Se non altro ci sarebbe stato qualcuno oltre a Iris a sapere che il suo terapeuta si stava recando a Scarborough per strani motivi.

Ovviamente poteva andare tutto molto storto. Hale avrebbe potuto chiedergli come mai non chiamava direttamente Iris. Era il caso di rischiare?

«Usa sempre il cellulare di un amico. Il suo l'ha smarrito in Francia.»

«Nome?»

«È sotto CH.»

«Chiama subito. Se ti risponde l'amico, chiedigli di parlare con Iris.»

Dawson tremava di paura. Ma poi Caleb Hale rispose alla chiamata e Dawson ebbe fortuna: riuscì a bloccare la domanda iniziale di Hale, e in seguito lo stupore alla notizia che Franklin fosse in viaggio per Scarborough fece dimenticare a costui di chiedergli nuovamente come mai non avesse chiamato direttamente Iris.

Terminata la conversazione, Dawson chiese: «Va bene?»
«Hm.» Craig si mordicchiò il labbro inferiore. Dawson si rese conto che era sempre più nervoso. Un uomo nervoso con una pistola era molto pericoloso.
Devo riuscire in ogni modo a farlo parlare, pensò.
Siccome non gli veniva in mente nient'altro, domandò: «Il peluche sul sedile di dietro... Ce l'ha da quando era piccolo?»
«Sì. È un portafortuna.»
«Capisco. Anch'io ho un portafortuna di quand'ero piccolo. Una conchiglia che mio padre mi riportò una volta da un viaggio nei Caraibi. Avevo cinque anni. È bianca e ha una forma bellissima.»
Craig lo guardò di sottecchi. «Oggi ce l'hai con te? La conchiglia?»
«Non me la porto dietro. La tengo a casa sulla scrivania.»
«Be', forse sbagli» osservò l'altro. «Forse dovresti averla sempre dietro. Questa giornata non sarebbe stata così di merda per te.»
Dawson ricominciò a sudare copiosamente. «Forse invece finirà bene.»
«Non si può mai sapere» ribatté Craig. «Dipende da tante cose, sulle quali nessuno di noi ha il minimo influsso.»
«Per tornare all'infanzia...» riprese Dawson, con l'intento di spingere Craig a raccontare, ma costui lo bloccò subito: «Non voglio parlare della mia infanzia, capito?»
«Va bene, va bene!»
Avevano imboccato la M42 e si trovavano nei pressi di Birmingham quando il cellulare suonò. Craig si irrigidì. Era la tensione e l'allarme fatti persona.
«Rispondi. E non commettere errori. Non credere di essere al sicuro perché sei al volante. Prima o poi dovrai fermarti. E allora sarai morto. Capito?»
«Sì» gracchiò Dawson. Rispose alla chiamata. «Dawson Franklin.»
«Dawson, sono Iris. Mi voleva parlare?»
«Sì. Sì, grazie, Iris è stata molto gentile a richiamarmi subito.»
«Si figuri. Caleb mi ha detto che è in viaggio verso Scarborough?»
«Hm... Sì. Sono sull'autostrada. È... dobbiamo vederci. È molto importante.»
«Di che cosa si tratta?»
Dawson deglutì. «Di Kilbride. Si tratta di Kilbride.»

«Sì, Caleb me lo ha accennato. Ma più in particolare?»

«Devo parlargliene di persona. Non posso dirle niente per telefono.»

«Perché no?»

«Perché...» Gettò un'occhiata di lato nel foro della canna della pistola. «È una faccenda molto delicata.»

«Dawson, per favore... che succede?»

«Mi è venuta in mente una cosa» disse Dawson. «Una cosa che riguarda Kilbride. Potrebbe essere molto importante.»

Sentì Iris trattenere il respiro. Per un po' rimase perfettamente in silenzio. Respirava e basta.

«Quando e dove vogliamo vederci?» domandò poi.

## *4*

Arrivata a casa, Kate si domandò come trascorrere il tardo pomeriggio e la serata. Il tempo era splendido, faceva caldo e l'idea di un bagno in mare era molto allettante, ma la spiaggia era piena di gente e lo sarebbe rimasta ancora per parecchie ore. Non aveva nessuna voglia di infilarsi in quel carnaio. Forse poteva sedersi in terrazza a leggere finalmente un libro. Ma in quella condizione di ferie imposte e non volute, si sentiva troppo agitata. Troppo arrabbiata. L'ingiustizia che aveva subito la tormentava, insieme al fatto di non poter chiudere il caso Hanson. Le sventolava davanti al naso come un filo sciolto e lei non poteva afferrarlo.

Era stata a trovare Pamela, che era ancora a casa, ma la settimana successiva avrebbe iniziato la chemioterapia.

«La situazione non promette bene» le aveva detto l'ispettore capo. «Sono stati colpiti anche i linfonodi. Farò un ciclo di chemio e uno di radio e poi un intervento. Ma ancora non so se ce la farò.»

«Pamela...»

«Non importa. Parliamo invece di Eva Hanson. La sua morte è un colpo terribile. Mi rendo conto di aver giudicato male la situazione.»

«È stata uccisa il giorno stesso della sua scomparsa. Non saremmo riusciti a salvarla.»

«Qualche pista?»

Kate aveva scosso la testa. «No. E la cosa teoricamente non dovrebbe neanche interessarmi. Sono stata sollevata dal caso. Sono in ferie per una settimana, come mi ha consigliato il capo in una maniera che non lasciava molte alternative.»

Pamela si era stupita. «Come mai le hanno tolto il caso?»

«È stato Tyler Hanson a pretenderlo. Si rifiuta di collaborare con me. Il capo dice che non ho commesso alcuno sbaglio, ma che devo fare un passo indietro nell'interesse della risoluzione dell'indagine. A quanto pare il fatto che Hanson sia un avvocato molto influente che fa parte di uno degli studi più importanti della città non ha alcun peso nella questione.»

«In realtà potrebbe essere il motivo principale» aveva osservato Pamela. «Di che cosa l'accusa Hanson?»

«In pratica di aver fallito su tutta la linea. Dal principio alla fine.»

«In realtà dovrebbe prendersela con me.»

«Al momento lei non è attaccabile. E inoltre lui non ha niente da temere da lei.»

Pamela aveva aggrottato la fronte. «Invece da lei sì?»

Kate aveva risposto con un'altra domanda: «Che cosa pensa di lui?»

«A parte il fatto che è uno stronzo?»

«Esatto.»

Pamela ci aveva pensato su. «Non saprei. Sinceramente non trovo in lui assolutamente niente che possa renderlo simpatico. Dove vuole arrivare?»

«Ho parlato con Sandra Davies. La madre di Kerry Davies.»

«So chi è. Ci avevo parlato anch'io. Dato che Eva aveva paura di rimanere da sola con il padre in occasione del viaggio di sua madre in Australia per otto settimane.»

«Con me Sandra Davies è stata più esplicita. È convinta che Eva Hanson avesse subito abusi da parte del padre.»

«Cosa? Che cosa glielo fa pensare?»

«La paura di Eva. Tutte le volte che lui andava a prenderla si agitava e diventava timorosa. Due volte ha vomitato. Non mangiava più niente, era sempre più magra. Voleva stare solo da Kerry e non tornare più a casa. Indizi di vario genere. Viceversa...»

«Viceversa bisogna procedere con molta cautela di fronte ad accuse del genere» aveva detto Pamela. «Perché ovviamente potrebbero esserci ragioni molto diverse. Eva era in piena pubertà. I comportamenti indicati da Mrs. Davies potrebbero benissimo rientrare in quelli tipici della pubertà.»

«In forma un po' estrema, però.»

«Certe teenager sono decisamente estreme.»

«Ovvio. Per questo sono molto prudente.»

Pamela aveva socchiuso gli occhi e l'aveva osservata. «Qual è la sua teoria? Può parlare apertamente con me. La cosa resterà tra di noi.»

Kate aveva annuito. «Lo so. Penso che Tyler Hanson abbia abusato per anni di sua figlia. Sappiamo che è accaduto senza lasciare tracce visibili. Un tipo come lui è furbo. Fa in modo che tutto rimanga perfettamente nascosto.»

«Un avvocato scaltro.»

«Appunto. Ma immagino che la situazione fosse sempre più critica. Eva era sempre più impaurita e dimagriva a vista d'occhio. Appena possibile cercava di stare con la sua amica Kerry e di dormire a casa sua. Hanson doveva essere riuscito a incuterle un tale senso di colpa da impedirle di raccontare a qualcuno quello che succedeva a casa, ma più la ragazza era disperata, più aumentava per lui il rischio che potesse confidarsi con qualcuno. Hanson ha avuto paura. Ha cercato di impedire che la figlia pernottasse a casa dell'amica. Tuttavia era impossibile evitarlo sempre, inoltre le due ragazze si vedevano tutti i giorni a scuola.»

Pamela aveva annuito. «Lei non si lasciava rinchiudere.»

«Le cose minacciavano di precipitare per via del viaggio di Mrs. Hanson e della sua lunga assenza da casa» aveva proseguito Kate. «Eva non era più soltanto depressa e impaurita, bensì in preda al panico. Ha implorato sua madre di non partire. Ha implorato Mrs. Davies di poter stare da loro durante quelle otto settimane. Tyler Hanson ha capito che la situazione stava diventando ingestibile.»

Pamela aveva socchiuso gli occhi ancora di più. «Che cosa vorrebbe dire?»

«Credo che Hanson si sentisse sempre di più con le spalle al muro» era stata la risposta di Kate. «Ha capito che il gioco era finito. Eva avrebbe parlato. Prima o poi. Anche se lui l'avesse lasciata in pace fin da subito. Quanto meno il pericolo era concreto. Hanson non voleva vivere con un rischio simile. E non aveva neanche intenzione di mettere a repentaglio la sua carriera, la sua reputazione, sostanzialmente tutta la sua vita.»

«Il pomeriggio della scomparsa di Eva...»

«... sappiamo che suo padre era in casa. Lavorava da remoto. Non ha uno straccio di alibi. Neanche una telefonata. Ma ovviamente non basta. Nessuno di noi ha sempre qualche testimone di quello che fa.»

Pamela si era alzata. Aveva fatto qualche passo su e giù. «È... è un'accusa estremamente grave.»

«Lo so» aveva confermato Kate. «Per questo deve restare tra di noi per il momento.»

«Ha forse accennato qualcosa in tal senso con Hanson?»

«No. Ma è molto astuto. E molto perspicace. Sa che io so.»

«Perciò...»

«Perciò ha fatto in modo che il caso mi venisse tolto.» Anche Kate si era alzata. «Sa che per adesso non posso accusarlo di niente, ma vuole evitare che trovi il modo di farlo. Deve bloccarmi.»

Pamela aveva fatto un profondo respiro. «Lei sostiene dunque che...»

«Sostengo che Tyler Hanson ha abusato sessualmente di sua figlia per anni. Che la situazione era diventata ingestibile. Che ha ucciso Eva. Forse senza premeditazione, forse in un momento di terrore. Forse Eva ha minacciato di rivelare tutto. Questo avrebbe distrutto la vita di Tyler Hanson. Ha perso la testa. Poi ha cercato di dare l'impressione che la figlia fosse scappata di casa. Alla fine ha scritto la finta lettera ricattatoria per far sembrare che si trattasse di un sequestro. Sì. È ciò che sostengo.»

«Sembra stringente, ma sono affermazioni azzardate. Sta accusando un prestigioso avvocato, uno stimato cittadino che gode, almeno professionalmente, di un'ottima fama anche al di fuori dell'ambito locale, lo sta accusando non solo di abusi e violenza sessuale su una minorenne. Gli attribuisce anche un omicidio. Devo confessarle che un'ipotesi così dirompente mi fa girare la testa. Kate, potrebbe rimetterci la carriera. Potrebbe rimetterci... tutto.»

«Questo non è un valido motivo per lasciarlo andare impunito» aveva obiettato Kate.

Pamela aveva sorriso, con aria rassegnata. «Ormai la conosco. Lei non molla mai, nemmeno quando sarebbe meglio per lei stessa.»

Kate stava ripensando a queste parole mentre dava da mangiare alla gatta e poi addentava a sua volta un pezzo di pane senza alcun appetito. Quella settimana di ferie forzate era una tortura, le sembrava di essere un oggetto messo da parte, con appiccicata l'etichetta *inutilizzabile.* Tutto il contrario di qualcuno che, come si era espressa Pamela, *non mollava mai.*

Quando il telefono squillò, ci si aggrappò come un naufrago fa con una fune.

Era Helen, che voleva informarsi sulle sue condizioni.

«Me la cavo» rispose Kate, «ma non sono affatto dell'umore adatto a una vacanza. A chi è stato assegnato il caso Hanson?»

«All'ispettore Paul Corbyn. Collaboro con lui.»

«Capito.» Corbyn non era un cattivo poliziotto, ma aveva un'alta opinione di se stesso e non era noto per l'inclinazione a immaginare anche scenari impensabili. Rappresentava un avversario innocuo per un tipo come Tyler Hanson.

«L'ispettore sta controllando tutti i violentatori a piede libero nel raggio di cinquanta chilometri da Scarborough» riferì Helen. «Anche gli esibizionisti e simili. Soprattutto quelli che prendevano di mira ragazzine molto giovani.»

«D'accordo» rispose stanca Kate. Pamela aveva fatto la stessa cosa la prima settimana. Non ne aveva ricavato niente.

«Tyler Hanson è entusiasta di lui» proseguì Helen. «Secondo lui finalmente è arrivato qualcuno con la strategia giusta in grado di risolvere l'omicidio di sua figlia. Si sta mostrando estremamente collaborativo.»

Era ovvio. Soprattutto finché l'ispettore Corbyn procedeva alla cieca.

«Helen, mi farebbe piacere se mi tenesse aggiornata» disse Kate. «La cosa ovviamente rimane tra di noi.»

Helen promise di richiamarla. Avevano appena concluso la conversazione che il cellulare di Kate squillò di nuovo.

Questa volta era Caleb. Dalla voce sembrava nervoso e turbato.

«Kate, mi serve il tuo aiuto.»

«Cos'è successo?»

«Iris deve vedersi con il suo terapeuta. Qui a Scarborough.»

Di nuovo Iris. Kate cominciava a odiare quel nome. «E quindi?»

«È arrivato oggi da Bath. Ha fatto strane allusioni. Si tratterebbe di qualcosa che riguarda Kilbride, avrebbe nuove informazioni. Molto importanti.»

«Bene. Così d'ora in avanti potrà lavorare in maniera molto più mirata con lei, lei tornerà normale, sarà in grado di attraversare qualunque ponte e insieme avrete un futuro radioso!»

Lui sospirò. «Se potessi mettere da parte la gelosia per una volta…»

«Non sono gelosa. Non riesco a capire quale problema hai se *Iris*» enfatizzò il nome in maniera melodrammatica, «si incontra con il suo terapeuta!»

«Perché è tutto molto strano. Come mai il terapeuta ha nuove informazioni su Kilbride? Come mai la polizia non sa niente?»

«Forse si tratta di informazioni che non hanno nulla a che fare con le indagini della polizia. Avrà riflettuto sulle loro conversazioni e a un tratto ha notato qualcosa a cui finora non aveva prestato attenzione.»

«Ieri sera hanno parlato per telefono e lui non ha accennato a niente del genere. Né che avesse avuto un'intuizione, né che volesse attraversare tutto il Paese per vederla di persona.»

«Forse allora è rimasto sveglio tutta la notte pensando a Iris. Sembra che lei faccia questo effetto sugli uomini. E a un tratto, qualcosa che finora per lui era sfocato, ha assunto contorni più nitidi.»

«Perché non chiarire la cosa per telefono?»

«Perché quello che ha da dirle sarà un colpo per lei» rispose Kate. «Non dimenticare che è una persona fragile e bisognosa di protezione.»

Caleb sospirò di nuovo, ma non reagì al sarcasmo di Kate. «Lui mi è sembrato strano al telefono. Era incredibilmente nervoso. E, cosa ancora più bizzarra, ha chiamato *me* per primo. Perché non parlare direttamente con Iris?»

«Non ne ho idea. Forse si è sbagliato. Caleb, non riesco proprio a capire perché…»

«E poi il luogo dell'appuntamento. Voglio dire, avrebbero potuto benissimo vedersi qui da me. Oppure in un bar. Invece lui ha proposto la stazione ornitologica. Quella oltre il rifugio per gli animali.»

«Il centro per i cani randagi?» chiese Kate. Era una fattoria isolata, gestita da un'associazione che accoglieva e curava cani senza padrone cercando poi di farli adottare.

«Esattamente. In cima alla scogliera c'è questa postazione degli ornitologi. Non dovrebbe esserci nessuno oggi lì. In periodo di vacanza e con questo caldo. Ora spiegami, chi sceglierebbe un luogo del genere per dare una notizia importante a una paziente?»

Kate ci pensò su. Il luogo scelto era effettivamente bizzarro. «Qualcuno che vuol essere sicuro che nessun altro lo senta» rispose poi.

«Sarebbe stato lo stesso anche qui nel mio appartamento. Io me ne sarei andato via.»

«È già partita?»

«Iris? Sì, da un quarto d'ora. Il dottor Franklin l'ha richiamata come d'accordo mezz'ora prima del suo arrivo a Scarborough. Io le ho prestato la macchina. Volevo accompagnarla, ma lei ha preferito di no.»

«Logico. Il senso è di parlare a quattrocchi col suo terapeuta» spiegò Kate.

E tu dovrai resistere per un'oretta senza di lei, aggiunse mentalmente, senza dirlo a voce alta.

«C'è qualcosa che non va» osservò Caleb. «Ho cercato di raggiungerla. Non risponde al telefono.»

«Allora seguila. Dopotutto hai il taxi.»

«Pensavo che magari tu potresti...»

«Cosa?»

«Si chiama Franklin. Dottor Dawson Franklin. Ho cercato di raggiungere anche lui, ora ho il numero salvato sul cellulare. Ma non risponde. Potresti cercare di scoprire qualcosa su di lui? È un uomo singolare. Ho proprio un brutto presentimento.»

«A proposito di gelosia» disse Kate, «non sarà per caso che sei geloso di questo dottor Franklin? Un terapeuta ha un rapporto molto intimo con i pazienti, quanto meno psicologicamente. Forse a lui Iris racconta più di quanto faccia con te. E forse la cosa ti dà molto fastidio.»

«Per favore, Kate. Non sono così infantile. Mi puoi aiutare oppure no? Se non vuoi farlo, dovrò trovare un altro modo e allora sarebbe solo una perdita di tempo continuare ad ascoltare le tue accuse e le tue battute sarcastiche.»

Si capiva che era irritato. E nervoso e inquieto.

Lei cedette. «D'accordo, ci provo. A più tardi.»

## *5*

«La vittima è una certa Mrs. Lauren Donnelly» riferì Kate. «La polizia inizialmente pensava che si trovasse lì per prelevare dei contanti da uno dei due bancomat. Ma un'altra inquilina, che ha uno studio di estetista nello stesso palazzo, l'ha identificata come una paziente del dottor Franklin. Di lui non c'è traccia, il che ovviamente non ci sorprende, dato che è a Scarborough. Nell'atrio c'è una videocamera, ma è stata danneggiata. La registrazione mostra l'arrivo di Mrs. Donnelly alle otto meno venti. Entra e rimane in attesa, probabilmente aspetta il dottor Franklin. Dieci minuti più tardi si vede arrivare un uomo. Porta un berretto da baseball che gli nasconde il viso e tiene in mano una mazza da baseball con cui distrugge la telecamera.»

«Iddio santissimo» mormorò Caleb. Lui e Kate erano uno di fronte all'altra nel salotto di lui. Dopo aver parlato con la polizia di Bath Kate lo aveva raggiunto subito. Si era messa a cercare qualche informazione sul dottor Franklin, benché fosse di pessimo umore, convinta che non avrebbe trovato niente. Invece si era imbattuta nelle prime indagini su un caso di gravi lesioni personali. Nel quale era apparentemente coinvolto Franklin, dal momento che la vittima era una delle sue pazienti.

«Non ci sono elementi per incriminare Franklin» aggiunse Kate. «Non ha mai avuto comportamenti violenti.»

«A Bath lo sanno che è il terapeuta di Iris Shaw?»

«Per il momento no, ma lo scopriranno presto. Io non ho detto niente, anche se avrei dovuto farlo. Ora dovremmo...»

Caleb afferrò le chiavi del taxi. «Dobbiamo subito recarci in quel luogo isolato.»

Kate gli posò una mano sul braccio. «Dovrei incaricare i miei colleghi di andare a controllare.»

«Complicherebbe solo le cose. Voglio andarci di persona. Con che cosa ha aggredito quella donna il tizio?»

«L'ha colpita alla spalla e alla testa» rispose Kate. «Molto probabilmente con la mazza da baseball. È una fortuna che sia sopravvissuta.»

Caleb rimase a fissarla per un istante, poi la superò di slancio, diretto verso l'ingresso.

Kate imprecò sottovoce, poi lo seguì. «Vengo anch'io. Lascia guidare me. Sei troppo nervoso.»

«Ce la faccio da solo.»

Lei lo raggiunse sulla porta di casa e lo bloccò. «Sono una poliziotta. Vengo con te. Altrimenti dovrò informare i colleghi, lo sai.»

«D'accordo.» Scesero di corsa le scale. La macchina di Kate era parcheggiata proprio davanti al palazzo. Appena furono partiti, Caleb le chiese: «Non puoi andare più veloce?»

«Sto già superando i limiti di velocità. Per favore, Caleb. Mantieni la calma.»

Ben presto si lasciarono Scarborough alle spalle e imboccarono Burniston Road che si snodava tra campi e pascoli.

«È quel tipo» disse Caleb, lo sguardo fisso sul tachimetro di Kate, che non raggiungeva la velocità desiderata, «il tizio che ha scritto la lettera, le ha squarciato i copertoni, l'ha portata con sé in macchina. Craig Ellis. Probabilmente l'ha seguita anche in Francia. Benché l'identikit non somigliasse molto a lui, potrebbe trattarsi della stessa persona. Spesso le descrizioni dei testimoni non sono attendibili.»

«Possibile che sia già tornato in Inghilterra?» chiese Kate. «Con un Westfalia ricercato in Francia? E molto probabilmente con a bordo anche Tanya Lambert.»

«Potrebbe essere sua complice. In tal caso non sarebbe un ostacolo. Ha rubato un'altra macchina ed è tornato in Inghilterra.»

«Nel giro di una settimana appena?»

«È fattibile.»

Intanto erano arrivati a Burniston. Kate rallentò leggermente, pur continuando a mantenere una velocità sostenuta.

«Ha sequestrato il dottor Franklin. Ha bisogno di lui per scoprire dove si trova Iris!» Caleb diede un pugno sul cruscotto.

«Piano» lo ammonì Kate, «se parte l'airbag, sarà un problema.»

«L'avevo capito. Avevo capito che c'era qualcosa che non andava in Franklin. Ora sono sicuro che mi ha chiamato per informarmi. Per tentare di salvare Iris. Non avrei dovuto lasciarla uscire. Avrei dovuto impedirglielo.» Un'altra occhiata al tachimetro. «Non puoi accelerare?»

«Siamo in un centro abitato. Non voglio investire qualcuno. Tra poco arriviamo.»

Raggiunto il centro di Burniston imboccarono Field Lane che, come diceva il suo nome, li portò fuori dal paese in aperta campagna. In lontananza si vedeva luccicare il mare sotto il sole di quella giornata perfetta. Kate accelerò di nuovo.

«Non saresti riuscito a fermarla» disse. «È una donna adulta. Voleva incontrare il suo terapeuta. Che cosa avresti potuto fare?»

«Avrei dovuto capire che quell'uomo era sotto stress. Che non agiva liberamente. Che era in preda a una paura mortale. Esatto. Paura. Era terrorizzato per sé e per Iris.»

Superarono la fattoria dove erano raccolti i cani randagi. Furono seguiti da un coro di latrati. Kate rallentò, iniziò a guardarsi intorno. «Vedi la tua auto da qualche parte?»

Sul ciglio della stradina di accesso alla fattoria c'erano due macchine, una con una grande scritta sulla fiancata che invitava a fare donazioni a un'associazione per la protezione degli animali. Della macchina di Caleb non c'era traccia.

«No. Dobbiamo proseguire. Non sono qui. Sono più avanti, verso il mare.»

Intanto avevano lasciato la strada asfaltata e imboccato un viottolo sterrato. La macchina sobbalzava e ondeggiava. Kate cercava di evitare le buche, ma senza troppo successo.

«Più veloce» la incalzò Caleb.

Davanti a loro il paesaggio si estendeva piatto e sconfinato. Prati, prati, prati. In lontananza il mare. Non c'era in giro anima viva. Lungo quel tratto di costa non c'erano spiagge di sabbia, solo scogliere e rocce. Nessuno veniva a fare il bagno fin lì. In cima alla scogliera si snodava il Cleveland Way, un sentiero escursionistico lungo decine di chilometri. Del tutto privo di alberi e ombra, era deserto con quel caldo.

Kate si fermò. «Dobbiamo valutare come procedere. Siamo completamente allo scoperto, chiunque può vederci e anche sentirci. Se le cose sono andate come immaginiamo, quell'uomo ha come minimo un ostaggio, ovvero il dottor Franklin. E forse nel frattempo anche Iris Shaw.»

Caleb era cereo in viso.

«Sai anche tu che non dobbiamo far innervosire un rapitore» disse Kate dolcemente.

Caleb annuì. Lo sapeva benissimo. Eppure si capiva che avrebbe voluto lanciarsi di corsa senza alcun indugio.

«Propongo di lasciare la macchina qui e di proseguire a piedi» suggerì Kate. «Così non faremo rumore e avremo migliori possibilità di agire.»

«Va bene» concordò Caleb.

Scesero dall'auto. L'afa stritolava la campagna nella sua morsa opprimente. Non c'era un filo d'aria nemmeno dalla parte del mare.

Caleb socchiuse gli occhi. «Non dovremmo vedere le macchine se fossero parcheggiate più avanti?»

Kate annuì. «In effetti sì. Ma non ricordo bene quale sia la conformazione del terreno lì. Se ci sia un promontorio al di là dell'altopiano dove è possibile parcheggiare, oppure della boscaglia. Non mi piace che non riusciamo a vedere niente, ma dobbiamo andare avanti a controllare.»

Camminavano alla massima velocità consentita con quel caldo. Fatti pochi passi Kate aveva la maglietta appiccicata alla pelle, mentre i calzoni lunghi le provocavano un fastidioso surriscaldamento alle gambe. Come le era venuto in mente di lamentarsi all'idea di passare una tranquilla serata in terrazza a casa sua?

Faticava a tenere il passo con Caleb. Era spinto dall'ansia e dalla paura, sembrava indifferente al caldo. Ma più si avvicinavano, più aumentava in Kate la certezza: là non c'è nessuno. Non ci sono macchine. Il posto è deserto.

Raggiunsero la casupola tinteggiata di bianco e sigillata della stazione ornitologica e si fermarono boccheggiando. Non c'erano punti nascosti dove lasciare due macchine. E perché Iris avrebbe dovuto parcheggiare la sua, o più precisamente quella di Caleb, in modo che non si vedesse?

Kate raggiunse il margine della scogliera che cadeva a picco verso il mare. C'era l'alta marea e la stretta spiaggia formata solo da rocce e ciottoli era quasi del tutto scomparsa. Non c'era nessuno a perdita d'occhio.

«Non sono qui» dichiarò con il fiato ancora corto, scostandosi i capelli sudati dalla fronte. «Non c'è nessuno qui.»

Caleb guardava intensamente verso il basso, quasi si aspettasse di veder comparire una macchina o una persona sforzandosi a sufficienza. «Non è possibile. Era questo il luogo dell'appuntamento.»

Kate ci pensò su. «Può darsi che fosse il luogo dell'appuntamento indicato dal rapitore. Quando Iris è partita forse lui l'ha contattata di nuovo e l'ha dirottata da un'altra parte. Per essere sicuro di non trovarsi circondato improvvisamente dalla polizia.»

Caleb scrollò la testa. «Iris avrebbe potuto comunque avvertire la polizia.»

«Certo, ma lui avrebbe reso le cose più difficili.»

Caleb si guardò intorno con espressione disperata. «Non possono essere spariti così in fretta da qui, non credi? Pensi che Iris sia salita in macchina con Craig Ellis?»

«In quel caso dovrebbe essere rimasta almeno la tua macchina qui.»

Controllarono lungo la scogliera. Era una serata limpida, la visuale era perfetta. Sembrava proprio che Kate e Caleb fossero gli unici là in alto.

«Niente da fare» disse Kate, «dobbiamo tornare alla macchina. Qui non ci sono. Devo avvisare i colleghi di Bath. Avrei dovuto farlo fin dal principio.»

Cercò di inoltrare la chiamata, ma non aveva segnale. Tornarono verso la macchina più lentamente di prima. Kate osservò Caleb di sottecchi. Sembrava psicologicamente a terra.

Ciò che prova per quella donna è davvero intenso, pensò.

La macchina di Kate li accolse arroventata, benché fossero passati solo venti minuti da quando erano scesi. Kate fece manovra e ritornarono da dove erano venuti con i finestrini abbassati. Una volta raggiunto il rifugio per i cani, Kate si fermò.

«Voglio chiedere se almeno hanno notato qualcosa» disse.

Caleb la seguì. Il loro arrivo fu accolto nuovamente da irruenti latrati. C'erano diversi vialetti con piccoli recinti dove stavano i cani. Gli animali saltavano su e giù davanti alla rete cercando di stabilire un contatto visivo con Caleb e Kate. I cani sono sempre alla ricerca di un umano di riferimento. Questi in particolare, che non avevano nessuno, avevano riconosciuto subito dei possibili adottanti.

Quando suonarono alla porta si levò un ulteriore abbaiare, e poco dopo venne ad aprire una donna sulla quarantina con un prendisole azzurro corto e a piedi scalzi. Teneva in mano una ciotola vuota.

«Sì?» chiese stressata.

Kate le mostrò il tesserino. «North Yorkshire Police. Sono l'ispettore investigativo Linville. Vorrei farle solo una domanda.»

«Sì?» Tra le gambe della donna spuntò un meticcio spinoso che guardò Kate con curiosità. «Abbiamo tutti i documenti in regola e i tesserini sanitari per ogni cane...»

«Non si tratta dei cani. Volevamo sapere semplicemente se nelle ultime ore ha visto passare delle auto qua fuori. Magari dirette verso la scogliera? Oppure delle persone a piedi?»

«Con questo caldo non c'è nessuno in giro» rispose la donna, «ma mi chiedo a chi appartenga quella macchina.»

Indicò alle spalle di Kate. Lei e Caleb si voltarono insieme. Le due auto... una con la scritta dell'associazione per la protezione degli animali. L'altra...

«Non è una delle vostre macchine?» chiese Caleb.

La donna scosse la testa. «La nostra è quella con la scritta. L'altra l'ho notata all'incirca tre quarti d'ora fa. Non so da quanto tempo sia qui. Non siamo un parcheggio pubblico, e in questo momento non c'è nessuno venuto qui per i cani.»

Kate e Caleb si lanciarono verso l'automobile. Era vuota. Allo specchietto retrovisore era appeso un alberello profumatore.

Kate provò ad aprire la portiera del guidatore. La macchina non era chiusa a chiave. La vampa di calore che li investì era appesantita dal profumo dolciastro del deodorante.

«Potrebbe essere...» disse Caleb.

«... la macchina di Craig Ellis. Però non lo sappiamo.» Kate girò intorno alla vettura e aprì lentamente il portabagagli. Fece un salto indietro. All'interno del bagagliaio c'era un uomo, immobilizzato con una corda e del nastro adesivo e imbavagliato. La temperatura interna doveva essere come minimo intorno ai sessanta gradi. Kate cercò subito il polso. Non ne era sicura, ma le sembrava di percepirlo, molto flebile.

«Aiutami» disse a Caleb. Estrassero insieme il sequestrato e lo trasportarono per qualche passo fino a adagiarlo sul prato all'ombra di un muro. Kate gli staccò il nastro adesivo dalla bocca. L'uomo non si mosse.

La donna del rifugio intanto era corsa dentro e stava tornando con una caraffa d'acqua. Kate raffreddò la fronte del poveretto, gli inumidì le labbra. Lui continuava a essere immobile.

Kate parlò in modo concitato al telefono, che per fortuna in quel punto prendeva di nuovo. «Presto, mandate un'auto medica e un'ambulanza al Re-homing Centre di Burniston. Il prima possibile. E anche una squadra della scientifica. Grazie.»

«Chi può fare una cosa del genere?» chiese allibita la donna del rifugio.

Caleb era inginocchiato a terra accanto all'uomo e cercava di fargli bere qualche goccia d'acqua. «Speriamo che ce la faccia. Speriamo che ce la faccia!»

Ovviamente era preoccupato per lui. Ma sperava anche di ottenere una testimonianza. Per scoprire che cosa fosse accaduto.

Kate tornò alla macchina. Sul pavimento del sedile posteriore c'era una giacca. Si mise i guanti e la tirò fuori dall'auto. All'interno trovò un portafoglio.

«Dawson Franklin» disse. «Qui ci sono i suoi documenti. A giudicare dalla foto deve essere lui.»

«Dawson Franklin!» Caleb fissò l'uomo svenuto sull'erba, che sembrava più morto che vivo. «E la macchina… L'alberello deodorante allo specchietto… è la macchina di Craig Ellis. Significa…» Lasciò la frase a metà. Aveva l'aria di chi si trova sull'orlo di un abisso e sa che qualunque passo lo farebbe precipitare sul fondo.

Kate annuì. «Ha preso Iris. E se ne sono andati con la tua macchina.»

West Kilbride, venerdì 22 agosto 2008

Sono contento quando Adam annuncia di volersi sgranchire le gambe e scende dalla macchina. Sono da poco passate le dieci e le ultime due ore sono state insopportabili. Adam mi ha rotto i timpani con le sue chiacchiere e non stava fermo, come un bambino con l'ADHD. Vuole cominciare ma io gli ho spiegato che è assai probabile che i Millard non dormano ancora.

«Saranno seduti intorno a un falò ad arrostire marshmallow» gli ho detto, «con il papà che cerca di convincere moglie e figlie che stanno vivendo una vacanza da sogno. Forse vuole addirittura spingerle a fare un tuffo in mare.»

L'idea sembra provocare un brivido di freddo a Adam che si stringe nelle spalle intirizzito. «Dici? Quel tipo non ha tutte le rotelle a posto. Perché non colpiamo subito? Siamo in tre. Loro sono un uomo, una donna, due figlie. Sarà un gioco da ragazzi, che dormano o meno.»

Adam ha ragione, potremmo benissimo sopraffare i Millard anche ora. Ma non mi darebbe la soddisfazione che mi sogno fin dal principio. Vedere la faccia di Arlo Millard che si sveglia dal sonno profondo. Quando lo illumino con la torcia. Il suo sgomento, quando si rende conto che sta succedendo qualcosa di spaventoso. Quando capisce che nessuno verrà ad aiutarlo. Che è dannatamente perduto in questa insenatura deserta nel cuore della notte, senza campo per il cellulare, senza la minima speranza di cavarsela.

Voglio vedere e sentire la sua vulnerabilità. Quando le persone si svegliano dal sonno sono indifese come pulcini appena usciti dall'uovo.

Arlo Millard deve sentirsi indifeso.

Almeno una volta nella vita.

Adam sbuffa che si annoia, poi decide di fare quattro passi e io tiro un sospiro di sollievo. Insieme a me ci sono un idiota e uno che non riesce a contenere la propria aggressività. Sostanzialmente le persone giuste per il mio scopo... ma quelle sbagliate quando si tratta di pianificare, di attendere. Ho sempre saputo che questa sarebbe stata la parte più difficile: mantenerli calmi fino al momento giusto.

Vincy russa piano sul sedile di dietro. Non si sveglia nemmeno quando Adam richiude la portiera dietro di sé con un tonfo sonoro. Borbotta qualcosa e io trattengo il respiro, ma la fortuna è con me: continua a russare indisturbato.

Faccio un profondo respiro, cerco di calmarmi. Sono un unico fascio di nervi. Il cuore mi batte forte nel petto.

I battiti devono essere parecchio alti.

Non ho motivo di preoccuparmi.

Convivo con questa tachicardia dalla morte di mia madre.

Avevo diciannove anni quando è morta.

Ce l'hanno sulla coscienza i Millard. Sono stati loro a portarcela via. A far finire la nostra vita come famiglia in tragedia.

Mio padre ebbe l'infortunio quando avevo quindici anni. L'impalcatura al cantiere dove lavorava non era stata montata a dovere. All'improvviso una sbarra di ferro cadde e lo colpì in pieno, ferendolo gravemente. Dopo due settimane di coma, i medici ci prepararono dicendoci che al risveglio non sarebbe stato quello di prima. E avevano ragione. Riprese i sensi, ma non sapeva più chi fossimo. Non sapeva neppure chi fosse lui. Ci toccò spiegargli daccapo tutta la sua vita, il suo ambiente. Ci toccò spiegargli chi fosse. Riuscì a inquadrare di nuovo la famiglia, ma tutto quello che era avvenuto prima dell'incidente era completamente scomparso. Come se qualcuno avesse cancellato il disco fisso per registrarci sopra di nuovo.

Inoltre non riusciva più a camminare. Non era paralizzato, ma la sbarra di ferro lo aveva colpito alla spina dorsale riducendola praticamente in mille pezzi. I medici lo ricucirono alla meno peggio, ma da allora camminare per lui fu quasi impossibile.

Ovviamente non poteva nemmeno lavorare, e aveva solo quarantadue anni. Ottenne una pensione di invalidità, che non era sufficiente. E un risarcimento economico dalla società che aveva allestito il ponteggio. I soldi però finirono presto, io non conosco bene i particolari.

E così anche l'affitto del minuscolo appartamento nella villetta a schiera diventò troppo caro per noi. Mio padre non poteva essere trasportato su e giù per la stretta scala a chiocciola. Ci trasferimmo in un condominio alla periferia di Bristol, così orribile che a paragone il nostro appartamento precedente sembrava una villa. In primavera eravamo circondati dagli alberi e dai cespugli del giardino e da un tappeto giallo di narcisi. D'inverno c'erano mucchi di neve sulle palizzate e d'estate il profumo d'erba tagliata entrava dalle finestre aperte. Nel nuovo palazzo non cresceva neanche un filo d'erba. Dove un tempo si stendevano prati e campi c'era solo asfalto. Non era stato lasciato neppure un albero. Solo quei palazzi tirati su senza amore, che davano l'impressione che nessuno si curasse del loro mantenimento, né facesse nulla per conferirgli un aspetto più gradevole. Finestre rotte, gradini sbrecciati davanti alle porte, ringhiere deformate... Ma forse la gente aveva smesso di provare a migliorare qualcosa. Io stesso avevo visto come il nuovo portoncino d'ingresso, sostituito a opera dell'amministrazione cittadina dopo che il precedente era stato sfondato, era durato giusto due giorni prima di fare la stessa fine. Da allora era rimasto così. Potevo capirlo. Perché i contribuenti avrebbero dovuto montare nuovi portoni a gente che non ne aveva la benché minima cura?

Abitavamo al nono piano e c'era un ascensore che se non altro ogni tanto funzionava e rendeva più facile portare fuori nostro padre e spingerlo sulla carrozzella nel quartiere desolato. C'erano tre gradini d'ingresso, ma mi ero procurato un'asse di legno con cui avevamo realizzato una rampa per la sedia a rotelle. Tutte le volte me la portavo su nel nostro appartamento. Lì non mi fidavo di nessuno.

Avevamo un balcone, ma era rivolto a nordest e il sole ci batteva solo al mattino presto. Io passavo molto tempo fuori sugli spiazzi asfaltati tra i palazzi, dove dopo i temporali si formavano grandi pozzanghere. Ogni superficie libera era ricoperta di graffiti, c'erano anche molte frasi volgari che avrei preferito tenere nascoste al mio fratellino. Ma ovviamente era impossibile. Al massimo potevo cercare di proteggerlo dalle tante gang criminali che bazzicavano nel quartiere e riconoscevano subito i soggetti più deboli. Il carattere timoroso e sensibile di Patrick faceva di lui un agnello tra i lupi. Capitava spesso che tornasse a casa in lacrime perché gli avevano rubato i soldi o l'orologio, gli avevano gettato i quaderni nel fango o avevano giocato a calcio con il suo zaino. Le cose migliorarono solo quando conobbi Adam e Vincy. Per qualche motivo tra di noi fu amicizia a prima vista. Adam era il capo, ed era piuttosto temuto nel quartiere. Vincy era il suo braccio destro, fuori di testa e forte come un toro. Fisicamente io non ero troppo in forma, ma avevo la testa pronta. Le mie idee impressionarono Adam. Diventammo un gruppo fisso. Adam e Vincy sistemarono su mia richiesta uno dei tipi che tormentavano in continuazione Patrick, gliene diedero tante che persino sua madre faticò a riconoscerlo. Dopo di allora regnò la pace. Patrick era sotto la nostra protezione, nessuno gli torse più neanche un capello.

Le cose sembravano andare bene. Quanto meno in quelle circostanze tutt'altro che favorevoli.

Finché la mamma decise di tornare al lavoro nonostante la stanchezza cronica e la depressione. Perché la pensione d'invalidità di papà non bastava e la mamma era tanto stufa di continuare a fare i conti che come risultato davano sempre cifre in rosso.

Trovò lavoro come donna delle pulizie nella società di Millard.

Com'è che si dice? Le cose cominciano da qualche parte. Ogni storia ha un suo inizio. In genere è anonimo e insignificante e non rivela come si svilupperà la vicenda. Se sarà importante oppure no, innocuo o decisivo, se prima o poi si perderà nel nulla o porterà a un'altra storia e un'altra ancora, fino alla resa dei conti.

Come accadde nel nostro caso. La resa dei conti è imminente.

Adam torna in macchina, si lascia cadere di peso sul sedile anteriore. «Cazzo, perché ci vuole così tanto?» chiede. «Che ore sono?»

Guardo l'orologio.

«Mancano cinque alle undici» rispondo.

Ancora tre ore e cinque minuti all'aggressione.

# Seconda parte

# Venerdì, 14 luglio

## *1*

Secondo i suoi calcoli doveva essere già il giorno successivo, ma non aveva elementi per dirlo con sicurezza. Da diverse ore era immersa nella più totale oscurità, ed erano state ore interminabili. Aveva il corpo indolenzito, perché era sdraiata in una posizione contratta e non poteva muoversi. Riusciva a stento a respirare.

Iddio santissimo.

Come aveva fatto a cadere tanto facilmente nella trappola?

Aveva visto la macchina ferma in mezzo alla strada, un semplice viottolo di campagna circondato da prati su prati, a qualche distanza una specie di fattoria. Non c'era anima viva. L'aveva riconosciuta subito come quella di Craig Ellis e per un istante le era balenato alla mente il pensiero che sarebbe stato meglio fare manovra e andarsene a tutta velocità. Poi però aveva iniziato a riflettere. Era sicura di aver parlato con Dawson Franklin. Era stato lui a indicarle il luogo dell'appuntamento. Come mai invece al suo posto adesso c'era quel pazzo svitato di Craig Ellis, che in realtà aveva un altro nome?

Che fine aveva fatto il dottor Franklin?

Quando si era resa conto che non avrebbe ottenuto una risposta a questa domanda e che in ogni caso quella situazione non poteva portarle nulla di buono, aveva cercato di fare un'inversione a U, impresa che si era rivelata quantomai complessa in quel punto. La strada era stretta, fiancheggiata su entrambi i lati da profondi fossi di irrigazione. Bisognava fare manovra con spostamenti millimetrici, avanti, indietro, avanti, indietro. Cercò allora di allontanarsi in retromarcia, ma non riuscì a ingranarla. Intanto Craig Ellis era sceso dalla macchina e le stava venendo incontro puntandole addosso una pistola.

Si era affrettata a chiudere le portiere, ma lui l'aveva guardata e poi aveva sparato un colpo. Nel giro di pochi secondi uno dei finestrini posteriori si era riempito di crepe come una ragnatela e poi una pioggia di vetri era caduta tintinnando. Iris aveva lanciato un grido e nascosto il viso tra le mani.

«Fossi in te scenderei subito» aveva detto Craig. «La prossima pallottola non finirà nell'imbottitura del sedile.»

Lei aveva ubbidito. Non sarebbe stato possibile scappare, lui aveva il coltello dalla parte del manico, benché lei non credesse che le avrebbe sparato, comunque non subito. Aveva cercato di prendere il cellulare appoggiato sul sedile del passeggero senza farsi notare, ma al suo avversario non era sfuggito nemmeno quel gesto furtivo. Aveva agitato impaziente l'arma.

«Lascialo dov'è.»

Lei ci aveva rinunciato. «Dov'è il dottor Franklin?» aveva chiesto.

«La cosa non deve interessarti.»

«L'ha ucciso?»

«Cosa c'è di difficile da capire in *La cosa non deve interessarti*?» aveva sbottato Craig.

Con ogni probabilità lo aveva ucciso. Il bravo dottor Franklin, così empatico, così partecipe.

«Cosa vuole da me?»

Senza perderla di vista, lui aveva girato dietro la macchina e aperto il portabagagli. «Voglio che ti sdrai qui.»

Se lo avesse fatto, sarebbe stata perduta. Aveva scrollato la testa. «No.»

Il suo rifiuto lo aveva in qualche modo innervosito, ma era chiaro che non avrebbe desistito dal suo intento. «Posso anche spararti a una gamba. Al braccio. Finirai comunque nel bagagliaio, illesa o ferita.» La mano che stringeva la pistola tremava.

Iris aveva capito che opporre resistenza avrebbe solo peggiorato la sua situazione. Lui aveva tutti gli assi in mano. Benché fosse una situazione impegnativa da gestire, la pistola gli dava un enorme vantaggio.

Iris si era avvicinata al bagagliaio. Aveva percepito il forte odore di sudore di Craig quando si era trovata a pochi centimetri dalla canna della pistola. Era stata la sua ultima chance, ora o mai più, se voleva ribaltare le cose, anche se naturalmente non era affatto una chance, dato che quello con la pistola era lui.

Era entrata nel bagagliaio. L'unica consolazione era che si trattava della macchina di Caleb. Dentro c'erano ancora dei pezzi di carta delle cassette di vino che fino a poco prima erano state lì. Vino del Sud della Francia. Sembrava passata un'eternità da quando Caleb l'aveva soccorsa vicino al ponte sulla forra.

Craig Ellis aveva strappato un pezzo di nastro da pacchi da un rotolo che aveva in tasca e ci aveva legato le caviglie di Iris.

«Perché lo fa?» chiese lei.

Lui non rispose, strappò un altro pezzo di nastro adesivo. Stavolta le legò i polsi, poi li abbassò e li bloccò contro le ginocchia. In questo modo costrinse Iris a una posizione scomodissima che senza dubbio sarebbe diventata insostenibilmente dolorosa nel giro di pochi minuti.

«Per favore» lo supplicò. «Per favore, no.»

Era chiaro che Craig Ellis non era un semplice psicopatico che per caso aveva preso di mira proprio lei. Era spinto dall'odio, un odio rivolto a lei, Iris, e a nessun altro.

Ma lei non sapeva da dove provenisse tanto risentimento.

Sembrava così... personale.

Un altro pezzo di nastro adesivo. Quando Iris si accorse che glielo avvicinava al viso, girò la testa di lato, ma lui l'afferrò per i capelli, la fece voltare e le tappò la bocca. Lei provò a gridare, ma emise solo un suono soffocato. La bocca le si riempì del sapore di plastica e adesivo e per qualche secondo non riuscì a respirare. Roteò gli occhi, in preda al panico, poi si accorse che poteva respirare attraverso il naso. Cercò di calmarsi, per evitare di iperventilare.

«Respira regolarmente» disse Craig. Lei lo vedeva come una sagoma nera che incombeva controsole. «Non puoi soffocare.»

Ne era proprio sicuro?

Richiuse il cofano. Iris fu inghiottita dall'oscurità.

Il panico tornò a impossessarsi di lei, travolgendola a ondate. Cercò invano di resistere. Aveva il respiro così affaticato che non poteva permettersi un attacco di panico. Cominciò a contare all'indietro da cento per sette: 100, 93, 86... Gliel'aveva consigliato una volta il dottor Franklin, perché in questo modo il cervello doveva concentrarsi e la mente pensava a un altro problema. Le aveva chiesto di usare questa tecnica immaginando di dover attraversare un ponte, ma il risultato non era stato granché. Aveva cominciato a sudare con le ginocchia che tremavano.

Non aveva importanza. In quel momento non aveva altro a disposizione. Sentì il motore che si accendeva, ma non era quello della macchina su cui si trovava lei. Doveva trattarsi dell'auto di Craig con cui lui le aveva bloccato la strada. Un barlume di speranza si accese dentro di lei: se ne stava andando? Gli bastava abbandonarla al proprio destino chiusa nel portabagagli? Era consapevole che nel giro di poco tempo si sarebbe trasformato in una trappola arroventata, ma qualunque cosa le sembrava meglio che essere trascinata da quel folle chissà dove, in un luogo isolato dove nessuno l'avrebbe più ritrovata. Caleb conosceva il punto dell'appuntamento tra lei e il dottor Franklin, e non vedendola tornare sarebbe andato a cercarla. Tuttavia avrebbe immaginato che lei e il dottor Franklin avessero molte cose da dirsi. Sarebbe passato parecchio tempo prima che la sua assenza gli risultasse sospetta. Lei doveva resistere fino ad allora, in un modo o nell'altro, nonostante il calore soffocante e la posizione scomoda e dolorosa.

Poi però si rese conto che non le era toccata una simile fortuna. Sentì dei passi che si avvicinavano, la portiera si aprì. Qualcuno salì, la richiuse, accese il motore. La macchina si mosse. Craig aveva semplicemente spostato la sua auto parcheggiandola da qualche parte dove non fosse notata immediatamente da eventuali passanti.

Mi sta portando via, pensò, assalita da una nuova ondata di panico che la riempì dalla testa ai piedi come una corrente calda: mi ha rapito e probabilmente è diretto da qualche parte dove nessuno mi troverà.

Ma chi era?

A un certo punto si fermarono e lei capì che era sceso a fare rifornimento. Cercò in tutti i modi di attirare l'attenzione su di sé, ma non riusciva a emettere neanche un suono né a muoversi di un millimetro. L'unico risultato che ottenne fu di ritrovarsi madida di sudore e disperatamente a corto di fiato.

Non aveva senso. Meglio risparmiare le forze. Ma a che scopo? Non sembravano esserci alternative. Da come l'aveva legata, non si sarebbe potuta difendere in alcun modo.

Proseguirono il viaggio, finché si fermarono di nuovo. Dovevano essere passate molte ore e Iris immaginò che fosse scesa la sera e Craig Ellis si fosse messo a dormire con il sedile reclinato. Doveva aver comperato panini e acqua dal benzinaio, ma non si sognava nemmeno di dare qualcosa anche a lei. Aveva una sete pazzesca, l'ultima volta che aveva bevuto era stato quel mattino sul balcone di Caleb. A questo si aggiungeva il caldo e il nastro adesivo sulla bocca. Sarebbe stata pronta a implorare Craig in ginocchio per avere un sorso d'acqua, ma non poteva fare nemmeno quello. Cercò di nuovo di attirare la sua attenzione, ma alla fine ci rinunciò, spossata.

Continuava a chiedersi perché fosse finita nel mirino di quest'uomo. Dopo quella notte a Bath, uno dei poliziotti le aveva spiegato che soprattutto le donne potevano essere le vittime di uno stalker, ovvero un uomo che si convinceva che fossero fatti l'uno per l'altra e non voleva accettare che i propri sentimenti non fossero ricambiati. In molti casi si trattava di un individuo con il quale c'era stata davvero una storia e che non si rassegnava alla separazione. Ma poteva anche trattarsi di uno sconosciuto che aveva notato da qualche parte l'oggetto dei suoi vaneggiamenti e faceva di tutto per concretizzare la sua folle illusione.

Quest'ultimo era il caso di Craig Ellis. Non c'era stata nessuna relazione precedente. Ma per qualche motivo Iris aveva l'impressione che il suo movente non fosse un amore, per quanto solo fantasticato. Craig Ellis non era interessato a lei in quanto donna. Si trattava di qualcos'altro, più grande e probabilmente più grave. Soprattutto qualcosa che lei non riusciva neppure a immaginare. Se Craig avesse voluto un rapporto con lei, Iris avrebbe potuto fingersi sua vittima indifesa, aspettando l'occasione giusta per scappare o difendersi.

Invece non era questo.

Che cos'era allora? Per amor del cielo, che cos'era?

Lui aveva accennato a Kilbride.

Le bastava sentir nominare quella parola per doversi opporre con tutte le forze a un flashback. Ogni volta era sempre la stessa storia.

Nella situazione in cui si trovava ora era ancora più necessario. Stava vivendo un incubo e il trauma di Kilbride minacciava di sommergerla di nuovo.

*Il ponte. Ci si era rannicchiata sotto, immersa fino al collo nel mare freddo e mosso. Le onde la investivano. Continuava a ingoiare acqua salata che sapeva di alghe. Faticava a respirare. Si aggrappava a qualcosa, un pilone, una trave, un puntello, non lo sapeva. Tutte le volte che l'acqua si ritirava, prima di riprendere slancio, i piedi minacciavano di venirle strappati via, come se il mare volesse trascinarla con sé. Al largo sarebbe stata perduta.*

*Cercava di vedere che cosa stava succedendo sulla spiaggia. Non era semplice, perché le onde e la schiuma le annebbiavano la vista. Udì le grida del padre. In seguito anche quelle della madre.*

*Di Judy neanche un verso.*

*Che cosa avevano fatto a Judy? Perché non la sentiva?*

*Perché non l'aveva trascinata con sé, sotto quella passerella?*

*Non riusciva a vedere niente. Niente di niente. Di tanto in tanto un'ombra in movimento. E poi di nuovo acqua dappertutto. Alla fine chiuse gli occhi perché le bruciavano.*

*Le grida... quelle grida agghiaccianti... e, peggio ancora, quelle che non c'erano.*

*Quelle della sua sorellina.*

Si oppose. Respinse con tutte le forze quelle immagini. Doveva mantenere la mente lucida, doveva restare vigile, razionale e attenta. Non sapeva chi fosse quel tizio, né cosa volesse farle, ma non poteva permettersi di cedere al panico, che fosse causato dal passato o dal presente.

A un certo punto si era addirittura addormentata, per quanto lo avesse ritenuto impossibile.

L'auto nel frattempo era ripartita e questo la indusse a concludere che fosse iniziato un nuovo giorno. Non aveva ricevuto nemmeno un goccio d'acqua e i dolori in tutto il corpo erano così forti da farla piangere in silenzio.

Il caldo era insopportabile. Se non altro la circolazione dell'aria provocata dal movimento impediva al portabagagli di diventare una trappola mortale, ma la temperatura era comunque altissima. Iris non osava pensare che cosa sarebbe successo se fossero rimasti bloccati in un ingorgo. Oppure se lui avesse parcheggiato da qualche parte e se ne fosse andato.

Il suo unico interesse era provocarle una morte dolorosa?

La sua unica speranza era Caleb. Nel frattempo doveva essersi allarmato. Di sicuro era stata aperta una segnalazione per il furto della sua macchina. Era solo questione di tempo prima che Craig Ellis finisse in un posto di blocco.

Oppure no?

In quel momento l'auto si fermò. Il motore si spense. Portiera che si apriva, portiera che si chiudeva. Passi che giravano intorno alla macchina.

Il cofano del bagagliaio fu alzato. Iris girò la testa. Craig Ellis era di nuovo una sagoma nera che si stagliava sullo sfondo di un cielo azzurro. Sempre estate e sole.

«Scendi» ordinò lui.

Lei emise una specie di gorgoglio cercando di muovere le membra, senza riuscirci. Quell'imbecille credeva seriamente che sarebbe riuscita a farlo senza aiuto?

Il lampo di una lama e lui le tagliò il nastro adesivo alle caviglie. Poi fu la volta di quello che le fissava i polsi alle ginocchia. Quindi la sollevò e la issò fuori dal bagagliaio.

Iris era così indebolita, così dolorante e così anchilosata che cadde a terra come un sacco bagnato e lì rimase. Craig le girò il viso verso di sé e le strappò il nastro adesivo dalla bocca. Iris prese fiato rantolando.

«Se gridi» la minacciò, «ti imbavaglio di nuovo. Capito? E non avrai acqua.»

Lei annuì debolmente.

Una bottiglia di plastica le fu avvicinata alle labbra e lei bevve a grandi sorsi avidi. L'acqua era tiepida e stantia, ma non aveva importanza. Le avrebbe salvato la vita; era così disidratata che credeva di essere stata prossima alla morte. Avrebbe continuato a bere senza smettere mai, ma Craig staccò bruscamente la bottiglia dalla sua bocca.

«Basta così.»

Iris si guardò intorno. Erano in un posto deserto. Però c'era una casa. Apparentemente isolata e cadente, e circondata da un giardino incolto. Un vialetto di ghiaia conduceva fino all'ingresso.

«Dove siamo?» chiese.

«Non c'è bisogno che tu lo sappia» ribatté Craig. Strappò un altro pezzo di nastro isolante e le tappò di nuovo la bocca, nonostante i suoi disperati tentativi di opporsi. Non aveva grandi possibilità, aveva i polsi sempre legati, tuttavia riuscì a colpirlo sul naso con il ginocchio quando lui si chinò su di lei. Con un gemito Craig cadde all'indietro. Un fiotto di sangue gli sgorgò dal naso. Iris si alzò, riuscì a rimettersi in piedi, pur avendo l'impressione che le gambe le dovessero cedere da un momento all'altro. Da quella posizione esaminò meglio l'ambiente circostante: la casa solitaria, i pascoli, nessun segno di altre presenze umane. Se si fosse messa a correre... prima o poi avrebbe incontrato una strada...

Un attimo più tardi Craig Ellis balzò in piedi e la colpì rabbiosamente in faccia. Iris barcollò, cadde in avanti e, a causa delle mani legate, non riuscì ad attutire il colpo. Questa volta la caduta fu sfortunata: sbatté il capo per terra e perse immediatamente i sensi.

## *2*

Dawson Franklin era sopravvissuto alla tortura infernale del portabagagli. Era stato a un passo da un collasso cardiocircolatorio, ma in ospedale erano riusciti a "riacciuffarlo per i capelli", come si espresse il medico da cui Kate si recò il venerdì mattina.

«Posso andare da lui?» s'informò.

Il dottore annuì. «È stabile. Però vorrei tenerlo ancora qui per oggi.»

Dawson Franklin era seduto sul letto e aveva un'aria molto provata. Fisicamente e forse ancora di più psicologicamente. Era piombato in uno scenario da incubo: una delle sue pazienti era stata gravemente ferita, l'altra era coinvolta in qualcosa di addirittura peggio. Da parte sua, era stato minacciato con un'arma, legato e successivamente imprigionato in condizioni disumane. Pur essendo un esperto in materia, per il momento non era in grado di applicare le strategie che avrebbe offerto a un paziente che si fosse presentato da lui dopo aver vissuto un'esperienza analoga. Intuiva che anche in seguito le cose non sarebbero più tornate come prima, dopotutto sapeva fin troppo bene quali effetti lasciasse un trauma su una persona.

Kate avvicinò una sedia al letto e si accomodò. Franklin sembrò molto contento di vederla e di sentire che era una poliziotta. Aveva bisogno di raccontare la sua storia. E di scoprire quale destino fosse toccato a Iris.

Partì dall'inizio, dall'atrio del palazzo dove aveva lo studio e dove aveva trovato la paziente ferita, che inizialmente aveva scambiato per una senzatetto. Passò a Craig Ellis, all'aggressione. Raccontò di come fosse stato costretto a precederlo al parcheggio, a mettersi al volante e a guidare. Kate insistette su quel punto.

«Craig Ellis. L'uomo che aveva accompagnato Iris Shaw quella sera e che è sospettato di essere l'autore della lettera minatoria e di averle tagliato i copertoni della bici. È stato lui a presentarsi con questo nome?»

Franklin scrollò il capo. «Lo conoscevo dai racconti di Iris. Durante le sedute avevamo parlato di lui. Mi aveva anche descritto la sua macchina. Il profumatore dall'aroma nauseabondo. E soprattutto la tigre di peluche sul sedile posteriore. Di quella abbiamo parlato spesso. Perché era strano che un adulto se la portasse dietro.»

«E la tigre c'era anche stavolta?»

«Sì.»

Kate prese un appunto. «La tigre è sparita. Abbiamo perquisito la macchina di Craig Ellis, per il momento lo chiamiamo così, pur sapendo che non è il suo vero nome.»

Franklin annuì. «Mi avrebbe meravigliato. Probabilmente se la porta sempre dietro.»

«L'ha costretta a dirle dove si trovava Iris? E a telefonarle?»

Franklin assunse un'espressione addolorata. «Mi sono comportato da vigliacco. Mi ero reso conto che voleva attirarla in una trappola. È stato terribile. Ma mi minacciava con una pistola nelle costole. Avevo visto Lauren Donnelly, sapevo che faceva sul serio. Sapevo anche che se l'avessi portato nel posto sbagliato, mi avrebbe sparato. In ogni caso aveva minacciato di farlo. Io... non vedevo via d'uscita...»

Kate alzò la mano per tranquillizzarlo. «Dottor Franklin, non deve crucciarsi per questo. Ha agito come avrebbe fatto chiunque altro al suo posto. Non ha senso cercare di fare gli eroi di fronte a un avversario armato.»

«Se non altro ho provato a chiamare il suo amico anziché lei direttamente. Quel Caleb Hale. Ho pensato che in questo modo almeno qualcuno era informato. È stato rischioso, ma per fortuna Ellis non si è accorto che l'avevo fregato. Ho sostenuto che Iris non aveva più un cellulare.»

«È stato molto astuto, dottor Franklin. Altrimenti nessuno avrebbe saputo niente.»

«Ma... Iris... che cosa le è accaduto?»

«Che cosa è successo nel luogo dell'appuntamento?» domandò in tono professionale Kate.

«Avevamo appuntamento in una stazione ornitologica, ma non ci siamo mai arrivati. Era una zona molto isolata, c'era solo una casa in lontananza. Una specie di fattoria.»

«Un rifugio per cani senza padrone.»

«Ho capito. In ogni caso mi ha costretto a parcheggiare la macchina di traverso sullo stretto viottolo sterrato e poi mi ha fatto scendere. Sul serio, ho...» Il viso di Franklin si coprì di chiazze rosse, «ho pensato che mi avrebbe sparato. E invece mi ha fatto entrare nel portabagagli. Mi ha legato con del nastro adesivo e mi ha tappato anche la bocca. Poi ha chiuso il cofano. Sapevo che voleva aspettare Iris. Ma ben presto...» Si bloccò.

«Sì?» lo esortò Kate.

«Ben presto ho smesso di pensare a Iris. La temperatura saliva con il passare dei minuti. Mi sentivo soffocare. Avevo paura di morire. Credo di aver perso i sensi diverse volte. È stato terribile. La cosa peggiore che abbia mai vissuto.»

«Ha percepito l'arrivo di Iris?»

Il dottor Franklin ci pensò su. «No. No, non credo. Ho dei vuoti di memoria rispetto a quei momenti. Credo che la macchina sia stata messa in moto e spostata un'altra volta, ma non ne sono sicuro. E poi non so nient'altro.»

Kate annuì. «Craig Ellis ha parcheggiato la macchina accanto alla fattoria isolata. Quando sono arrivata lì con Caleb Hale, non ci siamo subito accorti che era la sua auto. Siamo andati fino alla stazione ornitologica, ma ovviamente non abbiamo trovato nessuno. Grazie al cielo ci siamo fermati un'altra volta alla fattoria. La proprietaria ci ha indicato la macchina che le risultava sconosciuta.»

«Caleb Hale, il nuovo amico di Iris» disse Franklin. «Sono tanto felice che lo abbia incontrato. La separazione da Thomas Seymour, il suo ex ragazzo, è stata un duro colpo per lei. Non è facile starle accanto, vede, a causa delle sua fobia per i ponti.»

Pur essendo in modalità professionale, Kate non voleva parlare di Iris e Caleb e di quanto Franklin trovasse meraviglioso il loro legame. Le faceva troppo male.

«Dai colleghi di Bath ho saputo che una delle sue pazienti è stata ritrovata gravemente ferita davanti al suo ambulatorio» disse. «In quel momento abbiamo capito che era successo qualcosa e siamo subito partiti.»

«Mi avete salvato la vita.»

«Sì.»

«E Craig Ellis adesso...?»

«È fuggito con la macchina di Caleb Hale. Ha con sé Iris Shaw.»

Franklin curvò le spalle. «Oddio. Oddio. Quell'uomo è molto malato.»

«Dottor Franklin, durante il viaggio con Craig Ellis ha raccolto qualche informazione su di lui? Qualunque cosa, anche se le sembra insignificante. Tutto può essere utile per dargli una collocazione e magari scoprire qualcosa sulla sua meta. Di che cosa le ha parlato?»

Franklin aggrottò la fronte. «Ho cercato di farlo parlare. Ma non è uno stupido. Non ha rivelato niente. Ha detto soltanto che dovevo riferire a Iris che avevo scoperto delle novità su Kilbride. Vale a dire...»

«Che ha qualcosa a che fare con Kilbride. Dopo tutti questi anni e il cambio di nome di Iris sarebbe stato quasi impossibile per chiunque stabilire un collegamento, a meno che non si tratti di una persona coinvolta.»

«Sì, lo penso anch'io» confermò Franklin. «Ma non ha voluto dire altro.»

«Potrebbe trattarsi di uno dei colpevoli di allora? Da un punto di vista di età?»

«Sarebbe stato molto giovane. Però sì, sarebbe plausibile.»

«C'è qualcuno che vuole portare a termine qualcosa. A questo punto viene da chiedersi: perché solo adesso?»

«Intende dire...? Che qualcuno vorrebbe eliminare l'unica sopravvissuta della famiglia Millard...»

«Finora nessuno conosce il movente del pluriomicidio di quella notte a Kilbride. Se l'intento era di sterminare un'intera famiglia, gli autori hanno fallito. Probabilmente è così che la vedono.»

Franklin, che era già bianco come un lenzuolo, impallidì ulteriormente. «Significa... che Iris sarebbe praticamente morta?»

«A quanto sembra non l'ha eliminata subito sul posto. Non abbiamo trovato tracce in tal senso. E comunque avrebbe potuto ucciderla facilmente anche quella notte a Bath. Ma non l'ha fatto. A quanto sembra per il momento l'ha lasciata in vita.»

«La troverete?»

«Faremo tutto il possibile, certo, dottor Franklin.» Kate si sporse leggermente in avanti e lo guardò con espressione intensa. «So che è legato al suo vincolo di riservatezza dato che Iris Shaw è sua paziente. Ma se è a conoscenza di qualcosa che possa aiutarci nelle indagini... per noi sarebbe molto importante.»

Si rese conto che lui ci pensava su seriamente e che in quelle circostanze il suo dovere di riservatezza passava in secondo piano. Alla fine però scosse la testa rassegnato. «Non mi viene in mente nulla di rilevante. Temo di non sapere nulla più di chiunque altro a proposito di Kilbride e di tutto ciò che riguarda quella vicenda.»

«Iris ha mai fatto congetture con lei su quale potrebbe essere la vera identità di Craig Ellis?»

«A me è sembrata del tutto ignara. Ovviamente anch'io le ho fatto presente che poteva trattarsi di qualcuno di allora. Ma lei non vedeva alcun senso nella cosa. Perché il tipo sarebbe dovuto uscire allo scoperto con lei, pur sapendo ormai da tempo che lei non era stata in grado di descrivere né identificare nessuno dei soggetti di quella notte?»

«Le ha mai parlato di Tanya Lambert?»

«La sua amica? Sì, ma in maniera marginale. Nulla di speciale. Fanno cose insieme e sono abbastanza legate.»

«E per quanto riguarda Thomas Seymour, il suo ex?»

«La separazione l'ha turbata profondamente.»

«Lei lo conosceva?»

«Era venuto a prenderla un paio di volte. Un tipo simpatico. Ero contento che stessero insieme.»

«Aveva capito che lui voleva lasciarla?»

Franklin non rispose subito. Kate lo guardò attentamente. «È così?»

«Non direttamente, ma ogni tanto avevo la sensazione che potesse succedere.»

«Come mai?»

«La sua gefirofobia è estremamente marcata.»
«E come si manifesta?»
«Attraversare qualunque ponte per lei è del tutto impossibile. Né a piedi né a bordo di un mezzo di trasporto. Soffre di attacchi di panico. Palpitazioni, sudorazione. Le tremano le gambe. A volte si paralizza, non riesce più a muoversi. Le uniche soluzioni sono una forte sedazione o una deviazione.»
«Qual è stato l'elemento scatenante della malattia?»
Franklin alzò le braccia incerto. «Ci stiamo lavorando da quando è venuta da me. L'ipotesi più logica sarebbe che la fobia sia stata scatenata da Kilbride, ma il problema esisteva già da prima. Mi ha raccontato più volte di un sogno che faceva spesso da bambina. Era seduta su un ponte crollato sopra un fiume in piena. Un'acqua scura, parlava sempre dell'acqua scura. Il ponte era crollato davanti e dietro di lei, non poteva andarsene da lì. Non c'era molto spazio e si aggrappava disperatamente a qualche traversina, in preda al terrore.»
«Un sogno del genere non nasce dal nulla, giusto?»
«No. Ma non è necessario che il fattore scatenante abbia a che fare con un ponte o un fiume. È questo a rendere difficile scoprirne la causa. Le ho proposto una seduta di ipnosi, ma ha rifiutato. Era terrorizzata all'idea di ritrovarsi su quel ponte. La posso capire.»
Kate annuì. Tornò alla sua domanda di partenza. «Quindi era preoccupato che Thomas potesse lasciarla a causa della fobia per i ponti?»
«Di sicuro la fobia aveva già segnato la vita a entrambi. All'inizio per Thomas era qualcosa di interessante. E, a quanto ne so, era sempre pieno di riguardi nei confronti di Iris. Ma a un certo punto tutti anelano alla normalità della vita quotidiana, giusto? La vita è già abbastanza complicata. Il lavoro, i soldi, lo stress. Ci manca solo di dover trovare sempre nuove tortuose deviazioni ogni volta che si affronta una gita nel fine settimana per evitare di passare su qualche ponte.»
«Anche lui ha addotto questa ragione come motivo della separazione? Mi riferisco a Thomas. La fobia dei ponti?»
Franklin ci pensò. «Secondo Iris era principalmente la sua fobia a tormentarlo. Ma anche tutte le altre complicazioni. Iris è una ragazza affettuosa e allegra, ma anche profondamente traumatizzata. È piena di paure: delle persone, della solitudine, dei cambiamenti. A parte il fatto che ovviamente mi angoscia l'idea di non rivederla, temo an-

che che accada lo stesso con questo Caleb Hale. È una donna bella e affascinante. Ma lui riuscirà a sopportare la quotidianità insieme a lei?»

Kate si alzò. «Non ne ho idea» rispose, rendendosi conto di averlo detto in tono brusco, «ma penso che in questo momento sia davvero un problema secondario.»

Franklin la guardò stupito.

«Certo, certo» disse.

## *3*

Caleb l'aspettava nel parcheggio dell'ospedale. Era arrivato con il taxi e aveva parcheggiato a tre posti di distanza da lei. Stava appoggiato alla macchina di Kate. Si raddrizzò quando la vide arrivare e le andò incontro. Aveva un'aria provata che la spaventò e la indusse a cercare segni rivelatori che avesse già bevuto a quell'ora del mattino per reggere la tensione. Ma non puzzava di alcol e il suo sguardo era limpido. Probabilmente aveva solo passato la notte in bianco.

«Finalmente» disse. «Il dottor Franklin ti ha dato qualche informazione utile?»

«Come facevi a sapere che ero qui?» chiese Kate.

«Ho chiesto a Helen. E a parte questo, lo immaginavo. Kate, dobbiamo subito andare a Cheltenham. Nel Gloucestershire.»

«Caleb...»

«La macchina di Craig Ellis appartiene a una certa Mrs. Erin Sherman di Cheltenham. Me lo ha detto Helen.»

«Lo so.» L'informazione era arrivata la sera precedente. «Ma...»

«È un posto a un'ora e mezza di macchina da Bath. Mrs. Sherman non ha denunciato il furto dell'auto, il che lascia supporre che Ellis la stia usando con il suo permesso. Che quindi si conoscano.»

Kate era scocciata. Helen aveva contravvenuto a tutte le regole condividendo informazioni riservate con Caleb, il suo ex capo. «Caleb, sono *io* a condurre le indagini e...»

Lui la interruppe. «Ma non sei abbastanza veloce. Per Iris è questione di vita o di morte.»

«Sto gestendo i punti di indagine uno alla volta. Il colloquio con il dottor Franklin era importante. È il terapeuta di Iris Shaw da molti anni. Avrebbe potuto essere al corrente di cose decisive per le indagini.»

«Questo è chiaro, Kate. Ma ora andrò a Cheltenham. Voglio parlare con questa donna.»

«Non sei autorizzato a farlo.»

«Non me ne frega niente.»

«Sono quasi cinque ore di viaggio. Manderanno i colleghi della Avon and Somerset Police a Cheltenham...»

«Io ci vado. Tu vieni?»

Kate sapeva perché Caleb insistesse tanto per averla a bordo con sé. Lei era la sua assicurazione, aveva un tesserino ufficiale che apriva tutte le porte. Ma era consapevole che sarebbe partito anche senza di lei. Niente e nessuno avrebbero potuto fermarlo.

«E va bene, andiamo» disse. «Ma useremo la mia macchina e guiderò io. In questo momento ho paura che tu possa superare tutti i limiti di velocità, mentre io vorrei arrivare sana e salva.»

Mrs. Sherman rispondeva in tutto e per tutto al cliché della zitella inglese di mezza età. Abitava in una casetta con i muri intonacati di bianco e le rose rampicanti intorno alla porta d'ingresso. In giardino c'erano due gatti che si leccavano le zampe con grande impegno. La luce del sole si rifletteva abbagliante dai vetri delle finestre. C'era un vialetto lastricato e fiori in gran quantità. Il prato era tosato, nelle aiole non cresceva neanche un'erbaccia. Tutto era molto curato ed estremamente pittoresco. Sembrava quasi appartenere a un altro mondo, dove la vita sorrideva luminosa e le persone erano sempre gentili.

Non al mondo di un Craig Ellis.

Mrs. Sherman riferì di aver già ricevuto la visita di alcuni agenti di Bristol, ma non parve contrariata dal fatto che avessero bussato alla sua porta anche dei poliziotti dello Yorkshire. Offrì tè e biscotti fatti in casa. Caleb rifiutò educatamente entrambi. Stentava a tenere sotto controllo il nervosismo. Si capiva che avrebbe voluto scuotere la vecchia signora per ottenere da lei le informazioni necessarie il più in fretta possibile.

Kate accettò almeno il tè. Si accomodarono sul divano a fiori in salotto. Su una poltrona era acciambellato un terzo gatto che fissò i due visitatori sconosciuti con occhi diffidenti.

«Craig Ellis è in viaggio con la sua macchina» disse Kate, e Mrs. Sherman annuì. «Sì, gliel'ho prestata. Io non guido quasi più. Vede, ci vedo pochissimo. Secondo l'oculista…»

Caleb la interruppe. «Ma siete d'accordo che Mr. Ellis gliela riporti qui?»

«Sì, certo. Non gliel'ho mica regalata.»

«E come mai gliel'ha prestata? Più volte da parecchi mesi? Lo conosce bene?»

«È stato mio inquilino» rispose Mrs. Sherman. «Dall'inizio dell'anno. Ha fatto un sacco di lavoretti in casa e ha tinteggiato il vano scale e gli stipiti delle finestre. Sa, c'era bisogno di un po' di manutenzione. Prima ci pensava mio marito, ma da quando non c'è più…»

«Craig Ellis ha abitato qui?» chiese Kate. «Come mai?»

«Be', ha suonato alla porta un giorno. Aspetti… era… poco dopo Capodanno. Cercava un lavoro e mi ha chiesto se avessi bisogno di qualcuno che si occupasse di piccoli interventi di manutenzione in casa. Praticamente è stato una manna dal cielo. Ha lavorato anche per altri qui nel quartiere.»

«Capisco, ma in genere certe persone non diventano automaticamente inquilini» obiettò Kate.

Mrs. Sherman si strinse nelle spalle. «Una volta gli ho chiesto dove abitava e lui mi ha risposto un po' qui, un po' là, e aveva un'aria così sperduta. Qui da me la stanza degli ospiti è sempre vuota e spesso mi sento tanto sola. Gli ho chiesto se non gli andava di venire a vivere qui per un po' e lui è stato molto contento.»

«Si assentava spesso?» chiese Caleb.

Mrs. Sherman annuì. «Sì, svolgeva lavoretti occasionali un po' dovunque. Anche a Bristol. Con l'autobus e il treno ci avrebbe impiegato un secolo, perciò gli ho proposto di usare la mia macchina.»

«Le ha mai raccontato qualcosa di sé? Lei gli ha mai fatto domande? È normale voler conoscere meglio chi si ospita sotto il proprio tetto» disse Kate, benché fosse abbastanza convinta che Mrs. Sherman non prendesse la cosa troppo sul serio. L'anziana signora sprigionava una grande ingenuità e fiducia nel prossimo e inoltre era davvero molto sola dopo la morte del marito. Il suo bisogno di compagnia era troppo spiccato perché facesse domande piuttosto approfondite. Craig Ellis le era simpatico e questo per lei era sufficiente.

«In realtà non parlava molto di sé» rispose prevedibilmente Mrs. Sherman. «Temo di essere stata io a parlare quasi sempre. Una volta ha detto che il suo passato non era stato particolarmente bello e che non gli piaceva ripensarci. Ho preferito non insistere.»

«Quindi di tanto in tanto prendeva la sua macchina per andare in giro» disse Caleb. «Rientrava sempre di sera?»

«Non sempre. Quando doveva fare giri più lunghi poteva restare fuori anche un paio di notti. Ma mi avvisava sempre in anticipo.»

«E adesso da quanto tempo è partito?»

«Mi ha detto di avere un lavoro su al Nord. Per una decina di giorni o un paio di settimane.»

«Di cosa si occupa precisamente?»

«Non saprei» confessò Mrs. Sherman. «In ogni caso gli ho detto che poteva tenere la macchina per tutto il tempo necessario. Tanto io...»

«Lo so» la interruppe nuovamente Caleb. «Lei praticamente non guida più.»

Lui e Kate si scambiarono un'occhiata eloquente. Entrambi pensavano la stessa cosa: Craig Ellis aveva estratto il biglietto vincente. Un tetto sopra la testa e un'auto a disposizione, il tutto fuori dai radar della polizia. Probabilmente agiva sotto falso nome, in maniera che non fosse possibile risalire all'indirizzo a cui era registrato, ammesso che lo fosse. La macchina era intestata a un'anziana signora perfettamente innocua. Non aveva dovuto nemmeno rubarla, e non doveva temere i controlli della polizia. Aveva pedinato Iris Shaw per mesi, l'aveva tenuta d'occhio, le aveva scritto una lettera minatoria, aveva danneggiato le sue proprietà.

Ora l'aveva rapita.

Perché?

«Potremmo vedere la camera di Mr. Ellis?» chiese Kate.

Per fortuna Mrs. Sherman acconsentì senza obiezioni. Condusse i due visitatori su per una stretta scala in una graziosa cameretta con una tappezzeria a fiori azzurri e un abbaino che si affacciava sul giardino posteriore. Il giardino risplendeva sereno inondato di sole.

«È stato molto bravo a sistemare il giardino» commentò Mrs. Sherman.

Ellis aveva saputo rendersi davvero insostituibile, pensò Kate. Una mossa molto astuta.

Nella stanza c'era un letto, un comò azzurro cielo con uno specchio, un armadio e una foto incorniciata appesa al muro. Era l'ingrandimento di un'ape in un fiore. Sul pavimento c'era una stuoia intrecciata a mano.

La camera sembrava disabitata.

Kate aprì le ante dell'armadio e i cassetti del comò. Nulla.

«Non ha lasciato niente» constatò.

Mrs. Sherman scosse la testa. «Non possiede quasi niente. Poco più delle cose che porta addosso. Siccome starà via probabilmente per un paio di settimane, si è portato dietro tutto.»

«In bagno c'è qualcosa di suo?»

«No.»

Caleb e Kate si scambiarono un'altra occhiata. Ellis non aveva nessuna intenzione di tornare lì, dicevano i loro sguardi.

Improvvisamente Mrs. Sherman assunse un'espressione impaurita. «Ma perché mi fate tutte queste domande? Anche i vostri colleghi ieri mi hanno chiesto le stesse cose. È perché… ecco, l'ho pagato… in nero? Pensavo…»

Kate alzò una mano per tranquillizzarla. «Mrs. Sherman, non siamo qui per questo. Non si preoccupi.»

«Ma allora che cosa è successo?»

«Stiamo facendo dei semplici controlli» rispose Kate evasiva. Guardò la vecchia signora intensamente negli occhi: «Mrs. Sherman, abbiamo davvero bisogno di trovare Mr. Ellis. È possibile che le abbia rivelato qualche particolare che possa aiutarci? Il nome di una città? Di un amico? Di una società? *Qualunque cosa?*»

Mrs. Sherman ci pensò su. «No. No, davvero. Proprio nulla.»

Ellis era troppo furbo, pensò Kate. E anche se avesse detto qualcosa, sarebbe stato falso.

«Immagino che non abbia nemmeno il suo numero di cellulare, vero?» chiese.

«Non aveva il cellulare» rispose Mrs. Sherman. «Aveva solo…»

«Sì?»

«Una tigre di peluche. In genere la teneva nella mia macchina. Oppure di sopra sul suo letto. Questo vi può essere utile?»

Erano per strada, in pieno sole, e Caleb aveva l'aria tesa e disperata. Sembrava tormentato dall'emicrania.

«Se Craig Ellis è uno dei responsabili del massacro a Kilbride, allora si tratta di un individuo privo di scrupoli. Ha contribuito a eliminare a sangue freddo un'intera famiglia. L'unica sopravvissuta si è salvata perché in pratica si è nascosta in mare. Una seconda coppia di coniugi ci ha rimesso la pelle in quanto involontari testimoni e quindi condannati a essere uccisi. Si tratta di uno psicopatico spietato. Non abbiamo *niente* per identificarlo. Nessuna identità, nessun nome, nulla di nulla. Solo un identikit. Potrebbe vivere dovunque come un cittadino qualunque, può aver trascinato Iris nella cantina di casa sua e noi non abbiamo in mano niente per rintracciarlo. C'è da impazzire.» Nascose il viso tra le mani.

Kate non sapeva cosa rispondere. Nulla di ciò che aveva detto poteva essere confutato al momento.

Caleb alzò la testa. «All'epoca faceva parte di un plotone d'esecuzione. Può darsi che siano ancora tutti insieme ed Ellis sia soltanto quello che è uscito allo scoperto. Iris potrebbe trovarsi in mano a quattro o cinque killer mentre io sono qui senza sapere che cosa devo fare.»

«Craig Ellis aveva avuto diverse occasioni per ucciderla anche in passato» osservò Kate. «Finora non l'ha fatto. Sembra chiaro che non sia questo il suo scopo primario.»

«Forse vogliono spassarsela con lei prima» disse Caleb. Era cereo in viso, nei suoi occhi si riflettevano angoscia e disperazione. Kate sapeva che si stava immaginando Iris in situazioni nelle quali nessun uomo avrebbe voluto vedere la donna che amava.

Lui lanciò un gemito soffocato. «Merda» disse.

Rimasero in silenzio entrambi per un istante. Caleb cercò di ritrovare un contegno. «Non avrei dovuto lasciarla andare da sola ieri» ripeté per l'ennesima volta.

«Che cosa avresti potuto fare?»

«Avevo un brutto presentimento.»

«Ma non avevi nessuna prova concreta.»

Lui non rispose. Cosa avrebbe potuto dire? Kate aveva ragione. Tuttavia era andato tutto drammaticamente storto e il suo desiderio più cocente era di riportare indietro il tempo di ventiquattr'ore e di affrontare daccapo il giorno precedente.

Anche Kate restò zitta. Per un istante angoscioso vide davanti a sé una scia di sangue interminabile, che cominciava in una notte d'agosto sulla costa occidentale scozzese, proseguiva in Provenza per poi tornare a Bath e risalire verso lo Yorkshire.

«Dov'è l'inizio?» chiese poi. «Dobbiamo trovare l'inizio.»

«L'inizio è Kilbride.»

Lei scosse la testa. «Kilbride è il secondo step. Deve essere successo qualcosa prima di allora che ha scatenato Kilbride. Il movente di tutto il resto.»

«Ammesso che esista un movente. A volte bastano la sete di sangue e un'occasione propizia» commentò Caleb.

«In quel caso però non si rapisce l'unica sopravvissuta a quindici anni di distanza. Con un pretesto qualsiasi e correndo numerosi rischi. A me sembra qualcosa di più personale.»

«Non dobbiamo trovare l'inizio» obiettò Caleb, «dobbiamo trovare Iris. *Ora.* Per tutto il resto ci sarà tempo.»

«È tutto collegato» disse Kate guardandosi intorno. «Proverò a chiedere a qualche vicino. A quanto ci ha detto Mrs. Sherman, Craig Ellis ha fatto lavoretti anche qui nel quartiere. Abbiamo bisogno di interrogare tutto il vicinato, ma deve pensarci la Avon and Somerset Police. Io provo a chiedere in qualche casa. Forse otterremo altre informazioni.»

«Va bene. Tu vai da quella parte e io da questa?»

Kate scrollò il capo a disagio. «Non è possibile, Caleb. Tu non sei autorizzato. Non sei più un poliziotto. Non hai più il tesserino. Averti portato con me da Mrs. Sherman potrebbe causarmi già dei problemi. Ti prego di aspettarmi in macchina.»

«Non ho intenzione di farlo» ribatté Caleb. «Chiederò di casa in casa e tu non me lo potrai impedire. Non mi spaccerò per poliziotto. Non c'è assolutamente nulla che vieti a un normale cittadino di chiedere informazioni sul giardiniere del quale si è servita la gente del posto. Non resterò in macchina ad aspettare, Kate. Ogni secondo è importante per Iris. Non ho intenzione di perdere del tempo prezioso.»

Il suo sguardo saettò di collera. Kate lo fissò.

«Sei ossessionato da lei» dichiarò.

«Sì.»

Quella risposta disarmante le provocò un'improvvisa ondata di collera. Lui era ossessionato da quella donna. Lo ammetteva come se fosse la cosa più normale del mondo. Si sentiva normale nella sua ossessione.

Perché Iris era importante per lui, al punto da fargli perdere la ragione. Forse l'aveva già persa?

In realtà era innamorato. Né più, né meno. E Iris ricambiava il suo amore. *E questo faceva incredibilmente male.*

«E noi... non ha più nessuna importanza?» chiese, odiando se stessa subito dopo aver formulato la domanda. Si rese conto del proprio tono supplice, e inoltre il suo era un comportamento del tutto inaccettabile. Come se fosse il momento giusto per parlare della vita sentimentale propria e di Caleb. Stavano dando la caccia a un pericoloso malvivente. Iris Shaw era in pericolo di vita. Kate aveva l'obbligo di considerare quella donna con assoluta professionalità, e in quelle circostanze significava fare tutto il possibile per ritrovarla. A prescindere da quanto desiderasse vederla sparire per sempre sottoterra.

Lui la guardò. Incredulo. Arrabbiato.

«È così importante adesso?»

«È...»

«È maledettamente irrilevante» disse lui. «Già da anni. Da quando hai troncato la cosa. Più precisamente da quando hai fatto di tutto perché non iniziasse neppure.»

Lei deglutì. Lui aveva ragione.

«Avevi una tale paura di lasciarti andare» proseguì lui, «una paura patologica. Non era normale, Kate. Abbiamo trascorso una notte insieme, ma invece di aspettare per vedere se poteva nascere qualcosa, sei scappata via in preda al panico. E sì, alla fine forse sarebbe potuto davvero nascere qualcosa. Entrambi avevamo investito la cosa più importante che abbiamo: noi stessi. Ogni fibra del nostro essere e della nostra anima e questo, sì, maledizione, questo rende *vulnerabili.* Forse non esiste nessuna condizione in cui siamo così indifesi come quando siamo innamorati. Quando mettiamo a nudo le nostre emozioni. Quando le offriamo a piene mani a un'altra persona e speriamo che le tratti con cura. Cosa che magari non succederà, anche se l'altro ha le migliori intenzioni. Richiede coraggio. Io ce l'ho. Iris ce l'ha. Ma a te, Kate, manca del tutto.»

Kate si accorse con sgomento di avere le lacrime agli occhi. Ogni sua parola l'aveva colpita come uno schiaffo in faccia.

«Ma con David all'epoca...» protestò. Quella storia sciagurata. La sua folle infatuazione. La sua totale resa emotiva.

E l'uso brutale che ne aveva fatto un uomo.

Caleb non sembrava più incline neppure a lasciarle terminare educatamente una frase. «Certo. David. All'epoca. Il grande amore. Il grande errore. Cazzo, Kate. So quanto ci sei stata male. Quanto tempo hai impiegato a rimetterti in piedi psicologicamente. Ma è successo a tutti. Almeno una volta nella vita. Di aver amato più dell'altro. Oppure che i sentimenti dell'altro c'erano ma poi si sono esauriti. Oppure che per qualcuno fosse solo un gioco. Non è stata una tua esperienza esclusiva, Kate. Succede continuamente, in tutto il mondo. E sai cosa fa la gente in quei casi, Kate? Le persone piangono, si tormentano, gridano, si sotterrano, credono di morire. Ma a un certo punto si rialzano. Ed escono di casa. Ricominciano daccapo. Si riaprono alla vita. Corrono di nuovo il rischio. Perché in realtà tutta la vita è un grande, unico rischio, e quando cerchi di evitarlo, eviti la vita ed è esattamente quello che hai fatto tu, Kate. Per questo tra di noi non è potuto nascere niente.»

Kate aveva ritrovato il controllo. Lo guardò con freddezza. «Altre frasi da calendario? Oppure hai finito?»

Lui aveva il respiro affaticato. «Ho detto quello che c'era da dire e adesso ricomincerò a cercare Iris. Perché lei è la donna con cui tutto ha ritrovato un senso. Perché da quando è entrata nella mia vita non ho bevuto neanche un sorso d'alcol. Perché non ne ho sentito più il bisogno. Perché è cambiato tutto. Perché è diventato tutto bello.»

Lei si strinse nelle spalle. Era consapevole che il suo viso si era trasformato in una maschera di pietra. «Vado a interrogare i vicini» annunciò.

Si voltò e lo lasciò dov'era.

# 4

Faceva caldo, un caldo bestiale, nemmeno la brezza che soffiava dal mare riusciva a portare il minimo refrigerio. I due agenti della Police municipale di Saint Cyr incaricati di multare le auto in sosta senza contrassegno si trascinavano sfiniti nell'immenso parcheggio di La Madrague inondato di sole. La spiaggia al di là era piena di gente, bambini urlanti e adulti che prendevano il sole, ragazzi che nonostante le temperature proibitive giocavano a frisbee. C'era odore di acqua salmastra, alghe, crema abbronzante e asfalto rovente. Le molte vele al largo creavano pennellate bianche sull'acqua azzurra e lucente. Nemmeno una nuvola in cielo. Una splendida giornata.

Per chi non doveva lavorare.

I due agenti passavano da una macchina all'altra controllando che dietro il parabrezza ci fosse l'obbligatoria ricevuta di pagamento da ritirare al parchimetro. Quando non era alta stagione il parcheggio era gratuito, ma a luglio il comune incassava bei guadagni con le tariffe di sosta. Dato che erano piuttosto alte, c'era sempre qualcuno che parcheggiava senza pagare nella speranza che non venissero fatti controlli.

Gli agenti avevano un sacco di infrazioni da registrare.

Arrivarono a un pulmino Westfalia con una targa inglese, il cui proprietario aveva deciso di non pagare la sosta.

«Questi inglesi!» brontolò l'agente Lacombe. «Sempre gli inglesi. Credono che per loro non valgano le regole all'estero?»

Inserì la targa nel tablet e poi si bloccò. «Oh, cazzo...»

«Che c'è?» domandò il collega.

«C'è una segnalazione per questo veicolo.» Lacombe portò una mano alla pistola con un gesto automatico.

Il suo collega Besnard appoggiò la mano al finestrino laterale dell'abitacolo di guida per dare un'occhiata all'interno. «Pare che non ci sia nessuno.»

«Potrebbero essere anche sul retro» disse Lacombe. Il pulmino aveva un finestrino posteriore tappato da delle tendine. Era possibile che qualcuno si nascondesse all'interno. Oppure era una misura contro il caldo: tutte le macchine al parcheggio cercavano in qualche modo di proteggersi dal sole.

Besnard prese il cellulare. «Chiedo se è il caso...»

Prima che avesse tempo di concludere la frase o digitare un numero, una giovane donna venne verso di loro. Aveva lunghe gambe abbronzate e portava una maglietta sul bikini striminzito. Teneva i capelli raccolti all'indietro e aveva il viso lucido di olio solare. Li guardò con aria colpevole.

«Lo so» disse, «non ho pagato il parcheggio. Mi spiace. È che ho davvero pochi soldi.» Sorrise. Era molto attraente.

Probabilmente, pensò Lacombe, riesce a farla franca molto spesso con il suo sorriso.

Teneva sempre la mano sulla fondina. Non era disposto ad abbassare la guardia solo perché la sua interlocutrice era giovane e carina e a prima vista sembrava innocua.

«È sola?» le chiese.

Lei sembrò incerta. «Sì. Perché?»

Se non altro non poteva essere armata. Non avrebbe potuto nascondere niente sotto quell'abbigliamento così succinto.

«Tanya Lambert?» chiese Lacombe.

«Sì...?» Lei sembrava chiaramente interdetta.

«C'è una segnalazione nei confronti suoi e del suo pulmino» spiegò Besnard. «A livello nazionale.»

Tanya lo guardò senza capire. «Una segnalazione?»

«I colleghi della Avon and Somerset Police in Gran Bretagna la stanno cercando.»

«Ma... perché?»

«Non abbiamo altre informazioni» rispose Lacombe. «Ma dobbiamo pregarla di venire con noi.»

Sul viso di Tanya si riflettevano i pensieri che le stavano passando per la testa. Alla fine si accese un lampo di comprensione.

«Non può averlo fatto sul serio, giusto?» chiese. «Non può avermi denunciata, vero?»

I due agenti la fissarono. «Di che cosa parla?»

Tanya agitò le braccia. «Di Iris. Iris Shaw. So di essermi comportata in maniera vergognosa. Ostile. Irriconoscente. Da vera bastarda. Come volete voi. Ma non trovandola più prima del ponte, ho pensato che qualcuno le avesse dato un passaggio e fosse al sicuro. E che in un modo o nell'altro sarebbe riuscita a tornare in Inghilterra. Non mi ero accorta che aveva lasciato tutta la sua roba in macchina, compreso cellulare e documenti. Altrimenti li avrei consegnati alla reception dell'albergo. Li ho trovati quando ero già al mare e allora ho pensato... be', troverà un modo... ma perché denunciarmi subito? Crede che abbia rubato le sue cose?»

I poliziotti avevano seguito la sua spiegazione senza capirci niente.

«Non abbiamo idea di cosa stia parlando» disse Lacombe.

Tanya sospirò. Poi si guardò. «Posso almeno vestirmi?»

«Prego» rispose Lacombe.

Kate e Caleb erano quasi arrivati a Scarborough quando arrivò la telefonata. Durante i tre quarti d'ora di viaggio non avevano aperto bocca. Dopo lo scambio di battute davanti a casa di Mrs. Sherman, tra di loro regnava un gelo che nessuno dei due sapeva come superare. Dopo essere risaliti in macchina al termine delle ricerche fatte tra gli abitanti del quartiere, avevano parlato brevemente, solo per comunicarsi a vicenda di non aver scoperto niente di nuovo. Craig Ellis aveva davvero lavorato per altre persone nella via, a partire dalla primavera si era occupato principalmente di tosare i prati e potare le siepi, poi aveva riparato una grondaia da un signore anziano e pitturato gli stipiti da una signora. Nessuno lo conosceva con un nome diverso da quello che usava da mesi. Nessuno gli aveva chiesto i documenti, dato che si trattava di piccoli lavoretti pagati in nero. Tutti avevano concordato nel descriverlo come un tipo tranquillo e gentile, ma molto riservato. Non aveva raccontato niente di sé, sembrava un uomo senza passato e senza futuro. Arrivava sempre puntuale, portava a termine il lavoro e poi se ne andava. Nessuno gli aveva fatto domande o aveva ficcanasato nella sua vita. Il suo comportamento riservato aveva fatto capire a tutti che non gradiva domande. E non avrebbe dato risposte.

Soltanto una signora aveva dichiarato che, dopo avergli fatto tagliare il prato, non lo aveva chiamato una seconda volta, sebbene il suo giardino avrebbe avuto bisogno di una sistemata.

«Non mi piaceva. C'era qualcosa in lui che non mi piaceva. Ho avuto una brutta sensazione mentre era nel mio giardino.»

Kate aveva cercato di ottenere altre spiegazioni. «Potrebbe essere più precisa?»

La donna ci aveva pensato su. «Era una sensazione» disse alla fine. «Non aveva detto né fatto niente di particolare. Era educato. Ma sotto sotto...»

«Sì?»

«Sotto sotto era una persona che non mi piaceva. Mi dava l'impressione di odiare tutto e tutti.»

«Da che cosa lo ha capito?»

La donna alzò le braccia mortificata. «Non so spiegarglielo. Non so descriverglielo. Non era niente di tangibile. Solo una *sensazione*.»

Quella donna aveva decisamente un ottimo istinto. Tuttavia non aveva saputo dire loro niente che potesse tornare utile.

In sostanza nessuno aveva avuto niente da dire. Craig Ellis continuava a rimanere il grande sconosciuto. Kate e Caleb si rimisero in viaggio verso casa senza aver concluso niente.

Quando il cellulare squillò, Kate fu profondamente sollevata che qualcosa o qualcuno interrompesse finalmente il pesante silenzio tra lei e Caleb.

«Sì?» domandò rispondendo con il vivavoce.

«Ispettore Linville? Sono l'ispettore capo Madeline Atkins della Avon and Somerset Police.»

«Che cosa c'è, ispettore Atkins?» Per correttezza Kate avrebbe dovuto informare la collega che c'era in ascolto una persona che non faceva parte delle forze dell'ordine, ma in quel caso Atkins probabilmente non avrebbe più detto niente e Caleb avrebbe tolto a Kate anche l'ultimo brandello della sua amicizia.

«Ho pensato che fosse il caso di informarla» disse l'ispettore capo. «Tanya Lambert è stata rintracciata.»

«Come?» domandarono in coro Kate e Caleb. Per fortuna la qualità della chiamata era piuttosto scarsa. Atkins parve non accorgersi che c'era in ascolto qualcun altro.

«È stata fermata in un parcheggio a La Madrague, nel Sud della Francia, dai colleghi francesi, perché non aveva pagato la sosta.»

«Era da sola?» s'informò Kate.

«Sì. E in ottime condizioni. Non è stata rapita e non le è accaduto niente. Se l'era semplicemente filata.»

«Maledizione» mormorò Caleb.

Già, non tutti sono follemente innamorati di Iris come te, pensò Kate. Ma ovviamente non lo disse a voce alta.

«E l'uomo con cui era stata vista parlare davanti all'albergo? La cui macchina rubata è stata ritrovata a poca distanza?»

«Si trattava veramente di un semplice ladro d'auto» rispose Madeline Atkins, «che non ha alcun legame con Iris Shaw. Secondo la dichiarazione resa da Tanya Lambert alla polizia francese, lui è salito sul pulmino insieme a lei per tornare a prendere Iris Shaw prima del ponte e raggiungere di nuovo l'albergo passando da una strada senza ponti. Ma al loro arrivo, Mrs. Shaw non era più dove era stata lasciata.»

Chiaro. Nel frattempo era arrivato il cavaliere senza macchia e senza paura, Caleb, che l'aveva soccorsa.

«E loro non sono tornati all'albergo?» domandò Kate.

Atkins sembrava perplessa. «No, e qui la storia si fa bizzarra. Mentre aspettavano accanto a quella gola, Tanya è stata assalita dal timore che la sua amica potesse aver cercato di attraversarla a piedi e che le fosse successo qualcosa. Le pareti di roccia erano scoscese e in parte friabili. In alcuni punti dei blocchi di granito ostacolavano la visuale sul fondo. Se Iris era precipitata e si trovava là sotto priva di sensi, sarebbe stata la sua morte. Ha provato a chiamare l'albergo per chiedere notizie, ma in quel momento le ha risposto la segreteria telefonica. Un vero colpo di sfortuna. Lo sconosciuto, anche lui inglese, si è offerto di scendere sul fondo della gola a controllare. Ma nel tentativo è caduto ferendosi alla testa. È riuscito comunque a risalire e all'inizio ha detto che non era niente di grave. Una volta tornato sul pulmino, però, ha accusato vertigini e nausea e un improvviso abbassamento della vista. Era chiaro che doveva farsi visitare. Così hanno raggiunto Cavaillon e Tanya è riuscita a trovare l'ospedale dove lo ha lasciato.»

*L'uomo le ha detto come si chiamava?* mimò Caleb con le labbra.

«Lui le ha detto come si chiamava?» chiese Kate.

«Sì, ma solo il nome di battesimo. Conor. Ovviamente nessuno sa se sia vero. Non si tratta certo di uno stinco di santo, in fondo aveva rubato una macchina. E chissà quali intenzioni aveva nei confronti del pulmino di Tanya e Iris. Ma dubito che ci sia qualche collegamento con il caso di Kilbride. A ogni modo è dovuto andare in ospedale, non c'è stato altro da fare.»

«Ha già verificato?»

«Era mia intenzione chiamare l'ospedale dopo di lei.»

Kate rimase assorta. «Tanya scarica un inglese sconosciuto davanti all'ospedale. E poi decide...»

«Decide di non tornare in albergo, ma di mettersi subito in viaggio per il mare, per proseguire la vacanza da sola. Parte che è già sera. A me sembra una vera e propria fuga.»

«A me pare una decisione piuttosto... inaudita. Nei confronti dell'amica.»

«Tanya sostiene di non essersi accorta che la borsa e il cellulare di Iris Shaw erano a bordo del pulmino. Quindi non sapeva che Iris non aveva modo di comunicare e non disponeva né di soldi, o carte di credito né di documenti. Inoltre presumeva che qualcuno l'avesse accompagnata in albergo, dato che non era più sul luogo dell'appuntamento. La credeva al sicuro e in possesso dei suoi averi. Ovviamente in macchina c'erano ancora i suoi vestiti, ma quelli glieli avrebbe restituiti a Bath.»

«Sì, ma in ogni caso che cosa può essere successo per spingerla a compiere un passo così drastico? A proseguire da sola una vacanza che le due donne avevano progettato *insieme* nei mesi precedenti? In una maniera che sembra in tutto e per tutto una fuga. Senza parlarne, senza avvisarla.»

«Tanya Lambert dovrà spiegarci parecchie cose» disse Madeline Atkins. «Atterrerà a Bristol oggi in tarda serata. Domattina alle otto deve presentarsi in commissariato da me. Intanto le autorità francesi stanno esaminando il pulmino in cerca di tracce.»

«Grazie alle impronte digitali scopriremo se lo sconosciuto in Francia corrisponde a Craig Ellis» bisbigliò Caleb. «Ci basterà confrontarle con quelle presenti nella sua macchina, o più precisamente nella macchina di Mrs. Sherman.»

Kate annuì. Dubitava però che ci fosse un collegamento tra i due casi. Dopotutto il tizio in Francia era un anonimo ladro d'auto. Un criminale, ma ben al di sotto di Craig Ellis.

«La ringrazio delle informazioni, ispettore» disse Kate. «La pregherei, se potesse, di continuare a tenermi aggiornata. Abbiamo emesso un ordine di cattura per Craig Ellis. Purtroppo non abbiamo a che fare con uno stupido e quindi non utilizzerà ancora a lungo una macchina che è ricercata in tutto il Paese.»

«Presumo che nel frattempo si sia procurato un nascondiglio» disse Atkins. «Se Iris Shaw è ancora viva, la tiene prigioniera lì. E potrebbe essere dovunque.»

«A mio parere, se ha potuto scegliere dove nascondersi, credo che non si sia spinto troppo lontano da Scarborough» ipotizzò Kate. «Proprio perché sarebbe rischioso percorrere un tragitto troppo lungo a bordo della macchina segnalata.»

«Potrebbe anche averla cambiata» disse Atkins. «Magari rubandone un'altra.»

«A proposito di auto» disse Kate, riferendo brevemente del suo colloquio con Erin Sherman a Cheltenham e di ciò che aveva scoperto: praticamente nulla.

«Ho chiesto a qualche vicino di casa» concluse. «Niente di rilevante. Questo Craig Ellis non è uno stupido. Non ha rivelato niente di sé. Tuttavia ritengo utile se i suoi agenti provvedessero a svolgere interrogatori più approfonditi nel quartiere, ispettore. Ogni minima traccia potrebbe esserci utile.»

Kate sentì Atkins annotare qualcosa. «Ho già mandato qualcuno lì ma non hanno ottenuto granché. Proveremo a sentire di nuovo i vicini. Abbiamo di fronte un caso davvero complesso e intricato, in particolare per quanto riguarda Iris Shaw. A presto, ispettore.»

La telefonata si concluse. Caleb guardava fuori dal parabrezza, ma non sembrava consapevole di ciò che vedeva.

«Dobbiamo tornare indietro» annunciò all'improvviso.

«Manca solo un'ora a Scarborough» obiettò Kate. «Perché vuoi tornare indietro?»

«Perché vorrei parlare io stesso con Tanya Lambert.»

«Di cosa vorresti parlarle? Hai sentito anche tu, domattina verrà interrogata dall'ispettore capo Atkins. Tu non scopriresti niente che non verrà a sapere anche lei.»

«Voglio parlare con Tanya» insistette Caleb. «Atkins è già convinta che lo sconosciuto non abbia niente a che fare con Iris. Io però non credo che sia così. Per questo le farò altre domande.»

«Cosa ti fa pensare con tanta convinzione a un suo coinvolgimento?»

Caleb si strinse nelle spalle. «L'istinto.»

«Sai che non potrai essere presente all'interrogatorio?»

«Potrò andare da lei più tardi. Nel suo negozio. Posso parlarle in veste di amico di Iris.»

Kate non replicò, imboccò l'uscita davanti a loro e lasciò l'autostrada. Si fermò nel parcheggio di un mobilificio e fece un profondo respiro.

«Stamattina siamo stati in macchina quasi cinque ore per andare a Cheltenham. Ora siamo in viaggio da più di tre. Sono esausta. Ma...»

«Kate...»

«... ma va bene. Torniamo indietro. Forse hai ragione e sarebbe il caso di parlare con Tanya Lambert.»

Lui la guardò. «Non me ne dimenticherò, Kate. Grazie.»

Il tono caldo della sua voce le fece bene. Benché sapesse che il suo cuore, la sua anima, i suoi sentimenti oramai erano rivolti a un'altra.

Continuava a essere il suo amico. Era disperato, era terrorizzato. Per lui era importante rimanere in movimento, fermarsi in quella situazione sarebbe stata una tortura. Non si trattava di semplice voglia di fare fine a se stessa.

Tanya Lambert poteva essere la chiave.

E anche se non lo fosse stata, per il momento non avevano in mano nient'altro.

West Kilbride, sabato 23 agosto 2008

È l'una di notte e tra un'ora colpiremo. Ammesso che riesca a trattenere Adam e Vincy fino ad allora. Ormai sono svegli e vigili, pure Vincy. Entrambi sono scesi più volte dalla macchina per sgranchirsi le gambe. E ogni volta sono tornati più irrequieti.

Adam è accovacciato accanto a me e si morde le unghie. Vincy è stravaccato sul sedile posteriore e mi dà il tormento perché continua a farsi schioccare le dita. L'aggressività che sprigiona è come una nuvola di cattivo odore. Vincy è in grado di cullare le persone in un senso di falsa sicurezza con la sua faccia ebete e in apparenza innocua. Sembra troppo stupido per attribuirgli qualche cattiveria. Ma è proprio questo l'errore. Vincy è particolarmente brutale e spietato proprio perché è troppo stupido per pensare alle possibili conseguenze. Con lui le minacce deterrenti non funzionano, perché servono solo con chi è in grado di riflettere. Almeno ogni tanto. Vincy non lo è. Se gli dicessi che rischiamo di finire dietro le sbarre a vita per quello che stiamo per fare, mi guarderebbe senza capire. E se ne scorderebbe subito dopo.

Adam è consapevole dei rischi, ma è sempre convinto di avere il controllo della situazione. Non è stupido, ma ha una spiccata tendenza a sopravvalutarsi. Inoltre è privo di qualunque empatia. Ha avuto un'infanzia di merda, con un padre violento e una madre che andava a letto con quasi tutti gli uomini del quartiere, com'era risaputo, e un fratello maggiore che lo immergeva nell'acqua ghiacciata o lo teneva chiuso per ore fuori sul balcone in pieno inverno. Adam sarebbe potuto crollare.

Invece è diventato forte e ha superato persino il fratello quanto a cattiveria.

Mentre siamo seduti in macchina e comincia l'ultima ora, l'ultima in cui la famiglia Millard dormirà serena con le onde a fare da sottofondo ai suoi sogni, penso alle domande che potrebbe farmi il mio avvocato. Nel caso ci becchino. Eventualità che, secondo Adam, è esclusa ed è totalmente assente dal cervello bacato di Vincy.

Per quanto riguarda me, io la considero una possibilità. Non la escludo a priori.

Che possano arrestarci.

Quindi se l'avvocato dovesse chiedermi a che cosa pensavo l'ultima ora, aspettando su quel viottolo, seduto in macchina con i miei amici ansiosi di agire, gli risponderei che ho avuto paura. Una paura micidiale. Che avrei preferito fare dietro front. Ma che avevo anche paura dei miei complici. Dire a Adam e Vincy che avevo cambiato idea, sarebbe stato quasi un suicidio. E dubito che sarei riuscito a fermarli.

Troppo tardi.

Ma perché, mi chiederebbe l'avvocato, per quale motivo avrei ideato questo folle piano? Perché aggredire una famiglia? Uccidere il padre?

È una storia complicata, nel corso della quale ci sono stati diversi sviluppi. Probabilmente partirei da mia madre. Mia madre depressa, esausta, che aveva accettato un lavoro benché non avesse le forze per svolgerlo. Né fisicamente, né tantomeno psicologicamente.

Mia madre, la donna delle pulizie. Che tutte le sere con la sua squadra riordinava gli uffici della società Millard. Mia madre, una minuscola rotella nel grande ingranaggio di quell'azienda, ben al di sotto del radar di un Arlo Millard. Che si trascinava dietro il suo carrello delle pulizie, con il suo camice grigio, il fazzoletto a fiori che si legava intorno alla testa. Non era più nemmeno attraente. L'ansia per Patrick, poi quella per mio padre, le eterne difficoltà economiche per i soldi che non bastavano mai... Aveva quarantadue anni mia madre quando iniziò a lavorare da Millard. Ma ne dimostrava quasi sessanta. E si muoveva anche come una donna anziana. Con i reumatismi o l'artrosi. Non ce li aveva, ma dava questa impressione. La sua andatura trascinata, curva, dipendeva dalla stanchezza. Una stanchezza cronica.

Ma quei soldi ci servivano.

Millard si accorse di lei quando accadde la tragedia.

Anche se... tragedia?

Si trattava di cinquanta sterline, cinquanta ridicole sterline.

Forse la mamma avrebbe ottenuto le attenuanti agli occhi del big boss se fosse successo sotto Natale. Oppure prima del compleanno di uno dei suoi figli. O di quel suo marito invalido sulla sedia a rotelle. Avrebbe potuto dire che voleva comprare solo un regalo... o che si trattava di pagare la fattura di un medico. Oppure che ci avevano tolto la corrente.

Qualunque cosa potesse offrire una spiegazione e magari accendere una scintilla di compassione.

Non fu così. Era un normalissimo giorno di fine gennaio. Natale ormai era passato. Nessun compleanno in vista. Nessuna bolletta da pagare. Vivevamo in grandi ristrettezze, come sempre, e a nessuno sarebbe piaciuto stare confinati in un quartiere squallido come il nostro, ma a parte questo non c'erano altre giustificazioni.

Per il gesto di mia madre che, pulendo l'ufficio di Arlo Millard, notò il portafoglio di Mrs. Millard dimenticato sulla scrivania e prelevò una banconota da cinquanta sterline. Quella settimana le spettavano le pulizie al piano della direzione, in realtà avrebbe dovuto essere con una collega, che però era malata. Molti erano in malattia e la mamma doveva cavarsela da sola. Prese la cosa come un'occasione. Lasciò nel portafoglio il resto dei soldi, le carte di credito e altri documenti. Prese cinquanta sterline e le nascose arrotolate in una scarpa. Immaginava che Mrs. Miller, ricca sfondata, non si sarebbe accorta della mancanza di cinquanta sterline.

Quello che non sapeva era che la situazione dei Millard stava già precipitando. Esteriormente sembrava tutto come al solito, ma in realtà Arlo Millard combatteva già con le banche che non gli facevano più credito. Dopo la sua morte venne fuori l'entità del suo crack finanziario. Quell'anno la situazione doveva essere già stata drammatica.

Forse per questo Mrs. Millard sapeva sempre esattamente quanti contanti aveva con sé, perché si accorse subito dell'ammanco quando il giorno dopo ritrovò il tanto cercato portafoglio nell'ufficio del marito. Millard si fece dire chi avesse pulito il piano superiore quella settimana e risalì a mia madre. Scoprì che era stata sola. Lui e la moglie l'attesero nell'ufficio di Millard quando la sera tornò con il suo carrello. Probabilmente la spaventarono quasi a morte. A quell'ora in genere non c'era più nessuno nel palazzo, men che meno il capo.

Non sarebbe stato possibile dimostrare la sua colpevolezza. Le sarebbe bastato negare, indignarsi, respingere ogni accusa. Lei invece, incalzata da Millard e sua moglie, perse subito la testa e confessò tutto. Tirò fuori la banconota e la restituì a Mrs. Millard, in lacrime e balbettando parole di scusa.

Ad Arlo Millard non interessava niente delle motivazioni di quella donna delle pulizie, né del marito invalido, né dei due figli, di cui uno era sempre malaticcio, e neppure della costante penuria economica. Ai suoi occhi non c'era nulla che giustificasse un furto. Dal momento che mia madre tra l'altro non poteva affermare di essere in una condizione di assoluta indigenza.

«Mi sarebbe solo piaciuto poter comprare qualcosa di più, una volta tanto» spiegò ai Millard. «Una sciocchezza per i miei ragazzi. O per mio marito. Dall'incidente non ha più alcuna voglia di vivere. Passa le giornate dentro casa sulla sedia a rotelle.»

In seguito mi raccontò delle facce impassibili dei Millard, la cui espressione diceva una cosa soltanto: a noi che ce ne importa?

«Domani si presenti all'ufficio del personale» disse Millard. «Lì potrà ritirare i suoi documenti.»

Mia madre dichiarò tra le lacrime di non aver mai fatto niente di male in vita sua, figurarsi rubare.

«Ebbene, ora l'ha fatto» disse Millard e purtroppo era la verità.

Avendo confessato il furto, i Millard avevano il diritto di licenziarla senza preavviso.

Mia madre prese le sue cose e lasciò l'azienda. Tutte le sue colleghe erano già andate via. Nessuno si era accorto di niente.

La mamma tornò a casa. Ci incrociammo nel vano delle scale. Ricordo ancora di essermi spaventato di fronte al suo aspetto. Era cerea in viso, aveva lo sguardo fisso. Le chiesi cosa fosse successo. Me lo raccontò. Parlava con voce monotona. Come un automa. Come chi non è più presente.

Cercai di farle coraggio. Le dissi che avrebbe trovato un nuovo lavoro, nonostante quell'incidente. Non sapevo se sarebbe stato registrato sulla sua fedina penale, ma di fronte a lei dichiarai che nessuno sarebbe mai venuto a saperlo. Lei non mi interruppe, ma credo che non mi ascoltasse veramente. Era assente.

«Domattina ne parliamo con calma» dissi e lei annuì. Andavo di fretta. Avevo appuntamento in un bar con Adam e Vincy, loro erano già lì che mi aspettavano. Scesi le scale, rivolgendo un ultimo cenno di saluto a mia madre traumatizzata.

Non me lo perdonerò mai di averla lasciata sola, di essermene andato a divertirmi per i fatti miei.

Mia madre salì fino al nostro appartamento, aprì la porta, non disse una parola né a Patrick né a mio padre. Attraversò il salotto, uscì sul balcone e si buttò di sotto.

Il medico ci disse che era morta sul colpo.

Vengo strappato bruscamente dai miei ricordi quando Vincy sul sedile posteriore fa di nuovo schioccare le dita. È un rumore orrendo, insopportabile.

«Allora, quando si parte?» chiede lamentoso come un bambino piccolo che non vede l'ora di andare in vacanza.

Controllo l'ora. Intanto sono le 1:15.

«Quarantacinque minuti» dico. «E partiamo.»

«Finalmente» sbuffa Adam. Scarta una gomma, se la mette in bocca. L'odore di menta riempie l'abitacolo. Di solito è Adam il nostro capo. Gli costa fatica lasciarmi il comando in questa storia. Lo fa perché, nonostante il suo carattere aggressivo e criminale, ha un senso della giustizia: questa è la mia storia. Non la sua.

Mancano quarantacinque minuti all'aggressione.

# Sabato, 15 luglio

## *1*

Iris si era svegliata immersa nella più assoluta oscurità e per un istante aveva creduto di avere gli occhi sigillati o bendati. Poi però si era resa conto che l'oscurità era una stanza e che a poco a poco qualche oggetto cominciava a emergere dal buio. Uno scaffale accostato al muro. Un tavolo. Scatoloni di cartone ammucchiati. Una valigia, lasciata distrattamente in un angolo. Delle scarpe.

C'era anche un lavandino.

Iris si era sollevata e aveva constatato di essere sdraiata su un divano che puzzava di cane. Aveva piedi e mani liberi. Un dolore sordo le pulsava dietro la fronte. Si tastò la testa e trasalì quando le sue dita si sfiorarono un taglio. Percepì qualcosa di appiccicoso e immaginò che fosse sangue. Poi ricordò: era inciampata ma a causa delle mani legate non aveva potuto attutire la caduta. Era finita con la faccia sul vialetto di ghiaia. Mosse la testa con cautela. Il taglio le faceva male, ma a parte quello non sembravano esserci altre conseguenze. Nessuna commozione cerebrale o peggio. Grazie al cielo. Nella sua situazione ci sarebbe mancato solo quello.

Si alzò, andò verso il lavandino sulle gambe malferme. Era stata sdraiata per così tanto tempo che provava la stessa spossatezza di una lunga malattia. Per il momento non aveva possibilità di scappare. Non sarebbe riuscita a correre abbastanza veloce, stanca e anchilosata com'era. Inoltre non sembrava esserci modo di uscire da quella stanza.

Girò il rubinetto e trattenne il fiato, ma in effetti un rivolo d'acqua sempre più forte uscì dalle tubature. Chinò la testa e ci appoggiò la bocca. L'acqua sapeva di ruggine, ma poco dopo diventò più limpida. Iris bevve avidamente. Non aveva mai sofferto una sete del genere. Si rese conto che gradualmente le stavano tornando le forze. Aveva anche fame, ma non era così grave. L'acqua era ben più importante.

Dopo aver bevuto a sazietà, si sollevò e si guardò intorno nella sua prigione. Adesso riconosceva tutto un po' meglio, ma niente di ciò che vedeva sembrava adatto a suscitare in lei la speranza di una fuga. In alto, appena sotto il soffitto, c'era una finestrella da cui filtrava un po' di luce, ma non sarebbe riuscita a farci passare neppure la testa, figurarsi poi il resto del corpo.

Sembrava trattarsi di uno sgabuzzino occupato da qualche vecchissimo mobile e altri oggetti d'uso quotidiano ormai scartati.

Le tornò in mente la vecchia casa davanti a cui si erano fermati.

Aveva avuto un'aria disabitata e trasandata. Forse apparteneva a Craig Ellis? Oppure a un suo parente o un amico? O magari era semplicemente una casa abbandonata che lui conosceva e utilizzava per i propri scopi?

Provò a scuotere la porta. Come immaginava era chiusa a chiave.

Spostò il tavolo sotto la finestrella e ci si arrampicò. Con un lembo della maglietta strofinò il vetro incrostato di sporcizia e, alzandosi in punta di piedi, vide delle sterpaglie incolte. Cardi, ortica, erba alta, terra, ciottoli. Non aveva senso sfondare il vetro perché non sarebbe riuscita a passare. Anche se fosse stata sola in quella casa, non sarebbe riuscita ad attirare l'attenzione di nessuno mettendosi a gridare. A parte Craig Ellis.

Scese dal tavolo e tornò a sedersi sul divano. Se non altro le aveva lasciato liberi i polsi e le caviglie. Se non altro aveva dell'acqua. Ma era prigioniera e non aveva la minima idea delle intenzioni del suo sequestratore.

Ovviamente nel frattempo Caleb sapeva che doveva essere successo qualcosa. Di sicuro si era recato sul luogo dell'appuntamento, aveva trovato la macchina di Craig, auspicabilmente con dentro il dottor Franklin ancora vivo. Si era accorto che la sua macchina non c'era più. Caleb era stato un poliziotto. Sapeva cosa bisognava fare in una situazione del genere e sicuramente aveva ancora ottimi contatti. Senza dubbio l'auto era ricercata. Ma in quel posto nel nulla... erano in una vera e propria terra di nessuno, e Iris immaginava che Craig non fosse stato tanto stupido da lasciare la macchina parcheggiata sul vialetto davanti alla casa, anche se non avrebbe fatto la minima differenza perché nessuno sarebbe passato di lì. Era più probabile, però, che l'avesse portata dietro la casa, nascondendola nel giardino incolto.

Chi l'avrebbe trovata lì?

Sentì che le salivano le lacrime agli occhi ma le trattenne con forza. Piangere non sarebbe servito a niente. Non lo aveva fatto neanche a Kilbride mentre, rannicchiata sotto la passerella, aveva sentito le grida disperate dei suoi familiari. Il terrore l'aveva paralizzata.

Ora invece, in quel ripostiglio, non era paralizzata. Ma aveva una paura tremenda. Chi era quell'uomo e cosa voleva?

Perché aveva parlato di Kilbride?

Aveva passato ore seduto in macchina con il dottor Franklin, durante il lungo viaggio da Bath a Scarborough. Forse il dottor Franklin gli aveva parlato di Kilbride. Per catturare l'attenzione di questo stalker, per distrarlo dall'oggetto della sua ossessione: una donna reduce da una terribile esperienza, profondamente traumatizzata, che soffriva di fobie... Il dottor Franklin era molto ligio al dovere di riservatezza, ma in quelle circostanze straordinarie e pericolose forse aveva fatto un'eccezione.

Purtroppo non aveva funzionato. Craig Ellis non pensava neanche lontanamente di lasciarla in pace.

All'improvviso udì dei passi che si avvicinavano alla porta.

Si alzò e si spostò contro il muro. Si guardò intorno freneticamente, alla ricerca di qualcosa che potesse usare come arma. Avrebbe dovuto pensarci prima. Ma in realtà non c'era niente. Forse lui era troppo astuto per lasciare in giro oggetti potenzialmente pericolosi.

La porta si aprì. Craig Ellis apparve come una sagoma scura, identica a quella che era stata in piedi davanti al portabagagli. Alle sue spalle risplendeva la luce abbagliante di una lampadina appesa al soffitto. Iris distinse pareti di mattoni senza intonaco e un pavimento di cemento.

Erano decisamente in una cantina.

Craig teneva in mano qualcosa che appoggiò su un tavolo ingombro di cianfrusaglie accanto alla porta.

«Ti ho portato qualcosa da mangiare» disse.

Iris avvertì l'odore. Fagioli gratinati al formaggio, se non si sbagliava. Per un attimo la fame le provocò un capogiro. Le sarebbe piaciuto dire al suo rapitore di ficcarsi il piatto dove sapeva, ma non poteva permetterselo. Se avesse rinunciato a mangiare si sarebbe indebolita ancora di più e invece doveva mantenere le forze.

Si sforzò quindi di annuire. «Grazie.»

«Come va la testa?» si informò lui. «Hai fatto una brutta caduta.»

*Perché tu mi hai colpito.*

«Hai perso i sensi.» La sua voce tradiva la preoccupazione che aveva avuto per lei. Non per altruismo. Ma perché non voleva perdere la sua preda.

«Sto bene» rispose Iris. Poi si guardò intorno. «Devo andare al bagno.»

«Questa non è una suite con stanza da bagno, annessi e connessi» latrò Craig.

«Lo so. Però devo andarci.»

«Cercati un secchio. Ce n'è sicuramente uno da qualche parte.»

«Ci sarà pure un gabinetto in questa casa» obiettò Iris. «Mi ci può portare lei. Non proverei a scappare.»

Ovviamente lo avrebbe fatto, alla prima occasione utile, anche minima. Le gambe si erano riprese dopo essere state legate e l'avrebbero sostenuta. Tuttavia non aveva grandi chances. Di sicuro anche Craig era veloce. E si trovavano a molti chilometri di distanza da qualunque centro abitato.

Come se le avesse letto nel pensiero, Craig rispose: «Non credo a una parola. Tu non pensi ad altro che a scappare».

Già, e la cosa ti sorprende? avrebbe voluto gridargli, ma ricacciò indietro quelle parole. Era troppo terrorizzata all'idea che lui potesse legarla di nuovo.

Scosse la testa. «In tutta sincerità, penso prima di tutto a cosa può volere lei da me. Perché siamo qui? Quali sono le sue intenzioni? Non ne ho idea e sono confusa.»

«Lo capirai» disse Craig facendola sembrare una minaccia. «Lo capirai presto.»

«Forse si tratta di un equivoco. Forse le cose potrebbero chiarirsi se mi dicesse di che cosa si tratta.»

«Nessun equivoco» disse Craig. «Assolutamente nessun equivoco.»
Lei lo fissò. «Per favore. Mi dica che cosa sta succedendo. Per favore!»
«Lo saprai. Adesso mangia. C'è anche dell'acqua. È già molto più di quanto ti meriteresti.»
«Sa che sta commettendo un reato?»
«Non me ne frega niente.» Si voltò per uscire. Iris avrebbe voluto lanciarsi su di lui e graffiargli quel viso ripugnante. Quella faccia allucinata. Quel tipo era fuori di testa, del tutto fuori di testa. Se solo avesse capito cosa gli passava in quella mente bacata... forse sarebbe riuscita a manipolarlo.
«Il dottor Franklin ha detto che riguarda Kilbride» disse. Le costò fatica pronunciare quella parola, affrontare quell'argomento. Non voleva più tornare in quel luogo. Né mentalmente, né a parole. Voleva lasciarlo sprofondare nell'oblio eterno, voleva che scomparisse da qualche parte e smettesse di esistere. Così lei si sarebbe potuta rivolgere verso la vita.
Finalmente.
Ma era importante riuscire a valutare il proprio avversario.
Doveva sapere che cosa voleva.
Lui si voltò di nuovo. Aveva un'espressione stravolta in viso.
Era odio? Iris non riusciva a capirlo.
«Scoprirai ciò che devi sapere» dichiarò lui.
Poi uscì dalla stanza e si richiuse la porta alle spalle. Iris sentì il rumore della chiave che veniva girata nella toppa.
Agì d'impulso, pur sapendo che era una mossa irrazionale. Con due falcate raggiunse il tavolo dove Craig aveva appoggiato il piatto. Lo afferrò e lo lanciò contro il muro.
«Lurido bastardo!» gridò. «Dimmi che cosa vuoi! Dimmelo!»
Non ci fu risposta.

## *2*

Tanya Lambert era il rimorso fatto persona. Aveva passato la mattinata al commissariato e poi era andata direttamente alla sua boutique. Caleb, che non conosceva il suo indirizzo di casa, l'aveva aspettata davanti al negozio, immaginando che, dopo un'assenza di varie settimane, sarebbe stato il primo posto dove si sarebbe recata per controllare che tutto fosse in ordine.

Mentre apriva la porta dopo aver frugato a lungo e freneticamente nella borsa, lui le si avvicinò.

«Mrs. Lambert?»

Lei rischiò di lasciarsi cadere la borsa dalle mani e si voltò di scatto. «Sì?» chiese allarmata.

Era quello il momento in cui, in passato, Caleb avrebbe mostrato il tesserino. Come gli era capitato spesso negli ultimi giorni, provò un impeto di rimpianto a non poterlo fare.

«Caleb Hale. Sono un amico di Iris Shaw.»

Per quanto riguardava Tanya, in quel momento i suoi sensi di colpa diventarono più che evidenti. «Di Iris?» Sul viso le spuntarono delle chiazze.

«Potrei scambiare due parole con lei?»

Si capiva che Tanya Lambert non ne aveva la minima voglia. «Sono appena stata dalla polizia. Ho parlato per due ore con l'ispettore Atkins. Ho detto tutto quello che c'era da dire.»

«Io non sono un poliziotto» ribatté Caleb. «Sono un amico. Iris è stata rapita, come sicuramente le ha detto l'ispettore. Devo assolutamente parlare con lei.»

Tanya lo scrutò. «Lei è l'uomo che le ha dato un passaggio prima del ponte?»

«Sì.»

«Sono tornata indietro. Lo giuro. Lei non c'era più.»

«Possiamo entrare a parlare?»

Tanya rinunciò a sbarazzarsi di lui. Aprì la porta ed entrò seguita da Caleb.

Era un ambiente buio e quando Tanya alzò le veneziane la situazione non cambiò poi molto. La strada su cui si affacciava il negozio era più che altro un vicolo, le case vecchie e leggermente inclinate in avanti. La luce del sole faticava a filtrare tra i tetti, anche in una giornata limpida come quella. D'inverno probabilmente era necessario tenere la luce sempre accesa.

Lungo le pareti erano sistemati degli scaffali aperti sui quali erano disposti i capi di vestiario. C'era poi un tavolo con la cassa, un altro tavolo con varia chincaglieria e due poltroncine. Tanya non lo pregò di sedersi. Rimase in piedi in mezzo al locale. «Cosa vuole sapere?» domandò.

«Chi era l'uomo che ha incontrato fuori dell'albergo nel Luberon?» chiese Caleb.

Tanya scosse la testa. «Ha già raccontato tutto. Non lo conosco.»

«Lui si è presentato?»

«Ha detto di chiamarsi Conor.»

«Nient'altro?»

«No.»

«E lei fa salire in macchina un perfetto sconosciuto di cui non sa neppure il nome per intero?»

«Insomma, ero un po' sottosopra» rispose Tanya. «Sapevo che Iris mi stava aspettando. La proprietaria dell'albergo mi aveva detto che forse suo marito poteva aiutarmi. Quando ho visto arrivare quell'uomo, Conor, ho pensato che fosse appunto il marito. Per questo sono uscita e sono andata da lui. Però mi ha detto di essere solo un ospite.»

«Il che non era vero. A parte lei e Iris non era atteso nessun altro per quella giornata.»

«Forse aveva deciso all'ultimo istante di pernottare lì. Io comunque non ho dubitato di quello che ha detto.»

Caleb la osservò. La sua teoria preferita: Tanya e lo sconosciuto in realtà erano d'accordo. Nel frattempo, tuttavia, c'erano elementi che discordavano con tale ipotesi. Durante la sua carriera aveva condotto innumerevoli interrogatori. Credeva di saper riconoscere abbastanza facilmente quando una persona mentiva. Tanya sembrava sincera. O era estremamente abile ed esperta nel dire bugie, oppure stava dicendo la verità.

E lui propendeva per questa seconda ipotesi.

«Quindi, pur trattandosi di un semplice ospite dell'albergo, gli ha spiegato il suo problema?»

«Sì, ecco, era arrivato da una direzione diversa rispetto a me. Quindi non era passato su quel ponte dove intanto Iris mi stava aspettando. Avevo cercato più volte di telefonarle ma non aveva risposto. Solo molto più tardi ho scoperto che aveva lasciato il cellulare sul pulmino. E inoltre aveva la batteria scarica. Ero preoccupata che potesse perdere la calma. Allora ho chiesto allo sconosciuto se conoscesse la strada e lui si è offerto di accompagnarmi.»

«Capisco.» Era una storia plausibile. Tanya si sentiva stressata e impotente. Si era aggrappata al primo aiuto che aveva trovato.

«Abbiamo usato il pulmino, perché la sua macchina era in riserva. L'aveva parcheggiata a una certa distanza dietro alcuni cespugli, cosa che mi è sembrata strana, ma mi ha spiegato che non voleva che qualcuno dell'hotel la facesse portare via, dato che non sapeva se si trattasse di un parcheggio privato. Ovviamente abbiamo raggiunto la forra per la via più breve. L'uomo mi ha detto che per tornare indietro saremmo passati da Avignone. Conosceva la strada. Iris però non era più sul ciglio della strada.»

Anche questo corrispondeva alla verità, da un punto di vista di tempistiche. Tanya aveva aspettato a lungo in albergo. Nel frattempo Caleb era passato per la strada e a sua volta aveva dovuto prendere il percorso alternativo a sud di Avignone. Per questo motivo non si erano più incrociati.

«E poi?»

«Sapevo che lei mi aspettava da un sacco di tempo e temevo che avesse cercato di attraversare a piedi la gola. Che fosse caduta e fosse rimasta svenuta da qualche parte sul fondo. In certi punti la visuale era coperta. Ho chiamato l'albergo ma non mi ha risposto nessuno. Allora lo sconosciuto, Conor, si è offerto di scendere a controllare.»

«Una proposta estremamente generosa. Ho visto la forra. Cercare di scendere sul fondo è molto rischioso. E lui l'avrebbe fatto per una donna che non conosceva.»

Tanya si strinse nelle spalle. «A me ha fatto piacere che ci provasse.»

«Capisco.»

«È riuscito ad arrivare quasi in fondo, ma alla fine ha messo il piede in fallo ed è scivolato. L'ho sentito gridare. E poi non mi rispondeva più. Ho pensato...»

«... che fosse morto?»

«Sì. Poi a un certo punto ho sentito che risaliva. Ci ha messo un sacco di tempo. Mi ha raccontato che doveva essere rimasto svenuto per qualche secondo, dato che non ricordava il momento della caduta. Gli sanguinava la testa, forte, ma lui ha detto che era solo un taglio superficiale. In ogni caso ora sapevamo che Iris non era lì in fondo. Volevamo tornare all'hotel ma lungo il tragitto ha cominciato a stare male. Aveva un aspetto orribile. Il viso cereo. Gli girava la testa e aveva la nausea e poi ha detto che aveva la vista appannata. Mi sono spaventata. Temevo potesse trattarsi di una grave commozione cerebrale, se non peggio.»

«Allora l'ha portato all'ospedale di Cavaillon?»

«Sì. Ho cercato l'indirizzo su Google. Conor all'inizio ha protestato, ma poi non ha più detto niente. Voleva andare dal dottore. Si sentiva sempre peggio.»

«Lei è entrata al pronto soccorso con lui?»

«Non riuscivo a trovare parcheggio. Lui mi ha detto che ce la faceva da solo. È sceso e si è trascinato fino alla porta. Una volta appurato che era dentro, sono ripartita.» Tanya lo guardò. «Questo è quanto. Poi non l'ho più visto e non ho neppure saputo più niente di lui.»

Caleb prese il cellulare e mostrò a Tanya una foto. Si trattava dell'identikit di Craig Ellis realizzato dalla descrizione che ne aveva fatto Iris a marzo. «Potrebbe essere lui?»

Tanya era incerta. «Me lo ha chiesto anche l'ispettore. Non saprei. Ma credo di no.»

«L'età coincide?»

«Sì. All'incirca. Ma questi identikit sono sempre… be', è quello che penso tutte le volte che li vedo alla tv. Che è difficile avere la certezza.»

Caleb le mostrò anche l'identikit del misterioso ladro d'auto realizzato sulla base delle indicazioni delle due turiste belghe del Le Rocher. «E questo? Dovrebbe essere l'uomo con cui ha parlato davanti all'albergo in Francia.»

«Sì, me lo ha mostrato anche l'ispettore Atkins. Credo che sia lui.»

«Ma le ho mostrato due uomini diversi? Di questo almeno è sicura?»

«Penso di sì…» Tanya appariva sempre più nervosa e stressata.

Caleb rimise in tasca il cellulare. Lei non lo aveva ancora invitato ad accomodarsi. Voleva assolutamente che se ne andasse. Perché sapeva che cosa le avrebbe chiesto adesso.

Caleb fece un sospiro. «Dopo aver lasciato quell'uomo all'ospedale, non è più tornata in albergo. Come mai?»

Lei girò lo sguardo di lato. Lui la vide mordersi il labbro. Era quello il punto dolente: il suo comportamento inaccettabile nei confronti dell'amica.

Rimase in attesa.

«All'improvviso non ce l'ho fatta» sussurrò lei.

«A tornare all'albergo? Perché?»

Lei si strinse nelle spalle.

«Avevate progettato questo viaggio insieme, da tempo. Perché all'improvviso ha voluto mollare tutto?»

Un'altra scrollata di spalle.

«La fobia?» suggerì Caleb. «L'assoluta incapacità di Iris di attraversare i ponti? È stato per questo? Credeva che sarebbe stato più semplice? Era stufa, dopo il lungo viaggio da Bath fino in Provenza, e in particolare quella sera, quando Iris si era di nuovo bloccata di fronte all'ennesimo ponte e lei, benché sfinita dal viaggio, aveva dovuto mettersi alla ricerca di un percorso alternativo? Si era accorta che non era la vacanza che aveva sognato?»

Lei annuì. Ma Caleb per qualche motivo non ne era convinto.

«Sapeva a che cosa andava incontro. Ma non pensava che sarebbe stato così faticoso?»

Lei fece un profondo respiro. «No. Non avevo immaginato che sarebbe stato così spossante, così difficile, così snervante. E avevo paura.»

Caleb rimase sorpreso. «Paura? Di che cosa?»

Tanya lo superò e si lasciò cadere in una delle poltrone prendendosi la testa tra le mani.

«Avevo paura, da quando... erano iniziate quelle cose» disse con un filo di voce. «La lettera. I copertoni. Ero sconvolta. E poi la serata con quello sconosciuto. Craig Ellis. Aveva cercato di introdursi in casa sua. Voglio dire, era chiaro che qualcuno la stava perseguitando. In realtà avrei voluto annullare il nostro viaggio, ma mi sembrava troppo vigliacco. Così siamo partite. Ma ero tesa e nervosa e oltre a questo dovevo cercare in continuazione tragitti alternativi, per evitare che Iris si imbottisse di sonniferi. Avevo esaurito le forze.»

Caleb annuì. La capiva.

«Speravo che in Francia non sarebbe successo niente, che fossimo abbastanza lontane da Bath, ma...»

Caleb si sporse leggermente in avanti. «Che cosa ha scatenato i suoi timori all'improvviso? Quello sconosciuto?»

Tanya lasciò cadere le mani e alzò la testa. Guardò Caleb negli occhi. «Non riesco a spiegarlo. All'inizio sembrava innocuo.»

«Ma qualcosa le ha suscitato una brutta sensazione?»

«Mi dicevo che erano i nervi. Ero stressata da Iris. Dalla sua fobia. Dal nostro stretto contatto giorno e notte. E dalla mia stessa paura che non mi lasciava mai.»

«Però c'era dell'altro? A proposito di quell'uomo?»

Tanya scosse la testa. «Non saprei spiegarlo. Non c'era niente di concreto. Ma emanava qualcosa che mi metteva paura. Ce l'aveva nello sguardo.»

«Cosa, precisamente?»

«I suoi occhi. Da fanatico? Da psicopatico? Non lo so. C'era qualcosa che mi faceva paura. A un tratto ho capito che non ce l'avrei più fatta ad andare avanti. Ero troppo nervosa, ero sfinita, ero esausta. Sono scappata. E via via che mi allontanavo, mi sentivo meglio. E adesso Iris è nelle mani di un pazzo e io mi sento terribilmente in colpa.» Si nascose di nuovo il viso tra le mani e scoppiò a piangere.

## *3*

I modi e l'aspetto dell'ispettore capo Madeline Atkins ricordavano vagamente a Kate quelli di Pamela. Alta, attraente, vestita con semplicità eppure in maniera molto originale. Sprigionava un'aura di determinazione, competenza, calma e consapevolezza. Non c'era da meravigliarsi che lei e Pamela fossero amiche. Ciò che Kate vedeva soprattutto in entrambe e invidiava con ardore era la sovrana sicurezza di sé.

La sera prima lei e Caleb avevano preso due camere in un bed and breakfast a Bath e Kate aveva chiamato la vicina di casa per pregarla di dare da mangiare e da bere a Messy. Poi erano andati a comprare spazzolini da denti, dentifricio e qualche altro articolo da toilette, il necessario quando si pernottava fuori casa. Avevano cenato a tarda ora in un pub, anche se Caleb aveva lasciato il piatto quasi intonso.

A parte dell'acqua non aveva bevuto nient'altro. Sembrava che il suo amore per Iris lo avesse miracolosamente liberato dalla sua dipendenza dall'alcol. Kate sapeva che le cose non erano mai così semplici, ma il recente innamoramento aveva un effetto così inebriante su Caleb da non fargli sentire il bisogno di nessun'altra droga. Prima o poi, con l'instaurarsi di una routine quotidiana, le cose sarebbero cambiate.

Era una prospettiva che inquietava Kate. Non solo il fatto che l'astinenza di Caleb fosse di natura passeggera, bensì che lui potesse vivere *quotidianamente* con Iris Shaw. Che aspetto avrebbe assunto la sua esistenza a Scarborough, se Caleb non fosse più stato l'amico che poteva andare a trovare a qualunque ora, con cui trascorrere del tempo, con il quale confidarsi? Avrebbe continuato a esserle amico, eppure molte cose sarebbero cambiate per la presenza di un'altra donna nella sua vita.

Il mattino successivo Kate aveva telefonato a Madeline Atkins, fissando con lei un appuntamento dopo l'interrogatorio di Tanya Lambert. Caleb, che aveva l'aria di non aver chiuso occhio per tutta la notte, aveva deciso di andare ad aspettare davanti alla boutique di Tanya. Kate avrebbe voluto tanto dirgli di smetterla una buona volta con le sue indagini private e di tornare a letto, ma aveva preferito tacere, sapendo che tanto non gli avrebbe dato ascolto. Era sotto pressione. Doveva fare qualcosa.

L'ispettore capo fece accomodare Kate nel suo ufficio di Bristol e le offrì una tazza di caffè che Kate accettò volentieri. Anche Atkins aveva una tazza di caffè nero di fronte a sé. Aveva seguito lo sguardo di Kate.

«In questo momento ne ho bisogno. Troppo lavoro e troppo poco sonno. In qualche modo devo tirare avanti fino a sera.» Poi si sporse in avanti e scrutò Kate con curiosità. «Come mai la North Yorkshire Police si interessa al caso di Iris Shaw? Me lo chiedo dalla sua prima telefonata. Devono esserci ottime ragioni, altrimenti Pamela non l'avrebbe indirizzata da me. A proposito: come sta?»

Kate esitò, non sapendo fino a che punto fosse informata Madeline Atkins. L'altra colse la sua incertezza. «So tutto. Del tumore. Sono rimasta sconvolta quando me l'ha detto. Pamela è una di quelle persone che per qualche ragione ho sempre ritenuto inattaccabile. Ma ovviamente è un'idea ingenua. Nessuno è inattaccabile.»

«Mi è sembrata molto decisa» rispose Kate. «Pronta a combattere.»
«Sì» confermò Madeline, «lei è fatta così. Davanti a qualunque nemico. Ma torniamo a noi... Che cosa fa di Iris Shaw un vostro caso?»
Kate le fornì un breve riassunto degli avvenimenti. Parlò della scomparsa di Tanya Lambert e dell'incontro tra Caleb e Iris. E di come Caleb si fosse preso a cuore il suo caso.
«Si tratta di un mio ex collega» disse. «Ispettore investigativo capo. Si è sentito responsabile. All'inizio però non sapeva che Iris Shaw era la sopravvissuta degli omicidi di Kilbride. Lo ha scoperto solo dopo la mia telefonata con lei.»
«Capisco» disse Madeline Atkins.
«Iris Shaw non voleva lasciare la Francia per nessun motivo» riferì ancora Kate. «Caleb Hale ha faticato per convincerla. Tuttavia gli sembrava troppo pericoloso che tornasse a Bath da sola, dopo tutto quello che le era capitato in passato per opera di quel Craig Ellis. Per questo l'ha portata con sé a Scarborough.»
Non fece parola del rapporto personale tra i due. Forse Atkins ci sarebbe arrivata comunque da sola.
«L'apparente rapimento di Tanya Lambert è stato chiarito» disse Kate. «Non è stato commesso alcun reato nel suo caso. Lambert ha solo avuto un comportamento decisamente poco amichevole.»
Madeline annuì. «Così sembra, in effetti. Stamattina ho chiamato l'ospedale di Cavaillon. Quel venerdì sera si è presentato effettivamente al pronto soccorso un giovane con ferite alla testa. Un inglese. Ha riferito di essere caduto scendendo in un canalone. I medici hanno riscontrato una commozione cerebrale e una frattura della base cranica. Inoltre aveva un profondo taglio alla tempia. Lo hanno ricoverato.»
«Ha dato le sue generalità in ospedale?»
Madeline Atkins gettò un'occhiata ai suoi appunti. «Sì. Conor Buchanon. Immagino che si tratti di un nome falso. Aveva rubato una macchina e quasi certamente stava fuggendo dall'Inghilterra. È probabile che avesse preso di mira anche il pulmino di Tanya Lambert, che sicuramente gli sarebbe tornato molto comodo. Ma quella caduta ha rovinato i suoi piani. Cercheremo di risalire alla sua identità, ma sono abbastanza sicura che non si tratti di Craig Ellis e che non abbia niente a che fare con Iris Shaw.»

«Mmm» fece Kate appuntandosi mentalmente il nome Conor Buchanon.

«Una frattura della base cranica...» disse. «Dovrebbe essere ancora ricoverato in ospedale, giusto?»

«Se n'è andato senza lasciare tracce il martedì successivo» rispose Madeline. «Ovviamente era troppo presto, anche se non era stata riscontrata nessuna emorragia, come può accadere nelle prime ore dopo il trauma. In ogni caso la gravità delle lesioni avrebbe richiesto un periodo di assoluto riposo. In casi come quello oltre al riposo non è possibile fare molto di più. È assai pericoloso muoversi troppo presto. Il dottore inoltre mi ha detto che doveva avere dolori lancinanti.»

«Ritengo che non abbia niente a che fare con il nostro caso» disse Kate. «Ma se fosse possibile stabilire la sua identità, sarebbe comunque un bel passo avanti.» C'erano troppe incertezze. «Riguardo a Craig Ellis, invece, continuiamo a brancolare nel buio?»

Madeline confermò con un cenno del capo. «Sì, e il tempo lavora contro Iris Shaw, questa è la cosa più terribile. La vicenda della famiglia Millard... All'epoca presi la custodia della giovane Iris Millard dai colleghi del North Ayrshire. Al suo ritorno a Bristol era scioccata e traumatizzata e venne accolta dalla famiglia dello zio. Per parecchio tempo è esistito il fondato pericolo che gli autori degli omicidi potessero cercare di eliminare anche lei. Vuoi per portare a termine il lavoro, vuoi per mettere a tacere una possibile testimone. Non sapevano che cosa avesse visto Iris o se potesse rappresentare un pericolo per loro. In realtà la ragazza non rilasciò alcuna dichiarazione utile alle indagini, ma i colpevoli questo non lo sapevano.»

«Furono avanzate delle ipotesi?» chiese Kate. «C'erano dei sospetti? C'era *qualcosa*?»

«No. E gli investigatori avevano fatto davvero tutto il possibile. Ovviamente erano state raccolte le testimonianze della popolazione locale. Come sempre, molti dichiararono di aver visto qualcosa di strano e qualcuno puntò il dito contro un vicino di casa, sostenendo di aver sempre sospettato che nascondesse turpi segreti. Ma alla fine nulla di concreto. Nessuna delle piste si è rivelata decisiva.»

«C'era almeno una teoria? Perché proprio i Millard? Perché tanta brutalità?»

«La teoria più plausibile alla fine era che si fosse trattato di una tragica coincidenza. Un gruppo di giovani ubriachi o sotto l'effetto di droghe che avevano scoperto le tende sulla spiaggia e per noia, frustrazione o appunto fatti di qualcosa, volevano spassarsela un po'. La situazione poi gli era sfuggita completamente di mano sfociando in una violenza inaudita. Purtroppo sono fenomeni che conosciamo. Un cocktail di alcol, droghe e testosterone. Una miscela sempre esplosiva.»

«Casi del genere sono sempre più difficili da risolvere» concordò Kate. «In quanto non esiste alcun legame tra autori e vittime.»

«Ecco perché alla fine fu data la priorità a questa teoria. Perché non era stato possibile trovare nient'altro» disse Madeline. «Aveva tutta l'aria di un'aberrante casualità.»

«Durante la nostra prima telefonata, mi ha detto che l'azienda di Millard all'epoca dei fatti era prossima al fallimento.»

«Esatto. L'azienda era insolvente e Millard era fortemente indebitato anche a livello personale.»

«Dovevano esserci diversi creditori.»

«Le cui chances di ottenere qualcosa sarebbero peggiorate con la morte di Millard. Ma ovviamente abbiamo svolto indagini anche in quella direzione. Non è stato possibile attribuire a nessuno un simile massacro. E men che meno trovare le prove.»

«Mi ha detto anche che Millard non era particolarmente amato come capo.»

Madeline ci pensò su. «Era molto riservato e distante. Ma era considerato corretto. Ovviamente nel corso degli anni aveva avuto attriti e aveva licenziato dei dipendenti. C'era stato addirittura un suicidio da parte di un suo collaboratore finito in rovina. Abbiamo condotto indagini approfondite. Avevamo istituito una squadra speciale che per un anno e mezzo ha scavato nella vita privata e professionale di Arlo Millard. Non è stato possibile risalire a nulla. Il che ovviamente non significa che non ci fosse qualcosa. Però non è venuto a galla.»

«Iris Millard però non è più stata infastidita?»

«Esattamente. Comunque, non da parte dei colpevoli. La stampa al contrario non si è trattenuta, spronata dalla curiosità della gente. È questo il motivo che ha portato al cambio di nome, di scuola e tutto il resto. La povera ragazza era letteralmente inseguita senza tregua.»

«Il primo problema serio è quindi subentrato con la lettera minatoria e i copertoni squarciati?»

«Sì. A quindici anni di distanza. All'inizio Iris Shaw non ha segnalato la cosa. Ne siamo venuti a conoscenza solo la notte in cui ha chiamato la polizia per via del presunto intruso in casa.»

«Quindici anni...» disse Kate. «Lei che idea si è fatta, ispettore? Pensa che ci sia un collegamento? A tanti anni di distanza?»

«Difficile a dirsi. Vede, a volte mi piace basarmi sul calcolo probabilistico. Qual è la probabilità che un individuo possa essere vittima di malviventi senza scrupoli per due volte nella vita? Per quanto riguarda Iris Shaw: sopravvive per caso al massacro della famiglia su una spiaggia solitaria in Scozia. Quindici anni più tardi uno squilibrato la prende di mira, la terrorizza e alla fine la rapisce. I due episodi non avrebbero niente a che fare l'uno con l'altro? A me sembra poco plausibile. Anche se ovviamente non posso escluderlo a priori.»

«Dunque presume che esista un legame con i fatti di allora. Ma perché quindici anni dopo?»

«Potrebbero esserci delle spiegazioni. La mia preferita è che il rapitore fosse rimasto in galera per tutto questo tempo a causa di altri reati.»

«All'epoca si era trattato di un gruppo di malviventi.»

«Lui è il capo. Senza di lui non succede niente.»

«È possibile.» Kate ci pensò su. «Quello che non riesco a capire è la lettera minatoria. *Sono molto vicino. Rimpiangerai di non essere morta.* Non sembra scritta da qualcuno che ce l'ha con lei perché non accetta il fatto che sia sopravvissuta. A me pare implicare ben altro. Un odio più personale.»

«Ci ho riflettuto anch'io» disse Madeline. «Mi sono già chiesta se tutto l'assalto non fosse rivolto a lei nello specifico. Nel caso non si fosse trattato di una coincidenza. Se il bersaglio non fosse stato il padre, l'imprenditore di successo sicuramente circondato da nemici e concorrenti. Bensì la figlia.»

«All'epoca ne parlò con lei?»

«Sì, certo. Le chiesi se fosse possibile che qualche compagno di classe o di scuola, o qualcuno del suo ambiente nutrisse un odio così profondo per lei. Mi è sembrato che la domanda la turbasse molto. All'epoca aveva sedici anni, come i suoi compagni di scuola e altri amici. Purtroppo sappiamo di che cosa possono essere capaci dei giovani che tendiamo a considerare poco più che bambini. Banalmente può trattarsi di un voto, di un torto subito. Una gelosia. Ma la carneficina di Kilbride non è stata opera di un gruppo di sedicenni.»

«Forse qualche insegnante?»

Madeline la guardò stupita. «In che senso?»

«Le ragazze possono diventare pericolose per gli insegnanti. Ecco cosa intendo» rispose Kate.

«A scuola non abbiamo trovato niente» disse Madeline. «E comunque... un insegnante che avesse avuto qualcosa con Iris Millard, come implica lei, sarebbe uscito allo scoperto prima di quindici anni.»

«È vero» riconobbe Kate.

Le due donne rimasero in silenzio per qualche istante. Non avevano in mano niente, nessun punto di riferimento, mentre per Iris il tempo scorreva implacabile.

«Potrei vedere le foto della scena del crimine in Scozia?» domandò poi Kate. «Di sicuro le avete conservate.»

Madeline annuì e digitò sul computer. «Certo. Ma che cosa pensa di trovare?»

«Vorrei farmi un'idea di quello che è successo» spiegò Kate. «A volte mi aiuta. A volte non serve a nulla.»

Madeline intanto aveva trovato il file e lo aveva aperto. Ruotò il portatile in modo che Kate potesse vedere lo schermo. «Ecco. Queste sono le foto che mi ha trasmesso la North Ayrshire Police scattate il mattino seguente. Dopo che una escursionista aveva dato l'allarme.»

In un primo momento Kate vide solo un mare agitato di un grigio plumbeo. Un cielo dove nuvole color antracite creavano cumuli minacciosi. Pioggia. Una spiaggia bagnata. Tende. Una ancora in piedi, un'altra adagiata sul lato, come se il vento avesse lacerato il telo. Oggetti sparsi sulla sabbia, borse, posate, vestiti. La prima foto dava l'impressione di trovarsi davanti agli effetti di un nubifragio, non di un crimine. Dei campeggiatori a cui la pioggia e il vento avevano rovesciato una tenda soffiando lontano gli effetti personali.

Kate andò avanti e trasalì. Vide il cadavere di una bambina, la schiena, le spalle e la parte posteriore delle gambe. Indossava un pigiama rosa. Il viso era sepolto nella sabbia scura e bagnata. Lunghe ciocche di capelli incorniciavano la testa.

Madeline si era spostata dietro di lei. «Judith Millard» disse. «Sette anni. Le hanno premuto il viso nella sabbia. A lungo, finché è morta soffocata.»

Kate deglutì. Lavorava nella omicidi da decenni, era abituata a eventi e immagini spaventosi. Sapeva ormai da tempo che non esisteva nulla che un essere umano non fosse in grado di fare. Tuttavia non ci aveva ancora fatto il callo. Quel corpo infantile, il pigiama rosa…

Passò alla foto successiva. Un uomo. Mani e piedi legati. Era riverso a pancia in giù sulla battigia.

«Arlo Millard» disse Madeline. «Lo hanno legato con delle fascette di plastica e tenuto sott'acqua finché è annegato. Prima era stato torturato in tutto il corpo con la fiamma di un accendigas. Gli hanno versato colla a presa rapida negli occhi, che gli ha bruciato completamente le cornee. Deve aver sofferto in maniera disumana. Gli hanno fracassato un piede a colpi di martello. È stato sottoposto a torture inenarrabili.»

«Presumo che le fascette, l'accendigas, la colla liquida e il martello facessero parte della dotazione da campeggio dei Millard, giusto?» chiese Kate. «Ovvero non erano stati portati dai colpevoli?»

Madeline sapeva qual era il ragionamento di Kate. «Se li avessero portati loro, si sarebbe trattato di un gesto premeditato. No, Iris Millard all'epoca confermò che tutti quegli oggetti appartenevano ai genitori. I colpevoli hanno trovato armi estemporanee. A parte forse il coltello con cui furono uccisi i Doucet e che non fu rinvenuto. Ma purtroppo un coltello è un'arma che molti giovani portano con sé.»

«Le fascette… devono essersele procurate in fretta. Per legare subito le vittime.»

Madeline annuì. «Anche noi inizialmente ci siamo soffermati su questo punto. Ma *davanti* alle tende c'era effettivamente una cassetta con provviste e diversi oggetti d'uso. Tra cui anche delle fascette. Qualcuno aveva rovistato all'interno.»

«Capisco» disse Kate. Ciò che capiva soprattutto era come mai Madeline escludesse come possibili autori i coetanei di Iris all'epoca. Non sarebbero riusciti a compiere quelle atrocità su un uomo grande e grosso come Arlo Millard. I suoi aguzzini con ogni probabilità erano stati uomini adulti. Almeno tre, forse quattro o più.

Immagine successiva. Mrs. Millard. Era sulla sabbia, di schiena, le gambe spalancate. Sembrava avere le mani legate dietro la schiena. Intorno alla caviglia destra erano appallottolati i calzoni della tuta e le mutandine, la felpa grigia era sollevata fino ai seni. Il viso e il collo erano completamente coperti di sangue, rendendola irriconoscibile.

«È stata violentata» riferì Madeline. «Poi le hanno fracassato il viso con un sasso. Infine le hanno schiacciato la carotide. È annegata nel suo stesso sangue.»

Kate scostò da sé il portatile. «Qual è stata la dinamica? Voglio dire, il rapporto della scientifica parla di tre o quattro individui, se non ricordo male. Non c'è molto altro.»

«La pioggia, il maltempo e l'alta marea hanno reso difficile il lavoro della scientifica» disse Madeline. «Per usare un eufemismo. Non sono state trovate impronte, i soggetti evidentemente portavano dei guanti.»

«Chi si porta dietro dei guanti in agosto?» domandò Kate.

«Questo ovviamente contraddice l'ipotesi di un gesto impulsivo» ammise Madeline. «Ma in alcuni kit di pronto soccorso per auto ci sono guanti usa e getta. In ogni caso, nonostante le difficili condizioni della scena, è stato possibile rilevare delle impronte che non appartenevano ai membri della famiglia. È da qui che abbiamo stabilito la presenza di tre o quattro individui.»

«Come hanno fatto? Come sono riusciti a violentare Mrs. Millard e nello stesso tempo tener fermo il marito? Non è possibile che abbiano attaccato, torturato e ucciso contemporaneamente.»

«È ovvio che avevano dalla loro parte il fattore sorpresa» ragionò Madeline. «Secondo le ricostruzioni dei colleghi del North Ayrshire, i Millard sono stati aggrediti intorno alle due di notte. Con ogni probabilità nella fase più profonda del sonno. Nel sangue della signora Millard, inoltre, sono state trovate tracce di un potente sonnifero e la confezione corrispondente era nel suo zaino. Deve essere ritornata in sé molto lentamente. Intanto Millard era stato immobilizzato. Gli assalitori lo hanno costretto ad assistere a quello che facevano alla moglie senza che lui potesse intervenire in alcun modo. Mrs. Millard era troppo stordita per difendersi e inoltre è stata immobilizzata anche lei. La piccola Judy... con una bambina di sette anni non hanno avuto alcuna difficoltà. Neppure Iris avrebbe potuto opporre resistenza, ma è riuscita a scappare nei primi momenti di confusione. Ha approfittato del fatto che effettivamente i colpevoli non potessero tenere sotto controllo contemporaneamente ogni cosa.»

«Si è nascosta sotto la passerella.»

«Esatto. Nel frattempo la marea era così alta che aveva mezza testa sott'acqua. Era costretta a piegarla all'indietro per cercare di respirare dal naso ed era consapevole che avrebbe dovuto lasciare il suo nascondiglio se l'acqua fosse salita ulteriormente. Per fortuna le onde sono state la sua salvezza: gli assalitori non l'hanno vista e hanno immaginato che in quel punto non ci fosse nessuno.»

«La polizia l'ha trovata lì il mattino seguente?»

«Sì.»

Kate aggrottò la fronte. «È chiaro che la marea si stesse ritirando. Ma nel frattempo doveva aver raggiunto il limite massimo. È impossibile che Iris Shaw sia rimasta tutto il tempo *sotto* la passerella. Sarebbe annegata.»

Madeline annuì. «È quello che hanno obiettato anche i colleghi. In effetti a un certo punto Iris è salita sopra la passerella. Per fortuna gli assalitori se n'erano già andati. È rimasta seduta lì, tremante, con le onde che continuavano a bagnarla. Alle prime luci dell'alba ha avuto paura che qualcuno potesse vederla ed è tornata a rifugiarsi sotto la passerella.»

«Deve aver passato un vero inferno» disse Kate. A prescindere dalla gelosia che nutriva nei confronti di Iris Shaw: in quel momento provava solo tanta compassione per lei. Nessuno avrebbe dovuto vivere ciò che era stata costretta a sopportare quella ragazza.

«Queste sono le foto della scena del crimine dei Doucet» disse Madeline. «Erano nell'insenatura accanto e non visibili da quella dei Millard.»

«Edmond Doucet era ancora vivo all'arrivo della polizia» ricordò Kate, «e riprese conoscenza per qualche istante. Ma non è stato possibile interrogarlo.»

«Aveva ricevuto numerose coltellate e aveva delle emorragie interne. È morto in ospedale quattro giorni più tardi. I suoi parenti più stretti hanno avuto il tempo di salutarlo.»

Kate esaminò la scena del crimine. Aline Doucet, seduta con la schiena appoggiata a uno scoglio, la testa piegata di lato. Le avevano tagliato la gola con unico colpo netto. Il marito, sdraiato su una barella con una mascherina d'ossigeno in viso.

La tenda.

L'interno della tenda. Il caos più totale. Sacchi a pelo, borse, vestiti, scarpe, qualche scatoletta di cibo, tutto gettato alla rinfusa. Accanto a uno dei sacchi a pelo Kate notò qualcosa. Sembrava una felpa di pile. L'immagine fece scattare qualcosa nella sua testa, ma non riuscì a determinare con precisione che cosa fosse.

«Già» disse Madeline Atkins. «Uno spettacolo orripilante. Una carneficina. Un massacro. Finora senza movente.»

## *4*

Kate si era data appuntamento con Caleb in un caffè a poca distanza dalla boutique di Tanya Lambert e, dopo la conversazione con Madeline Atkins, si recò direttamente lì. Le raccapriccianti immagini delle scene del crimine di Kilbride erano ancora vivide davanti ai suoi occhi e non c'era modo di mandarle via. Qualcosa aveva provocato un riflesso in lei, l'ombra fugace di un pensiero che non era riuscita ad afferrare e che non ritrovava neppure adesso. La cosa migliore era non cercare di insistere a recuperarlo, per esperienza sapeva che serviva ad allontanarlo ancora di più.

Aveva chiesto all'ispettore capo l'indirizzo di Thomas Seymour, l'ex fidanzato di Iris Shaw. Madeline Atkins tuttavia non aveva potuto aiutarla. «È scomparso senza lasciare tracce. Dopo la separazione è andato via da Bath, forse addirittura anche dal Somerset. Abbiamo tentato di rintracciarlo nuovamente quando è venuta fuori la storia di Craig Ellis, ma Iris non ha saputo darci alcuna indicazione. Non ha più contatti con lui e sapeva soltanto che si era licenziato dal lavoro ed era scomparso. Non abbiamo approfondito le ricerche perché ci sembrava superfluo. Quando è comparso Ellis, Seymour se n'era andato già da un anno e con ogni probabilità non ci sarebbe stato di nessun aiuto. Sembrava più che evidente che non volesse avere nessun contatto con la sua ex fidanzata.»

«È alquanto singolare, un taglio così netto» aveva osservato Kate. Non era la prima volta che lo pensava. Perché quell'uomo era letteralmente fuggito da casa sua, dal suo lavoro, dalla sua cerchia di amicizie? Solo a causa delle fobie della compagna?

Madeline Atkins si era limitata a scrollare le spalle. «C'è chi desidera compiere un gesto radicale dopo una separazione. Un nuovo inizio è necessario, in quanto si ha la sensazione che continuando la vita precedente si sia circondati dai resti di una relazione fallita. Mi è capitato di sperimentarlo anche nella mia cerchia di conoscenti.»

«Dove lavorava prima?»

«Alla Barclays Bank qui a Bristol.»

Kate se l'era annotato. Forse avrebbero saputo dirle qualcosa lì. Poteva darsi che Seymour lavorasse ancora per la stessa banca, ma in un posto diverso.

Mentre seguiva le indicazioni del navigatore e usciva da Bristol imboccando la strada per Bath, non riusciva a scrollarsi di dosso un brutto presentimento.

Mi sfugge qualcosa, pensò con inquietudine.

Forse invece non le sfuggiva proprio niente. Forse non c'era assolutamente nulla. Continuava a rifiutarsi di credere che esistessero casi nei quali non ci fosse neppure un minimo appiglio a cui aggrapparsi, ma da un punto di vista logico era del tutto plausibile. A volte perché il colpevole era stato estremamente abile oppure aveva avuto una fortuna sfacciata. Le due cose potevano anche capitare insieme e questo raddoppiava le possibilità che l'autore del crimine se la cavasse senza danni. Nella stessa misura in cui le speranze degli inquirenti di trovare qualcosa diminuivano.

Kate diede una manata al volante. «Non è possibile essersi arenati in questo modo!» esclamò.

Arrivata a Bath si perse perché il navigatore non le aveva segnalato un blocco stradale e continuava a far tornare Kate in quel punto, benché non fosse possibile passare. Quando finalmente raggiunse il caffè, non trovò un parcheggio nelle vicinanze. Fu costretta a lasciare la macchina lontana e le parve di attraversare mezza città prima di presentarsi al luogo dell'appuntamento. Caleb era seduto fuori sotto un ombrellone beige che filtrava la luce naturale privandola di ogni colore, tanto da far apparire smorta persino la sua pelle ancora brunita dal sole della Francia del Sud.

Forse, pensò Kate, l'ansia per la situazione lo tormenta a tal punto da farlo sembrare pallido nonostante l'abbronzatura.

«Scusami per il ritardo» disse, lasciandosi cadere sulla sedia di fronte a lui. Era sudata ed esausta.

«Sei riuscita a scoprire qualcosa?» le chiese Caleb. Davanti a lui c'erano una tazzina da caffè vuota e un bicchiere d'acqua.

«Niente che possa esserci concretamente utile» ammise lei. Rivolse un cenno al cameriere e ordinò un caffè. Anche Caleb ne prese un altro. Secondo Kate era già abbastanza nervoso e agitato, ma non voleva fargli la predica. Comunque era meglio che bevesse caffè al posto dell'alcol.

Si aggiornarono a vicenda sull'esito dei loro colloqui. Kate confermò che la storia di Tanya dello sconosciuto accompagnato in un ospedale di Cavaillon corrispondeva alla verità.

«Quel venerdì è arrivato davvero un paziente con commozione cerebrale, frattura della base cranica e un taglio alla testa. Era messo piuttosto male. È stato ricoverato ma poi è sparito nel nulla quattro giorni più tardi, nonostante le gravi condizioni. Probabilmente aveva dato un nome falso, aveva rubato un'auto e non aveva soldi. A parte questo non sembra in nessun modo coinvolto con il caso.»

«A Tanya ha dato una brutta sensazione» disse Caleb. «Ma non ha saputo spiegare perché. Ha detto che aveva *occhi da fanatico.* Le faceva paura, ma dipendeva anche dal fatto che viveva in uno stato di costante apprensione.»

«Come mai?»

«A causa di Craig Ellis. Lo riteneva un pericoloso stalker e temeva che potesse seguirle anche in Francia. In realtà avrebbe voluto disdire il viaggio, ma non era più riuscita a farlo. Per questo ha colto la prima occasione utile per svignarsela.»

«Non credo esista un collegamento tra Tanya e gli omicidi di Kilbride» disse Kate.

Caleb annuì. «Ho avuto anch'io la stessa impressione parlando con lei.»

«Ho bisogno dell'identikit dell'uomo che Tanya Lambert ha caricato in macchina in Francia» disse Kate. «Puoi mandarmelo via mail?»

«Ma certo.» Caleb tirò fuori il cellulare e subito dopo su quello di Kate arrivò la notifica di un messaggio. «Ma perché? Continui a sospettare che abbia un legame con tutta la faccenda?»

«Mi chiedo semplicemente come mai sia sceso in quella gola» rispose Kate. «Stando a ciò che ho sentito, era un'impresa estremamente pericolosa. E infatti è rimasto gravemente ferito. Perché uno sconosciuto dovrebbe fare una cosa del genere?»

Anche Caleb si era già chiesto la stessa cosa.

«Per altruismo?» buttò lì.

«Un altruismo così spiccato da spingerlo a rischiare addirittura la propria vita? Oppure per lui era importante, *molto importante*, trovare Iris Shaw? Perché la stava seguendo?»

«Non sembra però che si trattasse di Craig Ellis.»

Kate si strinse nelle spalle e passò al punto successivo. «Vorrei parlare con Thomas Seymour. L'ex di Iris Shaw.»

«Che cosa pensi di ottenere?» domandò Caleb.

«Forse ha maggiori informazioni su Kilbride. Dopotutto Iris gliene aveva parlato. Inoltre gli aveva raccontato sicuramente altre cose sulla sua famiglia d'origine. Sulla sua infanzia e adolescenza. Magari su possibili nemici dei genitori, o nemici che lei stessa aveva. L'ispettore Atkins prima ha avanzato l'ipotesi che il bersaglio dell'aggressione non fosse stato Arlo Millard, bensì la figlia maggiore.»

Caleb aggrottò la fronte. «Che cosa glielo fa pensare?»

«In realtà non ci crede veramente. Era stata una delle teorie che successivamente sono state scartate. Escludendo che si sia trattato di un gesto impulsivo da parte di un gruppo di giovani ubriachi, allora è assai probabile che l'obiettivo dell'aggressione fosse Arlo Millard, un imprenditore di successo che sicuramente aveva dei nemici. Tuttavia non bisogna perdere di vista il fatto che potrebbe essere andata altrimenti.»

«E dall'ex fidanzato di Iris ti aspetti...?»

«Informazioni. Nella speranza che possano portare in qualche modo più vicino a Craig Ellis, o qualunque sia il suo nome.»

«Ci vorrà del tempo» sospirò Caleb abbattuto.

Kate posò una banconota sul tavolo e si alzò. «Sempre meglio che starcene con le mani in mano. Caleb, brancoliamo nel buio, e l'unica cosa da fare adesso è non lasciare niente di intentato, per quanto ci sembri insignificante o inconcludente. È quello che facciamo sempre nel caso di indagini così complesse, lo sai anche tu.»

Lui lo sapeva. «Sì. Solo che...»

«Finora non eri mai stato coinvolto così profondamente. Non vorresti lasciare a me il compito di indagare e...»

«Tornare a casa e sedermi sul divano a fissare il telefono? Nemmeno per sogno, Kate. Sarebbe una vera tortura.»

Lei annuì. Lo capiva, ma il suo palpabile nervosismo, la sua tensione, il panico latente non rendevano certo più facili le cose. Lei doveva restare lucida e professionale, e faticava a farlo avendo accanto una vera e propria bomba a orologeria. Che avrebbe potuto perdere la calma da un momento all'altro. Doveva usare una parte delle sue energie per calmare Caleb e infondergli coraggio. E questo non andava bene, le costava risorse preziose. D'altra parte sapeva che sarebbe stato disumano cacciarlo via. Non poteva fargli una cosa del genere. E comunque dubitava che lui glielo avrebbe permesso.

«D'accordo» disse. «Allora prendiamo la mia macchina e andiamo a Bristol, alla filiale della banca dove lavorava Thomas Seymour.»

Si incamminarono l'uno di fianco all'altra nella calura di quella giornata estiva, che invogliava ad andare al mare, a gustare un bel gelato, a camminare a piedi nudi sulla sabbia calda. Una giornata da sogno.

Per Caleb solo un grande incubo.

E per Iris, ammesso che fosse viva, ancora di più.

Superarono diversi negozi dalle grandi vetrine. Caleb era con il pensiero altrove e guardava dritto davanti a sé senza rendersi conto veramente di ciò che aveva intorno. Kate al contrario gettava di tanto in tanto occhiate a destra e a sinistra. Una libreria con un grande poster del principe Harry, lo *Spare*. Accanto un volume illustrato che prometteva di raccogliere le foto più belle dell'incoronazione di re Carlo. Il nuovo Karin Slaughter che Kate avrebbe volentieri comprato subito, se non le fosse sembrato un momento poco adatto. Un paio di manuali sulle relazioni di coppia, che lei ormai conosceva fin troppo bene, e che purtroppo non erano serviti a niente. Una nuova edizione dello stupendo libro di Judith Kerr, *Una tigre all'ora del tè*. Con l'illustrazione di una bambina insieme a una grande tigre arancione e nera in copertina.

Kate si bloccò.
«Un momento» disse. «La tigre.»
Caleb si voltò. «Cosa c'entra?»
Lei agitò le mani e indicò il libro. «La tigre. Devo tornare subito dall'ispettore Atkins.»
Scappò via di corsa.

«Vuole vedere di nuovo le foto della scena del crimine?» chiese Madeline Atkins aggrottando la fronte. Era stata interrotta durante una riunione perché Kate aveva chiesto di vederla con la massima urgenza. Appariva contrariata. «A che cosa le serve?»
«Mi è venuto un pensiero. Devo controllare una cosa.»
Madeline Atkins lanciò un'occhiata verso Caleb, ma non disse niente. Durante l'ultimo colloquio Kate glielo aveva presentato come ex collega e ispettore capo. Atkins doveva aver pensato che fosse ancora nella polizia ma lavorasse in un altro dipartimento rispetto a Kate. Kate preferì non rettificare. Avrebbe reso tutto più complicato.
Madeline aprì il file relativo sul computer. «Scena Millard?» chiese.
Kate scosse la testa. «Scena Doucet. Non ho visto tutte le foto prima, giusto?»
«No.»
«Mi interessano quelle dell'interno della tenda.»
Madeline aprì la cartella giusta poi ruotò il portatile verso Kate. «Cominciano da qui. Deve scorrere verso il basso.»
Kate avvicinò la testa allo schermo. La tenda in disordine. Due persone l'avevano occupata, ci avevano dormito, avevano sparso le loro cose. Erano stati svegliati da qualcosa in quella notte fatidica. Il disordine era eccessivo. Dovevano essere spaventati. Avevano cercato scarpe, pullover. Pile tascabili. Le chiavi dell'auto. In maniera frenetica, furiosamente, di fretta.
Foto successiva, foto successiva.
La macchia soffice in un angolo. Un pullover di pile?
Foto successiva. Foto successiva.
Eccolo. Finalmente. Non più tagliato, ma intero.
Un sudicio peluche, stropicciato, consumato. In mezzo a tutte le altre cose.
Una tigre.

Caleb la vide contemporaneamente a Kate e trattenne il fiato. «La tigre» disse.

«Una tigre?» chiese allarmata Madeline.

Kate girò lo schermo. «Stamattina ne avevo visto solo un lembo. In una delle foto precedenti. Mi era suonato un campanello d'allarme, ma non sapevo di cosa si trattasse. Poco fa... non ha importanza. Una tigre.»

«Sul sedile posteriore della macchina di Craig Ellis» disse Madeline Atkins portandosi le mani alla testa.

«All'epoca, quando abbiamo esaminato tutte le foto...» cominciò, cercando di spiegarsi, ma Kate la interruppe con un cenno della mano. «All'epoca la tigre non significava nulla. Naturalmente.»

Caleb si passò entrambe le mani tra i capelli. «I Doucet avevano con loro una tigre di peluche...» Si rendeva conto che esisteva un collegamento, ma non era ancora in grado di riordinare tutti i pezzi.

Kate saltò su. «I Doucet avevano dei figli?»

Madeline ricominciò a cercare freneticamente sul portatile. Sulle guance le erano comparse delle chiazze rosse. «Sì, un figlio. Si chiamava... come si chiamava? Ecco qui: Yanis. Yanis Doucet. All'epoca aveva quattordici anni. Non aveva partecipato alla vacanza in tenda.»

«Cosa ne è stato di lui?»

Madeline cercò tra i documenti salvati. «Eccolo qua... andò a vivere dalla nonna. La madre di suo padre. In Canada. A Québec. Altro non so.»

«Gli oggetti nella tenda... furono consegnati a lui?»

«I colleghi del North Ayrshire potranno sicuramente essere più precisi, ma presumo di sì. Tutti i beni personali dei genitori devono essere andati a lui, perciò anche gli oggetti che erano nella tenda, una volta che la scientifica ebbe terminato i rilievi.»

Kate era confusa, dato che all'improvviso le cose avevano preso una piega momentaneamente inspiegabile, ma cercò di non perdere la visione generale. «È possibile che Yanis Doucet sia tornato in Gran Bretagna?»

«Certo, ovviamente senza che nessuno lo sapesse.» Madeline Atkins prese il cellulare. «Chiamo subito i colleghi del North Ayrshire. Di sicuro hanno ancora i contatti della nonna a Québec. Spero che la donna sia ancora viva, così potrà dirci qualcosa di più preciso. Altrimenti sarà difficile. Yanis Doucet è un cittadino canadese, quindi non è inserito nei nostri registri elettorali. Altrimenti saremmo potuti risalire a lui anche così.»

«Dobbiamo trovarlo» disse Kate.

Madeline annuì e uscì dall'ufficio con il telefono già all'orecchio.

«Il figlio dei Doucet» disse Caleb. «Che ha preso contatto con Iris sotto falso nome. Per quale motivo mai?»

«Per il momento non so spiegarmelo. La tigre potrebbe anche essere una coincidenza...»

«Assai improbabile.»

«È vero» disse Kate. «Ma per circostanze a noi sconosciute potrebbe essere finita nelle mani di un'altra persona.»

«Ammettiamo però che si tratti di Yanis Doucet... Perché? Perché?»

Kate scrollò il capo. «In realtà lui e Iris sono entrambi vittime. Hanno perso i genitori a causa di un delitto efferato. Perché uno dei due dovrebbe attentare alla vita dell'altra?»

«Forse i veri obiettivi del massacro erano i Doucet?» si chiese pensieroso Caleb. «E i Millard solo danni collaterali? Siamo sempre partiti dall'ipotesi contraria. Perché Millard e sua moglie erano stati torturati. E perché Millard era famoso e potente. Tuttavia le cose potrebbero essere andate anche diversamente.»

«In ogni caso sarebbe inspiegabile come mai il figlio della famiglia bersaglio degli assassini dovrebbe aggredire la figlia della famiglia che si era semplicemente trovata nel luogo sbagliato al momento sbagliato» osservò Kate. «Non ha alcun senso. Il contrario è più plausibile: se questo Yanis è uno squilibrato, potrebbe attribuire la morte dei genitori ai Millard, dato che senza di loro non sarebbe successo niente. Perciò si vendica sulla figlia sopravvissuta.»

«Un'ipotesi molto azzardata» disse Caleb. «In tal caso dovrebbe essere uno psicopatico.»

«Craig Ellis, o comunque si chiami, ha una personalità profondamente disturbata, senza dubbio» disse Kate. «Ma allo stesso tempo agisce in maniera mirata e pianificata ed estremamente scaltra. Non è uno stupido. Non è uno sprovveduto. Segue una logica che per lui è perfettamente plausibile. Ha un movente. Un movente molto forte.»

Si scambiarono un'occhiata. Il tempo stringeva, ma non potevano agire. Seduti in quel piccolo ufficio con le pareti a vetri sembravano bloccati su un'isola: tutt'intorno a loro ferveva la caotica attività di una giornata normale in un commissariato, persone che andavano e venivano, molte armate di fascicoli, parlavano, gesticolavano e telefonavano. Kate e Caleb erano del tutto isolati, vedevano solo i movimenti delle labbra, non sentivano niente. Sapevano che Madeline Atkins stava facendo tutto il possibile per scoprire dove fosse Yanis Doucet. In quel momento non restava altro da fare che attendere.

«La tigre probabilmente era un peluche del piccolo Yanis» disse Kate. «Il suo preferito. All'epoca del campeggio aveva quattordici anni. Rimane a casa da solo. Non ha voglia di andare con i genitori, figurarsi di campeggiare con loro da qualche parte in Scozia sotto la pioggia. Il peluche non ha più alcuna importanza per lui. Adesso lo tiene sua madre, specialmente quando parte ed è lontana dal figlio. Questo ci rivela qualcosa sul suo rapporto con lui.»

«Un rapporto molto stretto» disse Caleb.

«Già. E potrebbe essere stato lo stesso anche al contrario. Ora Yanis porta la tigre sempre con sé. È il simbolo del profondo vincolo tra di loro. È ciò che lei ha avuto vicino nei suoi ultimi istanti.»

«Yanis Doucet perde entrambi i genitori a quattordici anni, vittime di un delitto efferato» riassunse Caleb. «La morte della madre, in particolare è un gravissimo colpo per lui. Il dolore può trasformarsi in odio e collera. Ma lo ripeto: perché Iris? Lei condivide il suo destino. Non è stata la causa.»

«Forse è proprio per questo?» chiese Kate. «Forse vuole averla in suo potere perché è l'unica che possa capirlo?»

«Sarebbe altrettanto pericoloso per lei» osservò Caleb. «Perché lei non può esaudire l'immagine che le attribuisce lui. Non vuole né può dargli quello che cerca. Anche questo potrebbe provocare un'escalation.»

«Però le garantisce del tempo. A lei e a noi.»

Caleb si alzò, si avvicinò a uno dei vetri che separavano l'ufficio dal resto del commissariato. «Che fine ha fatto l'ispettore Atkins?» mormorò.

Madeline ricomparve venti minuti più tardi, agitando un foglietto. «Ho parlato con la nonna a Québec. Fino allo scorso anno il nipote ha vissuto con lei, ovvero per un periodo insolitamente lungo. Quando se ne è andato aveva ventotto anni. È tornato in Gran Bretagna, dove era vissuto dalla primissima infanzia e fino a quella notte. Forse è questo il motivo per cui all'epoca Iris Shaw descrisse Craig Ellis come un uomo che parlava con accento londinese. E non canadese. Aveva poco più di un anno quando i suoi genitori si erano trasferiti a Londra. La nonna comunque conosceva il suo indirizzo in Inghilterra e anche il suo numero di cellulare. Nel frattempo non risulta più attivo. Evidentemente lo ha cambiato.»

«Qual è l'indirizzo?» chiese Caleb trepidante.

«Galston. In Scozia. Non lontano da West Kilbride. Ha affittato una casa isolata.»

«Dobbiamo andare subito lì» disse Caleb.

Madeline alzò la mano per farlo tacere. «Ho avvertito i colleghi dell'Ayrshire. Invieranno qualcuno all'indirizzo.»

«È armato e ha un ostaggio» disse Caleb. «Devono...»

«Non sono dei principianti» ribatté Madeline con una certa asprezza nella voce.

Caleb alzò entrambe le mani in un gesto conciliante. «D'accordo.» Si rivolse a Kate. «Devo andare in Scozia. In un modo nell'altro.»

«Con la macchina impiegheremo un giorno intero» disse Kate. Poi si girò verso Madeline Atkins: «Per favore, potrebbe scoprire qual è il primo volo utile da Bristol a Glasgow?»

Atkins annuì. «Se ne stanno già occupando.»

## *5*

Era seduta in macchina accanto a lui. Le aveva bloccato caviglie e polsi con del nastro da pacchi, ma quando aveva provato a infilarla nel portabagagli, lei lo aveva implorato: «Per favore, no. Non resisto».

Lui aveva esitato, poi però aveva ceduto. «D'accordo. Ma alla prima parola sbagliata o al primo movimento ti chiudo la bocca e ti ci ficco dentro, chiaro?»

Lei aveva annuito. L'aveva fatta sedere sul sedile davanti. Chiunque li avesse incrociati li avrebbe presi per una normalissima coppia a bordo di una macchina. Iris aveva tentato per un paio di volte di stabilire un contatto visivo con qualcuno, ma senza successo. La luce del sole si rifletteva sui finestrini ostacolandole la vista, del resto nessuno faceva caso a una donna che faceva smorfie seduta in una macchina qualunque. Chi infatti avrebbe riconosciuto la disperazione della sua mimica, il tentativo di lanciare un messaggio?

Aveva anche pensato di spalancare la portiera e lasciarsi cadere per strada. Immaginava di poterci riuscire nonostante fosse legata. Craig non guidava particolarmente veloce, tuttavia si sarebbe procurata delle gravi ferite dal momento che non avrebbe potuto attutire la caduta né con le braccia né con le gambe. E stavano attraversando una zona molto isolata. Alla fine si sarebbe soltanto ritrovata ferita sul ciglio della strada, Craig si sarebbe fermato e l'avrebbe caricata nel portabagagli. Esisteva la possibilità che un automobilista proveniente dalla direzione opposta assistesse alla scena e si fermasse, ma era molto remota. Un tentativo del genere avrebbe solo peggiorato in maniera drammatica la sua situazione, e in seguito lei non avrebbe più potuto opporre la minima resistenza.

Si guardò intorno, ma non riconosceva la zona. Era poco abitata, con lunghi tratti completamente deserti. Pecore. Il terreno dall'aspetto roccioso. Il cielo azzurro e limpido. All'orizzonte però si stavano addensando già le prime nuvole.

Dovevano essere da qualche parte verso nord. Northumberland?

Girò la testa. Sul sedile posteriore c'era la piccola tigre.

Quanto doveva essere malato? Un uomo adulto che si portava dietro un vecchio peluche spelacchiato.

La tigre in effetti era ciò che la disturbava più di tutte.

Craig Ellis aveva notato il suo sguardo. «Qualcosa non va?» chiese aspro.

Lei deglutì. «È stato lei a scrivermi quella lettera minatoria, vero? E a tagliarmi le gomme della bici.»

Lui annuì. «Volevo spaventarti.»

«E quella notte ha rotto il vetro della porta del soggiorno. Perché non mi ha rapito allora?»

«Ti avevo seguito per settimane» rispose Craig. «Volevo giocare ancora un po' con te. Tirare le cose per le lunghe. Osservare la tua paura.»

Era decisamente malato. Iris si augurò disperatamente che le si presentasse prima o poi una possibilità di fuggire. «Dove stiamo andando?» chiese.

«Nel luogo dove è successo.»

«Dov'è successo *cosa*?»

«Indovina.»

Lo aveva nominato con Dawson Franklin. «Kilbride? Siamo in Scozia?»

«Quanto sei perspicace, Iris Millard» rispose lui. «E che grazioso faccino hai. Così innocente.»

«Di che cosa parla?»

Lui ignorò la sua domanda. Arrivarono a un incrocio. Una desolata stradina di campagna ne attraversava un'altra. Erano l'unica vettura a perdita d'occhio. Craig si fermò e guardò a destra e a sinistra. Sarebbe stato il momento giusto per lasciarsi cadere fuori dall'auto, e per un attimo Iris fu tentata di farlo. Ma poi la ragione ebbe il sopravvento. Non aveva senso. Lanciò un gemito soffocato.

Lui indovinò i suoi pensieri. «Non ci provare. Non ti servirebbe a niente, finiresti di nuovo nel bagagliaio.»

Lei non rispose. Dove diavolo erano i posti di blocco? Di sicuro la polizia stava cercando la macchina di Caleb. Ma non potevano certo bloccare tutta la Gran Bretagna, pattugliare ogni stradina in mezzo al nulla. Non sapevano dove la stesse portando Craig Ellis.

A poco a poco cominciò a riconoscere il paesaggio. Si stavano avvicinando alla costa. Quindici anni prima aveva percorso quello stesso tragitto e da allora aveva cercato di pensarci il meno possibile. Di cancellare dalla testa tutte le immagini, le impressioni, la vastità, le onde del Firth of Clyde che quella sera e quella notte erano state così burrascose e minacciose. Ne aveva parlato spesso con Dawson. E tutte le volte si era interrotta dopo pochi minuti.

«*Non ci riesco. Non posso più tornare lì.*»

«L'accompagno io. Passo dopo passo.»

«Non posso.»

«Proviamo a farlo lentamente. Abbiamo tutto il tempo.»

Arrivarono a un pianoro. Lei vide il parcheggio. C'erano cinque auto.

Craig Ellis imprecò a lungo e con impeto. «Maledizione! 'Fanculo! Che cosa ci fanno lì? Qui non c'è mai nessuno. *Nessuno!* Che sono venuti a fare?»

Che cosa ti aspettavi in un bel fine settimana di sole, idiota? avrebbe voluto ribattere Iris. In altre parti del Paese le spiagge in quel momento erano gremite. Qui a confronto non c'era quasi nessuno, perché l'insenatura era molto isolata e tutt'intorno non c'era praticamente nulla: né un bar, né un chiosco, né una bancarella. Niente pony né giostre. Le famiglie con i bambini non venivano qui, e anche altre persone preferivano qualche infrastruttura alla completa solitudine. Anche se poi dovevano stare sdraiati fitti come sardine su spiagge piene di confusione e rumore.

Tuttavia, per i gusti di Craig c'erano già troppe persone. Troppi individualisti introversi.

Iris rabbrividì.

«Non possiamo scendere sulla spiaggia» disse Craig fissando Iris con un'occhiata carica di odio, come se fosse colpa sua. Percorse lentamente il pendio. «Devo pensare.»

Superarono il parcheggio. Iris tenne ostinatamente lo sguardo rivolto dall'altra parte, anche se questo significava dover fissare il profilo di Craig Ellis e la sua faccia allucinata. Ma non voleva guardare il parcheggio. Il punto in cui iniziava il sentiero che portava alla spiaggia. Non voleva vedere il mare. Non voleva richiamare alla mente i ricordi.

«Il tempo sta per cambiare» osservò Craig. «Vedi le nuvole all'orizzonte?»

Le nubi intanto avevano formato un'alta colonna ed erano diventate più scure.

«Potrebbe scoppiare un temporale» disse Iris. Anche l'afa della giornata sembrava preannunciarlo.

«A quel punto la baia si svuoterà.» Il tono di Craig era più soddisfatto e tranquillo. «Aspetteremo.»

«Craig...» Iris avrebbe voluto raggiungerlo in qualche modo. Far scoccare in lui una scintilla della razionalità che doveva ancora possedere. «Perché non parliamo? Perché non mi dice che cosa succede?»

Lui la guardò. «Certo che parleremo. Eccome. Parleremo più di quanto desideri.»

Lei lo fissò in silenzio.

Il volo atterrò a Glasgow alle due in punto. Kate e Caleb non avevano bagaglio, solo ciò che avevano acquistato la sera prima a Bristol per il pernottamento imprevisto.

Fuori dal gate c'erano diverse persone in attesa, molte con cartelli con indicati i nomi dei viaggiatori in arrivo. Scorsero una donna che ne reggeva uno con scritto *Linville & Hale.*

Kate andò verso di lei. «Sergente McBride?» chiese. Madeline Atkins li aveva informati che avrebbero trovato all'aeroporto il sergente investigativo McBride.

La donna strinse la mano a entrambi. «Aria McBride. Ayrshire Police. Sono stupita che il vostro volo sia atterrato in orario!»

«Anche noi siamo sollevati» ribatté Caleb. Fino a quel momento nessuno aveva fatto domande sul suo grado in servizio. Anche Aria McBride evidentemente presumeva che si trattasse di un collaboratore di Kate.

Si diressero verso la sua macchina e lungo il tragitto il sergente li aggiornò.

«Siamo stati alla casa affittata da Yanis Doucet. Era vuota. A prima vista dava l'impressione di non essere stata abitata da diverso tempo: il giardino era incolto, tutto appariva abbandonato. Ma abbiamo trovato impronte di pneumatici sul vialetto. E all'interno tracce di un recente soggiorno.»

«Potrebbe quantificare quanto *recente*?» chiese Caleb.

«Fino a stamattina, pensiamo.» L'espressione di Aria si fece mortificata. «Per poco siamo arrivati troppo tardi.»

«Che genere di tracce avete trovato?» s'informò Kate.

«La macchina del caffè era stata utilizzata stamattina, il filtro è ancora umido. Qualcuno ha fatto la doccia e si è lavato i denti da poche ore. E in cantina...»

Intanto avevano raggiunto il parcheggio. Aria si fermò.

«In cantina?» chiese allarmato Caleb.

«Abbiamo trovato indizi di un possibile ostaggio» disse il sergente. «Coperte stropicciate sul divano. Il rubinetto utilizzato. Persino un secchio in un angolo. Sulle pareti erano appiccicati avanzi di cibo recenti, e per terra un piatto in frantumi. Accanto al divano inoltre pezzi di nastro da pacchi. La scientifica è ancora sul luogo, ma siamo abbastanza sicuri di aver rilevato le impronte digitali e il DNA di Iris

Shaw. È nel nostro database dall'epoca degli omicidi, non sarà un problema confrontarlo.»

«Significa che è ancora viva?» chiese Caleb con voce arrochita. Kate era convinta che sembrasse troppo nervoso e stressato per essere un investigatore disinteressato, ma Aria McBride non parve farci caso.

«Chiunque fosse stato chiuso in cantina, era vivo. E non ci sono indizi che lascino supporre che nel frattempo le cose siano cambiate.»

«Avete istituito dei posti di blocco?»

«Sì. L'auto che ci avete segnalato è ricercata in tutta la zona intorno a Galston e West Kilbride, ma fermiamo anche qualunque altra vettura sospetta. Potrebbe averla cambiata.» Aria fece una smorfia. «Il mio unico timore è che sia passato prima che ricevessi la segnalazione da Bristol. Ma se è ancora nella zona di Kilbride, non ci sfuggirà.»

«Vorrà andare alla baia» disse Kate.

«Non potrà farlo, senza finire nella nostra rete.»

«Avete messo qualcuno lì?»

«Sì. Tre agenti. Travestiti da villeggianti.»

Salirono in macchina. Caleb avrebbe voluto lasciare il sedile anteriore a Kate, ma essendo molto più alto, lei si affrettò a infilarsi dietro. Il sergente McBride accese il motore.

«È emerso qualcosa di nuovo su Yanis Doucet?» chiese Caleb.

Aria annuì. «È entrato nel Paese nell'aprile dello scorso anno. Con un volo da Québec a Heathrow. Abbiamo una foto dell'immigrazione. L'ho già inviata all'ispettore capo Atkins, perché la mostri allo psichiatra che era stato rapito. Lui potrà dirci se si tratta del suo sequestratore.»

«Ha affittato ufficialmente la casa di Galston?»

«Sì, poche settimane dopo il suo arrivo. Prima aveva alloggiato in qualche bed and breakfast, ma stiamo ancora controllando. Ha trovato la casa consultando un portale on-line. La proprietà è suddivisa tra diversi eredi sparsi un po' dovunque. Doucet ha presentato al mediatore una fideiussione della nonna e ha versato tre mesi di affitto in anticipo.»

«Qual è il grado di coinvolgimento della nonna?»

«Sapeva solamente che il nipote voleva tornare per qualche tempo nel Paese della sua infanzia, dove erano morti i suoi genitori. Lo ha sostenuto economicamente, perché riteneva che fosse una decisione importante per lui.» Aria scosse la testa. «In realtà non può fornirci più aiuto di così, ma un agente la sta chiamando proprio in questo momento. Inoltre, qualche mio collega sta raccogliendo le testimonianze dei vicini, anche se in questo caso il concetto di *vicini di casa* è piuttosto ampio. La casa è in una posizione estremamente isolata. Le abitazioni più vicine sorgono a distanza di parecchi chilometri. Dubito che otterremo informazioni utili, ma comunque stiamo facendo un tentativo.»

«Che cosa si sapeva di lui all'epoca dei fatti?» chiese Kate. «Mi riferisco agli omicidi di Kilbride.»

«È stato terribile, ovviamente» rispose Aria. «Era un ragazzino di quattordici anni. Lo conobbi e mi sembrò un po' strano. Viceversa mi dissi che fosse normale sembrare un po' *strani* subito dopo che i propri genitori erano stati letteralmente massacrati.»

«Che cosa intende per strano?» chiese Caleb.

Aria ci pensò su. «Be', ecco, stando a quello che diceva, passava tutto il suo tempo a giocare al computer. Senza interruzione. Non frequentava i suoi coetanei e mi diede l'impressione di non avere amici. A scuola era molto bravo. Non credo che fosse escluso o deriso dai compagni. Lo lasciavano in pace, rispettavano la sua intelligenza. Non era una vittima. Era un solitario.»

«Tendenze aggressive?» s'informò Kate e Aria scrollò il capo decisa.

«Non ne notai.»

«Dopo il massacro si recò in Scozia?»

«Sì, insieme alla nonna. Era arrivata dal Canada a casa dei Doucet a Londra, e da lì era partita con il nipote per Glasgow, dove erano potuti andare a trovare il padre in ospedale mentre era ancora vivo. Gli avevano anche parlato e lo avevano salutato. Morì poco dopo.»

«Edmond Doucet ha rilasciato qualche dichiarazione rilevante?» chiese Caleb.

Aria scosse la testa. «Anche noi speravamo di scoprire qualcosa. I nostri agenti sono rimasti in clinica per tutto il tempo, nella speranza di riuscire a parlargli almeno una volta. Ma era quasi sempre privo di conoscenza. No, non ha più detto niente di utile. La nonna ci ha spiegato che faticava a capire quello che diceva. E Yanis si limitò a scuotere la testa quando glielo domandai. Era scioccato e sconvolto. Vederlo così mi straziava il cuore.»

«Tutti i beni dei genitori sono andati a lui.» Caleb lo disse più come una constatazione che come una domanda. «Anche la tigre.»

«La tigre era il suo peluche preferito da piccolo. La madre se la portava sempre dietro quando partiva. Yanis era figlio unico e lei gli era molto legata. Secondo la nonna, era stata contraria ad andare in vacanza senza di lui, ma il figlio si era rifiutato categoricamente di spostarsi dove non c'era Internet, mentre Edmond Doucet aveva insistito per il viaggio in Scozia. Alla fine Aline Doucet aveva ceduto per mantenere la pace familiare, ma era scontenta. Lo aveva raccontato a un'amica. Odiava il campeggio. Rimetterci la vita durante quel viaggio che non aveva desiderato intraprendere assume una luce ancora più tragica.»

Kate guardò fuori dal finestrino. Non era mai stata in Scozia prima di quel giorno. Era colpita dalla solitudine e dall'inospitalità del paesaggio. Il cielo era alto e sconfinato, i prati erano costellati di massi e pietre. Cumuli di nuvole scure formavano torri sempre più alte e minacciose.

«Sta per scoppiare un temporale» annunciò Aria. «Se siete d'accordo non vi porto alla nostra centrale di Ayr, perché è troppo lontana. Abbiamo messo le tende nel piccolo commissariato di Galston. Dovrete cercare una sistemazione in paese. Per oggi non farete in tempo a prendere un volo per tornare indietro.»

Caleb sembrò sul punto di dire qualcosa, ma ci ripensò. Kate indovinò di cosa si trattava: non sarebbe mai tornato indietro senza Iris, neppure nei giorni successivi.

«Qual è la situazione finanziaria di Yanis Doucet?» chiese.

Aria possedeva informazioni anche al riguardo. «Ha ereditato qualcosa dai genitori, ma lo aiuta anche la nonna. Per esempio con la fideiussione. L'affitto però l'ha pagato di tasca sua. Si è diplomato in Canada a diciott'anni. Ha iniziato a studiare economia aziendale ma non si è mai laureato. A un certo punto, stando al racconto della nonna, ha smesso di studiare e ha cominciato a dire che voleva tornare in Inghilterra.»

«Una volta qui si è mantenuto con lavoretti occasionali, come quelli a Cheltenham» intervenne Kate. «Mi domando come si sia procurato l'arma.»

Aria si strinse nelle spalle. «Non è difficile, basta avere qualche soldo.»

Rimasero in silenzio, cercando di capire che cosa passasse per la testa del giovane Yanis Doucet. Per individuare qualcosa che li aiutasse a inquadrarlo e a prevedere le sue mosse successive. Ma c'era solo buio. Niente di definito.

Arrivarono in una località pittoresca dove la gente si era già chiusa in casa in vista dell'imminente temporale e strade e giardini erano quasi completamente deserti. Il cielo ormai era plumbeo, le nuvole erano screziate di sfumature giallo zolfo. Aria si fermò di fronte al commissariato, un piccolo edificio di mattoni.

«Ora vi presento l'ispettore investigativo Donaldson. All'epoca aveva coordinato le indagini.»

Caleb annuì. «D'accordo. Poi voglio raggiungere la baia. Voglio vederla di persona.»

Aveva parlato con il tono del funzionario di alto rango che era stato un tempo. Deciso e autorevole. Non era più l'uomo che non sopportava il suo lavoro e la sua vita, che era fuggito e si barcamenava soltanto con l'aiuto dell'alcol.

L'ispettore investigativo capo Caleb Hale era tornato. Senza titolo ma in tutta la sua personalità.

Che cosa riesce a fare l'amore, pensò Kate.

Come le era capitato spesso nelle ultime settimane, il dolore si gonfiò dentro di lei schiacciandola come un macigno quasi impossibile da reggere.

Non ora, si esortò. Non devi pensarci. Non ora!

## *6*

A un certo punto la stradina tra i campi entrava in un bosco. Gli alberi crescevano fitti, le loro chiome creavano un tetto quasi impenetrabile. Craig si fermò lì. Nessuno poteva vederli dalla provinciale, ed era improbabile che qualche escursionista passasse in quel luogo isolato. In ogni caso, sarebbero andati di fretta, dato che il cielo aveva un aspetto sempre più minaccioso, chiaramente si preparava a scatenare un violento acquazzone.

«Purtroppo dobbiamo rimanere nascosti» disse Craig, «perché sicuramente questa macchina è ricercata. A chi appartiene?»

«A un amico» rispose Iris. Evitò di dire che un tempo *l'amico* aveva lavorato nella omicidi. Meglio che Craig lo sottovalutasse.

«Come mai hai amici a Scarborough?» le chiese.

Lei si strinse nelle spalle. «Era un vecchio compagno di scuola che si è trasferito a vivere lì.»

«Capisco. Non volevi più restare a Bath?»

«Avevo paura, dal momento che lei mi perseguitava da mesi.»

Lui la guardò a lungo, intensamente. «Mi capirai» disse. «Mi capirai.»

«Perché non me lo dice e basta?»

«Te lo voglio mostrare. Alla baia.»

«Potrebbe semplicemente...»

Lui la interruppe sgarbato. «No che non posso! Voglio andare alla baia.»

Se esisteva al mondo un posto dove Iris non sarebbe voluta tornare mai più era proprio quell'insenatura. Non voleva rivivere l'orrore di quella notte, quando la sua famiglia era stata trucidata e lei non aveva fatto altro che rimanere nascosta.

Da allora le sembrava di essere morta anche lei. Di esistere solo come guscio vuoto. Un guscio che respirava, dormiva, mangiava e beveva. E tuttavia dentro non viveva più.

Adesso era seduta in macchina con uno squilibrato, mani e piedi legati, e doveva aspettare di scoprire che cosa volesse veramente da lei, senza sapere se il momento della rivelazione avrebbe segnato la sua libertà o la sua morte. Lui le avrebbe spiegato semplicemente che cosa lo aveva spinto a rapirla e poi l'avrebbe lasciata tornare a casa sana e salva? Dopo tutto quello che era successo, Iris lo riteneva quantomai improbabile.

Cercò di premere i piedi l'uno contro l'altro, in maniera impercettibile, per allentare il nastro adesivo. Ma non cedette di un millimetro. Se fosse riuscita a liberarli, era abbastanza sicura di poter correre più veloce di lui. Non le sembrava un tipo particolarmente sportivo. Aveva piuttosto l'aria da nerd, di quelli che passano tutto il tempo davanti al computer.

Ma i piedi erano sempre bloccati. Che disperazione.

A un certo punto avrebbe avuto bisogno di un bagno e lui le permise di zoppicare fino a un cespuglio e di accovacciarsi lì dietro, senza perderla di vista. Lei gli chiese di liberarle le mani, altrimenti non sarebbe riuscita nemmeno ad abbassarsi i pantaloni, ma lui scosse la testa. «Lo faccio io.»

«Non voglio.»

«Allora dovrai farla nei calzoni» rispose lui imperturbabile.

Lei strinse le labbra e si lasciò aiutare. Era una situazione spaventosa e umiliante, ma non aveva scelta. In ogni caso non ebbe l'impressione che la vista del suo corpo mezzo nudo gli provocasse la minima reazione erotica. Come donna gli era del tutto indifferente, di sicuro non voleva niente da lei da quel punto di vista.

Allora cosa voleva?

*Cosa?*

Intorno alle quattro le prime grosse gocce di pioggia cominciarono a tamburellare sul tettuccio dell'auto e in lontananza si sentì il rombo dei tuoni. Craig sembrava soddisfatto.

«Aspettiamo ancora una mezz'ora. Poi di sicuro la spiaggia sarà deserta. La gente sarà andata via. Meglio così. È perfetto. Non potrebbe andare meglio.»

«Potrebbe essere pericoloso stare sulla spiaggia con questo tempo.»

«Sciocchezze. E poi...»

«Cosa?»

«Non abbiamo niente da perdere» concluse Craig.

Iris strinse le labbra. Non sembrava che Craig pensasse a un lieto fine per quella storia. Né per sé né per il suo ostaggio.

Alla fine aspettarono un'ora intera. Il temporale si scatenò in tutta la sua potenza, i tuoni esplodevano assordanti ma i lampi non erano visibili a causa del fitto fogliame.

La pioggia si infittì.

«Andiamo» annunciò Craig.

Eseguì una complessa manovra per fare inversione. Iris avrebbe voluto urlare, perché proprio in una situazione del genere, con la macchina bloccata e Craig Ellis ancora più concentrato, sarebbe stato facile balzare a terra e correre a più non posso. Ma quel maledetto nastro adesivo non voleva saperne di cedere. Non sarebbe riuscita nemmeno a camminare a passettini minuscoli.

Ritornarono sobbalzando sulla strada. Non c'erano altre auto.

«Sono andati tutti a casa» constatò soddisfatto Craig.

Iris si guardò intorno in preda al panico. Non capiva. Sapeva che la polizia nutriva dei sospetti che il suo stalker potesse essere in qualche modo collegato ai fatti *di allora*. E allora perché, perdio, non avevano istituito posti di blocco intorno a West Kilbride dopo che lei era stata rapita? Perché Craig Ellis poteva muoversi liberamente insieme a lei a bordo di una macchina rubata? Nelle immediate vicinanze di *quell'insenatura*. Perché la zona non brulicava di poliziotti?

Proseguirono lungo la provinciale. Il tergicristallo spazzava con regolarità il parabrezza. La pioggia, che per un attimo era un po' diminuita, tornò a scrosciare con forza. In lontananza un lampo giallo squarciò il cielo nero, seguito da un tuono. Il mare occhieggiava sul lato destro della strada. Le onde scure dalle creste bianche erano sempre più alte. Proprio come le nuvole sopra di loro. Cielo e acqua sembravano fusi e Iris faticava a capire dove finisse l'una e iniziasse l'altro.

E non c'era anima viva in giro, da nessuna parte. Nemmeno un'auto. O un posto di blocco.

A quanto pareva a nessuno era venuto in mente che lei potesse essere lì.

La pioggia formava una specie di muro e Craig rischiò di superare il parcheggio dal quale partiva il sentiero per scendere alla spiaggia. La visibilità era scarsissima.

«Non riusciremo a raggiungere la spiaggia» disse Iris quando Craig curvò bruscamente all'ultimo istante e poi si fermò. Non era rimasta nemmeno una macchina. Naturalmente. Nessuno si fermava con quel maltempo.

«Ce la faremo» ribatté indifferente lui.

Iris scrollò con forza il capo. «Conosco la strada. I gradini sono irregolari, scavati nella roccia. In alcuni punti c'è un parapetto, in molti altri no. Il terreno è scivoloso e non vedremo dove mettiamo i piedi. Craig, è una follia. E poi tira un gran vento. Potremmo farci davvero molto male.»

«Andremo laggiù» insistette testardo lui.

«Allora deve liberarmi.»

Lui la guardò diffidente e lei comprese che stava cercando di valutare se fosse o no il caso, ma alla fine riconobbe che aveva ragione: con i piedi legati non sarebbe riuscita ad affrontare il sentiero tra le rocce.

«Se provi a scappare» la minacciò, «te ne pentirai amaramente. Capito?»

«Sì» rispose lei.

Tirò fuori di nuovo il rotolo di nastro adesivo, prese le mani di Iris, che erano sempre legate, e gliele spostò verso l'alto per poi bloccarle alla maniglia sopra la portiera del passeggero. A questo punto si chinò e le liberò le caviglie. Iris sospirò rassegnata. Ovviamente, se avesse potuto, avrebbe cercato di colpirlo alla nuca. E altrettanto ovviamente lui lo aveva immaginato.

Era pazzo, squilibrato, folle. Ma di certo non era stupido.

Si rialzò, le staccò le mani dalla maniglia ma non le liberò i polsi.

«Bene» disse. «Andiamo.»

La pioggia torrenziale. Il vento. I tuoni assordanti. I lampi che squarciavano il cielo. Il mugghiare del mare. Le onde altissime. L'oscurità, che aveva ammantato il paesaggio all'improvviso, in pieno giorno.

A tutto questo si aggiungeva il ripido sentiero. Bagnato, scivoloso e senza appigli.

Un vero e proprio suicidio.

Scendevano cercando di tenersi in equilibrio, Iris davanti, Craig subito dietro. Da quando erano scesi dalla macchina, lui le teneva la pistola premuta sulla schiena. Ma in ogni caso lei non sarebbe riuscita a fuggire. Le rocce viscide escludevano qualsiasi movimento troppo rapido, correre era impossibile. Forse, una volta arrivati in fondo, ma restava sempre la domanda: dove? Da una parte il mare in tempesta, dall'altro la scogliera a picco che saliva verso il cielo tempestoso. L'unico accesso era quel sentiero e uno identico nella insenatura a fianco, altrettanto pericoloso. Lì sotto si era in trappola.

Com'era stato allora: una trappola. Ineludibile.

Con le mani legate Iris faticava a mantenere l'equilibrio, ancora di più che se ci fossero stati solo il temporale e il pendio scosceso. Si chiedeva per quale motivo Craig Ellis, che avrebbe potuto benissimo ucciderla in qualunque momento e non lo aveva fatto, esponesse entrambi a un simile pericolo. Evidentemente si trattava del luogo. Della baia.

Sarebbero dovuti morire lì. Per qualche motivo che le risultava incomprensibile.

Doveva riuscire a scappare.

Era stupita lei stessa: da quella paura di morire. Nonostante tutto, nonostante la sensazione di non vivere più ormai da tanto tempo. Era più attaccata alla vita fisica di quanto avesse immaginato.

Merda, cazzo, pensò. Dagli occhi le sgorgarono lacrime che si mescolarono alla pioggia sul suo viso bagnato.

Se non fosse mai andata all'appuntamento con Dawson Franklin...

Era lo stesso. Non aveva senso perdere tempo a pensare al passato. Doveva conservare le forze e le energie. Acuire tutti i sensi. Aspettare l'unica possibilità che avrebbe potuto favorire la fuga. Ammesso che arrivasse, sarebbe stato un istante. Doveva riconoscerlo e sfruttarlo.

Arrivarono sulla spiaggia. I piedi di Iris affondarono nella sabbia pesante e bagnata. I muscoli contratti per lo sforzo le tremavano.

«Dio» esclamò «Che pazzia.»

Craig saltò alle sue spalle dall'ultimo scalino, perfettamente rilassato.

«Ti ricordi?» le chiese. «L'atmosfera doveva essere stata simile. Vento forte. Mare mosso.»

«Non pioveva più» ribatté Iris. «E non c'era un temporale.» La maglietta – di Caleb – e gli shorts le aderivano al corpo come stracci fradici. Anche i capelli erano bagnati, come gambe e piedi. E la biancheria. Non c'era rimasto più niente di asciutto in lei. Cominciò a tremare senza ritegno.

Craig Ellis la guardò. Iris si accorse che non aveva un aspetto sadico o folle in quel momento. Sembrava dilaniato dalla sofferenza. Tormentato.

«Tu e la tua famiglia avete campeggiato in questa insenatura» disse.

«Lo so» rispose Iris.

«Ora andiamo nell'altra» proseguì Craig. «Sai che ce n'è un'altra. Dietro la lingua di terra.»

«Non so se possiamo...»

Lui la sospinse sulla spiaggia. «Dobbiamo sbrigarci. Prima che la marea salga ancora.»

«Craig, perché...?»

«In questa insenatura» ripeté Craig, «c'era la tua famiglia all'epoca. Nell'altra la mia.»

Lei si bloccò. Sgomenta.

«Cosa?»

«Sì, hai sentito bene.» Fu costretto ad alzare la voce, quasi a gridare. Il frastuono del vento e delle onde era assordante. «Erano i miei genitori quelli che furono massacrati di là. Da dei pazzi.»

Lei comprese tutto. Le venne la nausea.

«Oddio» bisbigliò.

«Ora ricordi?» chiese Craig.

«Craig, io...»

«Yanis. Mi chiamo Yanis. Yanis Doucet.» La costrinse ad accelerare il passo. «Forza! Voglio andare dall'altra parte. Voglio andare dov'è morta mia madre.»

Iris barcollò in avanti. Il vento rischiava di farla cadere. Avanzarono faticosamente costeggiando la scogliera. La marea era già salita. Per il maltempo le onde si infrangevano ancora più alte del solito sulla spiaggia. A un certo punto la scarpa destra di Iris rimase incastrata nella sabbia. Lei estrasse il piede, poi si tolse anche l'altra. Continuò a camminare scalza. Alla fine si fermò.

«Non ce la faccio più.»

Lui la spintonò garbato nelle costole. «Muoviti. All'epoca ci sei riuscita.»

«Craig...»

«Yanis.» Si fermò a sua volta. Aveva il respiro mozzo. La pioggia li sferzava in viso cadendo quasi orizzontale. Un lampo squarciò il cielo. Le onde si infrangevano impetuose sulla spiaggia. Iris non aveva mai conosciuto prima d'ora la forza dirompente e minacciosa del mare.

«Mio padre era sopravvissuto» disse Yanis. Lo gridò, altrimenti Iris non lo avrebbe capito. «Sono riuscito a parlare con lui. Poco prima che morisse. Avevo quattordici anni.»

«Mi spiace tantissimo, ma...»

«Quei pazzi. Davano la caccia soltanto a voi. Non sapevano che in quest'altra baia c'era una coppia con la tenda. La macchina dei miei genitori era parcheggiata altrove. La lingua di terra li nascondeva alla vista. Era notte. La marea era molto alta. Più di ora. Chiunque avesse un po' di buonsenso non avrebbe cercato di raggiungere l'altra insenatura. Dal momento che sembrava disabitata.»

Iris faticava a respirare.

Yanis le diede un'altra spinta. «Cammina!» urlò.

Incespicarono lungo la spiaggia apparentemente infinita. Davanti a loro gli scogli della lingua di terra frastagliata si innalzavano nel cielo plumbeo. Scintillavano neri e bagnati sotto la pioggia. Iris si accorse che era ancora possibile passare. Aveva sperato che il maltempo avrebbe bloccato l'accesso. Invece c'era più spazio che quella notte.

Quella notte...

Dawson Franklin aveva continuato a ripetere: «*Deve essere accaduto qualcos'altro. Dev'esserci stato qualcos'altro quella notte*».

«Non lo so.»

«Lo ha rimosso. *Lo tiene accuratamente chiuso sottochiave. Ma è successo qualcosa. Qualcosa di cui non ha parlato con nessuno. Perché non poteva farlo.*»

«Non è vero.»

«Sì, invece. Dobbiamo scoprire cos'è, Iris. *È ciò che la blocca. Che blocca tutto.*»

Lasciarono la baia. Si tennero schiacciati contro l'estremità dell'enorme scoglio che spuntava sulla sabbia. L'acqua del mare scorreva gelida e spumosa intorno ai loro piedi. Il risucchio era così forte che Iris fu costretta ad aggrapparsi due volte a Yanis per non essere trascinata via. Faticava a mantenere l'equilibrio. Voleva tornare indietro. Voleva solo tornare indietro.

Lui invece la spingeva avanti, senza pietà.

«Forza! Avanti!»

La seconda insenatura. Più piccola della prima. Per il resto identica. Onde impetuose. Acqua che riempiva la spiaggia. Scogli. Detriti dappertutto. Odore di acqua e alghe.

Yanis si fermò.

«È successo qui. È qui che è morta mia madre. Sai che cosa gli hanno fatto?»

Iris annuì. Non aveva mai letto il referto dell'autopsia. Essendo ancora giovane all'epoca, non avrebbe potuto consultarlo. Non aveva chiesto di farlo nemmeno in seguito. Ma a un certo punto suo zio glielo aveva raccontato. Avevano tagliato la gola alla donna canadese. Con tale impeto da staccarle quasi la testa dal corpo.

Un altro lampo.

«Sei stata tu» disse Yanis. «Sei stata tu a tradirli.»

Iris scosse energicamente la testa. «No. No. No.»

«Me lo ha raccontato mio padre. Che la ragazza era arrivata di corsa. Mentre lui e la mamma volevano scappare. Tu sei arrivata di corsa. Sulla spiaggia. Seguita da due uomini.»

Iris si sentiva soffocare. «Io...»

«Se la sarebbero cavata. Quelli non li avevano scoperti. Invece tu...»

«Stavo cercando di scappare. Avevo visto quello che avevano fatto alla mia famiglia. Ero in preda al panico. Sapevo che nell'insenatura accanto c'era un sentiero che portava in alto. Io...»

«Alla polizia hai detto di essere rimasta per tutto il tempo sotto la passerella.»

«Non ho potuto. L'acqua continuava a salire. Dovevo... andare da qualche altra parte. Sono scappata per salvarmi Yanis, cerca di capire...»

«Hai i miei genitori sulla coscienza. Ecco cosa capisco io!»

«Non volevo.»

«Sapevi che tipi erano quelli. Dovevi sapere che cosa avrebbero fatto ai miei genitori se li avessero scoperti. Li hai portati direttamente da loro!»

«Non sapevo che qui ci fossero altre persone. Quando sono arrivata qui ho visto la tenda, ho pensato...»

Lui avvicinò il viso a quello di lei. La pioggia gli scorreva sulle guance. Aveva i capelli appiccicati alla testa, le gocce impigliate nelle ciglia. «Che cosa hai pensato? Che c'erano delle persone che potevano aiutarti? Disarmate, sorprese nel sonno, contro quegli squilibrati? Che cosa avrebbero dovuto fare? *Che cosa avrebbero potuto fare?*»

Lei scosse la testa, disperata. «Credi che in quel momento fossi in grado di pensarci? Non riuscivo a pensare. Ho agito d'istinto. Ho visto una tenda e ho capito che dovevano esserci delle persone. Volevo andare da loro.»

«E non hai pensato neanche una volta a tornare indietro? A salvarli, a questo non hai pensato?»

«Non riuscivo a *pensare*!» urlò lei. «Avevo paura di morire!»

Rimasero a fissarsi. Lei si rese conto che l'emozione che gli contorceva i lineamenti era soprattutto dolore, e non solo ora, sotto il temporale, in quella baia, bensì sempre. Fin dal principio. L'impressione che si aveva guardandolo, che qualcosa non *quadrasse* in lui. All'inizio era stato difficile capire che cosa fosse. Quell'espressione allucinata... era un'espressione del più profondo dolore. Una sofferenza mai superata. Yanis Doucet aveva perso i genitori quando era un teenager, nel modo più efferato immaginabile. Da allora non aveva mai trovato pace dalle immagini e dai pensieri, neppure un giorno. Neppure un giorno era riuscito a compiere un solo passo sulla via della rielaborazione.

«Perché non l'hai detto alla polizia all'epoca?» gli chiese Iris. «Dopo l'ultimo colloquio con tuo padre?»

Lui si strinse nelle spalle. «Ero sotto shock. Sconvolto. Mi sono reso conto solo in un secondo momento che lo avevi tenuto nascosto. E allora ho cominciato a riflettere che volevo...»

«Che cosa?»

«Che volevo chiarire le cose io stesso con te» disse Yanis. A un tratto la pistola era ricomparsa nella sua mano. Fino a quel momento l'aveva tenuta sotto la maglietta per proteggerla dalla pioggia.

«Non è stato facile rintracciarti» proseguì. «Dopo che avevi cambiato nome. Ma non ho mai rinunciato. Ti ho tenuta d'occhio. Ti ero sempre vicino. E poi a un tratto sei scomparsa. Alla fine ho usato il tuo terapeuta. Mi ha raccontato di un viaggio in Francia. E che eri finita a Scarborough.» Si strinse nuovamente nelle spalle. «Non ha importanza. Ora moriremo entrambi. Qui. Come i nostri genitori.»

«Per favore...» disse Iris con un filo di voce. Lui non riuscì a sentirla.

Alzò l'arma.

Avrebbe sparato prima a lei e poi a se stesso.

Ci fu una detonazione. Iris lanciò un grido. Aspettò la fitta di dolore che avrebbe preceduto la morte, ma non arrivò. Vide invece Yanis stramazzare davanti a lei. Le gambe gli cedettero, mentre si guardava intorno con gli occhi sgranati. La pistola gli scivolò dalla mano e finì nella sabbia. Iris protese le mani legate verso di lui, per sostenerlo. Lui le si appoggiò contro con tutto il peso e lei lo lasciò scivolare a terra. Si chinò su di lui.

«Yanis!»

Un attimo dopo sentì delle mani che la serravano. Qualcuno la fece rialzare. Vide Caleb. Fradicio e infreddolito come lei. La strinse a sé.

«Iris. Mio Dio, Iris.»

All'improvviso era tutto un brulicare di poliziotti. Dov'erano stati nascosti? Arrivarono anche dei paramedici con una barella.

Lei appoggiò la testa contro il petto di Caleb, poi si girò nuovamente verso Yanis. Lo stavano caricando su una barella, i sanitari si stavano prendendo cura di lui.

«Cosa gli è successo?»

«È stato ferito a una gamba» disse Caleb. «Si salverà.»

«Ma...»

«Avevamo dei tiratori di precisione.» Le accarezzò i capelli bagnati. Aveva mai visto qualcuno sprigionare tanta forza e tanta serenità? Era questo ciò che le dava, la sensazione che esistesse un luogo di pace dove rifugiarsi in mezzo alla follia del mondo. «Credi forse che ti avrei abbandonata al tuo destino? C'eravamo anche noi. Fin dall'inizio.»

«Fin dall'inizio?»

«Finché ti ha tenuto la pistola puntata alla schiena non siamo potuti intervenire. Abbiamo aspettato il momento favorevole. Che poi è arrivato.»

«Come facevate a sapere dove eravamo?»

«La tigre» disse Caleb. «La mia collega Kate Linville l'ha riconosciuta sulle foto della scena del crimine di allora. Ha tratto le conclusioni corrette. Preferisco non immaginare neanche che cosa sarebbe potuto succedere altrimenti...» Non disse altro. Era una prospettiva troppo spaventosa.

«Amore mio» bisbigliò invece.

Iris guardò oltre la sua spalla. Vide una donna pallida con calzoni neri e maglietta bianca in piedi a qualche passo da lui. Era fradicia dalla testa ai piedi. Istintivamente Iris comprese che doveva trattarsi di Kate Linville. La poliziotta che aveva notato l'indizio decisivo. La poliziotta che le aveva salvato la vita.

*Grazie* mimò con le labbra.

Kate Linville le rivolse un cenno del capo. La sua espressione era impietrita. Quello sguardo… Iris si domandava perché lo conoscesse tanto bene. Dove lo avesse visto da poco. Lo stesso identico sguardo…

Poi comprese. Yanis Doucet.

Era uno sguardo di dolore. Di dolore assoluto.

West Kilbride, sabato 23 agosto 2008

Abbiamo lasciato il nostro punto di attesa e ci siamo avvicinati alla baia. Non ci fermiamo nel parcheggio, tuttavia, sarebbe troppo lampante. In realtà le probabilità che qualcuno passi da queste parti nel cuore della notte sono minime, ma a volte capitano le cose più folli e voglio andare sul sicuro. Lasciamo la macchina in uno dei tanti viottoli di campagna che si dipartono dalla provinciale verso l'entroterra. Ci inoltriamo per un bel pezzo, in modo che la macchina non sia riconoscibile. Per maggior sicurezza sistemo dei sacchi neri per coprire le targhe. Ovviamente Vincy ha da ridire.

«Ma così dovremo camminare moltissimo!»

«Tutta salute» ribatte Adam. Freme di aspettativa. È come un cane da caccia che ha fiutato la preda. Anche se lo volessi, adesso non riuscirei più a distoglierlo dal nostro piano. Esploderebbe se non potesse sfogarsi. Il sadismo e la crudeltà dentro di lui sono aumentati a dismisura e ora la valvola è già mezzo aperta. Non riuscirebbe a richiuderla per niente al mondo.

Ma io lo vorrei? Vorrei gettare tutto al vento, dire: «Su, ragazzi, eliminare il vecchio Millard è un'idea assurda. Certo, se lo merita, ma potremmo finire nei guai e comunque... l'omicidio è roba grossa. Maledettamente grossa!»

Forse ho rallentato leggermente il passo mentre ci penso, perché Adam sembra accorgersi di qualcosa.

«Non mollare» mi sussurra all'orecchio. «Pensa a tua mamma, pensa solo a lei.»

Il cielo è completamente coperto di nubi, ma il vento, che è quasi di burrasca, le squarcia e ogni tanto un raggio di luna arriva fino a noi. Vedo il viso di Adam. I suoi occhi gelidi. So che è un sadico dalla testa ai piedi. Ed è anche molto intelligente. Per certi versi anche sensibile ogni tanto, ma la sua non è la sensibilità dell'empatia. A volte si accorge di quello che passa nella testa degli altri. Come gli è successo ora con me. Quando qualcosa o qualcuno potrebbero ostacolare i suoi piani, se ne accorge. È come se avesse un sismografo. Il suo però è calibrato in maniera diversa rispetto alle altre persone. È sintonizzato soltanto sul suo vantaggio. E funziona alla perfezione.

Mi giro verso Vincy. I suoi occhi non sono freddi, hanno un'espressione del tutto ebete. Vincy ha un QI inferiore a quello di una suola di scarpa. Probabilmente da bambino e da adolescente sarebbe stato possibile indirizzarlo anche altrove, sarebbe potuto diventare un babbeo bonario. Invece ha incontrato Adam.

Insieme sono una miscela estremamente esplosiva.

«Io penso a mia mamma» dico. «Ci penso sempre.»

Non l'ho raccontato a nessuno. Né a mio padre, né a Patrick. All'inizio neppure a Adam, il mio migliore amico. L'ho fatto solo in un secondo tempo. Pensavo che la mamma non avrebbe voluto. Che tutti venissero a conoscenza di quello stupido furto. Del patetico teatrino dei Millard. Della loro condizione disperata.

Era convinta che tutti sarebbero venuti a saperlo. Dapprima al lavoro, e poi altrove. Era convinta che l'avrebbero giudicata una volgare ladra. Lei, che metteva al di sopra di tutto l'onestà e il rispetto delle leggi. Era convinta di non poter vivere con una simile vergogna. È così che mi spiego il suo folle gesto. Ed è per questo che non volevo farlo sapere a nessuno.

Ovviamente mio padre e Patrick e tutti gli abitanti del palazzo rimasero sconvolti. Circolarono subito voci e supposizioni. Alla fine si affermò l'idea che mia madre si fosse tolta la vita a causa delle insormontabili difficoltà in cui era sprofondata. Il marito sulla sedia a rotelle, il figlio sempre malaticcio. I soldi che non bastavano mai...

«Non ne poteva più» dicevano tutti.

In parte era vero. Era allo stremo delle forze. Depressa. Svuotata. Senza prospettive. Altrimenti non avrebbe preso i soldi. Altrimenti avrebbe visto una qualche altra via d'uscita anche dopo.

Millard non si fece più vivo. Una morta non si può licenziare. Non rese nemmeno pubblico l'episodio nell'azienda. Probabilmente perché sapeva che non gli avrebbe fatto onore, ed era contento che la mamma non l'avesse raccontato a nessuno. Le sue colleghe parteciparono al funerale, del tutto ignare. Fu questo a indurmi a pensare che Millard avesse preferito passare sotto silenzio quanto successo tra sua moglie, la mamma e lui.

Non sapeva che io sapevo.

E che non avevo intenzione di fargliela passare liscia.

Raggiungiamo il parcheggio dove si trova la macchina dei Millard. Non c'è anima viva in giro. Sappiamo solo che nella baia ci sono quattro persone che dormono nelle tende. Tiriamo fuori i guanti usa e getta e ce li infiliamo. Qualunque idiota sa che sarebbe stupido lasciare impronte. Ci mettiamo anche i passamontagna neri che ci coprono il viso lasciando liberi solo gli occhi.

Il vento si è alzato di nuovo. Dal mare proviene lo scroscio delle onde che si infrangono sulla sabbia.

«Adesso scendiamo?» chiede Vincy ridacchiando di aspettativa e felicità. Parla a voce molto alta, per superare il frastuono del vento e del mare.

«Piano!» lo rimproveriamo in coro Adam e io. Ma si tratta di una precauzione superflua. Il rumore di fondo è così forte che nessuno sulla spiaggia potrebbe sentirci.

«Andiamo» dico. «Mi raccomando, prudenza. Il sentiero è ripido e il vento soffia forte. Non parliamo più durante la discesa. Chiaro?»

L'ultima domanda è rivolta in particolare a Vincy. Che annuisce.

Ho un brutto presentimento. Sento le gambe un po' molli. Ho paura. Per la nostra missione e per i miei compagni. Ho la sensazione che perderò il controllo su di loro nel giro di pochi minuti. Una volta arrivati là sotto, non potrò più fare niente per i Millard.

Anche Adam percepisce già qualcosa.

«Pensa a tua mamma» mi sussurra.

Raddrizzo le spalle.

Sono le 1:55.

Mancano cinque minuti all'aggressione.

# Lunedì, 17 luglio

## 1

Quando Kate arrivò in ufficio quel lunedì mattina, non c'era ancora nessuno. D'altronde erano solo le sette e mezzo. Non aveva chiuso occhio e alla fine aveva deciso che sarebbe stato più sensato alzarsi e iniziare la settimana, una settimana che si presentava come un unico fardello, un macigno di piombo che le pesava sulle spalle. Avrebbe preferito fare un salto nel tempo, arrivare da qualche parte in un lontano futuro, in cui tutto fosse stato rielaborato e superato e la vita avesse preso una piega positiva e felice. Oppure un salto indietro. A quell'unica notte con Caleb. Dopo la quale lei lo aveva allontanato da sé, aveva mandato a monte ogni suo tentativo di avvicinarsi.

Se avesse avuto di nuovo quell'occasione...

Non c'era niente di più inutile che rimpiangere un'occasione mancata.

Passa oltre, si ordinò, hai fatto quel che hai fatto. Avevi i tuoi motivi. Forse adesso ti possono sembrare sbagliati. Ma all'epoca erano reali.

*I motivi che tutte le volte ti spingono a rifuggire da ogni possibile relazione con un'altra persona, a te sembrano sempre reali* le bisbigliò una vocina interiore, *ed è proprio questo il problema che prima o poi dovresti affrontare.*

Il giorno precedente si era trasferita in treno dalla costa occidentale della Scozia a Scarborough, sulla costa orientale dell'Inghilterra del Nord. Era stato un viaggio di sei ore, con numerosi cambi. Da West Kilbride a Glasgow, da Glasgow a Edimburgo, da Edimburgo a York e infine da York a casa. Aveva guardato fuori dai molti finestrini dei molti treni una giornata grigia seguita al maltempo del giorno prima. Il cielo era coperto, aveva piovigginato fino al confine inglese, poi aveva smesso, ma tutto continuava a essere ammantato di grigio. In perfetta sintonia con l'umore di Kate.

Aveva viaggiato da sola. Siccome Iris doveva restare un altro giorno nell'Ayrshire per gli interrogatori, ovviamente era rimasto anche Caleb. Non la perdeva più di vista. Alla fine Kate si era data letteralmente alla fuga. Non ce la faceva ad assistere più a lungo a quell'amore travolgente. La cosa peggiore era che non riusciva a trovare neppure un difetto in Iris. Le dava l'impressione di essere una donna gentile, sveglia, sensibile e ovviamente provata da tutto quanto le era capitato nella vita. Ma ciò non la rendeva una persona antipatica.

Inoltre aveva un effetto positivo su Caleb.

Su in Scozia lui aveva preso in mano la situazione, persino i funzionari responsabili avevano seguito le sue indicazioni, perché ben presto era stato chiaro che ci sapeva fare. Lavorava con metodo, tranquillità, chiarezza e precisione. Aveva sgomberato la baia dai villeggianti e tolto i posti di blocco in tutta la zona.

«Sono sicuro che vuole scendere giù alla baia» aveva detto. «E sarà lì che lo prenderemo. Però dobbiamo liberargli la strada. Siccome ha un ostaggio, non possiamo rischiare una sparatoria a un posto di blocco.»

La zona sembrava disabitata, in realtà c'erano poliziotti appostati dovunque. Soprattutto nella baia, nascosti dietro gli scogli, dentro le grotte. Ma anche tutt'intorno, nei campi, dietro i cespugli nei parcheggi, nei capanni agricoli. In particolare per intercettare possibili turisti diretti al mare. A tale proposito l'imminente temporale li aveva aiutati. Il cielo aveva un aspetto così minaccioso che a nessuno era più venuto in mente di andare in spiaggia. La gente si era tenuta alla larga.

Tutti avevano seguito le indicazioni di Caleb senza obiettare, perché lo consideravano un collega di alto rango di Kate, e sprigionava esattamente l'autorevolezza e la leadership che ci si aspettava da lui e che in passato erano state una sua caratteristica. Kate sospettava che ciò avrebbe avuto delle conseguenze in seguito, quando gli inquirenti dell'Ayrshire avrebbero scoperto di aver avuto a che fare con un ex poliziotto che ora faceva il tassista. E lei, Kate, lo aveva portato con sé e coperto. Perché era stata così avventata?

Perché la faccenda riguardava Caleb.

Iris lo aveva tirato fuori dall'abisso. E non aveva avuto bisogno della fatica, delle conversazioni e della comprensione con cui Kate aveva provato ad aiutarlo e sostenerlo per anni. Si erano incontrati, lui era innamorato, lei ricambiava il suo amore, tutto qui. Semplice.

Kate sapeva che alla lunga non sarebbe stato così *semplice*. Si trovavano entrambi in preda a un'estasi emotiva, in un turbine di adrenalina e in una violenta tempesta ormonale, ma prima o poi sarebbe arrivata la vita di tutti i giorni. Le loro paure. L'inclinazione di lui a risolvere i problemi bevendo. Ma forse l'amore lo avrebbe davvero salvato. Come nel più scontato dei romanzi kitsch.

In ogni caso il sabato si era comportato all'altezza dei suoi momenti migliori. Iris era rimasta illesa, Yanis Doucet era stato ferito, ma catturato vivo. Il segreto del misterioso stalker di Iris era stato risolto. Nessuno l'avrebbe più minacciata. Non avrebbe più dovuto aver paura.

Ma ovviamente ora doveva rielaborare una verità che aveva rimosso completamente per quindici anni: era stata lei la causa della morte dei Doucet, che altrimenti non sarebbero stati notati dagli assassini. Era scappata in preda al panico, aveva visto una tenda, aveva continuato a correre in cerca di aiuto. Nessuno poteva fargliene una colpa, soprattutto dato che all'epoca aveva solo sedici anni. Non sarebbe certo potuta tornare indietro. Sarebbe dovuta correre nelle braccia degli assassini, nella speranza di salvare altre persone? In quei momenti di terrore non ci aveva pensato neanche lontanamente, e tantomeno avrebbe potuto mettere in pratica l'idea. Ma il tutto si era concluso con la tragica morte di due persone, la distruzione di una famiglia, con un adolescente che era sprofondato nella depressione, non aveva più superato il dolore del lutto, la paura di vivere, e alla fine era diventato un criminale. Oltre a tutto il resto, Iris avrebbe dovuto convivere anche con questo.

Nella prima mezz'ora dopo il dramma sulla spiaggia, seduta a bordo di un'auto medica con una coperta gettata sulle spalle e una tazza di tè caldo in mano, Iris aveva continuato a ripetere «Non me lo ricordavo più. Non me lo ricordavo più. Non me lo ricordavo più».

«Va tutto bene» le aveva sussurrato Caleb, seduto accanto a lei.

Iris aveva alzato la testa e aveva guardato non lui bensì Kate. «Era come una macchia nera nei miei ricordi. Era tutto scuro. Pensavo davvero di essere rimasta per tutto il tempo sotto la passerella. Di aver seguito ora dopo ora la morte della mia famiglia.»

Kate aveva annuito. «Non sarebbe stato possibile, a causa della marea.»

«Hai rimosso la cosa» era intervenuto Caleb. «Il trauma di quella notte... era troppo grande. Non sono uno psicologo, ma comprendo benissimo che si elimini una parte, la si nasconda dove non è più possibile vederla. È stato un gesto di autodifesa, Iris. Te lo spiegherà il dottor Franklin. E ti aiuterà a superarlo.»

Ci sarebbe stato parecchio lavoro da fare, aveva pensato Kate. Iris deve imparare a perdonare se stessa, e spesso è il compito più difficile.

Adesso era iniziata una nuova settimana, lei era seduta nel suo ufficio a Scarborough, di quanto accaduto nell'Ayrshire e più a sud, nel Somerset, si stavano occupando altri. Non che lei non avesse il suo bel daffare. Ma adesso erano diventati due i casi che aveva dovuto abbandonare con un senso di insoddisfazione. Quello di Eva Hanson, che le era stato tolto. E quello di Iris Shaw, nel quale era finita perché il rapimento di Iris era avvenuto nella sua giurisdizione. Yanis Doucet era stato arrestato. Ma il caso Millard continuava a restare insoluto: chi aveva eliminato quella famiglia e perché? A quanto sembrava era un interrogativo destinato a rimanere senza risposta.

Devo mollare tutto, pensò Kate, il caso Millard, Iris Shaw. La coppia felice Iris e Caleb. Non ha senso tormentarsi quando in sostanza non è possibile cambiare alcunché.

Era andata in ufficio con l'autobus, dato che la sua macchina era ancora parcheggiata davanti al dipartimento di polizia di Bristol. Sarebbe dovuta tornare un'altra volta nel Somerset per riprenderla.

Dopo che era rimasta un quarto d'ora seduta alla scrivania fissando il vuoto davanti a sé con aria torva, il commissariato aveva cominciato ad animarsi. Qualche collega passava per il corridoio, gettava un'occhiata nell'ufficio e le augurava buongiorno. Era già qualcosa. Da quando era stata allontanata dal caso Hanson, Kate aveva avuto l'impressione che alcuni dei suoi collaboratori la guardassero con una certa freddezza. Forse si sbagliava.

Non essere così suscettibile, si rimproverò.

L'ispettore Paul Corbyn infilò dentro la testa. Era il funzionario che aveva sostituito Kate su richiesta del capo.

«Oh, ispettore, è in ufficio.» Entrò. Kate non lo trovava particolarmente simpatico. Si piaceva molto e sprigionava un'aura di autocompiacimento. «Non dovrebbe essere in ferie per una settimana?»

«Spettava a me decidere» rispose Kate. Aveva stabilito quella notte stessa di interrompere le ferie forzate. Non ce la faceva a restare a casa senza far niente in quel momento.

«Davvero? Ah be'. D'accordo. Ha già sentito la fantastica novità?»

«No.»

«È stato compiuto un arresto. Nel caso della studentessa uccisa. Eva Hanson.»

«Veramente?» Kate non riuscì a nascondere quanto fosse colpita dalla notizia. Anche se le sarebbe piaciuto reagire in maniera distaccata di fronte a Corbyn. «Di chi si tratta?»

«Ovviamente mi sono subito concentrato sugli stupratori già condannati nella zona di Scarborough, Whitby e Hull. In particolare quelli con una predilezione per i bambini o le ragazzine. In un caso come questo rappresenta per così dire la procedura basilare delle indagini.»

«Lo aveva già fatto anche l'ispettore Graybourne» disse Kate.

Paul Corbyn liquidò la cosa con un cenno della mano. «Senza risultati.»

«Esatto.»

«Nel frattempo abbiamo controllato un'altra volta le registrazioni delle telecamere di sicurezza collocate in spiaggia all'altezza della Spa. E... bingo!»

Lei rimase in attesa. Corbyn sembrava intenzionato a gustarsi appieno il proprio trionfo.

«Oscar Lowndes» annunciò.

«Oscar Lowndes?» Il nome risultava familiare a Kate. Non ci aveva avuto a che fare di persona e i fatti erano precedenti al suo arrivo alla North Yorkshire Police, ma ricordò ciò che aveva letto nei rapporti. Molti anni prima Lowndes aveva aggredito una studentessa che tornava a casa in bicicletta e stava attraversando un bosco nei pressi di Burniston. L'aveva trascinata in macchina, si era addentrato ulteriormente nel bosco e aveva abusato della ragazzina indifesa e terrorizzata. Poi l'aveva lasciata andare e, grazie alla prontezza di spirito della ragazzina, che si era annotata il numero di targa, era stato arrestato poco dopo. Era rimasto in carcere per diverso tempo e ora era tornato a vivere a Burniston, con una pensione, facendo qualche lavoretto occasionale. Dopo la scarcerazione non si era più messo nei guai.

«Al presunto orario della scomparsa di Eva Hanson, Lowndes si trovava chiaramente alla Scarborough Spa. Compare in uno dei video.»

«Si riferisce al momento in cui presumiamo che l'uniforme scolastica di Eva sia stata lasciata lì? Eva avrebbe potuto essere già morta allora. Di lei non c'è traccia in nessuna registrazione.»

Kate sapeva che Pamela Graybourne aveva già esaminato le riprese. Tuttavia non per cercare la presenza su di esse di un violentatore già condannato. Una svista? Kate doveva ammettere che Corbyn aveva colto nel segno, anche se sarebbe stato necessario stabilire l'effettiva esistenza di un collegamento con il caso Hanson.

«Ancora non conosciamo la dinamica» disse il collega, «ma secondo me non è un caso che Lowndes, conosciuto per la sua predilezione per le studentesse, si trovi sul luogo della scena. Lo abbiamo scoperto venerdì, ma siamo riusciti ad arrestarlo solo ieri sera. Era nel Sussex per una ditta di spedizioni. A causa di un guasto è arrivato a destinazione solo il sabato sera, ha pernottato lì ed è ripartito domenica. Lo abbiamo aspettato davanti alla porta di casa. Era piuttosto sorpreso.»

«Contesta le accuse?» intuì Kate.

«È naturale. Lo fanno tutti.»

«Non vedo sufficienti indizi a carico» osservò lei. «All'epoca Lowndes violentò la ragazza, ma poi la lasciò andare. Non l'ha uccisa, benché in questo modo abbia corso un grosso rischio. Adesso avrebbe ucciso Eva Hanson senza violentarla. Non è strano?»

«Ha mai sentito dire che spesso i colpevoli cambiano modus operandi?» obiettò Corbyn inarcando le sopracciglia.

Kate annuì. «Certo, ma in genere è per affinarlo o portarlo a un livello superiore. Sarebbe plausibile che Lowndes stavolta abusi di una ragazza e poi la uccida, perché ha capito che è troppo pericoloso lasciarla libera. Ma...»

«Potrebbe comunque averla molestata sessualmente» disse Corbyn. «La permanenza in acqua del corpo ha reso molto difficile raccogliere delle tracce.»

«Questo è vero» riconobbe Kate. Forse Corbyn aveva beccato l'uomo giusto.

Eppure ero stata così sicura, pensò.

In fondo continuava a esserlo. Tyler Hanson. Ma aveva le mani legate. E non aveva senso mettersi a discutere con Corbyn adesso. Quell'uomo rischiava di esplodere da quanto era tronfio. Non avrebbe ascoltato neanche per un attimo la teoria di Kate.

Le rivolse un sorrisetto sprezzante.

«La prenda sportivamente, ispettore» disse. «Questa volta sono stato io ad avere l'intuito giusto. Forse la prossima volta le andrà meglio.» Uscì dall'ufficio, così convinto della propria importanza e della propria bravura che la sua personalità faticava a passare dalla porta.

Coglione, pensò Kate.

Si prese la testa tra le mani. Forse sarebbe stato meglio rimanere a casa. O partire direttamente per Bristol per recuperare la macchina. Il fine settimana l'aveva sfinita. Ma probabilmente il viaggio fino al Somerset l'avrebbe sfiancata o innervosita meno dell'arrivo dell'ispettore Paul Corbyn quel mattino.

Con un inizio del genere, la settimana non poteva fare altro che migliorare.

E invece peggiorò.

A mezzogiorno Kate fu convocata nell'ufficio del sovrintendente capo Steele. Per la seconda volta nel giro di pochi giorni.

«Devo ammettere che anche per i suoi standard è stato un numero decisamente audace» la accolse senza salutarla e senza offrirle da sedere. La lasciò in piedi in mezzo alla stanza guardandola con occhi di ghiaccio. «Ho appena finito di parlare con i colleghi della Ayrshire Police. L'ispettore Finley Donaldson. Riguardo all'intervento di sabato scorso nei pressi di West Kilbride. Ha avuto parole di encomio per uno dei miei collaboratori. Caleb Hale. Si è comportato in maniera impeccabile durante la liberazione di un ostaggio.»

Kate deglutì.

«L'ascolto» disse Steele.

Kate si rese conto che nel giro di pochi secondi la gola le si era seccata. «È... è vero» riuscì a dire faticosamente.

Steele si voltò a guardare fuori dalla finestra, poi tornò a posare gli occhi su di lei. «Devo essere proprio un cretino. Uno che non si merita di occupare questa poltrona e di guadagnarsi un buono stipendio.

Ultimamente non riesco più a stare al passo con ciò che avviene nel mio stesso ufficio. Pensi che mi era completamente sfuggito che Caleb Hale fosse tornato a lavorare per noi!»

Kate non replicò.

«Già» disse Steele.

Kate si schiarì la voce. «Signore, gli eventi hanno preso una svolta imprevista. Caleb Hale mi ha accompagnato a Bristol per il caso di Iris Shaw, dal momento che è coinvolto personalmente.»

«In che senso è *coinvolto personalmente*?»

«Iris Shaw vive insieme a lui. La telefonata con la quale fu attirata nella trappola che ha causato il suo rapimento era stata fatta a Caleb Hale. È stato parte degli avvenimenti fin dal principio.»

Steele consultò gli appunti che erano sulla scrivania davanti a lui. «Questa Iris Shaw è legata a Caleb Hale?»

«Sì.»

«Ah. Quindi ha trovato logico coinvolgerlo nelle indagini? A tal punto che lui l'ha accompagnata dappertutto, ha partecipato agli interrogatori, consultato i documenti di altri dipartimenti e alla fine ha partecipato persino all'intervento di un'unità armata?»

«Era impossibile prevedere che...»

«Lei fa sempre così? Con i parenti o i partner delle vittime dei reati?»

«No.»

«Questo mi conforta. È d'accordo con me se dico che si è trattato di una procedura oltremodo inconsueta e, oserei affermare molto pericolosa?»

«Sì, signore.»

«Bene. Allora perché ha agito contro i suoi stessi principi?»

Kate deglutì. Sapeva di non poter offrire nessuna spiegazione che potesse convincere Steele. Aveva agito in maniera sbagliata e basta. Non era possibile trovare giustificazioni perché non ce n'erano.

«Prima di dare le dimissioni Caleb Hale era un investigatore di alto rango al CID. Questo lo differenzia dai soggetti esterni di tutti gli altri casi. È riuscito a elaborare le informazioni che avevamo raccolto. Quando ha organizzato l'intervento a West Kilbride, sapeva esattamente come agire. Ha condotto centinaia di azioni simili nella sua carriera. È stato subito chiaro che aveva la situazione sotto controllo. E...»

Si bloccò sgomenta quando il sovrintendente Steele diede un violento pugno sul tavolo. «Maledizione!» Non gridò, ma parlò a voce molto alta. «Maledizione. Era quello che mi aspettavo. Il demenziale tentativo da parte sua di giustificare una totale infrazione di tutti i principi e i regolamenti del nostro lavoro. Mi fa imbestialire, ispettore. Imbestialire!»

Kate non parlò. Qualunque cosa dicesse, avrebbe solo peggiorato la sua situazione.

Steele si alzò e girò intorno alla scrivania. Raggiunse Kate e le si fermò davanti. La superava in altezza di una testa.

Le parlò con un tono di voce pericolosamente basso: «Caleb Hale non lavora più per la North Yorkshire Police da quattro anni. E per dei buoni motivi. C'era una ragione se nel 2019 era stato momentaneamente sospeso dal servizio. C'era una ragione se quello stesso anno presentò spontaneamente le sue dimissioni definitive. Non abbiamo bisogno di specificare quale sia, ne siamo più che a conoscenza. Non ha alcuna importanza quale grado ricoprisse all'epoca, quanto fosse bravo, quanta esperienza avesse o che so io. L'unica cosa che conta è: *lui non è più un poliziotto.* Non ha più niente, assolutamente niente a che fare con il lavoro di investigatore. Né come suo accompagnatore, né come suo consulente, né per qualunque altro motivo. E men che meno assumendo la direzione di un intervento armato durante il quale ai funzionari di altri dipartimenti è stato fatto credere che si trattasse di un detective del CID di Scarborough. È inaudito. Assolutamente inaudito. Mi ha capito?»

Kate aveva la gola riarsa.

«Sissignore» si sforzò di rispondere. Si accorse di avere il viso in fiamme.

Steele fece un passo indietro. Agitò una mano come se volesse scacciare un insetto molesto. «Ora veda di andare in vacanza come le ho consigliato. Con molta buona volontà posso attribuire il suo comportamento allo stress e al sovraccarico di lavoro. Non voglio più vederla qui per il resto della settimana, e non si azzardi a obiettare. Faccia qualcosa che le permetta di tornare in carreggiata, utilizzi il tempo libero per studiare approfonditamente il regolamento di servizio. Valuterò nel frattempo quali conseguenze avrà per lei un simile comportamento. È evidente, ovviamente, che anche Caleb Hale dovrà rispondere di ciò che ha fatto.»

«Signore, io...»

Lui fece di nuovo quel gesto con la mano per scacciarla. «L'unica cosa che voglio sentire da lei è il rumore della porta che si chiude alle sue spalle.»

Non aveva senso provare a dire qualcos'altro. Kate girò sui tacchi e uscì dall'ufficio. Le bruciavano gli occhi. Meno di una settimana prima Steele le aveva tolto un caso, ma dimostrandole grande considerazione e facendole capire apertamente che non la riteneva responsabile di alcun errore. Semplicemente la collaborazione con l'influente Tyler Hanson era impossibile. Kate l'aveva ritenuta un'ingiustizia, ma aveva comunque sentito di avere l'appoggio del suo capo. Questa volta ce l'aveva contro. Steele era furibondo, più di quanto lo avesse mai visto. E la cosa peggiore era che aveva ragione. Non poteva nemmeno prendersela con lui in segreto e mandarlo a quel paese. Aveva commesso un terribile sbaglio, aveva infranto come minimo cinquanta regole contemporaneamente, si era resa estremamente attaccabile, per di più fresca di nomina a ispettore. Aveva agito in maniera sconsiderata, e poteva davvero ritenersi fortunata se Steele l'aveva giudicata stressata e bisognosa di una pausa e che in fin dei conti si accontentasse di un richiamo e di mandarla in ferie.

Aveva fatto un casino incredibile.

Il tutto ovviamente era successo perché era coinvolto Caleb. Nessun altro sarebbe riuscito a spingerla a un comportamento così irresponsabile. Ma lei era stata terribilmente triste e in preda a una folle gelosia, per questo lui aveva avuto gioco facile. Istintivamente aveva cercato di prendere da lui tutto quello che era disposto a darle, anche se significava recarsi insieme nel Somerset e liberare un ostaggio in Scozia. Era accaduto in maniera del tutto imprevedibile, ma Kate si rendeva conto che in quel lasso di tempo aveva avuto diverse occasioni per lasciare Caleb fuori dal gioco. Non sarebbe stato facile e avrebbe significato affrontare l'impeto della sua collera, ma sarebbe stato suo dovere farlo. Quali che fossero i sentimenti che nutriva per lui. Ma non ne aveva avuto la forza. Non se l'era sentita di perderlo a favore di un'altra donna e per di più di mettere a repentaglio anche la loro stessa amicizia.

*Mancanza di professionalità* le rimbombava nella testa, *Assoluta mancanza di professionalità.*

Tornò in ufficio contenta che nessuno la apostrofasse lungo il tragitto. Erano tutti impegnati, nessuno fece caso alla collega che si sforzava di trattenere le lacrime. Prese la borsa e il portatile e uscì di soppiatto. Sotto un cielo corrucciato.

Sarebbe tornata a casa in autobus. Poi avrebbe cercato un treno per recarsi nel Somerset a riprendere la macchina.

Poteva archiviare Iris Shaw. Poteva archiviare il caso Millard. Poteva archiviare il caso Hanson, Paul Corbyn, il suo sospettato.

Erano tutte cose che non la riguardavano più.

Poteva archiviare Caleb.

Avrebbe dovuto aspettare di essere a casa per mettersi a piangere.

## *2*

L'ispettore capo Madeline Atkins era impegnata in un interrogatorio, ma aveva scritto un SMS a Kate dicendole che si sarebbe sbrigata e pregandola di avere un momento di pazienza. Il suo messaggio aveva un tono amichevole e di stima, e nello stesso modo fu accolta al commissariato di Bristol. Fu fatta accomodare in una saletta per i visitatori, le portarono un caffè e un bicchiere d'acqua e le chiesero se avesse bisogno di altro.

Evidentemente la notizia che era sprofondata nella più totale disgrazia non si era ancora diffusa. E nessuno sapeva che anche lì a Bristol erano stati in un certo senso ingannati rispetto alla vera identità di Caleb Hale.

Come ho potuto essere tanto stupida? si chiese Kate.

Era spossata, dopo il viaggio in treno di quasi cinque ore da Scarborough a Bristol. Prima di partire aveva chiamato Pamela per chiederle se, nonostante la chemioterapia, se la sentisse di passare una o due volte da Messy. Prima non avrebbe mai osato farlo. Pamela era stata il suo capo e fondamentalmente lo era ancora. Ma nel frattempo Kate aveva capito che la sera in cui era andata a casa sua, Pamela le aveva fatto un'implicita offerta d'amicizia. Forse Kate sarebbe comunque stata eccessivamente prudente, com'era nella sua natura. Ma le circostanze erano in qualche modo cambiate: Pamela era alle prese con una grave malattia e quanto meno per tutto quell'anno non sarebbe più tornata in ufficio. E da parte sua, Kate non sapeva se facesse ancora parte della squadra di Pamela. Era sospesa in un limbo. A seconda di ciò che avrebbe deciso il sovrintendente Steele, si sarebbe potuta trovare di punto in bianco da tutt'altra parte.

Pamela aveva reagito prontamente facendole una proposta. «Se non ha niente in contrario, mi trasferisco da lei per un paio di giorni. La terapia è ambulatoriale, di mattina. Il tempo dovrebbe migliorare e io avrò a disposizione il suo giardino. Nel mio appartamento non c'è neanche un balcone.»

«Sarebbe fantastico» aveva risposto riconoscente Kate.

Pamela era arrivata mezz'ora dopo con una borsa da viaggio. Aveva iniziato la chemio quel mattino, ma ovviamente gli effetti non si vedevano ancora.

Non le era venuta neppure la nausea, aveva riferito.

«Grazie al cielo» era stata la reazione impulsiva di Kate. «Quando deve tornare in ospedale?»

«Domani e dopodomani mattina. Poi ci sarà una pausa.»

Si era fatta dire dov'erano le scatolette di Messy e la sabbia per la cassettina, poi aveva portato la sua borsa nella camera degli ospiti al piano di sopra. Mancava ancora un po' di tempo alla partenza del treno di Kate, e le due donne avevano deciso di bere un tè insieme in cucina.

Pamela la fissò intensamente e poi disse: «Quindi va a prendere la sua macchina a Bristol?»

«Sì, ecco, in realtà...» fece per spiegare Kate, ma Pamela la interruppe con un cenno della mano. «So tutto. Ho ancora i miei contatti nell'*Inner Circle* della polizia. Il rapimento di Iris Shaw. Bristol. West Kilbride. Caleb Hale. Santo cielo, Kate! Si è infilata in un vero ginepraio!»

Al commissariato quindi sapevano già tutto. Si era forse aspettata qualcosa di diverso?

«Caleb Hale non ha mai assunto la direzione dell'intervento su a Kilbride» si difese. «Ha semplicemente fatto una proposta su come agire. Era un buon piano, e tutti hanno subito accettato. A quel punto hanno lasciato che fosse lui a guidare la squadra. È successo e basta. Non ho avuto modo di intervenire. Non ha detto che da quel momento avrebbe preso lui il comando. Credo che non volesse farlo nemmeno lui. È semplicemente bravo, Pamela, e la sua capacità era palpabile, per questo...»

«Questo lo capisco» disse Pamela. «Ma lui non avrebbe dovuto essere lì. È questo il punto. Lei ha coinvolto un tassista di Scarborough in un'indagine di polizia. Avrebbe potuto benissimo portare con sé la sua donna delle pulizie. O il suo dentista. È qualcosa che non si fa.»

«Lui non è un tassista qualunque. Lui...»

«Invece sì, Kate. Purtroppo. Non è nient'altro.»

Rimasero a guardarsi. Kate sapeva che Pamela la capiva, ma che tuttavia aveva ragione in ogni cosa che diceva.

Pamela si sporse sul tavolo e strinse brevemente la mano di Kate. «Lei è molto affezionata a Caleb Hale, vero?»

«È un amico.»

«Forse addirittura qualcosa di più?»

Kate scosse la testa ma si rese conto di aver dato troppa enfasi al proprio gesto.

«Santo cielo» esclamò Pamela. «E adesso si è messo con quella Iris Shaw!»

«Sì.»

«Me ne vuole parlare?»

«No.»

«D'accordo. Del resto non sono la persona più adatta a dare buoni consigli nelle questioni di cuore. Anche se da fuori è sempre facile capire cosa sia giusto e cosa sia sbagliato.» Cambiò bruscamente argomento. «L'ispettore Corbyn ha compiuto un arresto nel caso di Eva Hanson.»

«Lei ha davvero ottimi collegamenti.»

«Mi rincresce. Non ho fatto un buon lavoro per quel caso.»

«Non credo che Corbyn abbia preso la persona giusta.»

«Anch'io avevo controllato i violentatori della zona. Ho visionato le riprese. Non mi sono accorta che Oscar Lowndes fosse alla Spa al momento del reato.»

«Non sarà possibile muovere nessuna accusa. Oscar Lowndes era lì, ma Corbyn non ha in mano niente più di questo. Se non riuscirà a produrre delle prove, dovrà rilasciarlo.»

«Avremmo potuto già escludere Lowndes come colpevole» osservò Pamela. «Se lo avessi identificato. E adesso Corbyn non potrebbe celebrare il suo trionfo.»

«Alla fine non sarà un trionfo.»

«Speriamo.» Pamela guardò l'ora. «È ora di andare, Kate. Altrimenti perderà il treno.»

Lo aveva preso al volo e si era recata al quartier generale della Avon and Somerset Police. Mentre gustava il suo caffè a piccoli sorsi guardava le pareti e si chiedeva come mai gli eventi negativi della vita avessero la tendenza a presentarsi sempre tutti insieme. Pamela, il suo superiore, combatteva contro una malattia potenzialmente mortale, Paul Corbyn le aveva sottratto l'indagine e celebrava, almeno per il momento, il suo trionfo. Caleb si era innamorato perdutamente di un'altra donna e lei poteva ritenersi fortunata se non la degradavano al servizio di autopattuglia. Com'era possibile pestare in un sol colpo una cacca così enorme?

Ovviamente dipendeva dal fatto che spesso al primo errore se ne sommavano altri. A volte si commetteva una stupidaggine che rimaneva isolata. Ma generalmente l'effetto domino era inarrestabile.

Osservò la piccola borsa da viaggio che aveva appoggiato sul pavimento accanto a sé e pensò che doveva offrire una vista davvero triste: una donna stanca, anonima, seduta in una stanzetta dai muri bianchi, con una tazza di caffè in mano, una borsa per terra accanto a sé. Una noia. Persino la borsa era noiosa.

Come sorprendersi che Caleb si fosse innamorato di un'altra?

La porta si aprì. Kate non riconobbe subito l'uomo che infilò dentro la testa. Lui invece sembrava sapere perfettamente chi aveva di fronte.

«Ispettore! L'ispettore Atkins mi ha detto che era qui!» Le sorrise.

Kate lo riconobbe. Il dottor Franklin, il terapeuta di Iris Shaw. Aveva un aspetto completamente diverso rispetto a quando lo aveva visto nel letto d'ospedale l'ultima volta. E ovviamente anche rispetto alla figura moribonda che avevano estratto dal bagagliaio della macchina di Yanis Doucet.

Kate aveva di fronte un uomo di altezza media dallo sguardo amichevole e intelligente. I capelli scuri erano striati di grigio. Indossava un paio di jeans e una T-shirt nera.

«Sono arrivato proprio oggi da Scarborough» disse. «Praticamente con il primo treno. Ho appena rilasciato una testimonianza sul mio rapimento. Ho riconosciuto Yanis Doucet come il mio rapitore dalle foto che mi sono state mostrate. Ora ho capito il collegamento. Santo cielo!» Si passò una mano sulla fronte. «Se non altro Iris adesso è al sicuro. È tutto ciò che conta.»

«Sì» disse Kate, «è tutto ciò che conta.»

Lui la guardò intensamente. «Non mi sembra affatto contenta. Il caso è stato risolto. Anche per me come terapeuta. Ho sempre saputo che c'era qualcos'altro. A proposito di quella notte a Kilbride. Era tangibile. Sapevo che Iris aveva seppellito qualcosa nel suo subconscio. L'aveva rimosso con tanta convinzione da non riuscire più ad arrivarci. Altrimenti non avrebbe sopportato i sensi di colpa. Ma ora che è venuto fuori, possiamo lavorarci. Supereremo la cosa. Ne sono sicuro.»

Io non sono troppo sicura che lei continuerà a essere il terapeuta di Iris Shaw, si disse Kate. Dubitava infatti che lei volesse tornare a Bath. Alla sua vecchia vita. Era più probabile che si trasferisse a vivere da Caleb. La prospettiva di poter incontrare casualmente entrambi a Scarborough era agghiacciante.

A volte la vita è davvero ingiusta, pensò esausta.

Lo sguardo penetrante di Dawson Franklin era sempre puntato su di lei. «Effettivamente non mi sembra affatto contenta» ribadì.

«Il caso di West Kilbride continua a rimanere irrisolto» disse Kate.

«È vero, ma non potrà più nuocere a Iris Shaw» ribatté Dawson. «A quanto ne so, la polizia aveva concluso che si fosse trattato di un raptus senza motivo. I colpevoli di allora sono contenti di essersela cavata e a distanza di anni non hanno intenzione di uscire allo scoperto.» Fece una pausa. «Ma chi sono io per darle lezioni sul comportamento criminale? Se ne intende molto più di me.»

«Lei è uno psicologo» disse Kate. «Di sicuro capisce molto bene certe cose.»

Lui sorrise. «Se non mi considera del tutto inadeguato come interlocutore… avrebbe voglia di venire a mangiare un boccone da qualche parte con me stasera? Qui a Bristol oppure a Bath. Sono sicuro che non abbia intenzione di tornare direttamente a Scarborough, giusto?»

«No. Sono venuta a riprendere la macchina e partire stasera sarebbe troppo faticoso. Ma...» Come capitava spesso, l'intenzione manifestata da uno sconosciuto di trascorrere del tempo insieme innescava in lei un meccanismo difensivo, il cui primo scopo era di rifiutare la proposta altrui per poi, come già sapeva, rifletterci con tutta calma e alla fine giungere alla conclusione che non c'era motivo di scappare. Pur conoscendo perfettamente questo modello comportamentale, non riusciva a spezzarlo.

«Devo ancora cercarmi una sistemazione» disse. «E non ho idea di quanto durerà la conversazione con l'ispettore Atkins. E sinceramente sono anche molto stanca. Preferirei...»

«Ma certo, non c'è problema» si affrettò a tranquillizzarla lui. «Non voglio stressarla.»

«Mi spiace» disse Kate.

Lui tirò fuori un biglietto da visita dalla tasca dei jeans e glielo porse. «Ecco. Qui ci sono i miei recapiti. Casomai... la prossima volta che dovesse trovarsi in zona... mi farebbe piacere.»

Lei prese il biglietto. Un uomo aveva appena manifestato un interesse per un appuntamento con lei? Un uomo simpatico, intelligente, che aveva pure un aspetto piacevole?

Quanto sei stupida, Kate, si disse.

«Volentieri» rispose.

Rimasero in silenzio entrambi, un po' impacciati. Per fortuna Madeline Atkins entrò nella saletta. Aveva sicuramente alle spalle una giornata dura, ma conservava un aspetto fresco ed energico.

«Salve, ispettore. Mi scusi se l'ho fatta aspettare. Adesso sono tutta per lei!»

Dawson Franklin si congedò con un saluto mormorato a mezza voce.

Madeline Atkins prese una sedia e la sistemò di fronte a Kate. «Allora, ha risolto il caso in maniera grandiosa su in Scozia. Me lo hanno riferito i colleghi dell'Ayrshire.»

Kate annuì. Perché avrebbe dovuto parlare con Atkins del pasticcio in cui si era cacciata?

«Sì, bene» proseguì l'ispettore capo, «abbiamo controllato le impronte digitali rilevate sul pulmino Westfalia con cui Tanya Lambert e Iris Shaw erano andate in Francia. A parte quelle delle due donne, le altre, che probabilmente appartengono all'uomo a cui Lambert ha dato un passaggio, non corrispondono a quelle di Yanis Doucet.»

«Dunque si tratta di un altro uomo.»

«Sì. Non è nel nostro sistema. Credo che si trovasse veramente per caso in quel posto e volesse dare una mano. Nient'altro.»

«A me sembra un gesto estremamente generoso, scendere in una gola così pericolosa, per accertarsi che una perfetta sconosciuta non si trovi ferita sul fondo. E rimetterci una frattura della base cranica.»

Madeline si strinse nelle spalle. «Chiaramente ha sottovalutato i rischi. Ma a mio parere questo non lo rende sospetto.»

«No. È solo che trovo insolito il suo comportamento.»

«Forse Tanya Lambert gli piaceva e voleva fare colpo su di lei.»

«Era un ladro d'auto. È più probabile che volesse impossessarsi del pulmino. Ma per farlo non sarebbe stato necessario finire in fondo a una gola.»

Madeline sospirò. «Non possiamo saperlo. La macchina che aveva rubato era a secco, e molto probabilmente lui non aveva soldi. Forse sperava di ottenere un passaggio e voleva rendersi simpatico. Oppure pensava che se ne sarebbero andati da lì solo una volta rintracciata Iris. Non credo tuttavia che ci sia alcun legame con la storia precedente di Iris Shaw.»

«Effettivamente non ci sono punti di contatto» confermò Kate. Il fatto però che lo sconosciuto fosse stato disponibile a calarsi nella gola, ad affrontare un pericolo imponderabile, aveva suscitato in lei un sospetto. Era un istinto irrazionale.

Niente che potesse usare per argomentare logicamente.

Lo sconosciuto aveva cercato a tutti i costi Iris Shaw in Francia? Oltre a Yanis Doucet c'era qualcun altro che le dava la caccia?

«Sono molto sollevata che lo stalker di Iris Shaw finalmente è stato messo fuori gioco» disse Madeline. «Il suo rapimento mi aveva fatto venire i capelli bianchi.»

«Il caso Kilbride non è ancora risolto» le ricordò Kate.

«Se vuole sapere la mia opinione, non verrà mai risolto. È passato troppo tempo. E se per di più si è trattato di un gesto impulsivo, non abbiamo né avevamo in mano nulla.»

«All'epoca avevate indagato su qualche impiegato o ex impiegato di Arlo Millard in maniera più approfondita? Qualcuno che aveva suscitato dei sospetti?»

Madeline aggrottò la fronte. «Lei è proprio decisa a risolvere il caso? Non è di sua competenza, ispettore. Fondamentalmente neppure mia. Riguarda i colleghi scozzesi. Il mio dipartimento è stato coinvolto solo perché la maggior parte delle vittime proveniva da Bristol. E c'era stato chiesto di occuparci della sicurezza della sopravvissuta, Iris Shaw.»

«E ritiene di aver portato a termine tale incarico senza che siano necessari ulteriori interventi?» chiese Kate.

«Lei no?» ribatté Madeline. «Per molti anni non è successo niente. Assolutamente niente. Poi è spuntato Yanis Doucet. Ora è stato arrestato. Non credo che...»

«Finché non scopriremo l'identità dei colpevoli» la interruppe Kate, «e il movente, sussiste sempre un rischio. Per Iris Shaw.»

E per Caleb, aggiunse mentalmente, che sta con lei giorno e notte. Se dovesse capitare qualcosa, sarebbe in pericolo quanto lei.

«Ebbene» disse Madeline, «non posso fare altro che ripeterlo: né noi né gli scozzesi abbiamo compiuto il benché minimo progresso all'epoca riguardo agli autori e al movente del delitto. Arlo Millard aveva dei nemici, nella sua posizione era inevitabile. Abbiamo esaminato scrupolosamente l'elenco di coloro che erano stati licenziati o avevano dato le dimissioni. Li abbiamo interrogati tutti. Anche i vicini di casa, i genitori dei compagni di classe delle figlie. Non abbiamo tralasciato nessuno. Gli interrogatori ci hanno tenuto occupati per mesi. Non abbiamo incontrato nessuno a cui ci sentivamo di attribuire un gesto così atroce. Tuttavia abbiamo controllato anche gli alibi per l'ora dei delitti. È stata una follia. La mia squadra ha fatto straordinari a non finire. Non sapevamo più nemmeno che cosa significasse la parola *weekend*. Ma non abbiamo trovato nessun sospetto, *nessuno*.»

«*Tutti* avevano un alibi?» domandò Kate.

Madeline scosse la testa. «Ovviamente no. Alcuni erano da soli durante il fine settimana, e nessuno poteva confermare i loro movimenti. Ma ciò non costituisce prova di colpevolezza. Neanch'io sarei in grado di presentare un resoconto di ciò che faccio in ogni momento della mia vita. Men che meno trovare tutte le volte dei testimoni.»

«Sì, questo è evidente» confermò Kate. Chi avrebbe potuto farlo? Pensò involontariamente a Tyler Hanson, il padre della povera Eva. Non aveva alcun alibi per il pomeriggio della scomparsa della figlia. Ma purtroppo questo non bastava per arrestarlo.

«Tuttavia» continuò riprendendo il filo del discorso, «c'è stato qualcuno che avete controllato più da vicino, nonostante tutto? Anche se successivamente i sospetti si sono rivelati infondati? Se non sbaglio ha parlato di un collaboratore che si era tolto la vita?»

«I suicidi sono stati addirittura due» disse Madeline. «E abbiamo condotto indagini particolarmente scrupolose al riguardo. Il primo era un giovane padre di famiglia, un tecnico. Aveva commesso un grave errore e Millard lo aveva licenziato in tronco. Aveva appena comprato casa. Si ritrovò a non essere più in grado di pagare le rate del mutuo. E non solo. La sua situazione finanziaria generale precipitò irrimediabilmente. Si è ucciso con un cocktail di farmaci.»

«Terribile» disse Kate.

«Sì. Ma né la vedova affranta né i figli piccoli avrebbero potuto commettere gli omicidi. La donna poteva aver pagato qualcuno? Non era il tipo. E poi non aveva più soldi. Abbiamo controllato il suo ambiente. Amici. Parenti. Conoscenti. Nulla. Nulla che ci abbia insospettito.»

«E il secondo suicidio?»

«Una donna si tolse la vita buttandosi dal balcone di casa sua. Al nono piano di un condominio. Lavorava per l'impresa che puliva gli uffici di Millard. Ma non c'erano stati precedenti. Gli addetti alle pulizie entravano negli uffici quando non c'era più nessuno. Millard dichiarò di non conoscerla personalmente, il che è credibile.»

«Quindi il suo suicidio non era in alcun modo collegato all'ambiente di lavoro?»

«Sì, fu questa la conclusione a cui arrivammo. La donna, Shannon Pearce – mi ricordo ancora il suo nome perché la storia della sua vita era un susseguirsi di tragedie – era sposata e aveva due figli maschi. Il marito era su una sedia a rotelle dopo un incidente sul lavoro ed era invalido. Il figlio più piccolo era sempre malato e soffriva di gravi problemi renali che non lasciavano presagire nulla di buono.

Il figlio maggiore cercava di aiutare la madre, ma era ancora un adolescente. La famiglia viveva in un quartiere popolare alla periferia di Bristol, una zona problematica, dove praticamente ogni giorno la polizia viene chiamata almeno una volta. Tutti i conoscenti della famiglia dichiararono concordi che Shannon Pearce era sopraffatta dalla situazione. Fisicamente e mentalmente. Soffriva di depressione già da tempo. Quel giorno era stata a pulire nei locali dell'azienda ed era tornata a casa più tardi del solito. Aveva aperto la porta, attraversato il salotto, era uscita sul balcone e si era buttata.»

«Era tornata più tardi del solito?» notò prontamente Kate.

Madeline annuì. «C'era un intervallo di tempo di circa mezz'ora rimasto scoperto. Nessuno tra i colleghi l'aveva più vista, anche se non tutti erano usciti nello stesso momento. Nello scantinato dell'azienda c'era una stanza adibita a ripostiglio per l'attrezzatura dove i dipendenti dell'impresa di pulizie avevano i loro armadietti. Di solito era dove s'incontravano alla fine del turno per cambiarsi, ma ovviamente non arrivavano mai tutti insieme. Ciascuno aveva la sua zona da pulire e ognuno lo faceva con i propri tempi. Per questo nessuno si accorse dell'assenza di Shannon. Solo confrontando le dichiarazioni delle diverse persone giungemmo alla conclusione che *nessuno* l'aveva più vista.»

«Lei però era andata al lavoro?»

«Su questo non ci sono dubbi. Diversi colleghi avevano parlato con lei.»

«E che impressione gli aveva dato?»

«La stessa di sempre: avvilita. Introversa. Stremata.»

«Quale area le era stata assegnata da pulire?»

Madeline esitò. «Il piano della direzione.»

«Oh...»

«Millard però non c'era più.»

«È assodato?»

«Era già tornato a casa. Lo confermò la moglie.»

«Le mogli confermano molte cose quando un marito glielo chiede.»

«Lo so. Ma non trovammo altre testimonianze.»

Kate ci pensò su. «Shannon Pearce era da sola a fare le pulizie a quel piano?»

«In realtà avrebbe dovuto esserci una collega insieme a lei. Ma quella settimana era malata. In effetti quella sera Shannon Pearce era sola.»

«Quindi Millard avrebbe potuto essere ancora lì? E magari sarebbe potuto sorgere un qualche diverbio?»

«È possibile. Ma Millard negò di essere in ufficio quella sera. Non fu possibile giungere a conclusioni diverse. Inoltre, le condizioni di vita e mentali della vittima combaciavano con la possibilità di un gesto impulsivo.»

«I gesti impulsivi hanno sempre un fattore scatenante» dichiarò Kate. «Se non fu trovato all'interno della famiglia, cosa che sicuramente avrete controllato, rimane solo il lavoro.»

«Non trovammo alcun indizio» ribadì Madeline Atkins in tono impaziente. «Ispettore, l'ipotesi di un reato casuale alla fine è diventata quella più plausibile, sia per noi, sia per i colleghi dell'Ayrshire. O per meglio dire è diventata *quasi* una certezza. Ovviamente non abbiamo prove per suffragarla. Ma ci sono molti indizi che conducono in tale direzione. Ritengo che sarebbe meglio lasciare le cose come stanno.»

Kate aprì la bocca ma Atkins la interruppe prima che potesse parlare.

«Le auguro di trascorrere una bella serata qui a Bristol, ispettore. E di fare buon viaggio domani.»

«Grazie» rispose Kate.

West Kilbride, sabato 23 agosto 2008

Il vento squarcia nuovamente le nuvole, la luna illumina il paesaggio e vediamo subito le tende sulla spiaggia bagnata. La pioggia ha ammorbidito la sabbia. Fa freddo. Le onde sono alte, perché c'è un forte vento. Il lato positivo è che non sentiamo neppure la nostra voce. Non dobbiamo muoverci furtivamente. I Millard non si accorgeranno di niente fino al momento in cui entreremo nelle loro tende.

Adam apre la strada, seguito da Vincy. Io sono l'ultimo.

È scoccata la nostra ora.

Adam ha raggiunto la prima tenda. Apre la cerniera che fissa il telo. Il telo ricade. Adam si sporge all'interno.

Sento un grido assonnato. Più rabbioso che spaventato. È una voce maschile. «Ma che diavolo...?» La voce di Arlo Millard supera il vento e lo scroscio delle onde. «Porca miseria, che cazzo vuoi?» esclama.

La testa di Adam spunta di nuovo dalla tenda. Ha afferrato Arlo Millard per i piedi e lo trascina fuori dalla tenda. Evidentemente non si era infilato nel sacco a pelo ma se lo era messo sopra come una coperta ed è stato facile da agguantare.

Meglio per noi. Peggio per lui.

Millard ha i polsi e le caviglie legati con le fascette stringicavo che ci siamo portati dietro. Non ha nessuna possibilità di difendersi. Così era previsto, e Adam ha agito effettivamente in maniera impeccabile. Deve essere stato velocissimo, sfruttando il sonno e i due o tre secondi di confusione di Millard.

Millard soffia come un toro e cerca di opporre resistenza. Per Adam non è semplice trascinarlo fuori dalla tenda, ma legato com'è, il nostro uomo non può fare molto.

Si dibatte che sembra un pesce fuor d'acqua. Mi avvicino, gli punto in faccia la luce della pila. Vedo le vene sulle sue tempie pulsare, lui è accecato, chiude gli occhi.

«Chi siete?»

Portiamo i passamontagna, ma comunque non potrebbe riconoscerci. Nessuno di noi. Non ha idea di ciò che vogliamo. Sicuramente pensa di avere di fronte dei balordi che vogliono rapinarlo.

«Ti dice qualcosa il nome Shannon Pearce?» gli domando.

«No. Cazzo. Cosa dovrebbe dirmi?»

Si capisce che Arlo Millard è un guerriero. È legato come un salame, è stato aggredito nel sonno in un luogo isolato, non ha idea di quello che sta succedendo, ma ovviamente sa che non può essere niente di innocuo e che può finire molto male. Altri reagirebbero impauriti. Implorerebbero. Altri se la farebbero sotto. Lui invece impreca e si comporta come se fosse nella posizione di fare domande.

Invece di rispondere gli assesto un calcio brutale nelle costole. Chi crede di essere per poter imprecare sentendo il nome di mia madre?

Trattiene un grido di dolore, anche se uno schianto sonoro testimonia che gli ho appena rotto una costola.

Duro come l'acciaio, questo tipo.

Vedo Vincy portare Mrs. Millard fuori dalla tenda. Non l'ha legata, come era stato concordato, probabilmente se lo è scordato. Non riesce a pensare. Non più lontano del suo sputo.

Isabella Millard però non oppone resistenza. Agita un paio di volte le braccia, ma i suoi movimenti al massimo potrebbero scacciare una mosca. Ha un'aria assonnata e intontita. Porta una tuta di ciniglia grigia e i suoi lunghi capelli biondi sono ispidi. Seccati dal vento, dall'acqua di mare. Così al naturale è molto più bella e più giovane che sulle foto pubblicate dalle riviste di gossip. Ce n'è una che la ritrae insieme al principe Filippo, il marito della regina. Si è bardata e truccata in maniera così pesante da sembrare un mostro da luna park.

«Devi legarle i polsi!» grido a Vincy che si blocca senza capire. La mia voce però attira l'attenzione di Arlo che gira la testa e vede Vincy inginocchiato sopra la moglie.

«No! Lasciate stare mia moglie! Lasciatela in pace! Maledizione, fatemi quello che volete, ma lei lasciatela in pace!» Lotta con tutte le forze per liberarsi e temo che possa venirgli un infarto.

Mi alzo, vado da Isabella Millard, le strattono le braccia dietro la schiena e le lego i polsi con un'altra fascetta. Non mi è facile: una bella donna stordita, del tutto indifesa, sdraiata sulla sabbia davanti a me... ma poi penso a ciò che è in grado di fare. A ciò che ha fatto.

Stringo la fascetta con un gesto deciso.

Isabella lancia un gemito soffocato, socchiude le palpebre.

«Cosa... cosa...?» bisbiglia. Fatica ad articolare le parole. Deve aver preso un sonnifero e non di quelli leggeri. È la vittima perfetta.

Con la coda dell'occhio vedo aprirsi la seconda tenda. La figlia più piccola, Judy Millard, tira fuori la testa. Ha l'aria addormentata, si stringe al petto un piccolo orsacchiotto.

«Mamma!» chiama. «Mamma?»

Con due passi la raggiungo, l'afferro e la porto fino ai piedi della scogliera. La sistemo lì. «Rimani seduta qui» le ordino. Ha sette anni. Non vorrei che in preda all'ansia e al panico corra via e finisca annegata in mare.

«Non muoverti da qui!» aggiungo.

Stringe l'orsacchiotto più forte a sé. «Che cos'ha la mamma?»

«La mamma sta bene» le rispondo per tranquillizzarla, e intanto vedo Iris, la figlia maggiore, uscire dalla tenda. Si guarda intorno per un istante, poi si mette a correre. Verso l'acqua. L'unico nascondiglio possibile lì è la passerella che tuttavia è sommersa sempre di più dalla marea in aumento.

Devo occuparmi di Arlo Millard. Devo dirgli che razza di stronzo sia, prima che Adam lo uccida.

Judy rimane seduta immobile e tremante, il viso rigato di lacrime. È sotto shock e sembra non capire se si tratti di un sogno. Vincy intanto ha abbassato i calzoni della tuta e le mutandine di Isabella fino alle caviglie e si avventa su di lei con un grugnito di piacere. Nessuna donna va a letto con lui spontaneamente, questa notte è come Natale e Pasqua messi insieme. Isabella oppone una debole resistenza, ma si capisce che sta lottando ancora con lo stordimento. Non comprende esattamente quello che sta succedendo.

Suo marito invece sì. Ricomincia a mugghiare come un toro. «Lasciatela stare! Maledizione, lasciatela stare. Lei non vi ha fatto niente. Lasciatela stare!»

La sua voce supera quella del vento. Quest'uomo ha una forza fisica incredibile. Se non avessimo avuto dalla nostra parte l'elemento sorpresa e non lo avessimo sopraffatto in tempo, probabilmente avremmo faticato a eliminarlo, persino in tre.

«Ti ho chiesto se conosci Shannon Pearce» ripeto, appena torno accanto a lui. Adam intanto rovista in una cassa collocata tra le tende. Non ho idea di che cosa cerchi.

«Non so chi sia» risponde Arlo. Gli punto di nuovo la torcia in faccia. Ha la fronte imperlata di sudore, benché faccia freddo. È una tortura per lui essere sdraiato senza potersi muovere e dover vedere sua moglie che viene scopata da uno sconosciuto a pochi passi di distanza.

«Non la conosci?» chiede Adam. Si gira. Tiene in mano un accendino a gas che deve aver trovato nella cassetta. Da una piccola finestrella sul lato mi rendo conto che è quasi completamente pieno. Adam accende la sottile fiamma e la preme lentamente e con forza insieme al metallo rovente sull'avambraccio destro di Arlo.

Questa volta Millard urla di dolore. Adam sogghigna soddisfatto.

«Un piccolo aiutino» dico, «si è lanciata dal balcone del nono piano.»

Scruto il suo viso alla luce della pila. Per un attimo continua a essere ignaro, ma poi mi rendo conto che comincia a ricordare.

«La donna delle pulizie» dice.

«Esatto, la donna delle pulizie.»

Adam gioca distrattamente con l'accendino. Non promette affatto bene per Millard.

«Aveva rubato dei soldi.»

«Cinquanta sterline. Le aveva restituite.»

«Perché l'avevamo scoperta. Se non lo avessimo fatto, se le sarebbe tenute» dice Millard.

Per quanto odi quest'uomo, non posso fare a meno di provare nuovamente un'involontaria ammirazione. Non cedere nella sua situazione, ma continuare a sostenere di essere stato nel giusto, richiede un bel coraggio.

Adam accende di nuovo la fiamma e l'avvicina all'altro braccio di Millard. Millard urla. Nemmeno la forza di volontà, con cui vuole toglierci ogni soddisfazione, lo aiuta contro il calore pazzesco che gli penetra nella pelle e nella carne.

A qualche passo di distanza grida anche sua moglie. È sempre più vigile, si rende conto di essere legata e che la stanno violentando.

«Arlo? Arlo, dove sei? Arlo!»

«Lasciate in pace mia moglie!» strepita Arlo cercando di liberare i polsi. Inarca la schiena. «Maledetti stronzi! Luridi figli di puttana! Vi uccido! Vi uccido!»

«Non hai capito bene la tua situazione, vecchio» dice Adam in tono quasi benevolo. Poi si guarda intorno. «Dove sono le bambine?»

Arlo lancia un urlo che non ha più niente di umano. «Lasciate in pace le bambine! Pezzi di merda, se toccate le bambine siete morti. Ve lo giuro, vi darò la caccia in capo al mondo! Vi ammazzo! Vi ammazzo!»

«La piccola è seduta da quella parte» dico, «l'altra è corsa verso l'acqua.»

Adam annuisce. «Sotto controllo?»

«Sì. Per prendere il sentiero che sale dovrebbero passarci davanti.»

«Ok.» Avvicina la fiamma al mento di Millard. L'uomo lancia un grido disumano. È coperto di sudore su tutto il corpo. Quello che gli stiamo facendo è una tortura, la peggiore che possa esserci, perché nel contempo deve osservare impotente sua moglie che viene abusata ed è fuori di sé per l'ansia per le figlie. Crollerà. Non manca più molto.

Isabella intanto piange. Con grandi singhiozzi. Grida come un animale in trappola quando Vincy inizia il secondo round.

Lei non ha avuto pietà verso la mamma, mi dico.

Mrs. Millard urla di nuovo. Completamente sveglia.

«Vi darò dei soldi» dice Millard. «Tutti quelli che volete. Sono un uomo molto ricco. Posso darvi un milione di sterline. Anche di più. Quello che volete. Se ci lasciate in pace.»

Lo guardo sogghignando. «Se c'è una cosa che so di te, Arlo Millard» dichiaro in tono solenne, «è che sei completamente al verde. Non hai più un quattrino. Niente di niente. La tua azienda è a un passo dalla bancarotta. Tu stesso sei fallito. Quindi non raccontarci fandonie e non fare promesse che non puoi mantenere. Capito?»

Alza gli occhi su di me. Per la prima volta vedo un lampo di panico. Nella sua vita Arlo Millard ha sempre sistemato tutto grazie ai soldi.

Nella situazione più drammatica in cui possa finire una persona, non può ricorrere a questo mezzo. L'unico che conosceva e che conosce.

Gli resta ancora poco da vivere.

Molto poco.

# Martedì, 18 luglio

## *1*

Il bed and breakfast alla periferia di Bristol era decente, ma Kate non era riuscita a chiudere occhio. Troppi pensieri le affollavano la mente.

Si addormentò alle prime luci del giorno.

Quando si svegliò di soprassalto e guardò lo schermo del cellulare, rimase incredula: le nove e mezzo. Era da un'eternità che non dormiva fino a così tardi.

Si alzò, si concesse una lunga doccia e nel frattempo pensò a come iniziare al meglio quella giornata. Poteva tornare a Scarborough, ma siccome non poteva mettere piede in ufficio, avrebbe finito per passare la giornata chiusa in casa in trepidante attesa di conoscere quale misura disciplinare avrebbe deciso per lei il sovrintendente Steele. La gatta era a posto per qualche giorno, quindi non doveva preoccuparsi se avesse voluto trattenersi lì ancora un po'.

Per frugare nel caso Millard?

I delitti erano stati commessi in Scozia, ma se non si trattava di un gesto impulsivo, le loro radici erano lì a Bristol e a Bath. Pensò ai possibili nemici che Arlo Millard si era attirato. Due suicidi tra i suoi impiegati... Il caso del padre di famiglia finito in difficoltà economiche sembrava essere stato analizzato in maniera approfondita senza che conducesse a nessuna pista concreta. Restava la vicenda della donna delle pulizie, il cui suicidio, secondo Madeline Atkins, non era ricollegabile alla società di Millard. Kate aveva l'impressione che gli inquirenti non avessero scavato in maniera adeguata come nell'altro caso. Ovviamente esisteva la possibilità che entrambi fossero due eventi drammatici e unici senza tuttavia alcun legame con Kilbride.

«In questo momento però non ho nessun'altra pista a portata di mano» disse a voce alta Kate. Aveva preso mentalmente nota del nome. *Shannon Pearce.* Abitava in un palazzone popolare alla periferia di Bristol. Con un po' di fortuna forse la famiglia viveva ancora lì.

Avvolta nell'accappatoio, Kate tornò in camera e segnò un paio di punti chiave sul retro di una busta trovata nella borsa:

° *Shannon Pearce. Motivi del suicidio?*

° *Thomas Seymour?*

Esaminò gli appunti aggrottando la fronte. Avrebbe potuto occuparsi della faccenda quel giorno e l'indomani.

Scrisse un messaggio WhatsApp alla collega Helen Bennett pregandola di rintracciare l'indirizzo della famiglia Pearce a Bristol. La famiglia della defunta Shannon Pearce. E se possibile anche quello di Thomas Seymour, ex dipendente della Barclays Bank a Bristol.

Si vestì e scese di sotto dove trovò ancora gli avanzi del buffet della colazione. Grazie allo scaldavivande, i fagioli al sugo e le uova strapazzate erano ancora tiepide, anche se non avevano più un aspetto invitante. Kate prese una fetta di pane tostato e un po' di marmellata e si riempì una tazza di caffè. La televisione nella sala era accesa. Uno show di metà mattina. Due squadre che gareggiavano cercando di rispondere a domande piuttosto semplici.

Kate si accomodò a uno dei tavoli. A parte lei c'era solo un'altra signora con una tazza di caffè, assorta a guardare lo smartphone. Il sole era già alto in cielo. Sarebbe stata una giornata calda.

La trasmissione a quiz fu interrotta oppure era terminata, Kate non aveva fatto molta attenzione. Era il momento del notiziario. Lo seguì senza attenzione mentre controllava il cellulare. Helen non le aveva ancora risposto.

Era opportuno andare avanti? Che cosa c'entrava lei con il caso Millard? Il fatto che Caleb Hale si fosse innamorato di una delle persone coinvolte non significava che lei, Kate, dovesse buttarsi a capofitto nelle indagini. Non era sua responsabilità e alla fine le avrebbe portato solo altri problemi. Probabilmente gli inquirenti erano giunti alla conclusione giusta, supponendo che la famiglia Millard avesse avuto la sfortuna di trovarsi al momento sbagliato nel luogo sbagliato. E la famiglia Doucet era rimasta vittima del disperato tentativo di fuga di Iris Shaw.

Tremendo. Agghiacciante. Ma senza il minimo antefatto.

Si alzò e si fermò di scatto. Sul grande schermo piatto appeso alla parete era comparsa la faccia dell'ispettore Paul Corbyn. Il testo scorrevole sotto di lui spiegava che le immagini riguardavano la conferenza stampa degli inquirenti conclusa da pochi minuti sull'efferato omicidio di una studentessa quattordicenne a Scarborough, nel Nord dell'Inghilterra.

Il caso aveva ricevuto una risonanza nazionale. Corbyn appariva molto sicuro di sé davanti alle telecamere, consapevole di avere numerosi spettatori. I suoi occhi brillavano. Parlava con un lieve tono nasale per darsi un contegno.

«Ho preso in carico l'indagine dopo che le colleghe che mi hanno preceduto non avevano ottenuto alcun risultato» spiegò compiaciuto. «In casi come questo il tempo è cruciale. Più una pista si raffredda, più è improbabile arrivare a una soluzione.»

Ma davvero? pensò Kate. Hai in serbo altri luoghi comuni?

«Ho fatto quello che è alla base di ogni indagine in frangenti di questo tipo. Ho controllato i violentatori denunciati nella regione. In particolare quelli condannati per reati ai danni di bambini e adolescenti.»

La telecamera inquadrò la sala piena di giornalisti. In prima fila Kate notò Tyler Hanson. Aveva indossato una maschera accuratamente pensata e provata per lo schermo: appariva serio e triste. Ma anche determinato. Pieno di fiducia nei confronti dell'uomo dietro i microfoni.

Lurido pezzo di merda, pensò Kate.

«Inoltre le telecamere di sorveglianza sul luogo della scomparsa della studentessa ci hanno dato la conferma definitiva» proseguì Corbyn. «Il colpevole praticamente ci è finito tra le braccia.»

Fu inquadrato un giornalista che voleva fare una domanda. «Il colpevole ha confessato?»

Paul Corbyn scrollò la testa. «Ma è solo questione di tempo prima che lo faccia.»

Domanda successiva. «Esistono altre prove per identificarlo come il colpevole a parte le condanne precedenti e la sua presenza sulla scena del crimine?»

Già, pensò Kate.

Corbyn sembrava stizzito. «Non è ancora il momento di scoprire tutte le carte in tavola. Ma siamo assolutamente certi di aver catturato la persona giusta.»

«Perché hai assolutamente bisogno di sbandierare un successo» commentò Kate, senza rendersi conto di aver parlato a voce alta.

La donna all'altro tavolo alzò la testa. «Parla con me?»

«No, mi scusi.» Kate si morse il labbro e tornò a concentrarsi sulla conferenza stampa. Sullo schermo ora c'era Tyler Hanson. Era nell'atrio dell'edificio dove era stato organizzato l'incontro. Era circondato da giornalisti e da microfoni. Portava un abito scuro e una cravatta nera. Il padre in lutto, dignitoso e composto.

«Sono molto riconoscente per il lavoro svolto dalla polizia» annunciò. «Sono grato che la squadra investigativa sia stata cambiata dopo la conferma della totale incapacità di due poliziotte incaricate delle indagini. L'ispettore Corbyn e i suoi collaboratori hanno fatto un lavoro straordinario. In questo momento incredibilmente difficile dopo la perdita della nostra unica figlia tanto amata, è una consolazione per mia moglie e me sapere che il colpevole pagherà per il suo atroce gesto.» Guardò direttamente nell'obiettivo. Kate ebbe l'impressione che sapesse che lei lo stava guardando. Le parve di riconoscere agli angoli della sua bocca l'ombra appena accennata di un sorriso beffardo.

Che scemenza, si disse richiamandosi all'ordine. Era troppo coinvolta. Si immaginava le cose più assurde. Tuttavia si rendeva conto che Tyler Hanson era *ovviamente* raggiante. Era riuscito a deviare l'attenzione da sé e con l'arresto di un colpevole si era messo al sicuro.

Forse si stava solo cullando in un'illusione, Kate lo sapeva. Le cose non erano così semplici come voleva lasciar credere Corbyn. Doveva dimostrare la colpevolezza di Oscar Lowndes. Finora l'uomo negava qualunque coinvolgimento nella morte di Eva Hanson. La sua presenza alla Scarborough Spa registrata dalla telecamera di sorveglianza non era una prova sufficiente. Corbyn stava celebrando con troppo anticipo il trionfo del proprio intuito e della propria astuzia.

Magari però aveva ragione lui.

Magari era lei, Kate, a sbagliarsi?

Uscì dalla sala della colazione e salì in camera sua. Sulle scale ricevette un messaggio di Helen Bennett. Aveva rintracciato l'indirizzo della famiglia Pearce a Bristol e nel messaggio accennava anche al misterioso suicidio di Shannon Pearce del 2008. Era stata scrupolosa nelle sue ricerche, perché il messaggio si concludeva con *Lavorava per l'azienda di Millard! È questo il motivo del suo interesse?*

Kate non rispose in maniera diretta, ma si limitò a ringraziarla. Arrivata in camera, il suo cellulare squillò.

Con sua sorpresa era Caleb. «Kate? Disturbo?»

Era così stupita che rispose balbettando. «N...no...» Poi ritrovò un contegno. «No. Dove sei?»

«Ad Aberdeen.»

«Aberdeen? Siete arrivati molto a nord.»

«Sì, non volevamo tornare a casa subito. Dopo tutto quello che è successo. Iris è molto sollevata di sapere che Yanis Doucet è stato arrestato, ma è anche a terra. Ha creduto di morire giù nell'insenatura.»

«Lo immagino» concesse Kate.

«In ogni caso abbiamo deciso di prenderci una settimana di vacanza» annunciò Caleb. «Per ora siamo in un hotel, ma vogliamo affittare un cottage da qualche parte sulla costa. Lontano da tutto. Dobbiamo anche pensare a come andare avanti.»

«Il tuo capo sa che sei in vacanza?» chiese Kate, pensando che non fosse strano che Caleb trovasse altre donne più attraenti di lei. Gli stava parlando come se fosse sua madre.

«Mi sono licenziato» disse Caleb.

«Davvero?»

«Voglio tornare al mio lavoro di prima» spiegò lui. «So che sarà difficile, e...»

«Difficile non è l'aggettivo giusto» lo bloccò Kate. Dentro di sé sentì crescere la rabbia. Caleb se ne stava tranquillo nel suo nido d'amore in Scozia progettando con entusiasmo il suo rientro professionale, mentre lei aveva dovuto sopportare la collera del capo, aveva dovuto accettare delle ferie forzate ed era in ansia per la carriera. Tutto per colpa sua. «Di sicuro puoi scordarti il CID di Scarborough. Steele è fuori di sé dalla collera per il tuo intervento a Kilbride. E in generale per il fatto che tu abbia agito al mio fianco... bah, lasciamo perdere. Io comunque ho avuto un mare di guai.»

Lui rimase in silenzio. Kate colse tutto il suo rimorso. Doveva essersi reso conto solo in quel momento di averla messa in una situazione assai problematica.

«Mi spiace tantissimo» disse alla fine, «davvero, Kate, non volevo...»

«Non parliamone più» tagliò corto lei.

«No, invece credo che dovremmo...»

«Non mi va.»

Lui tacque di nuovo.

«Siete in viaggio in macchina?» domandò Kate in tono pragmatico.

«Ne abbiamo noleggiata una. La mia è ancora alla scientifica.»

«Capisco.»

Un altro imbarazzante silenzio tra di loro. Era pieno di così tanti sottintesi, di tante cose che mettevano paura a entrambi.

«Tu dove sei?» domandò infine Caleb.

«A Bristol. A ritirare la macchina.»

«Questi ultimi giorni...» disse Caleb, «ecco... grazie, Kate. Ti sono riconoscente per il tuo aiuto, per avermi portato con te. Per me era molto importante. Non lo dimenticherò mai.»

«Figurati» si schermì Kate. «Una cosa sola, Caleb: cerca di essere un po' più prudente. Sono tutti euforici per la cattura dello stalker di Iris, ma non bisogna dimenticare che gli omicidi di Kilbride continuano a rimanere irrisolti. Non è stato fatto neanche un passo avanti. Vale a dire che i colpevoli sono sempre a piede libero e nessuno li conosce. E voi siete nel Nord della Scozia in completa solitudine.»

Le parve di avvertire concretamente la meraviglia di lui. «Ma gli autori non si sono più fatti vivi da quindici anni. E in ogni caso, come farebbero a sapere dove ci troviamo?»

Obiezione inappuntabile. «Hai ragione. Voglio solo dire... non perdere completamente di vista questo aspetto.»

«D'accordo» disse Caleb. «Kate, mi faccio vivo tra un po'. Abbi cura di te...»

La comunicazione fu interrotta.

«Anche tu» mormorò Kate sottovoce.

## *2*

Non riusciva ad abituarsi alle sofferenze e ai patimenti umani, benché si trovasse ad affrontarli più spesso della maggior parte delle persone. A sconvolgerla non erano tanto le scene del crimine insanguinate, i cadaveri, gli individui uccisi e torturati. Erano soprattutto i sopravvissuti. Quelli che continuavano a vivere, affranti, attoniti, le cui vite erano state distrutte, ma che dovevano andare avanti fino all'ultimo, amaro giorno.

I parenti delle vittime... erano loro il cruccio di Kate.

Ma anche ciò che dava un senso al suo lavoro.

Uscì dall'appartamento della famiglia Pearce a Bristol e si appoggiò al muro del vano scale per qualche istante. Lo squallido quartiere popolare, i volgari graffiti ovunque, l'evidente miseria e l'assenza di prospettive degli abitanti l'avevano profondamente colpita, ma le era già capitato in precedenza di compiere interventi in zone del genere, era avvezza alla desolazione generale.

La sofferenza diretta delle persone, invece...

La grave invalidità di Mr. Pearce, seduto sulla sedia a rotelle nel salottino, che fissava lo schermo della tivù. Si capiva che non percepiva nulla di quanto veniva trasmesso, forse gli bastava il suono delle voci per non sentire il silenzio dentro casa. Il figlio, che aveva aperto la porta a Kate, le aveva subito detto che il padre non parlava, e così era stato. Kate si era accomodata davanti a lui e aveva cercato di comunicare, ma lui non le aveva rivolto neanche un'occhiata. Guardava fisso il televisore. Non aveva detto una parola.

«È così dal giorno dell'incidente» le aveva detto il ragazzo dalla porta del salotto. Doveva avere tra i venticinque e i trent'anni, era difficile stabilirlo con precisione. Era magro e bassino, aveva la pelle bianca, quasi trasparente. Sembrava un pezzo di vetro, così fragile che avrebbe potuto rompersi al minimo contatto.

«Lei è...?» chiese Kate. Si era presentata con il tesserino. Il ragazzo non era sembrato sorpreso che qualcuno della Yorkshire Police suonasse alla porta. Ma forse non ci si stupiva più di niente e non si facevano domande alla vita se si era costretti a vivere in quell'appartamento: con un padre muto, la televisione sempre accesa, in quella solitudine che permeava densa tutte le stanze. Kate si era sentita rabbrividire da dentro.

Buon Dio, aveva pensato.

«Sono Patrick Pearce» aveva risposto il giovane alla sua domanda.

«Il figlio minore?»

«Sì.»

A Kate tornò in mente ciò che le aveva riferito Madeline Atkins: Patrick Pearce aveva sofferto di problemi di salute fin da bambino.

«Vivo qui da solo con mio padre» disse. «Campiamo con la sua pensione e il mio sussidio di disoccupazione. Un giorno sì e uno no devo sottopormi a dialisi. E prendermi cura di papà. Non posso andare a lavorare.»

«Capisco. Suo fratello maggiore non abita più con voi?»

«No. Non so dove sia o cosa faccia. Se n'è andato poco dopo la morte di nostra madre, per un po' è rimasto a Bristol e poi è sparito del tutto.»

Kate annuì. Chiunque se ne sarebbe andato da lì, potendo.

«La morte di sua madre» disse cauta. «Lei conosce il motivo per cui si tolse la vita?»

Patrick scosse la testa. «La polizia venne qui a chiedermelo una volta. Ma è passato molto tempo. Volevano sapere se il gesto di mia madre avesse a che fare con il suo capo, Mr. Millard. Io non seppi dire niente. Non lo so. Continuo a non saperlo.»

«Quella sera sua madre tornò a casa più tardi del solito.»

«Sì, forse una mezz'ora. Ma non ci feci molto caso. Quando la sentii aprire la porta di casa guardai l'ora e pensai che era più tardi del solito.»

«E poi?»

«Uscii dalla mia camera per salutarla. Credo di averle anche detto che era in ritardo. Lei non mi guardò neppure. Andò direttamente in salotto.»

«Suo padre era lì?»

«Sì. Davanti alla tivù. Come adesso.»

«Lei gli disse qualcosa?»

«No. Attraversò la stanza e aprì la porta del balcone. Cioè...» Il ricordo di quegli istanti lo aveva fatto diventare ancora più pallido. «Avremmo potuto fermarla. Si muoveva in maniera normale. Non era frettolosa o fuori di testa. Ma… io non sapevo cosa volesse fare. Mi sembrava turbata, ma non sul punto di… rimasi lì a guardarla… senza fare niente.»

Kate gli rivolse un'occhiata comprensiva. Intuiva che da allora quel pensiero lo tormentava senza sosta: che avrebbe potuto salvare sua madre. Se avesse capito in tempo le sue intenzioni.

«E poi…?»

«Salì sulla ringhiera e saltò.»

«Sua madre era depressa, me lo conferma? Voglio dire, è stato colto completamente di sorpresa? Oppure era plausibile pensare che potesse compiere un gesto disperato?»

Patrick ci pensò su. «Sì, era depressa. Da sempre» aggiunse. «E dopo l'incidente di mio padre le sue condizioni peggiorarono. Lui cambiò completamente. Aveva bisogno di cure continue. I soldi non bastavano mai. Mia madre era sempre stressata. Si angosciava e spesso si isolava dal mondo. Ma… che ci lasciasse così?» Guardò Kate, quasi si aspettasse di ricevere una risposta da lei.

«Dov'era suo fratello la sera dell'accaduto?» chiese Kate.

«Liam? Era appena uscito. Un attimo prima che la mamma entrasse in casa.»

«Dov'era andato?»

«Al bar. Aveva appuntamento con due amici. Era di fretta, perché lo aspettavano già.»

«Se uscì subito prima dell'arrivo di sua madre… è possibile che si siano incontrati sulle scale?»

«Lui disse di no.»

«Com'è possibile che *non* si siano incrociati?»

Patrick si strinse nelle spalle. «Forse Liam usò le scale e la mamma prese l'ascensore. In quel caso non ci si incrocia.»

«Quando sono arrivata» obiettò Kate, «l'ascensore era fuori servizio.»

«Non funziona quasi mai.»

«Lei quindi non sa se quella sera funzionasse?»

Patrick si concentrò sulla domanda, e alla fine disse: «Non lo ricordo più. A volte funziona, altre no. È passato tanto di quel tempo. Probabilmente però funzionava. Altrimenti la mamma e Liam avrebbero dovuto incontrarsi. Ma di sicuro questo non avrebbe cambiato le cose».

Con ogni probabilità sarebbe stato impossibile definire la storia dell'ascensore. Era plausibile che Liam e sua madre non si fossero incontrati. Quasi sicuramente era andata così, e comunque come aveva dichiarato Patrick rassegnato: in caso contrario non sarebbe cambiato niente.

Kate si congedò, dato che non avrebbe potuto raccogliere altre informazioni, e per sfuggire all'atmosfera opprimente di quell'appartamento da cui voleva andarsene il prima possibile. Shannon Pearce era stata una donna depressa e stressata, ma aveva un marito invalido e due figli di cui uno gravemente malato. Possibile che una donna decidesse di togliersi la vita con la consapevolezza di lasciare la famiglia in una situazione tragica e disperata?

Forse era arrivata allo stremo delle forze, pensò Kate.

Ma perché quella sera era rincasata più tardi? Che cosa era successo in quella mezz'ora di intervallo?

«Scusi, mi fa passare?» chiese all'improvviso una voce sgarbata.

Kate aprì gli occhi che aveva chiuso per riflettere meglio. Di fronte a lei c'era una donna. Portava un paio di shorts e una maglietta con la scritta *MILF!* sul davanti. A parte l'aura di troppo alcol e troppe sigarette che l'avvolgeva, era una bella donna. Stava salendo le scale con una cesta piena di bucato e Kate le bloccava la strada.

«Mi scusi» disse Kate premendosi contro la parete. «Sono appena stata dalla famiglia Pearce.»

La donna socchiuse gli occhi. «Assistente sociale? Infermiera?»

Kate tirò fuori il distintivo. «Ispettore investigativo Linville. North Yorkshire Police.»

La donna era molto più sveglia di Patrick Pearce. «Che è venuta a fare qui? Non è una zona di sua competenza!»

«Stiamo svolgendo un'indagine interterritoriale» spiegò Kate.

«Riguarda di nuovo il suicidio di Shannon?»

«Di nuovo?»

«La polizia venne già diversi anni fa. Interrogò tutti quelli del palazzo. Perché Shannon lavorava per Millard. Aveva un'enorme impresa edile qui a Bristol. È quello che hanno ammazzato da qualche parte in Scozia. Era su tutti i giornali. Compresa la famiglia. Che porcheria, vero? Voglio dire, a me i super ricchi non mi stanno simpatici, ma quello fu davvero eccessivo.»

«Lei conosceva bene Shannon. Mrs...?»

«Harrell. Jess Harrell.» Jess posò a terra la cesta del bucato e si scostò una ciocca di capelli dalla fronte. «Be', i nostri ragazzi erano amici. Per questo ci capitava di chiacchierare a volte. Ma sinceramente… non familiarizzava con nessuno. Era sempre terribilmente stressata. Non aveva mai tempo per un caffè o una sigaretta giù in cortile.»

«Il marito è gravemente invalido.»

«Sì, certo, una tragedia. Aveva bisogno di cure continue. E anche il figlio più piccolo era sempre malato. Adesso è sotto dialisi. Poi si mise a fare la donna delle pulizie per Millard. Era sempre esausta. Poveretta. Mai una gioia nella vita.»

«La descriverebbe come una persona depressa?»

Jess ci pensò su. «Sì, credo di sì.»

«Quindi il suo suicidio non la meravigliò troppo.»

«Sì, invece. Non avrei mai pensato che avrebbe piantato in asso il marito e il povero Patrick. Ma forse non ne poteva davvero più.»

Lo stesso identico pensiero che aveva avuto Kate poco prima.

*Forse non ne poteva davvero più.*

Magari c'erano state delle avvisaglie. Ma quelli intorno a lei non le avevano colte.

«Il figlio maggiore era amico di suo figlio?» chiese Kate.

«Liam. Sì. Era amico di Adam.»

«Però lei non sa dove viva attualmente.»

Jess scosse la testa. «Non ne ho idea. Credo che non lo sappia nemmeno Adam. Può chiederlo direttamente a lui.» Alzò la voce a un volume così alto che Kate si trattenne all'ultimo istante dal tapparsi le orecchie con le mani. «Adam! Adam, vieni qua!»

Due piani più su si aprì la porta di un appartamento. «Che c'è?»

«Scendi!» urlò Jess. «Spicciati!»

«Suo figlio vive ancora con lei?» chiese Kate.

Jess la guardò esasperata. «Lei ha figli? Oggigiorno non ci si libera mai di loro. Non vogliono rinunciare a essere serviti e riveriti in casa. Adam ha trentaquattro anni. Per un paio d'anni si era trasferito dalle parti di Birmingham, ma poi l'affitto era troppo alto ed è tornato qui.»

«Che lavoro fa?»

«Niente» fu la laconica risposta.

Adam scese con indolenza le scale. Portava calzoni corti, una maglietta sbiadita e un paio di infradito. I capelli ispidi, lunghi fino alle spalle, avrebbero avuto bisogno di uno shampoo. Dava l'impressione di essere una persona che passa le giornate a far niente e così facendo esaurisce sempre di più le energie. Letargico, apatico, senza uno scopo nella vita. Sarebbe rimasto con sua madre finché fosse campata, dato che ogni passo lontano avrebbe richiesto uno sforzo eccessivo e lui non era più capace di affrontarlo. Ammesso che fosse mai stato in grado di farlo, aveva ormai disimparato.

Jess dovrebbe metterlo alla porta, pensò Kate.

Poi però Adam alzò la testa e Kate riconobbe in lui qualcos'altro, a parte la pigrizia insolente di chi passa la vita ciondolando: c'era un che di subdolo. Smaliziato. Brutale.

Adam Harrell era una persona antipatica. Probabilmente persino pericolosa.

«Adam, lei è l'ispettore Linville. Della Yorkshire Police. È venuta per via di Shannon.»

Adam fece una smorfia. «Yorkshire?»

«C'è stato uno sviluppo che coinvolge anche noi» spiegò Kate.

«Che sviluppo?» chiese Adam. «Che c'è da sviluppare nel caso di Shannon?»

«Sa dove possiamo trovare Liam? Il figlio maggiore?»

«Non ne ho idea.»

«Sua madre mi ha detto che eravate molto amici.»

«Un sacco di tempo fa.»

«Non ha più alcun contatto con lui?»

«Da un'eternità.»

«Come mai?»

Adam si strinse nelle spalle. «Succede. Lei continua ad avere tutti i suoi amici di quando era ragazza?»

Kate non rispose alla domanda ma proseguì: «Quando vi siete visti o sentiti l'ultima volta?»

«Che ne so. Un secolo fa.»

«Certo che è strano» intervenne Jess. «Pensare che eravate così uniti. Anche con Vincy… eravate inseparabili.»

«Vincy?»

«Vincent Brown. Abitava nel palazzo accanto. Un po' ritardato, ma per il resto a posto. Adesso è morto.»

«Come?»

«Un incidente d'auto. Non avrebbero dovuto dargli la patente, non aveva tutte le rotelle a posto. Comunque, subito dopo aver superato l'esame pratico al terzo tentativo, ha imboccato a tavoletta la A4 ed è finito contro il pilone di un ponte. L'auto era ridotta a un catorcio. Distrutta. E ovviamente Vincy era morto.»

«Non si è trattato di un suicidio, però?»

Adam scrollò il capo. «Macché. Vincy era un tipo allegro e felice. È stato solo un cavolo di incidente.»

«Quindi voi tre eravate sempre insieme?»

Adam annuì e sua madre aggiunse: «Erano molto temuti nel quartiere. Nessuno osava sfidarli».

Kate provò un fremito. Al cuoio capelluto e allo stomaco. In realtà era stato latente per tutto il tempo.

Tre uomini. All'epoca intorno ai vent'anni.

*Dovevano essere tre o quattro,* aveva dichiarato Iris.

Amici stretti. Temuti per la loro brutalità. La madre di uno di loro lavorava per Arlo Millard e si era tolta la vita per ragioni misteriose.

Nello stesso anno c'era stato il massacro di Kilbride.

Adam Harrell sprigionava aggressività come un cattivo odore.

*Non è una coincidenza,* bisbigliò una voce in un angolo della testa di Kate.

Madeline Atkins e i suoi, tuttavia, avevano controllato la famiglia Pearce. Non si erano accorti di niente? Oppure avevano avuto le stesse perplessità di Kate, ma la pista era finita nel nulla?

Adam sbadigliò. «Posso andare?»

«Portami su la cesta» disse Jess. «Questa storia dell'ascensore è indecente. È sempre rotto. Tutte le volte devo trascinarla su per le scale!»

Adam raccolse la cesta e si allontanò verso l'appartamento.

Kate nutriva poche speranze, ma formulò ugualmente la domanda: «Il giorno in cui Shannon Pearce si lanciò dal balcone... ricorda per caso se l'ascensore funzionava?»

Dopo quindici anni. Come minimo Jess si sarebbe messa a ridere di quella domanda.

Con meraviglia di Kate, invece, annuì. «Me lo ricordo ancora perfettamente. Una volta finito tutto, dopo che l'ambulanza e la polizia se ne erano andate... era notte fonda, sa, quando finalmente tornò la pace dopo quel terribile trambusto e lo shock... Fatto sta che andai a prendere il bucato in cantina. Non riuscivo a dormire, ero troppo sconvolta. Ricordo ancora che mentre trascinavo la cesta su per tutti questi gradini, siccome l'ascensore era di nuovo fuori servizio, pensai: forse è per questo che si è buttata dal balcone. Perché ne aveva abbastanza. Di vivere qui in questa casa. Con l'ascensore sempre rotto. Ovviamente era una scemenza. Ma mi venne da pensarlo. Del resto bisogna pur pensare a qualcosa dopo una storia del genere, no?»

«Certo» rispose lentamente Kate. «A qualcosa bisogna pur pensare.»

## *3*

La casa era isolata, quasi nascosta. Un viottolo di campagna portava fino al cancello, poi si perdeva tra l'erica. Il paesaggio di dune di sabbia ondulate lungo il Moray Firth, il fiordo più esteso della Gran Bretagna, sembrava spaziare in una vastità sconfinata. Altrove dovevano esserci case, villaggi, persone. Lì però si aveva la sensazione di essere completamente soli al mondo.

Caleb e Iris avevano affittato la casa tramite una piccola agenzia di Aberdeen. Era quasi un miracolo che avessero trovato una sistemazione in alta stagione, ma il clima era brutto, diversamente che nel Sud del Paese, e non attirava molti villeggianti nella regione. Il cielo era pieno di nubi grigie e il vento era freddo. La casa in realtà era troppo grande per due persone soltanto e troppo cara per le magre sostanze sul conto di Caleb, soprattutto considerato che al momento era disoccupato e non aveva idea di come sarebbe andato avanti. Sarebbe stato più ragionevole tornare a casa e prendere in mano le redini della nuova direzione assunta dalla sua vita.

Ma non era ciò che voleva fare in quel momento.

Non era ciò che *poteva* fare.

Erano riusciti ad arrivare fino alla casa nei dintorni di Rosehearty senza attraversare neanche un ponte. Per la lunga tappa da Kilbride ad Aberdeen il giorno prima, Iris aveva preso un sonnifero. Aveva un'aria tormentata e stanca. Non era poi così strano, aveva pensato Caleb. Dopo tutto quello che era successo.

Al termine dell'interrogatorio della Ayrshire Police, le aveva proposto di riaccompagnarla a Bath in modo che potesse mettersi subito in contatto con il suo terapeuta, ma lei aveva rifiutato categoricamente. «No. Non voglio tornare indietro. Voglio solo andarmene. Il più lontano possibile. Non importa dove. Basta che sia lontano.»

Gli aveva dato l'impressione di un animale ferito che voleva rintanarsi in solitudine a leccarsi le ferite. Prima o poi avrebbe dovuto affrontare di nuovo la vita, esattamente come lui, ma per ora aveva bisogno di prendere le distanze, e Caleb era convinto che Iris sapesse istintivamente cosa fosse meglio per lei.

Scozia settentrionale. Erano arrivati più a nord di Inverness.

Sembrava giusto così.

Entrarono in casa, aprirono le finestre e le imposte. Godevano di una vista spettacolare sul Firth, la cui sponda opposta era distante e ammantata di nuvole. L'acqua era grigia come il cielo. Uscirono nel giardino senza recinzione che faceva parte del paesaggio di dune. Camminarono a piedi nudi sulla sabbia accompagnati dalle strida penetranti degli uccelli marini.

«Guarda» disse Iris, «una barca.»

In mezzo alle dune c'era una barca di legno rossa.

«Vuoi farci un giro?» chiese Caleb.

Iris scosse la testa. «Andare in barca viene subito dopo i ponti. Acqua scura sotto di me. Abisso.»

Lui la strinse tra le braccia. «Non ci pensare. Non andremo in barca. Ci faremo delle belle dormite. Mangeremo. Andremo a passeggiare. Tutto ciò che vuoi.»

Lei fissò le onde, turbata. «Lo avevo veramente dimenticato» disse.

Lui capì immediatamente a cosa si riferiva. «L'altra baia...»

«Sì. Ora la vedo chiaramente davanti a me, ma prima...» Iris scosse la testa, come se fosse meravigliata di se stessa. «Non c'era. Era completamente sparita.»

Caleb ricordava le nozioni di psicologia che aveva studiato nell'ambito della sua formazione.

«Amnesia dissociativa» disse. «Non è un fenomeno così raro. Si cancella qualcosa dentro di sé, una situazione, un avvenimento, un'immagine. Perché è insostenibile. La mente la rifiuta.»

«Ho quelle due persone sulla coscienza. Nessuno si sarebbe accorto della loro presenza, se non fossi scappata da quella parte.»

«Sono gli assassini ad averli sulla coscienza. Non tu. Tu volevi solo scappare. È normale. Avevi paura di morire.»

«Sì. Ero seduta sotto quel pontile. Le onde erano sempre più alte. Mi sono resa conto che non potevo rimanere lì. Continuavo a ingoiare acqua salata. Le onde si infrangevano violente sopra la mia testa.» Dal suo sguardo Caleb comprese che stava vedendo la scena davanti a sé, osservava ciò che aveva vissuto come un film. «Lì sotto ero in trappola. Le tende erano troppo vicine al sentiero che portava in alto e lì c'erano quegli uomini. Non potevo salire.»

«Certo.»

«Allora mi è venuto in mente l'altro sentiero. Nell'insenatura accanto. Ho pensato che forse sarei riuscita a superare la lingua di terra. Non sapevo se la marea fosse già troppo alta. Ma non avevo altra scelta. Dovevo rischiare. Altrimenti sarei annegata nel mio nascondiglio.»

«Avrei fatto anch'io la stessa cosa. *Chiunque* avrebbe agito così.»

Iris si asciugò le guance con un gesto rabbioso. Aveva iniziato a piangere. «C'era ancora una striscia di sabbia asciutta. Era possibile passare. Mi sono messa a correre. Ho sentito qualcuno gridare e ho capito che mi avevano vista. Ho corso a più non posso...»

«Iris...» Lui le accarezzò impotente i capelli. «Nessuno ti giudica» mormorò.

«Ho abbandonato la mia sorellina» disse Iris.

«Non avresti potuto aiutarla.»

Lei si girò a guardarlo. Aveva l'espressione tormentata. Era pallida. «Penserai che...»

«Cosa? Cosa dovrei pensare?»

Iris scosse la testa. «Che sono pazza. La storia dei ponti. Kilbride. L'altra baia... La mia vita è tutta un disastro.»

Caleb la guardò. Non aveva mai provato con tanta intensità le parole che pronunciò. Erano una grande verità, profonda e immutabile. «Io ti amo, Iris. Mi sono innamorato di te fin dal primo momento. È stato come se tu fossi lì ad aspettarmi vicino a quel ponte.»

Lei sorrise. «La tua vita sarebbe più semplice senza di me.»

«No, sarebbe più triste.»

«Mi porto dietro troppe nevrosi.»
«Anch'io.»
«All'inizio anche Thomas credeva che...»
«Sssh.» Le appoggiò delicatamente un dito sulle labbra. «Scordati di lui. Io non sono Thomas.»
Lei tacque. La luce soffusa di quella giornata ammorbidiva i suoi lineamenti e faceva brillare i suoi occhi come vetro verde scuro.
«Torniamo dentro» disse lei. «Fa freddo.»
«Accenderò il fuoco» propose lui. A luglio! Ma in Scozia era così. Con la vita era così. Sempre freddo. Sempre la disperata ricerca di un po' di calore e di consolazione.
«Non soffrirai più il freddo» disse lui. «Te lo prometto.»
«Non mi puoi proteggere» obiettò Iris.
Caleb le scostò una ciocca di capelli dal viso. «Sì che posso. Sarò il tuo ponte. Quello che riuscirai ad attraversare.»
Lei sospirò. «*Like a bridge*» disse. «*Over troubled water...*»
«Esattamente» disse Caleb.

## 4

Kate aveva valutato se fosse il caso di chiamare l'ispettore Madeline Atkins, ma temeva che sarebbero sorte incomprensioni se non addirittura difficoltà. Stava ficcando il naso in un'indagine che non la riguardava, in una città su cui non aveva alcuna competenza. E forse Atkins sapeva già che quella sera l'ascensore era stato fuori servizio e che Liam aveva sicuramente incontrato sua madre per le scale.
Kate immaginava già cosa avrebbe detto la collega. *E allora? Non si sono incontrati. Potrebbero esserci ottimi motivi.*
Quali?
E quel terzetto di amici... ce n'erano a bizzeffe dovunque. Questo non faceva di loro tre assassini.
Però c'era un collegamento con Millard.
*Lo so già* avrebbe obiettato Madeline. *Per questo abbiamo indagato sulla famiglia.*

Poteva essere una circostanza innocua. Certamente. I tre amici che spadroneggiavano nel quartiere. E poteva essere altrettanto innocuo che Liam avesse mentito riguardo all'incontro con sua madre: non si era accorto delle sue condizioni, forse andava di fretta, non si era fermato. Non si era preoccupato.

Non aveva evitato la tragedia.

Per questo aveva preferito negare di averla incontrata.

Era un comportamento abbastanza usuale. Soprattutto quando c'erano di mezzo rimorsi e sensi di colpa. Le persone chiudevano gli occhi. Cancellavano ciò che era insostenibile. A volte finivano per crederci addirittura.

Com'era successo appunto a Iris Shaw.

Alla fine Kate decise di non rivelare subito a Madeline Atkins informazioni di cui doveva ancora verificare l'importanza. Voleva prima rintracciare Thomas Seymour che aveva fatto perdere le proprie tracce. Lui sapeva di Kilbride. Forse conosceva qualche dettaglio riguardo all'antefatto che avrebbe potuto rivelarsi cruciale. Si sarebbe rivolta alla banca dove lui aveva lavorato a Bristol. Con un po' di fortuna magari potevano darle il suo nuovo indirizzo.

Era appena risalita in macchina e stava per lasciare quel desolato quartiere popolare quando Caleb la chiamò.

«Siamo in una casa sul Moray Firth. Nel Nord della Scozia.»

«Il Moray Firth? È parecchio lontano.»

«Sì, però è un sogno. Una casa isolata proprio sul mare. Un po' malinconica. Ma sembra essere quello di cui ha bisogno Iris.»

«Ho una brutta sensazione» disse Kate.

«A che proposito?» Nel corso degli anni Caleb aveva capito che era sempre meglio prendere sul serio le *sensazioni* di Kate.

«Ho la sensazione che siate in pericolo» rispose lei.

«Kate, lo stalker di Iris è dietro le sbarre. Il pericolo era *lui*. Non ce ne sono altri.»

«Abbiamo sempre un crimine irrisolto» insistette Kate, testarda come un mulo.

Sentì il sospiro trattenuto di Caleb. «I crimini irrisolti ci sono sempre, purtroppo. Ma capita assai di rado che i colpevoli tornino in attività a decenni di distanza. In ogni caso non nei confronti delle vittime di un tempo.»

«Non sono trascorsi decenni.»

«No, ma perché questa gente dovrebbe dare la caccia a me e a Iris?»

«A te no, ma a Iris. All'epoca è scampata alla morte. Ha rovinato il senso di trionfo all'assassino.»

«Ma in tal caso si sarebbe fatto vivo ben prima! Perché proprio adesso?»

Era snervante. Avevano già analizzato ogni particolare. «Prima non poteva. Per qualche motivo che ci risulterebbe subito chiaro appena venissimo a saperlo.»

«Sul serio, Kate...» Le parve di vederlo che scuoteva la testa. «Ti stai di nuovo fissando su un particolare. Quando non conoscevamo ancora l'identità di chi perseguitava Iris, anch'io ho ritenuto possibile che si trattasse di uno *di quelli*. Che per qualche motivo non aveva avuto la possibilità di entrare in azione prima, ma che ora voleva portare a termine l'opera. Adesso però è tutto chiaro. Non ci sono altri indizi che qualcuno stia dando la caccia a Iris. Non c'è assolutamente nulla. Vedi un pericolo dove non ce n'è proprio nessuno.»

«L'uomo in Francia. Quello che ha dato un passaggio a Tanya Lambert. Non si trattava di Yanis Doucet.»

«Veramente è stata lei a dare un passaggio a lui. Non il contrario.»

«Fa lo stesso. Forse...» Kate si interruppe all'improvviso. «Forse sono una stupida» tagliò corto. «Una completa idiota. Ora devo andare, Caleb. A più tardi.»

Chiuse la conversazione e scese dalla macchina.

L'ispettore Madeline Atkins era fuori quando Kate passò nel suo ufficio. Tornò al commissariato solo nel tardo pomeriggio. Quando entrò nella stanza dove l'aspettava Kate, non aveva più un'aria troppo amichevole. Sembrava contrariata e si sforzò di mostrarsi cortese.

«Ispettore» disse. «Che sorpresa. Pensavo che ormai fosse ripartita da tempo e fosse già arrivata a casa.» Il messaggio tra le righe era più che chiaro: *e avrei preferito di gran lunga che fosse così!*

«Sono emerse delle novità» disse Kate.

Madeline inarcò le sopracciglia. «Delle novità?»

Kate prese il cellulare, aprì la cartella delle foto e ne mostrò una a Madeline. «Questo deve averlo anche lei. Me lo ha mandato sabato scorso Caleb Hale.»

«Un identikit» disse Madeline restando interdetta per un istante.

«Esatto. È stato realizzato sulla base della testimonianza di due signore che si trovavano nello stesso albergo prenotato da Tanya Lambert e Iris Shaw. Sono state le uniche ad aver visto l'uomo con cui Tanya Lambert se ne andò quella sera per recuperare Iris rimasta sul ciglio della forra. Questo è quell'uomo.»

«Sì. È vero, lo riconosco. L'identikit è stato realizzato dai colleghi francesi. E?»

«Sono stata dalla famiglia di Liam Pearce. Si tratta del figlio maggiore di Shannon, la donna che si buttò dal balcone nel gennaio 2008.»

«Ispettore...» disse Madeline in tono aspro, «non capisco perché...»

«Ho parlato con il fratello. E con il migliore amico di Liam all'epoca. Un giovane temuto per la sua propensione alla violenza, disoccupato, che è tornato a vivere con sua madre. Ho parlato anche con la madre. Dice che la sera del suicidio di Shannon Pearce l'ascensore del palazzo era fuori servizio. Come capitava quasi sempre.»

Madeline la fissava con un misto di totale incomprensione e crescente ostilità.

Kate comprese che doveva dare un ordine ai propri pensieri se non voleva correre il rischio che Madeline la buttasse fuori o si rifiutasse di continuare ad ascoltarla.

«Quella sera Liam Pearce era uscito di casa poco prima dell'arrivo di sua madre» disse. «Aveva appuntamento in un bar con due amici, andava di fretta, ovvero voleva uscire dal palazzo per la via più diretta. Lui e sua madre devono essersi incontrati per forza, a meno che uno di loro non avesse usato l'ascensore e l'altro le scale. Dato che l'ascensore era fuori servizio, è tuttavia impossibile.»

«Ispettore Linville, torno da una scena del crimine molto spiacevole, e sono passata anche all'obitorio. Sto indagando su un crimine *attuale* qui a Bristol. Non ho assolutamente tempo di stare ad ascoltare ipotesi alquanto folli su ascensori fuori servizio tanti anni fa e...»

«Io mi incaponisco su certe cose» ribatté Kate. «Perché mai Liam Pearce nega di aver incontrato sua madre poco prima che si suicidasse? Forse perché gli aveva raccontato che cosa era successo?»

«E perché lui avrebbe dovuto tenerselo per sé?»

«Forse perché voleva sistemare le cose di persona?»

Sul viso di Madeline comparve un'espressione assorta al posto della stizza.

«All'epoca erano tre amici» proseguì Kate. «Liam Pearce, Adam Harrell e Vincent Brown. Brown è morto in un incidente stradale. Erano temuti. Tre giovani. Iris Shaw ha parlato di *tre o quattro* giovani come autori dell'aggressione ai danni della sua famiglia quella notte a Kilbride.»

«Ma...»

«Ancora un attimo» disse Kate. «Ci sono arrivata troppo tardi, ma poi ho capito quello che dovevo fare. Sono tornata nell'appartamento della famiglia Pearce. Il fratello di Liam, Patrick, ha confermato che l'uomo dell'identikit francese è suo fratello. Lo stesso ha dichiarato Jess Harrell, la madre di Adam.»

Madeline si passò il dito indice sulla fronte corrugata. «L'uomo che Tanya Lambert ha rimorchiato in Francia era Liam Pearce?»

«Molto probabilmente. Un identikit del genere non è troppo preciso, inoltre sia Patrick Pearce che Mrs. Harrell non vedono Liam da molti anni, tuttavia sono stati entrambi piuttosto sicuri. Se fossi al suo posto, chiederei le immagini di sorveglianza dell'ospedale di Cavaillon. Pearce dovrebbe essere facilmente riconoscibile lì.»

«Ciò significa...»

«Che non si tratta di una coincidenza, ispettore. Il figlio di una donna che lavorava per Arlo Millard e che si è tolta la vita per ragioni misteriose ricompare davanti a un albergo isolato nella Francia del Sud dove ha prenotato una camera Iris Shaw.»

«No» riconobbe Madeline Atkins, «non può trattarsi di una coincidenza.»

«Fin dal principio sono rimasta perplessa dalla storia della forra» spiegò Kate. «Stando alla descrizione di Caleb Hale sarebbe stato decisamente molto pericoloso calarsi sul fondo. Nessuno lo avrebbe fatto volontariamente. Nemmeno la stessa Iris Shaw, che voleva passare dall'altra parte, soprattutto dopo aver aspettato a lungo Tanya. Pur essendo sempre più nervosa, ha raccontato di averci pensato ma poi di aver escluso l'idea. Le sembrava un'impresa estremamente rischiosa.»

«Lo so.»

«E poi arriva questo perfetto sconosciuto, che ha rubato una macchina e sicuramente non vuole farsi notare... per esempio precipitando in un dirupo e dovendo chiamare un'ambulanza. Per puro altruismo accompagna una donna che non conosce fino al luogo dove lei deve recuperare l'amica. E poi si cala nella forra per controllare che l'amica non sia precipitata sul fondo? Rischia l'incolumità e la pelle e alla fine ci rimette un grave trauma cranico che lo costringe a recarsi in ospedale, cosa che sicuramente non era nei suoi progetti. Per tutto il tempo mi sono domandata: perché qualcuno farebbe una cosa del genere? Una cosa tanto avventata e pericolosa? Era un interrogativo che non mi dava pace.»

Madeline la guardò e ripeté una frase che la stessa Kate aveva pronunciato pochi istanti prima: «Lei si incaponisce su certe cose».

«Le piccole incongruenze» disse Kate. «Di solito conducono a una pista.»

«Sta dicendo che Liam Pearce dà la caccia a Iris Shaw?»

«Esatto. In realtà voleva intercettarla in albergo. È stato un vero colpo di fortuna per lei non trovarsi lì. Ma lui non si è arreso, e il destino lo ha aiutato quando Tanya gli ha chiesto se conoscesse un modo per raggiungere l'albergo senza passare dalla forra. Lui sale subito sul pulmino con lei e l'accompagna nel punto d'incontro. Ma inaspettatamente Iris non c'è. Per lui sarebbe stato un gioco da ragazzi liquidare le due donne in un luogo completamente isolato. Se ne sarebbe sbarazzato e poi si sarebbe impossessato del pulmino. Ma poi Tanya se ne esce con l'idea che Iris forse ha cercato di attraversare la gola ed è rimasta ferita. Liam allora vede la sua possibilità: se Iris è ancora là sotto, deve andarci anche lui. Magari è morta, tanto meglio, ma deve verificarlo di persona. Allora scende lungo il pendio scosceso. Fa una brutta caduta e si ferisce gravemente. Questa invece probabilmente è stata una fortuna per Tanya. Non può eliminarla e riprendere l'inseguimento di Iris con il Westfalia. Perde sangue, gli gira la testa, ha la nausea. Capisce di dover andare in ospedale e di aver bisogno che Tanya ce lo accompagni.»

«Ma perché?» chiese Madeline. «Perché, a distanza di quindici anni, Liam è così tenacemente deciso a trovare Iris Shaw e ucciderla?»

«Credo che Iris Shaw abbia visto più di quanto voglia ammettere» disse Kate. «O più di quanto sia consapevole.»

«Che cosa la induce a pensarlo?»

«Prima di tutto e soprattutto il fatto che uno o più dei colpevoli le dia la caccia. E in secondo luogo ciò che abbiamo scoperto nel frattempo: non era rimasta per tutto il tempo sotto il pontile. Era fuggita nell'altra insenatura. Gli assassini l'avevano inseguita. Si salvò perché i Doucet si frapposero tra lei e i carnefici, costringendoli a occuparsi prima della coppia. Ma dovevano esserle arrivati molto vicini. Secondo me lei li vide in faccia.»

«E non ne parla in nessun interrogatorio?»

«Non ha mai accennato neppure una volta al fatto di essere scappata nella seconda insenatura» osservò Kate.

Le due donne si guardarono.

«Non lo ricordava più» disse poi Madeline.

Kate annuì. «Ne è convinto anche il dottor Franklin. Iris aveva isolato e rimosso completamente questa parte del ricordo. Ma gli assassini non lo sanno. Forse a un certo punto si trovarono di fronte l'uno all'altra: Liam Pearce e Iris Shaw.»

«E allora, dopo quindici anni, lui pensa che sarebbe meglio eliminare la donna che potrebbe identificarlo?»

«Nemmeno io riesco a spiegarmi questo lasso di tempo» ammise Kate. «Deve essere accaduto qualcosa che ha spinto Pearce a considerarla improvvisamente un pericolo. Magari si tratta di un errore da parte sua, ma nel dubbio preferisce non rischiare. All'epoca lui e i suoi complici hanno trucidato cinque persone. Se si arrivasse a un processo, non uscirebbe più di prigione. E nemmeno il suo complice Adam Harrell. La vita di entrambi è improvvisamente messa a repentaglio.»

«Ma, seguendo la sua teoria, ciò vale da quindici anni» insistette Madeline.

Kate si voltò a guardare fuori dalla finestra, senza in realtà vedere niente. «Deve essere accaduto qualcosa» ripeté sottovoce. «In qualche modo Iris Shaw si è avvicinata troppo ai colpevoli. Probabilmente senza neppure rendersene conto. Forse c'è un collegamento con la comparsa di Yanis Doucet.»

«Come faceva Liam Pearce a sapere dell'arrivo di Yanis Doucet e del fatto che perseguitasse Iris Shaw?»

Kate si strinse nelle spalle. «Iris vive a Bath. Adam Harrell a Bristol. Come la famiglia di Liam Pearce. Sono tutti molto vicini. Ammettiamo che abbiano sempre tenuto d'occhio Iris... che per tutto il tempo siano vissuti in una condizione di preallarme... Magari hanno scoperto che lei era minacciata e pedinata. Forse temevano che questo potesse suscitare un certo interesse?»

Madeline scrollò il capo. «Mi sembra una teoria abbastanza contorta, in tutta sincerità.»

«C'è qualcosa che ci sfugge» disse Kate. «Però c'è. Ne sono sicura.»

Madeline aveva l'aria stressata. Un caso archiviato quindici anni prima che tornava di attualità mettendola di fronte alla spiacevole consapevolezza che all'epoca c'erano state piste e indizi che lei non aveva colto. Quella poliziotta un po' scialba e anonima di Scarborough era arrivata a Bristol e in un battibaleno aveva scoperto dei collegamenti che prima di lei non aveva notato nessuno.

Kate intuiva cosa passasse per la testa della collega e disse: «Quindici anni fa non avrebbe potuto risolvere il caso. Senza la storia in Francia, Liam Pearce non sarebbe stato sospettato. Persino la faccenda dell'ascensore, per quanto poco chiara, sarebbe rimasta insoluta».

Madeline fece un sorriso un po' sofferto. «È gentile a dire così, ispettore. Però all'epoca avrei dovuto riconoscere il problema dell'incontro tra Liam Pearce e sua madre sulle scale e affrontarlo. Avremmo interrogato Liam in maniera del tutto diversa. Forse saremmo riusciti a metterlo alle strette. Si sarebbe contraddetto. Mi spiace molto, ispettore, ma la responsabilità è mia. Ho tralasciato un elemento fondamentale.»

«Dobbiamo valutare come procedere ora» disse Kate. «Non sappiamo dove si trovi Liam Pearce. Non credo che abbia rinunciato al suo piano di eliminare la sua vittima. Ciò significa che Iris Shaw è in gravissimo pericolo.»

«Dove si trova adesso esattamente?»

«Nel Nord della Scozia. A Rosehearty sul Moray Firth. In una casa isolata. Insieme a Caleb Hale.»

Madeline tirò un sospiro di sollievo. «È quasi come se fosse in una casa sicura. Non credo che corra pericoli.»

«Non ne sarei troppo sicura» obiettò Kate. «Pearce era riuscito a rintracciarla in un albergo completamente isolato della Francia meridionale.»

«Si tratta di circostanze completamente diverse. Di sicuro c'erano più persone al corrente dell'itinerario di viaggio delle due amiche. Il fratello di Tanya Lambert. Qualche amica o qualche sua cliente. Le colleghe di Iris Shaw. Sicuramente avevano parlato della loro vacanza. Chi è al corrente attualmente del luogo di soggiorno di Iris Shaw?»

«Io» rispose Kate. «E lei. A quanto mi risulta nessun altro.»

«Appunto. Non riesco proprio a immaginare come Pearce possa riuscire a rintracciarli.»

«Tuttavia deve esserci stata una falla per quanto riguarda la Francia» insistette Kate. «Ha ragione a dire che diverse persone erano informate della vacanza. Ma come ha fatto a mettersi in contatto con loro Pearce, e perché avrebbero dovuto dargli spontaneamente delle informazioni?»

Si capiva chiaramente quanto Madeline fosse seccata dall'insistenza caparbia con cui Kate evidenziava gli aspetti poco chiari, tuttavia non osava zittirla. Il successo di Kate nell'indagine attuale e, come presumeva Madeline, in numerosi altri casi, si basava proprio su questa ostinazione. Non mollava mai. Non lasciava perdere nessuna circostanza che non riusciva a spiegarsi.

«Ma anche nel caso ci sia stata questa falla, nel caso attuale *nessuno* è informato. A parte noi.»

«A meno che Iris non ne parli a qualcuno. Di cui si fida ciecamente. Pur trovandosi isolata in Scozia, può telefonare. Per esempio al suo terapeuta, il dottor Franklin.»

Madeline la fissò sorpresa. «Sospetta forse...»

«Non saprei» disse Kate. «Ma Franklin aveva molte informazioni su Iris. Ha già condotto sulle sue tracce un altro individuo che la cercava. Sotto una tremenda pressione, certo, ma in ogni caso ha ceduto.» Tirò fuori il cellulare. «Chiamo subito Caleb. Lui e Iris non devono dire a nessuno dove si trovano.»

«E noi...» fece Madeline.

«... dobbiamo trovare Liam Pearce il prima possibile» concluse Kate.

West Kilbride, sabato 23 agosto 2008

Arlo Millard crolla quando Adam gli versa la colla negli occhi. Fino a quel momento ha dimostrato una sorprendente tenacia, è rimasto battagliero, testardo, arrogante e irragionevole, nonostante la sua situazione precaria e disperata. Ha il corpo costellato di orribili vesciche da ustione, Adam inoltre gli ha maciullato il piede destro con la mazza trovata fra l'attrezzatura da campeggio. Ho sentito il rumore delle ossa che si spezzavano. Arlo ha urlato ma subito dopo ha detto «Lurido figlio di puttana» a Adam. Lo spirito combattivo deve avercelo innato.

La svolta arriva con la colla liquida a presa istantanea. Proviene dalla cassetta degli attrezzi in cui Adam ha frugato con l'entusiasmo crescente di un bambino che scarta i regali di Natale. Ci sono anche delle fascette all'interno. Non sarebbe stato necessario portare neanche quelle, ma non volevamo correre rischi. Per quanto riguarda le altre armi, Adam era convinto che avremmo trovato un ricco arsenale. I campeggiatori si portano dietro sempre un sacco di cose utili, aveva detto. E aveva ragione.

Per ordine di Adam tengo bloccato Arlo, che nel frattempo si è decisamente indebolito, con un braccio intorno al collo mentre Adam con due dita gli spalanca gli occhi uno dopo l'altro e gli versa qualche goccia di colla. Poi gli abbassa le palpebre. Le urla di Arlo non hanno più niente di umano. Si sottrae alla mia stretta, si dimena, contorce il corpo martoriato.

«Lasciatemi vivere. Lasciatemi vivere!»

Piagnucola. «Per favore...» implora. «Per favore... per favore no... aiutatemi... per favore...»

«Ecco come ti volevamo» dice soddisfatto Adam.

È completamente distaccato, mentre io sono quasi paralizzato dall'orrore. Sono io la forza propulsiva dietro questa storia, ma ora mi rendo conto che da solo non sarei mai riuscito a realizzarla. Non sono un sadico. Credevo di odiare Arlo, ed è così, è ancora così. Ma non avrei mai potuto fargli ciò che gli fa Adam. Non avrei potuto farlo a nessuno, né essere umano, né animale.

Al contrario Adam...

È il mio migliore amico da tanti anni. Ma per la prima volta ho paura di lui.

«Adam...» provo a chiamarlo, ma dubito che mi senta.

Arlo sembra impazzito di dolore. Cerca disperatamente di liberare le mani per potersele portare agli occhi. Probabilmente la colla gli sta corrodendo l'interno della testa.

«Mio Dio...» mugugna. Immagino che sia la prima volta da decenni che Arlo Millard invoca il nome di Dio. «Mio Dio... per favore...»

«Già» dice Adam. Gode di quella situazione. Io sono sul punto di vomitare.

E poi, improvvisamente, vediamo qualcuno correre sulla spiaggia. Con lunghe e agili falcate. Una figura scura, esile, simile a una sagoma di carta. Si muove sulla sabbia bagnata e pesante sferzata dal vento con l'agilità di una gazzella nella savana africana.

Adam balza in piedi. «È la seconda figlia!» Parte all'inseguimento. Arlo è legato e del tutto incapace di difendersi, possiamo lasciarlo lì senza problemi. Vincy è sempre occupato con Isabella. Judy è seduta da una parte, stringe al petto l'orsacchiotto e piange.

Io inseguo Adam. Passando davanti a Vincy lo ammonisco: «La bambina lasciala in pace, capito?»

Lui si solleva il passamontagna e mi guarda inebetito col fiato corto. La libidine ha spazzato via anche l'ultima scintilla di intelligenza dal suo viso.

«Rimettiti la maschera!» gli ordino.

Poi seguiamo Iris Millard, la figlia maggiore. È chiaro che sta cercando di raggiungere l'altra insenatura. La marea è già molto alta, ma alla luce della luna che spunta di tanto in tanto dietro le nuvole, mi accorgo che c'è ancora una stretta striscia di sabbia che permette il passaggio.

«Corre come un demonio» mi grida Adam trafelato. Anche lui si è tolto il passamontagna e lo tiene in mano. È difficile respirare sotto la pesante stoffa di lana.

Superiamo la lingua di terra e davanti a noi si apre la baia vicina. Con enorme sorpresa vediamo che è occupata da un'altra tenda. Ci sono delle luci che si muovono. Mi accorgo che c'è qualcuno fuori dalla tenda. Un'altra figura esce strisciando.

Adam è così sconcertato da bloccarsi per un istante. Ha il respiro mozzo. Con le torture se la cava alla grande, ma la sua condizione fisica non è certo paragonabile. Troppo poco movimento, troppo alcol.

«Lo sapevi che c'era qualcuno qui?» grida.

Sono scioccato almeno quanto lui. «Di sopra non c'erano altre macchine!» rispondo.

Forse quelle persone hanno parcheggiato più lontano. Oppure sono arrivate a piedi. Ci sono molte possibilità. Che idiota sono. Avrei dovuto controllare la seconda insenatura. Invece di rimanere ad aspettare per ore in macchina, logorandomi per ingannare il tempo, per tenere calmi Adam e Vincy, sarei dovuto venire qui a controllare la situazione.

Questo avrebbe cambiato i nostri piani? Con ogni probabilità non sarei stato in grado di fermare Adam e Vincy.

Sembra che si tratti di una coppia.

«Metti il passamontagna» dico a Adam come ho fatto poco prima con Vincy.

Adam non reagisce. Se ne sta fermo lì. E allora capisco: non ha intenzione di lasciare vivi quei due. Per questo non ha bisogno di nascondere il viso.

Penso: scappate! Scappate, per amor di Dio! Più in fretta che potete!

Ma quei due restano fermi. Forse non si rendono conto che rappresentiamo un pericolo. Anche se devono aver sentito le grida di Isabella e di Arlo. Ma non sono riusciti a comprendere di cosa si trattava. Forse non scappano perché capiscono bene di non avere alcuna possibilità. Il sentiero è troppo ripido. E di sopra non c'è nessuna macchina. Nessuna persona per chilometri e chilometri...

L'uomo viene verso di noi. Tiene in mano una pila, la indirizza in modo da non accecarci. Lo vediamo bene in faccia. E lui di sicuro vede anche quella di Adam. E così firma la sua condanna a morte. Sua e della moglie.

«Che cosa succede?» chiede. Parla con un lieve accento francese. Capisco che ha paura. Ha sentito le urla, ora ne ho l'assoluta certezza. È bianco come un fantasma e gli tremano le mani.

È per questo motivo che sono usciti entrambi dalla tenda. Volevano scappare. Forse si erano già spinti fino alla lingua di terra. Forse hanno visto quello che stiamo facendo.

«Cosa vorresti dire?» domanda Adam a sua volta. Ha ritrovato la calma. Si sbarazzerà di entrambi. L'uomo, forse un francese, ha un'aria da intellettuale, è smilzo e per di più in preda al panico. Sua moglie è paralizzata dal terrore. Per Adam sarà un gioco da ragazzi.

«Dov'è la ragazza?» domanda guardandosi intorno.

La coppia spuntata inaspettatamente ci ha distratto, facendo guadagnare a Iris Millard un vantaggio decisivo. Non la vedo da nessuna parte, ma qui non ci sono molte possibilità. Forse si è nascosta dietro le rocce, e può darsi che tra gli scogli ci siano delle grotte impossibili da individuare di notte.

«Sicuramente ha preso il sentiero che sale di sopra» dichiara. Sembra deserto, ma ciò non significa niente, perché diverse rocce nascondono la vista. Ed è molto buio.

«Non deve sfuggirci» esclama Adam. «Io penso a questi due. Tu fai in modo di beccare la ragazza. Può sguinzagliarci dietro gli sbirri!»

Corro via. Sollevato. Qualunque cosa è meglio che vedere come Adam «pensa» a queste due persone innocenti che hanno solo avuto la sfiga di essere nel posto sbagliato al momento sbagliato.

Seguo Iris Millard su per il sentiero. È buio. C'è un gran vento. È pericoloso.

Un passo falso e mi potrei rompere una gamba o spezzare il collo.

Continuo a correre sperando di riuscire ad arrivare in qualche modo sano e salvo di sopra.

# Mercoledì, 19 luglio

## 1

L'agente Eliot della Police Scotland North East era sovrappeso e soffriva di ipertensione ed era tutt'altro che entusiasta quando si accorse di dover lasciare la macchina davanti a un piccolo box parecchio distante dal cancello del giardino, dato che la stradina di accesso alla proprietà, costellata di fiori spinosi, era troppo stretta e lui correva il rischio di affondare con le ruote nella sabbia a destra e a sinistra. Pioveva e tirava un forte vento. L'Europa meridionale era colpita da un'ondata di afa, a credere ai notiziari, mentre qui nel Nord della Scozia la situazione era del tutto diversa. L'estate era breve, quanto meno il numero di giorni che si potevano definire *estivi* era ridotto, ma il paesaggio era di una bellezza mozzafiato. «Non c'è estate più bella che quassù al Nord» era solito dire Eliot, nato e cresciuto in quella regione dove era sempre rimasto. Peccato per le abbondanti piogge… il vento gelido che soffiava dal Moray Firth…

Eliot manovrò faticosamente il corpo appesantito fuori dalla macchina e arrancò sul viottolo battuto dal vento e dalla pioggia, fino alla casa che sorgeva al riparo delle dune.

Una posizione da sogno, pensò, mentre uno stormo di oche selvatiche volava sopra la sua testa starnazzando e scompariva nella pioggia dall'altra parte del fiordo, ma di sicuro si immaginavano di trovare un clima diverso.

Bussò usando il batacchio a forma di gabbiano fissato alla porta e aspettò sotto la piccola tettoia. Nel giro di breve tempo gli fu aperto. Stando alle informazioni di cui disponeva, l'uomo che gli stava davanti doveva chiamarsi Caleb Hale ed era originario di Scarborough nello Yorkshire inglese.

«Mr. Hale?» domandò, mostrando contemporaneamente il distintivo. «Agente Eliot, Scotland Police.»

«Sì?»

«Posso entrare?»

Caleb pale fece un passo indietro. «Si accomodi.»

Il camino in salotto era acceso e davanti era seduta una delle donne più belle che Eliot avesse mai visto. Alzò la testa brevemente e poi tornò a fissare le fiamme.

Perché certe persone incarnavano sempre i cliché più scontati? Questo Hale è un uomo affascinante. La sua amica lo stesso. La casa è stupenda, il camino acceso, la vista sul Firth… d'accordo, in quel momento era nascosto dalla pioggia, ma altrimenti…

Perlomeno anche i belli e ricchi dovevano sottostare ai capricci del clima come chiunque altro. E per quanto riguardava la donna, si trattava di Iris Shaw, alias Iris Millard, la cui famiglia era stata trucidata in maniera bestiale quindici anni prima. Non c'era motivo di invidiarla, chiaramente.

«Vuole un caffè, agente?» chiese Caleb.

«No, la ringrazio. Mi trattengo solo un istante. Volevo dare un'occhiata e accertarmi che fosse tutto a posto qui. I colleghi della Avon and Somerset Police ci hanno pregato di controllare.»

«Non credo che qui siamo in pericolo» osservò Caleb Hale.

«Lo penso anch'io» confermò Eliot. «È una casa così isolata… Se non siete voi a dire in giro che vi trovate qui…»

«Ovviamente no» disse Hale.

«Quindi per ora non avete notato niente? Niente che vi sia risultato insolito? Qualcuno che osservava la casa, per esempio?»

Hale scosse la testa. «Da quando siamo arrivati in pratica non abbiamo visto nessuno. Né che osservasse la casa né che passasse da queste parti. Siamo gli unici qui intorno.»

Eliot annuì. «Ovviamente dipende anche dal tempo. In questa stagione in genere la gente va al mare. Ma con questa pioggia…»

«La informeremo, se dovessimo accorgerci di qualcosa, agente» disse Hale.

«Invieremo una pattuglia due volte al giorno. Non abbiate paura, non vi disturberanno tutte le volte. Si fermeranno in fondo al sentiero e daranno un'occhiata. Comunque...»

«Sì?»

«Il maltempo dovrebbe peggiorare. A partire da stasera e per tutto il giorno domani. Potrebbe essere difficile arrivare fin qui, dato che l'ultimo pezzo di strada si allaga regolarmente.»

«Allora non potrà arrivare neanche qualcun altro» osservò Hale.

«Di sicuro non dalla strada.» Eliot si scostò una ciocca di capelli bagnati dagli occhi. «Mi sembravano parecchio preoccupati. I colleghi. Sembra che un tipo molto pericoloso vi dia la caccia e al momento nessuno sa dove si trovi. Stanno facendo di tutto per catturarlo, ma finché non lo prenderanno... fossi in voi non uscirei di casa.»

«Ieri sera mi ha telefonato l'ispettore Linville» disse Caleb Hale. «Giudica la faccenda più grave di quanto faccia io. È stata lei a chiedermi l'indirizzo esatto e a inoltrarlo alla Somerset Police. Che a sua volta ha allertato voi. Sinceramente trovo che siano cautele esagerate. Ma non correremo rischi, agente. Tanto con questo tempo fa più piacere stare davanti al camino che all'aperto. E se dovesse succedere qualcosa, ci faremo vivi.»

Eliot annuì soddisfatto. Aveva portato a termine il suo compito. «Noi siamo a Fraserburgh» concluse. «Basta che ci avverta e arriviamo subito.»

«Capito» disse Hale.

Eliot si fece accompagnare alla porta. La pioggia si era infittita nei pochi minuti trascorsi dal suo arrivo. Cadeva dal cielo come una coltre grigia.

Con questo tempo, pensò Eliot, non va in giro nemmeno un killer.

Quanto meno lo sperava. Sarebbe stata una rogna di cui faceva volentieri a meno. Per fortuna quel Caleb Hale gli era sembrato molto sicuro di sé.

Allora perché ho uno strano presentimento? si chiese Eliot.

«Piove ancora a dirotto» disse Caleb tornando in salotto e mettendosi davanti alla finestra. In genere da lì si godeva di una vista panoramica sul Moray Firth. La pioggia però nascondeva ogni cosa. Dava l'impressione che il mondo terminasse a pochi metri di distanza. «Anche quando Yanis Doucet ti ha portata a Kilbride era scoppiato un temporale del genere.»

Iris si alzò e lo raggiunse. Con la coda dell'occhio Caleb si rese conto che si era fatta ancora più magra. Come se si prosciugasse un po' di più ogni giorno in quella terribile situazione.

«La Scozia è così» disse Iris. «Anche tanti anni fa. Quella notte. Un gran vento e il giorno prima un temporale. Qui è sempre così.»

«Tuttavia è una bellissima terra» disse Caleb.

«Qui ho perso molto» rispose Iris.

«Lo so. Ma perché vuoi rimanerci? Forse sarebbe meglio...»

«No. Devo chiudere in qualche modo il cerchio in Scozia. Devo ritrovare la pace.»

«I presupposti non sono dei migliori» obiettò Caleb. «Con quel tipo che probabilmente ti dà la caccia. Liam Pearce. Avevi mai sentito il suo nome prima d'ora?»

Lei scosse la testa. «No. Forse giusto una volta nell'ambito delle indagini, ma non potrei giurarlo.»

«Sua madre lavorava per tuo padre.»

«Erano tante le persone che lavoravano per lui. Io non le conoscevo.»

La sera prima Caleb era stato a lungo al telefono con Kate. Conosceva tutta la storia, che aveva ancora tanti punti aperti e poco chiari. «Se Liam Pearce è stato davvero coinvolto nell'omicidio della tua famiglia, bisogna chiedersi come mai abbia cominciato solo ora a darti la caccia.»

Iris scosse il capo. «Non lo so. Non fai che chiedermelo da ieri, Caleb, ma... Io non lo so. E continuo a non saperlo, anche se me lo domandi sempre.»

«Scusa.» Caleb sapeva che non avrebbe dovuto chiederle di Kilbride. Di quella fatidica notte. Kate era convinta che Iris avesse visto gli assassini e avrebbe potuto identificarli e che il nocciolo del problema stava lì. Non spiegava come mai i colpevoli avessero lasciato passare tranquillamente quindici anni prima di agire, ma questo interrogativo si sarebbe chiarito una volta ottenuta la risposta giusta: che cosa aveva visto veramente Iris?

Caleb, tuttavia, non osava fare domande su quella notte. Sentiva di non avere le giuste competenze per inoltrarsi nell'insidioso terreno di quel grave trauma. Non se la sentiva di farlo senza un sostegno professionale. Che lì sul Moray Firth era più lontano che mai.

Iris indovinò il suo pensiero e disse improvvisamente con un filo di voce: «Ieri, dopo la telefonata con l'ispettore Linville, mi hai chiesto se avessi detto a qualcuno dove ci troviamo».

«Sì, però mi hai risposto... »

«Non ti ho detto la verità» lo interruppe lei.

«Cosa significa?»

«Significa che ne ho parlato con qualcuno.»

«Con chi?»

Lei non lo guardò. «Ho telefonato al dottor Franklin. Ieri a mezzogiorno.»

Caleb allora si ricordò. A metà mattinata era andato a Rosehearty per fare la spesa nel piccolo emporio del paese. Iris era rimasta a casa. «Hai parlato con il dottor Franklin?» In realtà non c'era nulla di strano. Era il suo terapeuta. Iris era stata rapita e doveva affrontare il trauma della morte dei coniugi Doucet. Non era né strano né irragionevole che contattasse telefonicamente lo psicologo che la seguiva da anni.

Forse, date le circostanze, era stato rischioso?

«Gli hai anche detto dove soggiorniamo?» le chiese.

Lei annuì. Avvilita. «Non pensavo che fosse un problema. Voglio dire... È il dottor Franklin! Lavora con me da anni. Sa tutto di me.»

Proprio questo poteva essere il problema.

«Sapeva anche di Cavaillon?» chiese Caleb. «Dell'albergo?»

«Sì. Avevamo parlato molto spesso di quella vacanza. Era il mio primo viaggio da quella notte. Avevo paura. Molto più di quanto avessi lasciato intendere a Tanya. Ero stata sul punto di rinunciare come minimo per tre volte... Quindi, certo che il dottor Franklin era informato.»

«E adesso sa anche...»

«Sì. Ma, Caleb, è il dottor Franklin...»

Lui scrollò il capo. «Ritengo altamente improbabile che Franklin sia in qualche modo coinvolto nella faccenda. Ma devo dirlo a Kate. Devono sapere che c'è una falla.»

Prese il cellulare.

Assurdo, pensò, è del tutto assurdo.

## 2

Kate aveva prolungato di una notte il soggiorno nel bed and breakfast a Bristol, ma si era alzata presto e, dopo una veloce colazione, stava considerando il da farsi. La sera precedente aveva parlato con Caleb, mettendolo in guardia per via di Liam Pearce, poi aveva chiamato Pamela e le aveva chiesto se potesse accudire Messy per qualche giorno ancora.

«Non c'è problema» aveva risposto l'ispettore capo, «Messy e io siamo diventate buone amiche e mi piace molto il giardino di casa sua. Faccia pure con comodo. A proposito, ho da darle una notizia interessante: l'ispettore Corbyn ha dovuto rilasciare Oscar Lowndes!»

«Ah!» aveva esclamato Kate.

«Sì. Dopo un fermo di quarantott'ore non è riuscito a produrre alcuna prova di un coinvolgimento di Lowndes nella morte di Eva Hanson. Il fatto che si trovasse sulla spiaggia *intorno alla presunta ora* del reato non è bastato al giudice per le indagini preliminari. Corbyn ha fatto una figura da idiota alla sua conferenza stampa organizzata in grande stile senza avere un colpevole.»

La notizia aveva migliorato parecchio l'umore di Kate. Era andata a dormire con la bella sensazione che quella notte l'ispettore Corbyn non avrebbe chiuso occhio e molto probabilmente avrebbe ricevuto una lavata di testa da parte del sovrintendente per aver agito senza verificare le cose.

Ben gli stava.

Il mattino dopo, tuttavia, il fugace senso di trionfo era già passato. Kate non riusciva a scrollarsi di dosso la preoccupazione per Caleb. Non esisteva una spiegazione razionale per cui qualcuno potesse scoprire che la coppietta era fuggita in un luogo sperduto nel Nord del Paese. Tuttavia il senso di angoscia non l'abbandonava.

Su sua richiesta Madeline Atkins aveva contattato la Police Scotland fin dalla sera precedente. Adesso erano informati e avrebbero mandato una volante da Caleb e Iris più volte al giorno.

Kate però non si faceva illusioni: si trattava solo di una protezione minima e limitata nel tempo. Un assassino determinato avrebbe avuto tantissime possibilità di colpire.

Quella notte aveva fatto uno strano sogno: Arlo Millard e Tyler Hanson si erano fusi in una persona unica. Si erano sovrapposti come due fotografie, finché era diventato impossibile distinguere l'uno dall'altro. Due uomini prepotenti, autoritari e dispotici. Nel sogno di Kate non facevano niente di particolare, o quanto meno lei non lo ricordava. Si erano semplicemente fusi insieme.

L'immagine era rimasta impressa nella sua mente anche dopo il risveglio.

Che strano sogno, pensò.

Dopo colazione tornò in camera sua e ricevette una chiamata di Caleb sul cellulare.

«Qui è tutto a posto» le disse. Le riferì della visita del poliziotto. «Ci sorvegliano come volevi tu. Inoltre sta arrivando un temporale. Sarà difficile riuscire a raggiungerci.»

«Non contarci troppo» lo ammonì Kate.

«Certo.» Caleb sospirò. «Il motivo per cui ti chiamo è che Iris mi ha appena confidato di aver detto al dottor Franklin dove ci troviamo. Gli ha telefonato ieri, quando ancora non sapeva che fossimo sempre in pericolo. Non credo che Franklin sia un problema, ma... volevo che lo sapeste.»

Franklin. Di nuovo.

«Franklin sa sempre tutto» disse Kate. «Sa sempre dov'è Iris. Sa sempre quello che succede nella sua vita. Quello che succede dentro di lei. Non c'è nessun altro che le sia altrettanto vicino.» Nemmeno tu, aggiunse mentalmente con una certa cattiveria.

«Sì, io però non vedo alcun collegamento. Tra lui e questo Liam Pearce. Da come lo hai descritto, vivono in due mondi separati.»

«Tuttavia può esserci qualche punto di contatto» obiettò Kate. «Durante un'indagine ci è capitato spesso di trovarci di fronte a situazioni del genere.»

«Questo è vero» concordò Caleb.

«Franklin potrebbe sapere anche se e quando Iris è diventata in qualche modo pericolosa» disse Kate. «Gli confida ogni suo pensiero. Forse ha accennato a qualcosa, ha fatto allusioni che lo hanno messo in allarme. Di per sé lei non è consapevole delle implicazioni, ma Franklin può aver riconosciuto una possibile minaccia.»

Faticava lei stessa a credere a quello che diceva. Il dottor Franklin, quell'uomo piuttosto timido, molto intellettuale. L'uomo che le aveva chiesto di pranzare insieme.

O forse il suo tentativo di ottenere un appuntamento aveva un secondo fine? Serviva per scoprire che cosa sapeva la polizia?

«L'ispettore Atkins dovrebbe interrogare Franklin» disse Caleb.

«Sì, la chiamerò subito. Tra l'altro ieri sera c'è stato già un arresto. Adam Harrell è in custodia. Anche sua madre e il fratello di Liam, Patrick, sono stati sentiti ieri. Adam è sotto interrogatorio in questo momento.»

«Qualche ammissione?»

«Si ostina a tacere. L'unica volta che ha aperto bocca dal suo arresto è stato per chiedere un avvocato. Per il resto assolutamente nulla.»

«E sua madre?»

«Sembra sotto shock. È consapevole che suo figlio non è un agnellino, ma collegarlo a un pluriomicidio è tutt'altra cosa. Secondo Atkins era all'oscuro di tutto. All'epoca degli omicidi di Kilbride Adam non abitava con lei, praticamente non avevano contatti.»

«E Patrick? Il fratello di Liam?»

«È scoppiato quasi a piangere quando gli è stato detto che il fratello potrebbe essere coinvolto in una cosa davvero brutta. Ha raccontato che poco dopo il suicidio della madre Liam se ne andò di casa. Aveva raggranellato qualche soldo con dei lavoretti occasionali e ci aveva comperato un'auto, un vecchio catorcio, che, secondo Patrick, usava praticamente come alloggio. Di sicuro è stato visto spesso a Bristol, a volte infilato dentro un sacco a pelo sul sedile posteriore. Era diventato una specie di senzatetto. Ma poi a un certo punto tali avvistamenti sono cessati. Patrick e suo padre non hanno più avuto sue notizie.»

«Che cosa ha fatto per quindici anni?» domandò Caleb.

«Deve aver vissuto da qualche parte. In qualche modo ha tirato a campare.»

«Il terzo del gruppo, quello morto... ci sono dei parenti?»

«È probabile, ma non vivono più qui. L'ispettore Atkins sta cercando di rintracciarli.»

«Tu che cosa hai intenzione di fare adesso? Torni a Scarborough?»

«Vedremo.» Chiusero la telefonata e Kate chiamò immediatamente Madeline Atkins sul cellulare. L'ostilità della collega si era dissolta completamente. Aveva accettato Kate come partner e aveva smesso di tenerle il muso perché tirava fuori un risultato dopo l'altro e faceva progredire le indagini. Era brava. Era geniale. Madeline Atkins era pronta ad accettare questo fatto e a sfruttarlo per il bene dell'inchiesta.

«Mi ha chiamato al momento giusto» disse Atkins. «Sto facendo una pausa durante l'interrogatorio di Adam Harrell.» Aveva un tono sfinito. «È un osso duro, ispettore. Mi guarda fisso e tace. Adesso con lui c'è l'avvocato, che forse lo sta convincendo ancora di più a tenere la bocca chiusa. Non so se Harrell sia coinvolto negli omicidi di Kilbride, ma di sicuro è uno psicopatico. Conosco i tipi come lui: il peggio è che di solito sono anche molto astuti.» Fece una pausa. «Qualche novità?» Dava l'impressione che non si sarebbe sorpresa se Kate avesse notato di nuovo qualcosa che prima era sfuggito.

«Il dottor Franklin è informato sul luogo in cui si trova Iris Shaw.» Riferì brevemente la conversazione avuta con Caleb e i pensieri che le erano passati per la testa.

«Non credo che sia necessario prendere seriamente in considerazione un suo coinvolgimento» concluse, «ma rimane il fatto che ancora una volta è al corrente di tutti i particolari. Forse sarebbe il caso di parlarci.»

«Lo farò portare subito al commissariato» promise Madeline. «Parlerò con lui. Non abbiamo niente per accusarlo, ma forse potrebbe emergere qualcosa da un colloquio.»

«Sarebbe utile. Mi terrà informata?»

«Senza dubbio.»

«C'è un'altra cosa, ispettore.» A Kate era venuta in mente una domanda. «Sa per caso come abbia fatto Iris Shaw a mettersi in contatto con il dottor Franklin? In qualità di terapeuta? Potrei chiederlo direttamente a lei, ma...»

«È stato per tramite nostro» risposc Madclinc. «Abbiamo un elenco di psicoterapeuti e psichiatri specializzati nel trattamento di vittime di reati. Il dottor Franklin invece si era dimostrato una persona molto attenta e sensibile nel lavoro con i ragazzi, per questo lo avevo inserito nell'elenco.»

«Sa perché Iris abbia scelto proprio lui?»

«Credo che ne avesse provati due o tre. Alla fine quello con cui si era trovata meglio era stato il dottor Franklin.»

«Grazie, ispettore.» Chiusero la telefonata. Il cellulare di Kate suonò immediatamente dopo. Il numero era quello del sergente Helen Bennett. Kate aspettava la sua telefonata.

«Helen? È riuscita a scoprire qualcosa?»

Helen riusciva sempre a scoprire qualcosa.

«Non è stato semplicissimo» disse, «ma l'ho rintracciato. Thomas Seymour. L'ex compagno di Iris Shaw.»

«Lei è fenomenale» si complimentò Kate di cuore. Gli sviluppi imprevisti del giorno precedente non le avevano dato la possibilità di recarsi come previsto alla Barclays Bank.

«Vive a West Kirby. È sulla costa, a circa dodici chilometri da Liverpool. Partendo da Bristol dovrebbe arrivarci in tre o quattro ore. Solo che...» Helen si bloccò. Aveva una percezione molto sviluppata di dove fossero i confini che non era lecito superare. Kate apprezzava molto anche questa sua peculiarità.

«Sì?»

«È un viaggio lungo, che cosa si aspetta di ottenere?» Helen aveva tenuto Kate aggiornata a grandi linee sulle indagini e perciò era in grado di valutare le cose. «Consideri che potrebbe anche crearle dei problemi. Il sovrintendente è abbastanza arrabbiato con lei. Purtroppo ormai qui al commissariato lo sanno tutti.»

«Proprio per questo non ho più molto da perdere» disse Kate. «Voglio soltanto parlare con Thomas Seymour. È l'unica persona che abbia condiviso la vita privata di Iris Shaw da adulta e alla quale lei abbia parlato dei fatti di Kilbride. Forse gli ha raccontato qualcosa che potrebbe essere utile alle indagini.»

«Comunque non può sapere dove si trova Liam Pearce adesso.»

«Ma forse sa qualcosa su di lui che potrebbe darci uno spunto.» Kate si rendeva conto di quanto fosse fragile questo suo ragionamento. «Lo so, Helen, potrebbe essere un altro buco nell'acqua, ma non abbiamo in mano praticamente nulla. L'ex amico e possibile complice di Liam è in carcere e si ostina a tacere. È troppo astuto per rivelare qualcosa. E se lo farà, avverrà troppo tardi.»

«Capisco. Le auguro buona fortuna.» Dettò a Kate l'indirizzo privato di Thomas Seymour oltre a quello del suo luogo di lavoro, un importante studio di commercialisti a Liverpool. «Lo troverà in uno di questi due posti. Essendo un mercoledì feriale, direi in ufficio.»

«Chiamerò lo studio per accertarmene. Grazie, Helen.»

«Di sicuro lo saprà già» disse Helen, «ma Corbyn ha dovuto rilasciare il suo *colpevole*. Non ha trovato uno straccio di prova contro di lui. Steele è infuriato perché Corbyn ha organizzato quella stupida conferenza stampa senza consultarlo, presentando il caso come risolto. E ora la polizia ci sta facendo una pessima figura. Corbyn si aggira di soppiatto per gli uffici con la coda tra le gambe e abbaia a chiunque gli si para davanti.»

Kate sorrise. «C'è sempre qualcosa che allieta la giornata» commentò. «Mi farò viva più tardi, Helen. Arrivederci.»

«A dopo. E sia prudente!»

Kate radunò le sue cose e uscì dalla stanza. Mentre aspettava il conto alla reception, il suo cellulare squillò di nuovo. Era Madeline Atkins.

«Non riusciamo a rintracciare il dottor Franklin» disse senza tanti giri di parole. «I miei agenti sono stati a casa sua e nel suo studio. Ma lui non c'è.»

«Oh, in realtà dovrebbe essere in studio» replicò nervosa Kate.

«Viceversa» osservò Madeline, «forse non c'è da meravigliarsi se questa settimana ha deciso di non lavorare. È stato rapito la settimana scorsa, si è salvato per un pelo. È stato in ospedale. Forse è andato da qualche parte per riprendersi.»

«Non aveva accennato a niente del genere.» Kate se la prese con se stessa. Franklin l'aveva invitata a pranzo, ma prima di diventare un soggetto importante sul suo elenco di persone da controllare. Adesso avrebbe dato qualunque cosa per una conversazione approfondita con lui. Avrebbe potuto chiarire tante cose, e magari escluderlo definitivamente dalla lista dei sospettati.

Ho rovinato tutto, pensò rabbiosa.

«Non risponde né al cellulare né al telefono dello studio» proseguì Madeline. «Non abbiamo lasciato messaggi, per non metterlo in allarme. Continuiamo a cercarlo.»

«D'accordo. Mi tenga informata.» Pagò il conto della stanza e uscì nella giornata già calda. Il cielo si era rannuvolato. L'aria era pesante e umida.

In realtà io potrei lasciargli un messaggio, pensò. Tirò fuori il biglietto da visita che le aveva dato Franklin e lo chiamò sul cellulare. Come le aveva detto Madeline, le rispose la segreteria telefonica.

«Questo è il numero di Dawson Franklin. Purtroppo non posso rispondere. Lasciate un messaggio. Vi richiamerò in ogni caso.»

«Salve» disse Kate, «sono Kate Linville. La chiamo perché mi aveva proposto di pranzare insieme. Sono stata molto stupida a rifiutare. Ma ero molto stanca.» Fece un risolino nervoso. Voleva che Franklin catalogasse la chiamata come faccenda personale. Meglio non ricordargli subito di essere un'investigatrice. «Ecco, se l'invito è ancora valido, la prego di richiamarmi.»

Ora spettava a lui fare la sua mossa.

Subito dopo chiamò lo studio dove era impiegato Thomas Seymour e fu informata che quel giorno lavorava da casa. Il centralinista voleva inoltrare subito la sua chiamata, ma Kate declinò l'offerta e chiuse la comunicazione senza salutare.

Ok. Non c'era altro che aveva bisogno di sapere.

Inserì l'indirizzo privato di Seymour nel navigatore e partì.

## *3*

Mezz'ora dopo aver superato Birmingham, cominciò a piovere. Dapprima una pioggerellina fine e lieve, poi in scrosci sempre più forti. Gli schizzi che si alzavano dall'asfalto diminuivano drasticamente la visibilità. Il tergicristallo funzionava alla massima velocità. Il paesaggio estivo intorno a lei era ammantato da un grigio fradicio.

Più viaggiava verso nord, più la pioggia si intensificava. Quando Kate raggiunse la Wirral Peninsula, la vasta lingua di terra separata dall'estuario dei due fiumi Mersey e Dee, c'erano diversi automobilisti che avevano accostato sul ciglio della strada in attesa che il temporale passasse. In effetti non si vedeva quasi nulla. Pesanti banchi di nubi soffiavano dal mare d'Irlanda verso l'entroterra, scaricando grandi masse d'acqua senza che ci fosse in vista una conclusione.

«Com'è possibile che piova così!» esclamò Kate.

Non poteva permettersi il lusso di aspettare che la pioggia diminuisse. Non aveva idea se la visita da Thomas Seymour avrebbe portato qualcosa, ma la sensazione di un pericolo imminente era sempre più tangibile. La sensazione di non avere più tempo.

West Kirby si trovava quasi all'estremità della penisola, affacciata sull'estuario del fiume Dee. Una cittadina pittoresca con una piccola spiaggia di sabbia e un bacino portuale separato, il Marine Lake, su cui si affacciavano case ed esercizi commerciali, ma anche una prestigiosa scuola di vela. Con un tempo simile ovviamente non c'era nessuno in giro. Oltre la cortina di pioggia Kate intravedeva vagamente le sagome delle imbarcazioni ancorate nel bacino, che ondeggiavano furiosamente, tendendo gli ormeggi. Il maltempo era arrivato rapidamente. Kate si augurava che non ci fosse più nessuno in mare aperto.

Thomas Seymour abitava in una delle case affacciate su Marine Lake. Kate non trovò parcheggio nelle immediate vicinanze e fu costretta a percorrere un lungo tratto a piedi. Non aveva né ombrello né impermeabile, e quando arrivò davanti al numero civico giusto era completamente fradicia. L'acqua le aveva riempito le scarpe e le gocciolava dai capelli. Sicuramente Seymour non sarebbe stato entusiasta di accoglierla nel suo salotto. Si sentiva come un cane bagnato. Probabilmente ne aveva anche l'odore.

Al pianterreno della casa c'era una panetteria, ma Kate trovò un portoncino laterale con diversi citofoni. Quello che cercava lei probabilmente era *T.S.* Suonò.

Dovrei tornare a casa e mettermi a letto, pensò.

Qualcuno aprì il portone e Kate entrò nell'androne buio. Probabilmente da qualche parte c'era l'interruttore della luce, ma lei non riuscì a trovarlo. Cominciò a salire con cautela la stretta scala di legno. Dalla panetteria si sprigionava un profumo di vaniglia, cannella e lievito. Caldo e invitante.

A metà delle scale la luce finalmente si accese e Kate riuscì a vedere i gradini.

«Perché non ha acceso la luce?» chiese una voce sopra di lei.

«Non ho trovato l'interruttore» rispose lei. Gettò un'occhiata alle proprie spalle e vide le impronte bagnate che aveva lasciato sui gradini. Oltre alle macchie sulla tappezzeria dove si era appoggiata.

Davanti alla porta aperta di un appartamento al secondo piano c'era un uomo che la guardava. Kate si accorse subito che era alto, sportivo e con un bel viso. Esattamente come Caleb. Era la categoria in cui giocavano le donne come Iris Shaw. Erano attraenti e suscitavano l'interesse di uomini altrettanto affascinanti. Kate era convinta che un uomo come Thomas Seymour non l'avrebbe degnata di uno sguardo, se non si fosse presentata grondante di pioggia alla sua porta.

«Santo cielo» le disse. «Non aveva l'ombrello?»

«Purtroppo no. E anche parcheggiare da queste parti non è semplice.»

«Trovare un posto è una catastrofe. Che cosa la porta qui da me? È stata mandata dallo studio?»

Kate tirò fuori il distintivo e glielo mostrò. «Ispettore investigativo Linville, North Yorkshire Police. Avrei qualche domanda da farle.»

Lui apparve leggermente turbato, ma non più di altre persone quando la polizia all'improvviso bussa alla loro porta.

«È successo qualcosa?»

«No. Vorrei farle solo un paio di domande.»

«Prego, si accomodi.» Fece un passo indietro. Kate si tolse le scarpe e le lasciò sul pianerottolo, entrando nell'appartamento con i calzini. Non fece molta differenza: anche quelli erano completamente bagnati.

Thomas la fece accomodare nel salotto che dava sulla strada e che con un altro tempo di sicuro offriva una vista molto piacevole sul Marine Lake. Quel giorno però non si vedeva a più di due metri di distanza. L'acqua del bacino, la pioggia e le nuvole si mescolavano a formare una cortina grigia piuttosto deprimente.

Thomas uscì brevemente dalla stanza e tornò con un asciugamano. «Ecco, si asciughi i capelli. Altrimenti si ammalerà. Vuole un caffè?»

Era un tipo davvero simpatico. Premuroso, intelligente, bello. Non c'era da meravigliarsi che Iris lo rimpiangesse.

Mentre Thomas preparava il caffè, Kate si asciugò alla meno peggio. All'asciutto non aveva più così freddo, ma era chiaro che doveva togliersi il prima possibile i vestiti bagnati.

Non è questo il momento per pensarci, si rimproverò.

Si guardò intorno nella stanza. Non c'erano elementi per suggerire un nuovo legame sentimentale nella vita di Thomas Seymour. Nessuna foto, nessuna borsa o scarpe femminili da qualche parte, né altro che indicasse la presenza di un'altra donna. Ma ovviamente poteva esserci una donna che tuttavia non viveva insieme a lui. Oppure era semplicemente un tipo molto ordinato.

Thomas tornò con il caffè e si accomodarono sulle due poltrone davanti al caminetto elettrico. Lui lo accese.

«Così magari si asciuga un pochino» osservò divertito.

Kate bevve un sorso di caffè. Era forte e buono.

«Si tratta di Iris Shaw» annunciò lei osservandolo attentamente.

Il suo viso rimase impassibile, forse troppo. «Sì?» domandò.

«Potrebbe essere in pericolo. Stando alle informazioni in mio possesso avete vissuto insieme per cinque anni e lei era l'unico della sua cerchia ristretta a essere a conoscenza di quanto successo a Kilbride. È esatto?»

«Sì.»

«C'è la possibilità che uno dei colpevoli dell'epoca le stia dando la caccia.»

L'espressione di Thomas si fece sinceramente perplessa. «Sul serio? Dopo tutti questi anni? Perché? Credevo che la polizia avesse archiviato il caso come crimine casuale commesso da qualche drogato o alcolizzato.»

«Resta una delle ipotesi ancora valida. Tuttavia è possibile che i colpevoli, o almeno uno di loro, all'improvviso si sentano minacciati. Dopotutto Iris è una testimone.»

«Sì, ma praticamente non vide niente. Rimase nascosta per tutto il tempo sotto quel pontile, sferzata dalle onde.»

«Non è andata così» disse Kate.

«Ah no?»

Era evidente che anche lui conosceva solo la versione raccontata per anni da Iris. In buona fede.

«Potrebbe aver visto da vicino uno o più degli assassini» disse Kate. «Nel frattempo sono emersi indizi in tal senso.»

«E come mai non ha mai detto niente?»

«Aveva rimosso una parte del ricordo di quella notte. Solo nei giorni scorsi sono affiorati nella sua mente altri particolari.»

«La cosa non mi sorprende. Che avesse rimosso qualcosa, voglio dire.» Scosse la testa. «Una storia davvero agghiacciante.»

«Già. E non sembra ancora conclusa. Mr. Seymour, dobbiamo rintracciare l'uomo che potrebbe aver preso di mira Iris Shaw all'epoca e adesso. Il nome *Liam Pearce* le dice qualcosa?»

«No» rispose immediatamente Seymour, poi ci pensò un attimo e ripeté convinto: «No».

«E *Adam Harrell*? *Vincent Brown*?»

«No, mai sentiti.»

«*Shannon Pearce*?»

Lui aveva un'aria abbattuta perché si stava rivelando inutile come fonte di informazioni. «No, mi spiace.»

Kate prese il cellulare e aprì la foto dell'identikit di Liam Pearce per mostrarlo a Thomas. «Ha mai visto quest'uomo?»

Thomas esaminò attentamente l'immagine, poi aggrottò la fronte. «No. Temo che sia venuta fino a qui inutilmente, ispettore. A quanto pare non sono in grado di aiutarla in alcun modo.»

Che cosa ti eri aspettata? si chiese Kate. Iris gli ha raccontato esattamente quello che aveva detto alla polizia. Tutto quello che sapeva all'epoca.

Ciononostante fece un ultimo tentativo: «Come ho già detto, riteniamo possibile che la notte degli omicidi Iris Shaw avesse visto da vicino uno dei colpevoli, probabilmente Liam Pearce. Quando eravate insieme, le ha mai accennato a qualcosa in tal senso?»

«No. Del resto lo avrebbe detto anche alla polizia. Io so quello che sanno le autorità.»

«Iris Shaw rilasciò le sue dichiarazioni più importanti alla polizia nell'arco di nove mesi dal giorno dell'aggressione. Ci furono all'epoca vari incontri, che tuttavia non evidenziarono nulla di importante. Iris aveva sedici anni ed era profondamente traumatizzata. È possibile che, a distanza di anni, e da adulta, le abbia raccontato particolari che in un primo tempo aveva rimosso.»

«Certo» riconobbe lui. «Ma se è successo, non me ne sono reso conto.»

«Non le viene in mente nulla che possa assumere un diverso significato, alla luce delle nostre nuove informazioni sulla presenza di qualcuno intenzionato a uccidere Iris? O che improvvisamente sia importante?»

«Ucciderla?» chiese allarmato Thomas.

«Dobbiamo prendere in considerazione anche questa possibilità» disse Kate.

«Adesso dov'è Iris?»

«In una casa sicura. Non può succederle niente.» Detto così sembrava molto meglio della realtà. Ma non avrebbe avuto senso turbare ulteriormente Thomas Seymour.

L'uomo annuì. «Grazie al cielo.»

«Lei conosce il dottor Dawson Franklin?»

«Il terapeuta di Iris? Certo. Ogni tanto andavo a prenderla al suo studio e ci ho scambiato qualche parola.»

«Che impressione le ha fatto?»

«Molto positiva. Un uomo estremamente simpatico. E, a quanto ho potuto giudicare, un terapeuta esperto. È stato molto utile a Iris.»

«Non ha mai suscitato dei dubbi in lei? Delle perplessità?»

Lui la guardò stupito. «In che senso?»

Kate avrebbe voluto poter formulare domande più concrete. Ma era questo il problema: non aveva in mano niente di concreto. Solo intuizioni, supposizioni, un disagio indefinibile. Tutto quello che poteva fare era frugare in giro e sperare di imbattersi in qualcosa di utile.

«Voglio dire, non le è mai capitato di provare una sensazione negativa legata a lui? Oppure Iris ha mai accennato a qualcosa del genere?»

«No. Assolutamente. Ci sono forse dei sospetti contro il dottor Franklin?» Lo chiese con un tono come se il solo pensiero gli risultasse del tutto assurdo.

«Indaghiamo su tutto ciò che potrebbe essere utile» rispose Kate vaga. «Per quanto possa sembrare tirato per i capelli.»

«Be', per quanto riguarda il dottor Franklin, è *troppo* tirato per i capelli. Sul serio.»

«È probabile» riconobbe Kate. Tirò fuori un biglietto da visita e lo porse a Thomas. «Potrebbe chiamarmi se le venisse in mente qualcosa? Non importa quanto le sembri insignificante e senza importanza.»

Lui prese il biglietto. «Ma certo, lo farò.»

Kate si alzò. Il caffè l'aveva corroborata e il fuoco elettrico sprigionava un piacevole calore. Non era bastato ad asciugarle i vestiti, ma se non altro non si sentiva più tanto intirizzita e fradicia.

«Posso farle una domanda personale?» Gettò un'occhiata fuori dalla finestra alla pioggia scrosciante, poi tornò a fissare Thomas. «Perché se ne è andato da Bristol dopo la separazione? Come mai ha lasciato anche il suo posto di lavoro? Perché ha voluto allontanarsi così tanto da Iris Shaw?»

Anche Thomas si alzò. Non sembrava essersela presa per quella domanda tanto delicata. «Se avessi potuto, sarei andato ancora più lontano. Avevo persino preso in considerazione l'idea di trasferirmi negli Stati Uniti. Ma non potevo fare una cosa del genere a mia madre, ormai vecchia, che vive nel Galles. Per questo sono rimasto in Inghilterra. Per questo ho scelto West Kirby. In un'ora posso raggiungerla da qui.»

Kate aveva l'impressione che la vita di Thomas Seymour fosse molto triste. Più modesta e misera di quanto avrebbe dovuto. Un uomo così affascinante, che sicuramente non avrebbe incontrato difficoltà a trovare una nuova compagna, sembrava così solo. Lavorava in uno studio di commercialisti famoso, era improbabile che non guadagnasse bene. Tuttavia abitava in un minuscolo appartamento sopra una panetteria in una vecchia casa un po' malmessa. Certo, il panorama con il bel tempo era piacevole, ma comunque... il suo modo di vivere trasmetteva un'idea di isolamento, di totale solitudine. Dava l'impressione che per lui fosse irrilevante come e dove vivesse e in quali condizioni. Come se non avesse importanza.

Oppure se lo stava solo immaginando? Perché era stanca e bagnata e fuori il tempo era grigio e all'improvviso l'estate sembrava aver perso tutti i suoi colori.

«La separazione è stata difficile?» Era più una constatazione che una domanda. Era stato lui a volersi separare e ad averlo fatto, ma questo ovviamente non significava che ne fosse contento. Anche chi troncava una relazione rimaneva deluso. Aveva nutrito altre speranze. Aveva messo fine alla storia perché non si sentiva più a proprio agio, ma non necessariamente perché preferisse stare da solo.

Lui annuì. «Sì.» Un monosillabo che tuttavia conteneva un grande dolore, nella voce e nell'espressione. Ancora adesso.

Kate sapeva di essersi addentrata troppo nella sua vita privata e si aspettava quasi una reazione stizzita da parte sua. Ma sperava sempre di ottenere informazioni. Qualunque cosa avesse scoperto su Iris Shaw sarebbe stata significativa. Sapeva, *intuiva* che era vicina a qualcosa di importante. Lì, con quell'uomo triste in quell'appartamento squallido. Non avrebbe saputo spiegarlo, ma si sentiva a un passo da qualcosa. Ignara di cosa fosse. Avrebbero potuto passarci accanto. Avrebbero potuto inciamparci senza riconoscerlo.

Tutto era possibile.

«Doveva essere molto faticoso» buttò lì circospetta. «La fobia dei ponti. Suona interessante, ma nella vita quotidiana...»

«Non era quello a crearmi problemi» disse Thomas. «Certo, rendeva alcune cose più complicate, ma in fondo... in fondo era una bazzecola. Non era veramente importante.»

«Capisco.» Iris aveva detto che Thomas non sopportava più la storia dei ponti. Ma aveva parlato specificamente di *ponti*? Kate conosceva la storia di seconda mano. Gliene aveva parlato Caleb. Forse i ponti erano stati solo un elemento secondario del tutto irrilevante. Forse Thomas era stanco di *tutto* quanto. Le fobie. Gli incubi. Forse Iris gli aveva parlato all'infinito di Kilbride. E lui non lo aveva più sopportato.

«Una donna che ha vissuto un trauma come quello di Iris» disse, «è sicuramente una sfida da affrontare. Corre il rischio di incupire l'esistenza, vero? Anche quella del partner. Per quanto Iris ne sia rimasta addolorata, posso capire che lei...»

Lui la interruppe. «Di cosa parla? Di cosa è rimasta addolorata Iris?»

«Di essere stata lasciata da lei. Perché non sopportava più il peso dei suoi traumi.»

«È questo che ha detto?»

«Sì. A quanto ne so, è quanto ha raccontato ai suoi conoscenti. Che in pratica lei l'ha lasciata da un giorno all'altro, perché non sopportava più le sue paure e le sue fobie.»

Lui scoppiò a ridere, ma senza la minima allegria. «Versione interessante» commentò.

«Non è andata così?» chiese Kate.
Lui scosse la testa. «No, affatto.»
Lei lo guardò con aria interrogativa.
«È stata lei a lasciarmi» disse Thomas. «E mi ha spezzato il cuore.»

## *4*

Nonostante la pioggia battente, Caleb aveva camminato a lungo tra le dune, facendo un giro intorno alla casa sulla spiaggia. In un guardaroba aveva trovato un impermeabile e degli stivali di gomma, entrambi grossomodo della sua misura. Aveva sentito il bisogno di accertarsi che fossero loro gli unici ospiti, che non ci fosse nessuno appostato tra le dune in riva al mare. Dato che a causa del maltempo non c'erano turisti in giro, ogni presenza umana sarebbe stata subito evidente.

Non era riuscito a scoprire nulla da nessuna parte. Niente, neanche una traccia. Il suo sistema di allarme interiore non si era attivato nemmeno una volta. Non c'era nessuno a perdita d'occhio.

Tutto bene.

Sulla via del ritorno vide una macchina della polizia imboccare la stradina che portava fino alla casa. L'auto si fermò. Caleb, che stava per aprire il cancello del giardino, fece dietro-front e tornò verso la vettura. A bordo c'erano due agenti, uno dei quali scese per un attimo nonostante la pioggia.

«Mister Hale?» chiese.

«Sono io.» Caleb si fermò accanto alla macchina. «Ho dato un'occhiata in giro. Tutto tranquillo, a quanto ho potuto vedere. Non c'è nessuno qui intorno.»

«Ottimo. Volevamo controllare la situazione. Venendo qui non abbiamo notato niente. L'unico problema è che...»

«Sì?»

«Il maltempo aumenterà e anche la pioggia. Da quella parte c'è un punto che si allaga sempre in questi casi. Noi siamo riusciti a passare, e ce la faremo a tornare indietro, ma poi non sarà più possibile. Non potremo più tornare qui finché non smetterà di piovere. Quanto meno non sarà facile.»

«Sì, il suo collega mi ha avvisato» disse Caleb. «Ma credo che non succederà niente.»

A parte Dawson Franklin nessuno sapeva dove si trovassero. Possibile che lui fosse davvero...?

Gli tornarono in mente le parole di Kate: *sa tutto di Iris. Sempre. Probabilmente per primo. In maniera dettagliata.*

Assurdo, pensò.

«Lo penso anch'io» concordò il poliziotto. «Per sicurezza, però, rimanga dentro casa. Anche per via del maltempo. La situazione può diventare pericolosa. Chiuda porte e finestre. Non apra a nessuno. E ci avvisi subito se dovesse notare qualcosa di insolito. Anche se abbiamo problemi con la strada, in caso di emergenza troviamo il modo di raggiungerla.»

«Tutto chiaro. Resteremo dentro casa. La ringrazio.»

Il poliziotto si portò brevemente la mano al berretto e risalì in macchina. Il collega fece manovra. I fari posteriori dell'auto brillarono ancora un istante rossi attraverso la pioggia prima di essere inghiottiti dalla cortina grigia.

Caleb rimase a fissarli per un momento, poi si girò e si incamminò verso casa. L'impermeabile e gli stivali non lo avevano protetto del tutto. Non aveva abiti di ricambio, perciò si tenne i calzoni benché fossero bagnati in alcuni punti. Si strofinò i capelli sulla fronte per asciugarli ed entrò in salotto. Il camino era acceso fin dal mattino. La stanza era calda e accogliente. Caleb si disse che sarebbe stato il caso di dimenticare tutti i possibili pericoli adesso. Il giorno prima aveva fatto una spesa abbondante. Avrebbero cucinato insieme, acceso delle candele, stappato una bottiglia di vino. Si sarebbero seduti davanti al camino ad ascoltare il tambureggiare della pioggia sul tetto e l'ululato del vento.

Forse potevano parlare del loro futuro. Dopo la Scozia. Caleb trovava assurdo pensare che lui sarebbe tornato alla sua vecchia vita a Scarborough e Iris a Bath. Che sarebbero stati separati da centinaia di chilometri. Che avrebbero di nuovo vissuto lontani dopo tutto quello che c'era stato.

E se mi trasferissi a Bath? pensò. Anche quella era una possibilità.

Iris era seduta sul davanzale basso e profondo. Teneva le gambe raccolte al petto e le braccia intorno alle ginocchia. Indossava gli shorts con cui era uscita dall'appartamento di Caleb in una calda giornata estiva – che a lui sembrava distante un secolo – per incontrare il suo terapeuta e finire così nella trappola di un folle. Anche la maglietta era la stessa. Le scarpe da ginnastica erano nuove, perché le sue le aveva perse sulla spiaggia durante il temporale. Le capitava di continuo di finire in situazioni che la facevano rimanere per giorni senza nient'altro a parte ciò che aveva indosso. Questa volta era successo anche a Caleb. Due naufraghi arenati nella tempesta…

Lui si rese conto che da quando conosceva Iris aveva iniziato a pensare per immagini molto romantiche.

Lei girò la testa. «Tutto a posto?»

«Sì. La polizia è passata di nuovo. Non c'è anima viva qui in giro. Credo che possiamo smettere di preoccuparci.» Fece una breve pausa, poi aggiunse circospetto: «Nelle settimane prima della tua partenza per la Francia, avevi notato dei cambiamenti nel comportamento del dottor Franklin? Magari impercettibili?»

Lei aggrottò la fronte. «Cosa intendi precisamente?»

«Qualunque cosa. Magari ti ha rivolto domande più insistenti. Ha manifestato un interesse particolare per il tuo itinerario in Francia. Voleva sapere più cose del solito.»

La vide concentrarsi per riflettere.

«Non saprei» rispose poi. «Difficile a dirsi. Fare domande è il suo lavoro. Domande insistenti. Sì, voleva conoscere gli indirizzi in Francia. In realtà ho potuto indicargli solo il nome di quell'albergo, il resto non era fissato. Mi ha detto che voleva sapere dove raggiungermi nel caso avessi avuto dei problemi.»

«Mm. È normale? Che un terapeuta si offra praticamente di raggiungere una paziente se dovesse essere in crisi?»

Iris si strinse nelle spalle. «Non saprei…»

«A me pare che dimostri un marcato istinto di protezione» disse Caleb. Osservò Iris, che aveva girato di nuovo la testa verso la finestra. La luce soffusa della sera metteva in risalto la linea nitida degli zigomi alti e la morbidezza delle labbra.

«Era innamorato di te?»

Lei si voltò di scatto. «Chi?»

«Dawson Franklin.»

«Il suo ruolo glielo impedisce.»

«Certo. Ma anche lui è un essere umano. Un uomo.»

«Non credo» rispose Iris, poi fece una risata. «Voglio dire, non credo che fosse innamorato.»

Ma a Caleb parve di cogliere una lieve nota di dubbio.

Era ciò che credeva Iris. Ma non poteva averne la certezza.

Mentre era in viaggio verso Scarborough, Kate continuava a pensare a come interpretare la dichiarazione di Thomas Seymour e a quali implicazioni avrebbe avuto per le sue mosse successive.

A quanto ne sapeva, Iris aveva raccontato a tutti che Thomas l'aveva lasciata a causa delle sue fobie, e nessuno lo aveva messo in dubbio. Tutti si erano mostrati solidali con lei senza tuttavia giudicare lui. Dopotutto era stata una situazione difficile per entrambi.

Adesso invece sembrava che le cose fossero andate al contrario. Era stata Iris a lasciarlo? Perché? E perché non diceva la verità su questo punto?

Per apparire come vittima?

Kate l'aveva conosciuta brevemente, ma riteneva di poter affermare che non fosse il tipo che si sentiva a proprio agio nel ruolo di vittima. Piuttosto il contrario.

Con domande più approfondite, era emerso che la storia della fine della relazione era stata più complessa di quanto avevano raccontato sia Thomas che Iris. Iris non si era semplicemente separata, ma si era allontanata sempre di più da Thomas. All'inizio lui aveva creduto che fosse una fase passeggera, ma a un certo punto non aveva più potuto fingere che i sentimenti di Iris verso di lui fossero cambiati.

«Evitava il contatto fisico» aveva raccontato a Kate. «Non mi abbracciava più e non voleva essere abbracciata da me. Ovviamente non avevamo rapporti sessuali. Ho iniziato a sospettare che ci fosse un altro.»

«Gliene ha parlato apertamente?»

«Sì.»

«Qual è stata la sua reazione?»

«Ha negato la cosa.»

«Le è sembrata credibile?»

Lui si era stretto nelle spalle. «In realtà, a parte il suo insolito comportamento, non avevo elementi per concludere che mi tradisse. Il che non significa niente. Passava le sue giornate nello studio medico e io in banca. E io in particolare avevo molti appuntamenti di lavoro la sera. Avrebbe avuto tutto il tempo di avere un'altra storia. E anch'io, del resto.»

«Come giustificava il suo allontanamento?»

«Stress. Problemi di lavoro. Cose del genere. A un certo punto però, ha ammesso di non provare più gli stessi sentimenti dell'inizio nei miei confronti. Da allora... be', in un certo senso il problema era venuto alla luce. Abbiamo vissuto insieme ma distanziati ancora per un po'. Io stavo malissimo. Mi sono venuti problemi di stomaco, non riuscivo più a mangiare né a dormire. Avevo le palpitazioni. Tutti fenomeni psicosomatici.»

«Iris stava meglio?»

Lui aveva scosso il capo. «In realtà no. Era dimagrita ed era molto introversa. A un certo punto le ho detto che non potevamo andare avanti così. Dovevamo separarci oppure iniziare una terapia di coppia. Ha scelto la separazione.»

«Lei avrebbe preferito diversamente?»

«Certo. Ma lei è stata categorica. Le ho detto che poteva restare a casa mia, non sarei mai riuscito a vivere lì senza di lei. Io non volevo neppure restare a Bath o a Bristol. E così eccomi qua. Sto cercando di rimettermi in sesto psicologicamente.»

Due persone per le quali era venuto a mancare il fondamento della loro relazione, pensò Kate mentre viaggiava sull'autostrada sotto il diluvio. In realtà una storia piuttosto frequente. I problemi però nascevano da Iris, erano i suoi sentimenti a essere cambiati, non quelli di Thomas.

Ma allora perché afferma che lui l'ha lasciata a causa delle sue fobie? Perché è una spiegazione semplice che nessuno metterà mai in dubbio? In caso contrario, dovrebbe motivare la crescente distanza emotiva, pur non conoscendone neppure lei le cause precise. Thomas Seymour è un biglietto vincente, un uomo che non si lascia andare così. Amiche e colleghe l'avrebbero giudicata pazza, le avrebbero suscitato sensi di colpa e l'avrebbero costretta a tornare da lui a qualunque costo.

Iris però non ci riesce. Probabilmente non per colpa di Thomas. Bensì proprio per i terribili avvenimenti di quindici anni prima, che hanno scardinato per sempre la sua vita. Forse è una donna che dopo un po' crolla sempre.

Non va bene per Caleb, pensò Kate.

Ma lui era un uomo adulto. Doveva andare per la sua strada e scoprire da solo dove fossero gli ostacoli. A parte questo, avrebbe gettato al vento qualunque avvertimento da parte di Kate, attribuendolo alla sua gelosia.

Per distrarsi da simili pensieri, decise di telefonare a Madeline Atkins chiedendole aggiornamenti.

L'ispettore le rispose con voce stanca. «Harrell si ostina a tacere. E domani sera dovremo rilasciarlo.»

«Merda.»

«Già. Comunque abbiamo buone notizie dalla Scozia. Iris Shaw sta bene. Un'autopattuglia è passata più volte da casa sua. Non sembrano esserci problemi.»

«Il dottor Franklin è ricomparso?»

«Non ancora.»

«Ho parlato con l'ex fidanzato di Iris Shaw, Thomas Seymour.» Kate riferì succintamente alla collega le ultime scoperte. «Non riesco a capire se possa essere una cosa importante» concluse.

«È stata lei a voler troncare la relazione, non lui» mormorò Madeline. «A prima vista direi che è irrilevante. Lei non voleva dare troppe spiegazioni e la sua versione *non sopporta più le mie fobie* è stata convincente. Secondo me per noi non ha alcuna importanza.»

«Viceversa tutto potrebbe averne» osservò Kate.

«Questo è vero» riconobbe Madeline. «A proposito, abbiamo ottenuto i video di sorveglianza dell'ospedale di Cavaillon. Il paziente è senza dubbio Liam Pearce. L'identikit era davvero molto preciso.»

Dirupi. Incidenti. Ascensori fuori servizio. Amicizie giovanili.

Tutto poteva avere importanza.

Chiuse la telefonata con Madeline e si domandò cosa avrebbe dovuto fare. Chiamare Caleb? Pregarlo di chiedere a Iris perché si era separata da Thomas? Perché aveva dato informazioni false su questo punto?

Informazioni false... Che espressione solenne. Probabilmente aveva ragione Madeline Atkins: il tema della relazione amorosa non aveva la minima importanza.

Allora qual era il motivo di quel brutto presentimento? Non c'era una spiegazione razionale.

E se Thomas avesse mentito? Lei era giunta automaticamente alla conclusione che Iris non fosse stata sincera riguardo alle dinamiche che avevano portato alla fine della loro relazione, ma, a ben vedere, poteva benissimo essere anche il contrario.

Quale motivo poteva avere Thomas Seymour per interpretare il ruolo dell'uomo abbandonato?

Thomas, che si era lasciato il passato alle spalle, aveva rotto tutti i ponti, per usare un gioco di parole interessante pensando a Iris.

Kate era all'altezza di Leeds. Doveva decidere.

All'ultimo minuto girò. Non era più diretta verso Scarborough. Proseguì in direzione Northallerton-Carlisle. Verso la Scozia. Aveva scelto di raggiungere il Moray Firth. Erano le diciassette. Avrebbe impiegato tra le sette e le otto ore, secondo i suoi calcoli. Sarebbe arrivata nel cuore della notte.

West Kilbride, sabato 23 agosto 2008

Dopo che Adam ha «pensato» alla coppia nella baia accanto, ci incontriamo di nuovo nell'insenatura della famiglia Millard. Io scendo dal sentiero della scogliera, Adam passa dalla striscia di sabbia sempre più sottile per superare la lingua di terra. Non voglio sapere come abbia eliminato gli altri due.

«E la ragazza?» chiede ansimando quando ci ritroviamo. Si è rimesso il passamontagna. Vedo che ha i vestiti fradici. Un'onda deve averlo preso in pieno. E poi sta ricominciando a piovere.

«Andata» rispondo trafelato.

«Come... andata?»

«Non l'ho trovata. Probabilmente è scappata lungo la strada. Più avanti c'è un bosco...»

«Merda!» esclama Adam e la sua voce è tre volte più potente del temporale. «Merda!»

«Ma perché?» Sto riprendendo fiato lentamente. «Non ci ha visto in faccia. Non può descriverci.»

«Può dire che sono stati tre uomini!»

«Sì, e allora? Credi che questo farà fare qualche passo avanti alla polizia?»

«Può prendere il numero di targa della macchina!»

«La macchina è troppo lontana. E poi...»

I sacchi di plastica neri che ho messo sulle targhe.

«Può toglierli» insiste Adam, ma si è un po' calmato.

«Di sicuro non si accorgerà nemmeno della macchina.»

«Dobbiamo andare via da qui» dice Adam. «Appena quella riesce a trovare un telefono, chiama la polizia. Magari ha con sé pure un cellulare.»

«Non aveva niente in mano, ne sono sicuro.»

Vincy ci raggiunge. È sempre a viso scoperto. Ci sorride beato. «Forte, la vecchia» dice.

Finalmente torniamo a osservare il resto della famiglia Millard. Isabella non si muove. Quando mi avvicino, vedo che ha la testa e il collo pieni di sangue.

«Perdio, è morta?»

La faccenda doveva riguardare solo Arlo.

Vincy annuisce. «Mi aveva visto in faccia.»

«Maledizione, perché ti sei tolto il passamontagna?» Sono allibito. Isabella Millard avrebbe dovuto passare l'inferno, ma non morire.

«Faticavo a respirare» si difende Vincy, «poi ho preso un sasso e...»

«Non lo voglio sapere» urlo. Mi guardo intorno in preda al panico. «E la piccola? Judy?»

«L'ho sotterrata.»

«Cosa?» Nonostante la pioggia e il freddo comincio a sudare copiosamente. «Cosa?»

Una cosa è liquidare uno stronzo come Millard. Tutt'altra uccidere una bambina di sette anni.

Afferro Vincy per le spalle e lo scrollo. «Dove? Dove l'hai seppellita?»

Indica una montagnola di sabbia. Mi lancio da quella parte e comincio a scavare. Emerge un corpo, una bambina, distesa sulla pancia. Judy. La sollevo. Mi accorgo subito che è morta.

«L'hai soffocata!» urlo.

Vincy mi guarda fisso. «Anche lei mi ha visto.»

«Ha ragione lui» dice Adam senza scomporsi. La svolta presa dalla situazione non sembra sconvolgerlo in modo particolare. Ma subito dopo si innervosisce. «Dov'è Millard?» chiede allarmato.

In effetti Arlo Millard non è più dove lo abbiamo lasciato, ma non può essere andato lontano. Deve avere dolori disumani, è accecato e legato. Infatti lo troviamo proprio in riva all'acqua. Si trascina faticosamente sulla pancia verso le onde.

«Ottimo» dice Adam. «Me ne occupo io.»

Corre da Millard, lo afferra e lo porta fino all'acqua lì vicino. L'uomo oramai non oppone più resistenza. Mi volto mentre Adam tiene sott'acqua il corpo che si contorce. Non sudo più, ora tremo di freddo e batto i denti. Mi siedo sulla sabbia bagnata.

Oddio, oddio, oddio.

È andato tutto storto. È andato tutto completamente storto. Mi sono messo insieme a uno psicopatico e a un idiota e per settimane li ho ingolositi, e adesso mi meraviglio di essere in mezzo a tutti questi morti. Più altri due a poca distanza. Cinque persone uccise tra cui una bambina. Scoppio a piangere.

Adam mi viene vicino, sembra confuso. «Che ti succede?»

In questo momento non mi importa minimamente che perda il rispetto verso di me. «Sono morti tutti! Anche la bambina! La coppia dall'altra parte che non aveva fatto niente a nessuno...» Singhiozzo disperato.

«Sì, e come avremmo dovuto fare?» Adam sembra stizzito. «Saremmo finiti dietro le sbarre per il resto della vita, se uno di loro ci avesse descritto e poi identificato. Ficcatelo bene in testa!»

«Tu e Vincy avreste dovuto tenere in testa il passamontagna!» Nel frattempo anch'io me lo sono tolto. Tanto ormai non fa più differenza. «E comunque persino la galera sarebbe meglio di questo» piagnucolo.

Si capisce che Adam mi ritiene più idiota persino di Vincy.

«Sei fuori di testa.» Mi viene vicinissimo. Io alzo lo sguardo su di lui. Un'ombra scura davanti al cielo tempestoso. Vedo il bianco dei suoi occhi e dei denti. Avverto la minaccia che emana da lui. Siamo amici, ma può uno come Adam essere davvero amico?

«Io...» Cerco di parlare ma un singhiozzo mi toglie la voce.

«Tu adesso ti dai una calmata» dice Adam. Non alza la voce, ma il suo tono tranquillo è ancora più pericoloso. «È stata una tua idea. Ti abbiamo aiutato. Adesso non perdi la testa, ok? Non ti permetto di farmi finire in galera. Piuttosto ti faccio fare la fine dei Millard. Capito?»

Vedendo che non rispondo, si china ancora di più su di me e mi sibila in faccia: «Ti ho chiesto se hai capito».

Io annuisco. Ho la bocca secca, la gola all'improvviso mi fa male. Ho tanto freddo. Ho l'impressione che non sia solo per colpa del vento e della pioggia.

«Voglio sentire un sì chiaro e netto» dichiara Adam.

«Sì» sussurro.

Si rialza. «Bene, e ora via da qui. Non sappiamo che cosa potrà fare quella puttanella che è scappata. Dobbiamo andarcene.»

Mi alzo. Le gambe mi reggono a fatica.

«Teniamo gli occhi aperti» ordina Adam. «Se la incrociamo da qualche parte lungo la strada, la faccio fuori. Non voglio correre rischi.»

Saliamo per il sentiero uno alla volta. La pioggia ci sferza il viso, il vento che ci colpisce rischia di farci precipitare dalla scogliera. Spero quasi che succeda. Di cadere e di morire. Sono in preda alla disperazione.

È la notte in cui la mia amicizia con Adam e Vincy finisce per sempre.

Ora c'è solo un oscuro segreto a unirmi a loro.

Tuttavia non voglio vederli mai più.

# Giovedì, 20 luglio

## *1*

Era quasi l'una di notte quando arrivò a Rosehearty sul Moray Firth.

La pioggia incessante aveva reso tutto ancora più difficile. Ogni tanto la visibilità era così scarsa che Kate aveva dovuto rallentare molto più che se fosse stato giorno e bel tempo. Procedeva verso nord, addentrandosi sempre di più in Scozia, mentre la notte si faceva nera e la pioggia era una barriera quasi insormontabile. Per fortuna il traffico era davvero scarso e se non altro Kate non era tormentata dagli spruzzi delle altre automobili. Tuttavia era sicura che fosse uno dei viaggi peggiori che avesse mai affrontato. E non sapeva neppure se avesse un senso.

Glasgow, poi Dundee e oltre, a risalire la costa orientale. Superò Aberdeen e imboccò l'interminabile e sfiancante tragitto verso Fraserburgh. Per lunghi tratti si trovò da sola sulla strada. La pioggia, il rombo regolare del motore… era stanca. Terribilmente stanca.

Non c'erano aree di servizio. Quando finalmente ne spuntò una, si fermò. Prese una tazza di caffè nero e un panino. A parte la colazione di quello che ormai era il giorno precedente, non aveva più mangiato niente e all'improvviso si rese conto di avere una gran fame. Il panino sapeva di segatura, i cetrioli erano rinsecchiti, ma se non altro era una fonte di energia. Il caffè la rinfrancò, Kate si sentì ritornare le forze. Controllò il cellulare, ma nessuno l'aveva cercata. Nemmeno Dawson Franklin.

Com'era prevedibile visto il maltempo e l'orario, le strade di Rosehearty erano deserte. I lampioni creavano aloni tremolanti nella pioggia, come pure i semafori. In una tiepida notte di luglio durante l'alta stagione avrebbe potuto anche essere diverso.

Kate anelava al suo letto.

Ma ora era troppo tardi. Era quasi arrivata.

Uscì da Rosehearty e seguì le indicazioni di Google Maps fino all'indirizzo solitario sul fiordo. La strada era stretta e si snodava tra i campi. Ogni tanto Kate intuiva la presenza del mare alla propria destra, ma le nuvole e la pioggia le nascondevano la vista. Incontrò un'unica macchina, per il resto non vide tracce di presenze umane. Eventuali case e fattorie isolate erano buie e scomparivano dietro la cortina d'acqua.

La strada si interrompeva bruscamente in riva a una specie di fiume, ma Kate si accorse che in realtà proseguiva dall'altra parte. In quel punto però si era trasformata in un torrente impetuoso. Un sottile braccio di mare risaliva verso la terraferma, normalmente un rivolo che scorreva in una tubatura sotto la strada, come riconobbe Kate alla luce dei fari. Il maltempo però aveva gonfiato le onde che si infrangevano sulla spiaggia e la pioggia faceva il resto: la tubatura non era più sufficiente a raccogliere la massa d'acqua che si rovesciava sulla strada. Era impossibile passare con la macchina. Caleb gliel'aveva accennato per telefono. La casa non poteva essere molto più lontana.

Kate scese. Continuava a non avere niente che potesse proteggerla dalla pioggia, né ombrello, né giacca a vento. Grazie al riscaldamento dell'auto tenuto al massimo i suoi vestiti si erano asciugati, ma, fatti due passi dalla macchina, si ritrovò daccapo completamente fradicia fino alla biancheria. Pensò rassegnata che negli ultimi due giorni il suo destino era quello di somigliare a un topo bagnato e di patire sempre freddo. L'aria le sembrava glaciale dopo il caldo dell'auto. Cominciò a battere i denti. La pioggia la colpiva in viso, il vento le tirava i capelli. Capì che non sarebbe riuscita a superare l'acqua scrosciante neppure a piedi, ma ebbe l'impressione che il ruscello si assottigliasse un po' più avanti oltre le dune. Procedendo in un ampio arco sarebbe arrivata dall'altra parte. La macchina però sarebbe rimasta bloccata.

Merda, pensò.

Avanzò a testa bassa contro il vento. Più di una volta le sembrò che una folata più forte le togliesse il respiro. Doveva piantare i piedi saldamente sul terreno per non perdere l'equilibrio. Non si era mai spinta tanto a nord, non aveva mai affrontato una tempesta del genere. Oltre l'ululato del vento sentiva lo scroscio delle onde. Il fiordo era in tumulto.

Oddio, pensò con fervore, fammi raggiungere presto la casa.

E poi? Probabilmente avrebbe sorpreso Caleb e Iris nel sonno più profondo e li avrebbe spaventati a morte. Com'era possibile che Liam Pearce, o *chiunque altro*, trovasse quella casa isolata? E pianificasse un assalto in una notte come quella?

Oltre a tutto il resto, lei avrebbe fatto una figuraccia.

Il torrente che stava costeggiando si restringeva, ogni tanto spariva sotto la sabbia, ma poi riaffiorava e sembrava inondare di nuovo il terreno con rinnovato impeto. Superarlo però non fu più un problema, fu sufficiente un passo bello lungo. Kate sentiva il sapore del sale sulle labbra, era la spuma delle onde sulla spiaggia che il vento sollevava in aria in migliaia di molecole. Era come attraversare il mare.

Costeggiò il ruscello dall'altra parte, anche se avrebbe risparmiato un bel po' di tempo tagliando per le dune, ma aveva paura di perdersi. Non c'era nessun punto di riferimento, né la luna, né le stelle, nulla. C'era solo la luce della sua pila. Lo scroscio delle onde le faceva capire da che parte era il mare, ma sapeva bene quanto ci si potesse sbagliare nel collocare i rumori nello spazio. Seguire il torrente era la scelta più sicura.

Arrivò alla strada, vide la macchina sull'altro lato del torrente. Proseguì. La pioggia e il vento erano sempre un ostacolo, ma divenne più facile camminare sull'asfalto che sulla sabbia bagnata. Quando alzò la testa, vide la casa.

Era completamente buia, non c'era neppure una luce accesa, ma ne riconobbe i contorni.

Ce l'aveva fatta. Doveva essere la casa di Caleb e Iris, non ce n'erano altre.

Il cancello del giardino sbatteva nel vento. Kate si affrettò a raggiungere la porta di casa e si fermò col fiato corto.

E adesso?

Si capiva che all'interno dormivano tutti. Avrebbero sentito se avesse bussato? Sarebbe stato meglio provare a telefonare a Caleb?

Alzò il braccio e toccò leggermente il batacchio a forma di gabbiano, senza sapere ancora bene cosa fare.

La porta cedette e si aprì.

Kate si bloccò.

Come mai non era chiusa a chiave? Sarebbe stato strano già in circostanze normali, ma in quella situazione... Caleb aveva detto che si sarebbero chiusi dentro, sigillando porte e finestre. Nessuno doveva preoccuparsi, casomai Liam Pearce o chi per lui avesse scovato inaspettatamente Iris: non sarebbe riuscito a entrare in casa.

E invece, nel cuore della notte, la porta era aperta. Kate si voltò, osservò il cancelletto che sbatteva avanti e indietro e che aveva notato qualche secondo prima. Cosa significava? Tanta trascuratezza non era da Caleb. Men che meno in quelle circostanze.

Sbirciò all'interno della casa. Buio e silenzio.

Sarebbe stato il momento di chiamare rinforzi, ma esitò. Ci sarebbe voluto del tempo prima che i colleghi riuscissero a raggiungere la casa. E inoltre avrebbe fatto una figura ancora peggiore se alla fine non fosse accaduto niente. Nessuno poteva arrivare fin lì a piedi, senza dubbio non in una notte del genere. Non aveva visto macchine al termine della strada. A parte la porta di casa aperta, tutto sembrava tranquillo. Persino il cancello del giardino poteva essere stato spalancato dal vento.

La porta di casa, però...

Stringendo convulsamente il cellulare, pronta a chiamare i soccorsi in caso di necessità, Kate si introdusse lentamente nello stretto corridoio.

«Caleb?» chiamò piano.

Nessuna risposta.

Con la pila illuminò intorno a sé un corridoio con un attaccapanni sulla destra e una scarpiera sulla sinistra. Dal corridoio si apriva un piccolo ingresso da cui una scala curva portava al piano superiore. Una stuoia colorata sul pavimento, alle pareti quadri con paesaggi marini. Due porte, entrambe aperte. Kate sbirciò oltre la prima, illuminandola velocemente. La cucina. Pulita, ordinata e vuota. Un orologio a muro ticchettava piano. C'era odore di spezie. Il vento scuoteva le imposte che erano accuratamente chiuse.

Tutte le imposte chiuse. Ma la porta d'ingresso aperta?

Strisciò fino alla porta successiva, intanto spostò il fascio di luce verso le scale che terminavano in un ballatoio con una balaustra dipinta di bianco.

Niente. Nessuno. Silenzio assoluto.

Guardò nella seconda stanza. Era il salotto. Un camino dove rimanevano delle braci ardenti. Un tavolo da pranzo di legno, delle sedie. Un divano e delle poltrone.

Una gamba.

Indietreggiò istintivamente. Una gamba spuntava dietro le poltrone. Apparteneva a qualcuno. Non era affatto normale.

Con due falcate la raggiunse. C'era un uomo riverso per terra. Prono.

Capelli scuri. Un po' troppo lunghi. Era Caleb.

Si inginocchiò accanto a lui, lo toccò, non osava girarlo troppo in fretta.

«Caleb? Oddio, Caleb! Che cosa è successo? Sono io, Kate!»

Lui si mosse. «Kate?» La sua voce era solo un sussurro. Ma era ancora vivo.

«Sì, sono io. Che cosa è successo? Sei ferito?»

Lui ruotò faticosamente il busto. Alla luce della pila Kate notò la grande macchia scura sotto la spalla sinistra. La toccò delicatamente. Era bagnata. Sangue.

Caleb si era girato per metà di schiena, si teneva appoggiato a un braccio. Era cereo in viso, aveva la fronte imperlata di sudore. I suoi occhi luccicavano in maniera innaturale.

«Kate... Sei qui. Tu sei sempre qui...» Parlava lentamente, biascicando le parole. «L'ha presa» proseguì. «Ha preso Iris.»

«Chi?»

«Non lo so... Liam Pearce, credo. Era qui in casa. Avevo... sentito un rumore... sono sceso... ho... controllato le finestre e all'improvviso era dietro di me. Era... armato. Ha... sparato.»

«Va bene. Va bene, Caleb, stai tranquillo.» Per la miseria, come aveva fatto a entrare in casa Pearce? Era arrivato in precedenza? Di giorno, magari quando Caleb e Iris erano in giardino? Si era nascosto, aveva atteso la notte. Come allora, a Kilbride.

«Adesso chiamo la polizia e l'ambulanza.» Tirò fuori il cellulare. Caleb cercò di stringerle il braccio, ma il suo gesto era fiacco. «Per favore... controlla... Iris...»

«Credi che Pearce sia andato via con lei?»

«Non... lo... so. Lei dormiva. Potrebbe essere di sopra.»

Si lasciò cadere sul pavimento. Chiuse gli occhi. Quel breve scambio di parole lo aveva stremato.

Kate si rese conto di quanto fosse stata imprudente. Era inginocchiata accanto a Caleb, gravemente ferito, e a parte la cucina non aveva controllato il resto della casa. Liam Pearce poteva ancora essere lì. E tenere in ostaggio Iris. Benché la porta d'ingresso aperta facesse pensare a una fuga precipitosa. A Kate tornò in mente la macchina che aveva incrociato sulla stradina di campagna. Una sola macchina. In quella solitudine, a quell'ora, sotto quella pioggia torrenziale. Liam era in fuga?

«Proverò...» disse, ma in quel momento la luce sul soffitto si accese rischiarando a giorno il salotto.

Kate si voltò di scatto e balzò in piedi con un salto.

Sulla soglia c'era Iris Shaw. Armata di pistola.

«Posi per terra il cellulare, ispettore Linville» le disse. «E con il piede lo spinga verso di me. Non faccia movimenti falsi, altrimenti sparo.»

## *2*

Kate era allibita e cercava freneticamente di dare un senso a quanto accaduto. Era seduta sulla poltrona, mani e piedi legati con dello spago da pacchi. Per terra accanto a lei c'era Caleb. Aveva l'impressione che fosse privo di sensi, perché non reagiva più quando gli parlava a bassa voce. Doveva essere febbricitante e aveva perso tantissimo sangue. Aveva bisogno di cure, immediatamente.

Liam era spuntato dietro Iris. Kate lo aveva riconosciuto subito, e si era anche accorta che stava molto male. Aveva un colorito grigiastro, con evidenti occhiaie scure. Faticava a reggersi sulle gambe. Tuttavia aveva preso l'arma dalle mani di Iris e l'aveva puntata su Kate mentre Iris la legava. Kate si accorse che entrambi avevano i vestiti fradici e i capelli grondanti, come lei. Erano scappati, poi avevano fatto dietro front ed erano stati costretti a percorrere a piedi l'ultimo tratto di strada fino alla casa. Intuì il motivo: Liam non era in grado di viaggiare. Iris non aveva potuto fare altro che riportarlo indietro.

Kate non tentò di liberarsi. Sapeva che, pur essendo allo stremo delle forze, Liam non avrebbe esitato a sparare a Caleb e non avrebbe tentennato a lungo neanche con lei. Bastava pensare alle vittime di Kilbride: quell'uomo era uno spietato assassino.

«Deve andare in ospedale» disse a Iris. «Ha avuto quell'incidente in Francia. Ha una frattura della base cranica. Ecco perché sta così male.»

«È ricercato in tutto il paese» ribatté Iris. «È un miracolo che non l'abbiano beccato mentre veniva qui. Non può andare in ospedale. Si riprenderà qui e poi lasceremo l'Inghilterra.»

«Non si riprenderà senza un aiuto medico.»

Iris non aveva risposto.

«Anche Caleb ha bisogno di cure» aveva proseguito Kate disperata. «Per favore. È gravemente ferito. Ha già perso troppo sangue. Se lo lascia qui...»

«Partiremo domattina e chiamerò un medico mentre siamo in viaggio» aveva detto Iris. Il suo tono non era stato crudele. Era quello di una persona che si trova con le spalle al muro.

Kate li aveva sentiti salire di sopra, e aveva avuto l'impressione che Iris avesse dovuto sostenere Liam. Quell'uomo era allo stremo delle forze. Iris sembrava nutrire la speranza che qualche ora di sonno lo avrebbe rimesso in sesto almeno in parte. Non le restava nient'altro a cui aggrapparsi.

Kate cercò di riordinare le impressioni dell'ultima mezz'ora in un tutto di senso compiuto: Liam Pearce, uno degli assassini di Kilbride, e Iris Shaw, l'unica sopravvissuta, stavano insieme. Da quando? Da quando Thomas Seymour aveva iniziato a percepire il crescente allontanamento della sua compagna? Liam Pearce si era messo in contatto con Iris e in qualche modo l'aveva... portata dalla sua parte?

L'aveva seguita in Francia. Si erano dati appuntamento in quell'albergo a sud di Avignone. Lui aveva raggiunto la gola con Tanya. Era sceso sul fondo, ma non per uccidere Iris. Bensì perché era in ansia per lei. Poi c'era stata la fatale caduta, Liam era dovuto andare in ospedale. E lo aveva lasciato chiaramente troppo presto.

Caleb le aveva raccontato che Iris non voleva partire dalla Francia. Naturalmente aveva pensato che fosse perché era preoccupata per Tanya. In realtà aveva cercato disperatamente di ristabilire il contatto con Liam con il suo nuovo cellulare. Sapeva che doveva trovarsi nei paraggi, ma lui non aveva risposto alle chiamate. Kate immaginò che, mentre era in ospedale, non aveva avuto accesso al telefono oppure non aveva avuto modo di ricaricarlo.

Alla fine Iris aveva accettato di tornare in Inghilterra. Turbata e confusa. Inerme.

Anche Liam era riuscito a fare ritorno in Inghilterra, probabilmente con un'auto rubata. Iris, che a causa delle chiamate con il dottor Franklin aveva avuto modo di restare a lungo al telefono in assoluta solitudine, era riuscita a contattarlo e a parlargli. Kate immaginò che si fossero dati appuntamento a Scarborough. Poi era comparso Yanis Doucet. Un'altra figura di tanti anni prima, ma da una parte del tutto diversa. Aveva mandato all'aria i loro piani. Alla fine Liam era stato dirottato verso Rosehearty sul Moray Firth. Era per quello che Iris aveva scelto un posto tanto isolato?

E per quanto riguardava Caleb? O sin dall'inizio l'aveva sfruttato per farsi riportare in Inghilterra e avere un tetto sulla testa, oppure aveva davvero provato qualcosa per lui. Kate si augurava che fosse stato così, per il bene di Caleb. Anche se in quel momento lui non sembrava rendersi conto di ciò che gli accadeva intorno.

Chinò lo sguardo verso di lui. Era di nuovo prono, la testa girata da un lato. Respirava, ma non si era più mosso. Kate non sapeva se continuasse a perdere sangue, ma di sicuro ne aveva già perso troppo. Non poteva aspettare fino al mattino successivo per essere curato. Kate inoltre dubitava che Iris se ne sarebbe andata da lì molto in fretta: Liam Pearce sembrava un cadavere ambulante. Un paio d'ore di sonno non avrebbero certo migliorato le sue condizioni.

Sentì i passi di Iris sulle scale e subito dopo un rumore di stoviglie in cucina. Per non spaventare Caleb, Kate la chiamò a bassa voce.

«Iris! Iris, per favore venga qui!»

Iris si affacciò sulla porta del salotto. «Cosa c'è?»

Kate indicò Caleb con un cenno della testa. «Credo che abbia perso i sensi. Ho visto la ferita. Ha perso molto sangue. Probabilmente l'emorragia è ancora in corso. Deve andare subito da un dottore, altrimenti non ce la farà.» Non ebbe la forza di dire *altrimenti morirà.* La parola *morire* collegata a Caleb la riempiva di sgomento.

Iris si avvicinò e si chinò su di lui. Gli toccò delicatamente una spalla. «Caleb?»

Kate si accorse che non lo vedeva come un avversario.

«Iris, ha fatto così tanto per lei. La ama. Non si merita di dissanguarsi lentamente qui. Deve chiamare subito un'ambulanza.»

Iris si voltò verso di lei. «Non posso. Non posso farlo nemmeno per Liam. Lo arresterebbero subito.»

«Ma anche lui ha bisogno di un medico. Iris, siamo qui con due uomini che senza aiuto non ce la faranno. Lei vuole salvare Liam, ma in questo modo non ci riuscirà. Con il suo trauma ha bisogno di riposo assoluto, è un miracolo che sia riuscito ad arrivare fin qui. Ma si rende conto anche lei che ormai non ce la fa più. È per questo che è tornata indietro, vero? Perché lui aveva assoluto bisogno di sdraiarsi.»

«Ha un lungo viaggio dietro di sé. Poi è dovuto venire a piedi fin qui, quindi tornare alla macchina con me e infine di nuovo qui sotto il temporale. È chiaro che sia sfinito. Domani starà meglio.»

Kate scrollò il capo. «Si illude se crede che sarà così.»

Iris si alzò e uscì dalla stanza, per poi tornare con una valigetta.

«Pronto soccorso» disse. «L'ho trovata di sopra in bagno.»

Lentamente e con cautela voltò Caleb sulla schiena e gli infilò sotto la testa uno dei cuscini del divano. Alla luce si vedeva chiaramente la maglietta insanguinata. Aveva le labbra cianotiche. Le sue palpebre ebbero un fremito, ma per il resto non mostrò alcuna reazione.

Kate agitò disperatamente le mani. «Per favore. Mi liberi almeno le mani. L'aiuto a medicarlo. Per favore.»

«No» rispose Iris. Con un paio di forbici dalla punta arrotondata cominciò a tagliare la maglietta, scoprendo il busto insanguinato di Caleb. Il foro di entrata della pallottola era visibile sotto la clavicola. Il sangue continuava a uscire a fiotti, anche se debolmente.

«Si sta dissanguando» disse Kate, «per amor del cielo...»

«Gli metterò una benda emostatica.» Iris si mise a rovistare nella borsa.

Kate sapeva che sarebbe stato difficile riuscirci. La clavicola era in una posizione particolare. Le era capitato spesso di vederlo quando l'avevano chiamata sulla scena di un crimine dove qualcuno era stato accoltellato sotto il collo.

«Non reggerà» disse. «La compressione non sarà sufficiente. Bisogna portarlo in ospedale. Subito!»

Iris premette una garza sulla ferita e cominciò a fasciarla con una benda che fece passare più volte intorno alla spalla e sotto l'ascella. Kate vide subito che la pressione non era sufficiente. La fasciatura non sarebbe servita granché.

«Non basta» ribatté impotente. «Per amor del cielo, deve andare in ospedale.»

Iris continuò imperterrita. Caleb lanciò un gemito soffocato, ma non aprì gli occhi.

«Perché»? chiese Kate. «Perché fa tutto questo?»

«Lo sparo a Caleb non era previsto» disse Iris. «Avevo lasciato la porta aperta per Liam. Sapevo che stava molto male. Doveva rimanere qui un pochino a riposare e poi volevamo andare via. Sperando che Caleb non si accorgesse di niente. Invece si è svegliato. È sceso di sotto. Liam gli ha sparato in preda al panico. Non voleva farlo.»

«Liam è uno degli uomini che ha trucidato la sua famiglia. Non voleva fare nemmeno quello?»

Iris non rispose. Fermò il lembo della benda con due graffette.

«Che cosa l'attira verso Liam? Come può stare con un uomo del genere?»

«La cosa non la riguarda.»

«È chiaro che è stata in contatto con lui fin dall'inizio» proseguì Kate. «Vi eravate dati appuntamento e probabilmente volevate lasciare l'Inghilterra per sempre. Dalla Francia. Il ponte di Cavaillon ha rovinato i vostri piani, come pure la comparsa di Caleb e la caduta di Liam nella gola. Quando finalmente è riuscita a rimettersi in contatto con Liam, avete deciso di vedervi a Scarborough. Quella volta è stato Yanis Doucet a mettersi in mezzo. Ma perché poi ha condotto Caleb fin qui? Più a nord di così non sarebbe stato possibile. Ha costretto Liam Pearce, che viaggiava con un grave trauma alla testa, ad attraversare tutta la Scozia per raggiungerla. Perché?»

«La cosa non la riguarda» ripeté Iris, «ma le posso dire che, anche se non amavo Caleb alla follia, con lui è stato molto bello. Mi sono sentita protetta e al sicuro. E non sapevo più bene...» Lasciò la frase a metà, ma Kate indovinò che cosa avrebbe voluto dire.

«Non sapeva più se voleva tornare da Liam» concluse al suo posto. «Era combattuta tra due uomini e non riusciva a decidersi.»

«Quanto meno avevo bisogno di tempo» ammise Iris. «Solo un po' di tempo. Il rapimento... ero scioccata e sconvolta e mi rendevo conto che Caleb mi dava tanta serenità. Al contrario con Liam mi sarei dovuta dare alla fuga. Non aveva molto senso, ma ho proseguito il viaggio verso nord con Caleb per guadagnare tempo.»

«Lui le offriva serenità» disse Kate, «e protezione. E adesso lei lo lascia qui a dissanguarsi.»

«Partiremo domattina» disse Iris, «e appena saremo abbastanza lontani, farò una telefonata anonima alla polizia e ai soccorsi. Glielo prometto.»

«Potrebbe essere troppo tardi per Caleb. Ma forse anche per Liam. Ha una frattura della base cranica. Non è una cosa da poco, perdio.»

«Guarirà da sola, se lui...»

«... sta a completo riposo. Per settimane.»

«Non abbiamo scelta» disse Iris.

«Perché si è messa con quest'uomo? Ho parlato con Thomas, il suo ex compagno. Dice che non l'ha lasciata a causa delle sue fobie, ma perché si era allontanata sempre di più da lui. Interiormente. Perché lui si sentiva respinto e tenuto a distanza. È successo a partire da quando è comparso Liam, vero? Lui l'ha rintracciata, a quattordici anni di distanza. Per chiarire qualcosa? Per scusarsi? Non capisco, Iris, non riesco proprio a capire. Come ha fatto a mettersi con lui!»

«Non deve capirlo» replicò Iris alzandosi. «Ecco, ho fatto tutto il possibile per Caleb. Spero che ce la faccia.»

Uscì dal salotto. Kate la sentì salire le scale. Probabilmente per andare da Liam. Si era infilata in una situazione senza via d'uscita, era bloccata in quella casa con due uomini entrambi bisognosi di immediate cure mediche, e con una poliziotta legata in salotto. Uno dei due uomini era ricercato, lei doveva lasciare il Paese il prima possibile con lui, ma non era in grado di viaggiare. Era una condizione insostenibile, a un certo punto sarebbe dovuta partire con Liam, nonostante gli imprevedibili rischi. Tuttavia avrebbe potuto essere troppo tardi per Caleb.

Kate si guardò intorno alla disperata ricerca di un modo per liberarsi. Le era capitato spesso di trovarsi in circostanze pericolose e senza via d'uscita, ma non era mai successo che insieme a lei ci fosse una persona che amava in grave pericolo di vita come stava accadendo con Caleb. Osservò angosciata il suo viso. La pelle cerea, le labbra cianotiche. Gli occhi chiusi. Il respiro flebile.

Per il momento la fasciatura reggeva, ma non avrebbe fermato a lungo l'emorragia.

Il mattino seguente sarebbe passata una pattuglia della Police Scotland, per controllare che fosse tutto a posto. Ma Kate non si faceva grandi illusioni: Iris avrebbe aperto la porta dicendo che non era successo nulla. Improbabile che l'agente esigesse di entrare in casa. Iris era la persona da proteggere e se affermava che non era accaduto niente, questo bastava per crederle. L'agente non avrebbe avuto motivo di pensare che un pericoloso criminale ricercato si trovasse in quella casa, insieme a un ex poliziotto ferito e a una ispettrice legata.

Tuttavia c'erano due macchine ferme sulla strada allagata che avrebbero attirato l'attenzione della polizia. La macchina di Kate e quella di Liam, probabilmente rubata. Chi era giunto con quelle auto doveva trovarsi in quella casa, improbabile che con quel tempo qualcuno avesse deciso di andare in spiaggia o a fare un'escursione tra le dune. Iris si sarebbe dovuta inventare qualcosa. Purtroppo aveva tutto il tempo per prepararsi.

L'unica *vera speranza* era che i poliziotti si insospettissero al punto da inserire i due numeri di targa nel sistema per controllare e scoprissero che una delle macchine risultava rubata. Ma non esisteva alcuna certezza che lo facessero. E magari il proprietario dell'auto non si era ancora accorto del furto e non lo aveva denunciato. In particolare d'estate, durante il periodo delle ferie, era più facile rubare una macchina e il furto veniva notato solo al ritorno dalle vacanze. Nei primi anni da poliziotta a Kate era capitato spesso.

Perché? Perché? Perché? Iris e Liam… probabilmente il dottor Franklin avrebbe avuto una spiegazione. Il superamento del trauma attraverso colui che lo aveva causato… Era un pensiero ancora informe, difficile da catturare, ma Kate cominciava a intuire perché Iris avesse imboccato quella strada così fatale. Una strada perversa, che poteva solo peggiorare le cose, ma in maniera patologica Liam poteva essere la persona che per Iris rappresentava un legame con la famiglia assassinata. Perché aveva preso parte a quella storia. E non era rimasto nessun altro.

Comunque non aveva importanza. Non in quelle ore di una notte che trascorreva con una lentezza esasperante. In cui Kate non poteva fare altro che osservare il respiro di Caleb, ascoltare l'ululato del vento e lo scroscio della pioggia. Da qualche parte un orologio ticchettava segnando lo scorrere del tempo.

Inesorabile.

## *3*

Quella mattina l'ispettore Madeline Atkins aveva tentato nuovamente di interrogare Adam Harrell, ma si era scontrata ancora una volta contro il muro del suo silenzio. Intorno alle dieci decise di interrompere il dialogo unilaterale e tornò frustrata nel suo ufficio. Le restavano solo poche ore. Entro sera avrebbe dovuto rilasciare Harrell, l'impianto accusatorio era troppo debole. Più precisamente: non esisteva affatto.

Una collaboratrice infilò la testa oltre la porta.

«Il dottor Dawson Franklin è al telefono. È già la seconda volta che chiama.»

«Me lo passi» disse Madeline.

Il dottor Franklin sembrava nervoso. «Mi rincresce, ispettore» esordì come saluto, «so che ieri ha cercato diverse volte di raggiungermi. Avevo bisogno di stare un po' da solo.»

Madeline attese.

Il dottor Franklin si schiarì la voce. «L'ultima settimana mi ha alquanto provato. Essere rapito, rinchiuso nel bagagliaio, con la convinzione che sarei morto per il caldo. Ho provato a far finta che non fosse successo niente...» Rise, ma l'impressione era che non trovasse niente di divertente nella propria situazione o nelle proprie parole.

«Il più delle volte uno psicologo di professione non è in grado di giudicare se stesso. A ogni modo all'improvviso mi sono reso conto che non era possibile. Palpitazioni, tremori. Cose del genere.»

«Una brutta situazione» commentò Madeline.

«Ho cancellato tutti gli appuntamenti di ieri e per il resto della settimana e sono andato al mare. Ho dormito lì e ho fatto una lunga passeggiata sulla spiaggia. Mi è servito. Oggi mi sento meglio.»

«Ne sono contenta.»

«Il cellulare lo avevo lasciato a casa. Volevo stare veramente da solo con me stesso. E al mio ritorno oggi ho trovato le sue telefonate.»

Madeline aveva immaginato una cosa del genere. Il dottor Franklin aveva vissuto un'esperienza da incubo ed era stato a un passo dalla morte. Probabilmente avrebbe avuto bisogno di più tempo e più aiuto che una semplice giornata al mare. Ma preferì non dire niente. Dopotutto era lui l'esperto.

«Già, adesso sono qui. Che cosa c'è?»

«In realtà una cosa da poco» rispose Madeline. «Si tratta della sua conversazione dell'altro ieri con Iris Shaw. Siamo rimasti un po' allarmati...»

Franklin la interruppe. «L'altro ieri non ho parlato con Iris Shaw.»

«Ah no?»

«No, l'ultima volta che ci siamo sentiti è stato il giorno in cui Yanis Doucet mi ha costretto ad attirare Iris in trappola puntandomi una pistola alla tempia. Dopo più niente. Sono parecchio in ansia che possa interpretare male il mio comportamento. Mi piacerebbe molto spiegarmi con lei, ma non ho la possibilità di contattarla.»

«Iris non l'ha chiamata?»

«Assolutamente no. Sarei stato tanto felice se lo avesse fatto.»

«È molto strano. Stando alle nostre informazioni, Iris l'ha chiamata intorno a mezzogiorno e le ha anche rivelato il luogo in cui si trova attualmente e che doveva rimanere segreto.»

«Deve trattarsi di un equivoco.»

Madeline ci pensò su. «Ieri l'ispettore Linville ha parlato con Thomas Seymour. L'ex compagno di Iris Shaw. Le sue dichiarazioni in parte hanno contraddetto quelle rilasciate da Mrs. Shaw.»

«Davvero? In che senso?»

«L'uomo sostiene di non aver lasciato Iris Shaw a causa delle sue fobie. Anzi, non è stato lui a lasciarla di sua iniziativa. Ma lei si era gradualmente isolata nella relazione finché a un certo punto lui non ha potuto più far finta di niente, né continuare. In pratica lei gli ha fatto capire che non voleva più vivere insieme a lui.»

«Ah!» Il dottor Franklin era stupito. «Seymour ha detto così?»

«Esatto.»

«È strano. Il racconto di Mrs. Shaw è completamente diverso. A volte tuttavia può succedere. Io mi occupo anche di terapia di coppia ed è sempre incredibile come due persone percepiscano la stessa identica situazione in maniera radicalmente diversa e anche come la descrivano in seguito.»

«So che è vincolato dall'obbligo di segretezza, e non ama parlare dei suoi pazienti» disse Madeline, «ma se partissimo semplicemente dal presupposto che non abbiamo a che fare né con un equivoco né con interpretazioni divergenti, come giudicherebbe il fatto che Iris Shaw le abbia dato informazioni sbagliate riguardo alla sua separazione da Seymour e che abbia mentito a Caleb Hale affermando di averle telefonato l'altro ieri?»

«Non sono in grado di valutarlo così su due piedi» disse Franklin. «Avrei bisogno di più informazioni. Dovrei parlare con Iris.»

«Glielo chiederò in maniera più diretta» insistette Madeline. «Le è mai capitato di accorgersi che Iris Shaw le mentiva? Non mi riferisco alle banalità quotidiane. Ma riguardo ad aspetti importanti, le è mai sembrato che nascondesse la verità in maniera consapevole e mirata?»

«Che cosa vuole insinuare, ispettore?»

«Assolutamente nulla. È solo una domanda.»

Lui era a disagio. «Ci muoviamo su un terreno dove...»

«Lo so. In realtà lei non può dirmi niente.»

«È già successo, vede» spiegò Franklin. «Il rapimento da parte di Yanis Doucet. Alla fine Mrs. Shaw ha ricordato di aver attirato gli assassini nella seconda baia con il proprio comportamento e di aver condannato la coppia a una morte spaventosa. Per anni con me aveva continuato a sostenere di essere rimasta per tutto il tempo sotto il pontile. Quindi non aveva detto la verità, ma sono convinto che avesse rimosso in maniera così profonda i fatti di quella notte da arrivare a *credere* di dire la verità.»

«Quindi secondo lei...»

«Iris Shaw è un soggetto profondamente traumatizzato. Il trauma non l'abbandonerà mai. La sua famiglia è stata sterminata in maniera atroce. Lei è stata l'unica a salvarsi. Sarà tormentata per tutta la vita da tremendi sensi di colpa. Si era nascosta, ha causato la morte di due persone completamente estranee e ha abbandonato la sua famiglia. È questo ciò che pensa. Il suo unico modo per sopravvivere, ispettore, è di rimuovere o reinventare tantissime cose. Continuerà a essere un meccanismo di cui si servirà inconsciamente per tutta la vita. Per questo ci saranno sempre discordanze tra il suo comportamento e le sue dichiarazioni.»

Madeline comprese che cosa voleva dire lo psicologo, ma lei era una poliziotta. Doveva arrivare concretamente al fondo delle cose. «Perché avrebbe sostenuto con Caleb Hale di aver telefonato a lei se non era vero?»

«Non saprei.»

«Perché avrebbe sostenuto di essere stata lasciata dal suo compagno a causa delle proprie fobie quando in realtà è stata lei a troncare la relazione?»

«Si è abituata a ricondurre ogni aspetto della propria vita alle sue fobie, soprattutto alla paura dei ponti. Magari le risultava più facile che ammettere che i suoi sentimenti si erano esauriti. Ma la mia è solo una supposizione. Dovrei prima parlare con lei.»

«Capisco» disse Madeline rassegnata. Forse non era importante. Forse lei e Kate Linville avevano dimenticato per l'ennesima volta che non era possibile valutare Iris Shaw secondo i parametri normali.

«A proposito...» Franklin esitò. «Sa per caso dov'è l'ispettore Linville? Aveva provato a chiamarmi anche lei. Oggi le ho telefonato un paio di volte ma mi risponde sempre la segreteria.»

«So che era tornata a Scarborough ieri. Forse vuole solo riposare un po'. Credo che sia in ferie.»

Si salutarono. Terminata la chiamata, Madeline guardò assorta fuori dalla finestra senza vedere veramente l'albero in cortile.

Strano che Kate non avesse risposto alle telefonate del dottor Franklin. Era stata così coinvolta, inizialmente l'aveva assillata con le sue continue visite e le sue domande, finché Madeline aveva compreso che quella poliziotta dello Yorkshire era maledettamente brava nel suo lavoro... E adesso si disinteressava di colpo? Tornava a casa e non era più raggiungibile?

Madeline prese il telefono e provò a chiamarla a sua volta. Dopo diversi squilli partì la segreteria telefonica. Kate non rispondeva nemmeno a una telefonata della collega del Somerset.

Era davvero molto strano.

Tuttavia poteva benissimo esserci un motivo qualunque. A ogni modo Madeline decise di chiamare i colleghi della Police Scotland a Fraserburgh per informarsi se la pattuglia giornaliera fosse già passata da Caleb e Iris e per dire loro se fosse possibile intensificare i controlli. La cosa non era necessariamente collegata all'improvvisa sparizione di Kate Linville, ma per qualche motivo l'inquietudine di Madeline era aumentata.

## *4*

Non aveva chiuso occhio neppure un istante, era rimasta in ascolto della pioggia, del vento e del respiro di Caleb. Si accorse che stava facendo giorno dalla luce livida che filtrava tra le imposte. Aveva l'impressione che il vento si fosse un po' calmato. La pioggia invece continuava a scrosciare con immutata violenza.

Kate si sentiva indolenzita e anchilosata. Da ore non poteva muoversi. Le mani legate dietro la schiena le causavano dolori a braccia e spalle e i piedi erano gonfi. Inoltre aveva una sete tremenda.

Per tutto il tempo Caleb non aveva aperto gli occhi né pronunciato una sola parola. Era in uno stato di semincoscienza che in qualche modo gli faceva dimenticare la sofferenza, o quanto meno era ciò che sperava Kate. La fasciatura alla spalla nel frattempo si era arrossata. Non era bastata a fermare l'emorragia. Inoltre sembrava che avesse la febbre alta.

Kate aveva provato a parlargli più volte, senza ottenere la minima reazione.

Non si faceva illusioni: se non fosse stato soccorso in fretta, non ce l'avrebbe fatta.

Non aveva idea di che ore fossero quando finalmente Iris comparve in salotto. Anche lei aveva un'aria disfatta, era pallida e stanca, aveva profonde occhiaie e le rughe ai lati della bocca sembravano essere più marcate. Kate intuì che Liam stava male e che Iris non poteva pretendere di fuggire via con lui, visto che, tra l'altro, raggiungere la macchina era molto difficile. Inoltre avevano dovuto lasciar passare le preziose ore notturne in cui avrebbero avuto la protezione dell'oscurità. Era arrivato il nuovo giorno e prima o poi sarebbe passata la polizia per l'abituale controllo. Iris avrebbe dovuto aspettare il loro arrivo, per non rischiare di cadergli tra le braccia insieme a Liam.

Una situazione davvero intricata.

Kate le rivolse subito la parola. «Caleb ha bisogno di acqua. Anch'io. E lui e Liam hanno bisogno di un medico.»

Iris si voltò, scomparve e tornò con un bicchiere d'acqua. Lo appoggiò alle labbra di Kate che bevve avidamente. Poi la ragazza si inginocchiò accanto a Caleb e gli bagnò delicatamente le labbra. Lo trattava con dolcezza, si capiva che nutriva dei sentimenti per lui.

Caleb non reagì a quel contatto, ma Kate si augurava che ingerisse almeno qualche goccia. Era intollerabile: il tempo lavorava con implacabile crudeltà contro di lui.

«La prego, Iris, sia ragionevole. Due persone hanno urgente bisogno di cure. Come pensa di riuscire a fuggire con un uomo che è ricercato e non è in grado di muoversi? Pensi anche alla sua fobia dei ponti. Sarà un ulteriore intralcio. Non può nemmeno prendere un sonnifero, perché deve guidare. Il suo piano è una totale pazzia.»

«Se chiamo un dottore» disse Iris, «Liam finirà in prigione. Per sempre.»

«Ma così potrebbe morire. Lei invece se la caverebbe senza grandi problemi. È stato Liam a sparare a Caleb, non lei. Per il momento non può essere accusata né di omicidio né di tentato omicidio. Ma se non chiama subito un medico, si macchierà di omissione di soccorso o di complicità in omicidio. Per adesso può ancora evitarlo.»

«Non lascerò che Liam finisca in prigione.»

Kate si dimenò assalita da un insensato accesso di collera. «Che cosa ci trova in lui? Ha annientato la sua famiglia!»

Iris la guardò. «Sono stati i suoi amici.»

«Ma lui è stato l'istigatore.»

Iris si alzò di nuovo. Tirò fuori dalla tasca marsupio della felpa troppo grande – probabilmente era di Liam – un rotolo di nastro da pacchi e un paio di forbici.

«Mi spiace molto, ispettore» disse, «so che il merito di avermi liberata da Yanis Doucet è in gran parte suo, tuttavia devo chiuderle la bocca. Da un momento all'altro arriverà il poliziotto di ronda. Non voglio che chiami aiuto.»

Kate provò a rispondere, voleva dire che Caleb aveva bisogno di una nuova fasciatura, ma la bocca le si riempì del disgustoso sapore di colla mentre il nastro adesivo le veniva girato più volte intorno alla testa. Non sarebbe più riuscita a toglierselo dai capelli. Lanciò un grido soffocato e per qualche secondo respirò affannosamente dal naso, finché si rese conto di incamerare abbastanza aria. Ma non avrebbe potuto in alcun modo avvisare i poliziotti.

Iris uscì dalla stanza e si richiuse la porta alle spalle. Kate la sentì girare la chiave. Non voleva correre rischi.

Kate fece qualche suono gutturale e provò a liberare le mani o i piedi, senza tuttavia ottenere il minimo risultato. Aveva bisogno di un piano.

In fretta. Non poteva aspettare che Iris levasse le tende e *forse* chiamasse i soccorsi. Per Caleb sarebbe stato troppo tardi.

*Calma. Rifletti.*

Esaminò la stanza. Non che non lo avesse già fatto per tutta la notte... ma cercò di calmarsi e di non rivolgere lo sguardo freneticamente in giro, guidata più dal panico che dalla fredda razionalità.

Doveva trovare il modo di liberarsi.

I suoi occhi si posarono sulle tante stampe appese alle pareti. Per la maggior parte disegni a penna con scorci del paesaggio scozzese, altri di animali: uccelli selvatici, cervi, fagiani. Cani da caccia. Con cornici di legno scure e un vetro sottile. Alcuni erano appesi sopra scaffali, tavoli o caloriferi, ma ce n'erano altri sulla parete sgombra.

Un piano...

Si alzò faticosamente e saltellò con le caviglie legate fino all'estremità opposta della stanza. Quando ci si trovò davanti, si accorse che i quadri erano appesi più in alto di quanto le fosse sembrato da lontano, ma alzandosi in punta di piedi forse ce l'avrebbe fatta.

Si girò con la schiena contro la parete e si allungò il più possibile. Con la spalla destra sollevò la cornice sempre più in alto... fino a staccarla dal gancio che la teneva appesa al muro. Kate accostò più che poteva il corpo al muro per evitare che il quadro si inclinasse in avanti e finisse in frantumi sulle piastrelle. Invece scivolò verso il basso e Kate lo prese tra le mani. A questo punto si accucciò lentamente, stringendolo a sé. Arrivata sul pavimento, girò il più possibile le mani in modo da appoggiare il quadro a terra.

Era riuscita a compiere quell'attività nel più completo silenzio.

In quell'istante qualcuno bussò alla porta d'ingresso. Il rumore risuonò per tutta la casa.

Doveva essere la polizia.

Kate si alzò e saltò con i piedi legati sul quadro. Il vetro si ruppe. Non fu un rumore molto forte ma anche se Iris lo avesse sentito, non avrebbe potuto fare niente. In quel momento doveva occuparsi del poliziotto.

Kate tremava dalla testa ai piedi. Le restava un intervallo di tempo ridottissimo. Doveva liberare le mani e strapparsi il nastro adesivo dalla bocca. E poi chiamare aiuto.

Una delle schegge di vetro era lunga come un coltello e dentellata. Si impresse nella memoria la sua posizione, poi si voltò e l'afferrò. Sperava di aver preso quella giusta. Il fatto che dovesse agire alla cieca con le mani legate dietro la schiena non rendeva più semplici le cose.

Sentì Iris che parlava fuori. «Agente Eliot! Che gentile a essere venuto qui nonostante questo tempaccio.»

Una voce maschile le rispose. «Buongiorno, Mrs. Shaw. Si figuri, non ci facciamo spaventare per così poco. Tutto a posto qui da lei?»

«Sì. È stata solo una brutta nottataccia. Mr. Hale si è sdraiato a recuperare un po' di sonno.»

Kate si spostò verso il vecchio secrétaire in un angolo. Guardandolo le era venuta un'idea che avrebbe potuto funzionare. Tuttavia le serviva assolutamente più tempo.

«Capisco» disse l'agente Eliot dall'altra parte della porta. «Il vento e la pioggia vi hanno causato danni?»

«No. Tutto a posto» rispose Iris. Aveva la voce nervosa. Ovviamente desiderava soltanto che il poliziotto se ne andasse il prima possibile.

Kate intanto era arrivata al mobile. Cercò di incastrare la scheggia di vetro alla meno peggio e senza guardare nella fessura tra due cassetti sovrapposti. Si voltò e controllò l'opera: perfetto. Il vetro spuntava e sembrava abbastanza solido.

Avanzando delicatamente per non farlo cadere, cominciò a strofinare lo spago che le bloccava i polsi contro il bordo dentellato.

«Il mio collega e io siamo rimasti molto meravigliati» disse Eliot, «dalla presenza di due macchine sconosciute qua fuori. Nel punto in cui non è possibile proseguire a causa della strada allagata.»

Iris fece un risolino. Suonava molto forzato. «Sì, sono nostri amici. Sono arrivati ieri sul tardi e poi hanno proseguito a piedi sotto la pioggia fin qui.»

«Degli amici? Non ho ricevuto informazioni al riguardo» insistette Eliot.

«Dovevamo avvisarvi?» chiese Iris in tono seccato.

La scheggia di vetro uscì dalla fessura e cadde a terra. Kate imprecò mentalmente. Aveva le mani sempre legate. Doveva ricominciare daccapo tutta la manovra.

«Nell'attuale situazione dobbiamo sapere chi soggiorna presso di voi» disse Eliot. «Inoltre abbiamo ricevuto una telefonata dai colleghi del Somerset. Dobbiamo essere più scrupolosi nei controlli. Sono emerse alcune incongruenze.»

«Quali incongruenze? Si tratta soltanto di due amici che sono venuti a trovarci.»

«Potrei parlarci brevemente e controllare le loro identità?»

«Stanno ancora dormendo. Sono arrivati stanotte intorno alle tre. A causa del maltempo. Non vorrei svegliarli.»

Kate era riuscita a bloccare di nuovo la scheggia di vetro e ci strofinava contro lo spago. Grazie al cielo l'agente Eliot si era fissato su quelle due macchine. Questo le faceva guadagnare un po' di tempo.

«Allora potrei vedere i documenti di queste due persone?» domandò testardo Eliot.

«Dovrei rovistare dentro le loro tasche» rispose Iris in tono indignato, come se lui le avesse ordinato di spogliarsi all'istante.

«Allora può tranquillamente svegliarli, così non avrà niente da rimproverarsi» replicò implacabile Eliot.

Kate udì il profondo sospiro di Iris. «E va bene. Aspetti qui. Vado a prendere i documenti.»

La sentì salire le scale. Per andare a prendere che cosa?

Non poteva certo mostrare il documento di Liam. Era ricercato in tutto il Paese. E nemmeno quello di Kate, a parte il fatto che lei l'aveva con sé in salotto e non di sopra.

Iris stava andando a prendere la pistola di Liam. Non aveva più niente da perdere. Se fosse stato necessario, si sarebbe aperta una via di fuga con la forza, per quanto fosse pazzesco e senza senso.

Kate riprese a strofinare con foga lo spago contro il vetro. Doveva avvisare Eliot. Nonostante la diffidenza, il poliziotto continuava a ritenere Iris una vittima e non si aspettava che rappresentasse una minaccia per lui.

Il robusto spago da pacchi si spezzò in due scivolando via dai polsi di Kate. Aveva le braccia e le spalle così rigide che riuscì a muoverle in avanti solo con terribili dolori. Si strappò il nastro adesivo dalla bocca e mentre cercava di liberarsi anche i piedi, gridò con quanto fiato aveva in gola: «Attenzione! È armata! È armata!»

Cinque secondi più tardi si udì uno sparo.

Kate intanto aveva liberato anche i piedi. Si alzò di scatto, le gambe le cedettero per la mancanza di circolazione. Riprese l'equilibrio e si lanciò verso la porta. Cominciò a scuotere la maniglia.

«Agente Eliot? Tutto a posto? Siamo qui dentro. Sono l'ispettore Linville. Con me c'è un uomo gravemente ferito.»

Silenzio. A parte lo scroscio della pioggia.

«Agente Eliot!» gridò Kate, spingendo violentemente la porta. Che cosa gli era accaduto? Aveva un collega che probabilmente era rimasto in macchina. Doveva aver sentito lo sparo.

Trascorsero alcuni minuti.

Dei passi si avvicinarono alla porta.

La chiave fu girata nella toppa, la porta si aprì. Kate si trovò davanti un poliziotto in uniforme.

«Ispettore Linville?» le domandò.

«Sì. Agente Eliot?»

L'uomo annuì. Alle sue spalle Kate vide un secondo agente. Aveva atterrato Iris Shaw e le teneva le braccia bloccate dietro la schiena. Intanto parlava al cellulare.

«Di sopra c'è Liam Pearce» disse Kate. «È ricercato per omicidio. Ha una frattura della base cranica. E qui c'è Caleb Hale. Gli hanno sparato. Ha perso tantissimo sangue. Serve immediatamente un'ambulanza e un medico.»

«Abbiamo già provveduto.» Eliot la guardò intensamente. «Lei è illesa?»

«Sì, tutto a posto.»

Kate si massaggiò i polsi e si accorse stupita che erano bagnati. Li guardò: si era procurata profondi tagli cercando di liberarsi. Aveva le mani grondanti di sangue.

Non se ne era nemmeno accorta.

«Mi ha salvato la vita» disse Eliot. Kate vide che l'uomo sudava copiosamente. «Sarebbe bastato un istante, era già sulle scale con la pistola in pugno. Grazie al suo grido sono riuscito a mettermi al sicuro dietro il muro della casa. E poi è arrivato il mio collega.» Guardò Kate con espressione seria. «Grazie, ispettore.»

Poi aggiunse: «Perdio, si può sapere che cosa è successo a Iris Shaw?»

Con suo stesso sgomento, Kate scoppiò a piangere.

«Per favore, aiuti Caleb» singhiozzò.

Eliot la superò dentro la stanza dall'aria viziata che puzzava di sudore e sangue, s'inginocchiò accanto a Caleb e gli tastò il polso.

Era sempre più nervoso.

«Maledizione.» Si girò verso Kate. Lei glielo lesse negli occhi prima che lui aprisse bocca.

«Mi spiace» disse il poliziotto.

Un silenzio improvviso scese su di lei. Tutti i rumori ammutolirono.

Kate non sentiva più il tamburellare della pioggia, il fischio del vento, vedeva l'agente Eliot muovere le labbra ma non percepiva alcun suono.

Il mondo con le sue voci si allontanò da lei, era sempre più distante, come se volesse fermarsi e trattenere il respiro. Kate non sapeva per quanto tempo durasse. La paralisi del mondo e della vita.

E poi il mondo e la vita tornarono indietro e niente fu più come prima.

Nella mia storia ci sono tre momenti chiave con Iris Shaw. Uno di questi: West Kilbride. Quella notte.

West Kilbride, sabato 23 agosto 2008

Iris – all'epoca ancora Iris Millard – è riuscita a scappare, è sparita nell'oscurità, probabilmente si è nascosta da qualche parte sul ripido sentiero che sale dalla seconda baia. Adam mette a tacere i Doucet, dei quali ignoravamo la presenza. Sono potenziali testimoni e l'uomo ha visto Adam in viso da vicino. Per colpa dello stesso Adam. Preferisco non pensare che lui probabilmente cercasse solo un motivo per massacrare qualcun altro oltre ad Arlo Millard. Non è successo per caso che non si sia più rimesso il passamontagna. L'ha fatto apposta.

Sono contento di potermi sottrarre a quella scena da incubo. Me lo ha chiesto lo stesso Adam.

«Vedi di trovare la ragazza. Può sguinzagliarci dietro la polizia!»

Mi arrampico in fretta sul sentiero scosceso, lotto contro la forza del vento. Sotto di me il mare brontola agitato.

Non voltarti, mi martella una voce nella testa, non voltarti.

Stranamente non vedo nessuno davanti a me. Non può essere stata così veloce da aver raggiunto la sommità della scogliera ed essere scomparsa nella notte. Mi fermo su una piccola spianata, ansimando per lo sforzo, mi guardo intorno.

E la scopro. In una fessura tra le rocce poco più su di dove mi trovo. Una specie di piccola grotta come ce ne sono tante nella scogliera. Si è rannicchiata lì dentro. Cerca di farsi sempre più piccola. I nostri sguardi si incrociano.

È un tacito accordo.

Si sposta un po' più in fondo alla fessura. Io riprendo a salire.

Arrivato in alto mi guarderò attentamente intorno. Poi scenderò dall'altro sentiero. Dirò a Adam che mi è sfuggita.

Lui imprecherà e si agiterà, ma non sprecherà del tempo prezioso per cercarla tra gli scogli. Troppo pericoloso. Insisterà per andare via il prima possibile.

E allora spero che non ci rivedremo mai più.

Un altro momento chiave con Iris Millard, che ora si chiama Iris Shaw.

Bath, venerdì 25 febbraio 2022

Abbiamo appuntamento in un piccolo hotel di Bath. Sono nervoso, come sempre, non so se si farà vedere. Finora è venuta tutte le volte, ma ogni tanto in ritardo persino di due ore. L'ho aspettata paziente, non l'ho rimproverata. So quanto si senta combattuta. Non riesce a perdonarmi fino in fondo, ma per qualche motivo non è neppure in grado di staccarsi da me.

In quella fredda e piovosa giornata di febbraio, arriva quasi puntuale, ha solo dieci minuti di ritardo. È strano.

Faccio un respiro profondo.

Ci incontriamo nel piccolo atrio antiquato con le poltroncine rosse imbottite nelle quali si sprofonda quasi fino a terra quando ci si siede. Iris ha l'aria stressata. Arriva direttamente dall'ambulatorio medico dove lavora. È sfinita e dall'ultimo incontro è dimagrita ancora di più.

«Thomas mi vuole lasciare» dice invece di salutarmi. «Me lo ha detto stamattina a colazione.»

Il mio cuore fa una piccola capriola, ma so che non devo mostrare la mia gioia carica di aspettative. Iris non è affatto felice della svolta presa dagli eventi. Nutre ancora sentimenti ambivalenti riguardo a noi due. Ogni volta che ho cercato di stabilire un contatto con lei negli anni scorsi, mi ha sempre chiuso la porta in faccia, metaforicamente parlando.

Non posso certo biasimarla per questo.

E poi all'incirca sei mesi fa, si è fatta convincere a bere un caffè insieme a me. Avevo intuito che un giorno l'avrebbe fatto. Ha bisogno di qualcuno con cui parlare di Kilbride, qualcuno che era presente quella notte. Il suo compagno in realtà non sa niente, il suo terapeuta neppure. L'ascoltano con attenzione, ma nessuno sa come è stato. Quali emozioni ha scatenato. Non sentono il fragore delle onde, non vedono la marea salire sulla sabbia, non respirano il sale nell'aria, non si oppongono al vento tempestoso. Non conoscono gli scoscesi sentieri bagnati che risalgono verso la scogliera. Non sentono le grida di Arlo Millard. Non vedono la giovane Iris Millard rannicchiata nella grotta. I lunghi capelli che le ricadono sul viso. Gli occhi sgranati che guardano tra le ciocche bagnate... Chi non ha vissuto quella notte, non può immaginare come sia stata.

Sono l'unica persona che sa di cosa parla Iris quando lo racconta. L'unica persona con la quale non deve scendere nei particolari, perché mi basta un accenno per sapere che cosa intende dire.

«Thomas sa della mia presenza?» le chiedo.

Lei scuote la testa. «No. Ma percepisce la mia distanza. Non sopporto più di averlo vicino. Se ne accorgerebbe anche un uomo meno sensibile di lui. Soffre molto.»

«È comprensibile.»

«Vuole andarsene. Si è messo quasi a piangere quando me lo ha detto. Credo che speri che io cambi rotta, ma...»

«Non ci riesci?» chiedo trepidante.

Lei non mi guarda, ma scuote la testa. «No. Non ha senso. Se Thomas fosse l'amore della mia vita... tutto questo non sarebbe successo, vero?»

È la dichiarazione standard delle persone sposate o che hanno una relazione stabile quando tradiscono il partner. Che non sarebbe successo se il rapporto fosse stato a posto.

Secondo me è un cliché, una delle semplificazioni più ricorrenti con cui le persone cercano di sottrarsi al confronto difficile e spesso insoddisfacente con circostanze articolate. Ogni rapporto, ogni amore per quanto integro e bello, lascia sempre delle esigenze inappagate nei partner. Il segreto delle relazioni durevoli è di accettarlo. Le persone che non ci riescono diventano spesso quelle che passano da un partner all'altro per decenni, sempre alla disperata ricerca della perfezione.

Nel caso di Iris credo che il suo problema sia il trauma di Kilbride. Nessuno è in grado di capirla fino in fondo. Thomas probabilmente è l'uomo ideale per lei – cosa che ovviamente non dichiaro a voce alta – ma tra di loro c'è Kilbride.

Kilbride sarà sempre tra lei e qualunque altro uomo.

Quel giorno di febbraio inizia la sua vita senza Thomas.

Inizia il nostro avvicinamento, da parte di Iris pieno di cautele e di passi indietro, pieno di umori contrastanti. Io evito di incalzarla. So quanto siano difficili i conflitti interiori che deve affrontare. Se le mettessi fretta, rovinerei tutto.

A un certo punto, l'anno successivo mi parla della vacanza in Francia che sta progettando con la sua amica Tanya. Provenza. Costa Azzurra.

Seduti insieme giochiamo a fare progetti. Francia. Da lì l'Italia. La Sicilia. Le racconto del sogno che mi accompagna da quando ero bambino. Andare a vivere in Sicilia. Coltivare un aranceto. Vendere arance in grandi ceste.

Come sarebbe se...

... ci incontrassimo lì? In Provenza? E da lì proseguissimo il viaggio? Voltare le spalle all'Inghilterra. Vivere per sempre sotto il sole, e la sera passeggiare su una spiaggia del Mediterraneo.

Due trentenni che progettano di fuggire dal mondo. Pieni di pensieri romantici.

Com'è bello. Trova l'errore!

Forse chi ha un passato criminale rimane macchiato per sempre. Qualunque cosa tenti di fare, il modo di pensare criminale gli resta appiccicato come la bava di una lumaca sulle dita dopo averla afferrata. Perché un incontro in Francia? Perché ci serve un mezzo di trasporto. Il pulmino Westfalia del fratello di Tanya ci permetterebbe di vivere in Sicilia all'inizio, di superare anche l'inverno. Meglio impossessarcene lì, in modo da non dover più attraversare il confine inglese.

Forse, penso oggi, è questo il motivo per cui tutto è andato così terribilmente storto.

Perché ancora una volta avevo evitato la strada dell'onestà.

# Domenica, 23 luglio

Percorse a piedi il lungo tragitto fino alla spiaggia, costeggiò la baia settentrionale, risalì il sentiero pedonale che girava intorno al promontorio con lo Scarborough Castle, scese nella baia meridionale, l'attraversò fino all'estremità, superando la Spa Complex, pensò a Eva Hanson, la cui uniforme scolastica era stata rinvenuta lì.

Si voltò, tornò sui propri passi, risalì sul sentiero pedonale, girò intorno al promontorio, scese nella baia settentrionale, la percorse tutta e si diresse verso casa.

Si mise seduta in terrazza a fissare il giardino, si alzò, uscì di casa, raggiunse la spiaggia, attraversò la baia settentrionale, risalì il sentiero pedonale…

Quante volte lo aveva fatto oggi? Quante volte ieri? Quante volte l'avrebbe fatto domani?

Non lo sapeva. Sapeva soltanto che non riusciva a stare ferma più di un istante.

Si sarebbe messa a urlare.

Non avrebbe più smesso.

Un mondo senza Caleb era un mondo dove non avrebbe sopportato di vivere.

Continuava a vedere se stessa nel salotto della casa sul Moray Firth. Le imposte chiuse, l'abbagliante lampadario. L'odore di sangue, penetrante e intenso. Le ore notturne che scorrevano lente. Osservava Caleb, sorvegliava la sua respirazione, a un certo punto aveva pensato follemente che non avrebbe smesso di respirare finché lei lo avesse fissato. Lo proteggeva con lo sguardo, con la voce con cui gli parlava di tanto in tanto. Non poteva morire, perché lei non glielo avrebbe permesso.

Lui respirava ancora quando aveva iniziato a mettere in pratica il suo piano con la scheggia di vetro. Quando aveva sentito l'agente Eliot parlare fuori e aveva capito che era la sua unica possibilità. Ricostruiva incessantemente nella sua testa quei minuti, come se rivivere gli eventi in qualche modo potesse cambiare quanto era avvenuto. Sì, lui respirava ancora. Se n'era accertata.

Poi si era liberata e aveva salvato la vita all'agente Eliot, mandando all'aria il piano di Iris di scappare con Liam Pearce, e di quegli istanti aveva approfittato Caleb per morire.

Si era staccata da lui e lui se n'era andato.

Forse sarebbe stato ancora qui, se lei…

Aveva ricevuto elogi solenni dalla Police Scotland. Per un pelo Iris Shaw non aveva ammazzato l'agente Eliot, il padre di famiglia, lasciando orfani i suoi tre bambini. E magari poi anche il collega che si era affrettato verso la casa. Kate aveva impedito che succedesse il peggio. Liam Pearce e Iris Shaw erano stati arrestati, non erano riusciti a scappare. Liam era ricoverato in ospedale e da lì sarebbe finito direttamente in custodia preventiva.

Kate era l'eroina del momento.

Ma Caleb è morto, pensò, mentre era lì seduta ad ascoltare i complimenti che le piovevano addosso. Non lo capite che ho abbandonato Caleb e che lui è morto? L'ho sacrificato.

A un certo punto doveva averlo pronunciato a voce alta, perché uno dei paramedici che si aggiravano per la casa le aveva detto: «Ma no. Non avrebbe potuto salvarlo. Aveva perso troppo sangue».

Lei si era limitata a guardarlo e aveva pensato: cosa ne vuoi sapere tu?

Nonostante gli elogi ricevuti dalla polizia scozzese, il suo sovrintendente capo non si era fatto ancora sentire, ma Kate non dava troppa importanza alla cosa. Al contrario, le congratulazioni la infastidivano. Per lei la situazione su al Nord era finita in maniera assolutamente catastrofica; non riusciva a condividere i sentimenti positivi degli altri.

Caleb Hale era rimasto sdraiato ai suoi piedi per molte ore dissanguandosi per una ferita d'arma da fuoco, e lei non aveva potuto fare niente per aiutarlo.

Si sarebbe dovuta liberare prima. Non avrebbe potuto chiamare i soccorsi, ma forse avrebbe potuto medicarlo meglio. Sapeva quale fosse il pensiero di tutti nei suoi riguardi ora: non puoi saperlo. Che cosa avresti potuto fare? Era stato ferito gravemente e tu avevi solo qualche benda e avevi visto che non bastava fasciarlo per fermare l'emorragia.

*Sarei dovuta arrivare prima.*

Non avresti potuto guidare più veloce di come hai fatto. Non in quelle condizioni meteo.

*Avrei dovuto telefonargli e metterlo in guardia...*

Caleb conosceva bene il rischio rappresentato da Liam Pearce. Aveva reso sicura la casa. Pearce non sarebbe mai riuscito a entrare se Iris non gli avesse aperto la porta. E fino a quel momento nessuno era stato consapevole di *quel pericolo.*

*Avrei dovuto chiamare rinforzi prima di entrare in casa. In quel modo Iris non avrebbe potuto sopraffarmi e assumere il controllo. Allora ci sarebbe stato tempo per soccorrere Caleb.*

Per come stavano le cose, nessuno avrebbe chiamato rinforzi. Non c'era motivo per farlo.

*La porta di casa aperta.*

La porta di casa aperta. Era stato il punto critico. Aveva segnalato che qualcosa non andava.

Per il resto della sua vita avrebbe visto davanti a sé quella porta e avrebbe rimpianto di non aver agito diversamente.

Sapeva che tutte quelle riflessioni non avevano più senso. Ma non poteva evitare che le girassero per la testa come una giostra dalla quale non riusciva a scendere.

Per arrivare sempre all'inizio di tutto: perché Caleb aveva dovuto incontrare Iris?

Lei non aveva provato un'antipatia diretta verso la giovane, ma aveva avuto una sensazione negativa. Ovviamente Caleb l'aveva liquidata come gelosia. Lei stessa aveva creduto che fosse così. Si era posta in maniera tutt'altro che obiettiva nei confronti di quella donna. Col senno di poi, si rendeva conto che, nonostante tutto, il suo era stato un istinto che non aveva niente a che fare con il cruccio per quella relazione sentimentale: era stata la tangibile sensazione che qualcosa non andasse in Iris. Alla luce della sua storia, nessuno se ne sarebbe meravigliato, ma Caleb lo aveva interpretato fin da subito in maniera positiva. La bella donna bisognosa di protezione, che doveva portarsi dietro atroci ricordi, per il resto della vita. Lui aveva desiderato aiutarla con il proprio amore, il proprio calore, e non aveva voluto riconoscere che forse non sarebbe bastato per una persona alla quale era stato fatto troppo male.

Iris si era messa insieme all'assassino della sua famiglia, a quattordici anni di distanza. Benché all'epoca vivesse già con un uomo che le dava esattamente ciò che avrebbe voluto darle Caleb: amore, pazienza, comprensione.

E lei aveva rinunciato a tutto questo quando era spuntato l'individuo che le aveva distrutto la vita. Voleva fuggire con lui. Era disposta a tutto, voleva farlo, caparbiamente, anche quando la situazione era diventata sempre più disperata.

Che cosa le era passato per la testa?

Kate non era una psicologa, ma intuiva che svolte del genere non erano neppure troppo rare. Iris probabilmente non era più in grado di condurre una vita normale. Liam le aveva offerto una vita nel mondo che in realtà lei non era più riuscita ad abbandonare da quel 23 agosto 2008: l'orrore in cui era morta la sua famiglia era il suo stesso orrore. E poteva condividerlo con una persona soltanto.

Kate rincasò dalla spiaggia, era il tardo pomeriggio di una giornata fredda e ventosa. Non sapeva più per quante ore avesse camminato, sapeva solo che nel giro di cinque minuti probabilmente avrebbe ricominciato.

Ma davanti alla porta di casa trovò qualcuno. Era Pamela.

Con un sacchetto di carta in mano. Aveva un'aria spossata, ma non troppo malata.

«Finalmente, dov'era finita?» chiese a Kate.

Lei aprì la porta senza guardare Pamela, perché doveva ricacciare indietro le lacrime che minacciavano di sopraffarla. L'immagine del suo capo sulla soglia di casa sua aveva scatenato un ricordo: era sempre stato Caleb a spuntare alla sua porta nei momenti critici della sua vita. Di solito con una pizza. Sapeva quanto fosse sola, ma in quelle situazioni non glielo aveva mai fatto notare, e di questo lei gli era sempre stata grata. Arrivava e basta, mangiavano una pizza insieme e lei sapeva di avere questo amico. Sempre. Qualunque cosa potesse accadere nella vita dell'uno o dell'altra.

Il *sempre* era definitivamente superato. Lui non sarebbe più comparso sulla sua porta.

Pamela entrò nel corridoio e accarezzò Messy, che era uscita dal salotto. Poi si rialzò. «Lei mi è stata vicina quando ho ricevuto la mia diagnosi. Credo che ora abbia bisogno di qualcuno. Le ho portato una torta.»

Kate annuì. Andò in cucina e accese la macchina del caffè. «Come sta?» domandò.

Pamela fece un gesto vago con la mano. «Non particolarmente bene.»

«Mi spiace» disse Kate. Appoggiò piattini e tazze sul tavolo, aggiunse delle forchettine da dessert. Pamela scartò il dolce. Kate aveva lo stomaco completamente chiuso. Non ricordava più l'ultima volta che aveva mangiato.

«Grazie» si sforzò di dire.

Pamela fece un passo verso di lei e le appoggiò una mano sulla spalla. «Non sa quanto mi addolora» disse. «So quanto fosse legata a Caleb Hale.»

Kate annuì. Parlare era impossibile.

«Ha evitato il peggio su in Scozia» proseguì Pamela. «Così mi hanno detto. Non avrebbe potuto salvare Caleb. Immagino che sia questo l'interrogativo con cui si tormenta. Ma tutti dicono che non sarebbe stato possibile. Però ha impedito che un altro poliziotto, o forse due, fossero feriti o uccisi. Ha risolto gli omicidi di Kilbride. È stata molto in gamba.» Sorrise. «Come sempre.»

Si sedettero l'una di fronte all'altra al tavolo di cucina e Kate versò il caffè. Prese un pezzo di torta alla frutta ma dopo il primo morso si sentì assalire dalla nausea. Posò la forchetta sul piattino.

«Non ce la faccio» disse.

«Magari più tardi» ribatté Pamela.

«Sì, più tardi.»

«Ho parlato al telefono con il sergente Helen Bennett» disse Pamela. «È sempre informata di tutto.»

Kate si rese conto che Pamela cercava di portare la conversazione su un piano concreto e gliene fu grata.

«Liam Pearce è stato stabilizzato nell'ospedale di Fraserburgh, ma poi è stato trasferito ad Aberdeen. È una clinica più attrezzata. Sta male, ma sopravvivrà. Finirà in prigione a vita per gli omicidi di Kilbride. E per quello di Caleb Hale.»

«Ha confessato?»

Pamela annuì. «Sì. Con il primo poliziotto che ha visto. Aveva organizzato l'omicidio per vendicare la morte di sua madre. Il giorno in cui si uccise, Arlo Millard l'aveva scoperta a rubare negli uffici cinquanta sterline. Aveva minacciato di licenziarla. Lei tornò a casa, incontrò Liam per le scale e gli raccontò tutto. Lui non prese la cosa abbastanza seriamente. Lei salì di sopra e... il resto è noto.»

«A causa di cinquanta sterline! A causa di un licenziamento!»

«Era depressa. Da anni era intrappolata in una morsa dalla quale non riusciva a liberarsi e che la schiacciava sempre di più. Il marito malato. Il figlio malato. Tutto gravava sulle sue spalle. Da tempo non ne poteva più. E poi è arrivata la goccia che ha fatto traboccare il vaso.»

«E Pearce ha dato la caccia ai responsabili.»

«Per sei mesi. Ha pedinato Millard. Ha bazzicato intorno alla casa e all'azienda. Ha parlato con vicini e impiegati. Senza dare nell'occhio, in maniera casuale. È venuto a sapere della vacanza in campeggio. E ha reclutato i due complici. Che aspettavano solo un'occasione del genere.»

«Adam Harrell e Vincent Brown.»

«A Kilbride poi le cose sono sfuggite di mano. Avrebbero dovuto uccidere solo Arlo Millard. Ma Harrell e Brown furono presi da un vero e proprio delirio omicida. Prima uccisero la moglie e la figlia più piccola. Poi i coniugi Doucet. Iris Millard se la cavò per un soffio.»

«Questo segnò la fine dell'amicizia fra i tre ragazzi?» ipotizzò Kate.

«Sì. Da allora Pearce non ebbe più contatti con Harrell e Brown. Era raccapricciato per quanto accaduto.»

«Tuttavia era stato lui a organizzare la cosa.»

«Esatto» confermò Pamela. «E deve assumersene la responsabilità. Tra l'altro la Avon and Somerset Police ha fermato di nuovo Harrell dopo che era stato rilasciato. Stava cercando di lasciare il paese da Dover. Le accuse di Pearce nei suoi confronti sono pesantissime. Se vuole la mia opinione: è lui il soggetto più pericoloso. Un tipo davvero malvagio.»

«Sì» disse Kate, ripensando all'incontro sulle scale del palazzo di Bristol e a quegli occhi di ghiaccio. «Un uomo privo di emozioni.»

«Da allora Liam Pearce ha vissuto in varie parti del Paese, mantenendosi con lavoretti occasionali. Non si è più fatto vedere a casa dal padre o dal fratello. Ma a partire da un certo punto in poi, ha cercato di stabilire un contatto con Iris Shaw. Inizialmente senza successo.»

«Ha cercato di contattarla?» chiese Kate. «L'assassino della sua famiglia? E lei non ha avvisato la polizia?»

Pamela si strinse nelle spalle. «A quanto pare non l'ha fatto. Tuttavia gli ha sempre risposto picche. Finché a un certo punto si è dichiarata disponibile a incontrarlo per bere un caffè. Hanno parlato a lungo. Poi si sono incontrati di nuovo. Probabilmente lui era...»

«... l'unica persona con cui poteva parlare veramente di Kilbride» concluse Kate. Si accorse che Pamela la pensava come lei. Bizzarro. Ma sotto quella luce bizzarra il rapporto tra Liam e Iris assumeva una sua logica.

«Volevano scappare in Sicilia» proseguì Pamela. «Per ricominciare daccapo. Pearce voleva coltivare un aranceto. Il piano era di impossessarsi del pulmino di Tanya, o per meglio dire del fratello di Tanya, in Francia. Entrambi erano squattrinati. Il mezzo gli sarebbe servito come alloggio. Ma poi...»

«La gola» disse Kate. «Il ponte. Caleb che è passato da lì.»

Un altro *se*. Se Caleb non fosse andato in Francia. Se lei, Kate fosse andata con lui. Se quella sera non fosse passato per quella strada. Se, se, se... Alla fine di quella serie di sfortunati eventi c'era una ferita d'arma da fuoco nel Nord della Scozia e una morte spaventosa e prematura.

«Già» mormorò Pamela. «Poi Caleb è passato da lì.»

«L'unica cosa che mi solleva...» cominciò Kate, poi s'interruppe perché le tremava troppo la voce. Se la schiarì e ricominciò: «Sono contenta che lui non ne sia stato consapevole. Caleb pensava che Liam Pearce avesse rapito Iris. Non sapeva niente del suo tradimento. Fino alla fine. È morto credendo che lei ricambiasse sinceramente i suoi sentimenti».

«È stato un bene» disse Pamela.

Kate ripensò alle parole di Iris. La spiegazione che aveva dato del fatto che si fosse spinta sempre più a nord insieme a Caleb. Per aumentare la distanza da Liam. Perché non sapeva più se volesse stare con Liam. La parte di lei ancora sana, quella che voleva una vita tranquilla, sapeva che Caleb era la sua grande occasione. E sicuramente aveva nutrito dei sentimenti per lui.

Ma alla fine non era riuscita a resistere a Liam.

«Anche Iris finirà in tribunale» disse.

«Sicuramente. Si è resa complice di un criminale ricercato in tutto il Paese. Conosceva da anni l'identità del mandante di Kilbride e ha tenuto per sé quest'informazione. Ha provocato la morte di Caleb rifiutandosi di chiamare i soccorsi. E ha sparato all'agente Eliot. Tentato omicidio.»

«Qualunque giudice» osservò Kate, «terrà conto del suo passato.»

«Credo che finirà comunque in prigione» disse Pamela. «Ma ci saranno numerose perizie psichiatriche e probabilmente otterrà le attenuanti.»

Attenuanti, pensò Kate vedendo di nuovo davanti a sé Caleb che perdeva la vita lentamente e inesorabilmente quella notte, attenuanti per la donna che aveva avuto il potere di salvarlo. Scostò da sé il piattino con la torta. Aveva la sensazione che non sarebbe più riuscita a mangiare.

«Se solo avessi...» cominciò, ma Pamela la interruppe: «Cerchi di non piombare in quel circolo vizioso. Lei ha fatto tutto il possibile».

«Ho sprecato anni» disse Kate. «Anni con lui. Anni che avremmo potuto trascorrere insieme. Avevo paura di impegnarmi veramente con lui, di impegnarmi con chiunque. E mi illudevo che ci fosse tempo. Per me e per lui. E pensavo che lui ci sarebbe sempre stato. Aveva qualcosa di speciale, sa? Mi dava la sensazione di esserci sempre per me. In realtà tutti sanno che non esiste una sicurezza del genere, eppure si crede di provarla nei confronti di una determinata persona.»

«Conosco la sensazione» dichiarò Pamela. «Può essere illusoria, ma per un certo tempo aiuta a dominare la vita. Perché in fondo è questo che conta, giusto? Giorno dopo giorno, settimana dopo settimana, anno dopo anno, riuscire a dominare la vita.»

Kate non rispose.

Dominare la vita... senza Caleb?

Come l'avrebbe affrontata senza di lui?

Il mio primo momento chiave con Iris Millard. Quello da cui è iniziato tutto.

Bristol, mercoledì 14 maggio 2008

È una fresca giornata di maggio. Mercoledì. Sole, cielo azzurro e bianco, una lieve brezza. Come sempre ho trascorso la notte sul sedile posteriore della macchina, una notte insolitamente fredda per la stagione, non è bastato neanche il sacco a pelo a tenermi caldo. Dormire con le gambe rannicchiate diventa sempre più faticoso.

Ma l'estate è alle porte. Ogni giorno vivere in macchina diventerà più facile.

La mamma è morta da quasi quattro mesi. Da metà febbraio non vivo più con mio padre e Patrick. Non ce la faccio più a stare in quell'appartamento dove non è cambiato nulla ma tutto è diventato diverso. L'appartamento con il balcone da cui si è gettata la mamma. So che soffriva di depressione già da molto tempo, che si trascinava nella vita quotidiana, troppo abbattuta, troppo disperata per trovare veramente le energie per affrontare gli impegni di ogni giorno. Ma Arlo Millard le ha dato il colpo di grazia. La manfrina che ha fatto per il furto dei soldi, quelle ridicole cinquanta sterline, che la mamma era disposta a restituire subito... sapeva che avrebbe perso il lavoro, che tutti ne sarebbero venuti a conoscenza nella sua azienda. È stato troppo. Per un'altra persona, in un'altra vita, di sicuro non sarebbe stato così.

Millard se ne sarebbe dovuto rendere conto?

Che domanda stupida. Come se a Millard fosse interessato qualcosa anche solo per un secondo di una donna delle pulizie dei suoi uffici. Non sapeva neppure come si chiamava. Men che meno conosceva le sue condizioni esistenziali. E la sua depressione.

Da tre mesi vivo appostato in macchina per le strade intorno alla sua villa. Cerco di non farmi notare, ma non è semplice. In questo quartiere di lusso la mia macchina dà nell'occhio per il solo fatto di essere un vecchissimo macinino sul punto di sfasciarsi da un momento all'altro. Ancora più sospetta è la presenza di un giovanotto dall'aria trasandata che chiaramente ci vive dentro. La macchina è piena di vestiti, scarpe, coperte e qualche asciugamano.

Di notte raggiungo le propaggini di un bosco poco distante e dormo lì. Di giorno lavoro a ore in un KFC dove mangio e ogni tanto mi concedo un caffè. Faccio la doccia due volte a settimana in una piscina coperta. Per il resto bazzico intorno alla sontuosa villa di Millard. Mi aspetto da un giorno all'altro che qualcuno chiami la polizia. Ma in realtà non succede niente.

Scopro diverse cose sulla famiglia. I Millard hanno due figlie, Iris e Judy. Lo so perché una mattina Isabella Millard le ha chiamate mentre aspettava a bordo del suo SUV sul cancello della villa. Le accompagna a scuola tutti i giorni. Judy, la piccolina, deve avere sei o sette anni. Una bella bambina solare. Iris, la più grande, ne avrà una quindicina e in effetti più tardi scopro che a fine giugno ne compirà sedici. Una vera bellezza.

Una famiglia felice. Tutti e quattro di bell'aspetto. La casa è spettacolare. A volte ricevono ospiti. E anche quelle persone sono attraenti. Arrivano con auto di lusso e abiti meravigliosi.

Una vita da sogno?

Con il passare del tempo noto altri particolari.

Mi accorgo della faccia stressata di Millard tutte le mattine quando esce per andare in ufficio. È schiacciato dalle preoccupazioni. Chiuso in se stesso. Stanco per le notti insonni.

A Bristol circolano delle voci. Che la sua azienda non navighi in buone acque.

Isabella ha rughe profonde agli angoli della bocca. Quando esce di casa credendosi inosservata, ha un'aria stanca e logorata. Non sembra affatto felice.

Di Iris non posso dire molto. Neanche lei sembra felice, ma è in piena pubertà. A quell'età le ragazze sono tutte scontrose.

L'unica davvero allegra è la piccola Judy. Una bambina incantevole, con un sorriso raggiante e buffe orecchie a sventola. Anch'io un giorno vorrei avere una figlia come lei. Tutte le volte che la vedo mi sento meglio. E mi domando: che cosa voglio?

Farla pagare a Millard?

Che conseguenze avrà per le sue figlie?

Quel giorno di maggio, mentre torno infreddolito dalla notte passata ai margini del bosco, sperando che il sole acquisti forza e mi scaldi, comincio a immaginare di smettere. Di non bazzicare più da queste parti. Di cercare di riprendere una vita normale.

Ma cosa può esserci ancora di normale?

Sono in ritardo rispetto al solito. Le figlie devono essere a scuola, Millard in ufficio e Isabella in palestra. Non mi aspetto di vedere qualcuno della famiglia nelle prossime ore. Per questo mi spavento a morte quando vedo il cancello del giardino aprirsi e Iris Millard uscire. Porta jeans, scarpe da ginnastica e una felpa blu. I capelli sembrano spettinati. Tiene in mano due grandi tazze e viene decisa dalla mia parte. Mi accuccio istintivamente dietro il volante, ma è ovvio che mi ha visto da tempo. Appoggia una delle tazze sul tettuccio della macchina, apre la portiera del passeggero, riprende la tazza e sale. Me ne porge una. Caffè nero, caldo, dal profumo irresistibile. Mi sento mancare.

«Ciao» dice. «Io sono Iris.»

«Liam» rispondo meccanicamente.

«Perché ci tieni d'occhio?» domanda. «Sei uno stalker?»

«Come mai non sei a scuola?» le chiedo a mia volta.

Lei fa un sorrisetto. «Mal di pancia.»

«Sul serio?»

«No. Ma volevo parlare con te.»

So che non ha senso negare che da mesi bazzico nel suo quartiere. «Va bene.»

Mi guarda. Per la prima volta la osservo da vicino. Gli occhi verdi. Le folte ciglia nere. Gli zigomi insolitamente alti.

«Che cosa vuoi da noi?» chiede.

Faccio un respiro profondo. Non so perché, ma racconto di mia madre a questa perfetta sconosciuta che oltretutto è la figlia del mio acerrimo nemico. Le parlo del mio odio per Arlo Millard. Dei miei vaghi pensieri di vendetta. Che tuttavia già da un po' di tempo si vanno sfilacciando, forse perché riconosco che la vendetta non cambierebbe niente. Un'altra famiglia sarebbe distrutta. E mia madre comunque non tornerebbe in vita.

Iris mi ascolta con attenzione. Dalla sua espressione non emerge altro che una tesa concentrazione. Non so se prova pietà, rabbia, stizza, compassione. Se capisce la mia collera. La mia disperazione. Se trova disdicevole che abbia pensato alla vendetta. Se giudica il padre o ritiene anche lei che mia madre fosse una ladra e che sia stata artefice del suo destino. Se mi ritiene pazzo o ha paura di me.

Non riesco a cogliere nulla.

Per questo non ho idea di quello che mi risponderà. A essere sincero penso che probabilmente cercherà di consolarmi. E poi manifesterà la speranza che io lasci in pace la sua famiglia, mi concentri di nuovo sulla mia vita e cerchi di capire che suo padre non poteva sapere che cosa sarebbe successo. Un furto è pur sempre un furto.

Non sono minimamente preparato per quello che mi dice invece.

Mi guarda direttamente negli occhi.

«Lo faresti per me?» chiede. «Uccideresti mio padre?»

# Lunedì, 24 luglio

## 1

Il dottor Franklin si sedette di fronte a Iris nella sala colloqui. Una stanza spoglia con il pavimento di mattonelle bianche. La luce sul soffitto conferiva un colorito verdastro e malaticcio ai visi. Sulla porta c'era una guardia.

Il penitenziario femminile di York.

Lui scosse la testa. Non era il luogo in cui aveva creduto di poter mai incontrare Iris.

Lei aveva un brutto aspetto, ma dipendeva anche dall'illuminazione. Era molto magra. Sembrava nervosa e tremante. Parlava con un filo di voce.

«Grazie di essere qui, dottor Franklin.»

Lui annuì. «Si figuri. Continua a essere una mia paziente anche se...» Si bloccò.

«Anche se sono in prigione» terminò Iris al posto suo.

Gli metteva tristezza vederla lì. Ma nel contempo era sconvolto da se stesso. Da quindici anni aveva in terapia questa donna e non aveva sospettato neanche lontanamente che conoscesse l'assassino della sua famiglia. Che avesse una relazione con lui. Che avesse progettato una fuga e una vita insieme. Iris era andata da lui due volte a settimana. Aveva parlato e parlato. E in realtà non aveva mai detto niente di ciò che era veramente importante.

«Sono turbato» disse il dottor Franklin, «di scoprire che si fidava così poco di me.»

Iris si strinse nelle spalle. «Avevo paura che avvisasse la polizia.»

«Come se avessi...» iniziò, per fermarsi subito dopo. Di nuovo. Era una situazione così stressante che non riusciva a formulare frasi di senso compiuto.

Aveva letto la deposizione di Iris. Era stata lei ad autorizzarlo. Sapeva che Liam Pearce si era messo in contatto con lei diversi anni prima e che a un certo punto lei aveva accettato di incontrarlo. Che tra loro si era sviluppato un rapporto di fiducia che poi era sfociato in una relazione sentimentale. Che questa relazione aveva portato alla separazione da Thomas Seymour.

L'unico aspetto su cui Iris non gli aveva mentito era che non sapeva chi si nascondesse dietro il misterioso stalker che si faceva chiamare Craig Ellis. Scoprire che era il figlio dei coniugi Doucet, uccisi quella notte, l'aveva stupita e turbata profondamente.

«In tutti questi anni davvero non ricordava di essere corsa nell'altra baia quella notte?» le chiese lui. «Condannando a morte quelle due persone?»

Lei non rispose.

Il suo silenzio fu eloquente.

«Che cosa mi ha nascosto ancora?»

Dopo un attimo di esitazione Iris disse: «I ponti. Ha sempre cercato di scoprire l'origine della mia fobia».

Lui la guardò trepidante.

«Le ho raccontato del mio sogno. Che mi trovo seduta sui resti di un ponte sopra un fiume in piena. A destra e a sinistra non c'è via di scampo. Sotto di me scorre l'acqua. Mi aggrappo forte e grido. Grido. Grido. Nessuno viene ad aiutarmi.»

«Lo so. Parlavamo spesso di questo sogno.»

«Non si trattava di un sogno» disse Iris.

Lui la guardò stupito. «Ah no?»

«Ero una bambina difficile» raccontò Iris. «Timida. Complicata. Irruente ma anche paurosa. Avevo la tendenza ad avere degli incubi. Degli attacchi di panico. Non so perché.»

«Certe cose non hanno una spiegazione» replicò Dawson. «Veniamo al mondo e siamo gli esseri che siamo.»

«Mio padre desiderava tanto un figlio maschio. Era il genere d'uomo che credeva che solo gli uomini potessero affermarsi con successo nella vita professionale. Una visione totalmente superata. Voleva affidare la sua azienda a un figlio. Bizzarro, vero? Alla fine è stato lui stesso che non è riuscito a tenere in piedi l'azienda.»

«Lei era una delusione per lui?»

«Sì. A partire dal fatto che ero femmina. E poi per il mio carattere. Perché avevo paura di tutto. Avevo anche molta fantasia. Forse è per questo che sognavo sempre cose spaventose.»

Lui non commentò, aspettando che lei proseguisse.

«Mio padre credeva di dovermi temprare. Nonostante le mie paure, di notte non potevo tenere accesa nemmeno la più piccola luce in camera mia. Potevo lavarmi solo con l'acqua fredda. Dovevo superare continuamente qualche prova di coraggio. Pensava che così mi sarei irrobustita. Invece accadde il contrario.»

«Ovviamente» disse Dawson.

«A circa mezz'ora di macchina da casa nostra c'era un sentiero escursionistico che portava fino a un fiume. Era un sentiero quasi scomparso perché non lo usava più nessuno. Mio padre lo aveva scoperto non so come. Conduceva fino alla riva di un fiume.» Iris rimase in silenzio per un istante fissando il muro davanti a sé. «Da allora ci sono tornata una volta soltanto. Con Liam. Volevo mostrargli quel luogo. Il fiume non era così ampio, veloce e nero come lo ricordavo. Da bambina mi sembrava impetuoso. Mi dava l'impressione che volesse inghiottirmi e annientarmi.»

Dawson intuì quello che stava per arrivare. Deglutì.

«C'erano anche i ruderi di un ponte» disse Iris. «In passato probabilmente attraversava il fiume, ma nel corso degli anni era crollato e nessuno lo aveva più riparato. In mezzo al fiume c'era ancora un pilastro, con sopra frammenti della passerella. Mio padre...» Fece un respiro profondo. «Tutte le volte che era particolarmente insoddisfatto di me, mi portava in quel punto. *Andiamo sul ponte* diceva. Io mi mettevo a piangere disperata appena salivo in macchina. Lui mi trascinava dietro di sé sul sentiero, poi mi prendeva in braccio e mi portava fino ai resti dei quel pilone camminando nell'acqua. Ricordo che gli arrivava oltre il ginocchio. Io, da piccola, non sarei riuscita a stare in piedi. Mi piazzava sul pilone, poi se ne andava. Mi lasciava da sola.»

«Un gesto... sadico» disse Dawson.

«In seguito, a distanza di anni, mi disse che non si allontanava mai troppo. Tornava solo fino alla macchina. Si sedeva a leggere il giornale. Tutte le volte mi diceva che forse non sarebbe tornato. E io ci credevo sempre.»

«È inconcepibile» commentò Dawson sentendosi sbiancare in viso.

«Me ne stavo lì. Per ore. Gridavo. Piangevo. Sotto di me l'acqua. Nera, vorticante. Profonda e scura. Ero convinta che sarei morta, se ci fossi caduta dentro. Mi reggevo disperatamente. Fissavo l'acqua. Ero terrorizzata. Quando scendeva la sera ero sempre lì.»

«Perché non me lo ha mai raccontato?» chiese Dawson.

Lei proseguì, senza badare alla sua domanda. «Alla fine mio padre tornava sempre. Mi riportava fino alla riva. Ero così sollevata e riconoscente che mi avesse salvato, che gli promettevo tutto ciò che voleva. Non avrei pianto la notte. Avrei avuto il coraggio di scendere nella cantina di casa nostra. Sarei riuscita a restare a casa da sola quando lui e la mamma erano invitati da qualche parte la sera. Non avrei più visto fantasmi negli angoli. Sarei finalmente diventata la bambina che desiderava lui.»

«Presumo che non funzionasse, però.»

«No. Non sono mai riuscita a superare le mie paure. A tutte le altre si aggiunse anche quella dei ponti. Urlavo terrorizzata ogni volta che ne vedevo uno davanti a me. Mio padre allora mi portava più spesso al fiume, per curarmi, come diceva lui. Smise solo quando compii dieci anni. Da allora cominciò a trattarmi come se non esistessi. Io ero psicologicamente a terra. Lui rinunciò al proposito di cambiare le cose.»

«È stato lui a farla diventare così. Chissà quanto lo ha odiato.»

Iris non rispose. Lui lesse nei suoi occhi qualcosa che gli fece paura. All'improvviso provò un groppo in gola.

«Quando» chiese esitante, «quando... ha mostrato a Liam Pearce i resti del ponte su quel fiume? Quando lui la contattò per la prima volta due anni fa?»

Lei rimase in silenzio.

Lui deglutì con fatica. «Oddio. È successo prima. Molto prima. Lo conosce da molto prima. Più di quanto abbia detto alla polizia.»

Lei annuì.

«Non è stato un caso che sia sopravvissuta a Kilbride.»

«No.»

Dawson abbassò ulteriormente la voce. Comunque non gli sembrava che la guardia li stesse ascoltando. «Stavate insieme. Prima di Kilbride, non solo in seguito.»

«Sì. Girava nei paraggi di casa nostra. Dopo il suicidio di sua madre. Quell'estate io compivo sedici anni. Lui ne aveva diciannove. Fu il mio primo ragazzo.»

«E lui...?»

«L'ha fatto per me. Kilbride. I suoi amici credevano che fosse per sua madre. Ma in realtà era per me.»

Dawson si passò una mano sulla fronte. Era umida. «Buon Dio, Iris, è... non so cosa dire...»

«Liam mi protegge» proseguì lei. «Continua a farlo. Sarò accusata di complicità nell'omicidio di Caleb Hale, e nient'altro. Secondo il mio avvocato, alla luce del mio passato, potrei evitare la pena detentiva. E, Dawson...»

«Sì?»

«Nel dubbio, negherò che abbiamo mai avuto questa conversazione.»

«Sono sempre il suo terapeuta. Rispetto il mio obbligo di riservatezza.»

Lei annuì.

«Dopo Kilbride, però» disse Dawson, «lei si è trasferita a Bristol e ha terminato lì la scuola. Ha trovato un lavoro, ha conosciuto Thomas Seymour. È andata a vivere con lui. Nel frattempo Liam dov'era?»

Iris si strinse nelle spalle. «Un po' qua e un po' là. Non volevo più vederlo. A Kilbride aveva perso completamente il controllo della situazione e dei suoi amici. Alla fine non era morto solo mio padre. Bensì anche mia madre e la mia sorellina.»

«E i coniugi Doucet.»

«Sì. Sa, per i Doucet mi spiace davvero molto. Mi ero nascosta sotto il pontile perché non volevo vedere come uccidevano mio padre. Ma poi la marea ha cominciato a salire, mio padre urlava, urlava come un forsennato, Judy invece non emetteva neppure un suono, io stavo per impazzire in mezzo a quelle onde...»

«Il suo incubo...»

«Per questo ho lasciato il mio nascondiglio e sono corsa nell'altra baia. Non sapevo che ci fossero accampate due persone.»

«Capisco.»

«Mia madre non mi ha mai protetto» continuò Iris. «Neanche una volta. Avevo detto a Liam che avrebbe dovuto farle passare l'inferno, ma non volevo che morisse. Tuttavia potevo sopportarlo, così come avevo sempre sopportato che mio padre mi tormentasse. Per non rovinare il loro fantastico matrimonio. Ma la morte di Judy... la morte di Judy mi ha distrutto. Non volevo più vedere Liam dopo.»

«Ma a un certo punto...»

«L'ho perdonato. Lui non voleva che finisse in quel modo. Lui stesso è distrutto al riguardo. Non ha mai più ripreso i contatti con gli amici.»

«Finirà in prigione per sempre.»

«Sì. Lo so.»

Dawson si alzò. Anche Iris lo fece.

«Devo elaborare queste informazioni» disse lo psicologo. «Sono molto scosso.»

La guardia si avvicinò a Iris per riportarla in cella.

«Un'ultima cosa» disse Dawson, «perché ha detto a Caleb Hale e Kate Linville che ci eravamo sentiti per telefono e che mi aveva rivelato l'indirizzo della casa a Rosehearty?»

Lei si strinse nelle spalle. «È stata un'idea del momento. Pensavo che li avrebbe portati su una falsa pista.»

«Sulla mia pista.»

«Sì.»

Era astuta e priva di scrupoli. E allo stesso tempo profondamente complessata.

In fin dei conti, pensò Dawson, è ancora la bambina rannicchiata sui resti del ponte sopra l'acqua scura che grida terrorizzata.

«Ah, Dawson» aggiunse Iris, «volevo dirle che non ho finto niente nei confronti di Caleb Hale. Non ho approfittato di lui. Era una persona meravigliosa. Era il bene che era entrato di nuovo nella mia vita dopo Thomas. Sentivo che rappresentava la grande occasione per me, quella che avrebbe cambiato tutto. Me e il mio futuro. Volevo trattenerlo. Ma ho questo passato condiviso con Liam.

È molto forte. Forse più forte di tutto il resto nella mia vita.» Smise di parlare. Cominciò a piangere.

Senza aggiungere altro, si lasciò condurre fuori dalla stanza.

## *2*

Lo riconobbe solo quando se lo trovò di fronte. Si era accorta che qualcuno le stava venendo incontro e si era scansata di lato per evitarlo, ma l'altro aveva fatto lo stesso e così si erano fermati insieme.

Kate, immersa nei suoi pensieri, alzò la testa.

Tyler Hanson.

La fissò, stupito almeno quanto lei e visibilmente terrorizzato per un istante. Poi si riprese. Sul suo viso comparve la consueta espressione di superiorità.

«Oh... *ispettore*» disse. La sua voce grondava sarcasmo. «Ammesso che abbia ancora questo grado!»

«Mister Hanson» disse Kate. Lo aveva sempre visto con abiti su misura e cravatta. Quel giorno portava un paio di jeans e un pullover. Era a piedi scalzi, con le scarpe da tennis in mano. Erano sulla spiaggia, che quel giorno non era troppo affollata. Soffiava un vento fresco, il sole faticava a squarciare la coltre di nubi. Era la giornata giusta per camminare, non per sdraiarsi sulla sabbia a prendere il sole.

«Non è al lavoro?» chiese Tyler. «Pur essendo un normalissimo lunedì?»

«Sono in ferie. E lei?»

«Sono stato a trovare mia moglie. Al momento si trova in un istituto psichiatrico.»

«Mi spiace molto» disse Kate.

«Ora cammino ancora un po'» annunciò Tyler scrollando le spalle con studiata disinvoltura. Kate si accorse che era dimagrito e sembrava nervoso. Non stava bene. Camminava in riva al mare nella speranza di ritrovare l'equilibrio. Proprio come lei.

Sua figlia era morta. Sua moglie in clinica. La perfetta famiglia Hanson non esisteva più. Un uomo come Tyler tuttavia aveva bisogno della famiglia, se non altro per l'immagine che trasmetteva.

Tutto il suo essere, la sua vita erano basati sulle apparenze, su ciò che trasmetteva al mondo intorno a lui. Era il suo ambiente il suo punto di riferimento, il suo caposaldo. La casa da sogno. La moglie affascinante. La figlia incantevole brava a scuola. Lo studio legale di successo. La macchina costosa.

In quel momento Kate si rese conto che dietro tutto ciò si nascondeva un uomo insicuro. Un carattere debole. Qualcuno al quale le cose erano sfuggite di mano e che non sapeva come reagire.

Qualcuno che aveva molestato la figlia e l'aveva uccisa per paura di essere scoperto?

Continuava a essere abbastanza sicura di trovarsi di fronte al colpevole, ma le cose potevano anche essere diverse. Forse Eva Hanson era finita nelle mani di uno sconosciuto. Forse il caso non sarebbe mai stato risolto.

«L'ho vista in televisione durante la conferenza stampa» disse Kate, «quando è stato presentato il presunto colpevole. Che però è tornato a piede libero.»

«Il che non significa che sia innocente» ribatté Tyler. «Lei è una poliziotta. Sa che il fatto che non si trovino prove a carico di qualcuno non garantisce automaticamente la sua innocenza.»

Lei lo guardò dritto negli occhi. «Lo so. Purtroppo è così.»

Lui sostenne il suo sguardo. Nei suoi occhi c'era una scintilla sprezzante.

È stato lui, pensò Kate, è stato lui. Ne sono sicura.

«L'ispettore Corbyn continua le indagini» disse Tyler, «e io nutro grande fiducia in lui. Scoprirà il colpevole.»

Il suo tono non era più così borioso e sicuro di sé come lo conosceva Kate e come si era mostrato alla conferenza stampa. Aveva sperato che l'omicidio della figlia sarebbe stato affibbiato a uno dei pedofili rintracciati da Corbyn, e che lui si sarebbe potuto mettere comodo. E invece non era emerso uno straccio di prove, l'uomo alla fine era stato rilasciato e le indagini erano ricominciate daccapo. Corbyn aveva fatto una terribile figuraccia ed era più deciso che mai a risolvere il caso. Sarebbe potuto diventare pericoloso per Tyler, e l'astuto avvocato ne era consapevole.

Non per niente aveva perso come minimo cinque chili e sembrava che non dormisse da giorni.

Bene, pensò Kate, la paura ti divora. Te lo meriti.

«Spero che il colpevole venga individuato» disse. «E per qualche motivo credo che sarà così.»

«Incrociamo le dita» disse Tyler con espressione insicura. «Ora devo andare. *Ispettore.*»

Lei lo seguì con lo sguardo. Camminava in fretta. Sembrava irrequieto.

Oppure se lo stava solo immaginando?

Si avviò verso casa.

Notò già da lontano la macchina ferma davanti alla porta di casa. L'uomo seduto all'interno ad aspettare scese quando la vide arrivare.

Colin.

Non riusciva a crederci. «Colin! Non sei in viaggio di nozze?»

Lui scosse la testa. «Siamo tornati venerdì. E poi ho letto sul giornale della morte di Caleb Hale. Ho pensato... che potessi avere bisogno di me.»

«C'è anche Xenia?»

«No. Abbiamo pensato che fosse meglio se per il momento venivo solo io.»

Kate si sentì salire le lacrime agli occhi. Non aveva pianto neppure una volta dalla morte di Caleb, aveva sempre ricacciato indietro le lacrime, così come non era stata ferma praticamente neppure un istante. Ma, sentendo le parole dell'amico arrivato apposta da Londra per starle accanto, capì che stava perdendo il controllo.

Colin... Giusto due settimane prima era stata al suo matrimonio a Londra ed era scappata dal ricevimento il pomeriggio stesso. Due settimane in cui la sua vita intera, il suo mondo erano radicalmente cambiati.

«Entra» disse aprendo la porta di casa.

Messy venne loro incontro. Mentre Colin accarezzava la gatta, Kate andò in cucina e accese la macchina del caffè. Continuava a combattere contro le lacrime. Colin... Non le era mai capitato prima di quel momento di essere tanto sollevata di vedere una persona.

«Posso fermarmi per qualche giorno» le disse lui entrando in cucina. «Se vuoi.»

Erano l'uno di fronte all'altra. Kate abbassò la testa. Smise di lottare. Lasciò che le lacrime sgorgassero libere.

Colin si avvicinò, titubante. Poi l'abbracciò. In maniera goffa. Non lo avevano mai fatto in precedenza. Dal loro primo appuntamento tanti anni prima a Londra, che era andato a rotoli, avevano sviluppato una specie di recalcitrante amicizia: lei non si era mai aperta fino in fondo. Erano stati vicendevolmente una specie di ancora di salvezza. Due persone sole che si aggrappavano l'una all'altra. Colin nutriva un'ammirazione sconfinata per la professione di Kate e lei lo aveva trovato spesso insopportabile, pur apprezzandone in qualche modo l'affidabilità.

Con il senno di poi, si rese conto in quel momento che Colin era per lei più importante di quanto avesse mai riconosciuto. La sua sincera amicizia era molto più preziosa di quanto Kate avesse mai voluto ammettere. Non era mai stata innamorata di lui, com'era successo con Caleb, ma fondamentalmente Caleb era sempre stato la variabile imprevedibile nella sua vita. C'era stato un motivo se non aveva osato lasciare spazio all'amore per lui. La sua dipendenza dall'alcol, la sua infatuazione per le donne più giovani... aveva amato Caleb, ma la sicurezza più grande la trovava in Colin.

«Piangi pure» le disse lui piano. «Fa male. Lo so, fa tanto male.»

«Lui... lui c'era» singhiozzò lei. «Noi due... avevamo una storia. Strana, spesso difficile e a volte poco chiara, ma era una storia grande, speciale.»

«Lo so» disse Colin.

«Mi sono trasferita a Scarborough per lui. E potevo sempre andare a trovarlo. Parlare con lui. Abbiamo vissuto esperienze pazzesche insieme... Una volta mi ha salvato la vita, mentre cercavo di scoprire qualcosa durante un'indagine. Non era più in servizio, ma aveva fatto di tutto per trovarmi...»

Colin le accarezzò teneramente i capelli. «Capisco.»

«E adesso, su in Scozia... non ho potuto aiutarlo.» I singhiozzi si fecero più violenti, le scuotevano tutto il corpo. «È rimasto a dissanguarsi accanto a me per metà della notte, senza che potessi fare niente. Non potevo fare niente. Solo guardarlo.»

«Non hai colpe.»

«Lo so. Ma è come se... niente potrà più tornare come prima. Quella notte rimarrà sempre presente. È sdraiato vicino a me e so che morirà e non posso fare niente. *Non posso fare niente.*»

Lui continuò ad accarezzarle i capelli. Kate a poco a poco si sentì più calma. Fece un passo indietro, si asciugò gli occhi.

«Ho appena incontrato un tizio» disse, «che so ha abusato della figlia e l'ha uccisa. Ma è potente e astuto e credo che se la caverà.»

Colin la fissò. «Sul serio?»

Lei sorrise. Senza gioia. «Sì, succede. Non riusciamo sempre a prendere tutti.»

«Ma se sai che è stato lui...?»

Una scrollata di spalle. «Non ci sono prove.»

«Le troverai.»

«Mi hanno tolto il caso.»

«Accidenti. Ma lo beccherai lo stesso. Ne sono sicuro. Commetterà un errore.»

«Un errore?»

«Be', sì, gli tornerà la smania. Gli piacciono le ragazzine giovani. Non smetterà.»

Lei annuì lentamente. Colin aveva ragione. Prima o poi Tyler Hanson sarebbe uscito allo scoperto.

Per qualche strano motivo questa prospettiva e la fiducia di Colin nelle sue capacità le trasmisero un po' di forza. Forse non era il caso di farsi intimidire. Forse avrebbe dovuto ritrovare lo slancio.

Portare Tyler Hanson in tribunale.

«Sai, era proprio questo che faceva impazzire Caleb. Ciò che all'epoca gli fece decidere di dimettersi. Il fatto che non li prendiamo tutti. Che non riusciamo a risolvere ogni caso. Che ci sono sempre reati che rimangono impuniti. Criminali che non vengono condannati. Io riesco ad accettarlo meglio, ma questa volta... sarei andata da Caleb e gli avrei parlato, e...» Ricominciò a piangere.

Colin l'abbracciò di nuovo.

«Parlane con me» disse, e lei non rispose che non sarebbe stata la stessa cosa. Che non era possibile sostituire il vuoto lasciato da Caleb nella sua vita. Nessuno avrebbe potuto farlo.

«Mi spiace» singhiozzò. «Mi spiace stare qui a piangere con te che devi sopportare tutto questo.»

«Sono venuto apposta» disse Colin. La sua mano era calda, il battito del suo cuore regolare e confortante. «Sono qui per questo.»

*Indice*

CHARLOTTE LINK

Le indagini di Kate Linville

# L'INGANNO

Quando Jonas e Stella Crane ricevono la visita della madre biologica del loro bambino, Sammy, capiscono che stanno per precipitare in un incubo. Il nuovo compagno di Terry è un uomo violento, un manipolatore e di sicuro non è mosso dall'impulso di appagare il desiderio della giovane donna di rivedere il figlio dato in adozione appena nato.

Dentro un incubo, invece, si trova già Kate Linville, poliziotta di Scotland Yard, da quando il padre, ispettore di polizia in pensione, è stato trovato brutalmente assassinato a casa sua nello Yorkshire. Kate non si fida degli agenti che si occupano del caso, sa che suo padre nel corso di un'integerrima carriera si è fatto molti nemici fra i delinquenti che ha contribuito ad arrestare, ma tutte le indagini in quella direzione sembrano portare a un punto morto. E nel frattempo una donna viene uccisa nello stesso identico modo. Una donna apparentemente estranea alla vita di Richard Linville...

Famiglie apparentemente estranee l'una all'altra, persone che nulla hanno in comune se non il disperato bisogno di nascondere i lati oscuri della propria vita, finché un assassino che da anni cova un odio feroce non tenterà di unire il loro destino in un mortale disegno di vendetta.

Charlotte Link fa ancora centro con un thriller che lascia col fiato sospeso fino all'ultima pagina e che mostra come la normalità di una vita non sia spesso altro che una facciata che nasconde realtà oscure e inquietanti.

CORBACCIO

CHARLOTTE LINK

Le indagini di Kate Linville

# LA PALUDE

Ottobre 2017: in una spettrale brughiera nell'Inghilterra del Nord viene ritrovato il corpo di Saskia Morris, una quattordicenne scomparsa l'anno prima a Scarborough, nello Yorkshire. Contemporaneamente un'altra ragazza della stessa età, Amelie Goldsby, è strappata alla morte da uno sconosciuto, che in una notte di tempesta sente le sue urla strazianti provenire dal mare e riesce a trarla in salvo. Anche Amelie era sparita in circostanze misteriose, e ora, sotto shock, dice di essere stata rapita e tenuta segregata da un uomo, ma è incapace di ricordare il minimo dettaglio utile a mettere la polizia sulla pista giusta.

Le indagini si concentrano sulla sparizione nel 2013 a Scarborough di un'altra quattordicenne mai più ritrovata, Hannah Caswell. C'è un fil rouge che unisce tre coetanee così diverse tra loro per carattere ed estrazione sociale? Si fa sempre più strada l'idea di un omicida seriale: l'ispettore capo Caleb Hale è al centro di una gogna mediatica in cui ormai si fa riferimento al «killer della brughiera» il quale, indisturbato, sequestra ragazzine inermi.

La polizia sembra brancolare nel buio quando, suo malgrado, si trova implicata in quella spirale di violenza anche Kate Linville, sergente investigativo di Scotland Yard, che è a Scarborough per vendere la casa di famiglia e che per una strana combinazione fa conoscenza con i genitori di Amelie. Aiutata dal suo fiuto di poliziotta e di donna, sarà Kate a trovare il bandolo di una matassa dove, a intrecciarsi, sono segreti vergognosi e colpe inconfessabili che riemergono dopo tanti anni...

CORBACCIO

CHARLOTTE LINK

Le indagini di Kate Linville

# SENZA COLPA

Una calda giornata estiva: Kate Linville, sergente investigativo di Scotland Yard, si trova sul treno che da Londra la conduce al commissariato di Scarborough nello Yorkshire, il suo nuovo posto di lavoro ma anche un luogo legato alla sua infanzia e agli ultimi casi su cui ha lavorato. Improvvisamente una donna le chiede aiuto: è inseguita da un aggressore armato che tenta di ucciderla sparando un colpo di pistola prima di dileguarsi alla stazione. Contemporaneamente la cittadina costiera è sconvolta da quanto è successo a un'insegnante di liceo, che rischia la paralisi in seguito a una caduta in bici dovuta a un cavo teso sulla strada da uno sconosciuto, che prima di fuggire le ha sparato. Due donne che non si conoscono e che nulla hanno a che fare l'una con l'altra. Eppure, la pistola che ha sparato è la stessa. Ma se l'arma è il collegamento tra i due tentativi di omicidio, quali altre relazioni ci sono? Kate, prima ancora di prendere ufficialmente posto nella nuova sede, si trova per le mani un'indagine complessa e ulteriormente complicata dal fatto che il suo diretto superiore e amico, Caleb Hale, è stato momentaneamente sospeso dal servizio. E dalla volontà di troppe persone di custodire gelosamente dei segreti dietro un muro insormontabile di silenzio, menzogne e paura, che perdura da anni. Quando il muro comincerà pian piano a sgretolarsi, sempre più persone saranno in pericolo di vita, ma nessuno vorrà rivangare il passato. O forse quasi nessuno…

CORBACCIO

CHARLOTTE LINK

Le indagini di Kate Linville

# LA NOTTE DI KATE

In una gelida notte di dicembre, una giovane donna attraversa in auto le North York Moors inglesi, una splendida area naturalistica affascinante quanto solitaria. La mattina il suo corpo viene trovato in auto sul ciglio innevato di un viottolo fra i campi. Una testimone ha visto la sagoma di una persona incappucciata salire in macchina con lei lungo la strada.

Chi è questa persona? La conosceva? È l'omicida?

Nel frattempo, un cold case archiviato nove anni prima dall'ispettore capo Caleb Hale getta una nuova luce sulle indagini, e Kate Linville, sergente investigativo della North Yorkshire Police, si ritrova a scavare all'ombra nera di vecchi peccati, dove allignano violenza e disperazione.

Scostante, poco malleabile, sempre piena di dubbi, spesso oppressa dal senso di solitudine di chi non cerca di apparire diversa da come è, l'investigatrice Kate Linville, nata dalla penna di Charlotte Link, si afferma, indagine dopo indagine, come uno dei protagonisti più amati del thriller contemporaneo. E, anche questa volta, in un drammatico inseguimento nella neve, troverà il fil rouge di vicende apparentemente lontanissime fra loro. Ma forse potrà solo godere di una tregua: c'è chi non si è arreso e ha scommesso che la discesa agli inferi non è ancora conclusa...

CORBACCIO

PEFC
PEFC/18-31-226

Certificato PEFC
Questo prodotto è realizzato con materia prima da foreste gestite in maniera sostenibile e da fonti controllate
www.pefc.it

Questo libro è stampato col sole

Azienda carbon-free

Impaginazione:
Studio Martinello Raul - Milano

Finito di stampare
nel mese di settembre 2024
dalla Grafica Veneta S.p.A.
di Trebaseleghe (PD)
Printed in Italy